U0117282

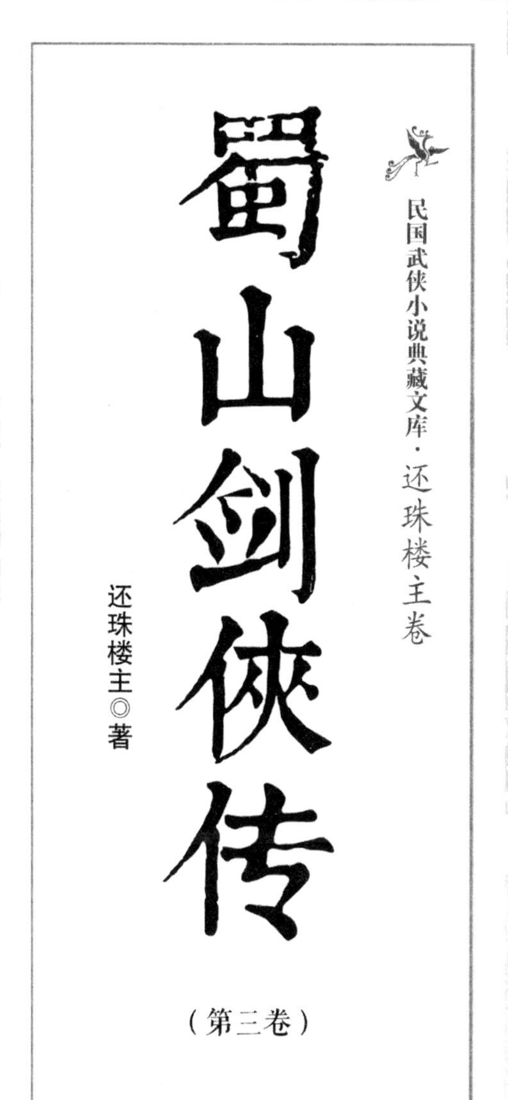

蜀山剑侠传

民国武侠小说典藏文库·还珠楼主卷

还珠楼主◎著

（第三卷）

中国文史出版社

目　录

第一〇九回

彩縠撑空　万顷金波飞恶蛊
阴风入洞　一团红肉走妖蚕

英琼走后，灵云便问笑和尚，对金蝉同去，意下如何？笑和尚道："来时诸葛师兄早料及此。既有掌教夫人传谕，不久便有妖人来盗芝血，诸位师姊不能分身，除妖之事，孽由自作，无可推诿。能得蝉弟同去，又承借用朱师姊的宝镜，已属万幸了。除妖日期相隔还有十多天，本想在此暂住，倘如妖人早来侵犯，还可从旁少效微劳。现观柬上所言，百蛮山除妖之日，正是妖人来犯凝碧之时，两地同时发动，势难兼顾，在此暂住，并无用处，还是同了蝉弟先行为便。一则可以早日赶到，先观察好了情势，商量如何下手。二则就这十来天空闲，往成都去见见玉清道友，看看可能相助一二。她为人甚是和蔼热心，对于同门知无不言，言无不尽。昔日共破慈云寺，在辟邪村玉清观中承她指示，说我一二年内必犯灾劫，叫我处处留心。此番去斩妖物文蛛，承她对尉迟师弟预示先机，可惜彼时自己狂妄，未将忠言在意，才惹出乱子，犯了清规，如今想起，悔之不及。所以想在便中向她请教。大师姊如无甚吩咐，现在就想同蝉师弟告辞。"灵云再三留他盘桓几日，笑和尚本不惯和女同门周旋，求助之事只限于此，无意流连，仍是执意要走。灵云只得留他暂住一日，明日早行，和众同门陪了他将凝碧仙景走了一遍。又嘱咐金蝉许多言语。将朱文天遁镜借过，传了用法，交与二人。大家互相谈说了一些别后经历。

第二日清晨，笑和尚与众同门作别道谢，约同金蝉，驾无形剑遁，先往成都飞去。到了玉清观一看，玉清大师不在观内。笑和尚原知事已至此，无可解脱，倒也坦然自在，并不忧急未来。转和金蝉二人沿途耽搁，遨游名胜，缓缓往百蛮山进发。一路上虽也管了几件不平之事，左不过是惩戒凶顽，铲除奸恶。所遇的人，俱都是些土豪恶霸，污吏贪官，无甚出色人物。以笑和尚、金蝉的本领，嬉笑怒骂，举手便了，情节平常，不值一述。

这一日游到滇桂交界，屈指行程，距离苦行头陀柬上除妖日期，只有三日。笑和尚对金蝉道："这回事情，我是犯了清规，孽由自作，却累师弟随我跋涉冒险。明日便是拆看柬帖之期，大后日便须赶到百蛮山去。绿袍老妖何等厉害，此去只可智取，见机行事。我如遇见不测，师弟你不比我，切不可轻易涉险，可驾剑光遁往东海，求恩师念在自幼相随之情，宽我既往，与我报仇除害。再将我元神度去，仰仗恩师法力，转劫托生，不致昧却未来，就感恩不尽了。"说罢，不禁凄然。金蝉因素昔笑和尚总是嘻嘻哈哈，从无愁容，闻言心中甚是难过。便劝慰他道："据家母飞剑传书，和诸葛师兄所说之言，此去凶险磨难，自是难免。至于便遭不测，漫说你来因甚厚，本领高强，就是苦行师伯自幼教养，一番苦心，平素又那样疼爱，也决不会任你葬身妖穴。至于我更是和你情逾骨肉，除妖去恶，分所应为，更谈不到感谢之言。师兄只管放心，纵不马到成功，我想万无一失。"笑和尚强笑道："多谢师弟好意。我又何尝不知恩师用心，怎耐我平素疾恶如仇，现时虽想谨慎从事，一入妖窟，见了那般凶残狠毒之行，一个按捺不住，不暇计及利害轻重，稍一失慎，便遭毒手。事难逆料，蝉弟你只谨记我说的话便了。"金蝉又劝慰了一阵，二人本来天性旷达，仍和往日一样，行行止止，随意游赏。

第二日行至中途，打开苦行头陀第一封柬帖一看，除外面注明下手日期，去的路径外，里面只写着四句偈语："逢石勿追，过穴莫入；血焰金蚕，以毒攻毒。"二人彼此参详了一阵。笑和尚道："'逢石勿追'，那石不是人名，便是人姓。诸葛师兄曾说绿袍老妖手下有一恶徒，名叫唐石，曾被他妖师嚼吃了一条臂膀，本领不在辛辰子以下。恩师命我等如遇上将他打败，不要穷追，还可说得过去。第三、四两句，含有鹬蚌相争，渔人得利之意，现时虽难深知，也可解释，只需到时留神取巧便了。惟独第二句'过穴莫入'，穴便是洞，这妖物文蛛明明被绿袍老妖封藏阴风洞底，要不入内，从何斩起，岂不难人？"金蝉道："苦行师伯预示先机，必有妙用，我等反正得去见机行事，猜他则甚？"笑和尚道："话不是这般说法。以前就为大意，才惹出乱子，还是谨记恩师手谕，彼此提醒的好。现在下手除妖，为期还隔一日。恩师柬帖既未禁止早去，我意欲留贤弟在此，先去探一探动静，并不下手，稍得着一点虚实，再与师弟同去如何？"金蝉执意不肯，定要同行。笑和尚无法，只得同了金蝉，径往百蛮山进发。

剑光迅速，不多时，已离百蛮山还有百十里之遥。那百蛮山独峙苗疆万山之中，四面俱是穷山恶水。岭内回环，丛莽密菁，参天蔽日，毒岚烟瘴，终年笼罩。离山五七百里外，还有少数生苗、野猓，野外穴居。五七百里以内，亘古无有人踪。除潜伏着许多毒虫怪蟒外，连野兽都看不见一个。二人用无形剑遁盘空下视，见下面尽是恶云毒烟笼罩沟谷之中，时见奇虫大蛇之类，盘屈追逐，鳞彩斑斓，红信焰焰。知是百毒丛聚之区，此去须与盘踞此间的绝世妖人，决一生死存亡，还未深入重地，见着这般险恶形势，已经触目惊心。因二人俱是初来，按照柬帖所示途径，一路留神观察。正待寻找百蛮主峰阴风洞所在，忽见下面烟岚由稀而尽，四周山势如五丁开山，突然一齐收住，现出数千百亩方圆一片大平坂。中间一峰孤矗，高出天半，四面群山若共拱揖。万崖断处，尽是飞泉大瀑，从许多高低山崖缺口泻将下去，汇成无数道宽窄清溪。从空中往下凝视，宛如数百条玉龙，挂自天半，与地面数百条匹练，围摊在那一片平坂上下，飞翔交错，涛声轰轰，水流淙淙，轰雷喧豗之声，与瀑湲细碎之音，织成一部鼓吹，仿佛凝碧仙瀑，有此清奇，无此壮阔，不禁大为惊异。

渐行渐近，见这主峰虽五六百亩大小，因为上丰下锐，嵯峨崚嶒，遍体都是怪松异石。山石缝中，满生着许多草花藤蔓，五色相间，直似一个撑天锦柱，瑰丽非常。笑和尚、金蝉从一路毒烟恶瘴上面飞了过来，万没料到这苗蛮殊域，妖邪奥区，却有这般仙景。心中虽然互相惊异，因妖人机灵，不敢出声，只围在峰的上面绕行观察。

刚刚飞向西面，笑和尚一眼瞥见峰西北方高崖后，似有几缕彩烟，袅袅飘荡。同了金蝉飞过崖去一看，那崖背倚平坂孤峰，十分高阔。崖前有百十顷山田，种着一种不知名的花草。那崖壁石色深红，光细如玉，纵横百十丈，寸草不生。一顺溜排列着三个大圆洞，上下左右，俱是两三寸大小窟窿，每个相隔不过尺许，远望宛如蜂巢一般整齐严密。不时有几缕彩烟从那许多小窟中袅袅飞扬，飘向天空。仔细一看，那彩烟好似一种定质，并不随风吹散，由窟中飞出，在空中摇曳了一阵，又缓缓收了回去。飞行较近，便闻着一股子奇腥，知是妖人闹的玄虚。再一细看，崖下那一片田畴中所种的花草，花似通萼，叶似松针，花色绿如翠玉，叶色却似黄金一般，分罫井布，层次井然。尤其是花的大小，叶的长短，与枝干高下，一律整齐，宛如几千百万万个金针，密集一处，在阳光之下闪动；又似一片广阔的黄金丽褥上面，点缀着百万朵翠花，更显缛丽。笑和尚暗想：“久闻这里妖孽专惯血食。奇峰仙景，还是天生。这些花田和这许多不知名的花草，分明人工种植。难道妖人吃人吃腻了，特意种些奇花来观赏么？”

正在寻思之际，忽听一阵怪啸之声，起自崖后孤峰那边。二人连忙将剑光升高，遁入云中，往孤峰那面一看，只见峰脚南面一个洞中，走出二十四个奇形怪状的高矮汉子，俱都面如白纸，没有一丝血色，相貌狰狞，宛似出土僵尸一般。每人上身穿着一件不长不短，敞着颈口的红衣，胸前戴着一个金圈，两手袖长只齐肘。手腕上黄毛茸茸，青筋暴露，干瘦如柴。下身赤着一双泥脚。手中各持一面白麻制就的小幡，血印斑斓，画着许多符箓和赤身倒立的男女。为首一人，面相和日前所见的妖人辛辰子相似，却没他高，也断了一只手臂，单手拿着一柄长剑，麻幡却插在身后，走起路来摇摇晃晃，口中不住发出嘘嘘之声。一个个满身邪气笼罩，随着为首断臂妖人，缓缓往前行走，宛如行尸，毫不自如，渐渐走到崖前。那断臂妖人先是口中喃喃，似念邪咒，倏地怪啸了一声。这些妖人立刻按八卦方位，分散开来，站好步数，将足一顿，升起空中，与崖顶相齐。那为首妖人忽然忙乱起来：时而单手着地，疾走如飞；时而筋斗连翻，旋转不绝。口中咒语，也越念越疾。余人随声附和，手中幡连连招展，舞起一片烟云，喧成一片怪声，听着令人心烦头昏。似这样约有个把时辰，日光略已偏西。那断臂妖人将手中剑一挥，只见一道绿光，朝空中绕了一绕，随即飞回。然后将剑还匣，取出背后麻幡，会合全体妖人，一声怪啸，各将空中妖幡朝下乱指。便见幡上起了一阵阴风，烟云尽都敛去，随幡指处，发出一缕缕的彩丝，直往花田上面抛掷，越往后越急。二十四面妖幡招展处，万丝齐发，似轻云出岫，春蚕抽丝般，顷刻之间，交织成一片广大轻匀的天幕，将下面花田一齐罩住，薄如蝉翼，五色晶莹，雾纱冰纨，光彩夺目。透视下面花田中，翠花金叶，宛如千顷金波，涌起万千朵翠玉莲花。若非闻着腥风刺鼻，目睹妖人怪状，几疑置身西方极乐世界，见诸宝相放大奇观。

二人知道厉害，各用手互拉示意，借着无形剑遁，盘空下瞩，连一丝形迹也不敢遗漏。正在相顾惊奇，这五色天幕业已织得只剩为首断臂妖人存身之处，有二尺方圆空隙。断臂妖人又长啸了一声，余人都停了手脚，全往空隙上空聚拢，仍驾阴风，按八卦方位立定，安排就绪。断臂妖人从空隙中飞身而下，降离崖前约有十丈，仍是单手着地念咒，手舞足蹈了一阵，先放起一团烟雾，笼罩周身。口中又是念念有词，将手一撒，便有三溜绿火，朝崖上三个大圆洞中飞去。法才使完，更不怠慢，接着慌不迭地腾身便上。身才离地，崖前狂风大起，崖上三个圆洞中，先现出三个妖人：居中一个，头如栲栳，眼射绿光，头发胡须绞作一团，隐藏着一张血盆大口，两行獠牙，身有烟雾环绕，看不甚清，一望而知是妖人首脑绿袍老祖；右洞妖人，与先见妖人形象装束相似；左洞妖人，是个红衣蛮僧，生得豹头环眼，狸鼻阔口，金蝉认得是昔日在滇西雪山鬼风谷所见妖僧西方野魔雅各达。金蝉忍不住正想和笑和尚说他来历，耳听下面吱吱连声，猛觉笑和尚将他拉了一把，意思叫他噤声，往下面观看。

就在这拨头转脸的工夫，金蝉往下一看，不由吓了一跳。原来作者一支笔，难于兼顾，就在断臂妖人行完了妖法，慌慌张张往上升起，绿袍老祖在洞前现身之际，崖上成千累万的小洞穴中，一阵吱吱乱叫，似万朵金花散放一般，由穴中飞出无量数的金蚕，长才寸许，形如蜜蜂，飞将起来，比箭还疾。那绿袍老祖好似成心与断臂的妖人为难，容他飞离五色天幕还有一半，突然伸出一只又细又长像鸟爪一般的手臂，望空一指。上面二十三个妖人令到即行，毫不顾惜那断臂同门生死，各将手中幡指处，又抛出无数缕彩丝，将那空隙一齐封闭。断臂妖人也早知有这一场苦吃，飞得本快，眼看穿隙而上，忽见空隙被彩丝封蔽。金蝉慧眼看得最真，只见他满脸怒容，咬牙切齿，口中喃喃，待要施为。又见那天幕一面的同党，好似朝他用目示意，那断臂妖人才长叹一声，重又飞落下去。同时穴中飞出来的万千个金蚕，早如万点金星，朝天飞起。飞近天幕，似有畏忌，纷纷落下，飞入花田之中，食那金叶，吱吱之声，汇成一片异响。断臂妖人刚往崖前落下，那千百个金蚕，忽然蜂拥上来，围着断臂妖人，周身乱咬。断臂妖人想必万分畏惧绿袍老祖，对这些并未炼成的恶虫，只用一只手护着双目，不但不敢伤害，丝毫也不敢抗拒，跪在地上，不住口喊师父救命。转眼工夫，咬得血肉纷飞，遍体朱红，眼看肉尽见骨。连空中妖人见了这般惨状，脸上都含不忍之色，一则上下相隔，二则绿袍老祖万分残毒，谁也不敢开口。还是西方野魔看不过去，朝着绿袍老祖说了几句，似在代他求情。绿袍老祖才狞笑了一声，厉声说道："唐石，你须记住：今日我炼的金蚕尚未成形，已经这般厉害。异日擒到你那叛逆师兄辛辰子，须令他供我金蚕每日零碎咬啃，见筋见骨，再与他上药生肌，连受三年金蚕之苦，才将他锉骨扬灰，消魂化魄。你也被我那日发怒时咬去一臂，今日先给你稍微尝点厉害，你如学他背叛，便是榜样。今看雅各达之面，且将你狗命暂且饶过。"说罢，随手一指，一道绿光一闪，那些金蚕似有灵性，纷纷舍了断臂妖人，飞往花田之中去了。断臂妖人忍痛起身，已经浑身破碎，成了血人，咬着牙将身一纵，飞入南面大洞去了。

再看花田之中，那些金蚕真是厉害，耳旁只听蚕翅摩擦之音，与嚼吃吱吱之声，混合在一起，震人耳鼓。花田里面，竟如一片黄金波涛，涌着万千朵翠玉莲花,起伏闪动。不消片刻,万马奔腾般轰的一声,千万朵金星离开花田,朝空便起。绿袍老祖早有准备,突将手着地倒立,口中念咒,时而起立旋转。细长脖颈上,撑着一颗栲栳大的脑袋,乱摇乱晃。倏地两手一搓,一条细长鸟爪般的手掌,往崖壁上密如蜂窝的小洞穴中连连乱指。血盆大口张处,喷出一道绿烟,飞向崖上。同时这些小洞穴中如抛丝般飞出千百万道彩气,仿佛万弩齐发,疾如闪电,射往金蚕群里,那千万金蚕全被彩气吸住。每两缕彩气,吸住一个金蚕,挣扎不脱,急得吱吱乱叫,转眼工夫,全被彩气收入万千小洞穴之内。这时黄金一般的花田,已被这些恶虫将千顷金叶嚼吃精光,只剩一些翠绿莲花,分行布列,亭亭田内。

绿袍老祖用妖法收完金蚕,将长手往两旁圆洞一指。右洞一个妖人与左洞雅各达,各带四个妖人,手中各抱一个高大如人的葫芦,走出洞来,先朝绿袍老祖打一稽首。然后飞身花田之上,约有五丈高下,分八卦方位站好,口念手书,行使妖法。猛然一声怪啸,俱都头朝下,脚朝上,连葫芦也都倒转,将手把葫芦一抱,血光闪处,红雨飘洒,由葫芦之内喷了出来。十个妖人凌空旋转,将这花田全都洒遍。绿袍老祖怪啸一声,雅各达同众妖人收了妖法,各抱葫芦归洞。绿袍老祖将手往空一招,左洞内唐石手持麻幡,狼狼狈狈飞了出来,会合上面妖人,各使妖法,展动妖幡。眼看天空无量数的彩丝结成的天幕,渐渐由密而稀,随着妖幡招展,剥茧抽丝一般,顷刻之间化为乌有。众妖人仍和先时一般,缓缓走了回去。

笑和尚、金蝉二人隐身高空,正在触目惊心,凝神下注,忽见绿袍老祖伸出长颈大头,往空连嗅了两嗅,倏的一声凄厉的怪啸,大口一张,一溜绿火,破空而起,直往二人存身之处飞来。金蝉不知就里,还未在意。笑和尚早就留神,一看绿袍老祖神气,便知不妙,纵能支持,也是众寡不敌,柬帖所示时机未到,仍以退去为是。未容绿火近身,轻轻对金蝉喊一声走,驾着无形剑遁飞去。笑和尚终是细心,飞出去约有数十丈,回头观看,那一溜绿火,先飞向适才存身之处,直冲上空。倏又急如闪电一般,左右四方上下激射。虽似在搜寻敌人踪迹,只如浑水捞鱼,并无一准目的,也未跟踪追来。想是妖人嗅觉甚灵,闻出生人气味,故而如此。且喜自己隐形剑遁,并未被他识破,略放宽心。正在徘徊瞻顾,那绿火在空中绕了几转,倏地往四外爆散开来,绿星飞溅,在百十丈方圆内,陨星如雨般坠了下去,相距二人也不过咫尺光景。知道厉害,决计明日再照柬帖所言行事。

当下笑和尚、金蝉仍往回路飞走,寻到一处瘴烟稀少的山谷之中落下,互商明日进行之策。笑和尚对金蝉道：“那妖幡上所发出的彩丝，连妖人自己俱都不敢沾染，想是什么虫蛇腥涎、毒岚恶瘴炼成的妖术邪法。那万千金蚕虽未炼成气候，看那千顷花田，被这些恶虫顷刻之间咬吃净尽，定非易与。花田中的异草，虽然翠花金叶，生得好看，既用血雨培植，也不是什么好东西。今日虽然得知一些情形，到底阴风洞是在孤峰下面，还就是那崖壁上三个大洞，尚且不能断定。师父柬帖，又有‘以毒攻毒’之言。以我之见，明日到了那里，第一由我一人隐形飞身下去，你在上面接应。等我先探明了封藏文蛛之所，然后相机行事。诸葛师兄原说，明日辛辰子也要赶到，这‘以毒攻毒’，定应在此人身上。到时我们只隐形窥伺，先不下手。那辛辰子定敌绿袍老妖不过，决不敢公然下手。他此来目的，不外两种：第一想盗走妖物文蛛；第二在恶虫尚未成形之时，偷偷下手除去。他以前本是绿袍老妖得意门徒，轻车熟路，自是清楚。我们只消暗中跟定他的身后，他如得手，我们便惊动绿袍老妖，将他绊住，然后由我去将文蛛刺死；他如不胜，我们已经尽知虚实，辛辰子或逃或擒，绿袍老妖决不疑心除他之外，还有别人暗算，也可乘其不备，骤然下手。我二人俱非绿袍老妖之敌，只把妖物刺死，大功已成，那时进退由心，胜固可喜，败亦可以回山复命。虽说师父柬帖尚有两封，事没这般容易，我又还有许多磨难未完，但是谋事在人，成事在天，不能不作此打算。大敌当前，能如我们预料固好，万一失利，遭劫受害，你千万记着昨日所托之言，不可轻易涉险，即速赶往东海，或者我还有一线生路；否则白白连你一齐失陷，于事无补，就更糟了。”

金蝉见笑和尚这几日总是防前顾后，把失利的话说了又说，面色非常沮丧，好生代他难过，劝慰了一阵。同寻了一个洁净山洞，正准备打坐运用玄功，到翌日黎明起身，忽然一阵腥风吹入洞来。笑和尚何等机警，一见风势，便知有异，知道此洞并无出路，除非与来的妖人迎个对头。忙用隐形法连金蝉将身隐起，又用手拉了金蝉一把，示意噤声。二人刚把身形隐起，那阵怪风旋转起一根风柱，夹着沙石，发出嘘嘘之声，业已穿洞而入。金蝉慧眼看得最真，看出风沙之中，隐约有一条细长黑影，进洞之后，略一回旋，嘘的一声，倏又往洞外飞去。金蝉便要追出，又被笑和尚一把紧紧拉住，轻轻在耳边说道：“蝉弟休要言动，留神妖人回来。”

一言甫毕，果然嘘嘘之声由远而近，二次又飞进洞来。这次竟是忽东忽西，上下四方，满洞飞滚。笑和尚早有防备，拉了金蝉，紧随风柱之后，与他一齐滚转，存心不让他发觉自己，倒看看他是个什么来历。飞转了一阵，那旋风忽然收住，现出一个长身细瘦，形如枯骨，只眼断臂的妖人，正是那日在天蚕岭所遇绿袍老祖门下恶徒辛辰子。见他才一现身，便朝洞内举手喝道："洞中道友，何不现身出来相见？"连喊几声，不见答应，渐渐有些不耐。先是脸上现出怒容，末后好似想了一想，又勉强忍住，改说道："道友在此修炼，我本不合入洞扰闹。但是为事所逼，须借贵洞用上三日，事成之后，必报大德，暂时惊扰，请勿见怪。"说罢，他见仍无应声，便盘膝打坐起来。

原来辛辰子自在唐石手中漏网之后，情知长此避逃，终须要遭绿袍老祖毒手，不如趁他金蚕蛊尚未炼成，心无二用之际，下手一拼，还可死中求活。特地在别处借了几件法宝，赶到此间，见这洞正合行法之用，入洞一看，先就闻见生人气味，却看不出一丝踪影，起了疑心，不敢停留。及至往别处飞行了一阵，虽有许多洞穴，俱无这里隐秘合适。又因先时闻出的气味，不似以前同党和仇敌设下的机关，以为是隐居修炼之士，想回来看看动静。如果所料不差，自己正缺少帮手，能得那人相助更妙，不然，或者将他除了，或者彼此言明，两不侵犯。所以二次又回进洞来，施展妖法，想查出那生人踪迹。谁知转了好一会，仍无朕兆。换了别人，定以为误认。可是辛辰子嗅觉最灵，明明闻着那生人气味就在左近，偏偏查看不出，只得收了妖法，又打招呼。及见通统无效，如非穷途危难，普通隐形之法，他原不放在心上。若在平日，早就发威逞凶，用最狠毒的妖法，禁制洞中之人现身出来。无奈自己已成惊弓之鸟，这里又密迩仇敌，不敢再树敌结怨，忍了又忍。如是另寻洞穴，布置妖法，再没这般隐秘合适之所；如就用本洞，虽然知道那生人决非绿袍老祖一党，自己有妖法异宝护身，也非普通剑仙所能伤害，但是自己行法之际，却伏着一个外人在暗中窥伺，终是不妥。踌躇了好一会，才决定仍与洞中之人打个招呼，一边小心提防，姑试为之。如果洞中之人是个隐居修炼、独善其身之士，不来干涉，再好不过；否则自己即用妖法将洞口封锁，他如轻举多事，说不得只好和他决个胜负便了。也是辛辰子太自大，以为除绿袍老祖而外，别无忌惮，却忘了东海三仙隐形剑法和金蝉两口霹雳剑，决不是他的妖法所能封锁，以致少时被笑和尚、金蝉二人无心中破了他从红发老祖门下借来的五淫呼血兜，终于惨死在阴风洞绿袍老祖之手。这且不提。

且说笑和尚、金蝉见辛辰子独自捣鬼，看不见自己，只是好笑，艺高人胆大，并未放在心上。若非记着柬帖"以毒攻毒"之言，依笑和尚心思，还想在暗中戏耍他一番。谁知辛辰子才一坐定不久，便从身后取出七面妖幡，将手一指，七道黄光过处，一一插在地上。又取出一个黑网兜，挂在七面幡尖之上。口中念念有词，喝一声："疾！"幡和网兜突然由地而起，后面四根幡高与洞齐，前面三根只齐洞口一半，将那网兜撑开，恰似山中猎人暗设来擒猛兽的大网。网撑好后，辛辰子站起身来，披散头发，赤身单手着地，口中念咒，绕着幡脚疾走。顷刻之间，便见幡脚下腥风四起，烟雾蒸腾。若在旁人，早不见妖人形影。似这样约有三四个时辰，又听一声怪啸，一溜绿火，往洞外一闪，满洞烟云尽都收敛，连人带幡，俱都不见。

金蝉用慧眼定睛一看，妖人虽走，七根妖幡仍然竖在地上，幡头上有一层轻烟笼罩，连带网兜俱未携走。知是妖人弄的玄虚。这里离百蛮山阴风洞少说也有三四百里，妖人法宝却在此地施为，猜不透是什么用意。二人正想低声商议，金蝉猛往洞口外一看，忙说道："师兄，外面天都快明了。"一句话将笑和尚提醒，才知只顾看妖人行法，忘记天已不早，一着急，拉了金蝉，驾遁光往外便飞。金蝉一见笑和尚飞得太急，竟忘了咫尺之内，就是妖人设下的妖幡妖网。昔日在慈云寺尝过妖法厉害，不敢大意，连话都不及说，忙将双肩一摇，身旁霹雳剑化成红紫两道剑光，护着自己和笑和尚全身，由幡网中同往洞外冲去。耳旁只听嗞嗞两声，当时并未在意。出洞一看，果然五月天气，天色已渐微明。金蝉一面飞行，一面对笑和尚道："可笑妖人枉自捣了半夜鬼，费了多少心神，他那妖术邪法竟无多大用处。"笑和尚问是何故，金蝉便将前事说了。

原来笑和尚的目力不如金蝉，竟未看出妖人的妖幡尚在，一听金蝉说洞外天明，才知妖人已走，恐怕迟去误事，忙着往外飞遁，若非金蝉机警，说不定便许中了妖法暗算。笑对金蝉道："起初我还小看妖人，以为本领不甚出奇，谁知那妖法竟这样厉害，连我都未看出。以为时间还早，仗着我们飞行迅速，打算与你商量几句，再随后追赶。当时我只见洞外黑乎乎的，听你一说天明，才想起你二目被芝仙舐过，已能透视尘雾，忙着飞走。见你展动霹雳剑，还以为是一时技痒，却不想妖幡还在。据我看，妖人将妖法设置在远处洞穴之内，必是想用诱敌之计，将仇敌引来，陷入网内。那妖幡、妖网敢与老妖为敌，决非寻常。你那霹雳剑原是峨眉至宝，我两人既未被妖法困住，妖人法宝必然被你飞剑所毁无疑了。"

正说之间，金蝉忽喊："师兄快看妖人！"笑和尚举目一看，前面天空云影里，隐约有一星星绿火闪动，连忙催动遁法，往前追去。不多一会，已追离百蛮山主峰不远，眼看快要追上，那一溜绿火忽从云层里陨星坠落一般往下泻去。二人跟踪飞将下去一看，下面正是昨日所见的花田，就这一夜工夫，田中金草竟然长成，映着朝阳，闪起千顷金波。崖壁上彩烟缕缕，徐徐吞吐。四外静荡荡的，一点声息都没有。再看辛辰子，业已不见踪迹。正在留神观察，忽见崖上左面圆洞，有一条人影一晃。连忙飞近洞前一看，这三个圆洞里面，各有一个妖人打坐。中洞妖人，正是那绿袍老祖，细颈大头，须发蓬松，血盆阔口，獠牙外露，二目紧闭，鼻息咻咻，仿佛入定。身旁俱是烟雾围绕，腥气扑鼻。笑和尚心想："妖人在此入定，正好趁此时机，去斩文蛛。柬帖上虽说文蛛藏在阴风洞底，不知是否就从此洞入内？"正在寻思，忽见辛辰子从左侧洞内飞身出来，手中拿着一面缨络垂珠、长有三尺的幡幢，对着崖壁才一招展，腥风大作。便听吱吱之声，广崖上万千小洞穴中，成千累万的金蚕，似潮涌一般轰轰飞出，直向那面幡幢扑去。辛辰子更不怠慢，口中念念有词，将手中幡幢往空中一抛，发出十丈方圆烟雾，裹住一团红如血肉的东西，电闪星驰，往他来路上飞去。那些金蚕如蚁附膻，哪里肯舍，轧轧吱吱之声响成一片，金光闪闪，遮天盖地，纷纷从后追去。

金蚕飞走不多一会，左洞一声怪啸过处，飞出昨日所见的断臂妖人唐石，抬头往空一看，见金蚕全都飞走，不由慌了手脚。先飞身进了中洞，见绿袍老祖入定未醒，急得口中连连发出怪声。顷刻之间，又由中洞内飞出二三十个妖人，齐问："师兄何事，这般着急呼唤？"唐石道："祸事到了！师父的金蚕，全被人引走。师父入定醒来，我等性命难保，还不快追！"众妖人闻言，俱往崖上看了一眼，不约而同怪啸一声，全都飞起高空。只见尘沙漫漫，烟云滚滚，宛如一阵旋风，簇拥着一天绿火，直往来路追去。

那辛辰子埋伏在洞侧崖壁之下，始终未被人发现。众妖人走后，唐石倏地浓眉倒竖，目露凶光，将足一顿，待要飞向中洞。刚刚飞至洞口，又似有所顾忌，拨转头似要飞走，身才离地，辛辰子也随着跟踪而起。

这时崖洞中只有绿袍老祖与右洞西方野魔入定未醒。依了金蝉，恨不能乘机下手，将这两个妖孽杀死。笑和尚细心，早看出唐石昨日无辜受了荼毒，怀恨在心，适才命许多同门去追金蚕，自己却置身事外，便知他不怀好意。看他欲前又却，并未下手。这种妖人，居心狠毒，有甚师徒情义，分明知道厉害，顾忌不敢下手。又因绿袍老祖虽然入定，满身烟雾，似有防备，仍以慎重为是。辛辰子引走金蚕，并不逃走，必是想盗文蛛。柬帖又有"逢石勿追，以毒攻毒"之言，只需跟定辛辰子，便知文蛛下落。正向金蝉示意拦阻，谁知唐石一去，辛辰子也跟在身后，大出意料之外，诚恐稍纵即逝，不假思索，便也随后追赶。

第一一〇回

匝地妖氛　脱身悲失剑
弥天血雨　极恶斗元凶

当下辛辰子跟定唐石，笑和尚和金蝉又跟定辛辰子。刚刚飞过那座孤峰，忽见辛辰子朝前面唐石打了一个招呼。唐石回头一看，见是辛辰子，先要变脸动手，猛一寻思，将手一招，双双落了下去。笑和尚和金蝉也隐身跟下，才一落地，便听唐石道："我早猜那金蚕是你放走。如今我和你也是同病相怜，我已被老妖吃了一条臂膀，昨日又叫金蚕咬我全身见骨，说擒着你，便是榜样。若非许多师弟再三拦我，昨日便准备拼命逃走。不想祸不单行，你又来惹这大乱子。如今我已想开，事难怪你，我再不逃走，早晚也遭毒手。你想我帮你叛他，我却不敢似你这样大胆，我自去九星岩等你。那文蛛有三个藏处，两个你都知道；惟有一处，在他打坐的石头底下风穴之内，有法宝封锁，只恐你盗走不了。似他这般狠心恶毒，我何尝不想将他害死，无奈他在玉影峰吃你困住，他用第二元神修炼多日，静中参悟玄机，比了从前还要厉害，慢说你我，就是各派剑仙有名的飞剑，也伤他不了。可笑他心肠狠辣，当时只顾将师文恭害死，取了人家尸体，接续全身，没料师文恭原是中了天狐白眉针，闹得要死不活，一见难逃老妖毒手，将所中两根白眉针，运用玄功真气导引，藏在两腿之内，自己却甘愿受老妖飞刀之苦，只为叫老妖难得便宜，多受痛苦。老妖原是瞒着毒龙尊者行事，做贼心虚，急于将身接续。谁知忙中有错，每日一交寅卯辰三时，白眉针在两腿穴道中作怪，痛痒酸辣，一齐全来。欲待斩断重续，一时又找不着这好法体。那针没有吸星球，无法取出。到了每日寅卯辰三时，只好将穴道封闭，将真火运入两腿，慢慢烧炼。须过两个八十一天，才能将那两根白眉针炼化。炼时元气须要遁出，以免真火焚烧自己。他自从你背叛以后，把门人视若仇敌，入定时非常小心，常用法术护卫全身，元神却遁往隐僻之处，似防门人暗算。那西方野魔雅各达，也用师文恭的断手相接，虽无白眉针在内，不知师文恭使甚法儿，也是到时作怪。

若非老妖防备周密，情知制他不了，适才我就下手了。这时他正如死去一般，不到巳初，你只不能近他，要盗文蛛，正是时候。这洞穴虽在他的座下，但是与藏养蚕母的洞穴相通，在他身后，形如七星，趁蚕母全都被你引出，正是时候。那金蚕虽未炼成，已甚厉害，我只不明白你用甚法儿能将它们引出？”辛辰子道：“话说起来太长。我此次前来，原是以死相拼，相机行事。昨日已来过一回，见你吃他茶毒，万没料到你会和我做一路。那些恶虫已被我一网打尽。承你好意相助，指引明路，少时待我大功告成，再作细谈。”

言还未了，猛然抬头一看，不由大惊失色道：“恶虫飞回，红发老祖法宝被人破去，如何是好？”笑和尚闻言，回头往来路一看，远方云空中，果有一丛黄光绿火波动。正在观望，猛觉金蝉拉了他一下，转身再看两个妖人，业已不在眼前。正要问金蝉，可曾看见妖人何往，金蝉用手往前面一指，说道：“那不是辛辰子？”

原来辛辰子自被红发老祖亲自将化血神刀取还，益发不是绿袍老祖敌手。他和红发老祖门下姚开江、长人洪长豹俱是至好，那化血神刀也是洪长豹偷来转借。情知要和绿袍老祖拼命，除了请洪长豹设法，转求红发老祖相助，决无办法。及至寻着洪长豹一问，说红发老祖无故不愿和人开衅，为那化血神刀，自己还招了许多埋怨，慢说求他相助，连自己下山也不能够。不过自己也不肯坐视，愿将两件心爱法宝，一个叫作天魔聚毒幡，一个叫作五淫呼血兜，借他拿去报仇。这两样东西，专破正邪各派法宝、飞剑。五淫兜更是金蚕蛊的克星，乃是师父所传镇山之宝，为了朋友情长，担着不是相借，务须谨慎从事，以防失落。又传了他一种极厉害的潜形匿影的法术，如遇紧急，只管使法，将二宝抛在隐密之所，别人任是道力高强，也难看出，以免落入外人之手。

辛辰子知道二宝厉害，当下不便再求红发老祖相助，道谢起身，昨日便赶到了百蛮山阴风洞上空，往下窥探。绿袍老祖闻风知异，先将阴火放起追寻。幸而辛辰子新学红发教下潜形之法，没有被他发现，只吓了一跳。不敢怠慢，遵照洪长豹所传，先觅好了相当之地，如法布置。不料笑和尚、金蝉二人已先在洞中隐身，辛辰子报仇心切，以为洞中之人是别派中隐居岩穴的炼士，又仗着法宝厉害，未曾顾忌。被金蝉慧眼看出行径，霹雳剑虽然不如紫郢剑，也同是当年长眉真人炼魔除邪之宝，自赐予妙一夫人，更经多年修炼，已是百邪不侵，无意中遇见克星，竟将他借来的五淫兜破去。辛辰子哪里知道？先趁着绿袍老祖入定之际，用妖法将金蚕一齐引走，自己再安安稳稳盗取文蛛，得手之后，回往原处。那些同门妖人，除了唐石一人还可与他支持外，余人本不是他的对手，何况又有两件厉害法宝在身。说好便好，说不好，索性一齐除去，虽不能当时便将绿袍老祖制死，也可去掉他身边的羽翼。偏巧又看出唐石也要背叛，更是心喜。二人见面之后，算计时间还早，正在兴高采烈，劝唐石和他一同背叛，恶师心毒，单是逃避，并不是事。话还没说几句，猛抬头看见天边金光闪动，仔细一看，金蚕业已飞回，知道五淫兜定被别人破去，好不咬牙痛惜，暴跳如雷。情知事已紧急，许多昔日同门必然回来，将绿袍老祖惊醒；蚕母回穴，更是无门可入，文蛛不能到手。被绿袍老祖知道行径，再想得手，岂不万难？依了唐石，原主慎重，暂时避开，改日下手。辛辰子哪里肯听，事已至此，不入虎穴，焉得虎子，说不得只好孤注一掷。

当下见唐石不敢同去，狞笑一声，往广崖那面便飞。笑和尚、金蝉二人自是不舍，也双双随后追赶。身才离地，便听身后一声惨呼，金蝉回头一看，大小两溜绿火，正往孤峰之下投去。金蝉知道那两溜绿火，有一个是唐石所化，怎会多出一个妖人，自己当时竟不曾看见？正想之间，无形剑遁迅速，已追离辛辰子背后不远。眼看辛辰子并未觉察二人跟在身后，径投中洞，望着烟雾环绕中的绿袍老祖，咬牙切齿，戟指低骂了两句，急匆匆转过身后，钻入一个形如七星的小洞下面去了。笑和尚、金蝉二人连忙跟踪而入，只见下面黑沉沉，腥风扑鼻，深有千寻。二人初入虎穴，莫测高深，只跟定前面那溜绿火往前游走。在黑暗中转了不少弯子，末后转入一个形如圹穴的甬道，忽闻奇腥刺鼻。尽头处有一个深窟，窟口挂着一面不知什么东西织成的妖网，彩雾蒸腾，红绿火星不住吞吐。定睛一看，正是那妖物文蛛，四只长爪连同腹下无数小足，紧抓在那面网上，似要破网飞去。这时辛辰子已经现身出来，在离窟口三五丈远近立定，身上衣服业已脱尽，正在赤身倒立，念咒行法。那文蛛一见生人到来，早又张开尖嘴阔腮，露出满嘴獠牙，呱呱怪叫起来，声音尖锐，非常刺耳。

金蝉尚是初见这种丑恶体态，不禁骇然。笑和尚情知这种毒鲛蛇涎结成的妖网，专污正教法宝飞剑，不敢下手，只好静等辛辰子的机会。只需他将妖网一破，再在暗中出其不意，连辛辰子带妖物一齐斩杀。眼看辛辰子使完了法，站起身来，手指处一道绿光火焰，粗如人臂，直往网上烧去。那妖物正在怪叫挣扎，不大耐烦，一见绿光飞到，啸声愈加凄厉，猛地将口一张，从网眼中喷出万朵火花，将那绿光迎住，两下相持，忽前忽后，约有半个时辰。辛辰子想是知道时光紧迫，只急得抓耳挠腮，满头大汗。笑和尚见辛辰子不能得手,虽说潜形遁迹,不怕妖人看见,到底身居危境,也是非常着急。

只有金蝉年幼心高,并不怎么顾忌,反倒看着好玩。猛地失声说道:“师兄,这样等到几时,我们还不下手?”一句话将笑和尚提醒,猛想起自己身边现有矮叟朱梅的天遁宝镜,何不取出应用?想到这里,刚要用手取镜,那辛辰子百忙中闻得黑暗中有人说话,吓了一跳,以为中了绿袍老祖的道儿,心慌意乱,长叹一声,把心一横,先收回那道绿光,咬破舌尖,一口血随口喷出,化成一道黄烟,笼罩全身,直往窟口扑去,伸手便要摘网。同时笑和尚也将宝镜交与金蝉,吩咐小心从事。自己收了无形剑遁,准备运用剑光下手。正在这双方张弓待发,时机一瞬之际,辛辰子原知绿袍老祖妖法厉害,所有宝物全都能发能收,所以先时不敢去摘,及见阴火无功,时机转瞬将逝,不得不拼死命连网带妖物一齐盗走,逃出之后,再作计较。手将伸到网上,金蝉迫不可待,也将镜袱揭开,口念真言,道一声:“疾!”一道五彩金光,匹练长虹般,也已罩向网上,登时烟云尽灭,光焰全消。那妖物文蛛也似遇见克星,抓伏网上,闭着一双绿黝黝的双目,口中不住怪叫,毫不动弹。

那辛辰子忽见一道金光一闪,现出一个小和尚和一个幼童。认得那小和尚曾在天蚕岭盗文蛛时见过,剑术甚是了得。尤其是那幼童,手上拿着一面宝镜,出手便似一道五彩金虹,照得满洞通明,烟雾潜消。知道来者不善,未免有些心惊。猛一转念:“何不趁着眼前时机,抢了文蛛逃走?”说时迟,那时快,辛辰子已将鲛网揭起半边,一见文蛛如死去一般,并不转动,心中大喜,正要往前扑去。忽听脚底下鬼声啾啾,冒起一丛碧绿火花。知道中了仇人暗算,顾不得再抢文蛛,正待飞身逃走,已来不及,被那一丛绿火涌起来,当头罩住。同时觉着脚底下一软,地下凭空陷出一个地穴,似有什么大力吸引,无法挣脱,活生生将辛辰子陷入地内去了。

这里笑和尚全神注定辛辰子,准备他从妖网之内将文蛛抱出,便飞剑过去,一齐腰斩。忽闻异声起自地中,陷出一个地穴,冒起一丛火花,将辛辰子卷了进去,便知不妙。正唤金蝉小心在意,猛觉眼前五根粗如人臂的黑影,屈曲如蚓,并列着飞舞过来,也不知是什么东西,忙着招呼金蝉。正待先将身形隐起,将身剑合一,身子已被那五条黑影绞住。笑和尚一着急,大喝一声,索性用剑光分出迎敌。谁知眼前起了一阵绿火彩焰,闻见奇腥刺鼻,自己飞剑竟失作用,身子又被几根蛇一般的东西束住,才知飞剑被污,身已被人擒住。刚喊:“我已失陷,蝉弟快照昨日所说,逃往东海。”一言未了,一道金色长虹照将过来,金光影里,看清那地穴中现出一个碧眼蓬头的大脑袋,伸出一只瘦长大手臂。来者正是妖人绿袍老祖，束身黑影便是妖人邪法变化的大手。吃金蝉天遁镜照在他的脸上，眼看妖人绿眼闭处，手也随着一松。笑和尚连忙用力挣脱。那大手想也畏惧镜上金光，竟然疾如蛇行，收了回去。笑和尚已被妖人大手束得周身生疼，喘息不止。金蝉忙着跑了过来，刚将笑和尚扶好，地下鬼声又起。先是一丛绿火彩烟过处，那封藏文蛛的怪洞，忽然往地里陷落下去，如石沉水，一点声息全无。接着满洞绿火飞扬，四壁乱晃，脚底虚浮，似要往下陷落。

笑和尚见事危急，忙喊："蝉弟快快带着我将身飞起，我飞剑已被邪法污损了。"金蝉闻言大惊，刚刚扶着笑和尚将身飞起，果然立脚之处又陷深坑，脚底火花如同潮涌。光影中隐隐看见绿袍老祖张开一张血盆大口，眼露凶光，舞摇长臂，伸出比簸箕还大、形如鸟爪的大手，似要攫人而噬。金蝉不敢怠慢，连用霹雳双剑护着全身，手持宝镜照住坑穴。穴内万千火花被金光一照，便即消灭。叵耐妖法厉害，灭了又起。下面绿火彩烟虽被天遁镜制住，可是四外妖火毒烟又渐渐围绕上来。这时地洞中方位变易，已不知何处是出口。相持了好一会，笑和尚知道妖人厉害，暂时虽擒不住自己，必然另有妖法，迟则生变，好不着急。及见四外火烟虽然越聚越浓，却只在二人两三丈以外围绕，并不近前，情急生智，悄声嘱咐金蝉："火烟不前，说不定便是霹雳剑的功效。你一双慧眼，能烛见幽冥，何不权拼万一之想，冒险觅路逃生，死中求活？"金蝉原是全神贯注绿袍老祖，恐他乘隙冲起，抵敌不住，惊慌忙乱之中，竟忘了逃走之路。被笑和尚提醒，才定睛往四外一看，火烟中依稀只左侧有一条弯曲窄径，仿佛来时经行之路。余者到处都已陷落，四外都是火海烟林，一片迷茫，无路可通。一面夹着笑和尚，身与剑合；一面将宝镜舞起，一团霓光，光照处，火烟消逝，路更分明。可是后面地下异声大作，竟如儿啼，也随着追了上来。笑和尚忙喊快走。金蝉运用真气，大喝一声，直往外面冲出。才飞走了不远，便听后面山崩地裂一声大震。二人哪敢回头，慌不择路，有路便走，居然飞离穴口不远，金蝉慧眼已看见穴外天光，心中大喜。就在离出穴还有两三丈远近，忽见眼前数十点黄影，从两旁壁上飞扑上来。金蝉见那东西并不畏惧天遁镜上金光，大吃一惊。恐有闪失，将手一指，先分出一口雄剑上前迎敌。一道红光闪过，只听吱吱连声，数十道黄星，如雨般坠落，并不济事，才略放心。

身临穴口，刚要飞出，又见有数十条彩缕在穴上飞动，忙将宝镜一照，悉数烟消。赶忙趁势飞了出去，一眼看见外面天空，似穿梭一般，飞翔着二十四个妖人。只为首之人不是唐石，却换了红衣蛮僧雅各达。各拿一面妖幡，彩丝似雨一般从幡上喷起，已组成了一面密密层层的天幕。见二人出穴，齐声怪啸，二十四面妖幡同时招展。那面五彩天幕，映着当天红日，格外鲜明，被妖法一催动，渐渐往二人头上网盖下来。

二人见势不佳，因知妖网一定厉害，想起昨日曾经看它在生门上留有空隙，欲待寻着飞出，省得以身试险。定睛细看，果然西面角上有一个小洞没有封闭，只是相隔甚远。正要驾剑光飞冲过去，忽听后面怪声。回头一看，绿袍老祖同了几个手下妖人，已从穴内飞出，现身追来。一丛绿火黄烟，如飘风一般涌至，相隔二十丈远近。绿袍老祖长臂伸处，又打出千百朵绿火星。同时那五彩天幕，已离二人头上不过两丈。金蝉用天遁镜上下左右一阵乱晃，后面绿火虽能暂时抵住，镜上金光照向天幕，却并无动静，越发心慌意乱。眼看天幕越低，将及临头。烟火中绿袍老祖用一只手挡着头面，另一只长手不住摇晃，就要抓到。四外妖人，也都包围上来。二人只凭一面天遁镜护住全身，顾了前后，顾不了左右，稍一疏虞，被妖火打上，便有性命之忧。见情势业已万分危急，一落妖人之手，便无幸理。只一转念间，耳听绿袍老祖猛然两声怪啸，四外妖人忽然分退。由绿袍老祖身旁飞出三道灰黄色匹练，直往二人卷去，天幕也快要罩到二人头上。笑和尚知道再不冒险冲网而出，绝没活路，忙叫蝉弟快走，口中念起护身神咒。说时迟，那时快，金蝉先也是怕两口飞剑被妖人彩幕所污，及见存亡顷刻，把心一横，用丹田真气大喝一声，驾着红紫两道剑光，冲霄便起，剑光触到网上，仿佛耳边嗞嗞几声。及至飞起上空，那天幕竟被霹雳剑刺穿了一个丈许大洞，彩丝似败绡破绢般四外飘拂。

绿袍老祖以为这两个小孩已是瓮中之鳖，虽然被他刺死许多蚕母，自己却可得着两个生具仙根的真男，作一顿饱餐，还可得那面宝镜。正在又怒又喜，万没料到来人虽然年幼，飞剑却这般厉害，竟然不怕邪污，破网而去。出其不意，又惊又恨，暴跳如雷，怪啸一声，率了手下妖人，破空便追。笑和尚、金蝉见后面满天黄烟妖雾，绿火星光，如风卷残云般赶来，哪敢迟延，急忙催动剑光，如飞遁走。无奈笑和尚飞剑被污，不能隐形潜迹；霹雳剑虽然迅速，云空中现出红紫两道光华，正是敌人绝好目标。绿袍老祖狠毒凶恶，蚕母被戮，吃了大亏，哪里肯舍，只管死命追赶。转瞬之间，已追离昨晚投宿山洞不远。二人在空中偶一回望，别的妖人飞行没有绿袍老祖迅速，俱都落后，只剩绿袍老祖一人，业已越追越近，烟光中怪声啾啾，长臂摇晃，眼看不消片刻，就要追上。

正在危急万分，忽见脚下面腥风起处，一片红霞放过二人，直往后面飞去。二人又飞出去有百十里远近，渐渐听不见后面声息，觉着奇怪，这才回身看去。遥见远远天空中，适才所见那一片红霞，已和后面追来的绿火黄烟绞作一团，光烟潋滟，翻腾缭绕，宛如海市蜃楼，瞬息千变，知道妖人又遇劲敌。适才所见红霞，虽然逃走匆忙，不及细看，但是色含暗赤，光影昏黄，隐闻奇腥之气，定是一个妖邪之辈，不知为何帮助二人，反与妖人火拼，甚是不解。金蝉还想稍往回飞，看个动静。笑和尚飞剑被污，心乱如麻，又痛又惜，急于寻觅地方，拆看第二封柬帖。那一片红霞虽说相助自己，也不一定是好相识，再要抵敌不过，又生意外。当下催着金蝉飞走，直飞到云贵交界的绝缘岭，看妖人并未追来，才行落下。先寻了僻静之处，打开柬帖，一看柬帖所说，已不似第一封严厉。

原来笑和尚三劫将临，所幸根行甚厚，并非不可避免。第一次到百蛮山阴风洞，如果守定时间，不预先前去探看，便不会先在洞穴中遇见辛辰子，无心中被金蝉破去他的五淫兜，辛辰子必在第二日早起用五淫兜将百万金蚕恶蛊一网打尽。那时笑和尚、金蝉也按照时间赶到。金蚕蛊因绿袍老祖用精血妖法修炼，虽未炼成，已是息息相关，金蚕飞走，必然警觉，跟踪追去。笑和尚、金蝉恰好乘虚而入，就由他坐处飞身到阴风洞底风穴之内，寻见文蛛，先用天遁镜破去封锁，再用飞剑，便可将它除去。只因一时过于小心，上来便错了步数。后来又只顾从辛辰子、唐石二人身上得点虚实。谁知他二人刚跟在辛、唐二人身后，飞走不多一会，绿袍老祖以为辛辰子只能将金蚕引走，并不妨事，还不知他借有红发老祖的五淫兜，想给他一网打尽。仗着有法收回，自己又正当白眉针在身上按时作怪之际，不能归窍，功亏一篑，便用第二元神紧随辛、唐二人身后。一来笑和尚、金蝉隐身潜形，没有被他发现；二来痛恨辛辰子切骨，情知他逗留不走，必是为了文蛛，不得已他和唐石一同入洞，自投罗网。及见唐石虽学辛辰子叛师，胆子却不大，并不敢去。知道辛辰子只要一入洞，便难逃走。却不愿便宜了唐石，那辛辰子一走开，先将唐石制住。这时众妖人已用妖幡将金蚕招回。绿袍老祖收了金蚕，将众妖人一一嘱咐布置妥当，然后飞入阴风洞底，由外自内用妖法层层封锁。到了洞底一看，辛辰子正在施为，想破他的妖网。绿袍老祖强忍怒气，也不去惊动他，只在暗中运用第二元神，附在文蛛身上，放出妖火，和他支持。挨到本身痛苦时间过去，才将元神归窍，二次入洞，又发现正教中还有两人，不知何时闯入，虽然年纪不大，本领却甚高强。内中有一个手持一面镜子，发出五色金光，已将文蛛制伏不动。绿袍老祖一见大怒，先用妖法将辛辰子擒了。见笑和尚立得较近，便将玄牝珠运用元神幻化大手抓去。笑和尚的无形剑在同辈门人自炼的飞剑中自然数一数二，但到底年轻，功候未纯，不是玄牝珠的敌手。见大手抓来，忙用飞剑抵敌，一照面，便被妖法污损，还了原质。那剑本是苦行头陀采用西方太乙精英千锤百炼而成。还算笑和尚机警，连忙收住，剑虽失了效用，未曾脱手失去。

绿袍老祖擒住笑和尚，正往回收，预备擒入地穴，再擒金蝉，正遇金蝉手中宝镜光芒，直往他脸上射来；手中笑和尚飞剑虽然被污，仍有一身本领，也在用力挣扎，元神不及分用。只因小觑敌人，不料天遁镜如此厉害，险些吃了大亏。绿袍老祖自经大劫，在玉影峰风穴寒泉中，已炼成不坏之身，功行只差这一双碧眼。见势不佳，又惊又怒，只得收回元神，护住双目。手松处，笑和尚业已挣脱，被金蝉救去。还以为妖法严密，敌人已成釜底游魂，纵然暂时侥幸，也决难逃出罗网。便用一手护着双目，仍用妖法幻化元神，打算生擒享用。几番冲起，都被金蝉天遁镜、霹雳剑阻住。越发暴跳如雷，顿改了原来打算，将洞底风窍开放，想用阴飙恶飓，将两个敌人吹化。更不料金蝉生具一双慧眼，竟从妖云毒雾中辨清门户遁去。出穴之时，又将他硕果仅存的蚕母用霹雳剑杀死。

那金蚕原是苗疆产生的一种毒虫，在千百种恶蛊之中最为厉害，其性异常凶淫。雌的虽不如雄的厉害，但是繁殖之力极强，一雌常交百雄，始能产卵，每产千枚，见风即能化成小蚕。绿袍老祖当初受毒龙尊者之托，赶往慈云寺与正派为仇，所炼十万金蚕恶蛊，一齐带去，只剩下四十九条衰弱蚕母，随意弃置在阴风洞底隐秘之处，当时并未在意。及至在慈云寺被极乐童子李静虚将金蚕一齐刺死，遭劫回山，见那些蚕母竟未被辛辰子发现，只是久未用生血饲养，都快僵死，便用丹药生血，先行调养。怎奈蚕母这东西秉天地极淫极戾之气而生，久旷疾疲，体气业已亏残，仅仅可供生育，别的效能已失。其种又绝，更无法寻觅许多雄蚕配合。只得另想妙法，在百蛮山西，阴毒污湿的天愁谷内，寻到许多天蝎代替雄蚕。这天蝎也是一种极淫恶的毒虫，形如常蝎，有翼能飞。经绿袍老祖寻到以后，先用毒药喂养，符咒祭炼。三日之后，再给天蝎吃了自身生血，去与蚕母配合。一昼夜间，天蝎与蚕母交尾后，全被蚕母吃光，第三日便生下无数小蚕。绿袍老祖嫌它力弱，知道天蝎在天愁谷专吃瘴岚湿毒淫气凝聚而生的一种金丝菌，便在阴风毒洞前崖，又开辟了千顷花田，移植毒菌，喂养金蚕，果然吃了更增体力。又因金蚕食量太大，一经放出，千顷花田似春蚕食叶般，顷刻净尽，供不应求，又命门人寻找毒虫毒蛇生血浇种，一方面用法术催长，当时虽然吃完，第二日又是千顷金波，恢复旧观。放出时四周用妖气组成天幕罩住，防备周密。只这次所生尽是公蚕，所以对这些衰老蚕母极为珍惜，打算等小蚕成长，再与蚕母配合，只要产出母的，便可取之不尽。不料这些蚕母封闭地方，正是一条出口秘径，被金蝉无心遁出，见有生人到来，如何不上前嚼咬，被金蝉霹雳剑光一绕，全数了账。绿袍老祖岂不恨如切骨，死命追赶。

追至中途，偏巧遇见对头红发老祖的门人长人洪长豹。他因和辛辰子交情深厚，当时有事不能分身。及至将法宝借与辛辰子，又后悔起来，恐自己法宝有甚闪失，拼着冒险，瞒了红发老祖，盗了天魔化血神刀，借着往绝缘岭采药为名，偷偷赶到百蛮山来。他知辛辰子必在百蛮山左近寻觅地址，设下妖阵，以便运用五淫兜将金蚕引来，一网打尽。一路寻踪追迹，寻到一处，见下面有一岩谷，藏风聚气，地势隐秘，离百蛮山主峰不过二百里左右，甚是合用。正心疑辛辰子在此施为，不由停了遁光，仔细留神一看，果然闻见五淫兜的气味，忙即下来，找到辛辰子昨晚行法的洞穴。一进门便知五淫兜业已被人破去，又惊又怒，好生痛惜。再捡了现形魔兜及七根妖幡一看，不知被什么东西啃咬粉碎。两样至宝全都被毁，如何不恨！辛辰子又不见踪迹，愤恨切骨。

正要赶往百蛮山阴风洞去，忽听头上雷声隐隐，夹着一阵破空之声，一红一紫两道光华，如电闪星驰一般，由远处空中打头上飞过。暗想："绿袍老祖妖法高强，这里是他老巢，如何会有别派之人到此？"好生诧异。刚想借遁光飞起迎上前去看个究竟，身才起在空中，来人剑光迅速，已打他头上飞出好远。猛一抬头，看见绿袍老祖发出万点绿星，烟雾围绕中，伸出鸟爪一般的长臂大手，风卷残云般赶将过来。因为时间凑巧，便猜前面逃走的红紫光华许是辛辰子请来的帮手，被绿袍老祖战败追来，已然快到面前。百忙中并未寻思邪正不能并立，峨眉教下岂能与辛辰子一党。心疼法宝，怒发千丈，仗着本领高强，学会身外化身，又有绿袍老祖克星天魔化血刀在身，不问青红皂白，劈头迎上前去，厉声喝道："辛辰子何在？我的五淫兜是否被你所毁？"

绿袍老祖催动妖云，正在追敌心急，忽见一片红霞中现出一个身高丈许、相貌狰狞的赤身红人拦住去路，挡住妖火，已是不快。及听来人发话，定睛一看,认得是辛辰子莫逆好友、红发老祖门人洪长豹,不由勃然大怒。两下里连话都未多说,就在空中争斗起来。一会工夫,后面手下妖人一齐追到,一片妖云绿火,将洪长豹围了个风雨不透。洪长豹见人孤势薄,寡不敌众,长啸一声,将化血神刀放起。一道赤阴阴冷森森的光华才一飞出手去,满天绿火星扫着一点,便如陨星纷纷下坠,近身妖人早死了好几个,凭空变成数段残躯,落下地去。

绿袍老祖先见洪长豹放过笑和尚、金蝉,将他拦住,本想就下毒手,到底有些顾忌着来人的师父红发老祖。打算使洪长豹知难而退,自己好去追赶两个逃走的肥羊。谁知洪长豹本领竟是不弱,一片红霞裹住了满天绿火,丝毫不能前进一步,眼看先前两个仇敌逃走已远,已是咬牙切齿愤恨。及至洪长豹放起天魔化血神刀,一出手先破了妖云绿火,死了四五个门人,不由怒从心上起,恶向胆边生。这时手下妖人正在纷纷败逃,化血神刀劈面飞来。绿袍老祖把心一横,一声怪啸,元神运化长臂,伸出簸箕般的大手,就近抓起一个门人,迎上前去。只听一声惨呼,那道暗赤光华接着那人只一绕,便斩成两段。绿袍老祖更不怠慢,将手一指,一阵阴风吹处,从那门人血腔子里冒出一股绿烟,将那暗赤光华绕住。两半截残躯并不下落,不住在空中飞舞,刀光过处,血雨翻飞,一霎时尽变残肢碎骨。仍是随着绿烟,与刀光纠结,兀自不退。虽然几次被化血神刀冲散,怎奈那是妖人阴魂,受绿袍老祖妖法催动,随聚随散,紧紧围住刀光不能上前。

洪长豹见绿袍老祖竟是这般残忍,不惜牺牲门人生命,用小藏炼魂却敌大法,将飞刀裹住,不由大吃一惊。正要另想别的妖法施为,对面一闪,绿袍老祖踪迹不见。还未及仔细观看,忽觉眼前一团绿阴阴的光影罩向头上,才暗道得一声:“不好!”已被绿影里绿袍老祖元神、玄牝珠幻化的大手抓个正着,顿觉奇痛彻骨。知道想要全身后退,已来不及,只得咬紧钢牙,厉声喝道:“我与你这老妖今生今世,不死不休!”说罢,玄功内敛,怪啸一声,震破天灵,一点红星一闪,身躯死在绿袍老祖手上,元神业已遁走。

绿袍老祖原因化血神刀厉害,自己此时回山不久,法宝未成,尚不能破,用一个门人去做替死鬼,缠住刀光,暗运玄功,擒到洪长豹,心中大喜。满想擒回山去,用极恶毒的邪法消遣报仇,不想洪长豹竟学会红发老祖身外化身之法,将元神遁走。人未擒到,反与红发老祖结下血海深仇,将来平添一个劲敌,又惊又怒。再看化血神刀时,那刀究是灵物,主人一去,失了主持,竟也随了飞去。绿袍老祖未施解法,一任那千百残骨碎肉,缠绕着化血神刀,电闪星驰，破空飞去，当时并未在意。只想起今日蚕母被害，连连丧失许多法宝、门人，看看手上洪长豹尸身，越想越恨。猛地张开血盆大口，咬断咽喉，就着颈腔，先将鲜血吸了一阵。算计那两个敌人无法追寻，厉声命将已死门人带回山去享用。手持残尸，一路叫嚣嚼吃，驾起妖云，回去拿辛辰子泄愤去了。

这一幕惊心惨剧，把手下一干妖人吓得魂飞魄散。积威之下，虽不敢彼此商量，兔死狐悲，物伤其类。先见他用自己人去抵挡化血神刀，临死还遭消魂碎骨之惨，邪教入门时，本有舍命全师誓言，还可说临危救急，不得不尔。及见最初那几个为他御敌而死的同门，都要将尸身带回山去嚼吃，未免触目惊心，一个个都有了异图。那不见机的十来个，还诚惶诚恐，奉命维谨地带了那几具死尸回去；见机一点的，彼此存心落后，觑一个便，纷纷逃走。即或被同类发现，俱有心照，谁也装作不知。这一天工夫，绿袍老祖手下妖人，连死和逃叛，倒去了多一半，共只剩下十来个胆子较小的妖人回转。

洪长豹白白为了辛辰子牺牲一个肉身，又丧失了几件法宝，元神回到山去，与他师兄姚开江相见。真是无独有偶，一个丧了法体，一个坏了元神，好不伤心。红发老祖见两个传衣钵的心爱门人俱都吃了大亏，对于怪叫花凌浑，自然早就怀恨结仇；对于绿袍老祖，也是当然不肯甘休。不过他为人比较持重，不肯轻举妄动，机会一到，自然会去代徒报仇。这且留为后叙。

且说笑和尚看罢苦行头陀第二封柬帖，知道了一些失败的大概，事尚未完，仍须努力。只是飞剑被污，要复原状，须待斩完妖物回山之后。柬帖上虽说金蝉现有双剑，可以借用一口，就本来功行，向金蝉请教峨眉剑诀及使用之法，便可应用。但是失去无形剑遁，隐不住身形，硬要冒险，再入虎口，岂不比初上百蛮山，还要难上十倍？一手拿着柬帖，望着这口被污了的飞剑，虽然晶莹锋利，不比凡铁，但是灵气已失，不能使用，前途危难正多，丝毫没有把握，好不伤心。

金蝉见他难过，再三劝慰说：“师伯故意使你为难，无非玉成于汝，虽蹈危机，终无凶险，忧急则甚？”笑和尚苦笑道：“我岂不知师父成心激励我成人，我只可惜这口飞剑，自从师父传授到如今，没有一天断了修炼，也不知费了多少心血和工夫。柬帖上虽说异日成功回山，仍可祭炼还原，到底能如以前不能，并不知道。实不瞒师弟说，师父和许多前辈师伯叔，都道我宿根既厚，功行又好，年纪虽轻，因为师父苦心传授，在小辈同门中，可算数一数二。不想一败涂地，若非师弟仗义相助，几死妖人之手，岂不令人惭愧伤心？”金蝉道:“胜负乃兵家常事,这有何妨?柬帖上教你我先觅地修养十余日,将我的飞剑分一口给你,练习纯熟。到了时候,只需谨慎小心,仍有机缘成功。此时悔恨,有何用处?”

笑和尚也明知除了奋斗成功,不能回山再修正果,只得打起精神,照柬帖所言行事。他和金蝉俱是一般心理,不获成功,不愿再回凝碧崖去。见绝缘岭风景甚好,可惜并无相当的洞穴可以打坐凝神,寻了几处,不大合意。笑和尚猛想起莽苍山藏有两口长眉真人炼魔飞剑。其中一口叫作紫郢,现被李英琼得去,连许多前辈剑仙的飞剑都不能及,尤其是不假修炼,便能出手神化。还有一口,尚未出世。那山岩洞幽奇,何不赶到那里,一面借练霹雳剑,顺便寻访?即或自己与此剑无缘,也可先行默祝,暂借一用,将来再物还原主。如能到手,岂不比分用霹雳剑要强得多?金蝉因李英琼现正寻找余英男,不知已否找到,她为人甚好,又有神雕,说不定她能背着灵云,乘机助笑和尚一臂之力,闻言甚为赞同。二人打好了主意,离开绝缘岭,直飞莽苍山。

第一一一回

穷搜岩涧　手挥剑气晃银河
直上苍穹　足踏云流行紫昊

笑和尚和金蝉飞到莽苍山时业已深夜，先寻了一处树林打坐，养神敛息。不久天明起身，看了看地势，并不中意。重又飞身空中，留神观察适当地点。笑和尚昔时虽曾路过，无奈此山面积太大，路径不熟，飞了许多地方，一些朕兆都没有。明知此山太大，要寻觅那口飞剑，无殊大海捞针。恐怕误事，只得落下，先寻了一个山洞存身，向金蝉借了一口雌剑，学了口诀用法。苦行头陀所传，与峨眉剑法原是殊途同归，当时便能使用。虽然霹雳剑不比寻常，初学难于驾驭，仗着笑和尚功夫本来精纯，至多约有五七日，便可运用纯熟，略放了一些宽心。决计先将此剑练习纯熟，再去寻找那一口长眉真人遗藏的飞剑，能到手更妙，不能也不妨事。

金蝉终是喜事，因知英琼纵然将人救回，还要来盗温玉，决不会相遇不上。将剑法传了笑和尚，便由他在洞中凝神修炼，独自一人，离了山洞，到处寻找英琼下落。因昔日曾听英琼说，当初曾被一群马熊、猿猩将她抬往一个大山洞内，那便是埋藏温玉之所，只要发现大群马熊、猿猩，便不难跟踪寻觅那座山洞。尤其那山洞，据母亲飞剑传书上说，里面还有一个厉害妖人，正想独吞那块温玉，必有形迹显露，岂会寻找不见？他不知走错了方向，自己身在山南，昔日英琼所住的山洞却在山北一个环谷之中，外有密林掩覆，路径甚是隐僻曲折，身经其地尚且不易发现，何况又是驾剑光在空中寻找，纵然一双慧眼能辨毫芒，也难转折透视，一直寻到天黑，毫无踪影。顺便采了些松仁果实，摘了一个干葫芦，用剑掏空，装了一葫芦山泉，回洞与笑和尚同吃。

第二日一早，又去寻找。似这样寻了三四日，俱未寻见。猛想起英琼盗温玉并非易事，预计还得好些时日，经过多少麻烦，才能到手。漫说她用紫郢剑和妖人争斗，不会不露形迹，就是那一雕一猿，俱是庞然大物，焉有不见踪迹之理？定是日里潜伏，夜晚才去动手，也说不定。想到这里，决定晚间再去寻找。

这日晚间，恰巧笑和尚已将霹雳剑运练纯熟，二人约好一同寻找，由黄昏时分，直找到半夜，猛见西北方远处有一道银光，疾如流星，直往正北山坳里飞投下去。笑和尚见那剑光非比寻常，虽看不出是何派中人，决非异教所有，好生惊奇。急忙同驾剑光，跟踪飞去，落地一看，竟是一处广崖，下临清流，崇冈环抱，稀稀落落地生着数十棵大楠树，古干撑天，浓荫匝地，月明如水，光影浮动，时有三四飞鹤归巢，鸣声唳天，越显景物幽静。遍寻那道银光下落，已无踪迹。又等了一会，并不见他二次飞起，心中好生纳闷。猜他不曾去远，必在附近岩穴之中隐身。虽然事不关己，因见那道银光正而不邪，不是同门，也是同道之士。此山早有妖人盘踞，如是一向在此潜修，必难两立；要是新从别处赶来，必有所为。惺惺相惜，总想寻出一个下落，与那人见上一面，看看到底何许人也。

找来找去，找着一个山洞，甚是宽敞洁净，连外面风景都比前几日所居要强得多。便决定移居在此，就便寻访那道银光的下落。商议既定，同出洞外，飞身上空，四外观察。这时朗月疏星，犹自隐现云际，东方已现了鱼肚色。一会日出天明，四围山色苍翠如染，远处高山尖上的积雪，与朝霞相映，变成浓紫，空山寂寂，到处都是静荡荡的。二人飞行巡视了一阵，那道银光还是神龙见首，不再出现。最奇怪的是，连寻了好几天，竟没一处似英琼当时所说的景致，虽有时也看见许多虎豹豺狼、野鹿黄羊之类的野兽，独没遇见过一猩一熊。

金蝉暗自奇怪。末后采了些山果，取了些清泉，回转洞中，才看出洞外岩壁苔藓中，还隐隐现有"奥区仙府"四个古篆。入洞细看，那洞坐东朝西，没有出路，四壁钟乳缨络下垂，宛如珠帘。虽甚整洁广大，除了洞外景物幽秀外，并无什么奇特之处，显然与洞壁所题不符。当时也未在意，一同坐下，互相谈说。

笑和尚道："想不到昨晚看得那般仔细，相隔又不甚远，那道银光竟未发现，我近来真是越修越往后退了。"金蝉道："谁说不是？李英琼师妹明明在此山中，我前后寻了这几日，连个影子都未找见，真是古怪。我们还是先找师祖遗藏的那口宝剑吧。"笑和尚道："人都寻找不见，那口宝剑，外面必有法术符箓封锁，更是可遇而不可求了。适才我在空中，见此山有许多地方甚是灵奇幽奥，还有极隐秘之处。莫看我们穴中寻找，一目了然，反倒难于发现。

离往百蛮山去，还有好多天，我借你飞剑已能应用，闲着也是闲着，莫如从今日起，我们实事求是，穷幽探奥，步行寻找那藏温玉的古洞。想和凝碧崖一般，别有洞天，就连那口宝剑，也会在无心中发现，都说不定。”

金蝉闻言，猛想起道：“我们初出来时，家母来书曾说，余英男失陷在山阴一个风穴之内。李师妹如去过，必有些踪迹可寻。连日都以为英男妹已被李师妹救出，只注意那藏温玉的古洞，竟未想到风穴。莽苍山虽是李师妹旧游之所，你想她当时并未成道，是由猩、熊将她抬到那里，后来又走了好多天，才遇见我们同返峨眉，沿途路径，如何记忆得真？她有雕、猿引导，自然容易寻到。我们仅凭这想象情形，来时我又不曾想到这里来，只知在山南一面寻找。这山有千百里方圆，无怪乎难于找到了。至于那口宝剑，据说不久三英相见，纵不能为你所得，也该是出世之时了。我们再往山阴一带看看，只需寻到那风穴，总可寻着一点迹兆。你看如何？”笑和尚闻言称是，二人一同起身出洞，先端详了一下方向，舍却明显之处，专往狭窄幽僻的崖径寻找。

且行且说，所谈尽是以前旧事和英琼得剑经过。刚走到昨晚降落之地，金蝉的眼尖，看见北山密林掩覆中，后面广崖中间，似有一条尺许宽的狭缝，从丛树隙里望过去，仿佛看见里面花树藤萝，交相披拂。不由动了好奇之心，拉了笑和尚，径往密林里走了过去。近前一看，那片峻险高崖，依然一片完整，并无缝隙。若在别人，必然回去。金蝉自信不会错看，猛一转身，忽然大悟，回头笑道：“在这里了！”

原来刚才站处是一片山坡，由坡上到坡下，少说也有二十来丈。那些密林俱是多年古木，合抱参天，虽是上下丛生，因为生得太密，将地形遮住，远看斜平，似无高低。那岩缝生在半崖腰间，二人谈笑忘形，所以一时蒙住。及至回看来路，上下相去甚高，举头一望，才看出危崖撑天，中腰裂开一条十来丈长的窄缝，宽处不过一尺，上下俱被藤萝矮松遮掩，只刚才所见之处，略微稀疏。飞身上了隙口，往里一看，竟是一个极幽深曲窄的岩孔，斜坡向下，形势奇险，猿猱都难飞渡。尽头处似见天光，照见花影闪动，知有奇境。二人因不能并肩而行，驾着剑光一前一后，顺斜坡往下飞走。到了有天光处一看，只是一个天窗，直达崖顶，中通一线，并没有什么奇境，不禁有些失望。笑和尚正想招呼金蝉回去，金蝉仍不死心，答道：“当初我们在峨眉开辟凝碧崖时，也是走到尽头，是一个突出的孤崖，上极青冥，下临无地，幽暗逼窄，毫无意思。若非李英琼师妹去过，又有神雕领路，也不会发现仙府奇景。反正没事，别处找也是一样，这岩孔生得太古怪，总要寻个水落石出，我才死心。”

正说之间,忽见左侧一个稍宽的所在,壁上藤蔓中似有银光闪闪。笑和尚忙拉了金蝉一把,悄悄飞身过去。金蝉早已看出一些迹象,猛伸手将壁上藤蔓揭起,现出一个极窄小的洞口。一个秀眉虎目、隆准丰额的白衣少年,长身玉立,英姿飒爽,满脸笑容,站在那里。二人未及发言,那少年已开口问道:"二位敢莫是峨眉同道么?"二人见那少年一脸正气,虽不认识,知非异教中人,甚是心喜。金蝉忍不住先答道:"我正是峨眉掌教之子齐金蝉。这位是东海三仙、苦行禅师门下弟子笑和尚。道友何以知我二人来历?"那少年闻言,慌忙下拜道:"原来是二位师兄。小弟乃是太湖西洞庭山妙真观方丈严师婆的侄孙,贱名严人英,新近拜在峨眉醉道人门下。奉师尊之命,来此等候一人。"说时,脸上微微一红,略顿了一顿,又说道:"那人该要明日才来,秘助她得一口长眉真人遗留的青索剑。到手以后,再和她一同去助刚才二位师兄所说的李英琼师姊,同盗温玉。来时师父曾说,妖人厉害,就是明日那二位师姊同来,借紫郢、青索二剑之力,也不过将他逐走,并不能就此除去。小弟道浅才疏,吩咐到此觅地潜伏,不可妄动。那晚小弟也曾冒险到北山一探,果然妖人布置严密,难以下手。彼时曾见月光下一团紫光,护着一只大黑雕往东飞去。小弟剑光在黑夜中极为显目,也幸妖人只顾追赶那道紫光,不曾发现小弟,不敢逗留,就回来了。"

笑和尚一听是长眉真人同辈的剑仙、碧雯仙子严师婆的侄孙,又是醉道人新收弟子,同门一家,越发欣喜,忙着还礼。听完答道:"昨晚银光,竟是你么?真正门下无虚。我二人找了一夜,也未发现,不想无心相遇,真妙极了!"金蝉也喜得不住拍手。人英谦道:"二位师兄太夸奖。我日前到此,无心中寻见这座洞府,里面奇景甚多,外人且难发现呢。今早还探出一条甬道,直通妖人洞旁一个古树穴内,明日盗玉,甚是有用。刚刚将这条路打通回来,行至此间,看见洞外漏进天光,才知这里还有这么一个小洞,正在察看,忽听见二位师兄说话声音。我知这里是一个夹岩壁,下面有一凹窟,潜伏着千百马熊,甚是凶猛,除了奇人异士,常人绝难到此。因不知就里,伏在一旁静听。后来听清是自己人,正想用剑斩去藤蔓,出来相见,不想已被二位师兄发现。二位师兄想必也是为了盗玉之事而来,正好合力进行。请到里面看看,如果合意,大家同住此间,岂不有趣?"金蝉正要答言,笑和尚道:"话说起来太长,我们入洞再详谈吧。"人英闻言,举手揖客。

二人进洞一看,那洞口也是一个天然生就的岩隙,仅有数尺宽的一块大石可以容足,里面甚是幽暗。石尽处直落千寻,只底层隐隐见有光亮,仿佛甚是宽敞。人英已驾起银光在前引导，剑光照见两面壁上，尽是碧油油的薜萝香草，万绿丛中，时见嫣红数点，越显幽艳。也不知是什么奇花异草，扑鼻清香，中人欲醉。只可惜生在这种幽暗深邃，不透天光的岩洞以内，清标独秀，终古孤芳，不能供人赏玩罢了。

剑光迅速，转眼到达地面，才将那段千寻高下的岩洞走完，豁然开朗，现出一座洞府。落脚处是一间广大石室，洞壁如玉，当中一座黑石丹炉，云床石鼓，设备齐全。石壁上悬嵌着栲栳大一团银光，照在四壁透明钟乳上面，真个是金庭玉柱，锦屏珠缨，五色迷离，庄严华美。人英先领二人巡视大小石室，共有二十余间，每间俱有刚才所见的银光，大小不同，因室而异。及至到了洞外一看，正门是个方形，高有两丈，上面有"清虚奥区人间第十七洞天"十一个古篆字。洞门外仍被山石覆住，地平若砥。又走出去有十余丈远近，忽见清波阻路，喷珠飞雪，奔流浩浩。两面俱是万丈峭壁，排天直上，中腰被云层隔断青旻，偶从闲云卷舒中，窥见一点点天日。阳光从云缝里射入碧渊，宛如数十条银线，笔直如矢，随云隐没，时有时无。奇境当前，引得金蝉、笑和尚不住口地称赞。

原来那洞深藏绝壑凹岩之内，又有藤蔓薜萝隐蔽。两道峭壁，亘古云封，上出重霄，下临无地，奇险峻峭，不可落脚。如非素知其处，纵使来人是个剑仙异人，能够降落涧底，踏波而行，不到洞口，也难发现。果然不愧是人间洞天，奥区福地。

三人观赏一阵，重又回身入内。金蝉忍不住问道："看这洞府题额和设备，自然是往昔仙灵的窟宅，用不着说了。难道各石室壁上光明，也是前人遗留的奇迹么？"人英请二人在就近一间石室内坐下，答道："此洞是哪位高人修真之所，因是初来，又从未听人说起，还不知底细。至于室内光明，乃是小弟当年在东洞庭采来萤火炼成的小玩意儿，共是二十八个。此洞什么都好，只是黑暗异常，是个缺点。恰巧所有石室也是二十八间，一时高兴，将它安上，倒也合用。

"小弟自从先祖姑同了我师姊姜雪君路见不平，从黄山五云步万妙仙姑许飞娘手内救回小师妹廉红药之后，只传了不到一年的道法，便值功行圆满，将衣钵传与了姜师姊，吩咐她带着廉师妹，仍在东洞庭修炼，静候三次峨眉斗剑，前去相助，以应劫数。因先祖姑得意弟子、先母天聋老女早已遇劫兵解，大仇未报，小弟自幼留养观中，虽承先祖姑赐了这一口银河剑，但是根行太浅，先祖姑飞升以后，无人教诲。若从姜师姊学习，又因男女有别，恐遭敌派物议，好生为难。恰值家师醉道人至洞庭登门拜访，谈起许多前后因果，先祖姑才想起当初教祖长眉真人遗言，命小弟拜在家师门下，从此归入峨眉。不久先祖姑圆寂，肉身坐化。小弟拜别遗容，辞了师姊师妹，径往成都碧筠庵。在武侯祠门首，遇见家师，说奉了掌教师尊之命，命小弟到莽苍山相助李英琼师姊，共敌妖人，同盗温玉。又交代了一些话和一封柬帖，外面注明相遇和下手时日。

“小弟性急，又因此山甚大，不知妖人藏于何所，想先来看个动静。自来此山，差不多已有一月光景。初来数日，一心到处寻找妖人踪迹。那日行至洞外悬崖之上，见下面云雾甚浓，以为是个无底深壑，并未在意。忽见远处疾如闪电，飞来一道光华，直投壑底，看出无人驾驭，是个宝物，急忙跟踪追去。穿过云层，追到下面岩凹，才看出这里有这么一个洞府。小弟因为洞太幽秘，必有仙灵潜伏，那道宝光定是洞中人在操纵发收，虽然不似邪教之人所有，不知虚实深浅，也未敢深入。多次装作叩门试探，终不见洞中有何回应。后来冒昧闯入，直将全洞走完，不见一人。细查洞中情形，知道洞中主人离去已久。因为先时慎重，耽搁了半日，那宝光已不知去向。此地既无人住，我便以洞主人自居，各室都安了荧光，每日除用功外，满洞搜寻那道宝光下落，至今没有再发现它。

“前日开视柬帖，知道李师姊同了一位周师姊，明日要来，盗玉在即，对那宝光仍不死心。全洞都好似一块整石生成，势难一一发掘。猜它必藏在洞中隐秘所在，有宝之处，终有迹象可寻，又穷搜了一阵，仍未搜着。下午出洞闲游，听见怪兽惨叫。向山北低洼之处一看，见两个道童正用妖法驱逐七八只大马熊，往北面崖上走去。我因马熊并非善兽，未去理他。猛想起此山向无人迹，这两个道童满身妖气，定是妖人爪牙。悄悄跟他们走到北山崖后一个弯曲山环之内，果然发现柬帖上所说的大洞。又从那两道童口中，得知日前已有一个女子来盗温玉，他师父几乎吃了大亏，更知是妖人无疑。那妖人想是有了戒心，洞外烟云环绕，似有邪宝笼罩。因见妖法厉害，恐被觉察，当即回转。昨日晚间又去，刚才已曾说过。今早无事，又在洞中寻找宝物，无意发现后洞深处岩窗内，藤萝荫覆中有一极窄小径。循径而入，越走越深，竟通到妖人所居洞外的一株古树腹内。如从此径前去盗玉，可以避去外洞邪法，不致被妖人觉察。回来便遇见二位师兄了。”

笑和尚、金蝉听完人英之言，也将经过细说了一遍。人英道：“原来二位师兄另有使命。且喜时日还宽，盗玉就在明后两日，功成之后，如不嫌我功力浅薄,小弟情愿追附骥尾,勉效微劳,如何?”笑和尚闻言,连忙称谢。又向人英道:“适才师弟说,明日先助一位道友去得那口长眉真人遗留的青索剑,后来又提起周、李二位师妹,那得剑的人,想便是周师妹了。既然此剑仗师弟相助才能到手,醉师叔必将藏剑之所与下手之法,先行示知。我同蝉弟日前在百蛮山失败,也曾有借剑一用妄想。现在知道物各有主,未便妄借,颇愿一闻究竟,可能说否?”人英闻言,脸上又是一红,微现忸怩之色,答道:“若论此剑,原与李师姊所得紫郢功用大同小异,只是取时比较紫郢要难得多。地方也离此不远,并非小弟不肯明言,实因其中尚有难言之隐,不久自知。倒是我以前所见那道光华,不是异宝,定是极好的飞剑,遍寻无着。并非小弟心贪,既经发现,或许有缘,此时畏难放弃,异日落入外人之手,岂不可惜?何不我们三人一同加细搜寻,侥幸得到手中,岂非快事?”

笑和尚一见人英,便看出他语言纯挚,胸襟兀爽,不愧峨眉门下之士,心中甚是敬爱。及见他两次提到得剑之人,都是面红迟疑,末后又拿先时发现的那道光华岔开,情知内中必有隐情。等他说完,见金蝉还要追问,便使了个眼色,止住金蝉道:“严师弟之言极是,我们先助他寻那宝物吧。”

人英也知笑和尚看出他适才语意矜持,怎奈自己平素那般豁达,竟不好意思将原意说出,只得含糊答应道:“这洞门比里面矮得多。那日追赶宝光,追到洞口,仿佛见它入洞,往上斜穿进去,及至在洞外耽误了一会,便不见踪迹。忖度当时情形,不像飞入地内。这洞甚高,又有许多复壁甬道,死岩窗到处都是,虽然被我连日搜寻,只恐还有遗漏之处。所以我想借二位师兄法眼,仔细搜查,或者发现,也未可知。”说到这里,金蝉忽然灵机一动,插口问道:“你说那道宝光,可是颜色金黄,杂有乌光,飞时光芒闪烁,变幻不定的么?”人英诧道:“那光华正和师兄所说一样,怎便知晓?”金蝉又问明发现时日,拍手笑道:“恭喜师兄!这宝剑定是峨眉凝碧崖青井穴七口飞剑当中的玄龟剑,而且这剑终究归你所得无疑了。”

第一一二回

万蹄扬尘　铁羽红裳驱兽阵
孤身犯险　灵药异宝返仙魂

人英听了金蝉之言，忙问何故。金蝉便将青井穴封锁，被灵猿无心污秽，又该是七修剑出世之时，彼时众人俱在青螺未归，被它遁走了一口。后来问起芷仙，所说剑光与人英所说相似，以及妙一夫人柬帖之言，一一说出。笑和尚道："若论那七修剑中的青蛇剑，收时颇为容易。后来我和大师姊入穴，去收其余五口，却是那般繁杂。只不知这口如何？要和那五口一样，我们三人不定能不能收呢。且不管它，这剑原为三次峨眉斗剑破妖人五毒之用，不能缺少，既经发现，关系重大，现在就去找吧。"说罢，仍由人英领路，把全洞极隐秘之处，一齐又找了一遍，然后再互相分头搜寻。别人不说，如有宝光，须瞒不过金蝉慧眼，结果仍是一无所获。既知是七修剑中之一，三人哪肯死心，直找到第二日清早，恐怕英琼等要来，彼此相左，才废然停手，一同出洞。由笑和尚和严人英在洞前守候，着金蝉顺她二人来路，飞身迎上前去。

到巳末午初，果然英琼同了轻云并驾神雕，摩空穿云而来。金蝉早在空中等候，连忙上前招呼。彼此都不及谈话，由金蝉引导，到了洞前，停雕下地，任神雕自行飞去。见着笑和尚与人英，大家叙礼之后，一同入内落座。金蝉想起袁星，不由冲口问道："大师妹，你不是将袁星也带来了么？它呢？"英琼说道："再也休提，连我都几乎吃了大亏，它至今死活还不能定呢。"轻云笑道："你两个说话，总是这般性急，像这般没头没脑的问答，别人怎会清楚？蝉弟你只静听，由她从头说吧。"说时，无意中与人英目光相对，二人都觉心中有什么感觉，彼此都把脸一歪，避将过去。这里英琼也将救余英男，涉险盗玉之事说出。

原来英琼那日读罢妙一夫人飞剑传书，允许她独往莽苍山救回英男，为友血诚，早已关心。又加入门未久，师尊竟许以这般重任，不由喜出望外。

急匆匆辞别了凝碧崖诸同门，独自带了一雕一猿，星驰电掣般直往莽苍山赶去。英琼自到峨眉，一向随着众同门在凝碧崖修炼，从未单身骑雕长行。上次与若兰骑雕同飞青螺，去时兴高采烈，互相谈笑，并未留神下面景致。两次中毒大败，铩羽而归，又是紫玲用弥尘幡护送，迷惘中更谈不到观赏。想起前情，时常气闷。难得有这种机会，又在连日功行精进之余，大可一试身手，心中好不痛快。身在雕背上穿云御风，凭临下界，经行之处，俱是崇山大川，一些重冈连岭，宛如波涛起伏，直往身后飞也似的退去。有时穿入云层，身外密云，被雕翼撞破，叆叇氤氲，滚滚飞扬，成团成絮，随手可捉。偶然游戏，入握轻虚，玉纤展处，似有痕缕，转眼又复化去，只余凉润。及至飞出云外，翱翔青旻，晴辉丽空，一碧无际，城郭山川，悉在眼底，蚁垤勺流，仿佛相似，顿觉神与天会，胸襟壮阔。迎着劈面天风，越飞越高兴，娇叱一声："佛奴带了袁星前走，看我追你。"

一言甫毕，早已超出雕背，身剑合一，紫虹贯日，疾如星飞。神雕见主人高兴，益发卖弄精神，倏地束拢双翼，如弹丸脱手，往下坠落。离地数十丈，倏又振羽高骞，破空直上。一路闪展腾挪，凤舞龙翔，往前疾飞。英琼秉着峨眉真传，紫郢名剑，也只能追个平手。只苦了袁星，用两条长臂，紧抱神雕翅根，不住口怪叫："主人快些上来，袁星要跌死了！"英琼明知神雕故使促狭，不由又好气，又好笑。后来确见神雕翻腾震动，太过激烈，袁星吓得连眼都不敢睁开，于心不忍，骂得一声："蠢东西，胆子这么小！"

一言未了，收剑光重上雕背。神雕见主人上骑，阔翼展处，又复平如顺水行舟。只见脚下山川，倒着飞退，铁羽凌风，仅剩雕顶柔毛微微颤动，稳速非凡。袁星才止了喘息。英琼还尽自说它没有勇气，将来怎能和人交手？袁星哪敢还言，只拿眼偷觑前面，忽对英琼道："前面莽苍山到了！"神雕闻言，回望英琼。英琼便照柬上所指道路，吩咐先莫惊动妖人，快往山阴飞去。神雕点了点头，又往上升高了百十丈，照旧飞行。袁星见主人没有了愠意，才敢恣意说话，不住口指给英琼，何处是昔日旧游所经，前面不远，便是那斩妖所在。

飞行迅速，谈笑中不觉飞过莽苍山阳，渐及山阴。忽听尖厉之声，起自山后，恍如万窍呼号，狂涛澎湃。隐隐看见前面愁云漠漠，惨雾霏霏，时觉尖风刺骨，寒气侵人。英琼驾着神雕，便往阴云之中飞去。凭着自己与神雕两双神目，仔细寻找那寒晶洞坐落何处。在阴云中飞行了一会，忽听神雕长啸一声，倏地左翼微偏，一个转侧，斜飞上去。英琼情知有异，连忙定睛下视，只见下面愁云笼罩中，隐隐现出一座悬崖。崖根凹处，旋起一阵阴风，风中一股股黑气，似开了锅的沸水一般，骨嘟嘟涌沫喷潮，正往雕脚下冒起。神雕想是知道厉害，刚将身侧转避过，那旋风已卷起万千片黑影，冲霄而上，飞起半空，微一激荡，便发出一种极尖锐凄厉的怪声。倏地分散，化成千百股风柱，分卷起满天黑点，往四面分散开去。英琼在雕背上微微被风中黑点扫了一片在脸上，觉着奇冷刺骨，机灵灵打了个寒战。取下一看，色如墨晶，形同花瓣，薄比蝉翼，似雪非雪，虽然触手消融，微觉冰痛麻木，情知柬上黑霜定是此物。再看神雕、袁星，均各自着了几点，袁星固是喊冷不置，连那神雕也不住抖翎长鸣，片刻方止，不由暗自心惊。霎时间怪声渐远，风势渐小，下面景物略可辨认，才看出那崖背倚山阴，色黑如漆，穷幽极暗，寸草不生。崖根有一个百十丈方圆的深洞，滚滚翻翻，直冒黑气，仿佛巨狮蹲坐，怪兽负隅，阔吻怒张，欲吞天日，形势险恶，令人目眩。

正要下去看个仔细，忽听巨洞中怪声又起。神雕早有防备，不等旋风黑霜从穴中卷起，首先冲霄直上。这次飞得较高，只见雕足下千百根风柱中墨眚翻腾，飞花四溅，怪声嚣号，万壑齐吼，较先前声势还要来得骇人。英琼虽在风的上面，有时雕翼被风头扫着一下，竟觉铁羽钢翎都有些抵御不住，知道厉害。等二次旋风吹散，重又冲霾下视，才及穴口，三次旋风又起。似这样循环上下，飞行了十来次，以英琼、神雕的本领，竟无法在下面落脚，休说再想入穴救人，英琼好不着急。神雕被狂风激荡了一阵，倒不怎样。袁星已有些禁受不住，因为适才在雕背上被英琼数说过几句，不敢现出畏难之色，虽在强自支持，上下牙齿却不住在那里打战。英琼暗想："这也难怪，它不过是一个畜类，通灵未久，怎比神雕受过真传，道行深厚。柬上原说趁寒风出穴之际，才能入穴救人。看风势一次比一次激烈，想必还早。何不命神雕领去寻找袁星的子孙和那些马熊下落，以备再来盗玉之用？"想到这里，便将心意对神雕、袁星说了，又吩咐谨慎小心，休要惹事淘气。袁星闻言，正是求之不得，骑着神雕，领命自去不提。

英琼索性飞身上空静候，直等到正午时分，风势才渐渐减小。救人心急，不顾寒冷，决计用弥尘幡和剑光护体，冒险冲入。主意打定，恰好旋风黑霜渐渐停歇，只穴口还有黑气，似洞中山泉微微起伏翻滚。英琼先不使弥尘幡，身与剑合成一道紫虹，从天下注，直往洞内穿去。飞临洞口，觉着那洞口黑气竟似千万斤阻力，拦住去路。毕竟紫郢剑不比寻常，被英琼娇叱一声，运用玄功，冲破千层黑眚氛围。入洞一看，紫光影里，照见洞口内只有不到五六尺宽的石地，日受霜虐风残，满洞石头都似水蚀虫穿，切锉铲削，纷如刃齿。

过去这数尺地面，便是一个广有百寻的无底深穴，黑氛冥冥，奇寒凛冽，瘆人毛发。这还是寒飚业已出尽之时，连英琼这般身具仙根仙骨，多服灵药灵丹，已有半仙之体，都觉禁受不住，不敢怠慢，便将弥尘幡展开护身。再看英男，哪有踪迹。心想："柬上原说她被妖道所算，入穴便倒。如今不见在此，万一陷入无底深穴之内，怎生下去寻找？"正在伤心焦急，忽听穴底隐隐又起异声，洞外怪啸也仿佛由远而近，遥相呼应。暗喊："不好！倘如狂飙归洞，与霜霾出穴，两下夹攻，万一这幡不能支持，岂不连自己也葬身穴内？"又因柬上指定今日，时机稍纵即逝，想起英男，不忍就去，徘徊瞻顾，好不惊惶失措。口中连喊英男，毫无应声，反觉穴底风吼雷鸣，越来越紧。紫光影里，眼看穴内黑氛越聚越浓，冷得浑身直打抖战，危机转瞬将临。心想："今日不将英男救出，休说对不起死者，屡次出山失败，有何面目去见凝碧同门？"不由把心一横，咬紧银牙，准备驾剑光冒奇险，到穴底探看一番。

英琼身临穴口，还未下入，忽见一丝黄光，在洞壁上闪了一闪。回身一看，洞口黑氛聚处，隐隐见有一道黄光退去。猛一眼瞥见洞口左近地面上，似有一个四五尺长短的东西隆起，通体俱被黑霜遮没，只一头微微露出一块白色。定睛一看，不由心中大喜，如获至宝。飞上前去，抱了起来，立觉透体冰寒，身体麻木。同时穴内异声大作，黑氛已经冲起。知道危机一发，不敢丝毫怠慢，也不暇再顾身上寒冷，战兢兢舍死忘生，驾起剑光，从洞口千层黑氛中破空飞起。身才离地不过数十丈高下，忽见一道黄光直从对面飞来。英琼怀中抱着一人，浑身冷战，正愁无法抵御，忽然又见一团黑影翩然下投。英琼仗着紫郢剑刚刚让开，耳听一声惨叫，两道光华同时闪处，那黄光如陨星坠落，落下地去。回头一看，那团黑影正是袁星骑着神雕，舞着两口长剑，发出两道光华，已将敌人击落。英琼因为救人要紧，自己虽有幡、剑护身，仍恐闪失，忙喊："你们快来！"神雕闻声回飞，英琼在彩云拥护之中，命往山阳飞去。行未片刻，后面狂风大作，黑眚遮天，又是刚才阴惨气象。

不一会，飞过山阴，寻了一个有阳光之处落下。一看自己周身，业已湿透。再看怀中英男，全身僵硬，玄冰数寸，包没全身，只微微露出一些口鼻。不由一阵心酸，流下泪来。急于想将英男身上坚冰化去，看看胸前是否还温。所幸山阴山阳，一冷一热，宛如隔世，又值盛夏期中，阳光下不消片时，玄冰化尽，现出英男全身，面容如生。只是颜色青白，双目紧闭，上下牙关紧咬,通体僵直。解开湿衣一摸,果然前胸方寸虽不温热,却也不似别处触手冰凉。知还有救,先将身带灵丹强撬开口塞了进去。问起袁星,知它子孙和马熊俱受妖尸之害,现藏在两处幽岩夹层之内。英琼专注英男,不愿将袁星带来带去,便命它暂留莽苍山,等自己救人回来,一同去盗温玉。匆匆抱起英男,上了雕背,直往峨眉飞回。

到了凝碧崖落下,灵云等见将英男救回,甚是心喜,连忙接入洞内。这时英男服了丹药,一路上受了和风暖日,自腹以上,已不似先时寒冷,只四肢手足还是冰凉。灵云对英琼道:"不料琼妹竟如此神速,将人救回,真是可喜。据我观察,必有更生之望。不过她在玄晶洞,多受风霜之厄,已经冻得周身麻木,失去知觉,此时将她救回,五肢精血俱已成冰,必然痛苦非常。还是由琼妹急速去将温玉盗来,方可施救。适才飞雷洞赵师弟来说,你走后不久,便发现妖人痕迹,着我留意。事不宜迟,快去快回吧。"英琼闻言,急匆匆换了湿衣,又向灵云要了几粒丹药,带在身旁备用。见英男秀目紧闭,仍未醒转,抱着满腹热望,二次别了众人,驾起神雕,直往莽苍山飞去。

飞到山麓,业已深夜,空山寂寂,四无人声。英琼在雕背上借着星月光辉,凭虚下视,四外都是静荡荡的,除泉鸣树响外,什么动静都没有。暗想:"适才急于救回英男,没顾得细问袁星,那些马熊、猩猿藏在什么地方,妖尸巢穴是否昔日洞府?"正想之间,已经飞到日里救人所在,按下神雕,喊了几声袁星,神雕也连作长鸣,俱都不见回音。暗骂:"蠢东西,日里虽不曾明白吩咐,难道就不知我回来,等在原处?"先在附近僻处找了一遍,仍未找着。二次上了雕背,凭着神雕一双神目,仔细搜查,哪有些微踪迹。观看星色,已离天明不远。一赌气,命神雕重又降下。惟恐离开后,袁星寻找不见,只得仍在原处,候至明天,再作计较。神雕放下英琼,便自飞走,只剩英琼一人,独坐岩石旁边。正在调息凝神之际,忽听远远风吹树梢,簌簌作响,声音由远而近。只顾盘算盗玉之事,当时听了,并未在意。

一会工夫,忽觉一股冷气吹到脸上,登时不由机灵灵打了个冷战,毛发根根欲竖。定睛一看,离身三尺以外,站定一个白东西,形如刍灵,长有尺许,似人非人,周身俱是白气笼罩,冷雾森森,寒气袭人,正缓缓往自己身前走来。这黑夜空山之中,看了这种奇形怪状的东西,英琼虽是一身本领,乍见之下,也不免吓了一跳。及至定睛注视,才看出那东西一张脸白如死灰,眉眼口鼻一片模糊,望着自己直喷冷气,行起路来只见身子缓缓前移,不见走动。英琼猜是深山鬼魅之类,估量它未必有多大能为,一面暗中准备,且不下手，看看它玩些什么花样。见它前进一步，自己也往后退下一步。那东西也不急进，仍是跟定英琼，缓缓往前移动。似这样一进一退，约有二十多步。英琼猛想起袁星平素极为灵敏，怎会今日不在此地相候，莫不是中了妖物暗算？不过袁星身佩双剑，不比寻常，似这般蠢物，岂有不能抵御之理？又觉不像。想到这里，忽然颈后又是一股凉气吹来。回头一看，也是一个白东西，与先前所见一般无二，正在自己身后，相离不到二尺，一伸手便可将自己抱住。怪不得先前一个并不着急，只是缓缓跟随，原来是想将自己逼到一处，两下夹攻。暗骂："大胆妖物，你也不知我的厉害，竟敢暗算于我。"

说时迟，那时快，那两个白东西倏地身上锵锵响了两下，风起云涌般围了上来。英琼早已防备，脚点处，先自将身纵开。正待将身旁飞剑放起，忽见那两个白东西竟互相扭作一团，滚将起来。只觉冷气侵人，飞沙走石，合抱粗树被它一碰就折，力量倒也着实惊人。有时滚离英琼身旁不远，竟好似不曾看见一般，仍在扭结不开。英琼好奇，便停了手，静作旁观，心中好生奇怪，只不解这是什么来历用意。眼看东方已见曙色，这两个白东西仍是滚作一团，不分胜负。英琼不耐再看，手指处，紫郢剑化成一道紫虹，直朝那两个白东西飞去。紫光影里，只见一团白影一晃，踪迹不见，竟未看出是怎么走的。

天光大亮，神雕尚未飞回。先以为神雕昨日原和袁星一路去寻猩、熊，必见袁星不在，前去寻找。及至等了一会，雕、猿两无踪迹，不免着起急来，将身飞起空中，四外瞭望。这时朝阳正渐渐升起，远山凝紫，近岭含青，晴空万里，上下清明。惟独北面山背后有数十丈方圆灰气沉沉，仿佛下雾一般，氛围中隐隐似有光影闪动。英琼年来功行精进，已能辨别出一些朕兆。情知袁星失踪，昨晚又看见那两个白色怪物，神雕一去不归，吉凶难测。附近一带，纵非妖人窟穴，也非善地。那团灰雾，说不定便是妖人在弄玄虚。想到这里，便往那有雾之处飞去。飞过北面山崖，往下一看，不由大吃一惊。原来下面是一个极隐秘的幽谷，由上到下，何止千寻。四围古木森森，遮蔽天日。那雾远望上去，还不甚浓；这时身临切近，简直是百十条尺许宽、数十丈长的黑气在那里盘绕飞舞。隐隐看见袁星骑在雕背上，舞动两道剑光，在那里左冲右突。神雕飞到哪里，黑气也跟到哪里，交织成一面黑网，将神雕、袁星罩住。袁星两道剑光有时虽然将黑气挥断，叵耐那黑气竟似活的一般，随散随聚，刚被剑光冲散，重又凝成一条条黑色匹练，当头罩到，休想脱出重围。

英琼见雕、猿正在危急，心中大怒，不问青红皂白，也未看清对面妖人存身之所，娇叱一声："袁星休急，我来救你！"一言未了，连人带剑，直往黑气丛中穿去。果然长眉真人炼魔之宝不比寻常，一道紫色匹练往黑气影里略一回翔，便听一阵鬼声啾啾，漫天黑氛，都化作阴云四散。英琼心中大喜，精神勇气为之一振。袁星在雕背上杀了半夜，已杀得力尽精疲，神魂颠倒，只顾舞那两道剑光，竟未看见主人到来，妖法已破，仍不停手。还是神雕看见主人从空飞降，不住昂首长鸣，才将它惊觉。同时英琼也飞身上了雕背，忙问妖人何在。袁星气喘吁吁地答道："是两个鬼小孩，就在那旁岩石上面。"英琼手指剑光，护着全身，从袁星手指处一看，半崖腰上，有一块突出险峻岩石，石上放着一个葫芦，余外什么都没有。不敢大意，先将剑光飞过去，只一绕间，葫芦裂成粉碎。近前观察，并无什么奇异之处。情知袁星适才只顾迎敌，神志不清。又问神雕，可知妖人去处。神雕也摇头表示不知。英琼无法，默忖妖人知难而退，必在暗处弄鬼，自己现在明处，不可大意，还是暂时离去，问明了袁星经过，同妖窟所在再说。

正要命神雕飞走，袁星忙道："主人慢走，它们俱在下面岩洞中呢，我们走了，一个也休想活命，求主人开恩，救救命吧。"说罢，张口朝下面长啸了两声。不多一会，只听下面一阵杂沓之声，震动山谷，尘土飞扬中，先高高矮矮纵出二三百个大小猩猿，后面跟随着四五百只马熊，一个个朝着上面英琼伏膝哀鸣，甚是依恋凄楚。英琼想起前情，颇为感动，便向袁星道："昔日莽苍山那些猩猿、马熊俱尽于此么？"袁星眼泪汪汪答道："它们都被妖怪害了，剩的就只这些。昨日袁星在两处夹岩层里将它们找着，听说主人前来，又可代它们斩妖除害，欢喜非常。不料昨日以为主人走了再回来，还得好久时候，又去和它们团聚，大意了一些，被妖人手下两个鬼小孩看见，跟在袁星身后，引鬼入室，来捉它们。袁星和他们打了半天，被他们用妖法全数赶到下面岩洞以内。只袁星仗着两口宝剑，虽吃他们困住，他们却没法近前。到了半夜，又被内中一个鬼小孩捉去十八只马熊和袁星的子孙，想必难免一死了。他们虽捉袁星不住，可是有那黑气罩住，一刻也不能停手，只要被黑气挨上一点，立刻便倒。正在危急时候，远远听见鬼叫，鬼小孩一听，连忙收了黑气，将洞封住就走了。袁星和它们合力去推，也未推开，只得拼命叫喊，只盼主人听见，赶来搭救。忽然洞口响了一下，听见钢羽在外叫唤，洞口石头也被它抓开。封洞的石头并不大，不知先前怎会推它不开。它们初见钢羽都害怕，不敢上前。正想说明，唤它们逃命，那两个鬼小孩业已飞了回来，未容钢羽飞起，先放出一条条的黑气。钢羽说主人已来，那黑气是生魂炼成的妖法，它也怕缠上走不脱。幸而这两口剑不怕邪污，叫袁星快用剑光护着全身，只要主人一来，便不妨事。那黑气真是厉害，看似空的，剑斫上去，虽能将它斫散，却是非常费力，刚刚斫散，又合拢成条。急得袁星一面拼命抵敌，一面高喊主人快来。后来钢羽说，声音被黑气罩住，外面听不见，除了主人自己寻来，只有到危急之时，它拼着再转一劫，自己顶上炼的金丹，将它烧化飞去了。后来袁星实实支持不住，催它快烧。它又舍不得，说主人定会寻来，实在危急再说。眼看气力用尽，主人就寻来了。”

英琼自经青螺两次大难，比先前持重。明知敌人不战而退，必有用意，现时处境，颇为危险。眼看着这么多的猩、熊，凭自己一人，怎能护着退走？即使侥幸走出谷去，猩猿身轻矫健，长于纵跃，还可命它们自行觅地潜藏。惟独那些马熊，俱是庞然大物，又蠢又重，走起路来，蹄声震动山岳，最易为人追踪觉察。妖尸厉害，和那些猩、熊在一起，岂非给敌人一个绝好的标记？如果救出谷去，就丢开手不管，它们仍是一样，要葬送妖人之手，何必多此一举？好生迟疑不决，只顾在雕背上沉思。那些猩、熊竟一齐延颈哀鸣起来，袁星更是不住垂泪哀告。英琼不由动了恻隐之心，暗想：“柬上原有借助它们之言，且做到那里再说。”想罢，将神雕降低飞行，命袁星手舞双剑在前领路，自己在雕背上压队护送。那谷甚是幽僻曲折，连穿过了两个岩洞，才得出险。且喜后面始终无人追赶，那些猩猿、马熊，想都被吓破了胆，出谷以后，只顾随着袁星攀援纵跃，穿林过岭，飞也似的往前奔跑，头都不回，只搅得崖土滚滚飞扬，蹄声动地。

英琼驾雕横翼低飞，督率这些威猛无匹的兽队，宛然中军主将。铁羽凌虚，英华绝世，寒虹在手，翠袖临风，顾盼自豪。也不知经过了多少峻岭崇冈，幽谷大壑，前路欲尽，忽见袁星领着猩、熊竟往一个密林之中穿去。林后碧嶂摩空，壁立万丈，仿佛无路可通，神雕已停飞不前。英琼暗骂袁星：“蠢东西，适才经过许多隐僻之处，却不藏躲，我当你有什么好所在，却跑到这树林以内，人家就寻不见么？”正要呼唤袁星近前来问，只见密林中一阵骚动过去，树梢青叶起伏，宛如碧浪，耳听兽蹄踏在残叶上面，沙沙作响，与枝干摩擦窸窸窣窣之声，汇成一片。顷刻之间，风息树静，所有猩、熊都没了踪影。

英琼心中奇怪，娇叱一声：“袁星何往？”身早离了雕背，飞身穿林而入，密林尽头，便是适才外面所见峭壁，一片浑成，并无洞穴，猩、熊一个不在。猛见袁星从一个藤萝掩覆的崖缝中钻了出来，英琼喝问：“这里是什么所在？那些猩、熊何往？它们既受妖尸之害，可知那妖穴在什么地方么？”袁星答道："这里是个崖孔，里面有一地穴，甚是广大僻静，自从那年袁星因采果子发现，还从没有人来过。今日因为事在紧急，北山虽有几处地方，都被那两个鬼小孩搜遍，难以藏身，所以才带了它们来此潜伏。那妖尸巢穴，便是昔日主人斩完山魈所居的山洞。昨日主人走后，它们已对袁星说了详细，连主人昔日命它们留神寻找的宝贝，也被妖尸得去。说起来话长。妖尸向来不出洞，那两个鬼小孩却要防他们跟踪寻来。待袁星去对钢羽嘱咐两句，请它在妖穴附近空中巡视防备，再请主人到地穴里详说如何？"英琼闻言，点了点头。袁星便去嘱咐好了神雕，回至崖前，将危崖根际一盘百数十年古藤揭起，请英琼入内。

英琼见那入口处是四五尺方圆的一个洞穴，黑影中仿佛只有两丈四五尺深便到了尽头。壁上尽是苔藓，触手湿润。山石错落高下，甚是难行，不似有多大容积。入内走不两步，袁星已将封洞古藤还原，越过英琼前头领路。走离尽头还有三四尺光景，忽然回身，又走两步，往下一沉，便即不见。英琼近前一看，袁星降身之处，乃是一块突出的大石。如从地面上看过去，举步便到了尽头。须由石上越过，回转身来，才看出那石根脚还有一个三尺大小孔洞，通到下面。洞并不直，形势弯曲，常人至此，须要返身转侧，前胸贴石，滑溜而下。否则即使发现这洞，也当它是一个石上死窍，用东西试探，触手可以见底，难知里面尽有深奥呢。英琼见那洞只能蛇形而入，索性驾起剑光，穿了进去。初进去时，那孔洞与螺旋一般。有的地方石齿犀利，幽险绝伦。有的地方石润如油，滑不留手。休说常人难至，就连袁星也是连滚带溜而下。转过两三次弯环以后，越走越宽，袁星已能立起身来。又向下斜行有半里左右，才将这甬穴走完，到了平地。猛见极薄一片丈许宽的光华，直射地面，恍如一张数百丈长的银光帘子，自天垂下。定睛一看，出口之处，乃是一个广约数顷，天然生就的地穴，四外俱被山石包没，只穴顶有一条丈许宽的裂缝，阳光便从此处射入。耳听兽息咻咻，声如潮涌。光幕之下，照见前面千百条黑影，在那里左右徘徊。英琼才一现身，那些猩、熊早轰地吼了一声，争先恐后，跳纵过来，离英琼身旁尺许，纷纷趴跪欢呼。英琼急于要知妖尸底细，不耐烦嚣，吩咐袁星命它们退散开去，不许喧哗。袁星领命，吼了两声。这些异兽真也听话，吓得一个个垂首帖耳，轻轻缓缓散过一旁，只微微一阵骚动过去，即便宁静。

袁星又领了英琼走入侧面一个凹洞之内，寻了一块石头，用手拂拭干净，请英琼坐定，说道："那妖尸的洞，主人昔日曾经住过，离刚才袁星被陷之处，不过二十余里。因为主人这次所行方向不对，未曾看出。那洞内先前盘踞过两个山魈，自被主人除去，本山猩、熊便成了一家。那洞本来甚大，主人去后，因为行时吩咐，还有再来之言，想起恩德，益发不敢无故伤生，同居一处，甚是相安。因知主人爱吃那朱果，以为别处还有，它们每日吃饱，便去满山寻找。数月前在原生朱果的一个崖洞之内，居然找到一株。它们知道那朱果如不采摘，永远不落，每日总有数十猩、熊在洞外轮流看守。

“不多几天，忽然看见前回从天上飞落用剑光伤了几只马熊的姑娘，还同了一个女的，飞落在那先前生朱果的大石上面。马熊虽然记恨她昔日残杀同类之仇，只怕她飞剑厉害，不敢上前。起初以为她也寻找朱果，后来见连那朱果树下大石都被她翻转，又用剑光在周围挖土寻找，才知不是，朱果也没被她发现。她二人由早起来，找到天黑，什么也没找见。忽然径往洞里走去，和主人先前寻找宝物一样，用剑光到处搜寻。满洞猩、熊都被吓跑，且喜这次一个俱未伤害，只在洞中连住了几日。有那胆大一点的猩猿，常去偷看，见她二人全都面壁而坐，手里不知拿着什么东西，放出一道光华，照向壁上，也不知是什么意思。第三天，又有猩猿前去偷看，那洞已被她们用光华将石壁打通，新发现了许多石室，还有一层天井。那两个女子又满处搜寻了一阵，最后忽然朝着主人昔日在洞里坐卧的那块大石打起坐来。两人四手，不住在石上摩擦，只擦得光华闪闪，火星直冒。火光射到那块大石上面，没有多少时辰，听见石头沙沙作响，石灰子像下雪一样纷纷飘撒。从石里也发出一片半黄半青的光华，先是由青黄转成深黄，又由深黄转成红紫，末后又变成深紫。石头也由厚而薄，由大而小。忽然又是一亮，由石上闪起三尺来高的紫色光焰。

“那两个姑娘好似非常喜欢，正在同时伸手往那发紫光的地方去取时，倏地一声像夜猫子般的怪啸，凭空现出一个四五尺高、塌鼻凸口、红眼绿毛、一身枯骨、满嘴白牙外露的僵尸。那两个姑娘只顾注定石上紫光，起初丝毫没有觉察。那僵尸突然出现在大石旁边，一照面，便像怀里取东西一般，先将那发紫光的东西伸手抢去。那两个姑娘又惊又气，手一扬，飞出两道青光，直朝那僵尸头上飞去。那僵尸怪笑一声，把嘴一张，冒起一道黄烟，当当两声，青光落地，原来是两口宝剑。那两个女子一见不好，内中一个不知拿出一个什么东西，火光一亮，同时飞走。幸得那僵尸颈上锁着一条铁链，双脚底下又套一个铁环，跳起身来，追了没有多远，铁链已尽，只好落下。急得他两手扯住铁链，又咬又叫，却没法去弄断它。在气愤头上，不知怎的，被他飞起身来,用那双枯瘦如柴的手臂一捞,捉住了几个猩猿和马熊,当时被他咬断咽喉,吸血而死。只有两个伏得最远的猩猿,得逃活命,逃出对大众一说,知道洞里出了妖怪,比以前山魈虽小,却厉害得多。偏偏它们在洞中住惯,觉得哪里都没有这个洞好,割舍不下,虽不敢当时回去,过了两日,老断不了前去窥探,想趁僵尸睡时报仇。

"有一次去了三个猩猿、两个马熊,刚到洞口,便被僵尸看见,追了出来,居然逃回了一个,才看出僵尸那条链子能长能短,是他克星,只能追离洞口十丈以内,任他怪叫挣扎,也不能再长。一到尽头,链上便发出火星,烧得他身上绿毛枯焦腥臭,枉自着急跳叫,只好回去。可是他口中黄烟沾上就死,如非他头上有条链子,那些猩、熊都要被他害尽了。后来去一个死一个,去两个死一双,实在无法近前,个个胆寒,也都不敢再往洞里去了。

"过没多日,洞里又多出两个小孩,也是僵尸手下,长得倒和生人一样。不过他们受了僵尸传授,头上又没有锁链。自从出了这两个小孩,全山猩、熊便遭了大殃。也不知他们使什么法术,只将手里那些黑气放出,猩、熊挨着,便被捆上,随着他们走。先还是每日出来,捉上三两个,供僵尸吸血,他们吃肉。随后简直是见了就捉,不拘多少。还算他们每次捉猩、熊时,都有一定远近,只需逃出他们站立之处半里以外,便不妨事,他们也不来追赶,单将离他们切近的捉去,因此才没被他们绝种。众猩、熊逃来逃去,好容易逃入两处崖夹层里去,苟延残喘,有半个多月,没有受他们伤害。直到昨日主人带袁星到来,寻见猩猿和马熊,才知走后已被他们害死了十成之七。被捉去的猩、熊,仅仅在半月前逃回了一个。据它说起洞中情形,那僵尸身上已渐渐长肉,不似先前浑身尽是骨头。每日在洞中只磨那条链子,却命那两个鬼小孩出洞到处去搜寻野兽。捉了回去,不全是为吃,每次总挑出七个,用口中妖火烧死,将那烧出的青烟,收在一个葫芦以内。那两个鬼小孩虽是他的手下,他并不放心,每次命他们出洞,也用一条黑烟绕在头上,回洞再由他收去,大约有一定长短,走过了头便不行,所以他们不能离洞太远。这日共被他捉去了十五个,头一天烧死了七个,第二天照样烧死七个。只剩下逃回来这一个,原被僵尸用黑烟捆住,在后洞地穴内不住哀号,以为准死不活。万不料妖怪也会发善心,另外一个从没见过的小孩忽然走来,手上拿着一口黑魆魆的小剑,上面发出乌光,往捆的地方一指,便将黑烟挑破,放了出来。逃时走过前洞,见僵尸和那两个鬼小孩俱都不在洞内,满洞尽是猩、熊的残肢碎骨,血肉狼藉,烧化成灰的更不知有多少。

“袁星自是伤心，彼时因主人要救余姑娘，急于回转峨眉，不及细说。等主人走后，又去寻找他们，不料有一个鬼小孩中途跟上袁星，到了地头，便被困住，差点连袁星都遭了毒手，幸得主人赶到，才得活命。因见两个鬼小孩惧怕主人，不敢露面，又知他们自有黑烟拘束。昨日虽然比往日离开妖洞要远得多，如往这里来，相隔有二百里山路，他们没有僵尸吩咐，决来不了，又是绕路走的，还穿过几处崖洞，只要他们不从后面偷偷跟来，再也看不透我们的去向，何况还有主人保护呢。

“百十年前，本山原有一条山龙，甚是凶恶，专吃野兽，这地穴便是当初仙人驯龙之所。袁星出生不久，曾见这龙大白日里从适才入口处破壁飞去。一则地太隐秘，二则有龙盘踞，先时从没敢到这崖前来的。年深月久，那龙也不见飞回，袁星才敢到崖前林中采果。那年春天采桃子，落了一个在崖壁下面，揭起藤萝寻找，才发现那裂口。一时好奇深入，寻到此地，当时不甚在意。自随主人们学习内功，猛想起这地穴还有多少奇处，恰好它们受僵尸侵害，无处存身，引到此地躲避，再好不过。即使被僵尸寻到，不知底细，也进不来。只是昨晚还被一个鬼小孩捉了许多猩、熊去，至少捉到便须死几个，余下的也要挨日烧死。只望主人赶来除妖，救它们活命了。”说罢，跪了下来。

英琼闻言，只管盘算如何对妖尸下手。还有三个妖童，俱甚厉害，这些猩、熊已是望影而逃。柬上所说借助它们，想必便是从袁星口中得知这些底细了。既说盗玉，当然还须隐秘，且等自己前去探个动静再说。便向袁星问明了路径，正要由原路出洞，袁星道：“主人既不要袁星同去，这地穴后面有一条窄路，转过去又是一片凹地，比这外面还宽，生着许多花草野果，尽头处是个夹层，两崖对立，高有百丈，有一天窗，直达崖顶。因为太高太陡，没爬上去过，想必通着外面。主人何不打那里出去，顺便看看景致?”

英琼命袁星领路，由石缝中钻了出去，果然是一片凹地，黑暗中花影披拂，时闻异香。走有数十丈远近，到了夹层，两面峭壁削立，宽才数尺，黑暗阴森，异常幽险。渐行渐窄，忽见路旁壁上，有二尺方圆白影闪动。抬头一看，已到崖窗底下，上面窗口密叶交蒙，隐约只露微光。

当下舍了袁星，驾剑光飞身而上，越往上升，窗口光影越暗，转觉窗口并非出路。正在心中奇怪，猛一回身，瞥见侧面还有一个岩隙，适才那团白影，竟是从这隙口漏入。随即飞将过去一看，果然是个出口。随意用飞剑将隙外藤萝削去，以便出入。毕竟心中好奇，还放那崖窗不过，重又回身，还想从崖窗上面飞出。近前借剑光一看，哪有洞口，崖顶石形错杂，一条一条的甚是纷乱,色黑如漆,并非枝叶。暗忖:“刚才在下面明明看见这里密叶交蒙,怎么到此反不见有什么孔窍?”心中惦记往妖穴探看,不愿久延。正要飞身回转,忽见头上光影微微一闪,照在石顶条纹上,仿佛枝叶闪动,和先前下面所见一样,转眼消逝。情知有异,急忙定睛细看,忽然又是一闪,才看出那光影是从侧面凹处一个石缝中反射进来。不假思索,指挥剑光,竟往那石缝中射去。一道紫虹闪过,碎石纷裂,喳喳两声,震开石缝,连人带剑,飞将出去,落在崖顶上面。耳旁猛听“咦”的一声,一道乌光敛处,面前站定一个青衣少年,猿臂蜂腰,面如冠玉,丰神挺秀,似带惊异之容。英琼久闻灵云等常说异派剑光,颜色大都斑驳不纯,离不了青、黄、灰、绿、红诸色。这人用的剑光,乌中带着金色,虽未听见说过,估量不是什么好人;又加这里离妖穴虽有二三百里,并不算远,适才率领猩、熊逃遁,难免不被妖人跟踪追来。来人年纪,至多不过十七八岁,穿着似僧非道,赤足芒鞋,也与袁星所说鬼小孩相似。一时情急,见面不由分说,娇叱一声:“大胆妖孽,敢来窥探!”

一言未了,手指处,一道紫虹,直朝那青衣少年飞去。那少年原怀着一肚皮心事,特意到此练习剑法,正在得心应手之际,忽见地下石缝震开,飞起一个美如天仙的红衣少女,已是先吓了一跳。及至定睛一看,来的女子正和日前仙人指示的一般,心中大喜,只苦于说不出口。正待上前用手招呼,那少女已娇嗔满面,指挥着一道紫虹,直往头上飞来。情知危险,忙将那日仙人所传剑法,将手中小剑飞起,一道乌光,将紫光迎个正着,斗将起来。这少年来历,后文自有交代。

且说英琼满以为紫郢剑天下无敌,少年怕不身首异处。谁知敌人并非弱者,那道剑光乌中带着金彩,闪烁不定,与自己紫光纠结一起,暂时竟难分高下。暗想:“妖尸手下余孽,已是如此难胜,少时身入妖穴,势孤力薄,岂不更难?”不由又急又怒。一面留神看那少年,也不张口说话,只管朝自己用手比画。恐他另用妖法,又和以前一样吃苦,将脚一顿,飞身上去,用峨眉真传,身剑合一,迎敌上去。那少年先见紫虹夭矫,宛如飞龙,甚是害怕。及见自己乌光竟能敌住,略放宽心。正用手比画,招呼敌人住手,忽见敌人飞入紫光之内,身剑相合,凭空添了许多威势。自己虽承日前仙人传授身剑合一之法,只是尚未学会,敌人又不知自己心意,一个失手,立刻便有性命之忧。机会到来,又舍不得就此遁走。只得停了手势,聚精会神迎敌,仍是不支。渐渐觉着自己剑光芒彩顿减,再不逃走,眼看危机顷刻。无可奈何,暗中叹了一口气,将手一招,收回飞剑,借遁光便往后路逃走。英琼一向赶尽杀绝,紫郢剑疾若闪电，饶是少年万分谨慎，且敌且退，就在收剑遁走的当儿，还被紫光飞将过来，微微扫着一点紫芒。只觉头上一凉，情知不妙，飞起时一摸头上，后脑发际已扫去一大片。吓得亡魂皆冒，不敢再顾旁的，催动遁法，飞星坠落般逃命去了。

英琼哪里肯舍，忙驾剑光随后追赶。眼看一道黑烟中含着一点乌光，比闪电还快，往正北方疾驰而去。追过两三处山峦，忽然乌光一隐，便没了踪影。上面碧空无云，下面虽有陂陀，也无藏身之处，又未见乌光下落，不知被他用什么法儿隐去。仔细往四外一看，晚照余霞，映得四外清明，正北山后面如下雾一般，灰蒙蒙笼罩了二三里方圆地面。飞近前去一看，颇与袁星所说地形相似。按剑光落下，寻着袁星所说的石洞窄径，飞身进去，越走路越低，往下转了几个弯曲，觉着方向又变往回路。行未多时，已将窄径走完，看见缺口外面天光，才一出口，便是昔日遇见缥缈儿石明珠的大石下面，知道已到旧游之地，那大洞就在旁边不远。连忙敛了剑光，略沉了沉气，细一辨认，洞前风景，依稀仍似以前一样。心想："偷盗终是黑夜的事，自己又不知温玉形象，天已不早，索性等到天黑，再行入内，先看明了温玉所在，能下手便盗，不能再退出另打主意。"这时太阳已被高峰隐蔽，满天晴彩，将近黄昏，倦鸟在天际成群结队飞过，适才所见灰色浓雾，已不知何时收去。峰峦插云，峭壁参天，山环水抱，岩壑幽奇。洞旁绿柳高槐上，知了一递一声叫唤，鸣声聒耳。花草松萝，随着晚风飘拂。越显清静幽丽，令人到此意远神恬。谁又料到这奥区古洞中，还潜伏着一个穷凶极恶的妖尸，危机咫尺呢！英琼想好了主意，便将身隐入缺口以内，待时而动。

身才立定，忽闻人语。悄悄探头往外一看，由侧面大洞中，走出两个幼童打扮的人来。及至近前，细看容貌，一个生得豹头塌鼻，鼠耳鹰腮，一双三角怪眼闪闪发光，看去倒似年纪不大；那一个生得枯瘦如柴，头似狼形，面色白如死灰，鼠目鹰准，少说也有三旬上下。都和先前所见青衣少年一样，道袍长只及膝，袖子甚短，头梳童髻，赤足芒鞋。英琼暗忖："据袁星所说，妖尸手下已有三个妖童。这两个妖人，虽然生得短矮，并非幼童。照这样推测，洞中妖尸，正不知有多少党羽。自己孤身涉险，倒不可以大意呢。"正在寻思之间，那两个妖人已走至缺口左面一块磐石上，挨着坐下，交头细语。英琼伏在缺口左面，心想："如在暗中下手，将他们除去，枉自打草惊蛇。不如先从这二人口中探一些虚实。"便轻轻向左移了两步，正当二人身后，相隔不过数尺，虽是悄声低语，也听得清楚。

第一一三回

美仙娃失机灵玉崖
哑少年巧得玄龟剑

先听那瘦子对他同伴说道:“米道兄,你知我因在黑海采千年珊瑚,无意中救了玄天姥姥的外曾孙黄璋,承他传我向玄天姥姥学会的七禽神术,从来算无一失。当初我原说温玉虽好,一则没有昆仑、峨眉、华山、五台诸派的三昧真火,不能化石如粉;二则不将后洞打通,不能知道藏宝之所,待洞一通,你我的对头便会出现。你偏不听,硬说当年偷看了长眉真人遗简,温玉该在此时发现,另有能人开石取宝,临时出了变故,只需知道底细,临机应变,手到拿来。我素常谨慎,怎样劝说也强不过你。又为若得了温玉,便寻得出青紫剑的线索之言所动,才商量好一个盗玉,一个盗剑,同来此地。当时如依我,你先进去探看,也不至连我也失陷此地。如今被他收去法宝,破了飞剑,强逼着我二人做他的奴隶,打扮得大人不像,孩子不像。休说见着同道,即使将来法宝盗回,脱身逃走,传将出去,也是笑话。”

那姓米的闻言,叹了一口气,答道:“刘道兄,事到如今,埋怨也是枉然。凭良心说,我二人并非善良之辈,可是一到他的手内,才觉出世上恶人还多。这还是长眉真人的火云链,尚未被他弄断;他的元神,尚未炼得来去自如,凭他用尽心力,离不开洞前五里方圆。山中猩、熊,已被他害死过千。现在因要采取生魂,炼阴魔聚兽化骨销形大法,用得着,还不去说他。起初没打算火云链如此难破,还在想原身脱出,采用童男童女祭炼之时,每回捉到猩、熊,总是当时一齐弄死,略吸一点血便丢开,一任猩、熊宛转哀号,休说放走一个,从未看他变过脸色。又要逼我们做他徒弟,又不放心我们。每次命我们出去擒捉生物,总是用他多年在石穴内采取的千年地煞之气炼成的黑煞丝,将我们套住,以防我们逃走。他却不知我们千辛万苦炼成的法宝,俱已被他收去,如不还给我们,叫我们走,我们也不愿意。后来猩、熊死的死,逃的逃,渐渐没有踪影,他却说我们不愿他炼成法宝,一意凌逼我们。可他这般凶恶，还有登门拜师的。那孩子一身仙骨，别说他，连我看了都爱，那种好质地，又值各派收徒之际，何愁没人物色，偏投到他的门下。我以为他见了必定不怀好意，也不知那孩子和他说了些什么，居然他头一次开了笑脸，并且非常宠信。我们得道多年，还得受那孩子节制，每次都由那孩子去探出猩、熊所在，算准了里数、方向，才命我们套了黑煞丝，前去寻找。我们像狗一般，被他套来套去，一些不能自主。今早捉猩、熊时，好容易连白眉和尚的神雕也都困住，还有那只神猿。不料飞来一个红衣女孩，用一道紫虹，斩断黑煞丝，破去他的造孽葫芦，硬将那一群猩、熊彰明昭著地公然救走。我好心好意要跟踪探个下落，那孩子却说早晚猩、熊还可寻找，你二人却休想借此逃走，也不敌那女子，立逼我们回洞。我早看出那孩子心怀叵测，藏有深意，若论他的性情，决不会和他一气，这一来越发可疑，果然他回去编了好些谎话。若不是念在他往时讲情好处，几乎想给他明说出来。总算他一听那道剑光形如紫虹，只有吃惊，没有迁怒于人，还是万幸。那玉被他终日擎在手上，我们挨近身前便倒。虽说每日黄昏前后与天明前后，有个把时辰回死入定，有那孩子在侧守护，也难近身，要想盗玉，更是休想。早晚他元神炼就，他道一成，我们便死无葬身之地了。”

那姓刘的答道：“你莫多虑，适才我又私下占了一卦，甚是不祥。我们身在虎穴，固是不好，可是他的劫数，也快到来，眼前有一厉害阴人与他为难。早上所见红衣女子，定非寻常。最奇怪的是，卦象上现出昨早捉来的百十只猩、熊，竟是他莫大的隐患。我们平时是怕他发觉追赶，只需乘他不利之时，冒险闯入他以前潜伏的石穴，盗了自己宝物逃走便了。”

英琼闻言，才知这两个矮子，不是妖尸本来党羽，出于暴力压迫，为他服役，心中并不甘愿。连另外一个孩子，也都未必和妖尸一气。无形中要少却多少阻力，颇为心喜。不过温玉现在妖尸身旁，片刻不离，谁都不能近身。这两个矮子，虽不知他们道行如何，听他二人说话语气，也非弱者，竟被妖尸制得行动不能自由，妖尸本领厉害，可以想见。下手盗玉，决非易事。且喜已从二人口中得知妖尸黄昏、黎明前后，有一两个时辰回死，这二人已抱了坐山观虎斗之心，只需制得住那妖尸宠信的少年，便可下手。此时想是妖尸回死之时，所以这二人在洞前这般畅言无忌。适才赶走的少年，如是他们所说的孩子，正好趁此时机，前往洞内探个明白。只是自己不会隐形之法，如要出去，又恐被这两个矮子觉察，到底有些不便。

正在委决不定，猛然灵机一动：“现放着两个绝好内应，何不现身出去，和他二人说明？不提盗玉之事，只说奉了长眉真人遗命，来此除妖，情愿助他二人盗宝脱身，叫他们说出那孩子详情，谅无不从之理。"想到这里，才要举步走出，忽听洞内传出一阵异声。那两个矮子一听，立刻现出慌张的神气，互相拉了一把，一言不发，起身便走。同时洞前一点乌光，从空飞坠，现出适才所见青衣少年。才一现身，便指着那两个矮子直比手势，口中喃喃，单见嘴动，不见出声。那两个矮子好似和他分辩，隐约听见"师父入定，我二人因洞中烦闷，又以为你在洞中守护，出来闲眺，并未远离"等语。那少年仍是戟指顿足，比说不休。英琼已看出矮子所说的孩子，果是适才所见少年，不由又增了几分胆气。看神气甚是向着妖尸，他这一次又和自己想定的主意作梗，心中有气，暗骂："看你一表人才，却去作那妖尸手下鹰犬！何不趁此时机，将他除去，去了妖尸爪牙，乘机入洞，除妖盗玉便了。"随想随即将手一指，一道紫虹，直往少年顶上飞去。

那少年猛不提防，大吃一惊，知道厉害，一面仍用那乌光迎敌，一面往洞中退走，两手不住朝着英琼连挥。那两个矮子，早一道黑烟直往洞内飞去。英琼也不明白那少年挥手用意，趁妖尸未醒，索性一不做二不休，紧紧追逐不舍。那少年见英琼进洞，满脸现出惊疑之容，不住比手顿脚。英琼也不理他，追入洞中一看，洞门依旧，里面景物已非昔比。以前所睡的大石，业已不知去向。当中石壁上，开通了丈许宽的门户。满洞血肉狼藉，猩、熊残肢碎骨到处都是，腥气扑鼻。这时那少年已从石门中退入，英琼跟踪追进。里面已开出一个天井，方圆约有数十丈。庭心有一株大可十抱的枯树，年代久远，已成石质。放眼左右，石室纷列，玉柱丹庭，珠缨四垂，光怪陆离，美丽已极。到了这里，那少年越发情急，拼命运用玄功，迎敌英琼飞剑，手里直比，不到万分无奈，不肯退后一步。英琼早变了先前主意。暗想："不入虎穴，焉得虎子。这哑少年又非自己敌手，既已显露行迹，乐得追到妖尸存身所在，乘他未醒时，将他除去，岂不一举两得？"

正在举棋若定之际，忽见那少年脸色惨变，猛觉脑后微微有一丝冷气，那少年突地将手一指那道乌光，身子从旁飞纵出去。英琼见那少年竟然不顾危险，离却剑光护庇，身子往侧纵开，暗骂："不知死的妖孽！"刚要指挥紫光，放出毒手，取那少年性命，猛觉脑后寒毛直立，打了一个寒噤。情知有异，连忙回身一看，不由吃了一惊。只见离身三二尺远近，站定一个形如骷髅的怪人。头骨粗大，脸上无肉，鼻塌孔张，目眶深陷，一双怪眼，时红时绿，闪闪放光，变幻不定，瘦如枯木，极少见肉。胸前挂着一团紫焰，浑身上下乌烟笼罩。走路如腾云一般,不见脚动,缓缓前移。正伸出两只根根见骨的大手,往英琼头上抓来。英琼兀自觉着心烦头晕,寒毛倒立,机灵灵直打寒战。知道妖尸出现,想起飞剑传书之言,自己恐不是他的对手,不敢再顾杀那少年。少年剑光也非弱者,诚恐腹背受敌,连忙将手一招,招回剑光,护住全身。百忙中一看那少年,业已收剑旁立,面带忧容,并未上前助战。英琼若趁此时遁走,本来无事。无奈素常好高,贪功心切,总以为紫郢剑万邪不侵,目前已炼得身剑合一,即使不能取胜,再走也还不迟。只这恃强一念,几乎命丧妖窟。这且不提。

且说英琼放下少年,飞剑直取妖尸。眼看紫光飞到妖尸头上,那妖尸忽然一声狞笑,从头上飞起一条红紫火焰,直敌紫光。一颗髅髅般的大脑袋,撑在细颈子上,如铜丝纽的拨浪鼓一样,摇晃个不停。那红紫火光宛如龙蛇,和英琼紫光绞在一起。舞到疾处,有时妖尸颈上也冒起火来,烧得他身上绿毛焦臭,触鼻欲呕。那妖尸满嘴獠牙,错得山响,好似他也怕火非常。只不知他自己炼的法宝,何以用时连他本人也要伤害。似这般相持了个把时辰,渐渐那条红紫火光被英琼剑光压制得芒烟锐减,那妖尸却怪笑连声。

英琼暗忖:“原来妖尸不过如此,除了那条火光,并无别的本领。”正在心中高兴,猛听两个矮子在暗中说道:“你看师父颈上的火云链,只要一被这女子的紫光烧断,便可出世了。”英琼一听,猛想起适才在洞外所闻之言,那道火光便是长眉真人的火云链。怪不得妖尸忍受火烧,也不用别的法宝和自己对敌,原来是想借自己紫郢剑,去破火云链,他好脱身。若不是这两个矮子从旁提醒,险些上了妖尸的大当。这妖尸本就凶恶,火云链一去,更是如虎生翼,那还了得。但是既不能用飞剑除他,难道和他徒手相搏不成?就在这稍一迟疑之际,那妖尸好似欣喜万状,怪笑连声,跳跃不停。颈上火光逐渐低弱,眼看就要消灭。英琼一见不好,连忙将手一招,刚要将剑光收回时,那妖尸已似有了觉察,未容剑光退去,倏地将长颈一摇,口中喷起一口黑气,催动那条火光,如风卷残云般飞将上去,裹住紫郢剑光尾只一绞。英琼收剑已来不及,耳听铮铮两声,紫光过处,将那条火光绞断,爆起万千朵火星,散落地面。英琼情知火云链已被紫郢剑绞断,好生后悔。同时那妖尸早狂啸一声,破空飞起。

英琼不识妖尸深浅,见他想逃,惦着那块温玉,一时情急,忘了危险,竟将手上紫光一指,朝空追去。紫光升起,约有二三十丈。英琼正待跟踪直上,猛觉脑后寒风,毛发直竖。急忙回身,又见一个妖尸,与前一个一般无二,周身黑气环绕,直扑过来,离身不过数尺,便觉脑晕冷战,支持不住。知道中了妖人分身暗算,收回剑光护身,已来不及。当此危机一发,忽然急中生智,猛想起昔日与若兰同赴青螺,芷仙一人留守峨眉凝碧崖,心中害怕,若兰曾传芷仙木石潜踪之法护身,自己当时好奇,将它学会,从未用过,如今事在危急,何不试它一试?当下一面将身纵开,百忙中竟忘了收回紫郢,心中默念真言,就地一滚,刚要将身形隐起,对面妖尸已喷出一口黑气。总算英琼一身仙骨,禀赋过人,逃避又快,虽然沾受一点妖气,立时晕倒,身已隐去。那妖尸原知紫郢剑来历,拼着忍受痛苦,借它断了火云链后,知道敌人有此异宝护身,决难擒到。且喜锁身羁绊已去,便将元神幻化,先将紫郢剑引走,然后趁敌人身未飞起,从她身后暗下毒手。偏偏英琼十分机警,竟自避开,将身隐去。妖尸也看出敌人用的是隐身之法,必然尚在旁边。因为不知敌人本领虚实,又因敌人既然身带长眉真人当年炼魔的第一口宝剑,必是峨眉门下嫡传得意弟子,不论来人功行如何,就这口飞剑先难抵挡。明知敌人尚在洞中受伤未去,顾不得擒人,不如趁她暂时昏晕之际,来一个迅雷不及掩耳,先使用法术将她困住,将那口宝剑隔断,然后用冷焰搜形之法,慢慢将她炼化,以除后患。英琼才一隐身,妖尸便口中念念有词,黑气连喷,顷刻之间,地上隐隐起了一阵雷声过去,偌大山洞,全变了位置。妖尸知道紫郢剑通灵,外人无法收用。敌人已被自己用玄天移形大法困住,除了即时钻通地窍,不易脱身。仍回地穴之内,去炼那冷焰搜形之法。不提。

且说英琼当时觉着一阵头晕眼花,浑身冷战,倒在就地,耳旁只听雷声隐隐,身体宛如一叶小舟在海洋之中遇见惊涛骇浪一般,摇晃不定,昏沉沉过了好一会。所幸生具仙根,真灵未泯,心中尚还明白。强自支持,坐起身来,从身畔取出灵云给的丹药,咽了下去,才觉神志清醒。猛想起那口飞剑还未曾收回,知道那剑是通灵异宝,除了自己,别人无法驾驭。即使勉强收了去,一经自己运用吐纳玄功,一样可以收回。谁知连用几次收剑之法,毫无影响,猜是入了妖尸之手,这才着急起来。再看四外,都是漆黑一片,仿佛身在地狱。用尽目力,也看不出是什么境界。又过了一会,雷声渐止,已不似先前天旋地转,痴心还想逃出。后来见无论走往何方,俱如铁壁铜墙一般。飞剑在手,尚可勉强想法;利器一失,更是束手无策。情知已被妖法困住,不能脱身,只急得浑身香汗淋漓,心如油煎。正在无计可施,忽听四壁鬼声啾啾,时远时近,凭空一阵阵冷气侵来,砭人肌骨,地底也在那里隆隆作响。先还可以禁受,几个时辰过去,渐渐冻得身摇齿震起来。那鬼声越听越真，现出形象。英琼知难抵御，只索性仍用那木石潜踪之法，避个暂时。从丛绿火中，隐隐看见许多恶魔厉鬼，幢幢往来，似在搜寻敌人。那地下响声，更如万马奔腾，轰隆不绝，听了心惊。英琼强忍奇寒，咬紧牙关，如捉迷藏一般，与这些恶鬼穿来避去。有时避让不及，身微挨近绿火，益发冷不可当。

似这般避来躲去，也不知经过了多少时候。忽又听到远远妖尸怪啸，那冷气好似箭镞一般直射过来。先还是稀稀落落，后来竟似万弩齐发，由疏而密。漫说是黑暗之中，就在明处，任你天生神目，遇见这种无形的冷箭，也叫你无法躲闪。英琼吃这冷箭射到身上，宛如利簇钻骨，坚冰刺面，又冷又疼。觉着东边冷箭射来得密，便躲到西边，西边密，又躲到北边。一方面还得避着那些鬼火魔影，到处都是危机。似这样在这不见天日的幽暗地狱中蒙头转向，四面乱撞，不知如何是好。一会妖尸怪声越来越近，虽仗有法术隐身，究不知能否瞒过敌人眼目。再加魔鬼寒飙，无法抵御。地下响声大震，更不知妖人闹的什么玄虚。时候一多，实觉支持不住，眼看危机顷刻，就要冻得痛晕倒地。忽听山崩地裂一声大震过去，接着又听万蹄踏地之声，轰隆四起。

正在惊心骇目，以为死在眼前，猛觉一股温热之气，由前面袭来。那些冷箭寒飙，也如一阵狂潮，从身后涌到。英琼一个抵挡不住，扑地跌了一跤。昏瞀惊惶中，觉着背上吹过一阵飓风，勉强将身站起，冷箭已息，只剩四外绿火，仍在闪动。阵阵暖风从侧面吹将过来，奇冷刺骨之余，被这暖风一吹，立时觉得百骸皆活，如被重棉，舒服了许多。起初不明究竟，还在惊疑，正赶上一大丛绿火拥来，英琼当然回身就跑。刚一回身，便见黑暗中有数十点蓝光闪动，先又疑是鬼魅妖火。忽听那蓝光丛里发出怪兽吼声，听去甚是耳熟，留神一听，地下大响渐止，只剩蹄声骚动。不但那吼声和马熊相似，同时还听到神雕也在不远的高处长鸣，猛然灵机一动。暗想："妙一夫人飞剑传书，曾说马熊要助自己成功。适才听那一声大震，便觉冷气全收，暖风袭来。莫非那些马熊寻来，将这陷身的妖穴攻穿么？事已至此，只得冒险一试。"便向那有蓝光之处跑去。身临切近，已听出马熊咻咻鼻息，心中大喜，不由失声说道："我李英琼被妖法困住，你们若是马熊，急速领我逃了出去！"一言未了，那些蓝光果然纷纷后退。恰好有一个马熊回身时节，一条长尾正扫到英琼身上，英琼顺手一抓，毛茸茸地抓了个满手。料无差错，连忙随了这群马熊就跑，只听巨蹄踏地，吼啸四起。前行没有几步，便见最前面蓝光下落，听到马熊纵落之声。英琼恐有差池，看准蓝光落处，纵将过去一看，下面是一地穴，仿佛有亮光从外透进。正待也将身随着纵下，忽听身后马熊悲鸣，奔腾跳跃，拥将过来。英琼忘了自己有法术隐身，马熊虽能暗中视物，怎能看见自己，一不留神，被马熊一撞，撞落穴底。百忙中回头一看，身后还有十几点蓝光，业已随着惨叫，不复再有声息。那许多绿火魅影，正飞也似往穴口扑来。

原来妖尸想在他潜伏的地穴之内，先使妖法，驱遣魔鬼，想要生擒敌人，好久没有效果。算计敌人决未被妖气喷倒，仍然隐住身形，擒她不了。此女不除，隐患无穷。把心一横，拼却自己不能享受，玄功入定，再使那冷焰搜形之法，想将英琼活活冻死，已经过了两天一夜。却未料到英琼多服灵丹仙果，已有半仙之体，虽然难以支持，末后又被马熊攻穿地窍，破了冷气。那些魔鬼也颇厉害，虽擒不了英琼，却能循声追迹。英琼不该情急失声，被魔鬼追将过来。英琼已经逃脱，只苦了后逃的七八只马熊，白白送了性命。

英琼一见魔鬼追来，知道不妙，正要往那有亮光之处逃跑，忽然顶上剥啄一声大响，一道紫虹自上而下，紫光影里，照见一块大石，连着上面天光，直射下来。外面雕鸣分外清晰。英琼认得是自己的紫郢剑，不由喜出望外，连忙将手一招接住。这时上面鬼火魔影，也在那里纷纷下投，只吓得下面马熊乱撞乱叫，走投无路。英琼飞剑在手，胆气一壮，因为鬼火已快临近，惊弓之鸟，原只想护身逃走。谁知紫光才一出手，近身魔火宛如寒冰投火，一见消散。接着又听远处妖尸啸声，上面魔影全都蜂拥退去。

英琼听到外面神雕鸣声越急，知它通灵，必是在唤自己逃走。忙驾剑光，飞身上去一看，立身之处，正是妖尸洞前一块石地，陷身石穴，虽然宽大，高只丈许。那些马熊，约有四五十只，也都奔纵上来，只管四望叫啸，并不往身前走拢，似在寻找什么。猛想起自己还隐住身形，连忙收了法术，现出身来。神雕早已注定紫光，翩然降下，一见主人无恙，不住昂首长鸣示意。此时英琼虽脱虎口，尚在险地，觉着周身酸痛，四肢麻木。又见神雕用嘴紧扯衣袂，情知不是妖尸对手，要想盗玉，还得略微将养再来。正待乘雕飞走，忽见那些马熊一齐围拢上前，伏地哀鸣。适才全仗它们攻穿地穴，才得脱身，丢下它们而去，必然死于妖尸之手。欲待似前次救走，势又不能。正在为难之际，一眼瞥见黑烟起处，妖尸已从洞中飞身出来。神雕越发用力衔扯，似催英琼赶快逃避。两下相隔，原不甚远，眼看黑烟快要飞到跟前。英琼一见势在紧迫，紫郢剑失而复得，有了前车之鉴，不敢再使飞剑离身上前迎敌；又加这些马熊于己有恩，弃之不仁，只得勉强用剑光护住全身，相机进退。

那妖尸一见紫郢剑仍在英琼手内,大吃一惊,正要施展妖法取胜。英琼见妖尸忽然停步,周身冒起黑烟,转眼之间,又是天旋地转。知道再如不走,难免又蹈先前覆辙,玉石俱焚,将身飞上雕背。倏地晴空一个大霹雳,夹着数十道金光,从天下射。未及看清来历,便觉眼前一片漆黑,耳旁呼呼风响,身在雕背上,仿佛腾云驾雾一般。以为又被妖法陷住,忙运玄功,两手紧抱雕背,将剑光舞了个风雨不透。过没有多大时候,倏地眼前一亮。定睛一看,自己仍骑在雕背上,并没飞动,存身之处,已换了一个境界,妖尸不知去向,面前一片大梅林。虽然五六月天气,早过了梅花时节,老干槎枒,绿叶浓荫,鸣禽上下,衬着满山野花杂卉,姹紫嫣红,远山含翠,近岭凝青,越显得天时融淑,景物幽艳。偶觉身上还在痛楚,想起前事,如在梦中。再往绿林尽处一望,一角墙宇,朱红剥落,若有梵宇。四望云林烟树,岩壑泉石,无不依稀似曾相识。心想:“明明适才和妖尸交手,霹雳一声,便觉昏暗不能自主,怎会换了这个所在?莫不又是妖尸玄虚?端的吉凶难测。”

正在惊疑之际,忽听神雕长鸣示警。耳听头上飞剑破空之声,一道乌光,直往身前不远降下,现出以前两次交手的青衣少年,一手拿着一张纸卷,一手连连摇摆,似要试探着走将过来。英琼见妖尸党羽跟踪而至,又惊又怒,不问青红皂白,手指处,剑光直飞过去。那少年早已防到,也不抵敌,先将手中纸卷扔将过来,满脸愁容,将足一顿,破空便起,一点乌光,转眼飞入云中消逝。英琼吃过苦头,不敢穷追。那纸卷上面还包着一块石头,拾起一看,大出意料之外,甚是后悔。

原来那少年名叫庄易,本是与红花姥姥同辈的异派剑仙可一子的惟一门人。只因可一子早悟玄机,不肯滥收徒弟,为祸世间,自知所学不正,难参正果,爱庄易资质,不肯误他,只传了一些防身法术。兵解以前,庄易正因误食涩芝,失声喑哑。可一子与他留下两封柬帖,吩咐到时开视,自有仙缘遇合。可一子兵解以后,庄易到时打开柬帖一看,上面写着命他某日去到莽苍山灵玉崖前,有一大洞,里面有一个妖尸,守着一块万年温玉。那妖尸生名谷辰,曾将自己一部道书盗去,穷凶极恶。后来长眉真人用七口神剑将他诛心而死。知他因得那部道书,已能变化幽冥,当时不能将他元神消灭,若干年后,仍要出土为害,给他颈上锁了一根火云链,再用玄门先天妙术开叱地窍,将他尸身元神一齐封闭。那谷辰秉天地极戾之气而生,与百蛮山阴风洞绿袍老祖心肠手段一样毒辣。只因真人飞升在即,不及运用八九玄功将他元神炼化,出此权宜之计。当时曾经留下两口炼魔宝剑同两个预言,等妖尸在地窍中炼得可以出土之后，自有能人前去除他。那妖尸虽能将火云链炼得长短随心，到底长眉真人至宝，有生克妙用，无法取脱，仍不能离开灵玉崖一步。再加他在地窍之内，日受地风，周身已成枯骨。虽然得了那块温玉，只能使身上渐渐还暖，不能长肉生肌。须要本门百草阳灵膏，才可使他还原。命庄易拿了阳灵膏同一封书信，假说师父被峨眉所算，死时想起谷辰该到出世之日，命庄易拜在谷辰门下，用阳灵膏坚他的信心，必蒙收留。只需设法将他那块万年温玉盗在手内，便不愁没有机缘，得归正果等语。庄易看完柬帖，依计行事。妖尸先要吃他生血，经庄易表明来意，交了书信，妖尸果然大喜，非常信任。他知妖尸厉害，那温玉日常挂在胸前，虽然早晚有一两个时辰回死，怎奈人一近前，便中邪倒地，不敢造次，只得静等机会。无事时，也常往满山游玩。

这日无心中发现洞前枯树下有暗道，一时好奇，飞身下去，想探个仔细。先时穴径甚狭，越走越宽。刚走到一处甬道，忽见对面飞来一道乌光，大吃一惊。知道后退已来不及，冒险用他师父可一子所传收剑之法一试，居然收住。原来是一口龟形小剑，乌光晶莹，鉴人毛发，剑柄上有两个“玄龟”篆字，知是一口上好飞剑。正在谛视，忽然满壁红光，现出一个道婆，白发飘萧，高鼻大耳，手拄一根铁拐。庄易见那道婆气概不是寻常，以为剑的主人追来，情知不敌，一时福至心灵，躬身施礼，便要将剑奉还。那道婆已看出他是个哑子，便对他道：“物各有主，果然不差。剑是你的，无须还我。我隐居在此已有多年，从无一人知道。今日正在丹室闲坐，瞥见一道剑光飞过，我认得那是长眉真人的七修剑之一，稍来慢了一步，已经落在你手，想是前缘。我看你资质甚好，虽然所学不正，人却是一脸正气。你口哑不能出声，乃是误服毒草，并非生来口哑。这后洞门户原通灵玉崖，自从长眉真人禁锁妖孽谷辰，倒转山岳，移动地肺，业已封闭多年，你竟能到此，必是妖尸业已出土。问你也说不出，你在此少候，待我去看看，或能助除妖盗玉的人一臂之力，也未可知。”说罢，便化成一道红光，往庄易来路飞去。

约有顿饭光景，道婆飞回，手中拿着一封柬帖，说道：“长眉真人，纤微之事俱能前知，真不愧为一派开山宗祖。你的来历，我已明了。我现受长眉真人遗柬之托，说你奉有师命，准备改邪归正。那温玉你到不了手，自有能人来取。从今以后，可以息了你那盗玉之想，处处取那妖尸信任，静候机缘到来。那盗玉的人，名叫李英琼，是个少女，所用飞剑，是一道紫光。你只需助她成功，必能归到峨眉教下。此洞已与妖穴相通，我已不愿居此。我近来也正嫌此洞幽秘,新近另辟了一座洞府,即时就要移去。这口玄龟剑,虽仗你师父所传收剑之法将它收下,但此剑乃长眉真人当年亲炼,异派中人能运用者极少。我现在先传你口诀,从明日起,你可抽空去到外面崖顶练剑,还有别的机缘凑合。那妖尸也知此剑来历,你回洞以后,不可隐瞒,可比手势,说你今日闲游,到山南一座破庙旁边石洞之内,看见一块画有符篆的石碣,被你无心中将它推倒,便见下面陷一深穴。下去一看,石案上平列着七口异形的小剑。刚取得这一口龟形的,便觉天摇地动,雷响光摇,心中一害怕,连忙纵起时,只见六七道五色光华,从穴中冲霄飞去。少时没有动静,再下穴去一看,除了这口玄龟剑当时拿在手里外,余下六口,俱都飞走。还要故意问他可知此剑来历。妖尸闻言,不但不疑,一定另传你用剑之法。你只管阳奉阴违,每日仍来此地学习便了。"庄易已看出那道婆是神仙一流,早跪了下去,还未及请问法号,那道婆把话说完,化道红光飞去。

第一一四回

猛兽报恩　神禽救主
真人遗柬　侠女寻珍

庄易因出来时久，也从原路回转，并未深入。回去对妖尸一说，果然并无疑忌。对那两个矮子，却是拘束百端。他看出两矮心有异志，乐得利用，不时市恩市惠，代他两人解围。这日出外闲游，发现袁星同一大群猩、熊。心想："妖尸虽然多伤性命，犯不着助他为恶。但是米、刘二人，正为妖尸祭炼百兽生魂，寻不见猩、熊，每日受罪。加上这些俱是山中猛兽，猩猿还可，那马熊何等凶恶，多死几个，以暴除暴，也不为过。"便回去说与米、刘二人，禀明妖尸，算准地点，由二人拿了法宝妖丝，前去擒捉。先擒回来了百十个马熊，除照例弄死一些，余下关闭在地穴之内。第二次前去，因袁星双剑厉害，米、刘两人多时不回，庄易奉命前去监督，正遇英琼飞到，救了神雕、袁星，还破了装黑煞丝的葫芦。庄易一见用紫色飞剑的女子，便知道婆之言应验，心下大喜，只碍着米、刘二人，不便上前相见。他恐米、刘二人与英琼为难，借一个故，逼着米、刘二人隐身退去。

当日天明，又照往常到那崖顶练剑，复遇英琼从下面飞身出现，几次想表明心迹，只苦于说不出口。末后被逼无奈，恐防玄龟剑有失，只得先行遁走，差一点没被紫郢剑送了性命。正往妖洞飞逃，忽觉身子似被什么力量吸着下沉，大吃一惊。及至落地一看，正是前日所见的道婆，说："那女子我已在暗中见过，长眉真人果然赏识不差，只可惜杀劫太重了些。她顷刻之间便要追入妖洞，被妖尸困住。你如见她失陷，可算准那关马熊的石穴上面，将这一道符箓焚化，三日之内，自有妙用，使她脱身。那时妖尸行法未完，必不能即时收法追赶。你再隐住身形，将第二道符箓焚化，将妖尸震倒。同时将这第三道符箓，朝那女子身旁南面掷去，顷刻移山易岳，那女子连在旁生物，便都离开了险地。然后再拿我一个纸卷，速驾遁光，往南方追去。等那女子落地现身，你再将这纸卷丢与她看。上面写有你的来历，教那女子速返峨眉,约请一个姓周的女子,同来盗玉除妖。那妖尸我也难以制他。这三道灵符,俱是长眉真人遗留,还是那日你我相见时,在一个洞窟里寻到。用时只需默念发火真言,便生妙用。切不可乱了次序。”当下传了发火真言,递过三道灵符,一个纸卷,道袍展处,一道红光,踪迹不见。

庄易两次和那道婆相见,俱都不及问得姓名。只得默记于心,望空跪拜,赶回洞去。刚到洞前,便和英琼交起手来。心中还想用手势叫英琼趁妖尸未醒前回去,偏偏英琼听了米、刘两人之言,有了先入之见,苦苦追逼,以致妖尸警觉,借英琼紫郢剑破去火云链,用妖法将英琼困住。庄易去看囚马熊的石穴,已经无门可入。趁妖尸入穴行法之际,偷偷焚化了第一道灵符,眼看一道银光,直穿地下,才行暂时离开。然后在左近隐形观察。到了第三日,听到地下怪声大震,日前所见那只金眼大黑雕钢爪上抓住了那道紫光,不住用长喙去啄地下石头。接着闻得地下隆隆之声,那女子已现身出来。妖人也由洞中飞出追赶。忙将第二、三两道灵符次第焚化,见妖尸已被震倒,他就追上英琼,将纸卷扔下,才行飞去。

英琼看完纸卷,才知那哑少年并非妖尸一党,如果早些得知就里,不但不会涉险被围,下手还要容易得多。如今妖尸颈上火云链被自己紫郢剑斩断,行动已能自如,又有了防备,岂不难上加难?照纸卷上所说,明指着要周轻云相助,才能成功。暗想:“轻云虽然入门较久,论她飞剑能力,还未必能胜过自己。况且凝碧崖正在多事之秋,若须她相助,妙一夫人飞剑传书怎未明言?来时颇为自负,怎便事急回去求人?而且轻云也未必分身得开。好在已有哑少年做内应,妖尸每日仍有两次回死,莫如还是再试上两回,真不能盗玉,再行回山求助不迟。”

主意打好,吩咐那些马熊自行觅地潜伏,径跨神雕回转原处。穴中猩、熊见她回转,俱都欢呼跳跃,围上前来。英琼一见袁星不在穴内,等了一会,也未见回来,心甚忧疑。刚刚飞身出穴,想命神雕前去寻找,袁星已经狼狼狈狈跑了回来。问它何往?袁星说道:“因听神雕回说,它在妖尸洞顶上空瞭望,见洞中妖氛四起,将附近山环全都遮蔽。待了好一会,仿佛看见主人的剑光闪了几下,便不见动静。待要飞身下去,不知虚实,未敢造次。主人无事,固用不着;万一有事,再连它一齐失陷,回去求救的都没有。回来一见主人果然未回,才着了慌。知道袁星此地路径甚熟,背了袁星到妖穴附近落下,由袁星前去先探个动静,它在空中接应,想法将主人救出。到了那里,由那条螺形山窟钻出去一看,只见那洞已变了形状,宛然不似先前主人住时样儿。刚想偷进洞去,便遇见那日所遇见过的两个鬼小孩。袁星知敌他们不过,回头就跑,以为他们俱会妖法飞行,必定追上。谁知他们先只是步行,直到追出很远,才一人一面,将袁星围住。他们说主人业被洞中妖尸害死,要袁星答应他们两件事,才饶活命:第一是袁星归顺了他们;第二是要袁星将两口长剑送他们。袁星不服,便用宝剑和他们打。这两个鬼小孩并无法宝、飞剑,不知他们用什么妖法,兀自天昏地暗,山摇地动,怎么走也走不出去,到处都有恶鬼现形。

"正在危急,忽见一道紫光一闪,耳听钢羽叫声,立时妖云全散,两个鬼小孩也不知去向。及至留神一看,只见钢羽飞来,爪上抓着主人的飞剑。它说它在上空飞翔,看见主人剑光在山崖后地面上不住盘旋,不时穿入地内,好似要择一个所在飞入。它知主人被困时,剑光业已自行飞走,恐怕失落在敌人之手,仗着白眉禅师传它抓剑之法,费了无穷气力,追逐过好几个山头,先前很难抓住,有时抓住也被它挣脱,还伤了好几片毛羽。末后剑光好似失了驾驭,在空中自在游行,才得冒险上前抓住。算计剑光自行往地下冲击之处,必是主人失陷之所。知主人仙根仙骨,不会送命,想往剑光飞翔之处寻找。回来看见两个鬼小孩将袁星困住,只可惜不敢将剑光松爪,不及兼顾,被两个鬼小孩逃走。因救主人情急,也不管利害轻重,一面命袁星仗着路熟,偷入洞中寻找;钢羽却往先前发现剑光的地方,用另一只钢爪去抓开山石。若是真正无法,再行回山求救。除妖尸住的后进有妖气挡住,舞动剑光也冲不进去外,凡是从前所晓得的地方,全都找遍,也未寻见主人踪迹。总觉地形全都改变,与前大不相同,钢羽说是妖尸弄的玄虚。似这样寻有两天,老想回山送信,老是迟疑不定。洞中共有三个鬼小孩,除了有一个穿青衣身材略高一点的,见了我们自己避开外,先遇那两个,遇见几次,都被钢羽赶跑。

"第三天上,钢羽忽然抓了剑光飞去。等了有好一会,那两个鬼小孩又现身出来。袁星因钢羽不在,连忙寻了一处地方潜伏,幸而未被他们看见。后来见钢羽飞回,看准一个地方,连连用爪抓地,只几下便听得几声地震,主人带了马熊飞身出来。袁星心里喜欢,刚要过去,忽听洞中怪声大起,飞出一个似僵尸的怪物,放出黑气,朝主人飞去。眼看近前,晴天一个大雷,射下无数道金丝,将那怪物震得跌了一跤,爬起来回头往洞里就跑。同时又见一朵彩云,比电闪还急,往南方飞去。再看主人、钢羽,连那许多马熊,俱都不知去向。这时袁星正往主人站的地方跑去,劈头遇见两个鬼小孩从地上爬起，迎个满怀。连忙舞动剑光退走，逃到一个山环之内，被他们追上，又将袁星困住。正在头晕眼花，支持不住，一道乌金光亮一闪，那穿着青衣的小孩飞来，一见面便唤住那两个鬼小孩，收了妖云，袁星业已将要晕倒。后来这个却是哑巴，眼看他和那两个鬼小孩比画了一阵，又争论了一阵。那两个鬼小孩先是不服，后来这个又用手在地下画了几下，才勉强分出一个，将袁星追上。说他三人中一个，主人已经见过。那两个矮鬼，一个姓米，一个姓刘，俱非鬼怪，乃是天生异相。主人已经被人救走，他们也不再同我们为敌，并且还愿为主人的内应。只求将来擒妖尸时，不要伤他们。现在妖尸已被长眉真人灵符震伤元气，须要静养，养好就要离开此地，请主人急速下手。适才妖尸传话，每日要寻取十三只马熊、猩猿，连饮生血，并炼法宝。知主人回山再来，还得两天。袁星就是猩猿头子，在主人未斩妖尸以前，务必给他们办到，以免妖尸亲自用法术搜寻，玉石俱焚，并省他们受妖尸凌逼。如若不从，纵有后来穿青衣的讲情，他二人也不能放袁星逃走。

"袁星被迫无奈，只得答应下来。他二人果然没有追赶。走没多远，便遇钢羽飞来，将袁星接回。它说适才明明看出主人就困在附近地下，只是无门可入。忽然看见山南有先辈熟人的剑光一闪，知道有了救星。飞过去一看，果然是失踪多年，在白眉禅师那里听过经的前辈异派剑仙中数一数二的人物青囊仙子华瑶崧，便向她哀鸣求救。听华仙姑说起，她本就要离开此山，也是受了长眉教祖之托，知主人有难，前来相救。因为这次妖尸劫数未到，不愿露面结仇，只可在暗中指点。说主人已被妖尸易岳移山，陷身地肺之内。漫说妖法厉害，就是洞中阴恶之气，也受不住。所幸根基甚厚，多服灵药，暂时还不妨事。还算妖尸一时疏忽，移山时恰巧将关马熊的石穴一齐倒转，正当地肺的穴窍，那里比较容易攻穿。上面虽有妖法封锁，却忘了下面那些马熊受不住闷气，必然用头乱撞。这东西原是山中力大无穷的猛兽，不消两日，便可攻破，地气一泄，妖寒全散。惟恐主人还不易脱身，又给了一道破山灵符，命钢羽掷向主人陷身之处。只需稍露孔隙，主人剑光便可穿入，震开山石，脱身出来。它谢了华仙姑，依言行事，将主人救出。又叫袁星对主人说，还是急速回山，寻一位仙姑相助才好。"

英琼一听，妖尸震伤，手下全都和自己一气，多一周轻云，也无关重要。想起那哑少年曾在洞顶相遇，何不再去寻他，问明详细，以定行止。想到这里，便命袁星暂时回洞歇息，神雕仍往妖穴附近探看。独自一人，回到夹缝中，飞身穿出崖顶一看，那哑少年庄易面带焦急之容，正在那里往来盘旋。

见英琼现身出来,慌忙上前相见,先用手指了指心、口两处。英琼知他口哑,便先向他道了歉。然后请他坐下,用手在地上写画,以代谈话。庄易点了点头,随手折了一根树枝,在地上写道:“那妖尸被长眉真人灵符震伤元气,须要修炼三十六天,才能复原。颈上火云链已破,复原之后,便要飞往别处。现在正命刘、米两矮子到处搜寻猛兽,祭炼妖法。因与英琼交手时节,见庄易未曾上前相助,颇起疑心,如今谁都不肯信任。为防英琼再去和他为难,已用身外化身之法,将元神分化。另用极厉害的妖法防卫本身,全洞都布置好了罗网。除却晨昏回死之时,妖尸元神须要入穴守护,外人一进洞,便会被获遭擒。就是趁他回死之际,休说他藏身地穴,那头层洞门都难进去。我此时抽空与你送一个信,须要急打主意才好。”英琼又问了问妖尸的起居动作,知妖尸防护严密,那块温玉就挂在他的胸前,实实想不出好法子。庄易又因身在虎穴,妖尸颈上束缚已去,行踪诡秘,来去飘然,万一回醒,元神飞出,一个不及觉察,被他看破,便有性命之忧,急于要想回去。

英琼正待起身相送,猛想起自己来时,曾借有秦紫玲的弥尘幡。救若兰回山时,因为想借天风阳光暖和一下,又因雕行迅速,自己到底功行尚浅,弥尘幡虽快,上次在青螺中了妖法,被紫玲救回峨眉时,昏惘之中,兀自觉得头晕心跳,又未遇见大敌和危险,所以仅止用它护身,回去并未催动,一直再未使用。只奇怪二次救马熊,正苦无法护送,头一次虽仗敌人未来追赶,第二次被妖尸困住,何以也忘了取出应用?想到这里,伸手往怀中一摸,不由急出了一身冷汗,粉面通红,心头直跳。原来那弥尘幡已不知在何时失去。连忙唤住庄易,略微镇静心神,想了想,猜是被妖尸困住时节,那幡不比紫郢剑,已和自己成了一体,别人不能使用,不被妖尸得了去,也必遗失在地穴之内。休说回山去约轻云,此宝一失,怎好意思去见秦家姊妹之面?越想越急,便对庄易说了,请他留神探个动静。庄易又急匆匆在地上写出,那幡似未落到妖尸之手,不是遗失地窍以内,便是在旁处失去。只要遗在地窍,自适才被马熊和英琼的剑光攻破以后,妖尸并未使它还原,进去搜寻不难等语。英琼连忙重重拜托,连用法一齐传他,如果寻着,急速飞来。庄易点头答应,便作别飞去。

英琼几番细想,除了遗失地穴以内,实在想不出遗落何所。据庄易传那华仙姑之言,再三说是如无轻云相助,一人决难成功。先前是不想回山,现在就是想回山,不将弥尘幡寻到,也是无颜回去。左思右想,打不定主意。

一会黄昏过去,进入深夜。算计妖尸已经回醒,不便前去,且候至清晨见了庄易,再作计较。在崖顶忧惶徘徊,到了天色黎明,庄易飞来,说弥尘幡遍寻不见。妖尸已对他起了疑心,无可奈何,只得编了一套说词,现在尚不能明告。问英琼愿去约人来助不?如想独自盗玉,他说对妖尸所说那一番话,正是一个机会。只要英琼到时肯委屈假意承应,即使被擒,仍可脱身。可趁今晚黄昏,妖尸回死时,前去一试。不行再回峨眉求助,也不迟在这一日。英琼问他承应什么?庄易又不肯明写出来,把树枝指在地上,脸上红了又红。英琼心乱如麻,一心记挂失幡之事,见他为难,也未追问。一会庄易又告诉英琼,前洞外人已难入内,指明了崖夹缝中那条通至二层洞门古树穴内的窄径暗道,请英琼由此前往,可以躲过头层封锁,省得用妖尸所传出入之法,招妖尸疑心。万一被擒,休要慌急,能暂时从权更好,倘如不能,他必在无人之时前来看望,彼此一切意会,千万不可说私话。因为妖尸心灵无比,如不在他回死之时,离他五六十丈远近以内,口角微动,他俱觉察。不能从权降顺,痛骂他一顿,倒是无妨。一露马脚,二人同时遭殃。说罢,作别飞去。

这一来,英琼越发失望。庄易走后,猛想起救英男回山时,曾在山南一座崖前取暖。回来又在一个地方等候袁星,打了一夜坐,被两个似人非人的白色怪物放寒气将自己惊动。莫非一时不留神,将幡遗落在彼?何不趁着这富余时间,前往寻找?明知法宝非常物件,如无绝大本领之人盗去,或是在被妖法困住,心神无主,决难随便失落。但是事已至此,不能不作万一之想。当下便令袁星留守,带了神雕,先往山南降落之处,寻了一个仔细,哪有丝毫踪迹,满腔失望。再往那晚打坐之处飞落,仍留神雕在空中,先往树林之中寻找,仍无踪迹。

细想那两个白色怪物相斗时情形,正要出林再找,忽听远远起了一阵细微声息。英琼自来机警,便停声缩步,从林隙中往外一看,只见一阵旋风,卷起一团白雾,从西面峰脚一个岩洞中飞落林外。这次两个白东西一落地,先揭去头上的白面罩。看身量容貌,俱都生得一样,好似两个孪生的兄弟。英琼才知那晚两个怪物,竟是这两个妖人闹的玄虚。弥尘幡如果遗失,必落他们之手。一着急,几乎飞出林去。再看那两个白衣人,已走近身旁不远立定,说起话来。英琼藏身树后,侧耳听时,偏是相隔稍远,那两人说话声音又低,啁啾不似人言,一句也听不出。英琼又急又恨,待要移前几步,听他两人说些什么。身略移动,猛然一眼看见树杪阳光,将自己的影子斜射了半个在地上,离那两人立处不远,心中一动:“那两人既会法术,自己的人影落在他们面前,没有不见之理,怎么连头都不往后回一回,若无其事一般?这事太不近情理,莫非又在闹什么鬼?”

才一转念,忽听空中一声雕鸣,日光之下一团黑影,直往自己顶上扑到,疾如飘风。只听身后风声呼呼,树木折断,咔嚓连响。知有变故,连忙回身一看,一个面如黑铁的道人,一手拿着一张小木弓,弓上排列着数十小箭,似连珠般射将上去;另一手拿着一柄拂尘,在头上连挥。顷刻之间,白色茫茫,将道人全身笼住。那小箭一出手,倒是一溜黄色火星。空中神雕,正用两只钢爪抓那火星,虽然随抓随灭,无奈火星太多,只这一转瞬间,已射了三四十个上去,神雕有些忙乱神气。

原来那道人正是利用余英男去盗冰蚕的无影道士韦居。自盗蚕未能得手,反被英琼在风穴中剑斩了爱徒魏宗,恨如切骨。当时因见英琼剑光厉害,又有白眉和尚座下仙禽,未敢公然报仇。跟踪到了莽苍山阳,见英琼业已救了英男飞走。正在无可奈何,忽听有人呼唤,回头一看,正是多年老友、福建武夷山雪窟双魔黎成、黎绍。同恶相济,久别重逢,自然一见心喜。问起情形,才知黎氏兄弟被怪叫花凌浑追逃到此,就在这莽苍山阳的兔儿崖玄霜洞内藏身。韦居也略说了经过,约他俩同盗冰蚕,开创一家道数。黎氏兄弟便约他同居洞中,相机行事。

第二日英琼又来,黎成在暗中看出英琼身有异宝,想好计策,先用魔雾想将英琼迷倒。不料英琼多服灵药,仙根甚厚,还未近前,便即警觉。黎氏弟兄以前吃过许多苦头,见英琼身旁剑气瘆人,魔雾难侵,不敢再上。改用幻影,乘英琼分心之时,由韦居隐了身形,偷至英琼身后,用妖法将弥尘幡盗去。彼时英琼正注视两个怪物满地乱滚,神雕又不在跟前,并未在意。随后便驾剑光飞起,去察看袁星踪迹。三个妖人跟踪追到袁星被困所在,见下面黑气如丝,满空交织,英琼已将剑光飞出手去,一道紫光过处,妖氛尽扫,救出猩、熊。三个妖人俱认得那雕是白眉和尚座下仙禽;又见英琼驱遣猛兽;还有先前雕背上那一只大猩猿,手使两道剑光,也分不出什么家数,宛如神龙闹海,长虹刺天,寻常不易得见;尤其那满空黑丝,何等厉害,被紫光一照面,便破了去,施放的人比自己定然高明。故未敢露面,任她从从容容将这数百猩、猿救走。

知这女子来历必然不小,当时并未敢造次,仍回兔儿崖。取出所盗来宝物,见是一面似锦绣织成的小幡,上面绘有烟云古篆,霞光隐隐。三个妖人未曾见过天狐,虽知是件异宝,只苦于不知来历用处,暂时商量,先由韦居保管。正在商量之时，忽见幡上彩霞潋滟，光云骤起。就在这疑诧谛视之间，倏地轰隆两声，似花炮脱手般，化成一幢彩云，冲霄飞去，转眼不见。再看韦居，拿幡的左手业已震破，五根手指倒震断了四根。黎氏弟兄原知正派法宝，外人到手不易使用，特意叫韦居去盗，如能使用无事，再和他强要，本无好心。一见韦居果然吃了苦头，好不暗幸。对于英琼，更是不敢轻视。偏那韦居不知死在临头，一面将自备丹药嚼破敷治，越发心中愤恨，只是觉着能力不济，也无可奈何。

事有凑巧。那妖尸洞中两个矮妖人，一名米鼍，一名刘遇安，原是异派中有数人物，因盗温玉未成，反被妖尸谷辰强作奴仆，常思背叛。这时趁妖尸困住英琼，入穴行法，庄易又不在跟前，偷偷溜出商议，正赶上韦、黎三人闲游北山。两矮原与黎氏弟兄相识，五人相见之后，互谈经过。两矮便请韦、黎三人遇机相助。三人一听妖尸谷辰业已出世，两矮那般本领，都被他收去法宝，做了奴隶，如何敢惹，略与敷衍，便即避开。因两矮谈起被困女子穿着容貌和被困时情形，好似那女子法宝虽然厉害，自身并无多大道行。头一个韦居心中后悔，为女子先声所夺，未使妖法一试。当时也未想到英琼会脱出妖尸毒手，以为必死，也就丢开。

今日三人正商量用什么方法去盗冰蚕，忽见神雕背了英琼飞来，落下便即飞去。依了黎氏弟兄，说英琼既能逃出虎口，本领必非寻常，不可冒昧。韦居执意要代爱徒报仇，非下手不可，猜英琼是为了寻仇而来。仍由黎氏弟兄故意飞到英琼身前说话，引她偷听注意。再由韦居从林后潜入，暗使妖法冷箭，两下夹攻。不料这次神雕并未飞远，早看见两个妖人飞落近英琼身前不远，因见主人未有动作，也未下击。忽见还有一个妖道，隐身绕入林中，要从主人身后暗下毒手，如何不急，两翼一束，如弹丸飞坠，从空下投，快要到达地面，才长鸣示警。林中树林丛密，虽然碍事，禁不起神雕得道多年，炼就钢爪钢羽，一双阔翼，收合之间，成抱大树，俱都纷纷折断，砂石纷飞。妖道韦居已拿着数十支穿心弩，口念咒语，想要发将出去。忽听大风扬尘拔木，当头一大团黑影飞到，知道不好，连忙将身飞纵出去一看，正是日前所见白眉和尚座下仙禽，已经离头不远，大吃一惊。忙使妖法，展动在手拂尘，祭起一团浓雾，护住身躯。神雕识货，见主人业已警觉，妖道拂尘上的妖雾异常污秽，不愿沾染，将身飞起高空。妖道在急忙中，不顾暗算英琼，左手穿心弩向空发出。只见神雕伸开钢爪，一抓就是一个。妖道着了慌，便把手中弩箭化成数十点黄火星，连珠发出。心中暗骂："你这扁毛畜生！任你钢爪能抓，只要射中一支,怕你不周身寒战,落下地来。”神雕原本性烈,一见黄火星飞来太多,不好应付,略一疏忽,左翼上连中两箭,身上一冷,知道已吃了亏,长啸一声,将两翼展开,直朝那数十点火星扑去。等到一齐射到翼上,倏又将两翼一收,将那数十点火星一齐夹入腋下,一个禁受不住,直往林外坠落。

就在神雕刚中头两支弩箭时,英琼已经回身,看出神雕忙乱,娇叱一声,一道紫光,直往雾影中妖道穿去。韦居想是应该遭劫,明知敌人飞剑厉害,竟会以为自己护身妖雾,聚天地至淫极秽之气炼成,专污法宝飞剑,用它护身,万无一失。正可借此牵制敌人,会同黎氏弟兄,另用别的妖术邪法,两下夹攻,使敌人措手不及。万没料到紫郢剑不怕邪污,等到紫光飞入雾影氛围,并未坠落,才知不好,休说遁走,连“哎呀”两字俱未喊出,被英琼飞剑拦腰斩为两截。

黎氏弟兄中的黎绍最为奸狡,早就垂涎英琼姿色,一见英琼回身和韦居交手,忘了身后敌人,脚一点处,首先飞到英琼身后,取出一面妖网,正要张口喷出一股妖雾,再将妖网罩将过去。谁知英琼一心惦记弥尘幡,见妖雾散处,妖道腰斩就地,早纵将过去,低身便要搜检。忽闻一股奇腥从后吹来,觉得头脑昏眩,猛想起那两个白衣妖人尚在身后,暗道一声:“不好!”忙摄心神,连人连剑飞起。回头一看,离身不远,一个白衣妖人口中冒出黄烟,手持一团五色妖网,似要发出。英琼不问三七二十一,指挥剑光,直飞过去。黎绍刚把妖气喷出,忽听身后喊得一声:“且慢!”便见韦居身首异处。英琼纵身过去,口中妖气又未将人迷倒,知道不能讨好,不敢再将手中妖网发出。还未及回身逃遁,英琼剑光已疾若闪电,飞射过来,紫虹齐腰一绕,登时了账。

黎成比较胆小,见神雕飞来,英琼已和韦居对面,抱了坐山观虎斗的主意,原不想上前。一见黎绍轻敌,到底骨肉关心,喊了一声“且慢”未喊住,忙也纵身入林,想将黎绍唤住,正赶上英琼连斩韦居、黎绍。英琼见神雕中弩飞坠,不知吉凶,飞身出林,寻踪查看。一见黎成飞来,再也凑巧不过,两下连话都未说一句,被英琼紫光迎面当中穿过,黎成只“哎呀”一声,肚肠已被剑光穿破。

英琼连诛三凶,听神雕在前边长啸,更比弥尘幡还要来得关心,也不顾搜检三凶尸首,忙驾剑光飞身过去。只见神雕正站在林外一块岩石上面,两爪紧抓石根,两翼展开,似飞不飞,浑身羽毛根根直竖,抖颤不已,仿佛平时抖翎发威的神气。身旁不远,散落着一地的小弩箭,箭头黄色火星早已熄灭，只微微有些放光。英琼起初不知神雕身受重伤，见它依旧神骏，略放宽心。一眼看到适才妖人施放的法宝，顺手便要拾取。可怜神雕业已周身寒战，不能奋飞，一见主人又要步它后尘，奋起神威，一声长啸，倏地从岩石上飞跃下来，微微将英琼身子一撞，撞出一两丈远近。英琼见神雕无故撞她，两翼不收，身上毛羽老是不倒，才觉出有些异样。忙停了手，走近身旁，用手一摸，到处都是冰凉抖颤，触手麻木。不由吃了一惊，忙问道："我看你这样儿，莫非受了妖人的害了么？"神雕闻言，将头连点几点，不住低头去挨英琼手臂，曼声长啸，甚是依恋。英琼忙将身上丹药与它吃了，仍是无效。言语不通，又不知怎样才能解救，飞又飞不起来。意欲用自己剑光勉强带它飞转岩穴，它又只是摇头，心中焦急万状。一会神雕强挣着将头低到地面，连颤带抖地用嘴在地上画了一个"袁"字。英琼猛想起神雕异常灵异，必然自知解救之方，只苦于鸟语难通，想必是要叫袁星前来代它传话，问了问，果然点头。明知邻近妖人窟穴，不知是否还有余党，丢它在此，去带袁星，不大放心。但是事已至此，无可奈何，只得嘱咐它不要叫唤惊动敌人，自己去去就来。神雕又点了点头。英琼什么都不顾，忙驾剑光直飞岩穴。袁星倒不曾外出，英琼只说得一声"跟我走"，命袁星横倒，伸出一双皓腕，将它抱定，驾剑光飞回来路。

剑光迅速，来去不到一个时辰，且喜没有出事。神雕见主人带袁星飞来，不住低鸣，示意袁星跑近前。袁星问了问，对英琼道："它和妖人对敌时，见妖人放的冷箭太多，抓收不及，恐防中了要害，坏了功行，仗着佛法，运用真气，护住前胸，特地展开双翼，将那些冷箭一齐收去。它却中了妖法，只是外面寒战，不能飞行。又服了主人给的灵丹，并不妨事。不过眼前不能飞动，须在附近择一隐秘之处藏身，由它自运玄功，将阴寒之气从翎毛中抖散，须要好几天工夫，才能复旧如初。命中该遭此劫，仗着主人福庇，没受大伤，还算便宜。请主人不要忧惊。"

英琼闻言，略放宽心。想起适才曾见妖人从西面崖脚洞中飞出，远看那洞倒不甚小，如无妖人余党在内盘踞，这里峰回路转，四周山岭排天，林峦幽静，倒是绝好藏身之所。想了想，命袁星看护神雕，自己飞往洞中一看，那洞果然高大明亮，细细搜寻了一遍，并无妖人余党，心中甚喜，连忙回身。因神雕已不能飞行，纵跃俱觉为难，便命袁星伏下地去，举起神雕双脚，同往洞内放下。才准备去寻弥尘幡，出洞搜检三个妖人的尸首。

袁星忙道："适才钢羽说，妖人冷箭是采北海阴寒之精炼成，虽然妖人死后失了作用，寻常还是近它不得，遗留此间，恐为别的妖人得去。请主人用紫郢剑将它毁了，切不可用手去拿。”英琼才明白神雕撞她用意。仍命袁星守护，径往林中一看，三个妖人尸首俱在林中未动，血污遍地，蚊蝇纷集。惟独第二次杀死的白衣妖人，身上一个蚊蝇都无有，猜他怀中有宝。因恐又有冷箭之类的东西，用剑挑破衣服一看，竟是一无所有，只左手拿着一个五色网兜，隐隐放光。试探着拾起一看，轻如绦绡，薄比蝉翼，颜色鲜明，似丝非丝。估不透来历，且揣在身旁囊内，将来回山问了诸同门再说。妖人左手却压在下面，用剑背拨翻转来，见还压着一个装宝物的兜囊。挑开一看，中有一块似晶非晶、似玉非玉的东西，色如渥丹，入手阴凉。另有一柄小剑，一本道书，翻了翻，俱是符箓，全不认得。再将那两个尸身细细搜检，除最后死的妖人身旁也检出一口同样小剑，那行刺自己的妖人，除了那柄放妖雾的拂尘，已被紫郢剑斩断，冷箭被神雕收去外，别无长物。连搜数次，哪有弥尘幡的踪迹，不由又着急起来。因天已不早，须赴庄易之约，无可奈何，只得把所有搜来的东西，全装入自己宝囊以内，用剑光将许多冷箭断成粉碎。飞身入洞，命袁星不许离开神雕，驾剑光飞回地穴。

第一一五回

重返仙山　灵泉初孕暖冰肌
三探妖窟　毒眚齐飞裂地肺

黄昏将近，英琼算计庄易不会再来，便照他所说的捷径，往灵玉崖妖尸洞内飞去。起身时节，仿佛见身侧下面，似有一丝银光一闪，因为时机紧迫，没有在意。黑暗之中，借着剑光照路，不多一会，便从那枯树窟中，穿了出去。一看，静悄悄的，一个人影俱无。天空雾濛濛，低得似要到了头上。再看二层洞门，黑气弥漫，定睛细看，仅仅辨出门户。英琼大着胆子，身剑合一，冒险从二门穿了过去。里面倒还光明，只封锁门户的黑气有二三尺厚，虽然闻见奇腥，却无他异。到了里面一看，一排五间天然生就的石室，几榻丹炉，森然罗列，石壁莹洁，似玉一般。因早得庄易指示，知道当中一间钟乳屏障后面，甬道尽头处，有一深穴，下面便是妖窟，便将剑光按住，悄悄循路走进。走完甬道，忽觉奇腥刺鼻，霉气袭人。指剑光一照，果然有一深穴，又有黑气笼罩，看不见底。只得加紧戒备，仍用剑光护身，往下飞落。在浓密黑氛里弯曲转折，降有数十百丈，才得到底。又前行了几丈远近，忽睹微光，渐渐身子也穿出浓雾。剑光照处，看出两旁岩石低合，只有人高。前面现出一个广洞，到处都是湿阴阴的，霉气中人欲呕，那微光便从洞中发出。知妖人巢穴已到，且喜没有惊动。二次收了剑光，移步行近洞前，微微听得兽息咻咻。

探头往里一看，洞里竟是一个怪石丛列，穷极幽暗深窟，宽约百丈。满地上竖着数十面长幡，俱画着许多赤身魔鬼。每面幡底下，叠着三个生相狰狞的马熊、猩猿的头颅，个个睁着怪眼，磨牙吐舌，仿佛咆哮如生。当中有一面一尺数寸长小幡，独竖在一个数尺高的石柱之上。幡脚下有一油灯檠，灯心放出碗大一团绿火，照在妖幡和兽头上面，越显得满洞都是绿森森阴惨惨的，情景恐怖，无殊地狱变相。英琼虽然胆大，看看也未免心惊。

正在细查妖尸踪迹，忽听当中主幡后面起了一阵怪声。接着满洞吱吱鬼叫，阴风四起，大小妖幡一齐摇动，那些兽头也都目动口张，似要飞起。英琼疑心妖尸又闹什么玄虚，待要使用剑光护身时，怪声忽止，阴风顿息。猛一眼看见石柱背后，还躺着一个绿衣怪物，微将身纵起，辨出正是日前对敌的妖尸。周身四围，突现出一圈绿火，将他围住，绿衣赤足，僵卧地下，口里黑烟袅袅。胸前碗大一团红紫光华，正是那块温玉放光。心中大喜，不问青红皂白，就要飞进。

刚一入洞，忽然劈面一样小东西打来，被剑光一挡，落在地下。同时好似见石柱往里闪动，迎面有一道乌金光华飞来。定睛一看，哪有什么石柱，竟是哑少年庄易，穿着一身墨绿怪样衣服，垂手站在那里，头顶一个灯檠，因为满洞幽碧，适才没有看清。见他飞剑来得甚慢，知是示警，叫自己退去，并非为敌。暗想："日里明明和他约定，来此一试，他既未再见自己的面，事前又未说明妖窟还有这般布置，只说往常妖尸回死，他便可随意飞出，怎又与妖人去做灯檠？尤其是以前两次和自己对敌，总怕紫郢剑伤了他的剑光，且战且退，这次却死命抗拒自己的飞剑，拦住去路，不能上前抢玉，令人不解。"

一面迎敌，一面盘算。还待抽空冲到妖尸身旁动手时，忽听洞顶怪石上有人喝道："胆大女娃，竟敢前来送死！"言还未了，便听当当几声磬响，衬着地下回音，眼前怪状，格外令人心悸。英琼循声注视，看出洞顶怪石上面，还站着日前所见的米、刘两矮，穿着麻衣麻冠，脸如死灰。手中一个持磬连敲，一个持钟待打，手却指着英琼，往外直挥，意思也是要她退出。英琼虽然明白他们示意妖尸厉害，但是事已至此，一不做，二不休，娇叱一声："妖孽休要猖狂，还不纳命！"说罢，算计庄易剑光不会伤害自己，打算不管庄易，上前抢玉。

正在这连前带后没有多少分晷之际，猛地磬声才毕，钟声又响，地下妖尸突然缓缓坐起。先是目瞪神呆，宛如泥塑。倏地咧开阔嘴，露出满口獠牙，似笑似哭地怪啸一声。接着把手一指，大小妖幡全都展动，满洞阴风起处，鬼声啾啾，兽息咻咻。暗绿光影里，数十百个兽头，带起浓雾黑烟，直扑过来。妖尸身旁绿火，化成千万点黄绿火星，一窝蜂般飞起，妖气熏人，头晕目眩，地动山摇，又和上回被陷情形一样。英琼惊弓之鸟，才知先未见机，后退嫌迟，不敢怠慢，忙将身剑合一，依原路往外飞逃。且喜紫郢剑光毕竟是长眉真人至宝，英琼又是不求有功，但求无过，始终不曾离身。就在这惊慌昏暗之中，暗运玄功，一任剑光觅路飞遁，紫光闪闪，宛如飞电驾虹般，往上游走穿行。不时听到后面地动石坠，宛如雷震山崩，惊心悸胆，哪敢回看。

不多一会，穿过甬道，出了二洞石室，慌不择地忙往古树穴内钻去。到了地穴，见那里猩、熊三个一堆，二个一丛，分散在穴内盆地之上，自在嚼食藤草花果。看见紫光飞来，一齐昂首长鸣示意，跳跃不停。暗想："谁说畜生无知？猩猿一向素食，倒没什么，这些马熊都是天生异兽，凶猛绝伦，性喜血食，多厉害的虎豹豺狼，遇上便无幸理，竟会被自己当初几句劝勉的话，改用草木充饥，不再杀生害命，真是难得。"

心中惦记雕、猿，适才拼死命从妖窟冲逃，虽仗有紫郢剑护身，仍沾染了一些妖气，兀自觉得头脑昏眩，心头作呕。见猩、熊无恙，便不下落，只在穴中略一回翔，径往兔儿崖玄霜洞飞去。袁星早在洞口等候，迎接进去，见神雕仍在抖颤不停。英琼问袁星："钢羽可曾好了一些？"袁星说："钢羽须照这样运用玄功接连七日七夜，才能将阴寒之气一齐驱散。洞外三个妖人尸首，已经埋好，以免显露行迹。适才听到山北地震，疑是主人又遭失陷，袁星和它都非常着急。再候一个时辰，主人不归，便要命袁星去寻找日前那位救星了。"

英琼见雕、猿如此忠义，甚为感动，近前抱着神雕头颈，抚摸它的毛羽，觉得虽然冷气侵人，已不似先前触手麻木，知道好些，略微宽慰。渐渐月上中天，月光从洞内移向洞外。黑暗之中，只有神雕一双火眼金睛放光。英琼觉得心头发烦，又为失了弥尘幡无处寻找，神雕中邪不能远离，好生焦急。

待了一会，嫌洞中黑暗闷气，出洞飞上顶去一看，半轮明月高悬空表，碧空万里，净无纤云。下面却是四山云雾齐起，到处都是白茫茫成团成絮，包围着许多遥峰近岭，只露角尖，宛如大海汪洋独棹扁舟，容于洪涛骇浪之中，时见远方岛屿出没隐现。转觉昔日莽苍山夜月梅花，有此清丽，无此壮阔。奇景当前，终因心事在怀，身体不适，无意流连。兔儿崖原是山中最高所在，洞在崖根，一面平冈，一面下临绝壑，云雾都在足下。英琼正想心事，忽见崖冈之下，似有银光一闪，低头一看，一片轻云，正从脚下升起。先似成团白絮，笼以轻绡。不一会零云整雾，叆叇凝合，山下云层逐渐升高。

身在银海，一片浑茫，更觉得没什么意思，心头又烦热作恶。便返身转回洞去，寻了一块石头坐下，尽自盘算心事，越来越觉得头晕难受。无聊中想起日里在妖人尸身上搜来的几样东西，见洞口云稀，月光又现，打算取出观看。往宝囊中一伸手，首先摸着日里所得的那一块似晶非晶、似玉非玉的圆石。才一取出，顿觉满洞黄光闪耀。定睛一看，那光竟从石上发出，光虽不强，近身三两丈内，已能毕睹。猛想起弥尘幡失落，因为归时天晚，还忘了搜寻洞内,何不搜寻一回?

当下又强打起精神,持玉照路,在洞中寻找。找来找去,忽然发现石壁旁边还有一个石穴。钻将进去一看,里面也是一间石室,有两个石榻,一个石案,陈列着一些酒肉、干粮、鲜果之类,还有半葫芦丹药,知是妖人遗留之物。正苦烦渴,随手取了两个桃、杏吃了。再找室内,别无他物。刚喊袁星进来,将案上果子取去,与钢羽同吃,猛觉头脑昏眩,身上烦热,越发厉害起来。一个懒劲,坐在榻上,便即晕倒,以后便神志昏昏,不知人事。有时清醒,觉着周身寒热酸疼,仍难坐起。见袁星已用葫芦吸来清泉,随侍在侧,问想饮不。英琼问天亮了没有。袁星道:“天已亮了。钢羽说主人身染妖气,有一半天将养,便见痊愈,并不妨事。千万不可劳动心神,求速转缓。”英琼闻言,想起自己又病倒荒山,妖穴密迩,虽有雕、猿随护,神雕一样的在那里受苦;尤其是温玉未得,反将弥尘幡失去,无颜回山。一阵焦急,心如油煎,立时又昏了过去。

迷惘中,不知过了多少时候,仿佛听见袁星在喊:“主人醒来!秦仙姑来接你了。”睁眼一看,果然是秦紫玲含笑坐在身旁。先以为是心切成梦,及见是真,想起弥尘幡,不由“咦”了一声,羞得无地自容。正要起身开口述说,紫玲道:“你受毒不轻,现在尚未复原,且缓起来。我们正在后洞抵御许多妖人,忽见神雕独自回山,你又多日不返,疑你失陷,大师姊特地命我抽空由前洞暗开教祖封锁,偷偷前来,探个动静。行至中途,想起你身边的弥尘幡,不知可曾失落?那幡经我母亲和我用过心血祭炼,已与身合,虽然非我母女亲手相借,外人不能使用,但是那妖尸神通广大,恐用邪法毁去。一时情急,姑且用收宝之法一试,径从东南方飞来。上面还附着我母亲一封小柬,说近来得三仙相助,功行大进,参透玄秘。那日正受完了风雷之苦,忽见弥尘幡飞回,以为我姊妹失了事,大吃一惊。忙拔了一根头发,用三昧真火,点起信香,请玄真师伯驾到洞前,哀求解救。经玄真师伯运用玄机,告知因果,才知你还有八难未满,掌教师尊特地命你饱历艰辛。我姊妹并未遭难,幡是在你手中失去。并知你连在妖穴失利之事。你中的乃是万年地煞阴霉之毒,仗你一身仙根仙骨,并无大碍,仅只数日,便可满难。我母亲因灵元初复,不能多耗真气,将幡给我送回,知我不久便会知道,用法收转。又以超劫在即,嘱我峨眉事完之后,与司徒师兄同寒妹等大劫到前再去等语。及至神雕将我领到这里,才放了心。至于仙府,目前正值多事之秋,被妖人大举围困,业已多日,须等你将玉盗回,英云遇合,才能将妖阵破去,妖人逐走。所幸前洞通天绝壑，长年云封，下临无地，又仗教祖灵符障眼，没被妖人觉察，出路未断，才能前来接你回去，将息好了再来。有了弥尘幡，更可随意出入。一切话长，你多日不归，大师姊们虽知你不致失陷，总不甚放心，神雕一回，更是悬念，还以先回山去为是。钢羽、袁星尚有用它之处，无须同回，仍留在此，省得山中出入不便。”英琼闻言，又感又愧，不便再说什么，只得由紫玲扶起。出室一看，神雕业已昂首长鸣，依然神骏。先问袁星，才知刚刚病了二十三昼夜，且喜未生变故，回忆前尘，好不心惊。

当下二人同出洞外，嘱咐雕、猿小心潜伏，只可探查情形，休要轻举妄动。然后由紫玲抱定英琼，取出弥尘幡一晃，化成一幢彩云，飞回峨眉。英琼在空中往下一看，妖云密布，山壑潜踪，时见光华乱窜，也分辨不出底下是什么所在。就在这微一寻思的工夫，觉得身子往云雾中飞沉，忽然满眼光明，仙景如绘，已降落在凝碧崖前。南姑正在太元洞前闲立，一见彩云飞坠，现出二人，慌忙迎了上来，说道：“适才敌人又用风雷攻袭飞雷后洞，诸位仙姊俱往后洞迎敌去了。”紫玲闻言，忙对英琼道：“琼妹身尚未愈，千万不可造次，可由南妹扶你进洞养息。我去见了大师姊们，叫她们放心。”英琼身子也委实软得厉害，眼看紫玲仍用弥尘幡一晃，竟往侧崖飞雷捷径飞去。南姑殷勤来扶英琼进内，到了室中一看，只有虎儿一人在石榻上面壁兀坐。南姑要唤他下来相见，英琼连忙拦阻说：“用功夫时，不宜中断，等他坐完再说。”南姑笑道：“他哪有那个福气就得传授？就是妹子，学了一些入门口诀和坐功，除了转教他打打坐，养养心神外，本门真传，慢说自己尚未得着皮毛，就是会了，没有诸位姊姊吩咐，怎敢私相授受？不过是怕他淘气，仙府正在多事之秋，恐他又和上次一样闯祸，逼他面壁养心罢了。”

说时，虎儿已跳下来，上前施礼相见。英琼见他果然安详得多，随口夸奖了几句。正要问妖人侵犯之事，几道光华闪处，灵云、轻云、紫玲姊妹及芷仙先后入室。诸同门相见之后，灵云首先说道：“异派妖人想乘各位前辈炼宝不能分身，欺我等年幼力薄，勾结许多同类侵犯仙府，打算劫取芝仙和七口飞剑。石、赵两位师弟被困飞雷洞前，业已数日，仗有掌教师尊灵符护体，没有受害。如今全山虽被妖法封锁，一日三次风雷攻山，有我等支持，并不妨事。英男师妹，已蒙掌教夫人飞剑传书，收归门下。知取温玉尚须时日，怜她受苦，特赐殊恩，用灵符开了本山温泉，将她身体自腰以下浸入泉眼，借灵泉阳和之气暖身，已能言笑如常，就只暂时不能随意走动。再将温玉得来，当时便好。这里的事，话说起来太长。你中邪情形，我们业已尽知。你须要服了丹药，静养一半天，痊愈之后，再与周师妹同往莽苍，先寻师祖遗留的青索剑，再去盗取温玉。只有你两人双剑合璧，用弥尘幡护身，飞入妖阵，斩断妖人的都天神雷烈火旗，才能将妖人封锁破去，大获全胜呢。”

英琼闻英男回生，心中大喜，急着想见一面。灵云说：“此后成了同门，朝夕聚首。她既不能离开泉眼，你又急于调治，好在不出数日，诸事全了，何须急在一时？你走后接连飞剑传谕，莽苍妖尸自被你误破火云链，脱了羁绊，情知正教要和他为难，你必还要再去。一则聚兽妖法尚未炼成，不舍功亏一篑；二则意狠心毒，还想借着机会报仇，到时将山脉倒转，将来人陷身地肺，和他以前所遭一样。助你的庄、米、刘三人，除庄易是奉有师命，准备归入本门外，那米、刘二人，又将妖人的钟、磬故意慢打，才使你于万分危急之中，脱身而去。彼时稍慢一些，地肺翻裂，纵有紫郢剑护身，也难脱走。这三人都被妖尸看透行藏，处死他们，不过一举手之间，因为尚有利用之处，表面故作不知，心中已恨如切骨。庄易有华仙姑传授仙法，到时尚可脱险。米、刘两人，以前虽行不义，近已洗手多年，又有向善之心，不宜负他们。掌教夫人说，你将来光大门户，用人之处甚多，与别人不同，特授取舍之权，任你伺机处置。不过你到底年幼道浅，一切仍须小心谨慎为是。”英琼见师尊如此器重，自是感奋异常。灵云说完了话，便取飞剑传书中附来的丹药，与英琼服了，吩咐好生静养，一交子夜，起来运用两次玄功，便可痊愈。说罢，等众同门略微寒暄，便即一同出去。关于妖人侵犯凝碧之事，留为后叙。

且说英琼服药不久，便觉神气渐渐清健，到了第四日早上，已经复原。苦思英男，正想前去探望，忽见轻云一手拿着弥尘幡，飞将进来说道：“适才寒萼师姊轻敌，从正门上空出去，绕向飞雷崖敌人阵后，想破掉妖阵中央主旗，没有得手，若非仗有弥尘幡护身，差点陷入阵内。归途看见你那神雕独自盘空下看，似要择门飞入。恐妖法厉害，将神雕陷住，命它暂在远方高空等候，回来送信。紫玲师姊袖占一卦，说是应在袁星身上。大师姊因你身体业已痊可，本想敌罢妖人，回来命我和你遵照飞剑传谕，同往莽苍。一听神雕飞回，必然莽苍有事，不便延迟，着我和你即刻动身。现在一干妖人正用妖法攻洞，我们由前洞通天绝壑上去吧。”英琼闻言，连忙接过紫郢剑，与轻云同驾弥尘幡，一幢彩云，飞出通天壑，直升高空。神雕早在空中等候，迎上前来。

当下二人一雕，同往莽苍山飞去。先到了地穴之中一看，果然袁星不见踪迹。又飞往兔儿崖玄霜洞，亦是无有。英琼忙问神雕：“袁星被妖尸捉去了么?”神雕点了点头。依着英琼,当时便要前往探看。还是轻云再三主张慎重,说:“既然妖窟有了三位内应,妖尸又在黄昏时分回死,何必急在一时?”英琼只得勉强忍耐。因地穴之内黑暗卑湿,穴中猩、熊又未被妖尸发现,决定暂住玄霜洞内,与轻云先寻那口青索剑的藏处,到了傍晚再作计较。

轻云取出飞剑传书附来的柬帖一看,大意说:紫郢、青索,一个阳刚,一个阴柔。青索剑原埋藏在妖洞左近,离昔日英琼斩木魃的山壑不远。自那日妖尸倒转山谷,泄了地气,封锁灵符失去效用,青索剑原本灵通,径自在地下穿行,已离奥区仙府不远。三日之内,便要穿透地壳,自行飞往北海。不到时候,没法掘取。到时稍一防备不及,稍纵即逝,难于追寻。那奥区仙府,在猩、熊潜伏的地穴附近,已由醉道人派一位与轻云有三世宿缘的弟子在彼准备,命轻云于后日午前赶到,一切自能应手等语。英琼惦记袁星,只草草看过,不曾留神。轻云猛想起昔日餐霞大师传授飞剑时,曾有“宿缘三世,有碍飞升”之言,不但把来时一腔欢喜一齐冰消,反倒羞急起来,当时也未便说明。

到了黄昏将近,轻云与英琼骑着神雕,便往灵玉崖飞去,离崖不远落下。英琼以为仍可从三个内应口中,得知一些底细,照旧由袁星所指的秘径出去。那秘径原来窄小,自经那日妖法震动,好些地方俱被堵塞。两人用剑光费了好些事,才得走到出路的缺口。英琼首先听到外面有人笑语和野兽悲号之声。探头往外一看,并非庄、米、刘三人,乃是两个从未见过的道童,地下生着一堆火,一边躺着一个被妖法禁制的野猪。两个道童便坐在猪的身上,一人手持一柄短剑,另一人手持一个半片葫芦,里面盛着一些红水,不住拿短剑就活猪身上挑开皮毛,切那生肉,就火烤吃,也不将猪先行杀死,一任它悲鸣呼号,以为笑乐。火光之下,照见两童虽然不过十六七岁,却都生相异常凶恶。再见了这般惨恶之状,英琼首先按捺不住,将手一拉轻云,相继飞身出去。才一照面,那两个道童已经觉察,知道来了敌人,同时站起,手扬处,各将短剑化成一道黄光飞出。轻云暗笑:“小小妖魔,也会卖弄。”玉肩摇处,早将剑光飞出,将两童黄光绕住。接着飞纵过去,用玉清师太所传禁身擒拿之法,双双捉住。那两道黄光已被英琼剑光绞断。

一同将两童擒入缺口喝问,才知妖尸发觉庄、米、刘三人联合背叛,终觉有些不妙。偏偏这日又来了一个恶党,便是这两个小道童的师父、云边石燕峪三星洞的青羊老祖路过莽苍山,看见一只猩猿在那里舞剑,宛然峨眉嫡派,细看无人在侧,用妖法将它擒住。那猩猿竟通人言,说剑是在土内掘的,因昔日偷看别人舞剑，学得一些，并没师传，只要放了它，自愿拜师，跟回山去。它说这山里还有一口剑，可惜拿不出。青羊老祖自是心喜，要它领去。领到一处山崖，忽从空中飞来一只大黑雕，那猩猿忽然高叫起来，那雕闻声，往下飞扑。青羊老祖看出那雕是白眉和尚的神禽，才知上了当。正和那雕对敌，巧遇洞中妖尸神游洞外，帮着青羊老祖用妖法将雕赶走，将猩猿擒回洞去，留青羊老祖师徒帮他几日的忙。那猩猿非常狡猾，几番想逃，都被识破。本来想将它杀死，因为妖尸要用它日后炼那妖法，如今吊在地穴，已有数日了。

正说到这里，轻云见那两个道童一身妖气，知非善类，本想杀他们除害，又因他二人年纪太幼，于心不忍。正在寻思，忽听缺口外面一声怪叫，两童闻声，同时高喊道："师父快救我们！"轻云手提二人原未沾地，因见他们俱都驯服乞怜，毫不挣扎，渐渐疏了防范。这时听外面有了怪声，略一分神，两童喊了一声，倏地往下猛力一挣，一道黑烟闪处，直往缺口外面飞去。英琼、轻云也跟踪追出，见迎面飞来一个青脸长须道人，穿着一身青服，手持一根竹杖，一颗头长得如山羊一般。那两个道童业已落地，一溜烟往洞里跑去。那道人将手中竹杖一晃，化成一条青蛇飞来。英琼知是道童师父，手起处紫光飞出。道人一看见紫光，知道不妙，想收法宝，已来不及，紫虹过去，将那青蛇断成两截。略一回旋，更不怠慢，直往道人顶上飞去。道人见情势危急，不及再使别的妖法，化成一溜黑烟，径往洞内飞逃。英琼刚要追进，倏地四周黑烟弥漫，地动山摇，鬼声啾啾，惨雾濛濛。隐约听到神雕在空中连声示警，不敢怠慢，连忙招呼轻云，用剑光和弥尘幡护体，纵身高空，上了雕背，故意往东遁走。初升起时，还听后面怪声，转眼不听响动，才绕回兔儿崖落下。英琼见今晚情形和那日涉险一样，妖尸到时并未回死，越发长了凶焰。尤其袁星被擒，三个内应俱被妖尸觉察，适才可惜不曾问那两个道童，三人情况如何，估量吉少凶多，越发焦急。轻云也是另有心事在怀，默默相对。

到了次日清早，英琼又要轻云前往奥区，早将飞剑到手，便可早日将事办完。轻云说："师尊命有时日，早去也是无用。"英琼道："不是还有一位同门道友在那里守候吗？我以前怎的竟未发现？就是不能得剑，早作商量也好。"轻云仍是推托不去。英琼无法，对于妖穴三个内应毕竟仍然放心不下，见这日无事可做，觉得既有弥尘幡可以护身退走，索性日里前去探上一回。轻云不便再不应允，只得答应一同前往。这次神雕也不带，命它守洞，径自出其不意，直扑妖穴，与他一个迅雷不及掩耳。或者盗玉，或者救出袁星，一得手便即遁回。只需两人紧持弥尘幡，形影不离，再加有紫郢剑光护体，虽不一定有功，料无闪失。

商议已定，由轻云将弥尘幡一展，化成一幢彩云，直往二层妖洞飞去。刚要到达，离地还有数十丈，便见下面黑雾沉沉，将一座山洞完全罩住。转眼之间，云幢护着二人身体，业已穿过雾层，落在二层洞内一看，四外静得一点声息俱无。二人见未被敌人觉察，忙将弥尘幡收起，暗持手内。英琼原是熟路，悄声将那已成化石的古树穴指给轻云，以备万一脱身之用。然后轻悄悄照日前行经之路，仍由当中石室走了进去。

才一进门，便听见侧面一间石室有人叹息，英琼侧耳一听，甚是耳熟。一个道："你说救星快来，怎么还不见动静？时机一过，没活路了。"另一个正要还言，英琼已经探头往里，看出说话这人脚上头下，倒悬空中，两脚似被什么东西绑住，却又不见绳索痕迹，英琼便要近前相救。轻云自在成都辟邪村与玉清大师同居多日，对于旁门妖法已经知道不少，看出那两个矮子被妖法禁制，倒吊室中，身旁定有妖法埋伏，防人援救。见英琼毫不思索，便要走近，连忙拉住，悄悄对英琼说了，叫她不可造次。同时两矮也看见英琼同了一个仙风道骨的女子站在室外，正议论救他二人之事，忙同声喊道："我们虽被妖尸用黑煞丝捆住吊起，身旁设有埋伏，但是并拦不住李仙姑的紫郢剑，只需用那紫光朝我两人头脚身侧绕它一绕，便可破去。我们已和庄易商量好了，决计改邪归正，助李仙姑盗温玉斩妖。快请下手相救吧。"英琼不俟二人把话说完，早指挥手上剑光，直往二人近身之处飞绕了两圈。紫光影里，果然看见百十条黑丝似断线一般，满室飘扬。米、刘两矮脱身之后，慌不迭地跑将过来说道："那妖尸甚是机警，此时必因炼法将身绊住，如不快走，等他发觉，必然又用妖法移形换岳，将我等困住，再用阴飙地火，化成齑粉，那时想走，便走不脱了。"

言还未了，英琼正想向他打听袁星、庄易踪迹，猛觉双脚一软，往下一沉，脚下的地凭空直陷下去。同时阴风四起，鬼声啾啾，黄雾绿烟一齐飞涌，红火星似火山爆发一般往上升起。轻云本就时刻留神，一见不好，首先一手抓住英琼，一手展动弥尘幡，往上升起。烟雾火星中，眼看足下成了一个无底火坑。米、刘二矮猝不及防，哪里存身得住，竟似弹丸飞坠，往下翻滚飞落，口中不住哀号："仙姑救命！"就在英琼、轻云转瞬升起之际，一见二人命在顷刻，竟忘了危险，同时大动恻隐之心，连话都未及说，好似彼此都有意会，不约而同地手中掐诀，返身往下飞沉。彩云飞坠中，降没有二十多丈，早一人抓着一个,同喊得一声:“起!”比电闪还疾,冲霄直上。英琼百忙中注视下面,忽见一朵火花一闪,往脚底冲上,耳旁又听怪声,那妖尸突地从地穴下面现身追上,睁着一双黄绿不定怪眼,张开满嘴獠牙,手拿着一面妖幡,一手掐诀,那五色焰火似春潮一般,往上冲来。且喜挨近彩云,全都消灭。再抬头往上一看,不禁大吃一惊,原来二人只顾救人,忘了危机四伏。就在彩云下沉之际,虽然时光不及分晷,上面适才裂开的地穴,突又四面合将拢来,眼看只剩二尺宽的隙口。下面是无边无底的火焰地狱,上面地壳又将包没,如何不急!刚要将紫郢剑飞出手去,猛听嚓嚓连声,身子已在彩云保护中穿出地面。再看下面,石块如粉,已将地壳包没,真个是危机一发,少迟便未必能够脱身。

这时石室业被妖法震裂,二人便驾着彩云,提着米、刘二矮,穿透黑氛,直往空中飞去。到了兔儿崖落下,米、刘两矮先谢了救命之恩。英琼问起袁星,才知袁星被擒以后,几次逃脱,都为不舍那两口宝剑,想要一同盗走,最后仍被那羊面妖人擒住。先因想将袁星带回石燕峪看守门户,并没害它之心,后来看出野性难驯。同时妖尸谷辰又因主幡短一灵兽真魂,起初碍着青羊老祖情面,本想就庄、米、刘三人中择一代替,及见袁星不肯驯服,用它做主幡元神,自是再好不过。如今袁星同庄易俱被妖尸困入地穴,业已二日。早先三人未被妖尸看出行藏时,曾定本月庚辰为妖法炼成之期,颈上残留的半截火云链也同时可以脱卸。自从英琼来到,他知敌人厉害,日夜加紧祭炼。近来虽说每日仍有几个时辰在穴中行法,已无须回死。大后日才是庚辰,如果日期不改,庄易、袁星尚有数日活命。青羊老祖手下两个道童虽然年幼,也是穷凶极恶,每日常去凌虐米、刘二矮。昨早听他们在室外说话,仿佛说妖尸有突然改期,在期前下手之说,庄、袁吉凶就不可知了。

说着,忽然跪了下来,说是他二人虽然身在旁门,业已洗手多年,这回偶因一时贪心,几蹈不测。算出此次虽得侥幸脱难,因为以前造孽太多,魔劫还重,非归入正教门下,跟着广积功行,不能免祸。又看出英琼一身仙根仙骨,前程远大。明知峨眉门下男女弟子不能乱收徒弟,尤其是异派旁门中人。但因向善与避祸心切,他二人也颇会一些旁门道术,善于隐行潜踪,入地穿行,并不一定要求传授,只望作为驱遣的奴仆。一则借她福庇;二则除了妖尸时,好代他们夺回已失的几件法宝和他们所炼的护命元丹。说罢,叩头不起。

英琼正为袁星之事愁烦,一则念他二人前次在妖穴两番提醒之功,二则又不忍见他们身遭惨死,三则想得一点虚实,才奋勇冒险将他们救出。一闻跪求之言,又不便伸手相扶,不禁着起急来道:“你两人真是胡闹!我在峨眉不但所学有限,为时不多,而且许多年长功深的同门,并无一人收徒。无心收了一雕一猿,已恐教祖怪罪,何况你二人虽在旁门,俱是得道多年,又是男的,我怎能违了教规,做你们的主人师父?你们如有心向善,事成之后,待我代你们禀过大师姊,教她给你们设法,此时万万不可。”边说边往侧面避开。米、刘二矮仍不起来,一味哀求说:“仙姑来历,我等已早闻传言,非比寻常。又从卦象上看出,主人如不收容,我们早晚必遭横死。否则,这位周仙姑一样是仙根深厚,因为无缘,所以不敢相求。主人既因教规为难,我等情愿立下重誓,永归正教,只求收为奴仆,托庇门户。也不敢随主人厕居仙府,但求事完带往峨眉,我们另在附近择地潜修,不奉呼唤,也不妄与主人相见。有事驱遣,再命我二人前去,岂不可以两全?雕、猿畜类尚蒙主人收留,何况我等。”无论如何恳切陈词,英琼只是一味躲闪。

二矮忽然对使了个眼色,一阵旋风,似走马灯一般将英琼围住,跪拜哭求起来。轻云本就见二矮生相奇特,又见英琼受窘,不禁好笑。正要开言劝说,英琼被迫不过,倏地秀眉一耸,说道:“我一肚皮愁烦,你二人却如此纠缠,真悔适才误救了你们。再不起来,休怪我下绝情了!”说罢,手一扬,将剑光飞出,指着二人。英琼原是想将二人吓退,谁知出手快了一些,二矮又是十分情急,不曾留神躲避,紫光照处,只听“哎呀”两声。英琼一见不好,忙将剑光收起时,二矮已双双倒于就地,鲜血淋漓。英琼连忙同轻云近前一看,一个削落半截手臂,一个将头发削去大半,头皮也削去一层,痛晕过去,好生过意不去,直说:“怎好?”忙着便要取灵丹出来救治。

轻云早看出二人受伤不重,一多半是用幻术打动英琼怜悯。一则因来时有灵云吩咐;二则代米、刘两人设想,也是旁门中得道多年有数人物,只为脱劫心切,情愿为一女子奴仆,可见修行委实不易,早动了恻隐之心。一见英琼为难,乐得觑便成全,便说道:“琼妹你忘了临来时大师姊传掌教夫人法旨么?三英二云,独你根厚,日后光大门户,险难正多,不比旁人,须多要几个助手。雕、猿遇合,因是仙缘注定;这两人如此存心,也非偶然。人家为做你门人,落得受了重伤,你还不屑答应么?”英琼着急道:“你怎么也帮着说情?你看他两人生相和以前行为,漫说教规有碍,我也不敢当此大任,保他们将来。如说助我盗玉有功,向善心切,我情愿遇见机会,尽力量帮助他们,不是一样,何必非做我徒弟奴仆不可?于我有损无益,还伤了他们的体面呢。"轻云道:"缘有前定,由不得你。掌教夫人怎不准别位同门相机行事?你如再为难,不妨和他们说明,须等事完回山,禀过大师姊,问了诸同门,再定可否,如蒙赞许,不论为徒为仆,仍照他们自己请求,在仙府附近另寻修真之所,平时供你驱遣,到时助他们脱劫。你看如何?他二人俱是旁门,被你仙剑所伤,不易痊可。我曾从玉清师太学了一点旁门法术,你如依得,我情愿成全他们,将伤治好。否则成了残废,你又不收人家,孽由你造,我可不管。"英琼经轻云再三劝说,只得勉强应允。轻云才含笑过来,只取了两粒灵丹,在二人伤处各按一粒,口中念念有词,喊一声:"疾!"二人应声而起,先向英琼叩完了头,又谢了轻云成全之德。英琼一看地上血迹虽在,二矮伤处却是好好的,任何仙丹,也无此快法,才知上了人家的当。既已答应,不便反悔,埋怨了几句。轻云只含笑不答。米、刘二矮却是垂手侍立,非常恭敬。因知袁星被困地穴,除了制伏妖尸,万难入内,只得先商议寻剑之事。

第一一六回

合群力　同收青索剑
从众请　初试火灵珠

二人正在商议之间，英琼一眼瞥见米、刘二矮站在洞门口边交头接耳，低声细语。神雕在洞外，也不住长鸣。英琼对这两人本是无可奈何，暂时将他们收下，并非出于心愿。一听神雕鸣声有异，出洞一看，夕阳偏西，松林晚照，四外静荡荡的，悄没一些声息。回头见二矮仍在低语不休，越发起了疑心。正待开言喝问，二矮已走近身侧，躬身说道："弟子等蒙恩收录，异日超劫有望，只是寸功未立，难邀主人及各位仙长信任。回想以前，弟子等原在北海潜居，为了莽苍山这块万年阳和之精凝成的温玉与长眉真人遗留的青索剑而来。那剑原分雌雄二口，交相为用，能有无穷变化，神奥超玄。即使不能双剑合璧，能得一口，也非异教旁门所能抵御。一时起了贪心，冒险前来盗剑。自经劫难，痛悟前非，才知神物有主，弟子等福薄道浅，不配觊觎。

"因见主人已将雄剑紫郢得去，如再将青索到手，异日必为一代宗主。未来时商量，本想脱出妖穴，取来献上。无奈那剑原藏在妖洞不远深壑之内，起初不知地点，四处搜寻不遇。自那日主人被陷脱身，震穿地肺，无心泄了地气。那剑因有长眉真人封锁，不能即时往上飞升，连日顺着泄口，在地下穿行。晚来宝气上烛重霄，弟子等刚刚寻见一些蛛丝马迹，未及下手，便被妖尸发觉行藏，用黑煞丝困住，不能脱身。偶听主人与周仙姑商量取剑之事，不知是否此剑？如是此剑，主人与周仙姑虽然剑术精深，仍恐难以到手。当初长眉真人原为此剑未炼到火候纯熟，非常野性，极难驾驭，所以才将它封锁地肺之内，受地底水火风雷昼夜淬炼，循环不息。一出地面，便有千百丈精光，照耀天际。幸是此山有石处太多，不然，此剑早已出土飞去。须要预先有人深入地肺，取了剑囊，顺着此剑穿行之路，由后追赶，直追到它出土之所。上面更须有剑术极精之人，还得用四五口极好仙剑拦堵。那剑异常灵通，一见不能飞越，必然掉转头来，飞回故道。恰好地下之人，正手持剑囊等候;上面的人,再一用峨眉本门收剑口诀。一入剑囊,得剑之人只需受过峨眉真传,行法之后,再照预先布置防它飞遁,取出试习,一与身合,此后便能应用自如。当日我等探寻宝气来源,发现长眉真人遗偈,参详后,知道此剑如此难收,自知能力不济,恐求荣反辱,所以不敢下手。那剑囊现时仍在那深壑岩缝之中,弟子等虽有入地之能,只是还有长眉真人封锁,非有本门解法,不能近前。

“那妖尸和青羊老祖原知此剑来历,但也知此剑是他克星,又无法驾驭。因见宝气上腾,知道快要出世。又因主人迭次和他为难,一见那口紫郢剑,便料出是长眉真人所命,越发惊慌。更因祭炼妖法,不能离开,出洞寻仇,诚恐那剑被正教中人得去,神物遇合,于他不利。所以昼夜赶炼,想在期前成功飞遁。所幸他还不知长眉真人留有收剑偈语;又因党羽太少,一心炼法,不及兼顾。那剑囊所在,虽与妖尸近隔咫尺,但没有防守。如果今晚趁妖尸入定之时,命弟子等前去,弟子等得到剑囊,照适才所言行事,必能成功。这里山脉阴阳向背,地层厚薄,昔日寻剑,弟子等业已查勘详细。只需傍晚时分,先行看准那剑穿行之处,算好出土之时,至多不过二日,那剑必冲破地层,斩断山脉而出。主人和周仙姑只在那里守候,此剑一得,雌雄二宝遇合,如妖尸不在期前遁去,决无幸理。只是期前需要再约两位剑术精通、持有仙剑之人,以保万无一失才好。”

英琼闻言,方在半喜半疑,沉吟不语,轻云早看出二矮虽在旁门,并非凡士,所说真诚,亦无虚假,心中大喜。便代答道:“你二人如此诚心,异日必蒙教祖嘉许。至于收剑一层,我们事前已有掌教夫人传谕,到时自有安排。惟独你们所说剑囊,甚关紧要。你二人既有入地之能,等到今晚,看准宝剑穿行所在,由我们亲身保护尔等前去,用解法解开深壑封锁,好让你们下去。此乃入门第一件奇功,你二人所受艰苦不少,须要格外仔细。我再给你二人灵丹数粒,以防地气中人。”说罢,取出四粒丹药,分给二矮。二矮连忙称谢,接过道:“弟子等当初所炼旁门左道,原善于在地下潜形遁迹,寻常阴寒卑湿恶毒之气,已是不能侵害。可惜此山石质太多,宝剑穿行范围恐怕不大,稍觉费事。更恐时久,有些窒息,无处吸引清气。有此灵丹,更无妨害了。”

四人一阵问答,时光易过,不觉到了黄昏。出洞一看,神雕不知何时他往。六月天气甚长,夕阳虽已没入崦嵫,远方天际犹有残红,掩映青旻。近处却是暝烟晚雾,笼幂林薄,岀岭闲云,自由舒卷。时当下弦,一轮半圆不缺的明月,挂在崖侧峰腰,随着云雾升沉,明灭不定。崇山峻岭,茂林修竹,因风碎响，与涧底流泉汇成音籁。端的是清景如绘，幽丽绝伦。惟独干莫宝光，深藏地肺，渺难追探；不似丰城剑气，上射穹霄，可以迹象。

看了一会，忽然风起云涌，弥漫全山，月光底下，仿佛银涛，又和那晚英琼所见一样，浓云广覆，宝光剑气，更难寻觅。漫说李、周二人觉与二矮所言不对，连二矮也自惊奇，说道："那剑光只初发现时最盛，光华上烛，就是俗眼，也不难窥见。第二日只在西南方现得一现，便被云遮。本山常起云雾，虽是时隐时现，但是像适才那样清明景象，应无不见之理。此剑决不会为妖尸得去。若说就在弟子等被困之时，为外人取去，又无这等容易。这都不足为虑，只恐神物变化通灵，业已穿出地肺，化龙飞去，那就太可惜了。"轻云虽知飞剑传书仙谕，不会落入外人之手，听二矮一说，也觉可虑。

正想命二矮去探剑囊在否，忽听一声雕鸣，神雕从半峰腰上穿雾摩云而来。英琼刚要问它适才到哪里去了，神雕业已近前落下，口中衔着一封柬帖。英琼取过一看，上面写着：

> 青索剑明日正午便当出世。妖尸明晚子时定将妖法炼成，因为自恃穷凶，一意孤行，急于飞遁，不俟庚辰正日，便行举动，弄巧成拙。命轻云等仍照已定之策，明日午前前往奥区仙府，自有能人相助。得剑以后，稍微练习纯熟，一齐飞往妖穴深处，有此两剑合璧，便能护身无碍。那温玉挂在妖尸胸前，妖尸一斩，急速用弥尘幡罩住妖尸，以防他变化元神抢走。那剑光华冲霄，恐为外人发现，已用法术隐没，少时便当一现。

周、李二人正看之间，忽然二矮齐声喊道："那不是宝光，主人们快看！"周、李二人顺二矮指处一看，西南远方，相离数十里之间，果然有一团青气，穿出云雾之上，缓缓往前移动，转眼消逝。二矮道："弟子等日前所见，较此还要明亮，不知何故？"周、李二人才将柬帖与他二人看了，只未署名。英琼看出是那日所见纸卷华瑶崧笔迹，一问神雕，果然点头。料知明日便可告成功，心中甚喜，和轻云望空拜谢了一阵。因二矮说那剑既是明午出土，恐来不及，须要早些前去，取那剑囊，照计而行。

当下仍留神雕守洞。四人站在一起，英琼原本去过，展动弥尘幡，直飞昔日生朱果的深壑之中落下。二矮以前曾用许多心机探寻，更是轻车熟路。先寻到一个岩凹之内，将石上遗偈与周、李二人看了，果与所言相符，便由二矮自去进行。因离妖穴太近，恐防呆得时候久了，惊动妖尸，便用弥尘幡回转兔儿崖，决计当晚不再前往妖穴，养气凝神，静等明日午前，赶往奥区仙府，寻着相候之人，先取那口青索剑。

时光易过，不觉到了巳时。英琼主张不用弥尘幡，驾了神雕先去，两翼翔云，一会到了岩穴前面落下。金蝉已早在半路相候，迎接下去，与严人英、笑和尚相见，互说经过。人英因为醉道人事前有话，先时见了轻云，未免神态不宁。谈了一阵，因见为时无多，那剑又该归轻云所有，只得忸怩对轻云说道："小弟来时，奉有师命，原有柬帖一封，面交师姊。小弟只知上面写有取剑之法，不过家师曾说此信只可令师姊一人观看罢了。"说罢，躬身正色，将柬帖取出，放在身旁石上。轻云原本心内有病，连忙拾起，走向旁边一看，不禁脸上红了又红。转身对人英说道："醉师叔柬上说，师兄已知收剑之法，就请师兄吩咐，相助妹子成功吧。"人英道："理应如此。不过师姊原是主体，目前尚少一人相助，不知会不会有差错？时机已到，我们先到外面指定的地方商量，以防万一如何？"金蝉忍不住答道："严师兄，先前问你怎样取剑，你不愿说。如今又和周师姊对打哑谜，说什么还缺少一个人。莫非以我们五人之力，还不行么？"

说时，五人正往外走，忽见外面一道乌光，一闪而过。人英惊呼道："那口仙剑在这里了！"一言甫了，大家全以为青索仙剑出世，纷纷驾起剑光飞出。英琼在后面，先未听清，及至随了众人飞出一看，乌光敛处，现出一个青衣少年，正是那被困妖穴的庄易，连忙唤住众人，分别引见。庄易急匆匆在地上写出"时辰已到，速照仙柬所言行事"。轻云忙请人英领到那日金蝉、笑和尚第一次发现的洞中，说道："庄道友来，恰好足了人数。现在就请庄道友和笑师兄、严师兄、琼妹分守四角，如见仙剑出土，急速拦住，再由琼妹用紫郢剑去逼它回转。那时我已从二矮手内取过剑囊，用本门收剑之法，引它归鞘。"

那洞原本甚大，众人分配已毕，才将方位站好，便听地下隐隐起了异吼。众人俱都聚精会神，目不旁瞬，觑准中心柬帖所指之处。一听地下声音越吼越近，一声招呼，除英琼，余下四人各将剑光飞起，乌光、银光与金蝉、笑和尚霹雳双剑的红紫光华，连接成一团异彩光圈，照眼生辉，笼罩地面。不一会，地皮震裂，渐有碎石飞起。英琼也连人带剑，化成一道紫虹，飞贴洞顶，注目下视。顷刻之间，石地龟坼，裂纹四起，全洞石地喳喳作响。忽然轰的一声大震，洞中心石地粉碎，宛似正月里放的火花一般，四下飞散，地下陷了一个大洞。砂石影里，一条形如青虬的光华，离土便要往洞外飞腾。当门一面，正是庄易、严人英，一道乌光，一道银光，如银龙黑蟒，双绞而上，拦住去路，只几个接触，便觉不支。恰好笑和尚、金蝉二人的霹雳剑也转瞬飞来，才行敌住。四口仙剑，纠缠这道青光，满洞飞滚了好一会，渐渐青光越来越纯，也不似先时四下乱飞乱撞，急于逃遁。轻云也飞身入穴，从二矮手中取来剑囊，估量时候已到，喊一声："琼妹还不下手！"英琼早等得不甚耐烦，闻言指挥紫郢剑飞上前去，才一照面，青光倏地在空中一个大翻滚，大放光华，挣脱原来四口飞剑，拨转头便往原来地穴飞去。轻云正用自己飞剑护着全身，口诵真言，使用收剑之法，一见青光飞来，方要手举剑囊，收它入鞘，猛觉一股寒气，瘆人毛发，竟将自己剑光震开。刚喊得一声："不好！"幸而人英飞剑追来，一见轻云危急，不顾利害，飞身与剑合一，直穿过去；英琼剑光也同时飞到，两下一合，将青光压住。轻云才觉站定，六人五道剑光，紧逼着这道青光缓缓归鞘，入了剑囊，才行停手。

大功告成，轻云自是心喜。因为急于要用此剑去盗玉除妖，一切都顾不得谈，先回人英洞内，寻了间石室，请大家在室外守护，以防不测。独自在室内，用峨眉心法炼气调元，身与剑合，一俟纯熟，便可前往除妖夺玉。那口青索剑也真奇怪，先时那般神妙莫测，夭矫难制，一经用了峨眉本门心法，收剑归鞘之后，便即驯服。轻云入门较久，功夫颇深，因知此剑非比寻常，仍是丝毫不敢大意。先将真气调纯，诵完口诀，二目聚精会神，觑定剑柄，谨谨慎慎，运气吐纳，直到那剑顺着呼吸，出入剑囊，青光莹莹，照得眉发皆碧，了无异状，才敢放心大胆，将剑收起，凝炼先天一气，指挥动静。不消个把时辰，虽还不能身剑相合，已是运用随心，不禁大喜。练到黄昏过去，居然可以驭剑飞行。轻云便驾着剑光出室，满洞游行了一转，才收去剑光，落下与诸同门相见。大家自免不了一番称赞道贺。

英琼对轻云道："这位庄道友被困妖穴，业已数日。原来妖尸要拿他和袁星择一个来祭炼妖法，只因青羊妖道爱袁星质地，执意想收回山去看守门户。妖尸性情执拗，说一不二，只为妖法炼成飞走之后，青羊妖道虽无他厉害，于他却甚有用处，这次又帮他的忙不少，不好意思违拗。盘算了多时，最后决定，用庄道友生魂主持妖幡。又因事机紧迫，不及等待庚辰正日下手，恰好今日时辰是个庚辰，便定在今早辰时祭幡，一切俱已布置完备。如在原来地穴下手，庄道友甚难幸免。想是妖尸恶贯满盈，作法自毙，要等我们前去除他，庄道友不该遭他毒手，好端端在前些日倒翻地肺，变了形位，泄了东方太乙之气，所居地穴已成死户，与日时生克不合，将地下法坛移至二层洞前举行，仗着妖法封闭严密，以为外人万难入内扰乱。谁知青囊仙子华仙姑，早已预料到此，埋伏在二洞前面古树穴内，眼看时辰快到，乘妖尸闭目入定，准备身与幡合，再由青羊妖道代他摄取庄道友生魂，连那口玄龟剑，一起拘纳主幡之际，倏地冒着百险，隐身上前，从青羊妖道手下抢了庄道友，便向古树穴中逃去。

“这不过与妖尸一个措手不及，知道庄道友受妖法禁制，神志昏迷，逃时万不及使用隐身之法，必被妖尸、妖道觉察，跟踪追赶。彼时我等青索剑尚未到手，要任他追到此间，岂不引鬼入室，给我们添了大患，误了取剑之机，妖尸岂不更为难制？但是上有妖法封锁，不能逃出，除此之外，别无他法。刚避入穴底凹处，正要先连庄道友身形一齐隐去，妖尸、妖道已经追离切近，匆促忙乱之间，妖尸忽然又使故智，移山换岳，想将逃人困住。不料弄巧成拙，地形才倒转一些，华仙姑退路忽然裂了一条大缝。华仙姑见后面上石已夹着妖气潮涌一般卷来，后退一样无路，姑且冒险，连用剑光冲进，万一地层不厚，破土而出更好，总比束手待毙强些。恰巧那条裂缝正通青索剑穿行之路，上面便是我等昨日所见藏剑的入口，居然一些也未费事，平安逃出。当时真是危急，间不容发。华仙姑带了庄道友隐身遁到别处，妖尸已追赶不及了。更巧的是地层变动，将通奥区那一条捷径，被妖尸无心堵死。他不知我们有多少人和他为难，恐再将袁星失去，妖法更炼不成功，追敌未得，便赶回去，未曾觉察，尚是幸事，否则刚才取剑，岂不棘手？如今妖尸因时辰已经错过，计算干支，除了今夜子时勉强可用外，余者便非等庚辰正日不可，否则便不能得天地交泰之气，妖幡灵效更差。生魂定用袁星，青羊妖道自无话说。我们因为时间不足一个整日，华仙姑说妖尸鉴于以前失误，这次防备更为严密，所以妖术、法宝，全数使用出来，宛如设下好几层天罗地网。没有紫郢、青索两口仙剑开路，纵使弥尘幡也难入内。这口青索剑非常神异，收时那般难法，万一师姊驾驭不住，错了机会，温玉未得，反误了袁星性命，如何是好？不想师姊功夫如此深纯，炼得这般快法，真是难得。”

轻云道：“哪是我功夫深纯。一则仗诸位师兄妹道友相助，先免去收剑时难关；二则教祖仙剑不比寻常，原是本门之物，一经收服，自能运用。你得那口紫郢剑，不比我更易吧？”金蝉道：“仙剑合璧，本门光大，妖尸授首在即。先时李师妹那般着急，如今正该早些前去除妖夺玉，也省得袁星多受许多罪，怎么大家都说起闲话来了？”英琼道：“大家都说我性急，小师兄竟比我还要性急。你没见适才庄道友所写华仙姑的话，须在妖尸、妖道行法之时前去，乘妖尸入定，下手夺玉，比较要容易些么？”金蝉方才无话。

英琼见笑和尚总是闷闷不语，便笑问道：“听说师兄得了一粒宝珠，何妨取出来大家鉴赏一回？”笑和尚道：“再休提这粒珠子。我如非一时贪心，尚不致惹出这般大祸，将多年辛苦炼成无形仙剑，成了顽铁。此珠虽在身旁，因尚未除去妖物，将珠献过家师，奉命收用，一则不知用法，二则有些悔恨，实不愿取出来赏玩。日前只蝉弟强着看了一次，不看也罢。”轻云道：“师兄休要心中难受。那无形仙剑乃是苦行师伯独门传授，不同寻常宝剑。是凝聚五金之精，采三千六百种灵药，吸取日月精英，化成纯阳之火，纯阴之气，更番洗炼成形。再运用本身真元，两门灵气，合而为一。可惜师兄功夫尚未上臻绝顶，所以才被邪污。但是灵物一样要受灾劫，才成正果。听家师说，三仙二老以及各位前辈所用镇魔之剑，哪一口不经几回灾劫，才到今日地步。何况灵气未失，本元尚在，只需除妖回山，略破一些功夫，必比以前还要神妙，何必为此愁烦呢？倒是这粒宝珠，委实非比寻常，异日一经苦行师伯祭炼，化邪宝为灵物，足可照耀天地。上次在凝碧仙府未及鉴赏，还请取出，我等一开眼界如何？”

笑和尚本来见了女子不善应答，被周、李二人相继一说，虽不甚愿意，不便再为拒绝，只得说道：“此珠我尚不会应用，不过早年随家师学了一些藏光晦影的障眼法儿。因见此珠精光上烛九霄，自知本领不济，恐启外人觊觎，特地将它收入宝囊，将光华用法术封闭。如就这样观看，只是一颗鹅蛋大小的红珠，并无甚出奇之处。如要看它原形，须稍费一些事罢了。”说罢，从僧袍内先取出一个形如丝织的法宝囊，然后把那粒乾天火灵珠取将出来，请大家观看。

众人围拢前去一看，那珠果有鹅蛋大小，形若圆球，赤红似火，摊在笑和尚掌上，滴溜溜不住滚转，体积虽大，看去却甚是轻灵，余无他异。英琼好奇，便请笑和尚将法术解去，看看光华如何。笑和尚答道：“此珠自经那日在东海当着诸葛师兄封闭宝光之后，虽与蝉弟看过，并未显露宝光。妖穴密迩，一旦被妖尸警觉，岂不有了麻烦？”英琼说：“此洞深藏壑底，宝珠虽然灵异，光华岂能穿山贯岳而出？”执意要看。金蝉也因以前未见此珠灵异之处，从旁力请。笑和尚无奈，答道：“我此时正当背晦，还是谨慎些好。我这宝囊乃是家师采集东海鲛丝，转托严师兄的令祖姑、太湖西洞庭山妙真观方丈严师婆用神女梭织成，经过法术祭炼，专一收藏异宝。另有一根鲛丝绦，系在颈间，一经藏宝人囊，不但不会遗失，外人也休想夺去。既是诸位同门道友执意要看，好在离除妖还有两个时辰，待我将它先收好了再看，也是一样。”说罢，先将火灵珠收放囊内，手持囊颈，盘膝打坐，口诵真言。约有顿饭时顷，渐渐囊上发出一团红光，照得满洞皆赤，人都变成红人。宝囊原极稀薄透明，先还似薄薄一层层淡烟，笼着一个火球。顷刻之间，光华大盛，已不见宝囊影子，仿佛一个赤红小和尚，手擎着比栲栳还大的火团一般。除了金蝉一双慧眼，余人俱难逼视。更不知经过祭炼，运用时节，还有多大神妙。

大家齐声称赞了一会。笑和尚正要施展法术，封闭宝光，英琼猛听洞外神雕连声鸣啸，心中一动，喊声有警，便驾剑光飞出洞去。宝光果然上透崖顶，把天红了半边，星月都映成了青灰色。循声一看，山北面一道黄光，如电闪星驰般飞走，神雕展开双翼，正在追赶。英琼知有妖人窥探，哪里容得，忙驾剑光追上前去。身还未到，神雕已先追临切近，那黄光倏地回头朝神雕飞来。英琼见这道黄光与那日妖洞道童所用虽是一样路数，光华却强盛得多，恐怕神雕有失，手指处，紫郢剑飞迎上去。后面众人也随后追到，纷纷将剑光祭起。还未近前，黄光已被英琼紫光绞个粉碎，化成百十点金星四散。再寻那行使飞剑之人，已经不知去向。

第一一七回

斩妖尸　得宝返仙山
逢巨恶　无心留隐患

英琼听神雕随着落下，还在叫唤，过去一看，原来钢爪之下，还紧紧抓着一个妖人，神气业已奄奄待毙。英琼认出是那日所见羊面妖人的徒弟，正要接过来问，庄易连忙抢上前去，口诵禁法，从身旁取出一根丝绦捆好，提在手上，不使沾地，与众人比了比手势。轻云想起那日被他挣逃，明白用意，知道小妖人曾借土遁逃走，便和众人说了。那道童先是装死，后知识破机关，决难活命，不住口大骂，尤其把庄易骂了个淋漓尽致。众人问他话，也不言语，只管骂两声，高喊一声“师父救命”。金蝉恨他不过，顺手一个嘴巴，连门牙打掉了好几个，他仍是骂不绝口。这时笑和尚也收了宝珠飞来，见他拼死大骂，过来说道：“你好好招出实情便罢，否则你想好死，且不能呢！”说罢，将手一指，使用佛门降魔锁骨缩身之法，那道童立刻觉着周身又疼又痒，骨髓奇酸，实在禁受不住，忙喊：“快请住手！我说就是。”众人问他来意，才知他名杜远，还有一个师兄名叫甄柏，俱是青羊老祖门徒。适才妖尸正将袁星绑出，布置法坛，忽见南山红光烛天，看出是一种千年修炼的稀世奇珍。因为时辰快到，妖尸和青羊老祖俱不能分身。两童宝剑又已被周、李二人日前破去，没有防身利器，虽然得了袁星两口长剑，尚难运用飞行。便命二童同驾青羊老祖的剑光前去探看，准备到子夜炼成了妖幡之后，再去取那宝物，同回云边石燕峪三星洞去，联合各异派能手，与峨眉为仇。二童到了奥区仙府前面，正遇神雕盘空巡视，哪里容得，只一下先将杜远抓擒。甄柏一见不好，首先撇下杜远，独驾剑光逃走。

众人一听还逃走了一个，少不得回去报信，已经打草惊蛇，多数主张就此前往。惟独笑和尚不以为然，说道：“妖尸自恃妖法厉害，决不舍去炼幡机会，轻易逃走，至多寻了前来。既然华仙姑事前指示，还以到时进行为是。好在为时无几，我们如不放心，且将人分布妖穴上空，相机行动如何？”金蝉、英琼不肯，仍主早些下手。笑和尚不好意思拗众，只得作为罢论。依了笑和尚与人英，妖童到底年幼，既已说了实话，不妨告诫一番，饶他活命。英琼却说那日亲见他杀猪饮血凶恶之状，妖人手下绝无善类，还是除去好。米、刘二矮也从旁说此人万不可留，久必为恶多端。杜远还待哀求，金蝉已等得不甚耐烦，只说了一声："这还有什么为难的？"把手一扬，剑光过处，斩为两截。

当下由米、刘二矮前导，同驾剑光，直飞妖穴。到了一看，到处都是黑烟妖雾笼罩，哪里看得出山崖洞府。众人端详了地位，按照前定，首由周、李二人当前开路；余人由金蝉手持弥尘幡护身，跟踪下去。英琼、轻云二人刚一落地，便见庭院之内，景象阴森，无殊地狱变相，与那日地穴所见大略相同。满院云烟笼罩，到处兽嗥鬼哭。数十面大小妖幡，发出黄绿烟光，奇腥刺鼻。二人剑光到处，黑烟随分随聚，虽然不为妖法所伤，只看不清妖尸、妖人与袁星所在。正待指挥剑光，往发光的妖幡上扫去，忽听金蝉高叫道："周师姊，那西边古树前面，不是袁星么？你们还不赶快上前救它！"英琼闻言，忙和轻云驾剑光往西飞去。身临切近，青紫两道光华照处，才看见袁星绑在一面长幡之下。英琼剑光过去，数十缕黑丝，化为飞烟四散。袁星脱了羁困，看见紫光在黑烟中飞翔，方要赶过，忽然一只枯如蜡人的怪手伸将过来，一把将袁星抓去，接着群幡齐隐，不见踪迹。英琼闻声追上，那怪手已隐入黑烟之中。这里严人英、庄易、笑和尚、金蝉与米、刘二矮六人，仗着金蝉一双慧眼，早借弥尘幡掩护，各人指挥剑光，将青羊老祖围住。周、李二人见黑烟越来越盛，看不见妖尸所在，袁星又被妖尸抢去，情知危险，又恐妖尸逃脱，焦急万状。一会工夫，青羊老祖的飞剑连被人英等剑光绞断，自知不敌，一同没入黑烟以内。众人益发冥搜无着，只得由人英等六人将剑光在空中交织，以防妖尸遁走。

正在无计可施，刘遇安忽对笑和尚道："满天都是黑煞丝，妖尸将温玉光华祭起，我们虽有至宝护身，要想伤他，颇非容易。妖尸诡计多端，迟则生变，莫要中了他的道儿。大仙那粒乾天火灵珠，精光上烛重霄，是纯阳之宝，何妨取出一试？"笑和尚自得此珠，因为取自妖物身上，未奉师命，不知用法来历，从未用过。被刘遇安一句话提醒，心想："用虽不能，若持在手中，照觅妖迹，或者可用，也说不定。"当下忙请金蝉、人英等到一处，用弥尘幡护身，盘膝坐地，口诵真言，解了禁法。刚刚将宝囊取到手中，便觉地皮震动，同时一团红光透起，照彻天地，妖气尽扫，阖院通明。这才看出妖尸已将满院妖幡全数移在隐僻之处，袁星又被绑在一根幡脚之下，青羊老祖守护在侧。妖尸闭目兀坐，口诵手摇，五指上发出五道黑气，指着袁星。英琼、轻云一见袁星情势危急，双双飞出剑去，一取妖尸，一取青羊老祖。紫光过处，青羊老祖应声而倒，斩为两截。刚要协助轻云夹攻妖尸，猛听地底砰的一声大震，立刻地覆天低，当院陷下一个无底的深坑，坑内罡风夹着烈焰，如怒涛一般往上涌起。就趁众人惊心骇顾之间，妖尸倏地化成一股黑气，比电闪还疾，冲到英琼身边。英琼日前吃过苦头，不知是妖尸炼成的黑煞飞剑与身相合，微一顾忌却步，被他就地上又将袁星抢起，也不和众人为敌，满院乱飞，所到之处，将地上竖立的数十百面大小妖幡逐一拔起。

二矮知道妖尸就要收幡夹了袁星逃遁，连忙齐声高叫："诸位大仙！妖尸就要拔幡遁走，温玉在他胸前黑煞丝结成的囊内，非有生血，不能点破，快快下手！"二矮只顾一路狂喊，众人早将剑光纷纷飞上前去，虽有剑光、弥尘幡护身，烈火不侵，但是妖尸非常厉害，一条黑气，宛如乌龙出海，在七八道剑光丛中闪来避去，怪声啾啾，并没有受着一些伤害。得便就将妖幡收去，转眼工夫，妖幡剩了不到十面。英琼既恐袁星丧命，又恐妖尸带了温玉逃走。正在着急，恰巧笑和尚触动灵机，暗想："妖尸如此重视那些妖幡，到了这般田地，还想带了逃走，我们怎的见事则迷，何不先将妖幡斩断？"想到这里，径将剑光直往那妖幡上面飞去。这些妖幡，共是八十一面，每一面都经妖尸在地底修炼多年，好容易才采得千百只猩、熊生魂，如何肯舍，打算收一面是一面，到了势在临危，再行遁走。一见众人只顾追敌，不曾顾到妖幡，益发得志。他那黑煞剑在异派中最为厉害，又存心不与紫郢、青索迎敌，一味避让，所以众人困他不住。只可惜安坛之时，颇费手脚，虽能随意移动位置，收起来也非顷刻可能了。知道今日虽无幸理，只需避开紫郢、青索二剑，余人剑光不能伤他。英琼、轻云一时情急，忘了双剑合璧之训，由他往复纵横，干自着急。这时一见笑和尚飞剑去斩妖幡，猛被提醒，二人一个在东，一个在南，双双不约而同，各将剑光直朝一面幡前飞去。

也是妖尸该遭劫数，自恃不走，抢幡心切。英琼的紫郢剑原与金蝉的霹雳剑同是一般的颜色，只光华威势略有差异，先与金蝉同追妖尸。妖尸一见笑和尚已将妖幡连连斩去两面，九九之数既不能全，恐再不足八九之数，异日报仇更难，情急匆忙，回顾紫光追来，只图避让，直往幡前飞去，没料到英琼倏地分道扬镳。妖尸一到，正要用收诀取幡，猛见轻云青索剑迎面飞来，一时乱了步数，不及躲闪，打算姑且一挡再走，谅不妨事。无巧不巧，英琼紫郢剑也同时飞到，青、紫两道光华无心合璧，光华大盛，幻成一道异彩，绕着黑气只一绞。只听“吱哇”两声惨叫，黑气四散，一朵黄星疾如星飞，冲霄而去。这时上面妖雾未散，地下烈焰犹在飞腾。金蝉眼快，一眼看见黑烟散处，两团黑影正往火坑中坠落，想起袁星在那黑烟之中，忙将弥尘幡展动，往下一沉，伸出两手，一把一个，抓个正着。上来未及说话，严人英叫道：“此处快要地震，我们飞身出去再说吧。”

众人见金蝉一手提着妖尸躯壳，一手提着袁星，还带着一团红紫光华。知道袁星遇救，妖尸除去，温玉已得，心中大喜。闻言纷纷各驾剑光飞起，到了远处峰头落下。妖尸天灵盖震破，直冒白烟。袁星满口血迹，两手紧持那块温玉，业已死去。英琼见了，不由悲恸起来。米、刘二矮道：“主人不必难受。袁道友想是听我二人说那温玉在黑煞丝结成的囊内，潜光晦华，非有生血，不能破去，趁妖尸夹着它飞行，疏于防范之际，咬碎舌尖，破了妖法，将玉抢到手中。正值妖尸在遭劫之时发觉，急欲运用元神遁走，没顾得下手将袁道友弄死，也许只喷了一口妖气。如将它带回仙府，必能设法起死回生。那妖尸神通广大，幸是我们下手快了一步，妖尸又只图留着它活命，以为炼幡之用；不然微一弹指之间，怕不将它身体裂如碎粉，纵有起死灵丹，也难活命了。”袁星虽然周身依旧温暖，众人因为连用丹药施救无效，它两口宝剑也不知失落何方，纵得温玉，也觉得不偿失，个个戚然无欢。恼得英琼、轻云性起，各将飞剑放出，指着妖尸枯骨，青紫光华连连绕转，只听碎骨沙沙之声，顷刻粉碎。

正待商量携着袁星骸骨回山，忽听山崩地裂一声大震，连众人站立的峰头都摇摇欲坠。眼望妖洞那边沙石纷飞，扬尘百丈，把一座大好灵山仙洞，震塌了一个深坑。金蝉眼快，看见尘沙之中，似有两道光华冲起，正随着许多残枝碎木，由上往下飞落。知是宝物，忙将弥尘幡一晃，一幢彩云直往尘沙之中飞去。少时飞回，捞了许多东西回来。内中正有袁星两口宝剑，只是剑鞘全失。还有一柄拂尘，两个铁铃，一柄乌金小剑。二矮一见大喜道：“我等知道地肺倒转，顷刻山崩地裂，不及收回法宝，原打算事定之后，再去掘土搜寻，不想齐大仙竟施妙法，代我们取来。只此两件，是我二人多年辛苦炼成，虽被妖尸收去，灵气已失，再加祭炼，仍可还原。余下还有几件东西，且等随了诸位大仙回转灵山，认明仙府，再来寻取吧。”说罢，拿眼望着轻云。轻云知他二人志在寻回故物，又恐后返峨眉事有变局。因已看出二人向善心诚，便对他们道：“你们随我们同返，或是后去，俱不妨事。我等回山，必代你二人力求，如有仙缘，早晚俱是一样，莫如你二人还去寻你们的法宝，就便寻取袁星失落的剑鞘，以免落入外人之手。”说时，金蝉早将所得之物交还二矮。二矮闻言，正合心意，一面谢了金蝉，答道：“既承周仙姑体谅微衷，还望主人开恩成全。万一袁道友难于回生，我二人情愿深入北海，盗取返魂香，救它活转，以报收容之恩。”英琼点了点头。

二矮刚走，英琼猛想起神雕为何不见？正问众人可曾看见，忽见神雕健羽摩云，从西南方面盘空而来，转眼到众人头上，钢爪松处，掷下一封柬帖。更不停留，旋转双翼，竟往妖洞陷落之处飞去。英琼打开柬帖一看，乃是青囊仙子华瑶崧交神雕带回来的，大意说：

> 众人去得稍早了一步，妖尸末劫未终，仅仅兵解而去。所炼妖尸、邪宝，俱已失去，解却异日凶焰不少。笑和尚所得乾天火灵珠同这块温玉，俱是纯阳至宝，未有师承，不可妄用。袁星乃被妖尸邪气所中，昏迷不醒，只需回转仙山，用九天元阳尺驱走邪气，再用灵丹调治，即可回生。袁星剑匣与米、刘二矮失去的宝物，俱被埋藏地底，业已告知神雕，自会取去。还有妖尸遗下的数十面聚兽妖幡，也在地下埋藏。妖尸元神虽然遁走，对他心血祭炼而成之物必然不舍，一将元神凝炼成形，或借躯还形，定要回来收取。那幡已与妖尸心灵相通，无论藏在何方，都能跟踪寻觅。尤其那幡上许多无辜猩、熊生魂，永受妖尸禁制，也觉可怜。青囊仙子意欲自己带去，寻一位道行高深的同辈，设下法坛，将幡上邪法破去，解了猩、熊生魂羁缚，以便转轮化生。等神雕将妖幡搜出以后，可做一堆放好，自会来拿；并命众人不可私自携走，无益有损。庄易可随笑和尚、金蝉同往百蛮山先立外功，自有复音良机。余人回转峨眉，双剑合璧，解困退敌之期已至。不久便是妙一真人夫妇回山，开辟峨眉五府，众弟子分宝修真，出世济人之时等语。

众人读罢，少不得望空拜谢一阵。尤其是哑少年庄易，受恩深重，临别竟未得向青囊仙子当面叩辞，异日有无见面之期，柬上未曾提起，心中更为难过。金蝉道：“笑师兄，我们此去百蛮山，又得一个好帮手了。”庄易闻言，连忙摇手逊谢不迭。

再说神雕一经飞落灵玉崖妖尸地穴之上，钢爪起处，沙石翻飞，顷刻之间，便掘深下去有三数十丈。米、刘二矮又帮着用彻地玄功，一同寻找。不多一会，将七十余面妖幡、两个剑匣，连米、刘二人失去的宝物，全都搜掘出来。二矮当中，以刘遇安存心最贪。他知妖尸主幡共是大小九面，还有两面最小的才只七寸多长短，更见妖尸行法时持在手内，估量是个厉害法宝，恰巧寻时首先被他自己发现，便悄悄取来藏在宝囊以内。神雕何等灵异，况且来时青囊仙子说过数目多少，那妖幡不运用时虽然看似黄色粗麻织成，上面仅只画些赤身男女魔鬼与奇怪符箓，并无异处，但是上面妖气怎能瞒得过神雕，事完以后，还不住在他头上盘桓飞鸣。偏偏众人也飞身过来，刘遇安不由又悔又惊。先已藏过，再当着众人取出，深觉不便；不取出交还，又恐神雕不允。只得悄悄低声默祝："雕仙成全，容我这一回。"神雕意似不允，眼看越盘越低，众人也身临切近。

刘遇安正在为难，忽听一阵破空声音，一道黄光自东方飞来，落地现出一个黄冠草履、身容威猛的长髯道者，直奔那一堆妖幡，伸手便要拾取。事出不意，柬帖又有"自己来拿"之言，多半疑是青囊仙子遣来，方打算上前问讯。只庄易看出来人是异教之士，打算上前拦阻。忽然一道光华一闪，比电还疾，光华敛处，现出一个年老道姑，认出来人正是青囊仙子华瑶崧，业已抢在道人前面，将幡取在手中，对那道人道："吴道友，飞升在即，还要此物何用？让贫道拿去，解却这些沉沦的冤魂吧。"那道人原是个异派中的能手，路经此地，看出便宜，打算飞身下来，抢了妖幡便走。没料到青囊仙子早已隐身在此，没有得手，反闹了个无趣，不由厉声喝道："老虔婆，自从那年青城一遇之后，多少道友寻你报仇，俱不知你下落，以为你死多年，不料你却在此兴妖作怪，移形换岳，倒转灵玉崖，坏了灵山仙景，定是你这老虔婆和你手下这一干无知的小辈所为的了。你不露面，还可饶你，你既敢现身出来，如不将灵玉崖那块温玉献出，我定和你清算青城旧账，叫你这老虔婆难逃公道！"

青囊仙子闻言，一丝也不冒火，含笑说道："我们一别多年，没料道友还是这般气盛。夺去道友金鞭崖，乃是当年道友误听恶徒蛊惑，擅起兵戎，以致为矮叟朱道友赶走。贫道当时因为贵门徒虽然多行不义，道友本身尚少惭德，曾为道友再三缓颊，才得免遭飞剑殒身之难。怎么不去寻朱道友报仇，倒怪起贫道来了？至于倒转地肺，破坏灵玉崖仙景，乃是妖尸谷辰所为。贫道只为峨眉门人斩了妖尸，取去温玉，所遗妖幡附着千百野兽生魂，意欲解除异类冤孽，向峨眉诸道友要了，还未取走，便遇道友驾临，不得不现身出来相见。闻得道友功行不久圆满，理应名山静养，以等仙缘，何苦出山多事？难道忘了极乐真人前时预言么？"

那道人闻言，转身往左右一看，见英琼、轻云、金蝉、笑和尚、庄易、严人英等个个仙风道骨，不比寻常，俱都环立在侧，怒目相视，不由又惊又怒道："原来老虔婆仗着峨眉小辈人多，故而口出狂言。须知我吴立一生言出法随。你既然在此，盗玉之事，决非这几个小辈所能办到，必定是你主持无疑。快将幡、玉献出，免我动手。"

青囊仙子未及答言，金蝉早向庄易、英琼问明敌友，一见道人出言不逊，一个忍耐不住，用手一拉笑和尚，先喝一声："无知妖道，擅敢在此猖狂！"接着各将霹雳双剑飞出手去。那道人先见这些少年男女资禀出群，虽然惊异，心中还以为不过是峨眉门下新收弟子，以前又未听说过，仗着自己本领，并没放在心上。一听骂声，回脸一看，竟是那面如冠玉，垂发披肩，颈戴金圈，在众人当中最年幼的一个，还不屑放出飞剑，只打算行法禁制，略微给他一点苦吃。

就这一转念头之际，忽见那幼童同另一个小和尚将手朝他一指，便有红紫两道光华，夹着风雷之声，迎头飞来，认得是峨眉掌教的霹雳双剑，才知这些小孩并非易与。忙将手一张，先飞出两道黄光，分头敌住。英琼本来早想动手，因为轻云见青囊仙子一任来人出言冒犯，并不发怒动手，猜那道人必非弱者，力主慎重行事，英琼虽被轻云拦住，心中还是跃跃欲试。一见金蝉和笑和尚动手，庄易、严人英也跟着将剑光放出，如何能耐，也将紫郢剑放起。轻云见大家动手，战端已开，道人既非易与，自然是相助为佳了。吴立分出两道黄光，敌住了金蝉、笑和尚。因为对面强敌青囊仙子尚未动手，不敢怠慢，正待另使法术、飞剑取胜时，侧面又飞来一道银光、一道乌光。喊一声："来得好！少时让尔等这一干小妖孽知道祖师爷的厉害。"随说将手一挥，又飞起七八道黄光，打算一半迎敌，一半乘隙飞将过去，乘敌人措手不及，伤他性命，再另用一口主剑，去敌青囊仙子。

谁知这些少年年纪虽轻，剑光却如游龙一般，神化无穷。黄光虽然较多，休说飞越过去伤人，竟被这四道光华阻止，休想上前一步。暗忖："这些小孩，哪里来得这许多好飞剑？"方在失惊之际，倏地又听两声娇叱，对面两个少女，各人又飞出一道紫光、一道青光，比电闪还疾，直往剑光丛里穿去。越知不比寻常，略一迟疑，后来这两道青紫光华，已与自己黄光接触，只绕得一绕，倏又合拢，盘绕着三四道黄光，似毒龙互斗，绞结挣命一般，微一屈伸，便见黄光收敛。知道不妙，想收回已经不及，被敌人青紫两道光华联合截住三道黄光一绞，黄光四碎，往下飞落，宛如明月天香，洒了一天桂子。余下六道，一道被敌人银光盘住，一道被乌光盘住，先时两道被霹雳剑盘住，急切间一道也收不回来。剩下还有两道，又被这后两道青紫光华二次盘住，光华渐敛，眼看又要步适才两道后尘。再看青囊仙子，仍是含笑旁立，始终不曾动手。才知今日轻敌，上了大当，不由又痛又惜，又悔又恨，急出一身热汗，无计可施。末后实实不舍多年心血炼就的飞剑，把心一横，用手一拍顶门，先披散了头发，口中念念有词，正要将舌尖咬碎，行法向敌人喷去。忽见满天黄雨，纷纷落下，空中六道黄光，同时又被敌人破去四道。下余两道也在危急，敌人更不容情，立刻破了，纷纷如陨星坠落一般，直飞过来。又听青囊仙子说道："峨眉诸道友虽然年轻，已受本门心法，内有紫郢、青索两口仙剑。道友一再执迷，莫非还要待毙么？"吴立一听那青紫光华，竟是长眉真人当年炼魔之宝，久已闻名，不想今日在此遇上，眼看大祸临头，危机一发，再不见机遁走，定要身败名裂。

原来吴立自前些年和矮叟朱梅斗剑，失去金鞭崖后，怀恨在心，立志报仇，炼成了二十六口黄精剑，准备约好当年同住金鞭崖的同门伴侣麻冠道人司太虚，去寻朱梅晦气，夺回金鞭崖。到了崂山一谈，才知司太虚自青城一败，隐迹参修，已悟正果，不但不肯相助，反劝他道："你我二人超劫在即，以前原是自己错误，难怪旁人，何苦又动无明，自寻魔障，耽误飞升？"吴立终觉恶气难消，见司太虚执意不肯下山，一怒而去。因为以前朱梅有追云叟、青囊仙子等人相助，这多年来，更听说与峨眉派有了密切交情，惟恐众寡不敌，想另约几个能人，异日可壮声势，再寻朱梅晦气方休。

刚越过莽苍山，迎面飞来一朵黄星，疾如电驶，知是异派中人的元神破空出游。因想看看是谁，给他开个玩笑，忙用玄门先天一气大擒拿法，想将那黄星收住。那黄星竟似早已料到此着，并不躲闪，眼看近前，倏地黄光一闪，自动飞入吴立袍袖之内。吴立很是惊异，便问："适才我没留神，今见道友这般行径，莫非是我的熟朋友么？"说罢，忽听袖中尖声答道："吴道友，你不认得我，我却认得你。现在时机紧迫，没工夫多说。我现在被人所害，躯壳已失，须要借你法体隐身，日后另觅屋舍，报仇雪恨。我在地肺之内采地下万年玄阴之气，用黑煞丝凝炼成了数十面玄阴聚兽幡，也一同失去。幸而我预先掩去幡上灵气，敌人并不知就里。诚恐我走后，敌人将它破坏，现在情愿送给道友。你可速往前面灵玉崖，那里已经陷成深坑。你如见一人俱无，那幡便已失去，可以不必找寻；如见有人，想他们必然还在寻找，可来个迅雷不及掩耳，抢了就走，省得肥水便宜仇人。"

吴立一听，暗忖：“久闻人言，当初玄阴教祖谷辰未死以前，惯炼聚兽之法。这玄阴幡乃是异教中至宝，如得在手中，再知用法，足可报仇，胜似寻人相助。”因为袖中连连催促，说时机稍纵即逝，利心一动，也未计及袖中元神是谁，所言真假，不计利害，便照所言往灵玉崖飞去。到了一看，崖已倒陷成穴，地下尘土飞扬，果然有数十面黑幡妖气隐隐，放在一堆。离幡不远，站定几个少年男女。此时神雕正在低飞追迫着刘遇安将私藏的幡现出。吴立志在取幡，也未留神到这一个白眉和尚座下神禽，一催剑光，径往下面飞坠。原以为对方既能移形换岳，斩了袖中之人，本领必不寻常，只打算抢了就走。及至现出一个老道姑，正是当年帮助朱梅夺去金鞭崖的青囊仙子，以为一切之事，俱都是她所为。幡未到手，还吃人家奚落，已是羞恼成怒。自问能力，还可抵敌，想起前仇，正要动手，谁知反吃了几个小孩的大亏，连被破去好几口黄精剑。知道紫郢、青索厉害，纵使法术，也是无效。如要脱身，不但外面剩余两剑难保，还得牺牲两口，才能免祸。就在这一转瞬之间，所有放出去的飞剑全数消灭，敌人飞剑纷纷往自己头上飞来。幸而吴立早已见机，先放起四道黄光迎住，接着又放起两道黄光去敌霹雳双剑。事已至此，多延一刻，多遭一点殃。又想起袖中黄星，竟是那厉害魔王妖尸谷辰的元神，有名的心狠意毒，请是请来了，不知该如何打发，福祸委实难测。又悔又急，又惜又恨，心乱如麻。微一踌躇，第二次放出去的剑光又有消灭之势。暗道不好，将脚一顿，也不再收那六口飞剑，径驾剑光破空逃走。

刚刚飞过峰顶，忽听一声雕鸣，金睛火眼，一只大黑雕直从下面冲霄追来。定睛一看，认出是白眉和尚座下神禽，不由吓了个亡魂皆冒。一面驾着剑光逃遁，一面默使隐身之法，已是慢了一步，被神雕追来，钢爪舒处，正抓在吴立背上，连皮带肉，抓下一大片去。吴立拼命挣脱，且喜身形隐去，神雕也未穷追，才得逃命。

这里英琼等见吴立逃走，正要分人去追，青囊仙子连忙止住，吩咐众人：“暂且停手，待我奉些微意。”说罢，将手一指，飞起一道光华，先将空中六道剑光圈住，然后默用玄功收了下来，分给众人，恰好六人各得一口。原来是六柄黄色短剑，大小长短，一般无二，非金非铁，映日生光。众人心中大喜，连忙拜谢。

第一一八回

绝巘立天风　朗月疏星　白云入抱
幽岩寻剑气　攀萝附葛　银雨流天

青囊仙子道："吴立虽是异教，除了性情刚愎外，并无多大过恶。他因心慕正教，采取黄金之精，炼成此剑，辛苦淬砺，已有多年。先还不敢自信，一出手先遇见峨眉派两位道友，因他飞剑有二十余口之多，众寡不敌，败在他的手内，渐渐自满得意。意欲再寻几个助手，找矮叟朱道友报仇雪恨，夺回金鞭崖。却不想遇见你们，虽是入门不久，各人仙剑俱非寻常。尤其紫郢、青索二剑，乃长眉真人遗命传授，你们前辈诸道友中，也找不出第三口，他如何能是敌手。他功行将满，不久羽化飞升。我始终不出手者，就是想使他败在你们手内，让他知道峨眉后辈尚且如此，如何能再为仇？知难而退，免遭兵解之苦。后来我又留神观察，他竟带着一身妖气，为以前所无，而他所炼飞剑，并无邪气。适才明明见他从远方飞来，一到就抢妖幡，好似预定一般。如非我早在旁隐身防备，几乎被他拿去，为祸后来。假使他是无心路过，遇见妖尸元神，得了指示，在妖尸固然是得益不少，如虎生翼，可是他本人异日惨祸，恐怕还不止于兵解呢。袁星现虽昏迷，回山之后，有了元阳尺，解去邪毒，自然会醒。尔等事已办完，可以速返峨眉，去解围退敌了。"英琼、庄易又分别上前叩谢解救之德。米、刘二矮也双双过来，跪请指示仙机，并求代向众人说项。

青囊仙子对英琼道："你应劫运而生，光大峨眉门户，与别人不同。三英二云，独你杰出。虽然杀气太重，然亦非此不可。不久齐道友回山，自会特许你一人便宜行事。他二人虽然出身邪教，现已悔悟回头，向道真诚，你尽可收录，决不受责。吴立走时，我拦阻白眉仙禽稍慢了一步，临逃还吃了大亏。此人心地褊狭，必然痛恨切骨。他门户以外，有本领的朋友甚多，如不见机改悔，必从此多事。米、刘二人，于你也甚有用，不过他们所炼法宝、飞剑，均属旁门左道，暂时又不能使他们丢弃，务须用之于正，以免耽误正果罢了。”说罢，拿眼看了刘遇安一眼。

刘遇安原本心中有病，适才向青囊仙子求情时，语带双关，惟恐青囊仙子向他索取妖幡。一闻此言，又喜又愧，首先起誓明心：“弟子如将那宝去行错事，必遭惨祸，永久沉沦！”青囊仙子早明白他言中之意，微笑说道：“你二人苦修也非容易，既能如此，再好没有。倒是我不久超劫，原不想参加此次劫数，所以只在暗中相助，并不露面，以为妖尸决难知道有我。谁知临时生变，非出面不可。如今造下恶因，决难脱身事外。起初我原想将这妖幡去寻一位道友，共同解去冤孽。这一来，又须缓日行事，留它以毒攻毒，相助三次峨眉斗剑时一臂之力了。只是我如用这妖幡制胜，伤我清名，我索性成全你们。你二人到了峨眉，等候教祖回山。入门听训之后，可仍回此地。我当再到奥区仙府，传你二人用幡之法，以备异日即以其人之道，还治其人之身，何如？”米、刘二矮闻言惊喜，尤其刘遇安更是喜出望外，形于颜色。青囊仙子当时微微皱了皱眉头，众人俱未觉察，只笑和尚看在心里。青囊仙子又道：“庄易自赴百蛮山相助除去文蛛，不久便可复音还原。现在髯仙李道友飞雷洞被毁，除妖之后，他门下弟子移居凝碧，人英前去，也不愁起居寂寞了。”说罢，向众人一举手，道声：“各自珍重前途！”一道光华闪过，破空而去，转眼没入云中不见。

这里众人也各自分手。英琼、轻云、人英三人，带了袁星尸体，与米、刘二矮用弥尘幡同回凝碧仙府。笑和尚、金蝉、庄易仍往奥区，共商二上百蛮山之策。笑和尚道：“都是蝉弟心急，如不是米、刘二人提醒我，取出乾天火灵珠，后来妖尸又不舍弃幡逃走时，险些功败垂成。此番到了百蛮山，再心急不得了。”金蝉道：“我也是怕时间稍纵即逝，早去岂不更好？谁知妖尸竟那般厉害，黑烟密布，离开剑光和弥尘幡光华所照之处尺许以外，连我都看不清楚，别位更是不行。彼时我一手持定弥尘幡，一手指挥霹雳剑，这幡和剑俱非寻常法宝。幡因发出妙用，非运玄功不能把持。那剑更因我学剑成功日浅，不敢大意。只顾全神贯注，大敌当前，简直无暇将怀中天遁镜取出。后来准备收剑取镜，你已将火灵珠取出。此珠真也神异，发出来的光华四面均亮，不似天遁镜只照一面。你虽吃了许多辛苦，坏了无形飞剑，得此也足以自豪了。”笑和尚道：“你说哪里话。休说那剑经我多年苦修，而且出诸师父，岂能与珠去比得失？何况只我冒险一试，尚不知用法呢。”金蝉道：“事已过去，悔也无益。你得此珠，总可算是慰情聊胜于无。适才李师妹托我，说此间猩、熊对她有些恩义，因为回山匆忙，不及招呼。它们现藏在地穴之中，还有一些在山南觅地潜伏，因为惧怕妖尸，不敢外出求食，恐怕日子久了，地穴内的丛草不够吃的，请我去放它们出来。我们何不去看一看？”说罢，同了笑和尚、庄易，径从天窗洞下去。

那些猩、熊先见紫光红光，以为英琼回来，个个踊跃欢呼。及至三人落地一看，并不认得，尤其庄易昔日捉过它们，有的吓得乱叫乱窜，有的竟拼命向三人扑来。三人将剑光升往高处，下面猩、熊还是咆哮不已。金蝉道：“这种胜于虎豹的恶兽，见人就扑，放了出去，岂不造孽？”笑和尚道：“这话并不一定，也许是我等面生之故，你且将话说明了试试看。如果真的冥顽无知，哪怕李师妹异日见怪，不但不能放它们，还得惩治一番，以免将来受害。”金蝉答道：“你的话不错。李师妹日里相见时不是说过，它们俱有灵性，自从收服以后，轻易从不伤生，只知以草木为食么？”说罢，高声喝道：“尔等休要咆哮。尔等的恩人李仙姑，已和我们合力除去妖尸，因为急于回山，不及来此看视，请我们到此，放尔等出去。尔等如系一时误会，以恩为仇，可一齐俯伏，我便放尔等过去；倘如自恃猛恶，出去为祸生灵，我们飞剑便不容情了。”说罢，下面猩、熊便驯服了一大半。金蝉又高声再喝一遍。先是下面猩猿朝着那些马熊叫啸了几声，倏地同时俯伏，昂首鸣啸起来。

三人都觉奇怪。金蝉还不甚放心，又亲自飞落下去，试探一回。那些猩、熊见金蝉落下，不但不似先前磨牙张口，咆哮扑噬，反而缓缓爬行过来，围着金蝉跪伏，不时用口在金蝉脚底闻嗅示媚，神气非常驯善亲昵。金蝉心中大喜，又招呼笑和尚与庄易飞身下来。那些猩、熊对笑和尚也和金蝉一样，惟对庄易却有好多都是怒目狺狺，带着又恨又怕神气。金蝉、笑和尚才知适才咆哮，是为了庄易。便对它们说道：“这位庄大仙已经弃邪归正，与我们是一家人了，你们怕他则甚？外面已无敌人，尔等去留，可以随便，无须再存戒心了。”说罢，又叫庄易特地去挨近它们。众猩、熊仍是望而却退，也不往外走出，意似观望。金蝉、笑和尚俱觉它们能解人意好玩，不时摸摸这个，抚抚那个。

过有顿饭光景，忽听外面隐隐有猩、熊鸣啸，声音由远而近。洞内猩、熊也互为应和，声震耳鼓。正要分人出外看视，忽听扑腾腾响成一片，百十只大小猩、熊，相继由壁侧缝中转了过来。同时满洞猩、熊，俱都悲鸣起来。三人料是山南那些猩、熊已发觉妖尸伏辜，前来会合。不多一会，众猩、熊忽向三人跪下，昂首吼了几声，纷纷站起，猩猿在前，马熊在后，转过岩壁，径往入口之处纵跑上去。三人跟在后面，一同走出。那些猩、熊到了外面，又都回身伏地，意甚依恋。笑和尚道；“妖尸已除，尔等已无后虑。此后可各寻岩穴潜伏，优游岁月，将来转劫，自有善果，勿伤生灵，以干天戮。我们不久也要他去，尔等无须再为依恋，只顾走吧。”说罢，将手一挥。众猩、熊又同声狂吼了一阵，才起立欢啸，三五成群，蹿高纵矮而去。三人见此光景，甚为感动。笑和尚道：“这般猛兽，为数又多，不是李师妹以德感化，正不知每日要伤多少生灵。无怪诸位前辈说她将来要光大门户，领袖群英。即以这件事而论，出世不久，便积了若干外功，虽然仙缘注定，一半也可算得时势造成，好事都叫她遇上，岂非奇怪么？”

金蝉道：“这几日除了练剑，无甚事做。闻说此山颇多奇迹，庄道兄先来多日，定然知道，我们去玩一玩，好么？”二人点头称善，一同离了奥区，先往兔儿崖走了一遭。见崖上洞府甚是清幽雅净。金蝉嫌奥区黑暗，人英又将各室悬的星光收走，青囊仙子曾约米、刘二矮来此传授妖幡用法，此时不归，想是为了三人借居之故，主张移居玄霜洞内。好在三人除身以外，俱无长物，决定了移居之后，因见星月交辉，又往别外游了一会，才行回洞打坐。

到了午夜过去，笑和尚运用玄功，将真气转透三关，连坐完了两个来复，觉得身心异常舒泰。想起借用金蝉这口宝剑，虽已运转精熟，到底还是比不了自己的无形剑，用过多年苦功，可以随意变化，出神入化。又见洞外月朗星明，景物幽静，想到外面崖前练上一回。回看金蝉、庄易，俱在瞑目入定，便不去惊动他二人，径自起身，走出洞外。见月虽不圆，因为立身最高之处，云雾都在脚下，碧空如拭，上下光明。近身树林，繁荫铺地，因风闪烁。远近峰峦岩岫，都回映成了紫色。下面又是白云舒卷，绕山如带，自在升沉。月光照在上面，如泛银霞。时有孤峰刺云直上，蓊莽起伏，无殊银海中的岛屿，一任浪骇涛惊，兀立不动。忽然一阵天风吹过，将山腰白云倏地吹成团片，化为满天银絮，上下翻扬。俄顷云随风静，缓缓往一处挨拢，又似雪峰崩裂，坠入海洋，变成了大小银山，随着微风移动，悬在空中，缓缓来去。似这样随分随聚，端的是造物雄奇，幻化无穷，景物明淑，妙绝人间，比那日英琼对月，又是一番境界。这般清奇雅丽之景，漫说难于形诸笔墨，也不能绘以丹青，作者一支秃笔，仅能略述梗概，尚未穷其万一。闲言少叙。

且说笑和尚振衣绝顶，迎着天风，领略烟云，心参变化，耳得目遇，无非奇绝，顿觉吾身渺小，天地皆宽，把连日烦襟祛除净尽，连练剑都忘却了。正在越看越舍不得离开，猛想：“如此灵山胜域，纵无异人寄迹，亦定多有仙灵来往，怎么连日除遇青囊仙子和新来不久的严、庄二人，并无多士，难道偌好灵山，只供妖尸盘踞么？好在还有几日不走，明日会同金蝉、庄易二人，且去搜寻一下，或有奇遇，也未可知。”

刚想到这里，倏见下面崖腰云层较稀之处，似有极细碎的白光，似银花一般，喷雪洒珠般闪了两下。要是别人，早当是月光照在白云上的幻景。笑和尚幼随名师，见闻广博，何等机警，一见便知有异。心想：“日里俱驾剑光往来，崖下还不曾去过。适才所见，明明是宝物精光，破云上烛，岂可失之交臂？”想到这里，更不怠慢，急驾剑光，刺云而下。到了崖脚一看，这一面竟是一个离上面百余丈高的枯竭潭底，密云遮蔽崖腰。虽不似上面到处光明如昼，时有月光从云隙里照将下来，景物也至幽清。满崖杂花盛开，藤蔓四垂，鼻端时闻异香。矮松怪树，从山左缝隙里伸出，所在皆是。月光下崖壁绿油油的，别的并无异状。再往银光发现之所仔细找寻，什么迹兆都无。悄悄潜伏在侧，静候了好一会，始终不曾再现。

又一会，云层越密，雾气湿衣，景物也由明转暗，渐渐疑是自己眼花。还想再候一会，忽然下起雨来，又闻得上面金蝉相唤之声，觉着无可留恋，便驾剑光飞身直上。行近崖腰云层，劈面一阵狂风骤雨，幸是身剑相合，没有沾湿僧衣。到了上面一看，依然月白风清，星光朗洁。金蝉早迎上前来，问他到下面去则甚，可有什么好景物？笑和尚便将适才所见说了。金蝉道：“你说得对，这样仙山，必有异人怀宝潜藏，明日好歹定要寻他一寻。”庄易闻言，过来用树枝在月光地下写道：“我自随妖尸不久，常于夜晚在灵玉崖闲眺，时见银光在云海里飞翔，一瞬即逝，知有异人在此，几次追踪，没有追上。后来见严道兄用的剑光也是银光，以为是他，见面匆促，没有细问。适才听笑师兄所说，那光华仿佛是洒了一堆银花，这才想起除妖夺玉时，所见严道兄的银光似一条匹练，与此不类。我们如过于加紧追寻，恐宝物警觉遁去。笑道兄既然记准了地方，我每次观察宝物出现，多在午夜以后顷刻之间，地点也在这附近一带。现在时间已过，莫如暂不惊动。明早先下去端详好了地势，看看有无可异之处。等到晚来宝物出现时节，上下分头埋伏准备，稍显痕迹，便跟踪寻找。难道它还胜过青索，怕它跑上天去不成？这时仍以少说为是。”笑和尚、金蝉听了，点头称善，便丢下这个不谈，同赏清景，静候天明。

转眼东方有了鱼肚色，极东天际透出红影。三人都巴不得早些天明，谈笑之间，一轮朝日已现天边。一边是红日半规，浮涌天末；一边是未圆冰轮，远衔岭表，遥遥相对，同照乾坤。横山白云，也渐渐散去，知道下面雨随云收。山居看惯日出，夜间清景已经看够，志在早些下手觅宝，无心观赏日出，天甫黎明,便一同飞身下去。宿雨未干,晓雾犹浓。三人到了下面,收去剑光,端详地势,不时被枝藤露水弄了个满身满脸。朝阳斜射潭底,渐渐闻得岩石缝间矮树上的蝉鸣,与草地的虫声相为应和。知了唧唧,噪个不住。从笑和尚所指方向仰视,峭壁排云,苔痕如绣,新雨之后,越显肥润。间以杂花红紫,冶丽无俦,从上到下,碧成一片。仅只半崖腰上,有一块凸出的白圆石,宛如粉黛罗列,万花丛里,燕瘦环肥,极妍尽态。

昨晚笑和尚因下来匆忙,只顾注意潭底,那地方又被密云遮去,没有看到。这时一经发现,三人不约而同,又重新往上飞去。落到石上一看,孤石生壁,不长寸草,大有半亩,其平若倚。一株清奇古怪,粗有两抱的老松,从岩缝中轮囷盘拿而出。松针如盖,刚够将这块石头遮荫。石头上倚危崖,下临绝壑,俱是壁立,无可攀援,决非常人足迹所能到达。细看石质甚细,宛如新磨。拔去壁上苔藓一看,石色又相去悬殊,仿佛这块石头并非原来生就,乃是用法术从别的地方移来一般。三人当中,笑和尚见闻较广,早已看出有异。金蝉、庄易二人也觉奇怪。那石又恰当昨晚笑和尚发现银花的下面,便猜宝藏石中,和尉迟火得那灵石仙乳万载空青及灵玉崖温玉一样。先主张剖石观看,又因那石孤悬崖腰,将它削断,既恐坏了奇景,又恐坠落下去,损了宝物;不削断,又不知宝物藏在石的哪一端。正在彼此迟疑不决,金蝉一面说话,一面用手去揭那挨近石根的苔藓,揭来揭去,将要揭到古松着根的石罅隙边,笑和尚道:“蝉弟真会淘气,苔藓斑驳,多么好看,已经看出这石不是崖上本生,何苦尽去毁残则甚?”

正说之间,猛听金蝉大喝一声道:“在这里了!还不与我出来!”一言未了,倏地从树根罅隙里冒起一股银花,隐隐看见银花之中,包裹着一个赤身露体、三尺多高的婴儿,陨星飞雪一般,直往崖下射去。三人一见,如何肯舍,忙驾剑光跟踪追赶。到了崖底一看,已经不知去向。金蝉直怪笑和尚、庄易不加小心,被他遁脱。笑和尚道:“我看那婴儿既能御光飞行,并非什么宝物。那银花正而不邪,定是他炼的随身法宝。只是他身上不着寸缕,又那般矮小,只恐不是人类,许是类乎芝仙般的木石精灵变化,也说不定。好在他生根之处,已经被你发现,早晚他必归来,只需严加守候,必然捉到无疑。假如我所料不差,又比芝仙强得多了。”

金蝉道:“适才我因看出石色有异,便想穷根究底,看那块石头是怎生支上的。只要找着线索,便可寻根。你偏和庄道兄说宝藏石中,我又防宝物警觉,未便嘱咐。其实我揭近根苔藓时,已仿佛见有小孩影子一闪了。我仍故意装作不见,原想声东击西,乘他不备,抢上前去。后来我身子渐渐和他挨近,猛一纵身,便看见他两手抱胸,蹲伏在树根后洞穴之中,睁着两只漆黑的眼睛望着外面。先一见我,好似有些害羞,未容我伸手去捉,只见他两只手臂一抖,便发出千点银花,从我头上飞过,冷气森森,又劲又寒,我几乎被他冲倒。随后再追,已经晚了。你说他与芝仙是一类,依我看,不一定是。因为我和芝仙平时最是亲热,它虽是天地间的灵物,到底是草木之精英所化,纵然灵通善变,周身骨肉柔而不刚,嫩而不健。我们爱它,常时也教它些本门吐纳功夫,它却别有长进,与我们不同。而且见了刀剑之类就怕,不能练剑。适才所见小孩,虽然看似年轻,却甚精炼,体健肉实,精华内蕴。若非人类修炼多年,得过正宗传授,不能到此。看神气颇和你我相类,怎能说是草木精灵所化?他昨晚既有心显露,今日与我初见时,又那般乐呵呵的。如存敌视,我适才未想到他如此厉害,丝毫没有防备,要想伤我,易如反掌。既不为仇,何以又行避去?只怪我太忙乱了些,果真快一步,未必不可以将他拦住。否则先打招呼,和他好好他说,也许知他来历用意。如今失之交臂,岂不可惜?"

笑和尚道:"如照你所说,他要是有本领来历的高人,必有师长在此,待我向他打个招呼。"便向崖上大声说道:"道友一身仙气,道术通玄,定是我辈中人,何妨现出法身,交个方外之友?我们决无歹意,不过略识仙踪,何必拒人千里,使我们缘悭一面呢!"说了两回,不见答应。又一同飞回石上,照样说了几遍,仍无应声。再看他存身的树根石隙,外面是藤蔓香萝掩覆,一株老的松树当门而植,壁苔长合,若从外看,简直看不出里面还有容身之所。再披藤入视,那罅隙宽只方丈,却甚整洁,松针为蓐,铺得非常匀整。靠壁处松针较厚,拱作圆形。三人恐有变故,早将剑光放出,光华照处,隐隐看见石壁上有一道装打坐的人影子,身材比适才所见婴孩要大得多,此外空无所有。又祝告了几句,仍无动静。

金蝉提议,分出庄易在崖底防守,笑和尚在崖顶瞭望,自己却埋伏在侧,一有动静,上中下三面一齐会合,好歹要知道他到底是人是宝,不然决不甘休。分配已定,一直等到天黑,仍无动静。因为再过一会,便是笑和尚发现银光之时,庄易往常所见,也差不多是这时候,所以并不灰心,反而聚精会神,守候起来。谁知半夜过去,依然是石沉大海,杳无影踪,而转眼天将黎明。今晚不比昨晚清明,风雾甚大。崖顶上笑和尚因为地位最高,有时还能看见星月之光。崖下庄易立身最低,也不过是夜色冥蒙,四外一片漆黑。惟独苦了金蝉，身在崖腰危石上面，正当云雾最密之处，不多一会，衣服尽都沾湿。虽然修道之人不畏寒侵，又生就一双慧眼，可以洞察隐微，到底也是觉得气闷难受。

天光明后，知道暂时不会出现，便招呼崖上笑和尚与崖下庄易，同到危石上面。因为浑身透湿，又沾了许多苔藓，甚是难看，便对笑和尚道："这东西想是存心避着我们。你一人且在这里，不要走开。容我去寻一溪涧，洗上一个澡儿，就便将衣衫上面的五颜六色洗去，趁着这热天的太阳，一会就晒干了。今晚他再不出现，我非连他的窝都给拆了不可。"笑和尚、庄易见金蝉一身通湿，沾满苔痕，说话气愤愤的，鼓着小腮帮子，甚是好笑。

等金蝉走后，笑和尚和庄易使了个眼色，然后说道："蝉弟虽然年幼，从小便承掌教夫人度上九华，修炼至今，怎么还是一身孩子气？穴中道友耽于静养，不乐与我们见面，就随他去吧，何苦又非逼人家出面不可？少时他回来，他一人去闹，我们已守了一天一夜，且回洞歇息去吧。"庄易会意，点了点头。二人一同飞身上崖，且不入洞，各寻适当地位藏好，用目注定下面。约有半盏茶时，先见危石松树隙后，似有小人影子闪了一下。不一会，现出全身，正与昨晚金蝉所见小孩相类，浑身精赤条条，宛如粉妆玉琢。乌黑的头发，披拂两肩。手上拿着一团树叶，遮住下半身。先向上下左右张望了一下，倏地将脚一顿，直往天空飞去。日光之下，宛似洒了一溜银雨。笑和尚也不去追赶，径对庄易道："果然金蝉弟所料不差，这小孩确非异类。看他天真未凿，年纪轻轻，已有这么大本领，他的师长必非常人。只不明白他既非邪教，何以不着衣履？这事奇怪，莫非此人师长没有在此？昨晚蝉弟守株待兔，他却仍在穴内，并未走开，如非岩下另有间道，必是用了什么法术，将我等瞒过。如今我们已看出他一半行径，只需趁他未回时，到他穴内潜伏，便可将他拦住相见。如能结为好友，或者拉他归入本门，也省得被异派中人网罗了去。"说罢，同了庄易，飞回悬石，潜身树后穴内藏好，暗中戒备，以防又和昨日金蝉一样，被他遁走。

又待有半个时辰过去，忽听风雷破空之声，往石上飞来。笑和尚见金蝉回转，恐他警觉小孩，自己又不便出去，正想等他近前，在穴口与他做个手势，叫他装作寻人上去时，金蝉已经收了剑光，落到石上，脸上带着一脸怒容。一眼看见笑和尚在穴口探头，便喊道："笑师兄，你看多么晦气，洗个澡，会将我一身衣服丢了。"

笑和尚一看，金蝉穿着一身小道童的半截破衣服，又肥又大，甚是臃肿难看，果然不是先时所穿衣履。因已出声相唤，只得和庄易一同走出问故。金蝉道：“我去寻溪涧洗衣浴身，行至灵玉崖附近，见下面马熊、猩猿正在撕裂人尸，因为日前才行告诫，怎的又残杀生灵？便飞身下去，想杀几个示儆。那些猩、熊一见我到，竟还认得，纷纷欢呼起来。我心里一软，手才慢了一些，否则又造了无心之孽。原来它们所撕的，竟是那日所斩的妖童，它们也未嚼吃人肉，只不过撕裂出气，它们身受其害，也难怪它们。我只略微警戒几句，逼着它们扒土掩埋。

“我又见那妖童所穿衣服虽剩半截，又有泥污，因为猩猿是给他先脱下来再撕裂的，尚是完好。又见一只小猩猿穿着一条裤子，更是干净。想起昨日所见小孩赤身露体，我便将这身衣裤取来，打算见时送他。到了灵玉崖那边，寻着溪涧，连我衣服，一齐先洗净，择地晒好。还恐猩、熊们无知淘气，乘我洗澡时取走，特意还找了几个猩、熊来代我看守。马熊还不觉怎样，那些猩猿竟是善解人意，不但全明白我所说的话，还做出有人偷盗，一面和来人对敌，一面给我送信的样子。我逗了它们一会，安心乐意，洗了一个痛快澡。因为那水又清又甜，不舍起来，多耽延了一会。忽听猩、熊咆哮呼啸，先以为它们自己闹着玩，没有想到衣服上去。及至有两个跑下来做手势唤我，赶去一看，我的一身衣服已不知去向，只剩下这妖童所穿的半截道袍和一条裤子，业已快干。我大怒之下，既怪它们不加小心，又疑猩猿监守自盗。后来见猩猿俱举前爪，指着崖这面的天上，日光云影里，隐隐似有些微银星，一闪即逝。才想起是那小孩，见我们昨晚守候在此，不让他归巢，怀恨在心，暗中跟来，将我衣服盗去。否则那猩、熊固然无此胆子，那样凶猛精灵的野兽，平常人物也不敢近前呀。总算他还留了后手，要是连这一身一齐偷去，我也要和他一样赤条精光了。”

第一一九回

涤垢污　失衣逢异士
遭冤孽　辟石孕灵胎

笑和尚、庄易闻言，好生发笑。笑和尚对金蝉道："这都是你素常爱淘气，才有这种事儿发生。适才你走后，我们想看一看这穴壁上的人影，才到，你便飞回。这位小道友既避我们，必然不会出面。这身衣服送给他，交个朋友，有何不可？如嫌这身衣服不合适，好在为期还有数日，我二人陪你回转凝碧崖，换上一件，再去百蛮，也不至于误事。我们无须在此呆等，且回崖上去商谈吧。"笑和尚原是故意如此说法，好使那小孩不起疑心，仍用前策行事。金蝉不明言中之意，听了气愤愤说道："衣服事小，若是明送，休说一件，只要是我的，除却这两口飞剑，什么都可。他却暗取，让我丢人，不将衣服收回，日后岂不被众同门笑话？他如不将衣服送还，或者现身出来与我们相见，我早晚决不与他甘休。"笑和尚又再三相劝，说包在自己身上，将衣服寻回，这事太小，还有要事，须回洞中商议，才将金蝉拉了一同飞上崖顶。先和庄易说了几句耳语，然后高声说道："庄道兄，你和华仙姑相熟，你可到奥区去看她回来不曾？"

说完，等庄易走后，又拉金蝉同往洞中。金蝉便问笑和尚："你如此做作，是何缘故？"笑和尚道："我适才和庄道兄亲见那小孩现身，同往树后石穴守候，无心中看见对崖有一通天岩窗，外有萝树隐蔽，埋伏在彼，甚是有用。那小孩虽然现在还断不定他的家数，可是质地本领俱非寻常，恐防异派中人网罗了去。又因他异常机警，恐被觉察，不便在石上商量，请庄道兄借着探望华仙姑为名，绕道往对面岩窗埋伏。他既盗你衣服，存心与你作耍，必然还要再来。我们只需装作没有防备，等他来到临近，才行下手，将他收服。即使被他遁回穴内，庄易已经由对崖转往他存身的穴内隐藏，三面一齐下手，何愁不能将他擒住？昨晚你在他穴旁等了一夜，他却另由间道回去，不再出现。如仍在那里守候，岂非守株待兔么？"金蝉闻言，点头称善。

先在洞中等候了一阵，随时留心，并没什么动静。金蝉耐不住，又拉了笑和尚装作崖前游玩，举目下视，石上仍无小孩踪影。对崖看不见庄易，知道他藏处必甚隐秘。算计小孩出现，定在晚间，只得走回洞去。路上金蝉悄对笑和尚道："这厮如老不出现，到了我们要去百蛮山时，岂不白费心思？"笑和尚正说不会，忽然一眼望到洞中，喊一声："快走！"首先驾剑光飞入洞去。金蝉也忙驾剑光，跟入一看，洞门石上，放着自己适才失去的那件上衣，裤子却未送还。四外仔细一寻，哪有丝毫人影。笑和尚想了一想，对金蝉道："我明白了，此人早晚必和我们做朋友。他明明是因为赤身露体，羞于和我们相见，所以将你衣服盗去。后来你在石上一骂，他恐你怀恨，坏他洞穴，所以又将上衣给你送还。只不懂此人虽然幼小，已有如此神通，他的师长必非常人，何以他连衣服都没一件？以我三人之力，用尽方法，俱不能查出他的踪迹，始终他在暗处，只能以情义结纳，收服之事，恐非容易。姑且先不将庄道兄唤回，等你将自己衣服换了，待我将这一件送到石上，和他打个招呼，看看如何，再作计较。"

说罢，将金蝉换下那件半截道衣拿了，回身到了石上，对穴内说道："小道友根器本领，我等俱甚佩服。我师弟一身旧衣，既承取用，本可相赠，无奈游行在外，尚有使命他去，无可穿着。今蒙道友将上衣送还，反显我等小气了。现有半截道衣一件，虽然不成敬意，权供道友暂时之需。如荷下交，今晚黄昏月上，我等当在崖上洞中相候。否则我等在此已无多日，事完之后，当为道友另制新衣，前来奉约如何？"说罢，将衣挂在松树上面，仍返洞内。

没有多时，庄易也飞了回来，金蝉便问可曾见那小孩。庄易往地上写道："先并未见他出现。后来二位道兄到石上与他送衣，通白走后，才凭空在石上现身，也未看出他从哪里来的。身上穿着齐道兄那条裤子。先取那半截衣服试了试，他人本矮小，那条裤子虽是短裤，他穿了已差不多齐着脚面，这半截道衣虽不拖地，却是太肥大，实在不成样子。他试了又试，好似十分着急，忽然脸上一变，带着要哭的神气，拿了这半截衣服，径回穴内去了。我见二位道兄适才那般说法，自忖一人擒他不住，也未曾过去惊动，就回来了。"话还未完，金蝉早跑了出去。笑和尚知道金蝉去也白去，并未在意，只和庄易一个用手，一个用口，互相计议，怎样才能和那小孩见面。

谈有顿饭光景，忽听金蝉与人笑语之声，由崖上传来。出洞一看，见金蝉裤子也换了原来所着，同着一个罗衫芒履，项挂金圈，比金蝉还矮尺许的幼童，手拉手，一同说笑欢跃走来。定睛一看，正是适才石上所见的小孩，生得面如凝玉，目若朗星，发际上也束着一个玉环，长发披拂两肩，玉耳滴珠，双眉插鬓，虽然是个幼童，却带着一身仙气。笑和尚与庄易俱都喜出望外，忙着迎了上去。金蝉欢笑着，给二人引见道："这是我新结交的石兄弟，他名叫石生，他的经历，我只知道一半。因为忙着要见二位道兄，给他装扮好了，就跑来，还没听完。且回洞去，等他自己说吧。他还说要同我们去百蛮山呢。"

那石生和三人都非常亲热，尤其是对金蝉，把哥哥喊了个不住口。大家兴高采烈，回至洞中坐定，细听石生讲述经历。才知石生的母亲，便是当年人称陆地金仙、九华山快活村主陆敏的女儿陆蓉波。陆敏原是极乐真人李静虚的未入门弟子。九华快活村陆姓是个首富，到了陆敏这一辈，几房人只有陆敏这个独子，幼年酷好武艺，专喜结纳方外异人。成家以后，父母叔伯相继去世，陆敏一人拥有百万财富，益发乐善好施，义名远播。因为尚无子息，家务羁身，不能远方访友。于是广用金帛，派人出外，到处约请能人，到快活村教他本领。自古只闻来学，不闻往教，异人奇士，岂是区区金银所能打动。凡来的人，差不多俱是些无能之辈。陆敏并不以此灰心，只要来的，不管有无真实本领，莫不以礼相待。他这千金市骏骨的办法行了数年，终无影响。幸而他为人饶有机智，长于经营田产，并不因食客众多，而使家道中落。

有一年闻得黄山出了一个神尼，在天都峰结茅隐居，善知过去未来，因为相隔甚近，悄悄独自一人前去拜访。起初不过想问一点休咎，也是合该仙缘凑合。他裹粮在黄山寻了数日，把天都峰都踏了个遍，并无神尼踪影。以为传闻之误，正要回去，行至鳌鱼背附近，不知怎的，一个失足，坠落悬崖下面。此时他虽不会道术，武功已甚了得，坠到悬崖中间，抓着一盘春藤，侥幸没有葬身绝壑。当他失足坠落之时，看见一道光华，由侧面峰头疾如闪电飞来，等他抓住了壁上春藤，又倏地飞了回去。陆敏攀藤上崖，惊魂乍定。想起这道光华，颇似江湖上传说的飞剑。异人咫尺，岂可当面错过，便息了回家之念，径往侧面文笔峰上下寻找。仅见峰顶危石旁边，放着一个石丹炉，一个蒲团。日前没有走到危石前面，所以不曾发现。这一来，更证实了所见不差。连在峰顶候了数日，把干粮俱都吃尽，终不见剑仙踪迹。心知这般呆等，决无效果，故意装作粮尽回去，口里自言自语，埋怨剑仙拒人太甚，此番决计回去，心中却逐处留神。时当三四月间，遍山俱是果树，一路采了些充饥，连头也不回，径往峰下走去。其实他沿路采果耽搁，并未走出多远。那峰笔立千丈，途径极为难走。由上到下，须要攀藤扶树，绕峰旋行。渐渐转行到危石下面，上下相隔，不过两丈来高，倏地施展轻身功夫，一个鹞子翻身，出其不意，直跃上去。果然看见一个中年女道姑，面对丹炉，端坐蒲团上面。才一照面，便放起一团光华，连身带丹炉一齐罩住。近身数尺以外，眩眼生花，冷气瘆人毛发。陆敏不敢再进，只得向前跪下，低声默祝。道姑始终不走，光华也未撤去。一会丹炉里面放出火花，颜色由红转黄，由黄转白，变幻不定。

陆敏跪了一天一夜，直到第二日正午，直跪得形骸皆散，痛楚非常，将要委顿不支。忽见丹炉内一道青焰冲起，炉顶焰头上结着一朵五色莲花。同时光华收处，道姑现身，伸手在丹炉内取出一粒丹药，清香袭人。炉中火焰莲花，也都不见。那道姑缓缓起立，对陆敏道："居士请起说话。"陆敏见已肯和他说话，知道有望，精神一振，痛楚全忘。哪里敢立起身来，越发虔敬，跪请收录。道姑道："居士义侠，本是我辈中人，无奈贫道门下不便收容。且请起来，当为设法如何？"陆敏不敢再为违拗，好容易勉强起立，腰腿都酸疼得要断。道姑道："居士生长膏粱富厚之家，却有这般诚心，委实难得。这里有丹药一粒，服了下去，可解痛苦。以居士根骨而论，原是上品，只可惜纯阳之质已丧，纵有奇缘，难参正果罢了。你且回去，一月之内如有异人来访，倘蒙收录，纵不能置身仙佛，将来亦可解脱尘孽，千万不要错过。"

陆敏躬身接过丹药服下，不消一会，果然神清气爽。重又跪谢，苦苦哀求，并问法号。道姑道："贫道餐霞，日前采来灵药，欲在此峰炼丹，见有一人失足坠崖，前去援救。不料你竟会武功，坠至中途，攀藤而上。因此现了行迹，被你跟踪寻来。我因与你无缘，本不想见你。一则见你意念虔诚；二则预定时机，不便错过。明知你必去而复转，只是正当发火时候，不能与你分说，倒累你跪在风露之中，受了许多苦楚。将访你的那位金仙，是贫道的前辈，已经快成正果，胜似贫道百倍，与你别有一种因果。急速回去，准备静室迎候吧。"陆敏情知仙人不会诳他，再求也是无益，便道谢拜辞而去。到了家中，将所有江湖上宾朋，俱都设辞多送金银遣开。另辟了一间净室，每日在村前恭候。

过了半月光景，果然来了一位长身玉立，仙风道骨的道人。陆敏看出有异，慌忙下拜。那道人也不客气，径由陆敏迎接到了净室之中。屏退从人，跪问姓名，才知道人便是名驰八表的极乐真人李静虚，因为成道在即，要五方五行的精气凝炼婴儿。这次根寻东方太乙精气，循搜地脉，看出九华快活村陆敏后园石岩底下，是发源结穴所在。因为时机还差月余，便道往黄山闲游，遇见餐霞大师上前拜见，谈起陆敏如何向道真诚。极乐真人道：“我因门户谨严，虽有几个门徒，魔劫尚多，未必能承继我的衣钵。陆某质地虽佳，已非纯阳之体。不过既借他家采炼太乙精气，总算与我有缘。且俟到日后，我亲去查看他的心地如何，再行定夺吧。”餐霞大师原是极乐真人的后辈，见真人并未峻拒，知道有望，不敢再多说。因怜陆敏虔诚，略示了一点玄机。由此陆敏便从极乐真人学了一身道法和一种出奇的剑术，只是正式列入门墙，未蒙允许，只算作一个循墙未入室的弟子罢了。陆敏自得仙传，当时看破世缘，便想弃家学道。反是极乐真人说：“世上无不孝的神仙，你家嗣续尚虚，又早坏了纯阳之体，非超劫转世，不能似我平地飞升。即使要出家静修，完成散仙功业，也须等有了嗣续以后。”

陆敏不敢违拗，且幸往黄山时，妻子便有了身孕，等到临盆，竟然双生一男一女，不由心中大喜。这时极乐真人已经将法炼成别去，陆敏便将抚育儿女之事交托妻子，独自在静室之中勤苦用功。他那子女，男的单名叫达，女的叫作蓉波，俱都生得玉雪可爱，聪敏非凡。蓉波尤其生有夙根，自幼茹素，连奶子都不吃荤的。等到长到十来岁光景，每当早晚向陆敏室中问安之时，必定隔户跪求学道。陆敏此时已是大有精进，家中虽然一样有求必应，广行善举，自己本人，却是推说远游在外，杜门却扫，连妻子儿女都不常见面。后来看出蓉波小小年纪，不但根器极好，向道尤其真诚。心想：“神仙也收弟子，何况亲生。”渐渐准她入室，教些入门功夫。蓉波竟非常颖悟，一学便会。陆敏自是心喜。

又过了几年，见儿子已经成人，嗣续无忧，家声不致废堕，索性带了蓉波，出门积修外功，交结剑仙异人。隔个五七年，有时也回家看望一次。因爱莽苍山兔儿崖玄霜洞幽静，便以那里为久居之所。陆敏常以自己坏了纯阳之体，遇着旷世仙缘，仍不能参上乘正果，引为终身恨事。所以对于蓉波非常注意，几次访着极乐真人，代她求问将来，俱没有圆满答复。气得蓉波赌神罚誓：如坠情孽，甘遭天谴。最末一次见面，极乐真人对蓉波道：“你志大力薄，孽重缘浅，甚是可怜。我给你一道灵符，作为保身之用吧。”蓉波跪谢领受之后，极乐真人便不再见。陆敏不再回家去，父女二人隐居玄霜洞，一意修持。有时出门积修点功行，原无甚事。

偏偏这一年，南海聚萍岛白石洞凌虚子崔海客，带了虞重、杨鲤两个门人闲游名山，行至莽苍山，与陆敏父女相遇。凌虚子原是散仙一流，陆敏昔日带了蓉波往东南海采药，曾经见过两面。多年不见，异地重逢，又有地主之谊，便留他师徒盘桓些日。凌虚子本爱莽苍山风景，又经陆敏殷勤留住，便在玄霜洞住了下来。凌虚子喜爱围棋，益发投了陆敏的嗜好，每日总要对弈一局。虞重生性孤僻，沉默寡言，虽在客居，每日仍是照旧用功，一丝不懈。杨鲤却是凌虚子新收弟子，年才十六七岁，生得温文秀雅，未言先笑，容易与人亲近。又是入门未久，一身的孩子气，与蓉波谈得来。仙家原无所谓避忌防闲，杨鲤贪玩，蓉波久居莽苍，童心未退，自以识途老马自命，时常带了杨鲤各处游玩。

这日两人又在洞前闲眺，见下面云雾甚密。杨鲤道："此崖三面都有景致，惟独这一面笔立千寻，太过孤峭了。"随便谈说，两人并未在意。后来又一同去南山一带闲游，看见一条大溪中，兀立着两块大石，温润如玉。蓉波猛想起杨鲤之言，便对他道："你不是嫌我们洞前崖壁大过孤峭么，我将这石运回去，给它装上，添些人迹难到的奇景如何？"杨鲤年轻喜事，自然十分赞同。彼时崖壁下面，还有瀑布深潭。二人商量好了形势，便由蓉波用法术将大石移去一块，就在瀑布泉眼下面，叱开崖壁插入。又移植了一株形如华盖的古松。那石突出危崖半腰，下面是绝壁深潭，头上瀑布又如银帘倒卷，白练千寻，恰好将那块石头遮住，既可作观瀑之用，又可供行钓之需，甚是有趣。二人布置好后，坐谈了一会，回洞各向师父说了，也都付之一笑。

第二日蓉波做完早课，不见杨鲤，还想给那块石头添些花草做点缀。到了石上一看，杨鲤正如醉如痴地靠壁昏睡，身旁散堆着许多奇花异卉，俱是山中常见之物。以为杨鲤也和自己是一样心思，并没想到修道之人，怎能无端昏睡？正要上前将他唤醒，忽然看见那些花草当中，有一种从未见过的奇花，形状和昙花一般无二，只大得出奇。花盘有尺许周围，只有一株，根上带着泥土，独枝两歧，叶如莲瓣，歧尖各生一花，花红叶碧，娇艳绝伦。更有一桩奇处：两花原是相背而生，竟会自行转面相对，分合无定。蓉波本来爱花成癖，见了奇怪，不由伸手拾起端详，放在鼻端一闻，竟是奇香透脑，中人欲醉。方要放下，转身去唤杨鲤，忽然觉得一阵头晕目眩，耳鸣心跳，一股热气从脚底下直透上来，周身绵软无力，似要跌倒。知道中了花毒，随手将花一扔，方要腾身飞起，已经不及，两腿一软，仰跌在石头上面，昏沉睡去。

直到日落西山，杨鲤先自醒转。他原是乘早无事，采了些异样花草，想种植在近石壁上。采时匆忙，并未细辨香色，只要见是出奇的便连根拔来。及至到了石上，种没两株，越看那朵大花越觉出奇，拿近鼻间一闻，当时异香扑鼻，晕倒于地。蓉波后来又步了他的后尘。那花名叫合欢莲，秉天地间淫气而生，闻了便是昏沉如醉，要六个时辰才能回醒。轻易不常见，异派邪教中人奉为至宝，可遇而不可求。不想被杨鲤无心中遇见采来，铸成大错，几乎害了蓉波功行性命。蓉波如不随手将花掷落潭底，也不至于险些惹出杀身之祸。虽然因祸得福，到底受了多少冤苦，这些留为后叙。

且说杨鲤一见蓉波跌卧在地，如果稍避嫌疑，回洞去请凌虚子与陆敏来解救，原无后来是非。总是二人相处太熟，只知是中了花毒，想将蓉波唤醒。喊了有十几声，约有半盏茶时，蓉波才得醒转。再找那花，已经不知去向。还等种植余花时，忽听陆敏在上面厉声呼唤。二人飞身上去一看，才知南海来人，说岛中有事，请凌虚子师徒急速回去。相处日久，彼此自不免有些惜别。蓉波见陆敏送客时节面带怒容，当时既未在意，也忘了提说中了花毒之事。

从这日起，蓉波兀自觉得身上不大自在，渐渐精神也有些恍惚，心神不定，做起功课来非常勉强。又见陆敏每日总是一脸怒容，愁眉深锁，对自己的言动面貌，非常注意，好生不解。几次想问，还没出口。这日又到了那块石上闲眺，想起前事，暗忖："我虽中了花毒，昏迷了几个时辰，但是既能醒转，当然毒解，怎么人和有病一般，身体上也有好些异样，每日总是懒懒的，无精打采？"想了一阵，想不出原因，便随意卧倒在石上，打算听一会瀑声，回去请问她的父亲。

身才躺下，便听崖上一声断喝："无耻贱婢，气煞我也！"一言未了，一道银光，如飞而至。蓉波听出是父亲陆敏的声音，心想："父亲近年来很少呵责自己，今日为何这般大怒，竟下毒手？"这时蓉波处境危机一发，已不容多加思索，忙将自己平时炼的飞剑放起抵御。一面高声问道："女儿侍父修道，纵有过失，也不应不教而诛，为何竟要将女儿置诸死地？"言还未了，只见对面银光照耀中，陆敏厉声骂道："无耻贱婢，还敢强辩！昔日恩师极乐真人常说你孽重缘浅，成不得正果。我几番要将你这贱婢嫁人，你赌神罚咒，执意不从。你虽修道多年，自是将近百岁的人，竟会爱上一个乳臭未干的黄口孺子，还在我眼皮底下，公然做出这样丑事。我如留你，一世英名，被你丧尽。"说罢，将手一指，千万点银花，如疾风骤雨而至。

原来那日陆敏正和凌虚子对弈，忽然凌虚子一个门人从南海赶来，说岛中出了变故，须要急速回去。陆敏一见蓉波、杨鲤俱不在侧，又见他师徒正在愁烦商议，恍如大祸之将至，知道他二人定在新移大石上观云听瀑，便亲自出洞呼唤，起先并未有什么疑心。及行至岩前，忽听下面杨鲤连唤师姊醒来，声甚亲密，不禁心中一动。想起昔日极乐真人之言，女儿素常庄重，只恐孽缘一到，堕入情魔，不但她多年苦功可惜，连自己一世英名，俱都付于流水。又想起二人连日亲切情形，越觉可疑。连忙探头往下面一看，正赶上蓉波仰卧地上醒转，杨鲤蹲在身旁不远，不由又添了一些疑心。厉声将二人唤了上来，首先端详杨鲤，英华外舒，元精内敛，仍是纯阳之体。心虽放了一半，怀疑蓉波的心理，却未完全消除。暗幸发觉还早，凌虚子师徒就要回去，省却许多心事。送客走后，再看蓉波，虽不似丧失精神元气，总觉她神情举止，一日比一日异样。末后几日，竟看出蓉波不但恍惚不宁，腰围也渐渐粗大，仿佛珠胎暗结，已失真阴。猛想起自己和凌虚子一言投契，便成莫逆，以前相见时短，连日只顾围棋，竟不曾细谈他修行经过。散仙多重采补，莫非他师徒竟是那一流人物？杨鲤这个小畜生，用邪法将女儿元精采去，所以当时看不出他脸上有何异状？越想越对，越想越恨越气。已准备严询蓉波，问出真情，将她处死，再寻凌虚子师徒算账。一眼瞥见蓉波又闷恹恹地往石上飞去，便咬牙切齿，跟在后面。由崖上往下一看，蓉波神态似乎反常，时坐时立，有时又自言自语。后来竟懒洋洋地将腰一伸，仰卧在石头上面。更想起那日所见情景，一般无二，以为是思恋旧好，春情勃发。不由怒火中烧，再也按捺不住，想迅雷不及掩耳，飞剑将她刺死。

蓉波天资颖异，随父名山学道多年，已尽得乃父所传。只所用飞剑出于自炼，不比陆敏的太白分光剑，是极乐真人炼成之后相赠，所以差了一着。偏偏陆敏又是在万分火气头上，一任蓉波悲愤填膺，哀号申诉，一味置之不理，口中怒骂不绝，只管运用剑光，绝情绝义地下毒手。蓉波眼看自己飞剑光芒渐减，危石上下左右俱被银花包围，危机顷刻，连抽身逃遁都不能够。蓉波此时并非惜命，只想辨明不白之冤。一面竭尽精力抗拒，一面不住在剑光中哀号道："爹爹，你纵不信女儿，你只暂为停手，略宽一时之命，女儿绝不逃死，只求说几句话。难道父女一场，这点情分都没有么？"陆敏只是不听，又骂道："一切都是我眼中亲见，你还有何话说？想要乘机逃走，做梦一样。我如不清理门户，也对不起恩师极乐真人。"

第二次又提起极乐真人，猛将蓉波提醒，暗想："昔日师祖曾说我孽重缘浅，赐我灵符一道，以备临危活命，何不取出一试？"想到这里，忙伸手从胸前贴肉处，将灵符取出时，自己那道剑光已是光芒消逝，快要坠落。飞剑一失，便要身首异处，知道危急万分，反正是死，生机只靠在这道灵符上面。惊慌悲愤中，将银牙一咬，也不再顾那口飞剑，运用一口先天真气，朝那道灵符喷去。神一转注，耳听咔嚓之声，蓉波一看飞剑，已经被陆敏剑光绞成粉碎，银光电闪星驰，飞近身来。人到临死，自是忙乱求生。蓉波“哎呀”一声，忙不择地往后便退。倏地一道金光，上彻云衢，从身后直照过来，金光到处，崖壁顿开。蓉波慌忙逃了进去，身才入内，崖壁便合。猛见眼前银光一亮，还疑是父亲剑光追来，悲苦冤愤，拼死逃窜，业已精力交敝，吓得魂不附体，晕死过去。

醒来见穴中漆黑，面前似有银光闪动，定睛一看，竟是自己父亲素常用的那口飞剑。试一运用，竟和往日自己向父亲讨来练习时一般地圆转随心。惊魂乍定，细想前事，知是灵符作用，只猜不透为何要将自己关禁穴内？几番想运用飞剑破壁而出，竟不能够。正在惊疑，忽听壁外隐隐有陆敏的声音说道：“蓉儿醒来没有？适才为父错疑你了。幸而师祖灵符妙用，仙柬说明原因，才知我儿这段宿孽，非在穴中照本门传授，静中参悟三十六年，不能躲过魔孽，完成正果。你此时已有身孕，并非人为，乃是前孽注定，阴错阳差，误嗅毒花合欢莲，受了灵石精气，感应而生。此子将来成就，高出我父女之上，生育以后，务须好好教养。日期不到，因有你师祖灵符封锁，不能破壁出来。你师祖赐我那口仙剑，已因追你时为你师祖灵符收去，现在便转赐给你。日后道成，可再赐给尔子。我现奉你师祖之命，怜我修道多年，有功无过，命我到北海去受寒冰尸解，转劫以后，才能与你相见。玄霜洞尚留有我父女炼的丹药、法宝，将来可一并传授尔子便了。”蓉波闻言，不由放声大哭。陆敏在外，不住劝慰，说是此乃因祸得福，暂时父女分别，毋庸悲伤。蓉波自然禁不住伤心，陆敏又何尝不是难受。父女二人似这样隔着一层岩壁，咫尺天涯，对面不能相见，各自哭诉了个肝肠痛断。终因师命难违，不便久延，陆敏才行忍痛别去。

蓉波由此便在穴中苦修，直到第二十一年上，功行精进，约知未来。算计日期，知道元胎已成，快要出世，才用飞剑开胁，生下婴儿。因秉灵石精气而生，便取名叫作石生。母子二人在穴中修炼，又过了十五个寒暑。石生生具异禀，自然是无论什么，一教就会。只是没有衣穿，常年赤身露体。蓉波将自己外衣用飞剑为针，抽丝当线，改了一身小孩衣帽服饰。又将身上所戴昔日离家时母亲赐给的簪环，用法术炼成了金圈。只暂时不许石生穿戴，另行用法术封锁藏好。临要坐化时节，对石生先说明了以前经过。然后说道：“我面壁三十六年，仗着师祖极乐真人真传，静中参悟，已得上乘正果。如今元神炼成真形，少时便要飞升。我去以后，岩壁便开，你仗着我传的本领，已能出入青旻，翱翔云外。只是修道之人，岂能赤身露体出去见人？我不是不给你衣穿，惟恐我去以后，你随意出游，遇见邪魔外道，见你资质过人，引诱走入旁门。所以暂时不给你衣穿，也不准出山偷盗，坏本门家法。你须记住，此后你便是无母之儿，一切须要好好为人，莫受外魔引诱。但看洞外石上瀑布干时，便是你出头之日。接引你的人，乃是峨眉派掌教真人转劫之子，名叫金蝉，也是一个幼童模样。不见此人，任何人都不许你上前相见。你二人相遇之后，他自会接引你归入峨眉门下，完成正果。”石生听说慈母就要飞升，远别在即，好不伤心难过。

到了这日午夜将近，蓉波重新嘱咐了石生一遍，将飞剑转赐，说明了玄霜洞藏宝所在。然后两手一擦，朝岩壁一照，一阵隐隐雷声过处，岩壁忽然开辟，领了石生，走出穴外大石上面。又移植了许多藤蔓，将穴口遮没，指点石生地势景物。石生初见天地之大，星月景物之美，虽然心中高兴，也免不了失母的悲痛，悲悲切切，随着回转穴内。蓉波硬着心肠，又嘱咐了几句，将后壁一指，飞身上去，立刻身与石合，微现人影。石生一把未拉住，眼看一朵彩云从壁上人影里飞起，上面端坐着一个女婴，与自己母亲身容一般无二，冉冉出穴，飞入云中不见。一阵伤心，独自在穴内望着石像，哭了个力竭声嘶，才行止住。他虽是有一身惊人本领，一则初见天日，二则饱闻乃母警告，所以非常谨慎。先时每日并不外出，望着石影，面壁用功，与乃母在时一般。后来静极思动，渐渐也知拾一些松毛树叶，铺在洞内。每日只盼瀑布流干，好和接引之人相见。

这日正在石上闲眺，忽见崖上似有光华闪动。潜身上去一看，原来是一个女子和三个奇形怪状之人动手。那女子所用紫光非常厉害，手下还养着一只金眼大黑雕，顷刻之间，便将三个怪人杀死。后来竟在玄霜洞住下。石生见不是意中所期之人，甚是闷闷。因听母亲常说各派剑仙家数，猜是峨眉派门下。想向她打听，自己赤身露体，怎能和幼女相见？连日有过两次地震，潭已枯干见底，接引的人还未见来。屡次往北山一带夜游，总发觉有人驾着一道玄色光华，跟踪追赶。几次想和那人见面问讯，想起母亲临去谆嘱，不到出世时节，不准和生人相见，只得避去。独处空山，好不寂寞焦急。生恐将机缘错过，当夜又出去夜游。回来时，云雾甚密，行迹稍微显露了些，差点被崖上的女子发现。

过了三日，忍不住飞上崖去窥探那女子有无同伴。行至洞前，那只金眼大黑雕竟展开一双阔翼飞扑出来。心想："一个大飞禽还有什么，姑且将飞剑放出试试。"竟不能伤那黑雕分毫。又想："一只黑雕已经如此，那女子必更厉害，无怪母亲说外面能人甚多。"恐将洞中女子惊觉，连忙遁了回去。且喜那雕见他一退，并未跟踪追赶。

又等了多日，忽见又是接连一日两次地动山摇，崖上瀑布点滴无存。正盼得两眼将穿，忽有三道光华飞落崖上。内中有一道颇似那日女子所用，疑有接引之人在内。刚要上前探看，那三道光华倏又飞起，也未看清来人模样。到了晚间，自己出外洗完澡回来，竟为崖上之人发觉，跟踪下来寻找。他在石上往下一看，原来是个小和尚，并非预期之人。且喜云雾甚密，没有被他发现。

第一二〇回

两仙童风穴盗冰蚕
四剑侠蛮山惊丑怪

那小和尚在下面找到天明，又喊来两人，内中一个幼童，竟与母亲所说一般无二，不禁喜出望外。原想下去相见，后来一想到自己赤身露体，未免太不雅相；如不下去，又恐错过机会。正在委决不下，忽被金蝉发现那块大石，上来寻找，竟看出行迹，上前擒捉。两下一对面，越发不好意思，慌不迭地驾起剑光逃走。当时并未逃远，他又长于隐形潜迹，众人追他时节，他正潜伏在那块石头底下，乘人不觉，用隐形法回转穴内，望着金蝉等三人商议分路防守，暗暗好笑。几次想和金蝉说话，都是羞于出口。虽知以前母亲给他做过一身衣服，苦于当时未及问明，不知藏在什么地方，遍寻无着，兀自在穴中着急。

直到次日天明，金蝉要去洗澡，那小和尚也唤了那个同伴走开，听二人语气，仿佛对他不甚注意，不久就要离开此山，这才情急起来。暗想："再不露面，定会失之交臂。他去洗澡，也是赤身露体，何不趁此时机，赶去相见？说明以后，再请他弄件衣服穿穿。"想到这里，探头往上下看了看，且喜无人在侧，便驾剑光跟踪而去。因为金蝉先走了好一会，只知照着他飞行的方向追赶，却没料到金蝉半路途中下去警戒猩、熊，取那妖童所遗衣服，无心中听见泉声，换了路径。石生飞了好远，连见下面几个常去的溪涧，并无金蝉踪迹。失望之中，也恐是走错了方向，姑且再往回路找寻，仍未遇见。正行之间，猛见在下方许多猩、熊围着一人在那里咆哮。飞行前去，低头一看，原来是几件衣服，摊在一个石笋上面，远望跟人一样。当时以为是无主之物，衣服主人已享兽吻，自己正无衣穿，乐得拿走。刚刚飞身下去，那数十只猩、熊一见有人抢衣，纷纷怪吼，猛扑上来。论石生本领，这些猩、熊岂值得他一击。一则出世不久，一切言谈行动，无不幼稚，二则不愿杀生害命，急匆匆地抱起便飞。

刚刚升到空中,偶一偏头,看见石后溪涧之中,有人泅泳方欢,定睛一看,正是自己想见之人。再往手上一看,那衣服原本共是两身,急忙之中,随手拿了两件。原想回穴穿好,再从隐处探他三人对自己有无嗔怪之意,然后出面相见。剑光迅速,顷刻回转穴内。穿好一看,因为金蝉一身短装,石生又是初次穿衣,觉得非常满意。正要出穴去见人家,猛想起母亲在日,曾再三嘱咐,说自己家法最严,不准偷盗他人之物,何况偷的又是接引自己之人,不告而取,怎好和人相见?不禁又为难起来。想要送还,又舍不得。正不知如何是好,忽听石上有人说话的声音。侧耳一听,正是金蝉和笑和尚在说失衣之事,并说如不将衣送回,决不甘休。才知上穴还有人在彼守候。金蝉只有一身衣服,恰巧自己取了来,暗幸自己回穴时节,径往下层穴内,没有到上穴里去,未曾被那小和尚堵上。因听金蝉嗔怪,益发添了悔恨,便乘二人不觉,决计将衣服送还,再图相见之地。及至绕到玄霜洞,刚将一件衣服脱下,金蝉、笑和尚已经回转,恐怕撞见,连忙飞回穴内。一会又听金蝉、笑和尚二次到了石上,商量赠衣之事,又感又愧。

等二人去后,才从下穴回到上穴,探头往外一看,大石上面果然无人守候。这才断定,所来三人并无恶意,只不过想和自己交个朋友。不由喜出望外,忙跑出去将所赠衣服拿起就穿。道袍原本宽大,又断去半截,虽然长短还可将就,只是袖子要长出多半,肥胖臃肿,远不如金蝉所穿衣服合身好看,越看越不顺眼。来人走得快,更不容再为延迟。又想起母亲教养恩深,如今天上人间,不知神游何所,自己就要出世,连衣服都没给留一件。想到伤心之处,一时愤极,发了童心,赌气将衣服一脱,奔回穴去,两手抚着壁上遗容,哀哀恸哭起来。

哭没多时,恰好金蝉追来,一眼看见昨日所见的孩子赤着上身,在穴中面壁而哭。恐怕又将他惊跑,先堵住穴口,暗做准备,身子却不近前,远远低言道:“何事如此悲苦?可容在下交谈吗?”说罢,见那小孩仍是泣声不止,便缓缓移步近前,渐渐拉他小手,用言慰问。石生原已决定和来人相见,请求携带同行,只为盗衣之事,有点不好意思。又因慈容行将远隔,中怀悲苦。一见金蝉温语安慰,想起前情,反倒借着哭泣遮羞,一任金蝉拉着双手,也不说话,只管悲泣。金蝉正在劝解之间,忽听四壁隐隐雷鸣,穴口石壁不住摇晃。石生一下地便被关闭穴内多年,知道石壁有极乐真人灵符,以前业已开阖几次,恐又被封锁在穴,不见天日,连忙止了悲泣,道声:“不好!”拉着金蝉,便飞身逃出。忽见一道光华一闪,后面石壁凭空缓缓倒了下来。

二人刚刚飞到穴外石上，将身坐定，那石壁已经倒下丈许方圆大小，落在地面，成了一座小小石台，上面端端正正，坐着一个道姑。石生定睛一看，慌不迭地跑了进去，抱着那道姑放声大哭。金蝉也跟了进去，看那道姑，虽然面容如生，业已坐化多时。听那小孩不住口喊亲娘，连哭带数，知是他的母亲，便随着拜叩了一番。立起身来，正要过去劝慰，猛见道姑身旁一物黄澄澄地发光，还堆着一些锦绣。拿起一看，原来是一个金项圈和一身华美的小衣服，猜是道姑留给小孩之物。忙道："小道友且止悲泣，你看伯母给你留的好东西。"说时先将那件罗衫一抖，打算先给小孩穿上，忽见罗衫袖口内，飘坠下一封柬帖。石生已经看见，哭着过来，先接过柬帖。还未及观看，金蝉已一眼看清上面的字迹。同时穴口石壁上下左右，俱一齐凑拢，隆隆作响。知道不妙，慌忙一把将石生抱起，喊一声："石壁将合，还不快走！"二次出穴，才行站定，又是一道光华闪处，石壁倏地合拢，除穴口丈许方圆石壁没有苔藓外，余者俱和天然生就一般，渺无痕迹。石生见慈母遗体业已封锁穴内，从此人天路隔，不知何年才能相见，自然又免不了一番悲恸。金蝉温言劝慰了好一会，才行止泪。

再细看手中柬帖时，外面只写着"见衣辞母，洞壁重阖；见机速离，切勿延搁"十六个字。再打开里面一看，大意是说：

> 石生的母亲陆蓉波，在穴中面壁苦修多年，静中参悟，洞彻玄机，完成正果，脱体飞升。算准石生出世之日，特以玄功先期布置，使石生临别，得瞻谒遗体。此后由金蝉接引，归入正教，努力前修，母子仍有相见之日。所留衣饰，早已制就，因恐石生年幼，有衣之后，随便见人，离穴远游，错走歧路，所以到日，才行赐予等语。

石生读完，不禁又是伤心。经金蝉再三劝慰，说伯母飞升，完成正果，应当喜欢，何况只要努力向道，还有相见之日。一面说，又给他将上下衣服穿的穿，换的换，金项圈给他戴好。这一来越显出石生粉妆玉琢，和天上金童一般。金蝉交着这么一个本领高强的小友，自然高兴非凡。石生头一次穿这般仙人制就的合体美衣，又加金蝉不住口地夸赞，也不禁破涕为笑。他自出娘胎，除了母亲怜爱外，并未遇见一个生人。自从乃母坐化飞升，每日守着遗容，空山寂寂，形影相吊，好不苦闷。一旦遇见与自己年貌相若，性情投契的朋友，既是接引自己的人，又那般地情意肫挚，哪得不一见便成知己，口中只把哥哥喊不住口，两人真是亲热非常。略谈了一些前事，金蝉起初只想和他交友，不料竟能随他同去，喜得无可形容。为要使笑和尚、庄易听了喜欢，忙着将他脱下的衣服换好，急匆匆拉了他便往玄霜洞走去。

众人见面之后，自是兴高采烈，觉着此行不虚。谈了一阵，石生便去玄霜洞后昔日英琼寄居养病的石室里面，用法术叱开石壁，取出陆敏遗藏的几件法宝。然后又约了金蝉等三人，重到那大石上下观察，见下穴也同时封闭，仙山瘗骨，灵符封锁，不愁有异派妖邪来此侵犯，才行复回玄霜洞坐谈。

金蝉笑问石生，昨日为何隐形回穴，让自己在穴外白等一夜？才知那穴先时只有上层，因为陆蓉波坐化以后，石生时常独自游行，屡次发现有人跟踪，恐怕早晚无意中被人寻到地方，匆忙中不及隐形藏躲。他原会叱石开山之法，偏那石穴有极乐真人灵符作用，仅有一处石脉没有封闭，被他用法术打通，里面竟有极曲折的长石孔，通到大石下面两丈远近。有一石穴，穴口虽只二尺多宽，只能供人蛇行出入，穴内却甚宽广，比上穴还大得多。穴外藤蔓封蔽，苔痕长合，非知底细，拨藤而入，决难发现。而且上下两层，须自己叱石开山，才可通行，所以外人不能发现。

笑和尚道："那日我见蝉弟追你，银光往下飞落，一闪不见，后来又发觉你仍在穴内，便知下面必有路可通，我曾经四处细找，全穴并无缝隙。却不知石弟还会玄门禁制大法，叱石开山。却累蝉弟白白守了你一夜，岂不有趣。"石生忙向金蝉谢过。

金蝉又笑问石生："既是等着了想见之人，何以来了又不肯相见？"石生红着脸，又将赤身怕羞，及见众人势欲擒捉，其势汹汹，拿不准来人用意好坏说了。众人见他天真烂漫，一片童心，俱都爱如手足。金蝉嫌他怕和生人见面，又将如今异派纷起，劫运在即，遇见妖恶，须要消灭，为世人除害，才是剑仙本色，详为解说了一遍。石生道："哥哥你看错了。我怕见人是因守着母训，不到时候之故。不然诸位未来时，我常往灵玉崖窥探，看见妖雾弥漫，早就下手了。"

金蝉闻言，自是越发高兴。再看陆敏给他所留的宝贝，共是三件，倒有两件是防身隐迹之物。一件是两界牌，如被妖法困住，只需念动极乐真人所传真言，运用本身先天真气，持牌一晃，便能上薄青旻，下临无地。一件是离垢钟，乃鲛绡织成的，形如一个丝罩，运用起来，周身有彩云笼罩，水火风雷，俱难侵害。还有一件，乃是石生母亲陆蓉波费三十六年苦功，采来五金之精炼成的子母三才降魔针，共是九根。只可惜内中有一根母针，因为尚未炼成，便因孽缘误会，封锁在穴内，运用起来，减了功效。大家观赏夸赞了一阵。

石生天赋异质，又经仙人教养，从小即能辟谷。其余三人，笑和尚自不必说，金蝉、庄易，俱能服气，原用不着什么吃的。只金蝉喜欢热闹，说想出去采些山果，作一个形式上的庆会。石生也要跟去。笑和尚道："本派同门虽多，只我和蝉弟知己，如今添了石弟，更是一刻都形影不离了。既然去采果子，何不我们大家同去，一则好玩，二则此山佳果甚多，多采一些，也省得遗漏。"说时，金蝉猛道："前在凝碧崖见你时，你拿的那两个朱果，这东西吃了可以长生，乃本山所产。这些日来，忙着除妖，也不曾想起，何妨同去找找？"笑和尚点了点头。当下约定，四人分成两起：金蝉、石生去往山南；笑和尚、庄易却往山北。分途往采佳果，回来聚餐，就便留神寻觅朱果。

先是金蝉、石生飞往山南，四处寻找，并没什么出奇的果子，不过是些特别生得肥大的桃、杏、杨梅、樱、枣之类。路上遇见许多猩、熊，拦住两个猩猿，连叱带问，也问不出什么来。因为笑和尚是往山北去寻朱果，便和石生也往山北飞去。这次飞行较远，归途在无心中飞越一个高峰，一眼瞥见山阴那边愁云漠漠，阴风怒号，嘘嘘狂吼，远远传来。猛地心中一动，想起日前英琼曾说余英男被妖人诓去，代盗冰蚕，以致失陷风穴冰窟之内。后来她将英男救走，始终也不曾将冰蚕得到。反正无事，何不前去探看一回，侥幸得手，也未可知。便和石生说了，同驾剑光，直往山阴飞去。两处相隔，甚是辽远，飞行了个把时辰，才得飞到。

快要临近，便听狂飙怪啸，阴霾大作，黑风卷成的风柱，一根根挺立空中，缓缓往前移动。有时两柱渐渐移近，忽然一碰，便是天崩地裂一声大震，震散开来，化成亩许方圆的黑团，滚滚四散，令人见了，惊心骇目。二人虽驾剑光飞行，兀自觉得寒气侵骨。一两根风柱才散，下面黑烟密罩中，无数根风柱又起，澎湃激荡，谷应山摇，飞沙成云，坠石如雨。试着冲上前去，竟会将剑光激荡开来。幸都是身剑合一，不曾受伤。二人一见大惊，石生忙将离垢钟取出，将二人一齐罩上。金蝉也将天遁镜取出，彩云笼罩中，放起百十丈金光异彩，直往狂飙阴霾中冲去。这天地极戾之气凝成的罡风发源之所，竟比妖法还要厉害。二人虽然仗着这两件异宝护身，勉强冲入阴霾惨雾之中，但是并不能将它驱散，离却金光所照之外，声势轰隆，反而越发厉害。

二人年少喜功，也不去管它。正在仔细运用慧目察看风穴所在，忽见下面危崖有一怪穴，穴旁伏着一个瘦如枯骨的黑衣道人，两手抱紧一个白东西闪闪放光，似在畏风躲避的神气，金光照处，看得逼真。金蝉一见，认定是妖邪，见他见了宝镜金光并不躲闪，不问青红皂白，手一指，剑光先飞将出去。石生自然随着金蝉，也将剑光飞出。眼看剑光飞近道人身旁，倏地道人身上起了一道乌黝黝的光华护着全身，也不逃避，也不迎敌。及至二人飞离穴口较近，那道人忽然高声喝道："来的峨眉小辈，且慢近前。你们无非为了冰蚕而来，这冰蚕已落在我的手中。只因取时慢了一步，正值罡风出穴，无法上去。此物于你们异日三次峨眉斗剑大是有用，我也不来哄骗你们。此时我尚有用它之处，如能借你二人法宝护身，助我上去，异日必将此物送到峨眉。如不相信，今日天地交泰，罡风循环不息，此时罡风初起，还可支持，少时玄冰黑霜，相继出来，再加上归穴狂飙，两下冲荡，恐你二人也难脱身了。"金蝉见那道人喊自己做后生小辈，已是不快。再一听所说的话，意存恐吓，暗想："既能下来，岂难上去？这道人身形古怪，一身鬼气，定是邪魔外道，不要被他利用，中了道儿。"正要开言，那道人又厉声喝道："休要观望，我并不怕你们。前时你同门李英琼来救那姓余的女子，一则仗着时日凑巧，罡风不大；二则有仙剑、神雕相助，侥幸得手。今日窟内玄霜，被我取冰蚕时用法术禁制，才未飞扬。少时地下玄阴之气发动，我的法术不能持久，出穴时比较平常尤为猛烈，你们法宝仅可暂时护身，一不小心，被归来风旋卷入地肺，后悔无及。"

言还未了，忽听穴内声如雷鸣地陷，怪声大作，早有无数风团，卷起亩许大的黑片，破穴而出，滚滚翻飞，直往天上卷去，那穴口早破裂大了数十百丈。那道人直喊："不好！你二人还不快到我跟前来，要被归穴罡风卷入地肺了。"金蝉、石生还要迟疑，就这一转瞬之间，猛听头顶上轰隆轰隆几十声大震，宛如山崩海啸，夹着极尖锐的嘘嘘之音，刺耳欲聋，震脑欲眩，无数的黑影似小丘一般，当头压下。金蝉一看不好，连忙回转宝镜，往上照去。金光照处，亩许大小的黑团散了一个，又紧接着一个，镜上力量重有万斤，几乎连手都把握不住。同时身子在彩云笼罩中，被身侧罡风激荡得东摇西荡，上下回旋，渐渐往穴前卷去。用尽本身真气，兀自不能自主，宝镜又只能顾着前面，那黑霜玄冰非常之多，散不胜散，才知不好。正在惶急，眼看被罡风黑霜逼近穴口，穴内又似有千万斤力量往里吸收。危机顷刻之间，那道人忽然长啸一声，张口一喷，同时两手往上一张，飞出大小数十团红火，射入烈风玄霜之内，立刻二人眼前数丈以外，风散霜消。风势略缓得一缓，那道人接着又厉声喝道："你们还不到这边来，要等死吗？"此时二人惊心骇目，神志已乱，身不由己，直往道人身旁飞去。才得喘息，道人所放出的数十百团烈火，已卷入罡风玄霜之内消逝。同时风霜势又大盛，穴口黑霜时而咕嘟嘟黑花片片，冒个不住，时而又被穴外罡风卷进。

二人持定宝镜，护着前面，不敢再存轻视之意，回问道人来历姓名，分别见礼。那道人道："现时无暇和你们多说。我虽不是你们一家，已算是友非敌。并且你们持有矮叟的天遁镜，可以助我早些脱身，少受玄冰黑霜之苦。此时分则两害，合则彼此有益。我立身的周围十丈以外，已用了金刚护身之法，只是地窍寒飙厉害，不能持久。又恐损害冰蚕，须要早些出去。今尚非时，须等狂飙稍息，我三人用这一只钟护身，用你天遁镜开路，再借我本身三昧真火烧化近身玄霜，避开风头，冲了上去，才能脱离危境。你二人虽有法宝，不善应用。我又无此法宝，起初只想趁今日天地交泰当儿，风平霜止，取了冰蚕就走，没料到这般难法。所以如今非彼此相助不可。"金蝉因道人是个异教中人，虽然尚未尽信，无奈适才连想冲去好几次，都被风霜压回。又见道人语态诚恳，又肯在危机之中相救，除此别无良法，只好应允。

待了有两个时辰，忽然惊雷喧腾中，数十根风柱夹着无量数的黑霜片，往穴内倒卷而入。道人道得一声："是时候了。"首先两手一搓，放出一团红火，围绕在彩云外面，三人一同冲空便起。金蝉在前，手持天遁镜开路。那无量数的大黑霜片，常被旋飙恶飓卷起，迎头打来，虽被镜上金光冲激消散，叵耐去了一层，又有一层。金蝉两手握镜，只觉重有千斤，丝毫不敢怠慢。身旁身后的冰霜风霾，也随时反卷逆袭。尚幸其势较小，石生和那道人防备周密，挨近彩云火光，便即消逝，金蝉不致有后顾之忧，只一心一意，防着前面。由下往上，竟比前时下来要艰难得多。费了不少精神，约有顿饭时候，才由恶飓烈霜之中冲出，离了险地，一同飞往山阳，业已将近黄昏月上。二人见那道人虽然形如枯骨，面黑如漆，却是二目炯炯，寒光照人。手上所抱冰蚕，长约二尺，形状与蚕无异，通体雪白，隐隐直泛银光，摸上去并不觉得寒冷。

正要请问道人姓名来历，那道人已先自说道："你们不认得我，我名叫百禽道人公冶黄。七十年前，在枣花崖附近的黑谷之内潜修，忽然走火入魔，身与石合为一体。所幸元神未伤，真灵未昧，苦修数十年，居然超劫还原，能用元神翱翔宇宙。所居黑谷，四外古木阴森，不见天日，地势幽僻，亘古不见人踪。积年鸟粪，受风日侵蚀，变成浮沙，深有数丈，甚是险恶。任何鸟兽踏上去，万无幸理。我的躯壳，便在那一片浮沙之上的崖腰石窟以内。那日刚刚神游归来，见一女子陷入沙内，救将起来一问，才知她名余英男，乃是阴素棠门下的弟子，因受同门虐待，欲待逃往莽苍山，去寻她的好友李英琼。见那女子生就仙风道骨，根器不凡。目前又听人说起，峨眉门下不久有三英二云，光大门户。内中有一李英琼，座下有白眉和尚仙禽神雕，新近又在莽苍山得了长眉真人遗留的紫郢剑。因为那女子不会剑术，我又正在修炼法体，脱离石劫，不能相送，便指引她一条去莽苍山的捷径。那女子走后多日，我的功行也将近圆满，忽遇多年不见的同门师侄玉清师太打从黑谷路过。招呼下来一谈，才知李英琼早已离却莽苍，归入峨眉门下。余英男因走捷径，路遇妖人，利用她去盗冰蚕，陷身冰窟之内。幸得英琼得信赶去，将她救走。因那冰蚕是个万年至宝，于自己修道甚有用处，功行圆满以后，算明时日生克，造化玄机，赶到此地。刚将冰蚕取到手内，便为霜霾困住，连使金刚护体之法，才得勉强保全。如果你二人不至，须要经受七天七夜风霾之苦，过了天地交泰来复之机，风霜稍息，方能脱难。正在勉强支持，恰遇你们二人赶到。我一向独善其身，对于各派均无恩怨，此番经过数十年石灾苦劫，益发悟彻因果，原不打算相助任何人。只因自己道成，便即飞升，那时冰蚕要它无用。因玉清师太再三相嘱，与你二人相助脱险之德，情愿用完以后，送至峨眉，以备异日之用。”说罢，将手一举，道得一声：“行再相见。”立刻周身起了一阵烟云，腾空而去。

石生道：“这位仙长连话都不容人问，就去了。”金蝉道：“他既和玉清师太相熟，虽是异派，也非敌人，所说想必是真。我们枉自辛苦了一场，冰蚕没得到，真是冤枉。出来时久，恐笑师兄他们悬念，我们回去吧。”二人所采山果，早在风霜之中失却。天已傍晚，急于回去，只得驾起剑光，空手而归。刚刚飞落玄霜洞前，笑和尚、庄易也已飞到。

原来二人照袁星所说神雕昔日得朱果之处寻找，并无踪迹。产果之地，原在灵玉崖左近，已被妖尸谷辰连用妖法倒翻地肺，成了一堆破碎石坑，更是无有。便随意采了一些佳果回洞，久候金蝉、石生不回，知此山地方甚大，岩谷幽奇，多有仙灵窟宅，恐防出事，又往山南寻找，盘空下视，哪有踪影。笑和尚因金蝉剑光带有风雷之声，石生剑光飞起来是一溜银雨，容易辨认，便同庄易飞身上空，盘空下瞩。直到天黑，才见金蝉、石生二人剑光自山阴一面飞来。跟踪回洞一看，二人手上空无所有，一只山果也未采到。问起原因，互说经过。笑和尚一听，大惊道：“你二人真是冒昧，哪有见面不和人说话，就动手之理？听师父说，各异派中，以百禽道人公冶黄为人最是孤僻，虽是异派，从不为恶。他因精通鸟语，在落伽山听仙禽白鹦鹉鸣声，得知海底珊瑚礁玉匣之内藏有一部道书，费了不少心力，驱走毒龙，盗至黑谷修炼，走火入魔，多年苦修，不曾出世。他的本领甚是惊人，而且此人素重情感，以爱憎为好恶。若论班行，照算起来，如果玉清师太不算，要高出你我两辈。还算他现在悟彻因果，飞升在即，不和我们后生小辈计较，又有借助之处，否则以你二人，如何是他的对手？事已过去，下次见人，千万谨慎些好。"

大家谈了一阵，又将采来果子拿了，同出洞外，观云赏月，随意分吃，言笑晏晏，不觉东方向曙。算计还有两日，便是往百蛮山之时，又商量了一阵，才行回洞用功。

第二日照样欢聚。因为头次走快一步，出了许多错，这次决计遵照苦行头陀柬上时日下手。直到第三日早上，才一同驾剑光直往百蛮山飞去。一入苗疆，便见下面崇山杂沓，冈岭起伏，毒岚恶瘴，所在皆有。石生第一次远行，看了甚是稀奇有趣，不住地问东问西，指长说短。剑光迅速，没有多少时候，便到了昔日金蝉遇见辛辰子，无心中破去五淫兜的山洞上面。笑和尚因为柬上说去时须在当日深夜子正时分，见天色尚早，那里地势幽僻，去阴风洞又近，石生、庄易均是初来，不可大意。虽说诸事业已商妥，必须先行觅地藏身，审慎从事。便招呼三人，一同落下。进洞一看，那几面妖幡虽然失了灵效，依然竖在那里，知道此地无人来过，更觉合用。

四人重又商量一阵。笑和尚主张照柬上所说时刻，将四人分作两起：由金蝉和自己打头阵，冒险入穴；庄易、石生随后接应。金蝉说庄易、石生俱都形势生疏，妖人厉害，现时纵然说准地方，到时一有变化失错，反倒首尾不能相顾，还是一同入内的好。庄易凡事随众进退，只石生初生犊儿不怕虎，既喜热闹，又不愿和金蝉离开，便说他随乃母陆蓉波在石内潜修，学会隐身法术，又有离垢钟可避邪毒，两界牌可以通天彻地，护身脱险，更是极力主张同去。笑和尚虽强不过二人，勉强应允，心里总恐石生经历太少，出了差错，对不起人，便将以前去时情形和阴风洞形势，再三反复申说，嘱咐小心。

那藏文蛛的地方，原有三个通路：一处便是绿袍老祖打坐的广崖地穴；一处在主峰后面，百丈寒潭之上，风穴之内；还有一处是绿袍老祖的寝宫，与妖妇追魂娘子倪兰心行淫之所。那第一处广崖深穴，自从笑和尚、金蝉初上百蛮山，在穴底被困之时，已为绿袍老祖用妖法将地形变易，因防敌人卷土重来，除在穴内设下极恶毒的妖法埋伏，等人前去入阱外，文蛛业已不在原处。第二处风穴和潭中泉眼，便是禁闭辛辰子和唐石凌辱受罪之所，旁有不少妖人看守。柬上说第一处广崖深穴布置妖法最密，不可前往，往必无幸。而对于二、三两处，只说俱可通至藏文蛛的地方，并未指定何者为宜。笑和尚因为绿袍老祖厉害，业已尝过，第三处既是他的寝宫，必然防备周密，进行较难；第二处风穴泉眼，纵有他的门下余孽防守，既能居人，想必容易入内。四人既是同去，到时简直俱在一起，不要分开，径由第二处通力合作，不求有功，先求无过，以免重蹈覆辙。各人到了以后，第一步先将护身隐迹的法宝紧持备用，稍有不利，即行隐身退出。

最后一次商量决定后，各人聚精会神，先做完了一番功课。挨到亥初光景，不用金蝉的霹雳剑，以防风雷之声惊动敌人，各自运用玄功，附着庄易的玄龟剑，由最上高空中，直往百蛮山主峰飞去。到了地头，隐身密云里面，由金蝉运用慧眼穿云透视。因为飞行甚高，如此高大一座主峰，在月光里看下面周围形势，竟似一个盘盂中，端端正正竖着一个大笋一般。隐隐只听四围洪涛飞瀑微细声浪。留神旷观三面，俱无动静，只有主峰后面，略有红绿光影闪动。知道置身太高，纵使将剑光放出，也不易被人看破。

彼此稍微拉手示意，便在距离主峰尚远的无人之处落下，然后试探着往峰后风穴泉眼低飞过去。那峰孤立平地，四面俱有悬崖飞瀑。四人落处，恰在主峰以外十来里的一个斜坡上面。金蝉用目谛视，果然前面没个人影，与空中所见仿佛。当下仍用前法同驾剑光，留神前飞，直飞到峰前不远，仍是静荡荡的。及至由峰侧转近峰后，才看出这峰是三面涧流的发源之所。近峰脚处，峭壁侧立千丈，下临深潭。潭侧危崖上有一深穴，宽约丈许，咕嘟嘟直冒黑气。潭中心的水，时而往上冒起一股，粗约两三抱，月光照去，如银柱一般。那水柱冒有十余丈高下，倏地往下一落，喷珠洒雪般分散开去。冒水柱处，凭空陷落。四周围的水，齐往中心汇流，激成一个大急漩，旋转如飞。崖穴、潭面，不时有光影闪动，黑影幢幢。四人定睛一看，原来是七个穿着一身黑衣，手执妖幡，形态奇特的妖人，正分向崖穴、潭心行使妖法。这七个妖人，周身俱有黑气笼罩，身形若隐若现，口中喃喃不绝。每值幡头光影一闪，潭心的水柱便直落下去，崖穴口的黑气也随着一阵阴风，直往穴内反卷回来。

四人隐身僻处看了一会，正想不出该当如何下手。忽听潭心起了一阵怪声，那崖穴里面也呜呜怪啸起来，两下遥为呼应，仿佛与那日笑和尚、金蝉在洞中所听辛辰子来时发出的怪声相类，听去甚为耳熟。这时潭面、崖穴两处的妖人也忙碌起来，咒语诵不绝口。倏又将身倒立，上下飞旋，手中妖幡摇处，满天绿火。接着又是一片黄光，将崖、潭两处上下数十亩方圆团团罩定。为首两个妖人，各持一面小幡，分向崖穴、潭心一指。先是崖穴里面一阵阴风过处，一团黑气，拥着一个形如令牌、长有丈许开外的东西出来，飞到潭边止住。上面用长钉钉着一个断臂妖人，一手一足，俱都反贴倒钉在令牌之上，周身血污淋漓，下半截更是只剩少许残皮败肉附体，白骨嶙峋，惨不忍睹。笑和尚、金蝉认出那妖人正是辛辰子，虽受妖法虐毒，并未死去，睁着一双怪眼，似要冒出火来，满嘴怪牙，错得山响，怪啸不绝。接着又是一阵阴风，从潭心深穴里，同样飞起一个令牌，上面钉着唐石，身上虽没血污，也不知受过什么妖法荼毒，除一颗生相狰狞的大头外，只剩了一具粉也似的白骨架。飞近辛辰子相隔约有丈许，便即立定。

指挥行法的为首妖人低声说道："再有一个时辰，师父醒来，又要处治你们了。我看你二人元神躯壳俱被大法禁制，日受金蚕吸血，恶蛊钻心，煞风刺体，阴泉洗骨之厄，求生不得，求死不得，除了耐心忍受，还可少吃点苦，早点死去；不然，你们越得罪他，越受大罪，越不得死，岂不自讨苦吃？我们以前俱是同门，并没深仇，实在也是被逼无法，下此毒手。自从你们逃走，我们俱都受了一层禁制，行动不能随心。听说师父大法炼成以后，先去寻捉逃走的同门，只要捉回来，便和你们一样处治，越发不敢冒险行动。我们每日虽然被迫收拾你们二人，未尝不是兔死狐悲，心里难过，但是有何办法？不但手下留情做不到，连说话都怕师父知道，吃罪不起。今日恰巧师父因为白眉针附体，每日须有几个时辰受罪，上次又差点被辛师兄将金蚕盗走，昼夜用功苦炼，虽然尚未炼化，今日竟能到时减却许多痛楚，心中高兴。雅师叔想凑他的趣，特地从山外寻来了几个孕妇胎儿，定在今晚子初饱饮生血，与淫妇倪兰心快活个够。这时他本性发动，与淫妇互易元精，必有一两个时辰昏睡。我们知他除了将寝宫用法术严密封锁外，不会外出，才敢假公济私，趁你二人相见时，好言相劝。少时他一醒来，一声招呼，我们只得照往常将你二人带去，由他凌迟处治了。"

唐石闻言，口里发出极难听的怪声，不住口埋怨辛辰子，如不在相见时拦他说话，必然和那许多逃走的同门一般脱离虎口。就是见面，若听他劝，先机逃走，也不致受这种惨劫。他只管念念叨叨，那辛辰子天生凶顽，闻言竟怒发如雷，怪声高叫道："你们这群无用的业障，胆小如鼠，济得甚事！休看他老鬼这般荼毒我，我只要有三寸气在，一灵不昧，早晚必报此仇，胜他对我十倍。你们这群脓包，几次叫你们只要代拔了这胸前七根毒针，大家合力同心，乘他入定之时，害了金蚕，盗了文蛛，我拼着躯壳不要，运用元神，附在你们身上，投奔红发老祖，他记恨老鬼杀徒之仇，必然容留，代我报仇，也省得你们朝不保夕，如坐针毡。你们偏又胆小不敢，反劝我耐心忍受，不得罪他，希冀早死，少受些罪苦，真是蠢得可怜。实对你们说，受他荼毒，算得什么！那逃走的峨眉小辈必不甘休，机缘一到，只要外人到此，我便和他们一路，请他们代我去了禁制，助他们成功，报仇雪恨。一日不将我元神消灭，我便有一日的指望。我存心激怒老鬼，使他想使我多受折磨，我才可望遇机脱难。谁似你们这一干废物，只会打蠢主意。快闭了你们的鸟嘴，惹得老子性起，少时见了老鬼，说你们要想背叛，也叫你们尝尝我所受的味道。”

这伙妖人原都是穷凶极恶，没有天良，无非因自己也都是身在魔穴，朝不保暮，时时刻刻提心吊胆，见了辛、唐二人所受惨状，未免兔死狐悲，才起了一些同情之念。谁知辛辰子暴戾恣睢，愍不畏死，反将他们一顿辱骂，说少时还要陷害他们；再一想起平时对待同门一味骄横情形，又是这一次的祸首，不禁勃然大怒。为首一人，早厉声喝骂道：“你这不识好歹的瞎鬼！好心好意劝你安静一些，你却要在师父面前陷害我们。师父原叫我们随时高兴，就收拾你。我因见你毒针穿胸，六神被禁，日受裂肤刮骨、金蚕吮血、阴风刺体之苦，不为已甚，你倒这般可恶。若不叫你尝点厉害，情理难容！”说罢，各自招呼了一声，将手中幡朝辛辰子一指，一溜黄火绿烟飞出手去。那辛辰子自知无幸，也不挣扎，一味乱错钢牙，破口大骂。火光照在那瞎了一只眼睛的狰狞怪脸上面，绿阴阴的，越显凶恶难看。眼看火花飞到辛辰子头上，忽然峰侧地底，起了一阵凄厉的怪声。那些妖人闻声好似有些惊恐，各自先将妖火收回，骂道：“瞎眼叛贼，还待逞凶，看师父收拾你。”说罢，七人用七面妖幡行使妖法，放起一阵阴风，将四围妖火妖云聚将拢来，簇拥着两面妖牌，直往峰侧转去。

四人见行迹未被敌人发现，甚是心喜。妖人已去，崖穴无人把守，正好趁此机会，潜入风穴，去斩文蛛。互相拉了一下，轻悄悄飞近前去一看，哪里有什么穴洞，仅只是一个岩壁凹处，妖氛犹未散尽。金蝉慧眼透视，看不出有什么迹象，显然无门可入。明知苦行头陀柬上之言必然不差，只可惜来迟了一步，洞穴已被妖法封闭。庄易自告奋勇，连用法术飞剑，照辛辰子现身所在冲入，冲了几次，都被一种潜力挡回。知道妖法厉害，恐防惊动妖人，又不敢贸然用天遁镜去照，只索停手。笑和尚猛想起师父柬上既然只说广崖地穴不可涉险，余下两处当然可去。不入虎穴，焉得虎子，何不径往妖人寝宫一探？想到这里，将手一招，径往适才妖人去路飞去。月光之下，只见前面一簇妖云，拥着那两面令牌，业已转过峰侧，绕向峰前而去。

四人知道妖人善于闻辨生人气息，虽在下风，也恐觉察，不敢追得太紧，只在相隔百十丈以外跟踪前往。两下俱都飞得迅速，顷刻之间，四人已追离峰前不远，忽见正面峰腰上，现出一个有十丈高阔的大洞。这洞前两次到此，俱未见过。远远望过去，洞内火光彩焰，变幻不定，景象甚是辉煌。前面妖云已渐渐飞入洞内，不敢怠慢，也急速飞将过去。这时地底啸声忽止。前面妖人进洞之后，洞口倏地起了一阵烟云，似要往中心合拢。笑和尚恐怕又误了时机，事已至此，不暇再计及成败利害，互相将手一拉，默运玄功，径从烟云之中冲进。兀自觉得奇腥刺鼻，头脑微微有些昏眩，身子已飞入洞内。就这一转眼间，洞口业被妖法封闭。

定睛一看，这洞竟和外面的峰差不多大小。立脚处，是一个丈许宽的石台，靠台有百十层石阶，离洞底有数十丈高下，比较峰外还深。洞本是个圆形，从上到下，洞壁上横列着三层石穴，每层相隔约有二十余丈。洞底正当中有一个钟乳石凝成的圆形穹顶，高有洞的一半，宽约十亩，形如一个平滑没有底边的大琉璃碗，俯扣在那里，四围更没有丝毫缝隙。洞壁上斜插着一排形如火把的东西，行隔整齐，火焰熊熊，照得全洞通明，越到下面越亮。那琉璃穹顶当中，空悬着一团绿火，流光荧荧，闪烁不定。适才所见七个妖人，业已尽落洞底，在琉璃穹顶外面，簇拥着两面令牌，俯伏在地。令牌上钉着的辛辰子，仍是怪啸连声。四人俱都不约而同，蹲身石上，探首下视。

笑和尚因为立处没有隐蔽，易为妖人发现，地位太险，不暇细看洞内情景，先行觅地藏身。一眼瞥见近身之处石穴里面，黑漆漆地没有光亮。趁着一干妖人伏地，没有抬首之际，打算先飞纵过去察看，能否藏身。心才转念，石生已先见到此，首先飞纵过去。笑和尚觉得石生挣脱了手飞去，一想自己和金蝉俱都仗着庄易、石生二人行法隐形，石生前去，自然比较自己亲去还好。只恐石生阅历太浅，涉险贪功，不是寻觅藏身之处，就不好办了。正想之间，手上一动，石生业已飞回，各人将手一拉，彼此会意，悄悄往左近第二层第三个石穴飞去。金蝉先运慧眼，往穴内一看，那穴乃是人工辟成石室，深有七八丈，除了些石床、石几外，别无动静。而且穴口不大，如将身伏在穴旁外视，暗处看明处，甚是真切。虽然不知此中虚实深浅，总比石台上面强些，便决计在此埋伏，谨谨慎慎，相机行事。

也是合该四人成功，这一座峰洞，正是绿袍老祖和手下余孽居处炼法之所。正中间琉璃穹顶，乃是绿袍老祖的寝宫，通体用钟乳石经妖法祭炼而成。洞壁上石穴，便是他门人余孽所居，每人一个，环着他的寝宫排列。自从在玉影峰遭劫，青螺峪断体续身，逃回百蛮山后，暴虐更甚于前，门人余孽被伤害逃亡，两辈三十六人，总共才剩了十一个。因他行为太狠毒，众门人触目惊心，一个个见了他，吓得战兢兢忘魂丧胆。他见众心不属，不怪自己恶辣，反觉这些门人都不可靠，越发厌恶，如非还在用人之际，又有雅各达苦劝，几乎被他全数杀戮。虽然留了这十一个，他也时刻防着他们背叛，防备非常严密。每值与妖妇行淫，或神游入定之际，必将寝宫用妖法严密封锁，连声气一齐隔绝，以防内忧，兼备外患。否则他嗅觉灵敏异常，添了四个生人，如何不被觉察？四人潜伏的石穴，恰巧穴中妖人又是早已死去，所以才能尽得虚实。这且留为后叙。

再说四人刚将身立定藏好，便听啸声又隐隐自地下传出。探头往外一看，那琉璃穹顶当中那一团荧荧绿火光倏地爆散，火花满处飞扬，映在通体透明的钟乳上面，幻成了千奇百怪的异彩，绚丽非常。一会又如流星赶月般往靠里的一面飞去，接着起了一阵彩焰，踪迹不见。绿光收去，这才看清穹顶里面，一个四方玉石床上，坐着那穷凶极恶、亘古无匹的妖孽绿袍老祖，大头细颈，乱发如茅，白牙外露，眼射绿光，半睁半闭。上半身披着一件绿袍，胸前肋骨根根外露，肚腹凹陷，满生绿毛。下半截赤着身子，倒还和人一样。右脚斜搁石上，左脚踏在一个女子股际。一条鸟爪般的长臂，长垂至地，抓在那女子胸前。另一只手拿着一个下半截人尸，懒洋洋地搭在石床上面。断体残肢，散了一地。莹白如玉的白地，斑斑点点，尽是血迹。余外还有一两个将死未死的妇女，尚在地上挣扎。只他脚下踏定的一个女子，通体赤身，一丝不挂，并没有丝毫害怕神气，不时流波送媚，手脚乱动，做出许多丑态，和他挑逗。只急得穹顶外面令牌上面的辛辰子吼啸连声，狺狺恶詈。那绿袍老祖先时好似大醉初醒，神态疲倦，并不作甚理会。待有半盏茶时，倏地怪目一睁，裂开血盆大口动了一动，便听一种极难听的怪声，从地底透出。随着缩回长臂，口皮微动，将鸟爪大手往地面连指几指，立刻平地升起两幢火花，正当中陷下一个洞穴，彩焰过处，火灭穴平。那七个妖人，早拥着两面妖牌，跪在当地，四人俱没有看清是怎样进来的。估量那赤身女子，定是辛辰子当初失去的妖妇无疑。这洞虽有许多石穴，可是大小式样如一，急切间看不出哪里是通文蛛的藏处。绿袍老祖现身醒转，更是不敢妄动，只得静以观变，相机而动。

那妖妇一见辛辰子身受那般惨状，丝毫没有触动前情，稍加怜惜，反朝上面绿袍老祖不知说了几句什么。倏地从绿袍老祖脚下跳起身来，奔向辛、唐二人面前，连舞带唱。虽因穹顶隔断声息，笑语不闻，光焰之中，只见玉腿连飞，玉臂忙摇，股腰乱摆，宛如灵蛇颤动。偶然倒立飞翔，坟玉孕珠，渥丹可睹。头上乌丝似云蓬起，眼角明眸流波欲活。妖妇原也精通妖法，倏地一个大旋转，飞起一身花片，缤纷五色，映壁增辉。再加上姿势灵奇，柔若无骨，越显色相万千，极妍尽态。虽说是天魔妖舞，又何殊仙女散花。偏那辛辰子耳听浪歌，眼观艳舞，不但没有怜香惜玉之心，反气得目眦欲裂，獠牙咬碎，血口乱动，身躯不住在牌上挣扎，似要攫人而噬。招得绿袍老祖张开血盆大口，大笑不已。妖妇也忒煞乖觉，竟不往令牌跟前走近。见那七个妖人俱都闭目咬唇，装作俯伏，不敢直立，知道他们心中难受，益发去寻他们的开心，不时舞近前去，胯拱股颤，手触背摇。招得这些妖人欲看不敢，不看不舍，恨得牙痒筋麻，不知如何是好。妖妇正在得意洋洋，不知怎的不小心，一个大旋转舞过了劲，舞到辛辰子面前，媚目瞬处，不禁花容失色，刚樱口大张了两张，似要想用妖法遁了开去。那辛辰子先时被妖法禁制，奈何她不得，本已咬牙裂眦，愤恨到了极处。这时一见她身临切近，自投罗网，如何肯饶，拼着多受苦痛，运用浑身气力，一颗狰狞怪头，凭空从颈腔子里长蛇出洞般暴伸出来，有丈许长短，咧开大嘴獠牙，便往妖妇粉光腻腻的大腿上咬去。

座上绿袍老祖见妖妇飞近辛辰子面前，知道辛辰子也是百炼之身，得过自己真传，虽然元神禁制，身受荼毒，只不过不能动转，本身法术尚在，不能全灭，就防他要下毒手。还未及行法禁阻，妖妇一只腿已被辛辰子咬个正着。绿袍老祖一看不好，将臂一抬，一条鸟爪般的手臂，如龙蛇夭矫般飞将出去，刚将辛辰子的细长头颈抓住，血花飞溅，妖妇一条嫩腿业已被辛辰子咬将下来。同时辛辰子连下巴带头颈，俱被绿袍老祖怪手掐住，想是负痛难耐，口一松，将妖妇的断腿吐落地面。绿袍老祖自是暴跳如雷，将手一指，一道浓烟彩雾，先将辛辰子连头罩住。嘴里动了几动，奓晃着大头长臂，从座上缓缓走了下来，一手先将妖妇抱起，一手持了那条断腿，血淋淋地与妖妇接上。手指一阵比画，只见一团彩烟，围着妖妇腿上盘旋不定，一会工夫，竟自连成一体。妖妇原已疼晕过去，醒转以后，就在绿袍老祖手弯中，指着辛辰子咬牙切齿，嘴皮乱动。绿袍老祖见死妇回醒还原，好似甚为欣喜，把血盆大嘴咧了两咧，仍抱妖妇慢腾腾地回转座位。坐定以后，将大口一张，一团绿火直往辛辰子头上彩烟中飞去。那绿火飞到彩烟里面，宛似百花齐放，爆散开来。彩烟顿时散开,化成七溜荧荧绿火,似七条小绿蛇一般,直往辛辰子七窍钻去,顷刻不见。妖牌上面的辛辰子,想是痛苦万分,先还死命在妖牌上挣扎,不时显露悲愤的惨笑,末后连挣扎都不见,远远望去,只见残肢腐肉,颤动不息。

这原是邪教中最恶辣的毒刑锁骨穿心小修罗法,本身用炼就的妖法,由敌人七窍中攻入,顺着穴道骨脉流行全身。那火并不烧身,只是阴柔毒恶,专一消熔骨髓,酸人心肺。身受者先时只觉懒洋洋,仿佛春困神气,不但不觉难受,反觉有些舒泰。及至邪火在身上顺穴道游行了一小周天,便觉奇痒钻骨穿心,没处抓挠,比挨上几十百刀还要难受。接着又是浑身骨节都酸得要断,于是时痒时酸,或是又酸又痒,同时俱来。本身上的元精真髓,也就渐渐被邪火耗炼到由枯而竭。任你是神仙之体,只要被这妖火钻进身去,也要毁道灭身。不过身受者固是苦痛万分,行法的人用这种妖法害人,自己也免不了消耗元精。所以邪教中人把这种狠毒妖法非常珍惜,不遇深仇大恨,从不轻易使用。

实因绿袍老祖大劫将临,这次借体续身,行为毒辣,被师文恭在临死之前暗运玄功使了一些魔法,回山以后,不但性情愈加暴虐,自得倪氏妖妇,更是好色如命。他因山外摄取来的女子,一见他那副丑恶穷凶长相和生吃人兽的惨状,便都吓死过去,即或胆子大一些的还魂醒来,也经不起他些须时间的蹂躏。虽然吸些生血,不过略快口腹,色欲上感觉不到兴味。只有妖妇,虽然妖术本领比他相差一天一地,可是房中之术,尽有独得乃师天嫘娘子的真传,百战不疲,无不随心。残忍恶辣的心理,也和他差不许多,仅只不吃生人血罢了。因此绿袍老祖那般好恶无常,极恶穷凶的人,竟会始终贪恋,爱如性命。

其实妖妇自从当年天嫘娘子被乾坤正气妙一真人用乾天烈火连元神一齐炼化后,便结识上了妖道朱洪,原想一同炼成妖法异宝,去寻峨眉派报杀师之仇。不想朱洪法未炼成,被秦寒萼撞来,身遭惨死。因自己人单势孤,敌人势盛,本不打算妄动。无奈天生奇淫之性,不堪孤寂,时常出山寻找壮男,回去寻乐。无巧不巧,这一天回山时节,遇见辛辰子,见她生得美貌,已经大动淫心。所居洞内,深藏地底,更是隐蔽,可以藏身,便强迫着从他。妖妇见辛辰子独目断臂,狰狞丑恶,比朱洪还要难看。昔时嫁给朱洪,也是一半为事所迫,无奈的结合。好容易能得自由自在,事事随心,如何又给自己安上一副枷锁,当然不愿,两人便动起手来。妖妇虽然不是弱者,却非辛辰子敌手,打了半天,被辛辰子破去许多法宝,末后还被辛辰子擒住。先前爱她,一半也为了这所居的洞府。天生淫凶,哪有怜香惜玉之念,一经破脸动手,已成仇敌。虽然占了上风,自己法宝也损失了两件,不由发了野性,当时便想活活将妖妇抓死。幸而妖妇见势不佳,忙用天嫘娘子真传——化金刚荡魂邪法,媚目流波,触指兴阳,引起辛辰子淫心,才得保全性命,结为夫妇。本是万般无奈,恨入骨髓。

如果隐居地底,原也无事。偏生辛辰子报仇心切,隐忧念重,盗了化血神刀,又盗文蛛。还未及与妖妇炼成邪法前去报仇,便被绿袍老祖派唐石率领许多妖人,将他二人擒住。辛辰子幸遇红发老祖中途索刀,得逃活命。妖妇自己却吃了苦头,到了百蛮山阴风洞,一见绿袍老祖比辛辰子还要丑恶狠毒,心中自是越加难受。为了顾全性命,只好仍用妖淫取媚一时。因为绿袍老祖喜怒不测,恶毒淫凶,毫无情义,门下弟子都要生吃,时时刻刻提心吊胆。但封锁紧严,又无法逃走。便想了一条毒计,暗运机智,蛊惑离间,使他们师徒相残,离心背叛。既可剪去绿袍老祖的羽党,异日得便逃走,减些阻力;又可借此雪愤。这种办法收效自缓,每日仍得强颜为欢,不敢丝毫大意。追本穷源,把辛辰子当作罪魁祸首。因为唐石畏服绿袍老祖,被擒时,连施妖法蛊惑,都被唐石强忍镇定,没有放她,于是连唐石也算上。及至辛、唐二人被擒以后,每日身受妖刑时节,她必从旁取笑刻薄,助纣为虐。唐石自知魔劫,一切认命,只盼早死,还好一些。辛辰子凶顽狠恶,反正不能脱免,一切都豁出去,能抵抗便抵抗,不能便万般辱骂,誓死不屈。

绿袍老祖本来打算零零碎碎给他多些凌辱践踏与极恶毒的非刑,又见他将心爱的人咬断一截嫩腿,越发火上浇油。因所有妖法非刑差不多业已给他受遍,恨到极处,才将本身炼就的妖火放将出来。还恐辛辰子预为防备,行法将身躯骨肉化成朽质,减去酸痒,先将妖雾罩住他的灵窍,然后施展那锁骨穿心小修罗法,摆布了个淋漓尽致。约有半个时辰,估量妖火再烧下去,辛辰子必然精髓耗尽,再使狠毒妖法,便不会感觉痛苦,这才收了回来。嘴皮微微动了几动,旁立七个妖人分别站好方位,手上妖幡摆动,先放出一层彩绡一般的雾网,将辛、唐二人罩定,只向里一面留有一个尺许大小的洞。那唐石早已触目惊心,吓得身体在妖牌上不住地打颤。这时一见要轮到他,越发浑身一齐乱动,望着绿袍老祖同那些妖人,带着一脸乞怜告哀之容。辛辰子仍是怒眦欲裂,拼受痛苦。

绿袍老祖只狞笑了一下,对着怀中妖妇不知说了几句什么。妖妇忙即站起,故意装作带伤负痛神气,肥股摆动,一扭一扭地扭过一旁,远远指着雾网中辛、唐二人,戟指顿足,似在辱骂。那绿袍老祖早将袍袖一展,先是一道黄烟,笔也似直飞出去与雾网孔洞相连。接着千百朵金星一般的恶蛊,由黄烟中飞入雾网,径往辛、唐二人身上扑去。虽然外面的人听不见声息,形势亦甚骇人。半月多工夫,那些金蚕恶蛊已有茶杯大小,烟光之下,看得甚为清晰。只见这些恶虫毒蛊展动金翅,在雾縠冰绡中,将辛、唐二人上半身一齐包没,金光闪闪,仿佛成了两个半截金人。也看不清是啃是咬,约有顿饭时候。绿袍老祖嘴皮一动,地底又发出啸声,那些金蚕也都飞回,众妖人俱将妖雾收去。再往两面妖牌上面一看,辛、唐二人上半截身子已经穿肉见骨,但没有一丝血迹。两颗怪头,已被金蚕咬成骷髅一般,白骨嶙峋,惨不忍睹。绿袍老祖也似稍微快意,咧开大嘴狞笑了笑。

妖妇见事已完,赶将过去,一屁股坐在绿袍老祖身上,回眸献媚,互相说了两句。在旁七个妖人,便赶过去,将两面妖牌放倒,未及施为。辛、唐二人原都是断了一只臂膀,一手二足钉在牌上,有一半身躯还能转动。辛辰子毕竟恶毒刁顽,胜过旁的余孽,不知用什么法儿,趁众人不见,拼着损己害人,压了一个金蚕蛊在断臂的身后。那恶蛊受绿袍老祖妖法心血祭炼,辛辰子元神受了禁制,勉强压住,弄它不死。及被金蚕在身后咬他的骨头,虽然疼痛难熬,还想弄死一个是一个,略微雪仇,咬定牙关不放。这时一见妖妇又出主意,要收拾他,来翻令牌的又是适才和自己口角的为首妖人,早就想趁机离间,害他一同受苦。这时见他身临切近,不由计上心来,暗施解法,忍痛将断臂半身一抬。那恶蛊正嫌被压气闷难耐,自然慌忙松了口,飞将出去,迎头正遇那翻牌的妖人。这东西除绿袍老祖外,见人就害,如何肯舍,比箭还疾,闪动金翅,直往那妖人脸上扑去。那妖人猝不及防,不由大吃一惊,想要行法遁避,已是不及,被金蚕飞上去一口,正咬了他的鼻梁。因是师父心血炼就的奇珍,如用法术防卫,将这恶虫伤了,其祸更大,只得负痛跑向绿袍老祖面前求救。

那辛辰子见冤家吃了苦头,颇为快意。又见余下六个妖人,也因恶虫出现,纷纷奔逃,正是进谗离间机会,便不住口地乱叫,也不知诌了些什么谗言。绿袍老祖先见辛辰子偷压金蚕,去害他的门下,正要将金蚕收去,再亲身下来收拾辛辰子,经这一来,立时有了疑心。那受伤妖人飞身过来,未及跪下求饶,忽见绿袍老祖两只碧眼凶光四射,一张阔口朝着自己露牙狞笑,带着馋涎欲滴的神气,晃动着一双鸟爪般的长臂,荡悠悠迎面走来,便知中了辛辰子反间之计,情势不妙。还未及出口分辩,一只怪手已劈面飞来,将他整个身体抓住。那妖人在鸟爪上只略挣了一挣,一只比海碗还粗的膀臂,早被绿袍老祖脆生生咬断下来,就创口处吸了两口鲜血。袍袖一展,收了金蚕。大爪微动,连那妖人带同那只断臂,全都掷出老远。妖人趴伏地上,晕死过去。绿袍老祖这才慢悠悠走向两面妖牌面前。剩余六个妖人,见同门中又有一人被恶师荼毒,恐怕牵连,个个吓得战战兢兢,不敢仰视。

绿袍老祖若无其事地一伸大爪,先将辛辰子那面妖牌拾起,阔口一张,一道黄烟过处,眼看那面丈许长的妖牌由大而小,渐渐往一起缩小。牌虽可以随着妖法缩小,人却不能跟着如意伸缩。辛辰子手足钉在妖牌上面,虽然还在怒目乱骂,身上却是骨缝紧压,手足由分开处往回里凑缩,中半身胁骨拱起,根根交错,白骨森列。这种恶毒妖刑,任是辛辰子修炼多年,妖法高强,也难禁受。只疼得那颗已和骷髅相似的残废骨架,顺着各种创口直冒黄水,热气蒸腾,也不知出的是汗是血。这妖牌缩有二尺多光景,又重新伸长,恢复到了原状。略停了停,又往小里收缩。似这样一缩一伸好几次,辛辰子已疼得闭眼气绝,口张不开。绿袍老祖才住了手,略缓了一会,一指妖牌上面钉手足前胸的五根毒钉,似五溜绿光,飞入袖内。

辛辰子也乘这一停顿的工夫,悠悠醒转。睁开那只独目怪眼一看,手足胸前毒钉已去,绿袍老祖正站在自己面前。大仇相对,分外眼红,倏地似飞一般纵起,张开大嘴,一口将绿袍老祖左手咬住。

第一二一回

双探穹顶　毒火煅文蛛
同入岩窝　飞光诛恶蛊

绿袍老祖满以为辛辰子纵然一身本领，连被自己摆布得体无完肤，元神又被玄牝珠禁制，每次下手，始终没见他有力抵抗。这次信了妖妇谗言，说不愿意见辛辰子怒目辱骂，要将他手足反钉，面向妖牌。因是自己亲自动手，事前又给辛辰子受了新的毒刑，收拾得周身骨断筋裂，晕死过去，还能有何反抗？一时疏忽，未令手下妖人持幡行法相助。没想到百足之虫，死而不僵；蜂虿有毒，积仇太深。辛辰子眼睛一睁，未容下手去抓，已从牌上一阵飘风般飞将起来，一口将他左手寸关尺咬得紧紧，纵有满身妖法，也不及使用。若非辛辰子元神被禁，受伤太过，百伤之躯，能力大减，势必齐腕咬断。情知辛辰子拼着粉身碎骨而来，咬的又正是要紧关穴，只稍差一点，定然不会松口。将他弄死，原是易事，又觉便宜了他。只得一面忍痛，忙运一口罡气，将穴道封闭，使毒气不致上袭。右爪伸处，一把卡紧辛辰子上下颚关节处，猛地怪啸一声，连辛辰子上下颚，自鼻以下全都撕裂下来，整个头颅只剩三分之一。一条长舌搭在喉间，还在不住伸缩。这两片上下颚连着一口獠牙，还紧咬着左手寸关尺，并未松落。绿袍老祖此时怒恨到了极处，暂时也不顾别的，先伸手将辛辰子抓起，紧按在妖牌上面，袍袖一展，五根毒钉飞出手去，按穴道部位，将辛辰子背朝外，面朝里钉好。这才回转身来，见左手还挂着两片颚骨，獠牙深入骨里，用手拔下。怒目视着唐石，晃悠悠走了过去。

这时妖妇早慌不迭地跑近前来慰问，朝绿袍老祖说了几句，不住流波送媚。这几句话，居然似便宜了唐石，没受缩骨牵筋之苦。绿袍老祖听了妖妇之言，便停了手，咧开大嘴怪笑。伸出鸟爪将妖妇拦腰抱起，先在粉脸嫩股上揉了两下，慢腾腾回转座位，嘴皮动了几动。旁立六个妖人忙挥妖幡，放起妖雾，将唐石笼罩。然后上前如法炮制，将唐石钉好，收了妖法，推到绿袍老祖面前。绿袍老祖同妖妇商量了几句，分派了三个妖人将辛辰子推走，仍往风穴，留下唐石。五色烟光过去，地下啸声传出，三个妖人已放起烟云，到了琉璃穹顶外面，洞门开处，一阵阴风卷了出去。余下三个妖人也扶了适才那受伤的妖人，待要走出穹顶。绿袍老祖忽又将手一挥，大嘴动了几动。那受伤妖人连忙跪拜一番，才随三个妖人，仍如适才一般走出穹顶，受伤妖人自驾阴风出洞。这三个妖人正要折转，倏地一同扬着头，往笑和尚等四人潜伏的方向用鼻嗅了几嗅，面上都带着惊讶神气。笑和尚一见，知是闻出生人气息，不禁着慌，忙拉了金蝉、石生、庄易一下，暗示留神。四人正在警备，且喜三个妖人只朝四人藏处看了一下，各又互相看了一眼，便即若无其事地绕向穹顶后面而去。

笑和尚等先因穹顶里面妖人的一切举动虽然都看在眼里，但除有时听见地下透出怪啸外，别的都听不见声息，知道声息被穹顶隔住，不易透过，略微放心。待了半日，只目睹了许多穷凶极恶的惨状，始终未察出文蛛踪迹。进来虽然容易，出去实无把握。除了石生初出茅庐，又有穿山透石之能，虽然有些触目惊心，还不怎样。余人连金蝉素来胆大，都在心寒。尤其笑和尚责任最重，又带了三个年幼识浅的同门好友同蹈危机，更是万分焦急。无奈这寝宫内外，四面如一，洞壁上巢穴虽多，除了穹顶后面有一处七八丈长、四五丈宽的洞壁，从上到下，通体莹白浑成，并无洞穴。虽有一块长圆形的白玉嵌在石上隐现妖光外，别无异状。未尝不猜那里是个暗穴，一则密迩妖人，不敢妄动；二则也不知怎样破去那石上妖法封锁。在极危绝险中，只好焦急忍耐，静候时机。这时又见行迹已被这三个妖人觉察，暗忖："门下小妖的嗅觉尚且如此灵警，万一老妖走出穹顶，岂能再隐蔽？"未免吃了一惊。只不知道三个妖人既然发觉敌人，何以并不下手？莫非故作不知，另有暗算？个个提心吊胆，各把防身逃遁的法宝又准备了一下，一同用眼觑定那三个妖人的动作。

说时迟，那时快，三个妖人已到了那长圆白玉石壁下面，各自将身倒立悬转，口中念念有词。没有多时，便听石壁里面发出一种尖锐凄厉似唤人名的怪声，由远而近。四人中只笑和尚听这音声最熟，不由又惊又喜，侧身向金蝉咬了一下耳朵，说声："来了！"三人一听，越发精神紧张，跃跃欲试。一会，怪声越来越近，三个妖人也似慌了手脚，旋转不停，倏地将身起立，往壁上一指，随即分别飞身避开，摆动妖幡，放出烟雾护住全身。转眼之间，壁上又是吱吱两声怪响，石壁先似软布一般晃了两晃，倏地射出一股黄色的烟雾。白玉长圆石壁忽然不见，现出一个圆圆的大洞，远远望见两串绿火星从烟雾之中飞舞而出。一会全身毕现,正是笑和尚在天蚕岭所遇的妖物文蛛。众人虽未见过,也都听说过形状,果然生得丑恶,令人恐怖。

这妖物近日自经绿袍老祖喂了丹药,行法祭炼,虽然它数千年内丹已经失去,却依然不减出土时的威风。才一现身,见有生人在前,便吱吱叫了两声,张牙舞爪,飞扑过去,浑身毒烟妖雾笼罩,五色缤纷。再加上前爪上两串绿火,如流星一般上下飞腾,越显奇异骇人。那三个妖人原是奉了绿袍老祖之命,特意用解法去了壁洞封锁,将妖物引出,给它些人肉吃。谁知行法时节,绿袍老祖禁不起妖妇引逗,行淫起来。正在得趣之间,哪管别人死活。反见他们逃避狼狈,情形有趣。妖妇更是笑得花摇柳颤,周身摆动不已。那座穹顶,内外相隔,有极厉害妖法封锁,胜似铁壁铜墙,天罗地网。那三个妖人既知妖物厉害,又不敢动手伤它,除了用妖幡护身,借遁光飞逃外,只盼绿袍老祖早些完毕,开放门户。否则稍有疏虞,便受伤害。一个个俱都恨得敢怒而不敢行于颜色,一味拼命飞逃。妖物如何肯舍,也是一味紧紧追赶不已。幸而那座穹顶孤峙中央,四外俱是极宽的空间,三个妖人又非弱者,一时不易追上。当下三个妖人在前,妖物文蛛在后,紧围着这座琉璃穹顶绕转追逐开来。只见烟云翻滚,火星上下飞腾,映在那透明的穹顶上面相映生辉,幻成异彩,真是美观异景,莫与伦比。

笑和尚几番想乘妖物近前时节下手除去,一则出路毫无把握,二则又有这三个同门至好在一路。适才亲见绿袍老祖处治异己的惨状,倘有闪失,如何对人?不比自己独来,可以拼着百死行事。妖人密迩,稍有举动,必被觉察,一个也幸免不了。师父柬上原说只可暗中下手,方保无事,明做自是危险万分。思来想去,一阵为难。反倒暗止众人不可妄动,决意看个究竟,将一切出路和妖人、妖物动静观察明白以后,再暗中前去将妖物刺死。庄易、金蝉,一个少年老成,一个虽然胆大,也经过几次教训,俱惟笑和尚马首是瞻。惟独石生几次跃跃欲试,都被笑和尚、金蝉二人拉住,心中好生气闷。

这时三个妖人已被妖物越追越近,两串绿火快与妖幡上烟雾接触。三个妖人知道毒重,虽有妖幡护身,也恐难以抵敌。正在危急之间,忽听地下起了一阵怪声,三个妖人如获大赦一般,慌忙飞身到了穹顶前面,往旁一闪,一阵烟光过处,便入了穹顶。妖物也跟踪追入,才一照面,便向绿袍老祖飞扑过去。眼看扑近,忽从绿袍老祖头上飞起一团绿光,正罩向妖物顶上,竟似有甚吸力,将妖物吸在空中,只能张牙舞爪,吱吱乱叫,却不能进退一步。妖妇凑趣,早一手提起座旁半截妇人残躯,往妖物面前扔了过去。快要扔到绿光笼罩底下，好似被什么东西一挡，跌落下来。妖物急欲得人而噬，眼看着不能到嘴，越显猴急，不住乱舞乱叫。

绿袍老祖狞笑了一下，大嘴微动了动，用手朝绿光一指，绿光倏地迸散开来，化成千百点碗大绿火星，包围着妖物上下左右，不住流转，只中间有丈许地方，较为空稀。妖妇仍将那半截女尸拾起，再次朝妖物扔去，这次才没了阻拦。妖物本已等得不甚耐烦，一见食物到来，长爪一伸，抓个正着，似蜘蛛攫食一般，钳到尖嘴口边，阔腮张动，露出一排森若刀剑的利齿，一阵啃嚼，连肉带骨，吞吃了个净尽。吃完以后，又乱飞乱叫起来。妖妇早又把地上几具妇人尸首和一些残肢剩体，接二连三扔上去，照样被妖物嚼吃。直到地下只剩一摊摊的血迹，才行住手。

那妖物吃了这许多人肉，好似犹未尽兴，仍望着绿袍老祖和妖妇张牙舞爪，乱飞乱叫。妖妇又不住向绿袍老祖撒娇送媚，意思是看着妖物吃人有趣，还要代妖物要些吃的。绿袍老祖忽然面色大变，大嘴一张，怪啸声音又从地底透出。不多一会，先前六个妖人又从洞口现身，待要下入穹顶，一眼看到穹顶里面绿袍老祖神气，各自狂吼了一声，比电闪还疾，穿出洞去。气得绿袍老祖发狠顿足，啸声越厉，两只鸟爪不住乱伸乱舞。六个妖人想已避去，始终不见再行进来。

笑和尚见这些妖人才一现身，又行退出，正猜不透这一群恶徒是什么用意。那绿袍老祖见手下妖人竟敢不听指挥，玄牝珠要照顾妖物，运用元神去追他们，又防妖妇被文蛛伤害，万分暴怒。猛一眼看见身旁妖牌上面钉着的唐石，立刻面容一变，颤巍巍摇着两条长臂，慢腾腾摇摆过去。那唐石先前早已触目惊魂，心寒胆裂，这时一见这般情状，自知不免惨祸，益发吓得体颤身摇，一身残皮败肢，在令牌上不住挣扎颤动。绿袍老祖因取媚妖妇，急切间寻不出妖物的食物，门下妖人又揣知他的用意不善，望影逃避。恰巧唐石未曾放入寒泉，正用得着。惨毒行径原是他的家常便饭，哪有丝毫恻隐之心。妖妇更是居心令他师徒自残，好减却他的羽翼，反倒在旁怂恿快些下手。唐石连丝毫都没敢抵抗，被绿袍老祖收了牌上妖钉，伸鸟爪一把抓起，先回到位上，搂抱妖妇坐定。然后将绿光收回，罩住自己和妖妇，将唐石扔出手去。

那妖物文蛛虽享受了许多残尸败体，因受法术禁制，方嫌不甚称心，一旦恢复了自由，立刻活跃起来，先朝绿袍老祖飞去，飞近绿光，不敢上前，正在气愤不过，爪舞吻张，大喷毒气。一眼看见唐石从绿袍老祖手上飞起，如何肯舍，连忙回身就追。人到临死时节，无不存那万一的希冀。唐石明知恶师拿他残躯去喂妖物，穹顶封锁紧严，逃走不出，还是不甘束手去供妖物咀嚼。把心一横，竟和妖物一面逃避，一面抵抗起来。逃了一会，暗忖："老鬼如此恶毒，起初不敢和他抗拒，原想他稍动哀怜，早日将自己兵解，可少受许多非刑。谁知临死，还要将自己葬身妖物口内。穹顶封闭严密，逃也无用，反正免不了这场惨祸，何不拼死将妖物除去，也好灭却老鬼一些威势。"

想到这里，不由略迟了一些，妖物已疾如飘风，赶将过来。身还未到，一口毒雾早如万缕彩丝一般，喷将出来。唐石元神受禁，本能已失，仅剩一些旁门小术，如何是妖物敌手。未容动手施为，猛觉双目昏花，一阵头晕，才知妖物真个厉害。想要转身已来不及，被妖物两只长爪大钳包围上来，夹个正着。唐石在昏迷中望见妖物两只怪眼凶光四射，身子业已被擒，自知必死，面容顿时惨变。当时也不暇思索，忙将舌尖咬碎，含了一口鲜血，运用多年苦功炼就的一点残余之气，直朝妖物的头上喷去。这种血箭，原是邪教中人临危拼命，准备与敌人同归于尽的厉害邪法。非遇仇敌当前，万分危迫，自己没了活路，连元神都要消灭时，从不轻易使用。

绿袍老祖以为唐石已成瓮中之鳖，又有自己在旁监察，妖物文蛛何等厉害，何况唐石又失了元神，岂是它的对手。一时疏忽，万没料到唐石还敢施展这最后一招辣手。眼看妖物长爪大钳将唐石夹向口边，忽然红光一闪，一片血雨似电射一般，从唐石口里发出。知道不妙，忙将手一指，头上绿光飞驶过去。妖物二目已被唐石血箭打中，想是负痛，两爪往怀里紧紧一抱，接着又是一扯，唐石竟被妖物扯成两片，心肝五脏撒了一地。妖物一只爪上钳着半片尸身，夹向口边，阔腮动处，顷刻之间嚼吃了个净尽。再看妖物，仍在乱叫乱舞，两只怪眼凶光黯淡，知道受了重伤。绿袍老祖恨到极处，将手朝绿光指了一指，便见绿光中出现一个小人，相貌身材和唐石一般无二，只神态非常疲倦。落地以后，似要觅路逃走。逃不几步，绿袍老祖将口一张，一团笆斗大的火喷将出去，将那小人围住，烧将起来，先时还见小人左冲右突，手足乱动。那绿火并不停住，小人逃到哪里，也追烧到哪里。末后小人影子越烧越淡，顷刻之间，火光纯碧，小人却不知去向，只剩文蛛像钻纸窗的冻蝇一般，绕着穹顶乱扑乱撞。

绿袍老祖忽又怪啸两声，从穹顶后面壁洞中又飞出一个妖物，轻车熟路般飞到穹顶前面，烟光闪处，飞入穹顶。笑和尚一见那妖物生得大小形状与文蛛一般无二，只爪上绿火星与围身烟雾不如远甚，不由大吃一惊。暗忖：

“这妖物听说世上只有一个,哪里去寻出这一对来?”正在寻思,那妖物已飞到绿袍老祖面前,阔腮乱动。绿袍老祖狞笑了一下,将手一指,妖物身上妖雾忽然散尽,落下一个红衣蛮僧。金蝉慧眼,先见妖物出来时,仿佛抱着一个红人。及至烟光散尽,去了妖法,才看出这后来妖物并不是真的,他原与绿袍老祖一党,为何又将他幻化文蛛?好生不解。那红衣蛮僧雅各达,现出全身之后,走近绿袍老祖座前,似在商量一件事情。妖妇却横躺在绿袍老祖长腕之上,跷起一只粉腿,又去向雅各达撩拨。雅各达哪能禁受这种诱惑,好似按捺不住,又碍着绿袍老祖,有些不敢,脸上神气甚是难看。绿袍老祖想有觉察,倏地将妖妇一甩,推向旁边,摇晃着一双鸟爪般长臂,颤巍巍走下位来。慢说雅各达,连妖妇都觉做过了火,有些害怕,脸带恐怖之容,分别倒退开去。

壁上旁观四人,都以为又有什么惨况发生,还待往下看去,将妖物来去下落观察仔细,以便下手。却没料到雅各达虽愤恨绿袍老祖,却没有他门下厉害,还是一样敌忾同仇。适才从藏妖物的洞内飞出时,已觉察出有生人在穹顶外面潜伏。一则壁上洞穴甚多,二则笑和尚等又隐去了身形,没有被他看破。他见察不出行迹,来人既敢入虎穴,必非弱者,径去告诉那绿袍老祖。绿袍老祖用他幻化文蛛,另有用意,这且不提。唤他出来,原因是好些门人同时叛逃。虽然现在不比以前,各人都下有禁制,不怕他们逃走多远,都可用妖法寻踪追去,加以杀害。无奈恶蛊和一些法宝尚未炼成,至少还得三五人相助,惟恐那看养金蚕的几个门人也受逃人引诱。要是现在就一齐杀害,自身白眉针余毒未尽,行法之时,无人代他照料。想命雅各达先监视岩洞中几个妖党,自己再用妖法将逃走的人挨次抓回,残酷处死。一听雅各达说洞中有奸细,不禁暴怒,倒吓了雅各达和妖妇一大跳。

那壁洞口潜伏的笑和尚、金蝉、石生、庄易等四人,见绿袍老祖走下位来,并未处治妖妇和雅各达,只将手朝妖物一指,一团妖光护定文蛛。烟光一闪,到了穹顶外面,怪声吱吱,比箭还疾,转眼飞回原来壁洞。石生再也不能忍耐,手一起,正要将法宝飞出。幸得金蝉眼明手快,一眼看到穹顶里面有了变化,觉出石生手动,连忙拉住,没有发出,直催还不施展隐身法宝快逃。石生也回头看出异样,四人互拉了一下,原打算仍隐身形,用法宝由壁上从来时入口飞出。谁知对面烟光,已如一片铁墙飞至,只觉奇腥刺鼻,头脑晕眩。笑和尚低声喊得一声:“不好!”幸得石生机警,一见前面受阻不能飞越,忙即悄喊:“哥哥们休慌,快拉在一起,由我开路,往后试试。”说时迟,那时快，石生已一手持定两界牌，默念真言，将牌一晃，带了笑和尚等三人，竟从穴后石壁穿将出去。三人只觉眼前一黑，忙用剑光护身，转眼已透石上升，飞入青旻。惊魂乍定，各道了一声惭愧。低头下视，足底百蛮主峰已是妖雾弥漫，霞蔚云蒸，彩艳无俦。因走时迅速，又未飞出剑光，显露身形，但盼不被妖人觉察，再来就省事了。妖法厉害，虚实已得大概，且等回去看完最后柬帖，再作计较。当下四人仍隐身形，径往来路上飞去。

原来四人正看妖物回穴时，笑和尚、金蝉二人也未始不想乘机一试。猛然看见绿袍老祖又朝空指了几指，穹顶上面忽然开了一个大洞，仰首向四外嗅了一嗅，发出一声凄厉的怪笑，大手爪一搓一扬，先飞出一团烟雾，弥漫全洞。接着将手一招，绿光飞回，元神幻化出一只鸟爪般的大手，陡长数十丈，竟朝笑和尚等潜伏的壁洞飞抓过来。幸得他擒敌心急，下手错了一着，以为有妖雾封锁全洞，不愁敌人飞遁。不料石生有穿山透石之能，又有两界牌护身，逃得异常迅速，一个也没有遭毒手。四人遁后，绿袍老祖仍以为奸细隐身洞中，不曾逃走，及至待了一会，既未见敌人中毒现身，又未见敌人有何举动。原是嗅着生人气息所在下手，不曾看清敌人行迹，笑和尚等一去，渐渐闻不见生人气息。虽疑敌人业已事前逃走，门户封锁又是好好的。出洞一看，也未见丝毫踪影。当时因急于要处治异己，自恃妖法高强，元神奥妙，穹顶封闭严密；极乐真人李静虚闻已成道，不问世事，别的正邪各教中人，俱不能伤害自己，纵有奸细混入，迟早被擒，不足为虑。一时大意，也没往笑和尚等藏身之所观察，只用妖法暗将各处埋伏，以等敌人自投罗网。布置就绪，同了蛮僧雅各达，径往那藏养文蛛的壁洞之内飞去。不提。

话说笑和尚、金蝉、石生、庄易四人飞回原住洞内，打开柬帖，互相观看。不但上面语气较前两次柬帖温和许多，还指示了四人时间和下手之法。另外还附有四张隐身灵符。知道大功将要告成，不由又惊又喜。彼此商量了一阵，决定到时各人佩了苦行头陀灵符，分作两起，照柬帖所说行事。由庄易、金蝉去斩妖僧雅各达幻化用来诱敌的假文蛛，随即虚张声势，用飞剑去除崖壁上的金蚕恶蛊，以便将绿袍老祖引出巢穴。笑和尚、石生事先从妖人口内得了开闭之法，再由适才穿出的石隙中入内，到了里面贴壁飞行，顺路绕向那藏文蛛的白玉石壁上面，破了封锁。等文蛛自己飞出，它二目已被妖人血箭所伤，必然误陷在绿袍老祖埋伏的妖火之中。等到二毒相遇，燃烧起来，飞走不脱，再用霹雳剑由它阔腮中刺入，直穿妖物脏腑。妖物灵气一失，身子便被妖火所化。大功一成，急速退身遁走，飞到空中去与金蝉、庄易二人会合。因为时机迅速,稍纵即逝。尤其是除妖时节,穹顶内尚伏有那倪姓的妖妇,虽然封闭严密,不能走出,可是笑和尚、石生也是无法飞进。妖妇一见文蛛飞出,误触埋伏,必用妖法惊动绿袍老祖。此时下手稍迟,被绿袍老祖飞将回来,玄牝珠绿光一照,灵符便失了效用,不但妖物难斩,还有性命之忧。大敌当前,险难正多,除了石生,余下三人俱都小心翼翼。几番计议筹划,惟恐闪失。直谈到次日黎明,算计时辰快到,笑和尚同了石生,先往柬帖上所说的暗谷里去探机密。二人走有半个时辰,金蝉、庄易也随后动身而去。

且说笑和尚、石生二人隐形借遁飞往百蛮山主峰的南面,照柬帖所指的暗谷之中落下一看,那谷形势异常险恶,丛林密莽间,到处都是毒岚恶瘴,秽气郁蒸,阴森森一片可怖的死气。阳光射到谷里,都变成了灰色。除了污泥沮洳中,不时遇见毒虫恶蝎,成围大蟒,在那里盘屈蜿蜒,追逐跳跃外,静荡荡的,漫说人影,连个鸟兽之迹都无。笑和尚因为时光紧迫,急于寻找绿袍老祖的叛徒,也无心去除那些虫蟒,拉了石生一同往谷的深处飞去。那谷是个螺旋形,危崖交覆,怪木参天,古藤蔽日,越往里走越暗,眼看走到尽头,了无迹兆。正在着急,忽听一种怪声自远处传来,侧耳细听,仿佛人语。循声追去,径从一处岩壁缝里发出,外有藤萝遮蔽。揭藤一看,现出一条宽有二尺的夹衖,壁苔绣合,草气熏人。深入了半里光景,耳听水声潺潺,面前忽然开朗,碧树挺生,野花竞丽,水秀山幽,景物甚是清淑。举目凝望,隔溪对面山崖脚下有一洞穴,那怪声便从洞中发出,时发时止,只是声音尖厉,听不清说些什么。

笑和尚知那洞中必有妖异,仗着灵符隐身,不怕被人看破,便同石生往洞中飞去。里面一片暗红,光焰闪闪。定睛一看,那洞深广约有数丈。当中洞壁上钉着一个妖人,认出是绿袍老祖门下叛徒之一。面前有四面小幡,妖火熊熊,正在围着那妖人身子焚烧。虽没见烧伤哪里,看神气却是异常苦痛,不住呼号,挣扎悲啸。心想柬上所说必是此人。还未及上前问讯,那妖人已经觉出有了生人进洞,忽然停了悲啸,怪声惨气地说道:“来的生人,莫不是想除绿袍老鬼的么?你的隐身法很好,老鬼法术厉害,你也无须现身。如能应允我一件事,我便助你一臂之力。”笑和尚见他觉出行迹,便喝道:“绿袍老祖凶恶狠毒,你们是他门下,一有不对,便受这种暴虐非刑,想必已知悔悟。如能改恶向善,向我等泄了机密,相助成功,我便救你脱难。”那人闻言,冷笑道:“我虽不知你们有何本领,要说除他,除了极乐真人还在人间管闲事,别人再也休想,救我脱难更是休提。要不是他如此厉害,我等或逃或叛,早已下手,不再受这种度日如年的痛苦,还等你来?我不过想和你们交换,少受些罪罢了。”笑和尚道:“既不能除他,助我何用?”

言还未了,妖人已抢着说道:“以前曾有一个小和尚和一个小孩来盗文蛛,想是受了高人指教,怕他将来如虎添翼,先期下手。他迷恋女色,自恃本领,没人敢捋虎须。彼时又恰巧我大师兄辛辰子前来报仇,本可乘他不备,如愿以偿。不想来人不明地理与这里机密,未盗成文蛛,差点送了性命,还害我们多受老鬼一番疑忌。虽说未等他下手禁制,见机逃走的也有好些,早晚仍是要遭他毒手。昨日他因讨好淫妇,将我等二次唤入寝宫,去喂文蛛。我等明知逃走不脱,不过当时进内既是必死,何如暂且避开。万一事过境迁,他想起正在用人之际,不宜多残同类,饶了我们,岂不又可苟延残喘?谁知老鬼真个心毒,事后一个也未幸免。因为元神早被禁制,容易追寻,一个个俱被他用法术分别钉住身躯,用各种恶毒非刑,先摆布了个够。末后再将我等生魂元神去炼一种厉害法术。

“现在他用阴火烧我,并非没有破法。只是此火一灭,他立刻现身追来,那时连你也逃不脱,要想救我,如何能成?我只希望早死,只盼有人能暗入他的寝宫后面阴风前洞,将妖物文蛛除了。一是去掉他的羽翼,稍息心头之愤;二则妖物一死,他那种狠毒妖法便炼不成,留下我等无用,必然早日处死,可以少受许多罪苦。那阴风洞有他法术封锁,即使进去,不识途径,误走阴风洞后户金峰崖,那里有蛮僧雅各达幻化的假文蛛为饵,更埋伏有极厉害的妖法。一中埋伏,地水火风同时发动,必将来人化为灰粉。要进此洞,非会本门法术和我们用的六阳定风幡不可。昨日老鬼处治我们,色蒙了心,竟然没有收去我们随身的法宝。那文蛛藏身的空壁上面有一石匣,内中有十来根三寸六分长的小针,每根针上钉着一小块血肉。你从右至左,数到第六根针上,下面钉着的便是我的元神。你只要将针一拔去,我这里虽然躯壳被阴火焚化,身遭惨死,元神却得遁走转劫,不致消灭。不过拔那根针,比除文蛛还难得多。此针一拔,老鬼就到,被他玄牝珠照住,休想脱身,最是危险。我将死之人,自知罪大恶极,该有恶报。不说明,连累了你,也救不了我,所以明说在先。如自问法力不行,就作罢论。你如敢去,你只要答应我除了文蛛之后,代我将那根针拔去,不但传你解法和那面六阳定风幡,万一侥幸,脱劫转生,异日相遇,必报大德。

“我知你们正教中人不打诳语,如能应允,现在正是老鬼行法入定之际。

你如到了他的寝宫，必见他端坐在那里，似有知觉。其实老鬼多疑，仗着法术封锁，并不愁有人侵害他的躯壳，元神并不在此。他一面用阴火去炼化身上白眉针的余毒，元神却在金峰崖，监视那照料恶蛊的几个残余同门。你进去无须害怕，也不可因见老鬼入定，就打算将他除去，那是自找苦吃。只有一直贴着圆壁飞行，到了那白玉圆石下面，用我传的法术，将幡一指，那块假玉石便即不见。入洞以后，不可照直路走，须往左一拐，有一极幽暗曲折的地穴，穴底便是文蛛潜伏之所，那时凭你自己能力行事好了。”

笑和尚闻言，心中大喜，忙即答应了那妖人的请求。随又说道：“我不但以前来过，并且昨日也曾亲眼目睹，明明见那文蛛等洞一开便自己飞出，怎说是深藏穴底，还要入内找寻呢？”那妖人一听，不由面色惨变，厉声说道：“原来你深知虚实，只是无法去开那壁洞而已。你如等他飞出，我的元神怎能飞遁？幸你自己说出，不然我又上当了。”笑和尚见妖人已在反悔，暗悔自己口快，不该没有传了解法，便露出柬上进行之法。事机一瞬，不敢放松，笑了笑答道：“你误会意了。实对你说，我便是东海三仙之一苦行头陀门下弟子笑和尚。也知绿袍老祖厉害，奉命先除文蛛。你只要传我解法，比入内除它容易。我除了文蛛以后，定然入内将你元神救出。有德不报，过河拆桥，乘人于危，岂是修道之人所为？”那妖人闻言，想了想，叹口气答道：“你说得是，按说原是等文蛛自己飞出更好。我总怕除了文蛛，宫内淫妇将老鬼惊醒，你虽成功，我却无望。不过传你解法，到底多一丝希望。现在一切委之命定，孽由自作，悔已无及，负我不负，任凭于你。我名随引，是老鬼门下第八弟子。除妖之后，如能冒险相救，异日必报大德。那幡经老鬼传授，我自己多年心血祭炼，已拼一死，恐被老鬼搜去，藏在洞外枯树腹内，有法术隐蔽，外人不能取用。待我传你取幡与入洞之法，你急速前往便了。”

笑和尚自是高兴，学了解法，照所指地点取了妖幡，忙不迭地同了石生直往百蛮主峰飞去。虽然妖雾浓密，因为灵符在身，不畏毒侵，顺顺当当地寻着昨日出路，飞入寝宫。只见绿袍老祖并不在内，只有妖妇赤身横陈石座之上。二人隐住身形，到了穹顶后面的圆长玉壁之下，按照解法，将幡一指，也学昨日妖人所为，忙即纵过一旁。转眼间烟雾起处，妖物啸声又由地底传出，渐渐由远而近，毒烟妖雾中带起两串绿火星，张牙舞爪飞将出来。才一出洞，似有觉察一般，竟往笑和尚、石生面前飞来。笑和尚知道妖物异常灵警，必是闻出生人气息。又知妖人寝宫到处都是埋伏，一触即发，不敢大意，只得沿着洞壁一面飞避。那妖物也紧追不舍，围着洞壁绕逐起来。毕竟妖物身躯庞大,追来追去,绕到第二圈上,因为相隔越近,笑和尚一着急,倏地往下一沉身,打算绕到妖物脚底,往后反逃过去。身子刚一转侧,忽见头上一亮,有千百点暗赤火星飞起,满洞彩氛同时蒸腾,不禁吃了一惊。恰巧身侧壁间有一洞穴,连忙同了石生纵身入内,站定观看。那千百点暗赤火星,已将妖物包围成一团,四外彩氛也向妖物身旁聚拢,妖物飞到哪里,火星彩氛也追到哪里。彩烟之中,只见红绿火星滚滚飞扬,煞是好看。妖物且斗且逃,逃来逃去,逃到穹顶上面,不知又触动了什么妖法,轰的一声,穹顶上面起了一阵黄烟,妖物周身的千百点暗赤火星也都爆散开来,化成一片烈火,连同下面黄烟,将妖物团团罩住,脱身不得。只烧得妖物口中毒气直喷,吱吱怪叫,爪上两串绿火星似流星赶月般舞个不停。笑和尚见是时候了,忙运玄功,将手一指,霹雳剑化成一道红光,直朝妖物口中飞去。只听"哇"的一声惨叫,业已洞穿妖物脏腑,飞将回来。那妖物灵气一失,整个身子便落在穹顶上面,被妖火围着,燃烧起来。笑和尚见大功已成,想起妖人随引所托之事,不愿负人,更不怠慢,拉了石生,径往妖物出口的壁洞之中飞去。

穹顶中的妖妇正在假寐,忽然妖物飞出,因是司空见惯,又未见有敌人踪影,以为绿袍老祖又弄玄虚,只是旁观,没作理会。及见妖物触动埋伏,飞到穹顶上面,被妖火围烧,方在惊异,猛见一道红光,比电还疾,从侧面飞来,直穿妖物口内,随又飞回不见。看出那道剑光是正教家数,才知不妙。忙用妖法告警时,妖物已经坠落穹顶,被妖火烧死。

那绿袍老祖身上的白眉针虽然余毒未尽,已无大害。今日正在寝宫行法,先听后洞雅各达告警,赶到一看,雅各达业已身首异处,所有埋伏均未触动,知道来了能人,不由又惊又怒。猜想敌人决难走远,必是隐身在侧。忙用妖法将出入口严密封锁;一面运用元神满洞搜寻,如被玄牝珠光华照上,不愁他不现出身来。正在施为,猛觉一阵心血来潮,金峰崖前门下余孽又在告警。急忙赶出去一看,一道乌光与一道带有风雷之声的紫光,正在飞跃。壁洞中三个看护文蛛的妖人,业已死去两个,只剩一个,展动妖幡护着自身,一面狂喊报警,也不敢上前迎敌。崖壁间封锁金蚕的彩雾,已被敌人破去少半,万千金蚕满空飞舞。这些尚未完成气候的毒虫,怎经得起玄门至宝,被那乌、紫两道光华追杀得吱吱乱叫,金星坠落如雨。有些被剑光追散的金蚕,更是三五成群,往四外逃开去,眼看伤亡在即。越发痛惜愤恨,怪啸一声,便往那两道光华飞去。谁知来人忒也乖觉,绿光才现,便即破空而去,转眼隐去行迹,一任玄牝珠能照形显影,一时也难以追寻。

又痛惜那些心血祭炼的金蚕恶蛊，只得强忍怒气，乱错钢牙。先顾不得去追敌人，运用玄功，先将那些逃散的金蚕一一追回。那些恶蛊又是生来野性，虽用心血喂炼，心息相通，到底还未炼到功候纯熟，这次又未用法术先行禁闭，被敌人剑光惊走，收起来自然艰难，不觉便费了些时刻。估量敌人既是那以前来过的小孩，自己一到便即逃避，惊弓之鸟，必然走远。对着那些死去的恶虫，愤怒了一阵，见看守的人死亡殆尽，又恐敌人去而复转，想了想，还是迁地为良。刚用妖法将所有金蚕收聚一起，带往昔日藏文蛛的中洞地穴之下。因在用人之际，只对那一个未死的门人狞笑了两声，并未责罚，仍命他在穴中看守。恨到极处，到处都埋伏下水火风雷，严密防守。准备敌人不来则已，如来，不得手，自被妖法所困；纵使得手，也必同归于尽。

绿袍老祖刚布置好，又听前洞妖妇用石窍传音的妖法，在那里呼救。猜是刚才逃走的小孩，又往前洞扰闹。暗想："后洞虽有地水火风，因防雅各达同时受伤，还有松懈之处，以致被敌人察明虚实，得利而去。寝宫埋伏森严，只一挨近穹顶，任你天人也难脱身。此番若将这小业障擒住，必与辛、唐二人一般处治，方消胸中恶气。"一面打着如意算盘，身已飞回。一见文蛛业被阴火围住，不由大吃一惊，连忙收去妖法，而文蛛已成灰烬。入内问起妖妇，听说了经过，气得暴跳如雷。一把将妖妇甩开，径往后壁洞中飞去。原意以为今日敌人是受了高人传授，深知虚实，乘其不备，觑便下手，必然得手逃去，决不敢和自己对面，报仇只有俟诸异日。想起文蛛穴内，尚禁制着几个叛徒元神，目前用人之际，门下死亡殆尽，打算将石匣取了，挑放两个备用，并无搜敌之意。不想刚刚飞到洞口，猛觉心中一动，知道又有人在内去救那些叛徒元神，已经破了自己的禁法。

也是合该笑和尚、石生不该遭难。绿袍老祖如将那洞先用妖法封闭，再发动地水火风，一个也休想走脱。偏他报仇心切，只想生擒敌人，不假思索便往洞内飞去。恰巧笑和尚、石生按照随引所说，果然寻着了石匣，依言行事，将第六根妖针刚才拔起，下面那团血肉便化成一溜火星，一闪不见。石生觉得好玩，随手也拔起一根。笑和尚连忙拦阻，刚喊得一声："还不快走！"便见一团绿火劈面飞来，知道不妙，仗着隐住身形，径从斜刺里飞避开去，打算让过绿光，往外逃走。刚刚避开逃出穴外，那绿袍老祖立即追到，忽闻一股生人气味从身旁飘过，知道敌人业已隐身遁走，心中大怒，狂啸一声，那团绿光倏地暴长开来，比电还疾，顷刻照耀全洞。笑和尚、石生仍想从原来石隙遁走，焉能做到。绿光射处，首先将隐身灵符破去，现出身形。笑和尚知道不好，忙用霹雳剑护身时，绿光中一双数十丈长的怪手，业已抓将过来。幸得石生机警，趁百忙中绿袍老祖一意生擒敌人，收了妖法，去了许多阻力，把两界牌一晃，一道光华，竟然破壁飞去。

二人方喜脱离虎口，后面绿袍老祖业已催动烟光，电闪星驰般追来。笑和尚知难脱身，正要返身迎敌，忽然一道五彩金光，原来是金蝉同了庄易手持天遁镜，劈面飞到，放过笑和尚，直敌绿袍老祖。笑和尚、石生见大功告成，金蝉、庄易俱都得手无恙，不由精神大振。四人会在一起，合力迎敌，百忙中彼此略说了两句经过。金蝉、庄易索性将两道灵符藏好，以免被妖法污损。四人剑光，俱都不怕邪污，由金蝉用天遁镜阻住妖氛，各人指挥剑光应战。

绿袍老祖见前面敌人果有上次来的那两个小孩在内，自己纵横一世，却在地沟里翻船，吃了几个小孩的大亏，益发怒上加怒。暗忖："上次因想生擒，行法慢了一步，被你们走脱，今日饶你们不得。"知道剑光虽多，并不能伤自己。只有天遁镜厉害，毒雾烟光，不能上前。狞笑一声，长臂挥处，烟雾越浓，倏地分成数团，分向四人拥去。绿袍老祖妖雾是随消随涨，不比寻常，宝镜光芒一照便消，只能阻住前进。金蝉天遁镜只照一面还可，四面挥照，便显力薄，不能同时使它消散。飞出去的剑光，明明绕到敌人身上，绿光闪处，依然不能损伤分毫。四人见势不佳，知道再若延迟下去，必然凶多吉少。一面由金蝉用天遁镜去抵抗前面妖雾，一面由各人将剑光收回护身，准备逃走。那绿袍老祖早乘四人慌乱分神之际，从烟光中用身外化身，将玄牝珠元神幻化成一只数十丈长的大手，绿光荧荧伸将过来，映得天地皆青，眉发尽碧。笑和尚等四人正待逃走，忽见一只怪手已从烟光中飞临头上。石生动手最早，连用子母降魔针，宛如石沉大海，降魔针投入绿光之中，杳无反应。笑和尚、金蝉又双双冒险将霹雳剑放出抵挡，剑光只围着绿光怪手，随断随合。眼看来势太疾，危机一发。

不知四人性命如何，且待下回分解。

第一二二回

晶锅幻彩　邪雾蒸辉　彻地分身消魔首
仙阵微尘　神刀化血　先天正气炼妖灵

话说笑和尚等四人正在危急之际，倏地三道匹练般的金光，如长虹泻地，从空中往下直射，接着便是惊天动地的一个大霹雳打将下来。四人身躯好似被什么大力吸住，直甩出去约有半里之遥，脱出了险地毒手。只是震得耳鸣目眩，摇魂荡魄。知道来了救应，略一定神，往前一看，所有前面毒氛妖雾，已被霹雳震散，金光影里，现出两个仙风道骨的全真和一个清瘦瞿昙，正是东海三仙玄真子、苦行头陀和乾坤正气妙一真人驾到。笑和尚、金蝉心中大喜，胆气为之一壮，匆匆说与庄易、石生，便要上前再斗。这时三仙的三道金光，正与敌人那亩许方圆一团绿光斗在一起，宛如三条金龙同抢一个翠珠，异彩晶莹，变化无穷，霞光四射，照彻天地。四人刚刚飞近，苦行头陀将手往后一挥，吩咐不要上前，暂待一旁候命。

四人才住脚步，又听得破空之声，三道光华，两个自北一个自西同时飞到，现出三个矮子。西边来的藏灵子首先到达，生得最为矮小，一露面便高喊："三仙道友，暂停贵手。我与老妖有杀徒之仇，须要亲手除他，方消此恨！"言还未了，北面来的也现出身来，正是嵩山二老追云叟白谷逸和矮叟朱梅，同声说道："三位道友，我们就听他的，看看天矮子的道力本领。他不行，我们再动手，也不怕妖孽飞上天去。"这时三仙已各向藏灵子举手，道声遵命，退将下来。藏灵子手扬处，九十九口天辛飞剑如流星一般飞上前去，包围绿光，争斗起来。绿袍老祖狞笑一声，骂道："无知矮鬼！也敢助纣为虐，今日叫你尝尝老祖的厉害。"说罢，长臂摇处，倏地往主峰顶上退飞下去。藏灵子哪里肯舍，大声骂道："大胆妖孽！还想诱我深入，我倒要看看你有甚伎俩。"说罢，将手一指，空中剑光恰似电闪星驰般直朝绿光飞去。

三仙二老也不追赶，大家都会在一起。峨眉掌教乾坤正气妙一真人齐漱溟，从法宝囊内取出六粒其红如火、有茶杯大小的宝珠和十二根旗门，分给玄真子、苦行头陀与嵩山二老每人一粒宝珠，两根旗门，自己也取了一套。剩下一珠二旗交与笑和尚，传了用法，吩咐带了金蝉、庄易、石生三人，将此旗、珠带往东南角上，离百蛮主峰十里之间立定，但听西北方起了雷声，便将珠、旗祭起，自有妙用。笑和尚去后，妙一真人对众说道："我正愁除此妖孽须费不少手脚，会不会在我等行法时，他用元神幻化逃窜，实无把握。难得藏灵子赶来凑趣，正好在他二人争斗之际，下手埋伏，想是妖孽恶贯满盈，该遭劫数。不过藏灵子虽是异派，除了他任性行事外，并无大恶。这生死晦明幻灭微尘阵，乃是恩师正传，又有我等三人多时辛苦炼成的纯阳至宝为助，到时他如果见机先退还好，不然岂不连他也要玉石俱焚？莫如我和玄真师兄交替一下，由我来主持生门，给他留一条出路如何？"矮叟朱梅道："你虽好心，一则恐他执迷不悟，二则他既见机退出，绿袍老祖岂有不知之理？倘或妖孽也随着遁走，我们竟投鼠忌器，万一闹了个前功尽弃，再要除他就更难了。"苦行头陀道："齐道友言得极是。上天有好生之德，藏灵子数百年修炼苦功，也非容易。如被纯阳真火烧化，身灵两灭，不比兵解，反倒成全。此事不可大意，因果相循，误人无殊误己。长眉真人预示妖孽命尽今日，决无差错，我等宁被妖孽遁走，再费手脚，也不可误伤了藏灵子性命，才是修道人的正理。"众人闻言，俱都点头赞可。当下除妙一真人与玄真子相换，去守生门外，余人也各将方位分别站好，静等时机一到，便即下手行事。

这时主峰上空的藏灵子，正和绿袍老祖杀了个难解难分。藏灵子用白铁精英炼成的九十九口天辛剑，只管在那团亩许大小的绿光中乱穿乱刺，但敌人恰似没有知觉一般。适才又在三仙二老面前夸下大口，越俎不能代庖，岂不笑话？不由又愧又怒。想另使法宝取胜时，那绿袍老祖早有算计，将藏灵子诱入了重地之后，乘他一心运用飞剑，不及分神之际，暗中行使妖法，下了埋伏。一切准备停当，才将手往空中一指，空中玄牝珠那团绿光倏地涨大十倍，照得天地皆碧。藏灵子刚将法宝取到手内，忽见绿光大盛，飞剑虽多，竟只能阻挡，无力施为，才知绿袍老祖玄牝珠真个厉害，大吃一惊。不敢松懈，也先将手往空中一指，正用全神抵御之间，忽听地下怪声大起，鬼声啾啾，阴风怒号，砰的一声大震，砂石飞扬，整个峰顶忽然揭去。五色烟雾中，只见一个赤身露体的美妇影子一闪，一座琉璃穹顶比飞云还疾，升将起来。飞到半空，倏地倒转，顶下脚上，恰似一个五色透明的琉璃大蒸锅，由藏灵子脚下往上兜去；上面飞剑抵不住绿光，又平压下来。

藏灵子先见峰顶揭开，烟雾迷漫中，有一赤身美妇，只疑是敌人使什么姹女阴魔，前来蛊惑自己，并没放在心上，只注重迎敌头顶上的绿光，防它有何幻化。百忙中见脚底烟雾蒸腾而上，随手取了一样法宝，待要往下打去，猛一定睛运神，看出下面烟光中那座穹顶。才知绿袍老祖心计毒辣，知道自己也擅玄功，不怕那玄牝珠幻化的阴魔大擒拿法，力求取胜，竟不惜将多年辛苦用百蟒毒涎炼成的琉璃寝宫，孤注一掷地使将出来。若是旁人，精神稍懈，岂不遭了毒手？就在这一转念间，早打定了主意，拼着牺牲一些精血，不露一些惊惶，暗将舌尖咬碎。等到穹顶往上兜来时，忽然装作不备，连人带剑光，竟往烟光中卷去。

绿袍老祖见敌人落网，心中大喜，忙将绿光往下一沉，罩在穹顶上面，以防遁逃。然后将手一指，正待将穹顶收小，催动阳火将敌人炼化时，忽见穹顶里面，霞光连闪两闪，两道五色长虹，宛如两根金梁，交错成了十字，竟将穹顶撑住，不能往一处收小。接着，嗞嗞微响了一下，烟光尽散，藏灵子已不知去向。那座仰面的大穹顶，底已洞穿，恰似一个透明琉璃大罩子，悬在空中，自在飘扬。才知害人不成，反中了敌人的道儿，将多年心血炼成的法宝破去，不由又惊又怒。

方在查看敌人踪迹，忽然一道光华，从身后直射过来。连忙回身看时，一朵黄云疾如奔马，飞驶过来，快将自己罩住。情知今日和藏灵子对敌，彼此都难分高下，决非寻常法宝法术所能取胜。这朵黄云定是藏灵子元神幻化，索性一不做二不休，自己也用元神，和他一拼死活。想到这里，略一定神，无暇再收拾残余法宝，因舍不得本身这副奇怪躯壳，敌人势盛，恐遭暗算，便暗使隐身妖法，往地下钻去。同时精魄离身，与元神会合一体，直往黄云中飞去。两下一经遇合，那黄云竟似无甚大力，暗笑敌人枉负盛名，竟是这般不济，也敢和我动手。正待运用玄功，将敌人消灭，倏听地底一声大震，黄光如金蛇乱窜，藏灵子从烟光中破空直上，手中拿着绿袍老祖两半片怪头颅，厉声喝道："该死妖孽！还敢逞能。你的躯壳，已被祖师爷用法术裂成粉碎了。"

原来藏灵子适才飞入穹顶时，先用法宝将穹顶撑住，然后喷出一口鲜血，运用玄功破了妖法。知敌人凶狡，妖法厉害，自己本领未必能够伤他，便猛生巧计，脱险以后，暂不露面。先使滴血分身，假幻作自己元神，装作与他拼命。本人却隐身在侧，觑准绿袍老祖隐身之所，猜他必将躯壳潜藏地底。忙即跟踪下去，只苦于不知藏处深浅，姑且运用裂地搜神之法，居然将敌人躯壳震裂。绿袍老祖也是自恃太过，才两次中了敌人的道儿，躯体已毁，日后又得用许多心力物色替身。空自痛恨，也无办法。

那藏灵子更是恶毒，将那绿袍老祖两半个残余头颅拿在手中，口诵真言，用手一拍，便成粉碎。再将两掌合拢一搓，立刻化成黄烟，随风四散。眼看前面黄云已渐被绿光消灭，知用别的法宝决难抵敌，便将身往下一沉，落在山岩上面，将九十九口飞剑放出，护住全身。然后将手往头顶一拍，元神飞出命门，一朵亩许大的黄云，拥护着一个手持短剑、长有尺许的小道士，直往天空升起。这时玄牝珠已将先前那朵黄云冲散，劈面飞至，迎头斗将起来。藏灵子运用元神和多年炼就的心灵剑，想将绿袍老祖元神斩死。绿袍老祖又想乘机幻化，将残余的金蚕恶蛊放出来，去伤藏灵子的躯壳。两下用尽心机，一场恶战。绿光、黄云上下翻滚，消长无端，变化莫测。直斗了有个把时辰，未分胜负。

斗到后来，那道绿光芒彩渐减。藏灵子久经大敌，这会工夫已看出玄牝珠的神化，虽不能伤害自己，却也无法取胜。一见敌人似感不支，便疑他不是蓄机遁逃，就是别有用意。正在留神观察，猛听绿光中连连怪啸，似在诵念魔咒，半晌仍无动作。又斗了半盏茶时，对面绿光倏如陨星飞泻，直往下面坠落。藏灵子早有防备，连忙追将下去，刚刚坠落到主峰上面，绿光已经在前飞落。还未等到跟踪追入，忽见下面绿光影中，一道红光一闪，一阵血团黑烟劈面飞洒而上。知敌人又发动了埋伏，不知深浅，未敢深入，略一迟疑，绿光已随血团飞出。藏灵子运用真神，看出那血团中有好几个阴魂厉魄催动。知道那些血团是绿袍老祖用同党生魂血肉幻化，甚为厉害。便将心灵剑飞出手去，一团其红如血的光华，立刻长有亩许方圆，先将那阵血团黑烟围住，然后再用元神去敌绿袍老祖。

两下才一接触，猛然又听异声四起，吱吱喳喳，响成一片。接着嗡的一声巨响，从后崖那边又飞起千万点金星，漫天盖地飞叫而来。一个妖人手持长幡，幡上面放出数十百丈的妖云毒雾，笼罩着这些金蚕恶蛊，在后督队，正要往自己存放躯壳的山崖飞去。才知敌人故意用妖法绊住自己元神同那口心灵剑，暗中却将毒蛊放出，嚼吃自己的躯壳，不由大吃一惊。这时敌人元神光华大盛，心灵剑虽然神妙，偏偏那些血团俱是妖人精血所化，诛不胜诛。尽管被剑光斩断，并不消灭，反而由大变小，越来越多，紧紧缠定剑光不舍。下面躯壳虽有九十九口天辛剑护身，无奈这些受过妖法训练的通灵恶蛊，见了生人，胜似青蝇逐血，死缠不舍。又秉天地奇戾之气，愍不畏死，得空便钻，见孔就入，不比别的法宝尚可抵御。大敌当前，自己元神不能兼顾，只凭飞剑本身灵气运转，略有疏忽，被恶蛊侵入了几个，定遭粉身碎骨之惨。自己功行尚未完满，便将肉身失去。正后悔不该贪功好胜，将元神离身，铸此大错。忽听下面怪啸连声，那金蚕后面的督队妖人便停了飞行。金蚕原受那面妖幡指挥，也跟着不再前进，只管在妖雾中乱飞乱叫。

转眼间，从斜刺里飞来两道妖光，涌现出两个妖人，其中一个断了一只臂膀，各持一面妖幡，烟雾围绕。才一照面，便对那督队妖人喝道："老鬼劫运快到，现在云南教祖和三仙二老，正在合力除他。我等元神，已蒙一位恩人救去。你看他平时对我等那般暴虐狠毒，到了这般田地，还将众同门的精魂血肉，供敌人宰杀诛戮。我们已将洞底禁法破坏，少时他那化血分魂之法，便要被敌人破去。侥幸他因用你，还了元神，还不趁他有力无处使时，急速带了这些恶蛊，随我们死中觅活，等待何时？"言还未了，三个妖人已经聚在一起，呼啸一声，各将长幡一摆，烟云起处，簇拥着那些金蚕，便往东南方向飞去。

绿袍老祖见众叛亲离，又将费尽辛苦炼成的金蚕恶蛊失去。虽受过心血祭炼，灵感相应，无奈这三个妖人本领俱非寻常，驾驭金蚕又是自己所传。元神禁制，还不怕他们反逃上天；如今他们元神被人解放，自己元神又被敌人绊住，眼看着奈何不得，只急得"呜呜"怪啸。

藏灵子以为自己躯壳必毁在恶蛊毒口，万料不到敌人起了内叛，居然保全。同时敌人所用化血分神之法，原是受了同党的救援。内中妖人乘绿袍老祖与敌人交手之时，前往阴风洞底去将自己元神救去。不料被绿袍老祖赶来，遭了毒手，又将他们元神驱遣御敌，因为受了禁制，只能甘受对方宰杀，无力避免。及至二次被那两个同党暗中去破了禁制，自然纷纷逃散。妖人元神一去，妖法便失了灵效，血团妖云顷刻消灭，更是喜出望外。方在得意，忽听西北方起了一个震天价的大霹雳，接着四外雷声同时响应，六七道长虹般的金光，倏从远处飞向中央主峰上面，满空交织。见那三个妖人驾着烟云，带着那成千上万的金蚕飞出好远，被这金光闪了两闪，顷刻不见。正在惊疑，猛听耳旁有人低语道："妖孽凶顽，一时难以诛灭。贫道等奉了长眉真人遗命，已布下生死晦明幻灭微尘阵，将妖窟完全罩住。道友何必多费精神与他苦斗？快请退出西北生门，且由贫道等来代劳吧。"

藏灵子听出是三仙用千里传音警告，此山已设下生死晦明幻灭微尘阵。这阵法乃是长眉真人当年除魔圣法，非同小可，如不见机退出，势必连自己也一同消灭在内。再往上下四方一看，先前金光闪过几闪之后，已经了无踪影，只觉到处都是祥云隐隐，青蒙蒙上不见天，下不见地，别的并无异兆。知道适才雷声，阵势业已发动，危机顷刻，不顾再和敌人争持。百忙中往下一看，九十九口天辛剑光华绕处，自己躯壳仍旧好端端坐在那里。知是三仙二老不但给自己留了出路，连躯壳都未用阵法隐去，好让自己全身而退，心中又感又愧。不敢怠慢，忙将手一指，心灵剑稍缓敌人来势，运用元神，如飞星下逝，遁回躯壳，刚合得体，飞起身来。上面心灵剑抵不住玄牝珠，敌人元神业已追到，哪敢再作迟延，就势收了心灵剑，使用遁法，忙往西北方飞去。那绿袍老祖急怒之余，虽未听出传声示警，已看三仙二老有了动作，仗着玄功奥妙，敌人不能伤害。一见藏灵子想要逃遁，如何肯舍，紧紧追去。两下里遁光俱都迅疾非凡，藏灵子驾着遁光在前，绿光在后，恰如飞星过渡，电闪穿云，相隔也不过十丈左右。

这里三仙二老用千里传音，警退了藏灵子。见绿袍老祖元神也随着退出。当时如将阵势发动，玉石俱焚，又违了初意；否则妖孽也要跟着逃遁，日后成了气候，更难消灭。正在举棋不定，绿光已追离阵门不远。乾坤正气妙一真人见势不佳，正待飞身上前阻挡，藏灵子已首先退出阵来。就在这一友一敌，首尾衔接，绿光转瞬便出阵门之际，倏地一片红霞从斜刺里飞来，放过藏灵子，便见一道血光比电还疾，直朝绿光飞去，恰好两下碰个正着，只听绿光一声惨啸，掉转头便遁回去了。妙一真人看出来人是红发老祖，用化血神刀伤了绿袍老祖元神一下。知道红发老祖定要前往追逐，恐那化血神刀也葬送阵内，忙中不及开言问讯，袍袖扬处，先飞起一道金光，将化血神刀敌住。再用手往空一指，一团红光飞将起来，顷刻化作一片火云，直往空中布去。然后上前与来人相见。此时，藏灵子自觉无趣，早道得一声："道友留情，再行相见。"驾遁光飞遁回去了。

红发老祖因报绿袍老祖杀徒之仇，特意炼了两件法宝，前来寻他算账。一到便看出绿袍老祖追赶藏灵子甚急，乘其不备，给了他一化血神刀。刚要往前追赶，忽见一道金光飞起，将神刀阻住，不能前进。定睛一看，放剑的人正是峨眉掌教，怎会相助妖孽？正在诧异，阵势业已发动，才看出是一番好意。相见不用分说，自知这阵法非同小可，不愁杀徒之恨不消。与妙一真人见礼之后，又去寻见追云叟，谈了几句，便即作别回山。

那绿袍老祖先时只知敌人有了动作，还不知轻重利害。及至追赶藏灵子快出阵间，看见前面祥云中隐现的旗门宝光，才知不妙。方要随敌飞逃，不想才出阵门，便遇克星，吃了一刀。红发老祖亲来，不比洪长豹，可用玄功幻化欺骗。虽有抵敌的法宝,匆忙之中也来不及行使,前进不能,只得后退。一时急怒交加,惊慌忙乱,竟忘了退路更险。才退不到丈许,阵门已合。这时一座百蛮主峰,周围数十里上空,俱是祥云瑞蔼笼罩,红艳艳一片金霞异彩,更看不清丝毫景物。只不时看见那团亩许大的绿光东冲西突,闪动不定。三仙二老各在本门方位上盘膝坐定,运用玄功,放起纯阳真火,手扬处便是一个震天大霹雳,带着一团火云,直往阵中绿光打去。四外雷声一个接着一个,只震得山摇地动,石破天惊。静等满了一十九日,消灭妖人元神,扫荡毒氛。这且不提。

话说把守灭门的笑和尚等四人,先时因为灭门是全阵死门,不愁敌人飞遁,只需到时听见雷声,依法行事。到了灭门以后,刚将阵法布好,笑和尚猛地想起借幡指引自己去斩蛛的随引,虽是妖人余孽,颇有悔过之诚。自己受了人家好处,完成大功,虽说冒险将他元神救出,不知他是否遁走,如等阵势发动,岂不玉石俱焚?还有那辛辰子,也是穷凶极恶,如不是他,自己何致失却无形剑,差一点身败名裂?石生在阴风洞底,又曾误放了一个妖人元神,如要是他,岂不又留祸患?看目前形势,藏灵子与绿袍老祖不斗到智穷力竭,决不罢手。何不趁此时机,前往一探虚实?因自己隐身灵符已为妖法所毁,便向庄易要了来,再三嘱咐谨守阵门,自己顷刻即回。金蝉、石生闻言,也争着同去。笑和尚因石生初次出世,阅历太浅,虽说除妖还不到时候,守阵责任重大,便留下金蝉。又向他要了灵符,交与石生佩用,随自己一同前往,以便到了紧急时间,一闻雷声号令,就用他的两界牌飞回。

商议定后,直往今日相遇随引之处飞去。飞经主峰后面,风穴上空,遥望辛辰子还被钉在妖牌上面挣扎。知他元神未被石生错放,心中大喜。正以为手到成功,忽见一溜绿火,在风穴口外一闪,现出昨日先在风穴看守辛辰子,后来被绿袍老祖咬去一只臂膀的妖人,单手持着那面妖幡,指着辛辰子骂道:“你这恶鬼临死还要害人!昨日我好心好意劝你忍耐一些,少受些罪,你却向老鬼去搬弄是非,害我断了一只手臂,眼看要步你后尘。不想我的元神,竟会自己飞出。如今乘老鬼和敌人动手之际,先报了仇,再行远走高飞,特地前来寻你算账。”一边说着,早将那面妖幡插在背后,从怀中取出一把三尖两刃的刀子,一道黑烟,便要脱手向辛辰子飞去。辛辰子元神受了禁制,残躯毁灭,早在意中,只没料到毁他的不是绿袍老祖,而是昨日的同门。身子又背朝外钉在那里,耳听仇人恶骂,连口都张不开,只急得在牌上乱抖乱颤。

笑和尚一想这两个东西俱非善类，自己除灭这类炼就元神化身的妖人，正觉无甚把握，乐得假手妖人，以毒攻毒。便停止上前，徐观动静。眼看那道黑烟中，一把飞刀快飞到辛辰子后心要穴，忽听一丝破空之音，从斜刺里比电还疾地飞来一溜绿火，恰好将那道黑烟阻住。现出一人，正是昨日借幡给自己去斩文蛛的随引，一现身便将那断臂妖人拦住说道："他虽不好，也和我们同门多年。自从今早诸同门被老鬼禁制后，我也被他寻着，受了许多活罪，自知命在旦夕，不知还要受多少毒刑。想起以前为恶多端，方在悔恨，不想来了救星，将我元神救出。你元神脱禁，也未始不是那位恩人所放。我本要就此逃遁，走没多远，便看出老鬼和云南教祖藏灵子斗法，东海三仙与嵩山二老俱都到来。老鬼纵能脱身，也决顾不了处治我们。想起多年同门之情，兔死狐悲，物伤其类，意欲乘此空隙，往阴风洞底解去大家禁制，再一同逃走。好在文蛛已死，老鬼元神又得全力对付敌人，只要不被他撞上，还怕谁来？事机迅速，稍纵即逝。你我恨辛师兄，也不过将他躯壳毁了，他的元神尚在。我等差不多一样功行，除了老鬼的玄牝珠能将他消灭，再不就遇上峨眉派的纯阳仙剑，不然，我等仍奈何他不得。何苦为伤别人，反而耽误自己？"说罢，又转身对辛辰子道："师兄，你也是平日为恶最甚，才遭此惨报。我二人前去，决定将你元神也一齐放出，不过时间太促，牌上宝钉须要你自用玄功解化，恕不能前来代劳了。"那断臂妖人还在愤恨，随引将话说完，拉了他一同化成两溜绿火而去。

笑和尚见随引果然悔过脱身，甚是高兴。当时如果将辛辰子身躯毁灭原非难事。只是这种妖人，元神如在，终必为祸世间。随引既说峨眉纯阳仙剑可以斩他的元神，何不隐身在侧，随引此去，如不将他元神救出便罢，如果救出，便趁他归窍之际，拿霹雳剑试他一试。主意打定，悄悄拉了石生，隐身埋伏在侧，等候到时行事。辛辰子也是恶贯满盈，气运将终，到了这般田地，还恋惜着原来这一副残躯，以致受完孽报，结果还是神形一齐消灭。笑和尚、石生等了不多一会，便见一团灰暗暗绿阴阴的妖火，从主峰那面朝辛辰子飞来，看去颇为疲惫，飞得并不迅速。想是辛辰子的元神已被随引救出，诚恐将他惊跑，悄悄嘱咐石生在旁留神警备，直等那绿火飞近辛辰子头上，将要入窍之际，才将精神集中，运用玄功，身剑合一，冲上前去，以便一击不中，还可随后追赶。辛辰子脸朝里钉着，笑和尚又有灵符隐身，一丝也不曾觉察。及至听见隐隐风雷之声起自身后，才知不妙，可是已来不及了。那元神原也异常精灵，剑光一现，便即往空中飞遁，无奈被绿袍老祖禁锢已久，日受玄牝珠妖火烧炼，元气大伤，怎敌峨眉至宝。退飞没有多远，被石生飞剑一挡，略一迟顿，笑和尚霹雳剑正从后方追到，恰好从绿火中心穿过。耳听妖牌上“哇”的一声惨叫，那团妖火已被剑光斩为两半，还在飞跃。石生的飞剑如一阵银雨涌了上来，会合笑和尚剑光，围住这两个半团绿火一绞，光焰由浓而淡，逐渐消灭。笑和尚万不料这般顺手。回看妖牌上面的辛辰子，还在“吱哇”惨叫，更不怠慢，指挥剑光飞将过去，围着妖牌绕了几下。牌上妖雾散处，连辛辰子带妖牌俱都斩断成好几截，半晌毫无反应。

知道大功告成，方要同了石生回转，忽见随引驾着遁光飞来，喊道：“恩公留步！老鬼正打算放那恶蛊出来，去害藏灵子躯壳。快将那面幡儿还我，待我去将恶蛊引来，将它消灭，以免日后为害。”笑和尚闻言，刚将幡取出还了随引，未及答话，便见金蝉从灭门上飞至，说道：“适才苦行师伯巡视各门，给了我们一道灵符，说是少时如见金蚕，可用此符破它。如今距离除妖不远，吩咐你快回去呢。”笑和尚一听，顾不得再与随引多说，道了声：“好自为之，得手速急逃走，以免玉石俱焚。”便同金蝉、石生飞回原处。

不多一会，果然随引同了两个妖人，各持妖幡，将千万金蚕恶蛊引来。笑和尚忙用真火将灵符焚化，一道金光宛如一幅天幕，从空中落下，将随引等三人和那万千金蚕一齐罩住。笑和尚见随引也不免于难，甚是难过。方要代他跪求师父开恩时，随引已和一个妖人从金光影里脱身出来，朝着笑和尚等下拜说道：“我到阴风洞底去放各位同门元神，刚刚得手，有几个同门想生吃那妖妇报仇，只管在洞中寻找，我劝他们不听。刚刚逃出，老鬼忽然回来，那几个后走的同门，连人带元神都被他擒住，死于非命。我听老鬼又在吩咐将恶蛊放出，才向恩公要回幡儿，去与这位同门带了金蚕逃出，行到此间，被金光罩住。正愁难得逃命，耳旁忽听‘速弃妖幡，立誓改邪归正，便可免死’。我二人刚刚依言，起了重誓，金光也闪出了一条道路。那断臂同门名叫乔瘦，想是他平日积恶太重，未及逃出，只见他在一团红云里挣扎了两下，便没有踪影。这位同门名叫梅鹿子，入门最晚，人甚忠厚，这次迭经险难，看出因果，决计弃邪归正。此时如求各位仙长收录，自知我等以前罪恶太重，必难获允。意欲先寻地方隐居潜修，过些年月，出外积修功行，以赎前愆，俟有成效，再求恩公代向诸位仙长讲情，收归门下吧。”笑和尚闻言，不禁点头称善。二人又向金蝉三人分别见完了礼，直到雷声大作，仙阵发动，才作别而去。

笑和尚等四人，按照苦行头陀吩咐，直守到第十九天的正午时分。忽听四外雷声如战鼓密集一般,往中央聚拢,猛地主峰那边,又是震天价一个大霹雳响过,眼见一道青烟往上升起,立刻祥光尽敛,红云齐收。三仙二老同在主峰上空现身,传谕四人过去,知道妖孽身灵,业被真火炼化消灭。四人连忙一同过去参见。这时四面崖上飞瀑全部停歇,主峰周围数十里方圆地面,塌陷成一个大湖荡,清泉涌突,洒雪喷珠,翻滚不停。那座主峰只剩半截,独峙湖心,高出水面约有数丈。正中心冒起一股温泉,有百十丈高,十来丈粗细,热雾蒸腾,晶光幻彩,恰似一根撑天宝柱,百色缤纷。再衬着四外清流浩浩,飞白摇青,越显雄伟奇丽,气象万千。

四人参拜了三仙二老之后,笑和尚单独向苦行头陀请罪,并谢各位师伯叔成全之德。玄真子道:“你连经魔难,不辱使命,你师父已经许你将功折罪。日后光大峨眉,用你之处正多。你虽得了火灵宝珠,却失了无形仙剑,终是缺陷。现在绿袍、谷辰两个妖孽,已除其一。谷辰劫运未到,正是尔等小辈个人修道积功之机会。你如想求深造,可先回山,等到宝相夫人脱劫之后,到她风雷洞去面壁十九年,于静中参悟,重炼无形仙剑。炼成以后,再出山积修外功,自能得着正果。不过你师父功行圆满,不久飞升。一入风雷洞,不俟将来正果修成,不能相见。你师父门下只你一人,他的剑法系释家炼魔至宝,与我等所用不同,虽说殊途同归,到底别有玄妙。你师父已参佛家正谛,对此末法,原不重视。只我同你妙一师叔,不愿你师父剑法失传,欲令你承继你师父剑法衣钵,归入峨眉门下。无奈你师徒聚首日浅,怕你不能在短时间内尽得真传。此番回转东海,须一丝也懈怠不得,否则到时功亏一篑,岂不可惜?”言还未了,笑和尚一听师父不久便要飞升,想起平日教养深恩,不禁悲从中来,跪在地下泪流不止。

苦行头陀道:“业障,你枉自随我多年,还这等免不了贪嗔痴爱。只需努力潜修,道行岂有止境?自你两次触犯戒律,我便看出你非佛门弟子,欲待将你逐出门墙,又念你平时尚无大过,苦修不易,过出无心,罪不至此。若就放任,依旧传我外相衣钵,又恐我去以后,你又重犯贪嗔,中途变节。虽说各位师伯叔可以帮我制你,到底也是我的过恶。因此,才命你三上百蛮,饱尝忧患,见你虽有悔过之诚,究竟难保未来。只打算就你自己平时心得,由你自己参悟,不再传授心法。经你诸位师伯叔再三苦劝,你妙一师叔并答应将你收归峨眉门下,以免日后放纵。固然是你宿根深厚,遇此仙缘,但是也非容易。还不上前行了拜师之礼,只管做些世俗之态则甚?”

笑和尚一肚皮委屈,哪敢还言,恭恭敬敬上前,朝着乾坤正气妙一真人,重行拜师之礼，请求训示。妙一真人道："我念你天资功行，均非凡品，恐日后无人管束，误入魔道，辜负你师父多年教养苦心，才请求将你收归门下。你本有宿慧仙根，自会努力潜修，毋庸多为晓谕。我不久回转峨眉，本派三辈同门，俱来聚会，乃是长眉祖师飞升以后，第一次大典，万无一人不到之理。不过你师父玄功奥妙，飞升在即，诚恐往返费时，误你功课，特降殊恩，准你一人无须赴会，可在东海早晚虔诚用功参悟。等到参透玄机，前往风雷洞面壁潜修。一过中秋不久，就是你师父功德圆满之时。只此有限时光，能否承继你师父衣钵，全在你自己修为何如了。"

笑和尚跪领训示之后，玄真子道："此次虽将妖孽消灭，事前还逃走了几个余党和那个姓倪的妖妇。虽说他们能力有限，到底日后免不了兴风作浪，为祸人间。好在妙一师弟回山之后，自会传谕同门弟子，前往相机行事。这些余孽如能悔过，自当不咎既往；否则下手宜速，以防他们投入谷辰门下，助纣为虐。我与白、朱两位道友，尚须往北海一行，要先走了。"说罢，同了追云叟白谷逸、矮叟朱梅向苦行头陀与妙一真人举手，道得一声："请！"百道金霞展处，升空而去。

苦行头陀便对妙一真人举手道："贫僧回山，便着尉迟火到时前往仙府受训。凝碧崖之会，恕贫道无此缘法。道友此去九华见了妙一夫人，请代致意。贫道尘缘将满，只好先走一步，不及面别了。"笑和尚早和金蝉、石生、庄易三人叙过别意，彼此自然都有些依恋不舍。见师父把话说完，连忙赶过来重向妙一真人跪下叩别。妙一真人又谆勉了几句。

将他师徒送走后，才将金蝉等三人唤过，首对金蝉道："你年来颇有精进，但是童心犹在，言行均欠谨饬，不是修道人的风度。我以后不常在山，你更须时常外出积修外功，务须事事留心，听从汝姊及各前辈同门的训诲，以免误却历劫三生的慧业夙根和异日的成就。芝仙与你仙缘最深，你和众弟子用它之处甚多，更要好生将护，不可大意。我此去九华、黄山，与餐霞大师及汝母尚有事商量。峨眉之围已解，你可同了石生、庄易回山等候便了。"

金蝉跪领训示已毕，石、庄二人仍在地下未起，等妙一真人说完，便恳求收录。妙一真人点了点头，由二人行了拜师之礼，方吩咐起立。先对石生道："你母苦修多年，因有宿孽，感了灵石精气，无夫而孕。你外祖不察究竟，严加责罚。如非极乐真人先赐灵符防身，几乎将一生功行付于流水。你秉两间英灵毓粹之气而生，异质仙根，得天独厚。我门下教规甚严，只需努力潜修，不犯戒条，异日成就，不在三英二云以下。此番到了峨眉，可先向师姊师兄们请教。等我回山，再传授你功课吧。”石生领训，跪谢起立。

妙一真人又对庄易道：“你也是生具异禀，只为夙孽，使你误服涩芝，失音喑哑。你前师可一子虽在旁门，心术品行极为纯正，以他能力使你复音，原是易事。他因见你质地不恶，恐你得了他的真传，反倒误入歧途，再入正教，修为不易，才行作罢。这是他对你用心深厚之处，不可不知。本想俟我回山，再行与你医治。一则见你心地虔诚，修为勤谨；二则你和诸同门均是初见，言语不通，全用手势，终是憾事。特为你耽延片刻，使你复音。此后入了本门，要知仙缘不易，坚固初衷，勤积外功，力求精进，勿负我意才是。”庄易闻言，不禁感激涕零，拜将下去。妙一真人便取出一粒丹药与庄易服下，然后命庄易盘膝内视，运气调元。少时如觉各宫部位有何感应，须要镇静心神，不可动念。坐有片刻，坎离业已配合。妙一真人才将手一指，一线金光细如游丝，直往庄易左鼻孔之中穿去，不多一会，又由右鼻孔钻出，再入左耳，游走完了七窍。最后走丹田，经涌泉，游天阙，达华盖，顺着七十二关穴逆行而上，才从口内飞出。庄易只觉一丝凉气，从涌泉顺天脊直透命门，倏地倒转，经灵关、玉海，夺门而出，立时觉得浑身通泰，心旷神舒。直到妙一真人说道：“好了，起来。”不由情不自禁地喊了一声：“恩师！”居然复音如常，心中大喜，忙即翻身拜谢。妙一真人将袍袖一展，一道金光如彩虹际天，电射星飞，转瞬没入云中不见了。

第一二三回

恶计毁仙山　巧语花言谋荡女
对枰凌绝巇　玄机妙用警淫娃

金蝉、石生跪送妙一真人走后，俱代庄易心喜，抢着问长问短。各自称道了一阵师父恩德，又观赏了一些眼前奇景，才一同驾起剑光，径往峨眉凝碧崖飞去。飞行迅速，没有多时，便离峨眉不远。正行之间，忽见两道青光，从天边由西往东南一闪即逝。金蝉认得那两道剑光虽是异教，却已得了峨眉传授。揣看来路，正从峨眉方面飞起，疑是凝碧崖新入门不久的同门，不知有甚急事飞得那般快法，偏又相隔太远，不及追上前去询问，只得作罢。一路寻思，眼看快到凝碧崖上空，倏地又见一道紫光、一道青光冲霄直上，定睛一看，正是英琼、若兰二人。连忙迎上前去，未及开言，英琼首先抢问："来时路上可曾看见寒萼与司徒平二人去向？"金蝉答道："我倒未见二人，只看见两道青光，像是本门中人，由此往东南天际飞去。难道山中又发生了甚急事么？"英琼忙对若兰道："你猜得对，他二人定是回转紫玲谷去了。我们赶快追去。"金蝉还要追问究竟，英琼急道："这没你的事，只是她姊妹闹点闲气，我们要去追他们回来。你先回仙府，等我们将人追回再谈吧。"说罢，也不俟金蝉答言，匆匆拉了若兰，同驾剑光冲霄而去。

金蝉见二人飞行已远，便带了石生、庄易往下降落。刚要着地，又见神雕佛奴在前，秦紫玲驾着那只独角神鹫在后，迎面而来，紫玲在神鹫背上，只朝金蝉等三人笑着点了点头，便即往空飞去。金蝉降落下去一看，崖前静悄悄的，只有袁星站在仙籁顶飞瀑底下，掬水为戏。见了金蝉，跪下行礼。金蝉便问："他们都往哪里去了？"袁星躬身答道："各位仙姑和新来几位大仙，都在太元洞内商量事呢。"金蝉闻言，慌忙同了石生、庄易，直往太元洞前跑去。

石、庄二人见这凝碧崖果然是洞天福地，仙景无边，俱都惊喜非常。因为金蝉催促快走，不暇细细赏玩，一同进洞。一看正中石室内坐定的除了齐灵云、周轻云、朱文、严人英、吴文琪、裘芷仙等原有诸同门外，还有好多位男女同门，也有认得的，也有未见过的。只于、杨二人与南姑的兄弟虎儿不在洞中。灵云见金蝉成功回转，甚是心喜。金蝉等三人与大家彼此见礼，略一叙谈，才知余英男自英琼等取来温玉，日服仙药，业已复原。妙一夫人日前曾回山一行，南姑已蒙恩收归门下，昨日才回了九华。这些新到的同门，皆为重阳盛会在即，久慕仙府奇景，又急与久别诸同门相见，所以先期赶来团聚。还有多人，有的尚未得到传谕，有的因事羁身，有的已经得了师长传谕尚在途中，不久都将陆续到齐。目前已到的，除了风雷洞髯仙门下的石奇、赵燕儿，因洞府毁于妖气，奉命移居凝碧崖外，远客计有岷山万松岭朝天观水镜道人的门徒神眼邱林，青城山金鞭崖矮叟朱梅的弟子纪登和陶钧，昆明开元寺哈哈僧元觉禅师的弟子铁沙弥悟修，以及前在风火道人吴元智门下的七星手施林、灵和居士徐祥鹅。一个个都是仙风道骨，气宇不凡。

金蝉原有一肚子的话想问，因见灵云把大家聚在这平时准备朝参师长的中间石室以内谈话，必有要事商议，只得勉强忍住。一眼看见朱文独自一人坐在离门最近的一个石墩之上，默默不语。近旁不远，恰巧空着一个位子，便搭讪着走了过去。灵云正在说话，看了他一眼，金蝉也未在意。一落座，便悄问朱文："妖人围山何时已解？紫玲姊妹因何淘气？可有英琼、若兰在内？司徒平又是何时回山？为何也与寒萼同行？"一连问了好些。朱文只把嘴朝着灵云努了努，一言不发。金蝉见连问数次，朱文俱不答理，一赌气把头转向一边，身子往旁一偏，将石生招了过来，坐到一起。

二人刚坐下，猛听灵云道："诸位师兄师弟师妹，昨日掌教夫人临走前，说秦家姊妹现有灾难，曾留下柬帖一封，吩咐到时开看。不想她姊妹今晨因小事反目，寒萼师妹年幼无知，竟不惜干犯戒条，挟制司徒师弟私自离山他去。因见李、申两师妹大难已完，命她们追去，当无妨碍。偏偏紫玲师妹又因为求好过切，非要亲自前去将他二人追回处罚不可。此次开山盛会不比寻常，本派长幼同门，非经掌教师尊特许，届时不准不到。如今端阳期近，误了盛会，不但寒萼师妹吃罪不起，就连愚妹也负有平日失于纠察之责。秦氏姊妹乃有功之人，更不忍见她们受难受灾。适才拜观掌教夫人柬帖，才知她姊妹因在青螺峪用白眉针伤了藏灵子门人师文恭，此番回山，无心与藏灵子相遇，该有十六日险难，稍一救援不及，便遭惨祸。尤其是八月中秋，便是她母亲宝相夫人脱劫之时，更不可误却这千载一时的良机。此事除怪叫花凌真人，不能解围。现奉掌教夫人之命，着愚妹借送还九天元阳尺为名，前往青螺峪邀请凌真人出山相救,就便送于建、杨成志二人前往学道。事有周折,即时便要起程。只是这凝碧崖仙府,先前因掌教师尊及各前辈师伯叔均不在此,掌教师尊原住的峨眉丹云嶂全真洞,又因简冰如师伯超劫在即,用风雷将洞封锁,面壁静修,不能来此主持,掌教师尊才命愚妹暂时看守。当时仙府新辟,异派不知底细,崖顶又有师祖灵符封锁,无人前来侵扰。自从飞雷捷径打通,便引起了妖人异教的觊觎。先是阴素棠门下孙凌波,几次前来寻衅。接着便是施龙姑等勾引了华山派门下一干妖孽,围困本山,目前虽然妖氛已解,这些漏网余孽岂肯就此甘休?难保不在掌教真人回山以前,乘隙前来侵犯。防守仙府,责任重大。难得各位同门日内俱要到来,不比以前势太孤单。不过暂时还须有人主持,以免有事发生之时,失去通盘筹算。按照入门先后和道力深浅,自以纪师兄为第一,意欲请纪师兄代愚妹统率一切,便不虞有失了。"

峨眉门下,班次之分甚严,灵云虽不算最长,因奉师命,义无多让。既有要事他去,论道行班次,均以纪登为长,自然不便推却,只口头上略致谦辞,便接受下来。灵云又命南姑去将于、杨二人唤来,说带他二人前往青螺峪。杨成志自从惊了肉芝,连次惹祸,自知不得众心,巴不得离此他去。于建却是万分不愿离开仙府,但是又不敢违拗,眼望南姑等人,露出十分依恋,恨不得都代他求说几句。南姑知于建同去,灵云原另有作用;再说,自己泥菩萨过江,好容易才得保全,哪敢再管别人闲事。只好装作不解,将头偏过一旁,兀自觉心里酸酸的。朱文素来口快,见于建这般情景,方要开言,灵云看了她一眼,也就住口。当下灵云略微分派,又嘱咐朱文、金蝉,好好在洞中听从纪师兄吩咐,不要离开。然后带了于、杨二人,用遁法直往青螺峪飞去。

灵云走后,大家略谈了一阵,均各自便。人英带了庄易,往洞外去观赏仙景。金蝉拉了石生,径去寻了朱文、轻云二人,追问别后之事。

原来施龙姑和阴素棠的弟子孙凌波本是死党,自从二人看中石奇,前往飞雷洞寻衅,结果羊肉未吃成,闹了一身臊,孙凌波身遭惨死,自己也几乎送了性命,本就怀恨在心。偏巧阴素棠赶到云边旧府时,她两个心爱门人已被峨眉门下铁沙弥悟修、七星手施林、灵和居士徐祥鹅等杀死。仇人业已远飏,枉自愤怒。回转枣花崖,见孙凌波与余英男俱都不在。唐采珍还不知孙凌波已死,只说余英男乘孙凌波出门逃走,孙凌波回来去追,未追上,隔日又找她的好友施龙姑,前往峨眉飞雷洞,从此一去不归等语。阴素棠闻言大惊,暗忖:"那风雷洞是峨眉派髯仙李元化的洞府,她二人怎敢冒险深入虎穴?”知徒莫若师,算准孙、施二人到飞雷洞去,决非寻常采药访友,必有所为。又看出唐采珍胸前双乳隆起,秀眉含润,媚目流波,颦眸之间春情溢露,哪里是一个处女?便再三喝问真情。唐采珍年幼胆小,禁不住阴素棠威吓,只得哭着说出孙凌波平时行为,怎样和姓韩的少年藏在洞内淫乐。末后又看中了风雷洞一个道童,头一次已将那道童摄来,因值师父回山,被那道童乘机遁脱。二次又去擒那道童,那姓韩的便乘她不在,强将自己奸污。同时还想强奸英男,被英男用剑将他杀死,恐孙凌波回来不饶,才行逃走。最后一次,孙、施二人同往风雷洞,也是为了那道童才去的等实话,一一说出。

阴素棠免不得责骂了唐采珍一顿。情知孙凌波最后前去,必遇峨眉主要人物,说不定已丧了性命。虽恨她胆大,瞒着自己行事,到底多年师徒之情,又是一个得宠得力的门人,心中不免难过。尤其是峨眉门下欺人太甚,就在这一二月之间,竟连伤自己好几个爱徒。孙凌波如侥幸不死,还可缓图;如已死在敌人之手,再不给她报仇,岂不于自己面上也太下不去?虽知敌人势盛,也就顾不得了。想到这里,决计去见施龙姑,问明真相和孙凌波的生死存亡,再作计较。便将枣花崖洞府封锁,留下唐采珍,独自一人赶到姑婆岭。

到了施龙姑洞前,忽听头上有破空的声音,两道半青不白的光华如太白经天,直往洞中飞去。阴素棠现在虽然失足,走入邪道,毕竟出身昆仑正派,除了自己多行不义外,对于各派邪正,分别颇清,这时看出来人是华山派中能手。暗忖:“施龙姑既嫁给了熊血儿,难道就不知道轻重利害?背了藏灵子师徒,偷偷摸摸已是不可,怎便大招大揽,连华山派这一干色魔也延纳了来?自己和藏灵子交谊颇厚,施龙姑行为不检,未必不是自己徒弟的勾引。那华山派中的史南溪,又曾伤害过自己的情人赤城子,万一狭路相逢,岂非不便?”

正在欲前又却,踌躇不定,忽听有男女笑语之声由洞中传出。连忙将身闪过一旁,待要避开,已是不及。那出来的几个男女,内中有两个女的:一个是施龙姑,一个是魔教中有名的勾魂姹女李四姑。还有三个男的,正是华山派几个魔君:史南溪、阴阳脸子吴凤、兔儿神倪均。一出洞便由施龙姑为首,抢上前来拜见。余人也随着打了问讯。阴素棠见了史南溪,心中自是万分痛恨。那史南溪却如没事人一般,一张红脸笑嘻嘻地献殷勤,闹得阴素棠反倒不便发作。见孙凌波没有出来,已知凶多吉少,方要询问,施龙姑已恭请入洞再谈。阴素棠既已现身,当然不能拒绝,只得由施龙姑陪了一同入洞。

刚得落座，施龙姑便含泪将孙凌波怎样在飞雷洞前身遭惨死，自己同李四姑若非见机得早，也步了她的后尘等经过情形，说了一个详细。

原来施龙姑自从飞雷洞前漏网逃脱，归途路上，勾魂姹女李四姑遇见旧好阴阳脸子吴凤，便约他相助报仇。才知毒龙尊者师弟史南溪，因年来浮荡，没有归宿，也没有创立什么门户。烈火祖师和他至交莫逆，便劝他和自己做一党，一同管领华山派，以图增厚势力。史南溪加入了华山派以后，益发声势赫赫，无恶不作。李四姑与他原是旧好，已有多年不见，便请吴凤去将史南溪约来，得便寻几个助手，好报峨眉之仇。吴凤去了没有多日，果然将史南溪约到。史南溪本是色中饿鬼，最善采补之术，与李四姑叙旧，自不必说。李四姑嫌一人分身不开，连施龙姑也一起拉了下水，四人两对，更番淫乐了些日，才互商报仇之策。

史南溪略知峨眉虚实，便说道："现在峨眉虽是几个后辈在彼，但是前洞凝碧崖顶有长眉真人封锁，不易攻进。既然他们将后洞打通，纵有几个小辈防守，也未必是我们对手。报仇还在其次，那凝碧崖洞中，还有长眉真人遗藏的许多灵药异宝，九华肉芝也移植在内，我们如能攻了进去，不但报了仇，扫了他们的脸，还得了那些好东西，助我们增长道力，真是一件美事。日前听说，峨眉派重阳前后，要在凝碧崖太元洞召集长幼同门，开开山大会，那时他等人多势众，去也徒劳。最好趁他们在东海采药炼丹，不能分身之时前去，要容易得多。不过我们的人还嫌少些，那群小辈的道力虽是不济，几口剑皆非凡品。孙凌波前次失利，便是吃了人少的亏。烈火道兄和他师弟兔儿神倪均，炼了一个都天烈火仙阵，厉害非凡，不论仙凡，一入阵里，便被风雷所化。任是一等仙山，受风雷攻打，不消数日，也成灰烬。现在去寻他对付几个小辈，虽说有点小题大做，不过那阵原为峨眉这群业障而设，先去消灭他们的根本重地，也未尝不是善策。且待我前去和他商量一番。"当下便别了龙姑等三人，径往华山，一问方知烈火祖师已往陷空岛有事，须要年底才回。且喜兔儿神倪均和那阵图法宝，俱在山中。彼此一商量，割鸡焉用牛刀，既然阵图法宝都在，何必要烈火祖师亲去。便写了十几封柬帖，吩咐门人去约请帮手，自己同倪均先在枣花崖相候。

史南溪眼光何等精灵，一眼便看见下面洞门前站定的阴素棠，想起以前剑伤赤城子之事，不便上前相见。自己又想了一个主意，便抢在阴素棠前头入洞，对施、李二女说了大概，吩咐如此如彼，千万不可将阴素棠放走。然后一同出来，将阴素棠接进洞内，说完许多经过，又请阴素棠加入相助。

阴素棠对报仇自是十分愿意，但心里还是记着史南溪前仇，只管唯唯否否，未下肯定答词。一面又看四人亲昵情形，不住拿话去点醒龙姑，意思说她不要如此明目张胆胡为，藏灵子师徒不是好惹的。谁知施龙姑已为史南溪等淫魔邪术所迷，闻言强笑道："血儿他不顾我，把我一人冷冷清清地丢在此地。以前几次要拜他师父的门，学些本领道术，想是他师父嫌我资质太低，不堪教训，始终没有答应。这次在峨眉吃了多人的亏，差点送了性命。事后思量，皆是自己道行不济之故，非常害怕。现在我和李四姑都拜在烈火祖师门下，静等祖师回山，就行拜师之礼了。"

阴素棠闻言，便猜龙姑因为贪淫，又恐后患，竟至毅然不顾一切，背叛丈夫，投身到华山派门下。知她将来必无好结果，错已铸成，无可再说。至于寻峨眉派报仇之事，这些淫魔前去，果能如愿，更省得自己费事。否则等他们失败回来，自己再广寻能人为后助，设法报仇，也免得沾他们的光。此时正好坐山观虎斗，人已死了，报仇何在早晚？自己羽毛未丰以前，何苦随着他人去犯浑水？想到这里，便推却道："孽徒惨死，原该为她报仇，但眼下峨眉势盛，非一人之力所能成就，原想俟诸异日。难得诸位道友与龙姑同仇敌忾，又有都天烈火大阵，不患不能成功。我道力有限，对于此阵奥妙，莫测高深，有我不多，无我不少。近在山中炼了一样法宝，也是为了报仇之用，如今尚未炼成，意欲向诸位道友告辞回山，俟有用我之处，再来如何？"兔儿神倪均道："仙姑这话奇了。我等原因龙姑相约，为报令徒之仇而来，仙姑本是主体，怎会置身事外？令人不解。"众妖人又再三从旁婉劝，说得阴素棠无话可答，只得应允。最后仍说山中有事，法宝也未随身，决定届时赴约。又座谈了一会，才行辞去。一路暗想："久闻史南溪这个恶道性如烈火，怎么今日几次给他难堪，他都始终和颜悦色地对答，情意殷殷？莫非他后悔伤害赤城子，又不便明和自己道歉，特意和自己殷勤，释嫌修好？也未可知。"又想起孙凌波随自己多年的师徒情意，既有这种现成的时机，还是先报杀徒之仇再说。主意定后，便往枣花崖飞去。

阴素棠原也是昆仑派中健者，只为一时情欲未尽，与赤城子有了苟且行为，被众同门逐出教外，一赌气想和赤城子另创新派，争回颜面。经营多年，不但没有成效，近来又遭失意之事。如就此知难而退，她除平时淫行外，尚无别的大恶，一时也不致便伏天诛。偏偏遇上孙、施两个淫女往峨眉闯祸，把她引入漩涡。起初不愿和仇人共事，主意本打得不错，何曾想到史南溪阴险淫凶，心存叵测，别有深意。这次同犯峨眉，便种下恶因，闹得身败名裂，万劫不复,此是后话。

再说史南溪知阴素棠也非弱者,就此引她入港,说不定还讨个没趣。见她执意要先回山,只好欲擒先纵,放松一下,龙姑此时已无所忌惮,异日熊血儿不知更好,只需等他回时,略避一些行迹;如若事情败露,好在有华山派作为护符,索性公然与他决裂,省得长年守这活寡。等阴素棠走后,三男二女五个淫魔,又开无遮会,任情淫乐起来。

过没三日,约请的人陆续来到,除了华山派门下的百灵女朱凤仙、鬼影儿萧龙子、铁背头陀伍禄外,还有昔日曾在北海无定岛陷空老祖门下的长臂神魔郑元规。那郑元规自从犯了陷空老祖的戒条,本要追回飞剑法宝,将他处死,多亏他大师兄灵威叟再三求情,又给他偷偷送信,才得逃走。自知师父戒律素严,早晚遇上,还是难讨公道,便投奔到百蛮山阴赤身寨五毒天王列霸多门下。逃走时节,又偷了他师父许多灵丹仙药,害得灵威叟为他在北海面壁罚跪三年,自己却得逍遥事外。那列霸多是个蛮族,自幼生着一身逆鳞,满口獠牙,本就无恶不作,自从得了郑元规,益发同恶相济。因见各派俱在收罗门人,光大门户,也想把那赤身邪教开创到中土来,便命郑元规到崆峒山创立赤身教。他与史南溪等都是极恶淫凶一流,平时情感甚密。这次史南溪侵犯峨眉,派人前去请他。他听来人说起峨眉凝碧崖有许多美女,已是动心;何况还有那千年难遇的肉芝,更是令他垂涎不已,一接信便赶了来。见面略一商量,仍然公推史南溪主持一切。因为还有约请未到的人,定在第五日子正去袭峨眉后洞,能偷偷进去更好,如果敌人有了准备,便用都天烈火大阵将凝碧崖包围,强逼敌人献了肉芝降顺;否则便豁出肉芝不要,将敌人根本重地化成灰烬。主意打定,一面着施龙姑去与阴素棠送信,一面又同一干妖人就在姑婆岭前演习阵法。一个个兴高采烈,静等到时行事。不提。

且说施龙姑到枣花崖见了阴素棠,说明经过。阴素棠知她执迷不悟,不好再劝。心中究竟还是恨着史南溪,不愿立刻就去,推说再有三四日,法宝才能炼好,请上复史道友,准定在期前赶到便了。龙姑辞别回去,行到离姑婆岭不远,见自己洞前一片暗赤光彩,杀气腾腾,千百道火线似红蛇乱飞乱窜,知是史南溪等在演习阵法。正要催动剑光前进,忽然一眼瞥见离姑婆岭还有三十余里的一座高峰绝顶上,有两个人在那里对坐。暗想:"那座峰上丰下锐,高出左近许多峰峦之上,似一根倒生着的石笋挺立半空。上面除了有些奇石怪松外,漫说是人,连鸟兽也难飞渡。峰的上半截,终年云雾包没,时常看不见全身。今日虽然天气晴明,罡风甚大,寻常修道的人也不会上去盘桓，这两个人来头想必不小。现在各道友正在姑婆岭练法，莫要把机密被外人得了去。记得以前因采药曾上去过两次，有一次在无意中发现上面有一个洞穴，直通到半峰腰下。当时因为那洞幽深曲折，洞底又是一个极深水潭，无甚用处，没有再去。反正此时回山也没甚事，何不就便前往探个动静？那两人如果是峨眉敌派，乐得结纳引为己用；要是自己这一派的敌人，便看情形行事，凭自己能力，能除去他更好，不能也不去惊动他，回去约了人再来，也不为晚。”

想到这里，因为相隔不远，恐防被人觉察。那峰位置，原在姑婆岭西南，如要前去，本应南飞。故意把剑光折转往东，一路将剑光减低，飞出约有三五里光景，恰好穿入前面密云层里，估量峰上的人已看不见自己，方向一改。即使刚才露了行迹，也必以为自己是个过路的人而忽略过去。

施龙姑便将剑光降低，折回来路，仗着密云隐身，紧贴着山麓飞行，顷刻之间，到了峰底。无巧不巧，峰半腰上也起了一圈白云，将峰腰束住，看不见顶。龙姑心中暗喜，急匆匆找着以前去过的那个洞穴，飞身入内。才一入洞，便见剑光影里，有一团大如车轮的黑影，迎面扑来。一个不留神，差点被那东西将粉脸抓破。还算龙姑机警，忙运剑光去斩时，那东西已疾如电逝，掠身而过，飞出洞外去了。龙姑暗想：“无怪人说深山大泽，多生龙蛇。连这一个多年蝙蝠也会成精，竟然不畏剑光，自己一时疏忽，差点还吃它伤了。回来得便，定要将这东西除去，以免年久害人。”

当时微觉左耳有些疼痛，因为急于要知峰上人的底细，并未在意，仍旧觅路前进。叵耐以前来路大部不甚记忆，兀自觉得洞中黑暗异常，霉湿之气蒸熏欲呕。一任自己运用玄功，剑光只能照三尺以内，也不知飞绕了许多曲折甬径，仍未到达上面。末后依稀辨出昔日行路，算计不会再有差错。刚飞上去约有十来丈左右，明明看见前面是一个岩窗，正待运用剑光飞升而上，忽地前额一阵剧痛，火花四溅，眼前一黑，许多石块似雨点一般打来，同时自己的飞剑又似被什么绝大力量吸收了去。刚喊得一声：“不好！”一阵头晕神昏，支持不住，竟从上面直跌下来，扑通一声，坠入下面深潭臭水里面，水花四溅，水声琤瑽，与洞壁回声相应，入耳清脆，身已没顶，闹得浑身通湿。恰好被水的激力冒出水面，看见自己的飞剑正从上面坠落。惊慌昏乱之中，不暇细思别的，忙运一口真气，将剑光吸来与身相合，仍旧腾身而起。忙取出随身法宝，一面用法术护身，四下里留神观察，只觉出头面上有几处疼痛，余外并无一丝一毫异状，既无鬼怪，也无敌人在侧，心中好生惊异。再仔仔细细飞向适才坠落的顶上一看,原来是一块凸出的大怪石,黑暗之中看不甚清,连人带剑撞将上去。因飞时势子太猛,正撞在自己头上,将头脑撞晕,坠落潭底。若换了寻常的人,怕不脑浆迸裂,死于非命。那丈许大小的怪石,也被剑光撞得粉碎。所以当时看见火星四溅,并非有甚埋伏。暗怪自己鲁莽,受这种无妄之灾,还闹得浑身污泥臭水,好不丧气。欲待就此回去,更衣再来。一则不好意思对众人说起吃亏之事,二则恐峰上的人离此他去。想了想,这般狼狈情形,怎好见人?决计还是上去,只探明了实情就走。略将身上湿衣拧了拧,顺手往脸上一摸,剑光照处,竟是一手的鲜血,知道虽未受有重伤,头皮已撞破无疑。自出娘胎修道以来,几曾吃过这般苦楚?不由冤愤气恼,一齐袭来,越发迁怒峰上之人,好歹都要查出真相,以定敌友。

人入迷途,都是到死方休,甚少回头是岸。龙姑虽是异教,学道多年,功行颇有根底,并非弱者。她没有想想,一个飞行绝迹的剑仙,岂是一个大蝙蝠所敢近身?一块山石,便能将自己撞得六神无主,头破血流,身坠潭底,连飞剑都脱了手的?仍是一丝也不警悟,照样前进。因为适才吃了大亏,不敢再为大意,一路留神飞行。偏这次非常顺利,洞中也不似先前黑暗得出奇,顷刻之间,已离绝顶只有一两丈光景。恐被对方觉察,收了剑光,攀援而上。到达穴口,探头往外一望,果然离身不远,有两个人在一块磐石上面对弈,旁边放着一个大黑葫芦,神态极是安详。定睛一看,两人都是侧面对着自己。左边那人,是个生平第一次见到过的美少年。右边那人,是个驼子,一张黑脸其大如盆,凹鼻掀天,大眼深陷,神光炯炯。一脸络腮胡须,长约三寸,齐蓬蓬似一圈短茅草,中间隐隐露出一张阔口。一头黄发,当中挽起一个道髻,乱发披拂两肩。只一双耳朵,倒是生得垂珠朝海,又大又圆,红润美观。身着一件红如火的道装,光着尺半长一双大白足,踏着一双芒履。手白如玉,又长又大,手指上留着五六寸长的指甲,看去非常光滑莹洁。右手指拈着棋子,沉吟不下。左手却拿着那葫芦,往口里灌酒。饶是个驼子坐在那里,还比那少年高出两个头,要将腰板直起,怕没有他两人高。真是从未见过的怪相貌。再细看那美少年,却生得长眉入鬓,目若朗星,鼻如垂玉,唇似列丹,齿如编贝,耳似凝珠,猿背蜂腰,英姿飒爽。再与那身容奇丑的驼子一比,越显得一身都是仙风道骨,不由看得痴了。

第一二四回

迷本性　纵情色界天
识灵物　言访肉芝马

话说美少年与驼子所在山峰，因高耸入云，上面不生杂树。只有怪石缝隙里，疏疏密密并生着许多奇古的矮松，棵棵都是轮囷盘郁，磅礴迂回，钢针若箭，铁皮若鳞，古干屈身，在天风中夭矫腾挪，宛若龙蛇伸翔，似要拔地飞去。驼子和少年对弈的磐石，正在一株周有数围、高才丈许、荫覆数亩的大松盖下，两个黑钵里，装着许多铁棋子，大有寸许，看去好似一色，没有黑白之分。敲在石上，发出丁丁之声，与松涛天风相应，清音娱耳。那洞穴也在一株松针极密的矮松后面。穴旁还有一块两丈多高的怪石，孔窍玲珑，形状奇古。人立石后，从一个小石孔里望出去，正看得见前面的磐石和那两人动作；石前的人，却绝难看到石后。

龙姑见有这种绝好隐蔽，便从穴口钻出，运气提神，轻轻走向石后，观察那两人动静。身刚立定，便听那少年说道："晚辈还奉师命，有事嵩岳。老前辈国手无敌，晚辈现在业已输了半子，难道再下下去，还要晚辈输得不可见人么?"说到这里，那驼子张开大口哈哈一笑，声若龙吟。龙姑方觉有些耳熟，那驼子忽地将脸一偏，对着她这面笑了一笑，越发觉出面熟异常。看神气好似自己踪迹已被他看破，不由大吃一惊。总觉这驼子是在哪里见过面，并且不止一次，只苦于想不起来。当时因为贪看那美少年的丰仪，驼子业已转过头去与少年谈话，适才那一笑，似出无心，便也放过一旁，继续留神静听二人讲些什么。

那驼子先听少年说了那一番话，只笑了笑，并未答理。这时忽对少年道："你忙些什么，白矮子此时正遍处去寻朱矮子，到百蛮山赴东海三仙之约，你去嵩岳也见不着，还得等他回来，此时赶去有甚意思？还不如留此陪我，多下一局棋，就便看看鬼打架，岂不有趣?"那少年答道："既是家师不在嵩岳，弟子去也无用。老前辈玄机内莹，烛照万象。此次三仙二老均往百蛮,不知妖孽可会漏网?”说时又在石的右角下了一子。

驼子答道:“妖孽恶贯满盈,气数该尽。不过这业障忒也凶顽刁狡,如非魔限已终,三仙所炼的生死晦明幻灭六门两仪微尘阵,连那纯阳至宝,虽然厉害,无奈他玄功奥妙,阵法不能当时施展,稍微被他警觉一些,至多斩掉他的躯壳,元神仍是不能消灭。偏我昨日遇见天师派天矮子,怀着杀徒之仇,执意要寻天狐二女为难。是我激他道:‘一成敌人,胜者为优,只怨自己师父传授不高,不能怪人辣手。你那孽徒虽中了白眉针,若非妖孽借体还原,并非没有救法。你们自己同党尚且相残,何况敌人?像这种学业尚未炼成,眼睛没有睁开,喜与下流为伍而给师父丢脸的徒弟,早就该死,还给他报什么仇?既要怪东怪西,头一个就得去寻那害他的同党算账。欺软怕硬,算的是哪门子一派的教祖?’天矮子向不服人,闻言大怒,便要和我交手。我又逗他:‘你和我交手还早呢。第一你先去百蛮山,把你孽徒的仇报了来。你如无此胆子,我还借乌龙剪给你助威。事完之后,我准明年端午到云南去登门求教。’我当时不是不愿和他动手,实因昔年峨眉道友助过我一臂之力,久无以报,恐他们大功难成,本要亲身前去相助。难得巧遇三寸丁,他性情执拗不下于我,他也会这种分神化炼玄功,他只要被我激动,一到百蛮,必定好胜贪功,自告奋勇,正好由他去见头阵,让三仙道友抽空布置。谁知他果然中了我的道儿,愤愤要走。

“我还怕激他不够,行前我又对他说道:‘我知你这个没出息的三寸丁,只为利用一个女孩子来脱劫免难,自己当了王八不算,还叫徒子徒孙都当王八。我生平除极乐童子外,没有人敢在我面前叫阵。早晚不给你看点颜色,你也不知我驼子贵姓。’他知我是那下流女孩母亲的旧友,他那种做法也太不冠冕,便说他并非成心拿圈套给人去钻,实因那女孩母亲求他允婚时,见那女孩资质还不错。只是先天遗留的恶根太厚,早晚必坠入淫孽,形神消毁,不堪为他弟子匹配,不肯答应。经不住那女孩的母亲再三苦求,他因以前好友之情,又念在那女孩母亲苦修数百年,只有这一点骨血,连门人都没一个,眼看快遭天劫,能避与否,尚不可知。当其途穷日暮之际,不好遇事坚拒,才将婚事答应。起初原想过上几年,查明心迹,引入他的门下。谁想那女孩天生孽根,无法振拔,叛夫背母,淫过重重。如依他徒弟心理和他的家法,本应将其斩魂诛体。但是一则看在亡友分上,二则他自己以前又不是没有看出将来收场结果,想了想他教中原有献身赎罪之条,才暂时放任,留为后用。

“我没等他说完，便呸了他一口，说道：‘那女孩虽没出息，你若使其夫妻常在一起，严加管束，何致淫荡放佚到不可收拾？你明明纵人为恶，好供你将来的牺牲，还当我不知你的奸谋么？’他闻言冷笑答说：‘漫说徒弟是我承继道统之人，不能常为女色耽误功行，就是任其夫妻常聚，也不能满其欲壑。如其不信，尽可前往实地观察，便知我所说真伪。’他那种办法，此时看去似存私念，其实还是看在故人情分，使她到时身死而魂魄不丧，仍可转劫为人。否则那女孩淫根太深，积恶过重，异日必追乃母后尘，而道力又不如远甚，万难似乃母一般侥幸脱劫，以至形灰神灭，岂不更惨？说完便和我订了后会之约而去。他前往百蛮，我正可省此一行。想起那女孩的母亲也曾与我有旧，情知天矮子所言不谬，但是还想亲来看看，万一仍可振拔，迷途知返，岂不堵了天矮子的嘴？及至到此一看，这女孩真是无可救药，只得由她去了。”

那少年道：“同门诸位师伯叔与老前辈，尽有不少香火因缘。这里的事，老前辈适才已然说知因果，只一举手，便可使诸同门化险为夷，又何必坐观成败呢？”那驼子答道：“你哪知就里。一则劫数所关；二则我与别人不同，人不犯我，我也向来不好管人闲事。照你所说，各旁门中尽有不少旧友，若论交情深浅，岂不便是峨眉之敌呢？”那少年也不再答言，似在专心一意地下棋。那驼子说完了这一席话，两眼渐渐闭合，大有神倦欲歇神气。

龙姑这时虽在留神偷听，一边还贪看那美少年的丰仪，仅仅猜定驼子虽不是峨眉同党，也决不是自己这一面的人，别的并未注意。后来听出驼子所说的天矮子，有点像云南孔雀河畔的藏灵子。又仿佛在说自己与熊血儿结婚经过，越听越觉刺耳。听驼子之言，自己所行所为，藏灵子师徒已然知道真相，怪不得上次熊血儿回山，神态如此冷漠。只是熊血儿素常性如烈火，藏灵子也不是好惹的人，何以装作不知，不和自己破脸？如说有用自己之处，熊血儿不说，藏灵子玄功奥妙，道法精深，若遇天劫，岂是自己之力所能化解？又觉有些不类，心中好生惊异。若照前半年间，施龙姑只在山中隐居，虽和孙凌波同流合污，弄些壮男偷偷摸摸，毕竟守着母训，胆子还小。那时如闻驼子这一番话，纵不惊魂丧魄，痛改前非，也会暂时敛迹收心，不敢大意。再听出那驼子与母亲有旧，必定上前跪求解免，何致遭受日后惨劫？无奈近来群魔包围，陷溺已深，淫根太重，迷途难返。先时也未尝不入耳惊心，不知怎样才好。继一寻思：“藏灵子师徒既已知道自己行为，即使从此回头，不和外人往来，也决挽回不了丈夫昔日的情爱；纵使和好如初，也受不了那种守活寡的岁月。烈火祖师门人众多，声势浩大，本领也不在藏灵子以下。

事已至此，索性将错就错，先发制人。即使明白与熊血儿断绝，公然投到华山派门下，还可随心任意，快乐一生，看他师徒其奈我何？”

想到这里，不禁眉飞色舞，对驼子底下所说，也不再留神去听。只把一双俏目，从石缝之中注视那美少年，越看心里越爱。色令智昏，竟看那美少年无甚本领。若非还看出那驼子不是常人，自己适才又不该不留神，闹了个头破血流，浑身血污，不好见人时，几乎要现身出去，勾引一番，才称心意。正在恨那驼子碍眼，心痒难挠，猛想道：“看这驼子气派谈吐，都不是个好相识。这峰密迩姑婆岭，必已得了虚实。那美少年明明是峨眉门下无疑，万一驼子为他所动，去助敌人，岂不是个隐患？何不乘他不备，暗中给他几飞针？倘若侥幸将他杀死，一则除了强敌；二则又可敲山镇虎，将那美少年镇住，就势用法术将他迷惑，摄回山去，岂不胜似别人十倍？”随想，随即将头偏过石旁，准备下手。因猜不透驼子深浅来历，诚恐一击不中，反而有害，特地运用玄功，将一套玄女针隐敛光芒，觑准驼子右太阳穴发将出去。那金针初发时，恰似九根彩丝，比电闪还疾。眼看驼子神色自若，只在下棋，并未觉察，一中此针，便难活命。

就在这一眨眼的当儿，那少年倏地抬头望着自己这面，将手一扬，仿佛见有金光一闪。那驼子先把右手一抬，似在止住少年，那金光并未飞出。同时驼子左手却把那装棋子的黑钵拿在手内，搭向右肩，朝着自己。驼子动作虽快，看去却甚从容，连头都未回望一下。那棋钵非金非石，余外并无异处。说时迟，那时快，龙姑的九根玄女针恰好飞到。只见一道乌光，将针上的五色霞光一裹，耳听叮叮叮叮十来声细响过处，宛如石沉大海，无影无踪。龙姑大吃了一惊，这才知道轻捋虎须，驼子定不肯甘休。刚想重用法宝飞剑防御，驼子不知取了一件什么法宝向龙姑反掷过来，一出手便是一团乌云，鳞爪隐隐，一阵风般朝龙姑当头罩来。龙姑忙使飞剑防身，欲待驾起遁光退避，已来不及，当时只觉眼前一黑，身上一阵奇痛，神志忽然昏迷，晕死过去。

过了有好一会，觉着身子被一个男子抱在怀中，正在温存抚摩，甚是亲昵，鼻间还不时闻见一股子温香。起初还疑是在梦中，微睁媚目一看，那人竟是个美貌少年道士，眉若横黛，目似秋波，流转之间隐含媚态，一张脸子由白里又泛出红来。羽衣星冠，容饰丽都，休说男子，连女人中也少如此绝色。转觉适才和驼子对弈的美少年，丰神俊朗虽有过之，若论容貌的温柔美好，则还不及远甚。尤其是偎依之间，那道士也不知染的一种什么香料，令人闻了，自要心荡神摇，春思欲活。见他紧搂纤腰，低声频唤，旁边还放着一个盛水的木瓢，看出并无恶意。刚要开言问讯，那道士已然说道："仙姊你吃苦了。"依了龙姑心思，还不舍得就此起身，到底与来人还是初见，已经醒转，不便再赖在人家怀里。才待作势要起，那道士更是知情识趣，不但不放龙姑起身，反将抱龙姑的两手往怀里紧了一紧，一个头直贴到龙姑粉脸上面挨了一下。龙姑为美色所眩，巴不得道士如此。先还故意强作起立，被道士连连搂抱，不住温存，早已筋骨皆融，无力再作客套。只得佯羞答道："适才被困在一个驼背妖道之手，自忖身为异物，想必是道友将我救了。但不知仙府何处？法号是何称呼？日后也好图报。"道士道："我已和仙姊成了一家，日后相处甚长，且休问我来历。适才见仙姊满身血泥污秽，是我寻来清水与仙姊洗涤，又给仙姊服了几粒丹药，才得回生。请问因何狼狈至此？"

龙姑此时业已色迷心窍，又听说道士救了自己，越发感激涕零，不暇寻思，随即答道："妹子施龙姑，就住前面姑婆岭。路过此山，见有二人下棋，疑是敌人，前来窥探。被内中一个驼背道人，收去妹子一套玄女针，又用妖法将妹子制倒，幸得道兄搭救。那驼子不知走了不曾？"那道士又细细盘问明了驼子的相貌，虽然脸上频现惊骇之容，龙姑却并未看见。等到龙姑说完，那道士忽然扭转龙姑娇躯抱紧，说道："亏我细心，不然几乎误了仙姊性命和攻打峨眉的大事呢。"龙姑忙问何故。

道士道："我便是巫山牛肝峡铁皮洞的温香教主粉孩儿香雾真人冯吾，与烈火祖师、毒龙尊者、史南溪等俱是莫逆之交。因为前数月毒龙尊者曾派他门下弟子俞德到牛肝峡请我往青螺赴会，偏巧我不在山中，往福建仙霞岭采阴阳草去了。回山才知峨眉门下一干小业障请来怪叫花穷神凌浑，破了毒龙尊者水火风雷魔阵，强霸青螺峪，死伤了许多道友，毒龙尊者还被藏灵子擒往云南。我闻信大怒，立誓要代各位道友报仇。刚得下山，便遇黄山五云步万妙仙姑许飞娘，说峨眉气势方盛，报仇还不到时候。他们新近开辟了根本重地凝碧崖太元洞，里面藏有不少珍宝。还从九华移植了肉芝，吃了可以入圣超凡。如今一班有本领道行的敌人都分头在祭炼法宝丹药，准备应劫，凝碧崖只有几个孩子在那里看守。飞娘来时，曾路遇华山派的使者，说史南溪在姑婆岭主持，乘峨眉无备，去潜袭他的凝碧崖，夺走肉芝，代众道友报青螺之仇。飞娘本人因有要事在身，不能前往，便代他们来约我前去相助。因我终年云游，正拿不定我回山不曾，恰好半路相遇。我久慕仙姊丽质仙姿，别了飞娘，赶往姑婆岭。正行之间，忽然看见下面山谷中有条似龙非龙，虎头蓝鳞，从未见过的异兽，刚落下遁光，想看个仔细。恰好遇我一个仇人和那个驼子,正说要将你处死。是我用法宝飞剑,将驼子和那仇人赶走。恐他们约人回转,于你不利,才驾遁光将你摄到此地,用清泉洗去你脸上的血泥,又用我身带仙丹将你救转。只说无心之中救了一人,没想到你便是姑婆岭的施仙姊,真可算仙缘凑巧了。"

龙姑这时已看清自己存身所在,并非原处。又听说那道士便是史南溪常说的各派中第一个美男子,生具阴阳两体的巫山牛肝峡粉孩儿香雾真人冯吾。一听惊喜交集,全没想到冯吾所言是真是假,连忙挣着立起身来下拜道:"原来仙长便是香雾真人,弟子多蒙救命之恩,原是粉身碎骨,难以图报。"言还未了,冯吾早一把又将她抱向怀中搂紧,说道:"你我夙缘前定,至多只可作为兄妹称呼,如此客套,万万不可。"说罢,顺势俯下身去,轻轻将龙姑粉脸吻了一下。龙姑立时便觉一股温温暖气,触体酥麻,星眼流媚,瞟着冯吾只点了点头,连话都说不出来。淫男荡女,一拍便合,再为细表,也太污秽楮墨,这且从略。

那冯吾乃是本书前文所说妖人阴阳叟的师弟。阴阳叟虽然摄取童男童女真阳真阴,尚不坏人性命。冯吾却是极恶淫凶,天生就阴阳两体,每年被他弄死的健男少女,也不知若干。自从十年前与阴阳叟交恶之后,便在牛肝峡独创一教,用邪法炼就妖雾,身上常有一种迷人的邪香,专一蛊惑男女,仗着肉身布施,广结妖人,增厚势力,真实本领比起阴阳叟相差得多。

那驼子却是本书正邪各教前一辈三十一个能手中数一数二的人物,姓名来历,且容后叙。那美少年便是追云叟白谷逸的大弟子岳雯。两人都爱围棋,因此结了忘年之交。这次驼子用激将言语说动藏灵子去往百蛮山后,想起金针圣母友谊,特意到姑婆岭点化施龙姑,先给她吃了点苦头。然后将她带到落凤山,交给屠龙师太善法大师,原想使她躲过峨眉之役,托屠龙师太指点迷途,管束归正。谁知施龙姑魔劫太深,业障重重。驼子到了落凤山,屠龙师太业已他去,只剩她徒弟眇姑和神兽虎面藏彪看守洞府。驼子将她交给眇姑,嘱托一番,便即同了岳雯走去。

眇姑见龙姑一身都是血泥污秽,驼子虽用了解法,尚未醒转,想进洞去取点丹药泉水,与她服用。才一转身,正遇冯吾得了许飞娘之信,从巫山赶往姑婆岭。他以前在雁荡山吃过屠龙师太大苦,并不知屠龙师太移居此山。一眼看见那神兽在谷中打盹,觉着稀奇。身才落下,便见崖上躺着一个面有血泥的女子,似乎很美。心刚动得一动,忽听风雷破空之声,看出是屠龙师太回山,吓了个魂飞魄散。幸而手疾眼快,忙将身形隐起。屠龙师太也是著名辣手，近年不大好管闲事，万没料到有人敢来窥伺，一到便往洞中飞去。眇姑自然说了前事，就这问答工夫，谷底神兽早闻见崖上生人气味醒转。无巧不巧，冯吾行法太急，又正站在龙姑身前，连龙姑也一起隐起。冯吾先还只以为龙姑是屠龙师太新收弟子，自己既没被仇人看见行踪，更可借此摄去淫乐，以报昔日之仇。一见神兽蹿上崖来，不问青红皂白，将龙姑抱定，摄了便走。屠龙师太和眇姑闻得兽啸，出洞一看，人已不见，只当龙姑自醒逃走。本就不愿多事，并未追究。

倒是冯吾淫贼胆虚，飞出好远，才另寻了一个幽僻山谷落下。寻来清泉，洗去龙姑脸上血泥，竟是美如天仙。再一抚摸周身，更是肌肤匀腻，滑不留手。起初还怕她倔强，不肯顺从。正要用邪法取媚，龙姑已经醒转，极露爱悦之情，益发心中大喜。再一问明来历，才知还是同道。这还有什么说的，随便择了一个山洞，尽情极致了一番，彼此都觉别有奇趣，得未曾有。又互相搂抱温存了一会，商量一同回转姑婆岭。

这时已是次日清晨，龙姑问起道路，才知离家已远。两人便一起驾遁光，手挽手，往姑婆岭飞去。到了洞前落下，冯吾忽然想起一事，唤住龙姑，低声嘱咐："见了史南溪等人，休提遇见驼子及自己半途相救情形，只说无心在云路中相遇便了。"龙姑不知冯吾连见屠龙师太都吓得心惊胆裂，哪里还敢去和那驼子交手。把他先时的信口胡诌当成真言，竟以为他不愿人知道和自己有了私情，故而隐过这一节。本想对他说："史、吴、倪等人一向俱是会开无遮，不分彼此，只要愿意，尽可任性取乐，日后用不着顾忌。"因已行到洞口，不及细说，恩爱头上，自是百依百顺，笑着一瞟媚眼，略一点头，便即一同入内。进洞一看，见里面除了原有的人外，又新到了一个华山派的著名党羽玉杆真人金沈子，也是一个生就玉面朱唇的淫孽。座中只长臂神魔郑元规与冯吾尚是初见，余下诸人见了冯吾，俱都喜出望外，分别施礼落座。从此一个个兴高采烈，欢欣鼓舞，每日照旧更番淫乐，自不必说。

史南溪派出去约人的使者，原分东南西三路。东西两路所请的人，俱已应约而至。只派往南路的人，有个头陀名叫神行头陀法胜，却未到来。此人百无所长，飞剑又甚寻常。仅有一件长处，是他在出家时节，无心中得了一部异书，学会一种七星遁法，能借日月五星光华飞遁，瞬息千里，飞行最快。那东西两路派出去的人，原都是见了所约的人，只需传了口话，递了柬帖，事情一完，各自回山。惟这神行头陀法胜，史南溪因他有七星光遁之长，飞行绝迹，盗取肉芝大有用处，特地命他与被请的两人同到姑婆岭听命。起初算计他去的地方虽远，回来也最快。谁知人已到齐，而他请的人未来，连他本人也杳无音信。直等到第四日过去，也不见法胜回转。知他虽然平素胆小怯敌，却极善于隐迹遁逃，不致被敌人在途中擒杀。而且所约两人，乃是南海伏牛岛珊瑚窝的散仙，南海双童甄艮、甄兑，俱非寻常人物，万无中途出事之理。想了想，想不出是甚缘故。这些淫孽，多半是恶贯满盈，伏诛在即，并未深思，也不着人前去打探，以为峨眉只几个道浅力薄的后辈，狮子搏兔，何须全力。南海双童不来也罢，既然定了日期，决计到时动手就是。

光阴易逝，不觉到了第五日子正时刻，阴素棠果然如期赶到。她本人虽然一样犯了色戒，情欲不断，毕竟旁观者清，一见这班妖孽任意淫乐，公然无忌，便料知此次暗袭峨眉，纵使暂时胜利，结局也未必能够讨好，早就定了退身之策。与众人略微见礼，互道景仰，已到了动身时刻。一干妖人由史南溪为首，纷纷离洞，各驾妖遁剑光，齐往峨眉山飞雷洞前飞去。这一干妖人，只说峨眉都是些后生小辈，纵有几个资质较佳，受过真传，也不是自己一面的对手，何况又是潜侵暗袭，不愁不手到成功。没料到他这里还未动身，人家早已得信准备。自从髯仙令仙鹤回山报警后，灵云等人早就日夜留神。接着又连接掌教夫人飞剑传书，指示机宜。只是金蝉、英琼俱都有事羁身，离山他去。这还不算，紫玲的独角神鹫，现在优昙大师那里，等用仙法化去横骨；神雕钢羽与灵猿袁星，又因英琼一走，也都跟去。这三个虽是披毛带角的畜生，却是修炼多年，深通灵性，要用来观察敌情，防守洞府，有时比人还更有用。这么一来，无疑短了好几个有用的帮手。

灵云等知道敌人势盛，责任重大，哪敢大意。除将石、赵请来，连同仙府中原有诸同门，妥善计议，通力合作，定下防守之策外，又命芷仙去将芝仙唤来，对它说道："仙府不久便有异派来此侵犯，志在得你和仙府埋藏的重宝。我等已奉掌教真人之命，加紧防御，料无闪失。你自移植仙府，我等因见你修道千年，煞非容易，又感你灵血救人之德，视若同门至友，既不以异类相待，亦不觊觎你的仙体灵质，以助成道之用。你却因此忘了机心，上次在微尘阵前，吃了杨成志的大亏，几乎送了性命，未始不是你乐极生悲，上天给你预兆。后来我等回山，斥责杨、章等人，你以为无人敢再侵犯，故态复萌。偌大仙府，尽多美景，难道还不足意？昨日朱仙姑往前山解脱庵，去取余仙姑的衣物，归途竟见你独自在前洞门外，追一野兔游玩。枉有多年功行，还是如此顽皮。万一遇见邪魔异派，我等不知，何能救援？倘或膏了妖孽的馋吻，岂不悔之无及？现在为你安全设想，你生根之处虽然仙景最好，仙果繁盛，因为这次来的妖人俱非弱者，诚恐幻形隐身，潜来盗你，容易被他发现。适才和秦仙姑商量，因你平日满崖游行，地理较我等要熟得多，着你自寻一所隐秘奥区，将你仙根移植，由秦仙姑再用仙法掩住敌人目光。只是此法一施，非俟破敌以后，你不能擅自离体神游，你深通灵性，当能逆料。如自知无事，只需多加小心，不离本洞，也无须多此一举；如觉将来仍有隐忧，还须依照我等所言行事，以免自误。”

芝仙先时闻言，脸上颇现惊异之色。及听灵云说完以后，也未表示可否，径自飞也似的跑向若兰面前，拉着衣角往外拖拉。众人俱当它要拖去看那隐秘地方，知它除金蝉外，和若兰、英琼、芷仙三人最为亲热，所以单拉若兰。灵云、紫玲自是必须前往，余人也多喜它好玩，都要跟去。谁知众人身才站起，芝仙却放了若兰，不住摆手，又向各人面前一一推阻。众人都不解是何用意。灵云问道：“看你神气，莫非只要申仙姑同你一路，不愿我等跟去么?”芝仙点了点头。灵云知它必有用意，又见它神态急切，便不多问，拦住众人，单命若兰随往。芝仙才高兴地张着两只又白又嫩的小手，跳起身往若兰怀里便扑。若兰知它要抱，刚伸手将它抱起，芝仙便急着往外连指。

若兰抱起芝仙出洞之后，众人重又落座叙谈。紫玲猛想起灵云适才说，朱文在凝碧崖顶的洞门外面遇见芝仙之事，便问朱文道：“朱师姊从解脱庵回来时，在何处遇见芝仙？可曾看清它追的野兔是个什么模样吗?”朱文道：“我当时因为降落甚速，先只瞟了一眼，看见它追的那东西浑身雪白，有兔子那么大小，并没看得仔细，一晃眼便追到草里去了。我因芝仙还要往草里去追，想起它关系重大，不论哪一派人见了这种灵物，谁都垂涎，它又没有能力抵御，恐受他人侵害，才转身回去，将它抱起回洞。可笑它记仇心甚重，因为昔日蝉弟在九华得它时节，我曾劝蝉弟就手将它生吃，补助道行，蝉弟不肯，它却永远记在心里，从不和我亲热。这次抱它时，它虽没有像往常遇见不愿的人，便往土里钻去，却也在我手里不住挣扎，口里乱嚷，小手往后乱舞。我也没理它，就抱着一同回来了。迎头遇见大师姊，才没说几句，它便溜下地去跑了。”紫玲好似对朱文后半截话不甚注意，抢问道：“那东西师姊未看清，怎便说是野兔呢?”朱文笑道：“我今儿还是头一次见秦大师姊这么打破砂锅问到底。刚才不是对你说过，那东西是白白的，洞外草长，看不见它全身，仿佛见它比兔子高得多，还有一双红眼。白毛红眼，又有兔子那般大小，不是野兔是什么?”

紫玲还未答言，灵云已听出一些言中之意，便问紫玲道：“文妹虽然年来功行精进,但是阅历见闻,都比贤姊妹相去远甚。听玲姊之言,莫非这洞外又有什么灵物出现么?”紫玲道:“大师姊所言极是。诸位师姊请想,那芝仙秉天地灵秀清和之气而生,已有千百年道行,非极幽静明丽之区,不肯涉足,性最喜洁,岂肯与兽为伍?而且它虽是灵物,胆子极小,见了寻常虫豸,尚且惊避不遑,何况是个野兔,怎敢前去追逐?照适才拉扯申师姊情形与朱师姊所言对证,那东西决不是什么野兔,说是匹小白牛白马,比较对些。纵然不是芝仙同类,也是天地间的灵物异宝。大师姊说它大胆,擅自出游。据妹子看,它冒险出游,决非无故。既不要我们跟去,必有原因,少时申师姊回来,便知分晓。如说是它领人去寻那避敌之所,恐怕不像。”

正说之间,若兰已抱了芝仙回转。芝仙两只小手搂着若兰脖子,口里不住呀呀,也听不出说些什么。看神气好似有些失望,手里却是空无所有。朱文首先问道:“兰妹,芝仙可真是领你去寻一匹小白马么?”若兰道:“你们怎的知道?”朱文便将紫玲之言说了。若兰道:“马倒像马,可惜晚了一步,我又莽撞了些,被我将它惊走。用先师传我的法术阻拦,已来不及。听秦大师姊之言,那马定是芝仙同类无疑了。”众人便问究竟。

若兰道:“我起初也当芝仙是领我去寻地方。我抱它出了洞,依它指的路到了凝碧崖前,它又用手往崖顶上指。我便驾剑光上去,走出前洞,直到昔日英琼师姊割股疗亲的崖石底下。芝仙忽然挣脱下地,用手拉我,意思是教我藏伏起来。我一时未得领悟,它已离开我,往深草里飞扑过去。我跟踪一看,原来是一个有兔子大的白东西。当时我如忙着使用小修罗遁法,连芝仙一起禁制住,必然可将那东西擒住。偏偏我看见芝仙扑到那东西背上,刚骑上去,叫了两声,那东西两条后足忽然似燕双飞,往起一扬,将芝仙跌了一跤,回身似要去咬。我恐伤了芝仙,不加寻思,先将飞剑放出去,原想护住芝仙,并无伤它之意。谁知芝仙落地时,竟将它一只后腿抱住,没有放开。等我看见,剑光业已飞到,吓得那东西像儿啼一般叫将起来。芝仙连忙放手时,那东西想被剑芒微微挨着一下,受了点伤,惨呼一声,便钻到土里去了。这时因为身临其境,才略微看清。那东西生得周身雪也似白,比玉还要光亮。长方的头,长着火红的一双眼睛。这时听你们一说,又想起那东西抬腿时,两腿有蹄无爪,蹄上直泛银光,说它像匹小马,再也不差分毫。芝仙见它借了土遁,急得直朝我乱叫乱跳,好似我如早用法术禁制,定跑不脱,即或我不管它,也能将那东西擒住似的。后来我想再仔细搜寻,芝仙却拦住我,拉我回来。其实它如先时不拦,大家同去,也许人多手众,还跑不了呢。”说时,芝仙已挣下地来，往洞外走去。芷仙追出洞去，已经不知去向。

紫玲又细细问了问那小马形象，对众说道："天地生物，无独有偶。本教昌明，所以迭有灵物归附。那匹小马不是千年成形灵芝，也是何首乌一类的灵药，经多少年修炼而成。据我猜想，芝仙和它必是同类，惺惺相惜，恐为外人侵害，想连它移植仙府中来，与它做伴。这种灵物，最怕受惊。但愿没被申师姊飞剑所伤才好。不然它既受了亏损，还变成惊弓之鸟，或者自移他处，潜藏不出，我等纵有法力，它不现形，其奈它何？再要被异派妖人遇上，不问它死活，只图到手，暗中得了去，岂不可惜！"

灵云道："事已过去，芝仙不让兰妹再寻，想必灵物已不易得。如今既已知道芝仙冒险私自出游，是有所为。适才又嘱咐过它，它本来灵慧异常，不领我们另寻藏身之处，或者知道无须，也说不定。在我为求万全，须替它代谋为是。绣云涧那边邻近丹台，师祖仙阵在彼，敌人纵然偷偷进来，也不敢轻易前去涉险。就烦兰妹与紫妹在那里寻一善地，今晚亥末子初，二气交替之时，将它仙根移植，用法术封锁。破敌之后，再任它自在游行便了。至于新发现的灵物，虽然暂时无暇及此，但是如为外人得去，不但可惜，而且异派中人多是狠毒，只顾自己便宜，必定加以残杀。不似我等一样也用它的精血，却给它另有补益，爱护惟恐不至。起先不知，也倒罢了；既已知道，焉能袖手坐观天地间灵物异宝，葬身妖孽馋吻？不过目前防御事急，两害相权，须弃其轻，我们也不便专注此事。诸位师姊师弟，可仍照先前所议行事，只由兰妹与紫妹负巡视全洞之责，略可兼顾一二，在妖人未来侵犯以前，随时同往灵物现身之处相机视察。二位师妹俱擅异术，倘能遇上，必可生擒。再去寻着根源，好好移植在芝仙一起。日子一久，野性自退，岂不又给仙府添一活宝？倘如灵物因受兰妹剑伤，惊遁入土，或即因此耗了元精，不能化形神游，藏根之所必然有些异样。以二位师妹之敏慧与道力，只需细细寻踪，想必不致疏漏。如还不得，便是我等无此缘法，只好俟掌教师尊回山，禀明之后，再作计较。中间一有警兆，便须迅速应付，共支危局，不可贻误。"

灵云说完，紫玲等俱都称善遵命。当下便照先时商定人选配置行事。石奇、赵燕儿二人，自即日起暂停内修坐功，只是在飞雷洞左近防守，探查敌情，兼为仙府后洞犄角。前洞洞顶有长眉真人灵符封锁，原不愁外人闯入。但因昨日芝仙竟能出游，虽说芝仙善于土遁，能缩形敛迹，通灵幻化，非妖人所能，也不可不防。特命紫玲、若兰随时巡视全洞全崖，以防万一。除芷仙本领最次，不堪御敌，在洞内管束于、杨二人与南姑姊弟外，余人均分班在飞雷捷径、后洞口外把守，一经发现敌人，便会合石、赵二人，一面迎敌，一面分出一人飞剑传书。灵云等虽明知一二日内还不至出事，因为责重力微，不能不先事演习，如临大敌一般，以免临阵着慌。除吴文琪一人原在后洞值班外，余人俱都各按职掌，领命而去。

第一二五回

困仙山　群魔惊失利
闯妖云　二女建殊功

且说紫玲、若兰还未到亥末子初，先去寻找芝仙。到了芝仙生根之所一看，芝仙并不在那里。照往常一般唤了几声，也未出现。依了若兰，简直就要将它那原体往绣云涧那边移去。紫玲却主张慎重，说芝仙如不愿移植，必有理由，还是寻着它，问明之后，如愿意，再行移植为是。于是二人又在崖前崖后，连绣云涧、丹台，全都找遍，仍是没有。眼看即交子初，若兰猛道："它是不是又上去了呢？"紫玲点头会意，便和若兰飞身到了上面，只见灵云一人正站在那里查看形势，二人便问见着芝仙没有。灵云道："我在亥初来此，曾见它在崖脚深草中呼唤，我将它唤到面前，说妖人不久来犯，此地太险，叫它回去，不要出来。它和我连比手势，指着草里，意思是有些不舍。我又问它愿意移植不？它摇了摇头。随后又往草里钻去，便不见了。我连唤几声，没有出来。想看看它的出入路径，直寻到现在也未寻着。我猜它已由间道回去，刚要回转，你二人就来了。紫妹见闻广博，你看此事该当如何？"紫玲道："看芝仙神气，似乎不愿移植。它能变化通灵，想必无甚妨害。倒是前洞有师祖灵符封锁，我们不带它，竟能随意出入。万一这条秘径不仅是芝仙可以通行，那还了得！总得寻它出来才好。"

一边说，一边往四下留神细看。忽然径往深草里走去，虽是星月交辉，又是一双慧眼，还嫌丛草碍眼，便将剑光飞出去削那草。忽然惊唤道："二位师姊快来，在这里了！"灵云、若兰也在帮着寻找，闻声过去一看，紫玲剑光照处，那一片草竟是特别繁茂，正中央一处土地，已被紫玲无心中用飞剑挑起，现出深若三尺的土穴，微闻一股异香，清馨扑鼻。紫玲忽又惊叹："毕竟被它走了，真是可惜！"二人便问何事？紫玲道："二位师姊，请看这穴里的土，不是明明像一匹小马卧过的痕迹？又有这种遗留的香味。以前，灵物定在这里生根，可惜我们不曾发现，又被申师姊飞剑误伤惊走。适才大师姊见芝仙打此不见，这一类灵物，都长于土内穿行，想必跟踪而去，也未可知。”

正说之间，忽见轻云从洞内飞身出来，手里拿着一封柬帖，见了灵云说道：“我从太元洞出来，正要经飞雷捷径到后洞去寻吴师姊，忽见一道金光，带着这封柬帖飞来。我知是师尊飞剑传书，接将过来，金光已是飞走。师姊请看。”灵云望空拜过，接来一看，里面还附着两道灵符。上面大意说：

> 过了明晚子丑之间，妖人定来侵犯，因知前洞有长眉真人封锁，决不会擅侵前洞，后洞关系重大。各前辈师长均有要事羁身，不能归来。妖法虽然厉害，有灵云九天元阳尺，合众弟子之力，终能无事。只需挨到紫郢、青索双剑合璧，便是驱敌之日。石奇、赵燕儿有难在身，髯仙的飞雷洞也恐怕难保。可将这两道灵符与赵、石二人佩带，即使为妖法所困，也于性命无损。芝仙灾劫已满，无须移植。纵有潜入的敌人，也是自来送死。芝仙所寻的灵物，也是一个多年成形肉芝，名叫芝马，日后必为芝仙引植仙府，功用甚大。此时无须兼顾，抗敌为重。芝仙出入的道路，乃是五府中另一捷径，到处有灵符封锁，只有草木之灵，可以借着地气在地下面穿行，无须防守。

另外还指示了一些应敌的机宜。灵云看完，说与轻云、若兰、紫玲等三人。因见为期已促，自己的调度还有未尽善处，柬上既说明了日期，期前必定无事，正可从容重新布置。便命紫玲住手，仍将浮土拢好，一同回洞，召集众人传观赐柬，依言行事。当晚无话。

第二日，仍然不见芝仙的面，因有柬上预言，料知无事，都未放在心上，一个个聚精会神，准备迎敌。因恐人少，将于、杨二人与虎儿姊弟，分别关在室内，由紫玲用法术封锁，以防万一。芷仙改去照料英男。当日黄昏过去，仍着吴文琪值班，防守后洞；因见时辰将到，特命申若兰前去相助。余人都在洞中候信。若兰领命，正由飞雷捷径往后洞飞行，快离洞口不远，忽见一个小人从一处石缝中逃出，往前飞跑，定睛一看，正是芝仙。连喊两声，未曾喊住。后洞正当敌人来路，恐它出去涉险，便驾剑光追了出去。吴文琪正在后洞门口，与对面飞雷洞石、赵二人隔崖谈话，忽听后面若兰连喊：“快将芝仙截住！”回身一看，芝仙跑得比箭还疾，转瞬已到了面前，将手一抓未抓住，被它从腿缝里穿过。一任二人叫喊，连头也未回，径往飞雷崖左侧的孤峰下跑去。二人知道时光已到戌正，敌人快来，哪敢怠慢，连忙飞身追去。叵耐今日芝仙竟像疯了一般，穿石越坂，纵跃如飞，满峰乱窜乱蹦。二人剑光虽快，恐怕伤它，又不敢指挥上前拦阻，只好分头兜捉。眼看追上，又被它遁入土中。及至定神细寻，又在旁的石缝中出现。二人看看追到峰后，正在顾此失彼，无计可施，敌人来犯时辰已渐渐切近。若兰忽然急中生智，悄悄与文琪打个暗号，由文琪上前兜拿，自己暗用木石潜踪之法，将身形隐去，静等吴文琪追赶芝仙路过，暗中出其不意，将它擒住。刚刚行完法术，隐去身形，不一会，眼看吴文琪正从远处将芝仙追了回来，忽听身旁丛草中轻轻响动，先疑是什么虫豸之类。回身一看，正是昨日所见那匹小白马，从一个石罅里钻将出来，昂头向芝仙来路望了一望，又往四下一看，似要觅地遁走。若兰一见，喜出望外，未容它往前窜走，早一伸手将它两只前腿捉住。那马知道中了道儿，惨叫一声，两条后腿往下便挣。若兰知它脚一着地，便要遁去，哪肯怠慢，就势一伸左手，又将它两条后腿捉住，提了起来。这时芝仙已来到切近，若兰正想换手去捉时，那芝仙好似闻见什么气息，忽然停步，仰头闻个不已。恰好文琪也赶将过来，将它抱起。若兰忙解去法术，现出身来。芝仙见那匹白马被若兰擒住，十分欢喜，更不挣扎，只一手朝着天上连指。二人这时已微闻峰那面隐隐有了破空之声，猛想起来时只顾捉回芝仙，误了守洞责任。这一惊非同小可，不暇多说，一同把手一挥，径往洞中飞去。

刚刚越过峰顶，便见下面飞雷洞被妖云毒雾笼罩，石、赵二人不知去向，隐隐见有剑光飞跃，自己洞门这面，站定灵云、轻云、紫玲、寒萼、朱文等人。除各人剑光外，灵云手上的九天元阳尺，已化成百十丈金光异彩，将洞门护住，正和飞雷洞上空十来个妖人对敌呢。原来那峰高出天半，二人不知不觉中追越过去老远。妖人来路正当峰前，又是偷袭，形迹诡秘，所以没有觉察。忧急之中，料知敌人尚未侵入，略放宽心。正打算飞剑护身，冲破妖氛，去与灵云等人会合。身子还未飞投到那一片妖云毒雾之中，那在飞雷洞上空的十来个妖人业已看见若兰、文琪二人，自侧面峰顶飞来。就中鬼影儿萧龙子和铁背头陀伍禄两人，正闲着无事，见来的是两个绝色女子，喊一声："众位道友，待我擒她。"首先从妖云中飞将过来，一人放出一道半红半黄的光华，往若兰、文琪飞去。二人正忙着抵挡，妖阵中长臂神魔郑元规和粉孩儿香雾真人冯吾，一个放起一片五色迷人香雾，一个放起一团烈焰，飞向对阵，却被灵云的九天元阳尺光华阻住。眼看几个绝色美女不能到手，正在垂涎焦躁，猛一眼看到后来两个女子，一个抱着一个小人，另一个抱着一匹小马。定睛一看，心中大喜，也不招呼别人，不约而同地双双舍了对阵四人，竟自收转火焰，飞赶上去。那长臂神魔郑元规来得更快，长啸一声，将两条手臂一振，倏地隐去身形，幻化成两条蛟龙一般的长臂，带着数十丈烈焰，直扑吴文琪。

同时灵云等人，也看清若兰、文琪二人抱着芝仙和一匹小马，从侧面高峰飞回。紫玲首先喊声："不好！"忙道："申、吴二位恐要失陷，大师姊们可用全力御敌，待我前去救援。"言还未了，一展手中弥尘幡，早化成一幢五色彩云，冲破妖云，直达若兰、文琪二人面前。若兰、文琪刚将剑光飞去敌那对面来的僧道，忽见飞来一团烈火，当中现出两条长臂飞舞而至，后面还紧跟着一片五色彩雾，便知妖人厉害，自己还得分神去顾手上的芝仙、芝马，正愁难以脱身。忽见紫玲驾着一幢彩云飞来，哪敢怠慢，连忙收转剑光，与紫玲会合一起。郑元规、冯吾眼看可望成功，忽见一幢彩云似电闪般在眼前亮了一亮，便即飞回，再寻敌人，哪有踪迹，好生痛惜。只得重又回身，来敌灵云等人。

这时，飞雷崖下两道匹练般金光，倏地冲霄而上。接着便听两三声惨呼过去，那剑光顷刻布散全崖。史南溪带了十来个妖人，正往高处升起，疑是又来了什么劲敌，也忙着飞遁开去。再往对阵一看，凝碧崖后洞站定的几个敌人，全都遁去，不见踪迹，只剩数十丈高的金霞，灿烂全山，丝毫没有空隙。猛听史南溪在那里叫喊呼唤，一同飞身过去一问，才知史南溪见敌人法宝飞剑厉害，正在率领众妖人布置都天烈火阵法，忽然两道金光冲霄直上，便知中了埋伏诡计。不及施展法术抵御，连忙率众打算稍退时，那用法术困住崖上石、赵二人的兔儿神倪均，竟自不及退却，陷在金光埋伏之内。同时鬼影儿萧龙子和铁背头陀伍禄返身飞回，正遇金光骤起，一个被金光卷走，一个挨着一些，半身皮肉都被削去。阴素棠离得较近，刚想去救，偏偏伍禄急痛攻心，神志昏迷，不往上空遁走，反倒往下坠落。阴素棠识得金光厉害，不敢过于冒险，眼看伍禄葬身金光影里。敌人未伤分毫，自家人却惨死了三个。一干妖人锐气顿挫，只气得史南溪与郑元规怒发不止。

原来石奇、赵燕儿在飞雷崖前，正与吴文琪闲话，只见申若兰追赶芝仙飞身出来，文琪也随着往侧面高峰上赶去。燕儿年轻好玩，也打算跟去看个下落，被石奇阻住。起初以为她二人去去就回，谁知等了好一会不见回转，眼看时辰快到，不由焦急起来。正打算分出一人往太元洞送信，忽听远远天空中，似有极细微破空之声，由远而近。石奇机警，情知不妙。果然一转眼间，从空际陆续飞来十来个男女妖人，奇形怪状，丑俊不一。见凝碧崖后洞无人防守，关系大为重要。明知妖人势盛，抵敌不住，惟恐他们乘隙侵入，毁了仙府。忙喊："师弟快去送信！"言还未了，双足一顿，早身剑合一，化成一道白虹，迎上前去。

也是合该仙府不应遭劫，这新辟的飞雷捷径，只有施龙姑与追魂姹女李四姑二人来过，余人俱都不知底细，便由施、李两个淫女在前引导，一照面便遇石奇飞身迎战。施、李二人一见又是那个道童，想起前情，不由勾动淫念。两心一意想将石奇生擒活捉回去，双双放出飞剑，将石奇围住，忘了指给众妖人真正地点。赵燕儿本往飞雷捷径跑去，一见师兄危急，同仇敌忾，重又回身，放出飞剑应战。那些妖人见敌人并无防备，只有两个道童应战，并未在意。原想乘虚而入，偏偏凝碧崖后洞外观，远不如髯仙飞雷洞来得雄伟奇峻。又见石、赵二人从洞前崖上飞起，以为那洞便是凝碧崖后户，不问青红皂白，纷纷往飞雷洞飞去。施、李二淫女正与石、赵二人杀得难解难分，百忙中看出错误，刚喊得一声："那里不是，在这一边！"李四姑的情人兔儿神倪均忽然一眼看到施、李二淫女双战两个道童，兀自不能得手，猜出二人心意。大喝一声："二位且退，待我擒他！"说罢，口中念念有词，将两手往前一张，一片黄烟红雾，风卷一般直朝石、赵二人飞去。施、李二淫女知道这是华山派中最厉害的波斯蜃迷神邪火，只得避开，领了众妖人去侵凝碧崖后洞。

石、赵二人被二淫女剑光绊住，眼看妖人侵入自己洞府，正在着急。忽见对面飞来一个兔耳鹰腮、油头粉面的妖人，才一照面，便飞出一片黄烟红雾，如风涌一般卷至，情知不妙。恰好敌人剑光也在这时撤去，不敢迎敌，收转剑光，待往凝碧崖后洞逃遁，身子已被烟雾罩住。顿时便觉奇腥刺鼻，头眩目昏。勉强落到崖上，用尽功力，将两道剑光护住全身，只顾保命，竟忘了施展妙一真人所赐两道灵符。

石、赵二人被困之时，太元洞中的齐灵云等人，因为时辰已至，不见后洞传警，尚以为妖人未来。还是寒萼、朱文二人心急，主张先去看个动静。灵云等人也因洞中埋伏业已设好，正好前往迎敌。当下朱文、寒萼在前先行，余下众人也都随往。才一出洞，便见飞雷崖上烟雾弥漫，文琪、若兰二人不知去向。还未及看清石、赵二人被陷，施龙姑早领了五六个妖人劈面飞来。朱文、寒萼心中大怒，首先将剑光放出手去。对阵鬼影儿萧龙子、铁背头陀伍禄、勾魂姹女李四姑、施龙姑四个淫孽刚将飞剑放起，猛听几声娇叱，敌人身后又飞出几道光华，光中现出几个绝色美女。两下剑光才一交接，妖人这面便感不支。粉孩儿冯吾、长臂神魔郑元规和史南溪、阴素棠在后督队，看见敌人虽只几个幼年女子，发出来的飞剑竟是宛若游龙，神化无穷，才知敌人并非可以轻侮，料知这般战法难以取胜。史南溪打了一声暗号，同了两个妖人自去布置阵法。余人便各自将妖法异宝施展开来。灵云、紫玲见妖人纷纷放起法宝烟雾，知道厉害，除灵云、轻云、朱文三人的飞剑不怕邪污外，余人都只得将飞剑收回，另打主意。众妖人见敌人撤了几口飞剑，正在得意洋洋，不料想就中一个长身玉立的女子，倏地从法宝囊内取出一个似尺非尺的东西，向烟光中一指，便飞起九盏金花，一团紫气，立刻放出金光异彩，将所有妖法邪宝一齐阻止，休想上前一步。

众妖人中，除了史南溪与长臂神魔郑元规自恃本领，不知忌惮，粉孩儿冯吾天生淫孽，色胆包天外，余人多不知此宝妙用。只阴素棠出身昆仑门下，得过真传，虽然走入歧途，见闻广博。起初联合妖人一起，本早打点好了取巧主意。交手之际，便看出对阵敌人个个仙根深厚，剑术得有峨眉真传，不是等闲之辈。她还以为这些妖人厉害，或者可以取胜。及至灵云九天元阳尺一出手，虽未见过，却深知此宝来历功用。漫说敌人皆非弱者，即此一宝，已足保障峨眉而有余。后来萧龙子、伍禄自知不济，退了下来，正遇若兰、文琪飞回，赶上去迎敌。郑元规、冯吾又看出若兰、文琪手上的芝仙、芝马，想捡便宜，却被紫玲抽空将若兰、文琪接应回去。阴素棠又看出紫玲用的是宝相夫人的弥尘幡。暗想："敌人年纪不大，哪里去得来的这些奇珍异宝？"

正在惊疑，那石奇、赵燕儿飞剑光芒锐减，看看危殆，燕儿早已不支。石奇更被妖雾蒸得头晕目眩，好容易用剑光掩护，一步一步退进洞口。忽然力尽神昏，一跤绊倒，被洞口一根石乳绊住道袍，哗的一声撕破，倏地怀中金光一亮，猛然想起两道灵符。忙喊："师弟还不施展教祖灵符，等待何时？"说罢，忙即如法施为。二人刚刚诵完运用灵符的真言，便即心力交瘁，倒在地上。那灵符便在这时化成两道金光，往上升起，笼罩全山，立刻妖焰消逝，毒雾无功，反死了几个妖人。

这一来，阴素棠更看出那灵符是玄门仙法，只有长眉真人有此道力，因而疑心洞中尚有能人埋伏；不然只有那两个道童，又被妖法困住，怎能施为？越发萌了不求有功，但求无过之想。偏那史南溪竟不肯知难而退，一见自己这边连遭失利，反而暴跳如雷。又看出金光起后，并无能人出来应战，敌人反而退却。明明是预先留下保洞之法，虽然厉害，伎俩止此，如用妖法攻打，并不难将金光消灭，随心所欲。想到这里，索性约齐一干妖人，不必再用飞剑法宝和敌人争斗，各持妖幡，按方位站定，由他与长臂神魔郑元规、粉孩儿冯吾三人总领全阵妙用，施展都天烈火阵法，打算每日早午晚三次，用神雷和炼成的先天恶煞之气，攻打飞雷崖和凝碧崖后洞。阴素棠在众妖人中最有本领，但因阵法尚未谙熟，便请她领了施龙姑等在空中巡哨，以防敌人冲出求救。在这攻打期间，如敌人一干主脑不得信来救，决无败理。却不料那灵符竟是当年长眉真人飞升时节留下的九道灵符之一，连那封锁前洞的灵符，俱都各有无穷妙用，岂是史南溪的妖法魔阵短期内所能消灭。他这里只管打着如意算盘，暂且不提。

话说紫玲将若兰、文琪二人接了回去，见着灵云，恰好对崖灵符起了妙用。因有飞柬预示机宜，知道凝碧仙府应有此劫，石、赵二人虽然被困，生命不致危险。如就在此时冲出御敌，或许尚有差错。便各将飞剑法宝收了回来，静观动静。果然顷刻之间，听见雷声隐隐，金光上层似有烈焰彩雾飞扬，妖阵已经发动，暂时除了困守，别无善法。因飞柬尚另有机宜，灵云须得回转太元洞去主持，暂留下紫玲姊妹与轻云、朱文和那九天元阳尺防守后洞，以备万一。自己同了若兰、文琪回洞。

那芝仙、芝马在若兰、文琪犯险遇敌之际，本已在二人怀中，吓得乱喊乱叫。一经回洞，当若兰、文琪忙着相助应战妖人之际，早就挣脱开去。最奇的是那匹芝马，起初那般野性，一入山洞，竟然驯顺起来，任芝仙骑着往洞内飞跑，丝毫也不抗拒。众人因芝仙业已回转，到了安全地方，便不再去管它。

灵云回洞时节，问若兰、文琪何故擅离职守，二人说了经过。被灵云好生埋怨了一阵，然后命若兰、文琪依照柬上之言行事。布置妥帖，重又再往后洞。依了灵云，既然飞柬明示仙府应有此次被因之厄，索性到时再议。妖人攻打不进，必然设法偷入，只专心在洞中等他前来落网，无须冒险出去迎敌。紫玲、轻云俱以灵云之言为然。朱文、寒萼却不忿妖人猖獗，定要相机出战。灵云料知战虽无功，也无大碍，便自由她。因灵符金霞笼罩全山，固然外人攻打不进，里面的人也不能冲破光围而出。便将九天元阳尺交与朱文，吩咐二人小心在意，稍得小胜即回，切勿贪功轻敌。妖阵厉害，最好借九天元阳尺护身出阵，再和妖人对敌。二人领命，兴高采烈地将九天元阳尺往金霞中一指，立刻便有九朵金花、一团紫气护住二人全身，联袂破空而上。金花紫气过处，顶上金霞分而复合。

上面一干妖人早将妖阵布好，满以为敌人借着灵符金霞隐蔽，不敢出战，正准备到了预定时辰，动用烈火风雷猛力攻打。华山派玉杆真人金沈子,正把守阵的东面,猛见脚底霞光如万丈金涛,突地往上升起有数十丈高下,金霞升处,飞起九盏金花,一团紫气,内中现出两个绝色美女。虽然垂涎美色,也知道那九朵金花的厉害。正想运用风雷拦阻,敌人却已由金花紫气护身,飞出阵去。金沈子料知两个女子定是逃出求救,从自己阵地上遁走,于面子上太不好看,忙驾妖光追上前去。阴素棠领了施、李二淫女,正在空中巡游,忽见金光紫气中拥着两个女子,竟冲破妖阵飞身而出,也猜是去寻峨眉主脑人物报警求救的。虽知九天元阳尺厉害,一则自己既已与史南溪等暂时连成一气,究属不便坐视成败;二则来的又是两个无名后辈,就此让她们从自己手内遁走,岂不贻笑于人?正待飞身上前迎敌,施龙姑早看出来人之中,有昔日腰斩孙凌波那一个女子在内。仇人相见,分外眼红,不问青红皂白,便将两套子母金针对敌人打去。只见九朵金花闪处,两套十八根飞针,如石沉大海,渺无踪迹。

刚在惊愕痛惜,谁知敌人异常大胆,破了金针之后,反倒将那金花紫气收去,现出全身,指着施龙姑等骂道:“我姊妹二人一时无聊,出山游戏片刻,便要回转仙府。不想遇见你们这群妖孽,阻我清兴。如用玄天至宝和你对敌,显得我姊妹倚仗师长法宝,来胜你们,忒显得我姊妹法力不济。有何本领,只管使将出来,莫待我姊妹倦游归去,你们不曾伏诛,失了指望。”言还未了,后面的玉杆真人金沈子业已赶到,同时施龙姑、李四姑两个淫孽也将飞剑放出。金沈子料知敌人非自己飞剑所能取胜,一追到便将手中拂尘一指,黑沉沉一片玄霜,直朝寒萼、朱文飞去。寒萼、朱文刚将飞剑去敌施、李两个淫孽,玄霜尚未临头,便觉身上一阵奇冷。朱文宝镜业被金蝉、笑和尚借走,正懊悔不该听信寒萼之言,恃强欺敌,将九天元阳尺收去,适才又说了许多狂话,不好意思再将尺取出。正在为难,喜得寒萼已将宝相夫人那粒金丹放将出来,一团其红如火的光华,飞入玄霜之内,所到之处,那淫秽污恶邪岚妖瘴所炼成的毒霜,竟被红光融化成了极腥奇臭的水点,雨一般往峨眉山顶落了下去。

金沈子原想用毒霜将二女迷倒,不料心爱之宝受损。一见不好,忙使法术收转时,业已消融殆尽,心中大怒。只得收了拂尘,也将飞剑放出,会合施、李两淫女,同敌朱文、寒萼。那阴素棠本在踌躇,忽见来人轻敌,破了施龙姑金针之后,反将九天元阳尺收去,暗骂:“好两个无知业障,有了玄天至宝不用,岂非自找无趣!”及见朱文、寒萼放出飞剑,去敌施、李、金三人,一个是餐霞大师嫡传,一个是宝相夫人心法,旁门玄妙,加以峨眉派的正宗传授,果然变化无穷。才知来人口出狂言,原有所恃。虽是暗中夸赞,毕竟二女剑术不在她的心上。见施、李、金三人不能取胜,喝一声:“大胆贱婢,敢在此猖狂!”手一指,一道青光宛若神龙出海,直往朱文、寒萼顶上飞来。

二女和施、李二人对敌,本可占得上风。添了一个华山派的能手金沈子,已觉只可勉力应付,不能取胜。忽又加上阴素棠修炼多年,深得昆仑派奥妙的两口飞剑,怎是敌手?寒萼首先感到不支,尚幸来时早和朱文商量好了步骤,一见敌众我寡,势不能敌,便用新招。恰好朱文也见出不妙,双双对打一声暗号,寒萼忙从法宝囊内取出一件宝物,口诵真言,往剑光丛中飞去。一出手,便是一条数十丈长、三两丈宽的五彩匹练,首先将阴素棠两口青白光华绞住。阴素棠一见寒萼施展当年天狐惯用的己寅九冲小乘多宝法术,才明白这女子竟与天狐宝相夫人有关,不知怎的会投到峨眉门下?既用旁门幻术御敌,足见敌人伎俩已穷。骂得一声:“左道妖法,也敢来此卖弄!”说罢,将手朝两道青白光华一指,立刻光华大盛,似两条蛟龙,纠结着那条彩练只一绞,咝的一声,便化成无数彩絮,飞扬四散,映目生花,恰似飘了一天彩雾冰纨,绚丽无俦。阴素棠刚在快意,忽听剑光丛中“哎呀”一声。定睛往前一看,喊声:“不好!”不及再作招呼,长袖一展,连人带剑飞上前去。那青白两道光华立刻便涨有数倍,将施、李两淫女护住。

就在这时,那边妖阵上的史南溪,也看出下面敌人中有两个女子飞出阵去,阴素棠和施、李、金四人兀自不能取胜。知道骤然上前迎敌,二女有九天元阳尺在身,未必能够生擒。便暗使毒计,将妖阵暗中隐隐向前移动,等到将敌人陷入阵中,再行发动,使其措手不及。主意打定,正在施为之际,忽见玉杆真人金沈子中了敌人法宝落地。接着阴素棠又运用玄功,施展平生本领去救护施、李二淫女。便知事有不妙,刚要飞身上前相助,猛听一声娇叱道:“无知妖孽,暂饶尔等狗命!我姊妹要少陪了。”

史南溪一见敌人想走,又恨又怒,怪叫一声,把手里一面都天烈火旗往前一挥,口中念念有词,立刻妖阵发动,千百丈烈火风雷,似云飞电掣一般合围上去。谁知敌人早有防备,又是九朵金花、一团紫气飞起,所到之处,烈火风雷全都分散。眼睁睁看着那两个少女冲破下面金霞,飞回凝碧崖去了,虽然暴怒,无法可施。

那金沈子已在受伤时节,被下面金霞卷落,料知难有生理。只不知敌人用的是什么法宝,竟然这般厉害。及至一见阴素棠,才知是当年天狐宝相夫人所炼的白眉针。想是金沈子一时疏忽,被敌人打中要穴,致遭惨死。敌人既有玄天至宝护身,怎便就此逃走,得胜之后,便即退了回去?好生不解。

第一二六回

涉险贪功　寒萼逢异叟
分光捉影　乙休激天灵

原来朱文与寒萼都是有些性傲，疾恶如仇。寒萼素常更加小性，这次随了紫玲投到峨眉门下，见一干同门姊妹个个俱是仙风道骨，剑术高妙，同处在凝碧崖洞天福地，未尝不欢喜佩服，兴高采烈，以为从此可以参修正果。偏偏齐灵云奉了师父之命，暂时统领同门，镇守仙府，自知责任重大。起初人少，又加一干同门大半素有交谊，都是深受过师长戒律，奉命维谨，不用操心过虑，还好一些。及至从青螺归来，添了紫玲等人，虽然无歧视，因见寒萼轻纵任性，表面上对众人不得不端起一点尊严，以防日后有人逾闲荡检，违了教规。

紫玲向道心诚，救母情殷，不但不以为苦，反越发加了几分敬佩。灵云见她如此，自然免不了有许多奖勉敬爱之言。

寒萼素常在紫玲谷放纵惯了的，见灵云待她姊妹显有歧异，自己又好几次恃强逞能，越众行事，结果却不甚佳，本已无趣。再加灵云对她虽没深说过什么，那种不怒而威的神气，也令她有些不快。及至在两仪微尘阵内失陷，被灵云救出时，紫玲又当众责难。灵云新得长眉真人七修剑，分给众同门保管，却没自己的份，益发认为没有面子，表面上说不出口，只是心里怏怏失望。总想得一机会，立点功给大家看看。

难得妖人侵犯仙府，正好建功出气。谁知灵云却坚持师命，略向妖人对敌，等灵符发动，便命谨守，好生不以为然。因和朱文素日投契，再四怂恿出战。朱文虽和寒萼性情相投，对于灵云姊弟，既有救命之恩，又有师长之命，却与别的同门一样敬爱服从。因为好事贪功，再听寒萼说应敌之法，觉得有胜无败，不禁跃跃欲试，便随了寒萼去向灵云请战。灵云本想不准，因连日觉出寒萼神情有些阳奉阴违，不愿意当众扫她的面子；又料知二人并无灾厄，只得答应，将九天元阳尺交与二人防身，冲破金霞光围出战。

二人冲出妖阵，便照预定方略，收尺诱敌。不料敌人势盛，尤其阴素棠的飞剑厉害。因为玉杆真人金沈子神气鬼头鬼脑，语言无状，早已恼在心里：一面由寒萼用天狐宝相夫人的旁门真传已寅九冲小乘多宝法术炼成的一条锦带飞上前去，暂将阴素棠剑光敌住；同时朱文便取出九天元阳尺准备退却，寒萼就势取出几根白眉针首先朝金沈子七窍打去。那金沈子见阴素棠剑光厉害，正想生擒敌人，心存邪念之际，忽见眼前似有几丝光华一闪，便知道不妙，忙想避开，已是不及。只觉两眼一阵奇痛，心中一团迷糊，往下一落，正落在金霞之上，被卷了去。

话说寒萼那条锦带，原是旁门一种速成法宝，不论何物，只需经过九个已寅日便可炼成。看去虽数十百丈五色光华，却没多大作用。不过这种旁门小乘法术，也经过一些时日祭炼，虽然遇上正经法宝飞剑不堪一击，却足能阻挡片刻工夫。行法的人见势不敌，豁出牺牲数日苦功炼成的法宝被别人损坏，便可此时乘隙遁走，再妙不过。这原是宝相夫人传授二女遇见强敌脱身之法。紫玲姊妹到了峨眉，朱文等人因她姊妹擅长旁门法术，比若兰所学还多，平时常请她姊妹施展出来，以开眼界。紫玲遇事谦退，总是强而后可。寒萼原喜卖弄，在无事时，用小乘法炼了几件宝物，准备几时大家比剑，使出来博取一笑。出战之时，偶然想起，便带在身旁，果然用上。

及至用白眉针伤了金沈子，二次又用针去伤施、李二淫女时，被阴素棠识破，知道来人所用宝物是极厉害的白眉针。施、李二人危机一发，想起施龙姑母亲金针圣母的交谊，不好意思袖手，连忙身剑合一，运用玄功，飞上前去救护她们。寒萼见小乘法宝已被敌人破去，阴素棠剑光厉害，白眉针竟被阻住，知道再不见机，不能讨好，乐得占了便宜卖乖。本还想多说几句大话开心，正遇见史南溪见警追来，妖阵发动，更不迟延，与朱文会在一起，各驾剑光，仍在九天元阳尺的金花紫气拥护之下，冲破下面光层，飞回洞去。灵云、紫玲等人见寒萼、朱文已去多时，正在悬念，忽见二人面带喜容飞回，问起出阵得胜情形，也甚心喜，便赞了寒萼几句。寒萼自是高兴，哪把妖人放在心上。灵云、紫玲都主张得意不可再往，寒萼、朱文哪里肯听，当时并未争论什么。

这头一日，众妖人因连遭失利，都在气愤头上。史南溪更是气得暴跳如雷，尽量发挥妖阵威力，虽然有金光彩霞罩护洞顶，那烈火风雷之声竟是山摇地动，十分清晰。众人不敢怠慢，除若兰、文琪要在太元洞左近埋伏外，余人全都齐集后洞，准备万一。寒萼、朱文几番要想乘隙出战，都被灵云阻住。

朱文还没什么，寒萼好生不满，背着灵云单人试了试，没有九天元阳尺，用尽平生本领，竟冲不到上面去，这才作罢。

第二日起，没出什么事变。第五日以后，护洞金霞却越来越觉减少。敌人方面，自然也是每日三次烈火风雷，攻打越急，渐渐可以从金霞光影中，透视出上面妖人动作。休说寒萼、朱文等人，连灵云明知九天元阳尺可以应付，也有些着慌起来。寒萼更坚持说灵符光霞锐减，纵不轻敌出战，也须趁金光没有消灭以前，就便分身上去，探一个虚实动静，省得光霞被妖法炼散。九天元阳尺只可作专门防敌之用，无法分身。灵云也觉言之有理，仍由朱文拿着九天元阳尺，陪了寒萼同去。

寒萼、朱文满以为这次仍和上次一般，好歹也杀死两个妖人回来。高高兴兴地走出洞外，将九天元阳尺一展，九朵金花和一团紫气护着二人，冲破光霞，飞身直上。这时正值敌人风雷攻打过去，上面尽是烈火毒烟，虽然金花紫气到处，十丈以内烟消火灭，可是十丈以外，只看出一片赤红，看不出妖人所在。来时灵云原再三嘱咐，九天元阳尺固是妙用无穷，妖阵也极为厉害，颇有变化，务须和上次一样，不可深入，等冲出妖阵，敌人追来，再行迎敌。如见妖阵往前移动，不论胜负，急速飞回，以免迷了门户，纵有至宝护身，难免被困。偏偏二人轻敌贪功心胜，一见敌阵无人，以为妖人没有防到自己隔了数日，又复出战，必定还在阵的深处。仗着九天元阳尺护身，算计好了退路方向，径往妖阵中央飞去。

前去没有多远，猛觉天旋地转，烈火风雷同时发动，四围现出六七个妖僧妖道，分持着妖幡妖旗，一展动便是震天价一个大霹雳，夹着亩许大小一片红火，劈面打来。且喜九天元阳尺真个神妙，敌人烈火风雷越大，金花紫气也越来越盛，休说近身，一到十丈以内，便即消灭。一任四围红焰熊熊，烈火飞扬，罡飙怒号，声势骇人，丝毫没有效用。二人才略微放心，便想仍用前法诱敌，出阵交手。谁知无论走向何处，烈火风雷都是跟着轰打。寒萼还梦想立功，几次将白眉针放将出去，总见敌人身旁一道黑烟，一闪便没踪影。留神一看，原来是一个奇胖无比的老头儿，周身黑烟围绕，手里拿着一个似锤非锤的东西，飞行迅速，疾若电闪。每逢寒萼放针出去，他便赶到敌人头里，用那锤一晃，将针收去。寒萼一见大惊，不敢再施故技，这才知道敌人有了准备，无法取胜。暗道今日晦气，互打一声暗号，打算往原路飞回。不料史南溪自从那日失利，一面用妖法加紧严密布置，准备诱敌入阵，再行下手，事前隐身阵内，并不出战。同时这两日内，又到了几个极厉害的帮手，有两个便是史南溪派神行头陀法胜往南海伏牛岛珊瑚窝去约来的南海双童甄艮、甄兑。还有一个,便是破寒莩白眉针的陷空老祖大徒弟灵威叟。

甄艮、甄兑原是南海散仙,素常并不为恶。因前些年烈火祖师和史南溪往南海驼龙礁采药相遇,正值甄艮、甄兑在诛那里一条害人的千年鲨鲸,虽然有法术制住,兀自弄它不死。史南溪趁鲨鲸吐出元珠,与甄氏兄弟相抗之际,从旁捡便宜,用飞剑从鱼口飞入,将鲨鲸穿胸刺死。因这一点香火因缘,就此结交。以后每一见面,必谈起峨眉门下如何恃强欺凌异派。甄氏弟兄隐居南海多年,不曾出山,各派情形不甚了了。激于情感,听了心中不服,当时未免夸口说:"史道友异日如有相需之处,必定前往相助一臂。"当时只顾高兴一说,后来又遇同道中人一谈,才知从小就以仙体仙根成道,僻隐海隅,见闻太少。那峨眉派竟是光明正直,能人众多。倒是烈火祖师和史南溪辈,素常无恶不作。便对史南溪等冷淡了起来。

及至这次法胜奉命相请,约攻峨眉,甄氏弟兄本不愿去,一则不便食了前言,二则久闻峨眉威名,想到中上来见识。弟兄二人一商量,去便是去,只是相机行事,仗着裂石穿云之能,略践前言即归,拿定主意,不伤峨眉一人。这才同了法胜前往。眼看快离姑婆岭不远,不料遇见一个驼背异人,将甄氏弟兄同法胜困住,冷嘲热讽,耍笑了一个极情尽致。甄艮头次出门,还未上阵,便栽跟斗,原想知难而退。甄兑却主张好歹践了前言再说,真个能力不济,索性再投名师,学习道法,去报驼子之仇。反正一样扫兴,总算对史南溪践了前言,哪怕下回不管。法胜又从旁苦求,三人依然上路。到了姑婆岭,见洞门紧闭,又由法胜领往峨眉。史南溪说了此来目的,甄氏弟兄一听,凝碧崖有成形肉芝,不禁心中一动。又值史南溪要命法胜前去偷盗,得便暗伤敌人。甄氏弟兄便自告奋勇,愿意一同前去。甄氏弟兄同法胜在路上吃亏,以及盗芝之事,暂且留为后叙。

且说那灵威叟不约而至,事出有因。当初长臂神魔郑元规在陷空老祖门下犯了戒条,灵威叟因郑元规既有同门之谊,又有一次在无心中救过他的爱子灵奇,才再三替他求情送信,免去许多责罚。谁知郑元规狼子野心,逃走时节,趁陷空老祖正在炼法,不能分身追他,便盗去许多灵丹法宝,还投身到五毒天王列霸多门下,无恶不作。害得灵威叟受了许多苦楚,未免灰心,不想再和他相见,偏偏事有凑巧。

那灵奇原是灵威叟未成道时,和一个贵家之女通奸所生的私生子,落地便被灵威叟盗走,寄养别处。那女子不久死去,灵威叟也被陷空老祖收为弟子。想起前情,几次求陷空老祖准灵奇上山,陷空老祖却执意不允。灵威叟无法,舐犊情殷,只得求了一些灵药给灵奇服用,自己也时常下山去传授他的道法。灵奇天资颇好,本领也甚了得,只是少年心性,虽不仗着本领采花为恶,却无端在衡山闲游,遇见金姥姥罗紫烟的门人崔绮,一见钟情,便去勾搭。崔绮翻脸,两下动起手来。彼时崔绮入门不久,看看可以取胜,又遇崔绮的同门吴玫和追云叟的大弟子岳雯,在远处闲眺看见,相次赶来。三打一,对吴、崔二女还可应付,那岳雯却是异常了得。正在危急,幸遇郑元规路过,救了性命。因那里距追云叟、金姥姥的洞府最近,灵奇业已带伤,并未恋战,即行退去。但灵奇却是一往情痴,爱定了崔绮,三番五次前往衡山窥伺,很少遇上;遇上时候,总有能人在侧,不敢与上次一般涉险。灵威叟得知此事,知道金姥姥不大好惹,只得将灵奇逼往缙云峰喝石崖仙源洞去,用法术将洞封锁,命灵奇在洞中养心学道。

第二年便值郑元规犯戒,灵威叟被处罚面壁三年。及至期满出山,前去看望,灵奇再三苦求解禁,决不出外生事。灵威叟先还不信,及见灵奇三年静修,果然悔过样子,才略放心。解禁后,灵奇也几年未往衡山去。不料事有凑巧,日前又在仙霞岭附近遇见崔、吴二女。灵奇与崔绮原有前因,不禁又勾起旧情,不知怎的,竟会怎么也丢不下。暗中跟随二女在山中采药,走了好几天。末后一个按捺不住,趁崔绮和吴玫分手时,竟现身出来,跪在地下,直说自己也是修道之士,自知情孽,并无邪念,只求结为一个忘形之交;否则就请崔绮下手,用飞剑将他杀死。崔绮方在沉吟惊异,恰好吴玫路遇半边老尼门下缥缈儿石明珠、女昆仑石玉珠,一同飞身回来。吴玫刚说此人便是以前在衡山调戏崔绮、被同党救走的妖人,石氏姊妹全吃过异派的亏,疾恶如仇,不同青红皂白,飞剑便杀。灵奇只得起身抵挡,因在洞中潜修数年,又得乃父尽心传授,本领大进。石氏姊妹不比岳雯,虽然一人敌四,还是可以支持。崔绮因石氏姊妹动手,不好意思旁观。吴玫也因金姥姥说过灵奇来历,知他并不似异派中的淫孽,也没有伤他之心。反是石玉珠见难取胜,将师父新传的五丁斧暗中放将出去。五色华光一闪,还算灵奇逃避得快,斩断了一只左腕。石氏姊妹正要下毒手,多亏崔、吴二女拦住说:“师父说此人尚无大恶,由他改过自新去吧。”

灵奇才从死里逃生,见四女已走,拿着半截断腕回洞痛哭。正在自怨自艾,不好和父亲去说,恰值灵威叟便中路过,下来看望,一见爱子受伤,又不肯明说实话,又恨又心痛。好容易向师父求了万年续断和灵玉膏,将他手腕接上。无奈事隔数日，精血亏耗太过，不能复原。再向师父去求灵丹时，陷空老祖却说，因他多事，被郑元规盗走了一葫芦灵丹，药草虽已采齐，还得数年苦功去炼。自己不久也有灾劫，所剩不多，要留着自己备用，不肯赐予。

灵威叟无法，猛想起郑元规盗走师父灵丹不少，这几年虽不来往，自己于他有救命之恩，何不去向他讨要？及至到了崆峒山一问，说郑元规已被史南溪约往峨眉。又赶到峨眉后山飞雷崖上空，才得相见。郑元规反怪他近年来不该和他冷淡，事急相求，须助他破了凝碧崖再说。又说灵奇定是为峨眉门下所伤，不然，他素来不喜生事，与人无仇无怨，除了峨眉门下，一见异派不问青红皂白，恃强动手，还有何人？灵威叟万没想到他儿子还是遇见了崔绮，一见伤处，早疑心是峨眉、昆仑两派中人用的法宝，闻言动心，起了怒意。灵威叟为了顾全爱子，几方面一凑合，便答应下来。今日对敌，见来人用的是玄天至宝，甚为惊奇。后来又见放出白眉针，知道厉害，便用北海鲸涎炼成的鲸涎锤，将针收去。

朱文、寒萼见势不佳，欲往回路遁走。不想史南溪在二女进阵时节，已暗用妖法移形换岳，改了方向。二女飞行了一会，才觉得不是头路。寒萼一着急，便对朱文道："师姊，我们已迷失方向，休要四面乱闯。不管他青红皂白，凭着天尺威力，往前加紧直行，总有出阵之时。好歹出阵，看明白了再说。"说罢，二人一齐运用玄功，照直疾飞。那妖阵原是随时移动，二人先前一面退走，一面还想相机处治一两个敌人，所以不觉。一经决定逃遁，毕竟九天元阳尺神妙无穷，不但所到之处火散烟消，众妖人连用许多妖术法宝也都不能近身，竟被二人冲出阵去，用目一看，已离前洞不远。知道难从后洞回去，又虑敌人知道前洞地点。正在且飞且想，众妖人也在后面加紧追赶之际，忽然正对面飞来一道奇异光华和一道红线，那光华竟拦在二人前面，将金花紫气阻住。红线却往二人身后飞去，猛听一声大喊道："史师叔请速回去，这两个贱婢自有云南教祖来收拾！"一干妖人，倒有好几个认得来人是毒龙尊者的门人俞德。一听藏灵子竟来相助，不由喜出望外。知道藏灵子脾气古怪，招呼一声，一齐退去。

寒萼、朱文见金花紫气被来人光华阻住，心刚一惊，不知怎的神志一晕，朱文手中的元阳尺凭空脱手飞去。同时那道光华便飞将上来，先将朱文、寒萼围住，现出一个容貌清奇、身材瘦小、穿着一件宽衣博袖道袍的矮道士，指着二女喝道："那两个女子，谁是天狐遗孽？快通上名来送死，免得旁人无辜受害。"言还未了，俞德业已阻住史南溪等人，单同了灵威叟飞身过来。一见二女已被藏灵子困住，心中大喜。闻言正要答话，忽见一片红霞，疾如电掣，自天直下，眨眼飞进藏灵子光圈之内。接着便听到洪钟般一声大喝道："好一个倚强凌弱的矮鬼！枉称一派宗主，食言背信，怕硬欺软，替你害羞。"俞德定睛往光圈中一看，红霞影里，一个身材高大、白足布鞋、容貌奇伟的驼背道人，伸出一双其白如玉的纤长大手，也不用什么法宝，竟将那光圈分开。近手处，光华凭空缩小，被驼子一手抓住一头，一任那光华变幻腾挪，似龙蛇般乱窜，却不能挣脱开去。驼子骂了藏灵子几句，便对寒萼道："你二人还不快走！由我与矮鬼算账。"朱文、寒萼失了九天元阳尺，已是吓得魂飞天外；又被来人用剑光困住，知道不妙。正当危机一发，刚将剑光放出，准备死命相拼之际，忽见一片红霞中飞来了救星，一照面便将敌人剑光破去，虽不认得那驼子是谁，准知是一位道行高深的老前辈，决非外人。方在惊喜，一闻此言，朱文首先躬身答道："弟子一根九天元阳尺被妖人收去，还望仙长做主取回。"驼子笑道："都有我哩。你二人都不是矮鬼对手，那尺我自会代你二人取回。急速闪过一旁，免我碍手。"朱文、寒萼不敢违拗，适才一与敌人剑光接触，已知厉害，既有前辈能人在场，不犯再拼，便驾遁光，从驼子肘下穿将出去。

驼子放过二女，将手一放，那光华便复了原状。同时那瘦矮道士也飞身过来，收了剑光，正要另使法宝取胜，那驼子已指着喝道："矮鬼且慢动手，听我一言。"矮道士也真听话，便即停了施为，指着驼子骂道："你这万年不死的驼鬼！我自报杀徒之仇，干你甚事，强来出头？别人怕你，须知我不怕你。如说不出理来，叫你知我厉害。"驼子闻言，一些也不着急，咧着一张阔口笑道："天矮子，不是我揭你短处，前月在九龙峰顶上相遇，我同你说的什么？敌我相遇，胜者为强。害你孽徒身死，乃是他自己的同恶伙伴。你却怕仇人妖法厉害，不敢招惹，当时答应了我，还是不敢前去寻他。三仙道友与你素无仇怨，他们因事不能分身，被一干妖孽将洞府困住，你却来此趁火打劫，欺凌道行浅薄的后辈，枉自负为一派宗主，岂不令各派道友齿冷？还敢在我面前逞能，真是寡廉鲜耻！"

那矮道士闻言大怒道："驼鬼休再信口雌黄！前日听你之言，便要去寻绿袍老妖算账。分别时，你用话激我，说到了时日才能前去。我因为时日尚早，闲游访友，行至此间，又遇俞德，苦苦哀求，要我放他孽师。我见他为师之命，不惜再三冒死跟踪，准备带他回去。忽见前面有两个女子，拿着九天元阳尺飞行逃遁。他认出有一个是天狐之女，顺便之事，岂有不办之理？我还不肯乱杀无辜，正待问明仇人，将她擒回云南报仇，你便出来多事，谁在倚强凌弱和趁火打劫?”

驼子答道:“你还要强词夺理。我辈行事须要光明磊落，不当效那世俗下流，见财起意。就算你不是趁火打劫，乘人于危，秦女是你仇人，那餐霞道友的女弟子朱文，和你又有什么杀徒之恨?却倚仗一些障眼的法儿，将她九天元阳尺抢去?你如以一派宗主自命，还是我那几句老话:天狐二女不过微末道行，岂是你的敌手?你如将绿袍老妖诛却，再来擒她回山处治，只要你不怕开罪峨眉，自问道力胜过三仙二老，谁能说你做得不对?如今放着首恶元凶不敢招惹，却来轻举妄动，说你不是成心欺软怕硬，避重就轻，遮羞盖丑，谁人肯信?再说天狐二女如今已投入了峨眉门下，你和峨眉诸道友也有一些香火之情。他们的弟子行为狠辣，在仇敌相遇之时，不肯手下留情，以致伤了你孽徒性命，你心怀不忿，也应自己上门和诸道友评理。哪怕你自己理亏，不肯服输，兴起兵戎，胜了显你道力本领，超轶群伦，不枉你一派宗主。就是败了，也可长点阅历见识，重去投师炼法，再来报仇，毕竟来去光明。如今别人家长不在家，你却抽空偷偷摸摸来欺负人家小孩子，胜之不武，不胜更加可笑。自古迄今，无论正邪各教各派中的首脑人物，有哪一个似你这般没脸?依我之劝，天狐二女逃走不了。不如急速回山，到了时日，自去寻绿袍老妖算完了账。只要你能亲手将元恶诛却，优胜劣败，各凭道力本领，我驼子决不管你们两家的闲账。”

一言甫毕，只气得那矮道士戟指怒骂道:“驼子，你少肆狂言。今日我如不依你，定说我以大压小。我定将绿袍老妖诛却，再来寻她们，不过容她们多活些时，也不怕这两个贱婢飞上天去。那九天元阳尺原在青螺峪，与天书一起封藏，被凌花子觑便，派一个与我有瓜葛的无名下辈盗去。我不便再向那人手里要回，便宜花子享了现成。他却借与旁人，到处卖弄。我如想要，还等今日?不过暂时收去，问明仇敌，处治以后，即予发还，你偏来多事。你这驼鬼素来口是心非，要我还尺，须适才那女子亲来，交你万万不能。”驼子笑道:“你词遁理穷，自然要拿话遮脸。我还给你一个便宜:只要你能斩却老妖，量你也不敢与三仙二老起衅，省你到时胆小为难，我要代替三仙二老做主，在中秋节前找着天狐二女，自往紫玲谷相候，作为你们两家私斗，胜败悉凭公理。我将劝三仙二老不来袒护，由我去做公断，决不插手。你看如何?”说完，便将手一招，将朱文喊了过来，说道:“这位是天师派教祖藏灵子，适才抢去你的元阳尺，如今还你，还不上前接受?”说时，藏灵子早把袍袖一扬，九天元阳尺飞将过来。朱文忙用法收住，躬身道谢。正要和驼子见礼，藏灵子已带了俞德，口里道一声："驼鬼再见！容我将诸事办完，再和你一总算账，休要到时不践前约。"说完，一道光华，破空而去。

朱文、寒萼早猜出来人是藏灵子。一见驼子这么大本领，双方对答时，藏灵子虽嘴里逞强，却处处显出知难而退，不由又惊又喜。见他一走，连忙上前拜见驼子。驼子并不答理，只将手一招，灵威叟飞落面前，躬身下拜。原来灵威叟起初见藏灵子赶来相助，因是师父好友，正准备随了俞德上前拜见，猛见一片红霞飞来，一个驼子用玄门分光捉影之法，将藏灵子剑光擒住。定睛一看，认出来人是曾在北海将师父陷空老祖制服，后来又成为朋友的前辈散仙中第一能手。师父平日尝自称并世无敌，只有驼子是他惟一克星。知道此人喜管闲事，相助峨眉，一举手间，史南溪这一班妖人便可立刻瓦解。见机早的，至多只能逃却性命而已。因这人手辣，不讲情面，一意孤行，本想溜走，忽见驼子目光射来，已经看见自己。暗想："此时不上前参拜，日后难免相遇，终是不妙。"灵机一动，想起此人灵丹更胜师父所炼十倍，有起死回生、超凡换骨之功。与其多树强敌，去乞怜于忘恩负义的郑元规，何如上前求他？主意一定，见两下方在说话，便躬身侍立在侧。未及与藏灵子见礼，已然飞走。又见驼子招他，连忙上前参拜。驼子道："你是你师父承继道统之人，怎么也来蹚这浑水？我早知这些淫孽来此扰闹，因不干我事，不屑与小丑妖魔比胜，料他们也难讨公道，不曾多事。适见藏灵子以强凌弱，又受一个后辈苦求，才出面将他撵走。你见我还有事么？"灵威叟说了心事。驼子便取了一粒丹药交与灵威叟，说道："你有此丹，足救你子。如今劫数将临，你师父兵解不远，峨眉气运正盛，少为妖人利用。这里群孽，我自听其灭亡，也不屑管。速回北海去吧。"灵威叟连忙叩首称谢，也不再去阵中与群妖相见，径自破空飞走。

驼子又唤朱文、寒萼起立，说道："我已多年不问世事，此番出山，实为端午前闲游雪山，无心中在玄冰谷遇见一个有缘人，当时我恐他受魔火之害，将他带回山去一问，才知他乃天狐之婿。我于静中推详原因，知道天狐脱劫非此子不可，就连忙带他回山，也有些前因后果。如今我命他替我办事去了，不久便要回转峨眉。他已在齐道友门下，我自不便再行收录。念他为我跋涉之劳，知天狐二女目前先后有两次厄难，又因东海三仙昔日有惠于我，先在路上激动藏灵子，使他去助三仙道友一臂之力。又到此地来助你二人脱难。"朱文一听甚喜。驼子又道："只是藏灵子记着杀徒之恨，必不甘休，百蛮山事完，定要赶到紫玲谷寻你姊妹报仇。此事三仙二老均不便出面。我这里有柬帖一封，丹药三粒，上面注明时日，到时开看，自见分晓。凝碧仙府该有被困之厄，期满自解。你二人回去，见了同门姊妹，不准提起紫玲谷之事；不到日期，也不准拆看柬帖，只管到时依言行事，自有妙用。只齐灵云一人知我来历。现时洞中已有妖人潜袭，妖阵虽然寻常，你二人寡难胜众，可从前洞回去便了。”

朱文、寒萼听来人口气，料知班辈甚高，自然唯唯听命。等到听完了话，方要叩问法号，请他相助，早日解围。驼子早将袍袖一挥，一片红霞，破空而去。回望山后，妖焰弥漫，风雷正盛，恐众同门悬念，不敢久停，径从前洞往凝碧崖前飞去。远远望见绣云涧往丹台那条路上光华乱闪，疑心出了什么变故，大吃一惊。急忙改道飞上前去，近前一看，若兰、文琪两人正用丝绦捆着一个头陀，一人一只手提着那头陀的衣领，喜笑颜开地刚要飞起。若兰一眼看到朱文、寒萼二人飞来，便即迎上前去说道：“我二人奉命，持了教祖灵符在太元洞侧防守，也不知这贼和尚和两个小贼用甚妖法穿光进来，想将芝仙盗走。我二人闻得地下响动，便将灵符施展。为首两个小贼妖法飞剑都甚厉害，若非预先防备，几乎吃了他们的大亏。如今已被教祖灵符发生妙用，引入丹台两仪微尘阵去困住，等候教主回山再行发落。只有这个贼和尚，见吴师姊破去他的飞剑，想要逃去，被我将他擒住，不愿杀他，以免污了仙府，正准备去见大师姊请命处治呢。”

说罢，四人一路，擒了那头陀，直往飞雷捷径飞去。到了一看，灵符金光靠后洞一边的，已经逐渐消散收敛，只剩飞雷洞口一片地方金霞犹浓。敌人注意后洞，只管把烈火风雷威力施展，震得山摇地动，石破天惊，声势十分骇人。灵云、轻云、紫玲三人，已各将飞剑放出，准备灵符一破，应付非常。因九天元阳尺被朱文、寒萼二人携走，一去不归，虽然柬上预示没有妨害，终不放心。正在着急，一见四人同时从飞雷捷径飞来，又惊又喜。刚要见面说话，猛听震天价一个大霹雳，夹着数十丈方圆一团烈火，从上面打将下来。洞口光华倏地分散，变成片片金霞，朝对崖飞聚过去。烈焰风雷中簇拥着五六个妖人，风卷残云一般飞到。众人这一惊非同小可，纷纷放出飞剑法宝抵御。灵云连话也顾不得说，早将朱文手中的九天元阳尺接过，口念真言，将手一扬，飞起九朵金花、一团紫气，直升到上空，将洞顶护住，才行停止。这时那九朵金花俱大有亩许，不住在空中上下飞扬，随着敌人烈火风雷动转。一任那一团团的大雷火一个接一个打个不休，打在金花上面，只打得紫雾生霞，金屑纷飞，光焰却是越来越盛。雷火一到，便即消灭四散，休得想占丝毫便宜。

众人先时还恐灵云独力难支，大家一齐动手。及见这般光景，才行放心，不愿白费气力，各人收了飞剑。谈说经过，才知朱文、寒萼出战不久，上面雷火曾经稍微轻缓一些。灵云等方以为是朱文、寒萼将敌人引出阵外对敌，施展九天元阳尺的妙用，所以雷火之势稍减。约过去个把时辰，忽然敌人声威大盛，烈火风雷似惊涛掣电一般打来，同时护洞金霞也被妖火炼得逐渐衰弱。灵云方后悔不该将九天元阳尺交朱文带走，万一妖火将金霞炼散，如何抵御？谁知敌人一面用那猛烈妖火攻洞；一面却请南海双童甄氏弟兄带了神行头陀法胜，运用他二人在南海多年苦功练就的本领，穷搜山脉，潜通地肺，从峨眉侧面穿过一千三百丈的地窍，循着山根泉脉，深入凝碧腹地，在太元洞左近钻将上来，打算乘众人无力后顾之际，先盗走芝仙、芝马，二次回身再里应外合。幸而飞剑传书，预示先机，灵云早已严密布置，命若兰、文琪二人在太元洞、绣云涧一带，持了教祖所赐的灵符游巡守候。

若兰担任的是太元洞左近，因为好些天没有动静，灵云又不许擅离职守，也不知后洞胜负如何，正在徘徊悬想。忽见路侧奇石后面草丛一动，芝仙骑着芝马跑了出来，快到若兰跟前，倏地从马背上跳下，口中呀呀，朝着前面修篁中乱指。若兰颇喜那匹芝马，自从前些日救它回洞，仍是见人就逃，始终不似芝仙驯顺，听人招呼。见芝仙一下地，它倒如飞跑去，便想将它追回，抱在手里，看个仔细。身刚离地飞起要追，文琪原在绣云涧左近窥视，远望芝仙骑着芝马跑出，这种灵物谁不稀罕，也忙着飞身过来。猛一眼看见芝仙神态有异，连忙唤住若兰。身一落地，芝仙早伸小手拉了二人衣袂，便往前走。走到修篁丛里，朝地下指了两指。又伏身下去，将头贴地，似听有什么响动，忽地面现惊惶，口里"呀"了一声，朝芝马走的那一面飞一般跑了下去。

文琪道："兰妹，你看芝仙神色惊惶，又指给我二人地方，莫非柬上之言要应验了吗？"言还未了，若兰忙比画手势，要文琪噤声，也学芝仙将耳贴地，细心一听，并无什么响动。情知芝仙决非无因如此，又恐大家守在一起，旁处出了事故难以知晓，两人附耳一商量，反正早晚俱要施为，还是有备无患的好。

第一二七回

行地窍　仙府陷双童
拜山环　幽宫投尺简

话说若兰、文琪合计之后,便由文琪运用灵符,施展仙法妙用,将绣云涧往丹台的埋伏发动,只留下一条诱敌的门户。若兰自恃本领,却在芝仙所指之处附近守候。不消片刻,文琪也施为妥当,照旧飞行巡视,与若兰立处相去仅三数十丈,有甚动作,一目了然。二人俱都聚精会神,准备迎敌。待了一会,文琪遥用手势问若兰有什么动静。若兰摇了摇头,重又伏身地上一听,仿佛似有一种极微细的破土之音,心中又惊又喜。知道来人擅长专门穿山破石,行地无迹之能,一不留神,将他惊走,再要擒他,便非易事。非等他破土上升,离了地面,用第二道灵符断却他的归路,便可擒拿。一面和文琪打了个招呼,暗中沉气凝神,静静注意。没有半盏茶时,地底响声虽不甚大,伏地听去,已经比前入耳清晰,渐渐越来越近。若兰倏地将身飞起。文琪知有警兆,连忙准备,也将身形隐去。沙沙几声过去,三道青黄光华一闪,从修篁丛里飞起三个人来,为首一人是个头陀,后面是两个道童打扮的矮子。这三人一出土,若兰已看出那头陀本领平常,后面的矮子却非一般。忙将气沉住,先不露面,趁来人离了原地有十丈以外,口诵真言,抢上前去,将第二道灵符取将出来,往空一展,立刻一道金光飞起,瞬息不见。知道埋伏俱已发动,敌人退路封锁,万难逃遁。这才娇叱一声道:"大胆妖孽,已入樊笼,还不束手受缚!"

一言甫毕,那来的三人,正是南海双童甄氏弟兄和神行头陀法胜。他们先在史南溪面前告了奋勇,以为峨眉纵有灵符封锁,也挡不了自己有穿山入地的无穷妙用。起初从峨眉侧面,带了法胜,施展法术,直钻下去,穿石行土,仿佛破浪分波,并无阻挡,心中甚喜。及至下到千余丈左右,循着山脉再往横走,快达敌人地界,觉着到处石土都和别处不同,石沙异常坚硬,休想容易穿透。用尽法术心力,有好一会工夫,只钻进了二三十丈远近,山脉又只此一条通路。正在着急,忽见左侧不远,三人行过之处,有一团白影子一闪。法胜虽也会地下穿行,却比甄氏弟兄差得太多,首先追将过去,并未查见什么。甄艮跟着近前,从剑光影里仔细辨认,竟看出有一处土石松散,像一种伏生土内的东西出入之路,鼻端还微微闻见一丝香气。知道峨眉仙府地质坚硬,难于穿透,若非天生灵物,离地面这般深的所在,无论冬夏,其热如火,怎能支持?闻得肉芝通灵无比,差一些的法术封锁,都阻它不住,适才白影,便是肉芝也说不定。既在此地发现,生根之处想必不远。这里石土这样坚硬,何不循它经径之路搜查,若能到手,岂不省事?想到这里,刚拉了乃弟甄兑打算前进,那法胜也在无意中寻着一处地方比较松软,看出便宜,首先循路往前钻去。

甄氏弟兄对肉芝本有觊觎之念,因是为友请来,还不好意思得了独吞。先见史南溪派神行头陀法胜跟了同来,便疑他有监视之心,已是不悦。及见法胜贪功直前,暗忖:“一路来时,都是我弟兄给你开路,这时发现肉芝,你却抢在前头。凝碧崖是峨眉根本重地,未必没有准备。莫看这里土松,便认作通行无阻,少时难保不叫你知道厉害。”弟兄二人彼此用手一拉,虽然都是一样心思,毕竟大利当前,不由得不往前注意。谁知路一打通,竟比初下来时还要易走。法胜更是卖弄,穿行如飞。惟独白影却未再现,料知已惊逃上去。算计快达峨眉腹地,仍是法胜在前,三人便一同斜着往上穿行,凑巧经行之处的泥石也正合心意,仿佛天生的一条地下甬道。试试别处,依旧与先前一样艰难。利令智昏,哪里知道敌人早有了准备,特地给他们留的入口。等到快达地面,神行头陀法胜首先飞出,甄氏弟兄也就随在后面,飞身直上,深入敌人腹地。虽然艺高人胆大,也不免要加上几分小心,一面放起剑光,准备遇敌交手。定睛一看,到处都是瑶草琪花,嘉木奇树,岩灵石秀,仙景无边,果然不愧是奥区仙府,洞天福地。只是地方虽大,四外都是静荡荡的,不见一个人影。

三人以为敌人定是倾巢出战,内部空虚,正好从容下手。那肉芝既在来时地底发现,生根之处必在左近,且寻着了再作计较。走没多远,一眼看到路侧矗立一座洞府。正在搜寻观察,猛觉身后似有一片金霞闪烁了一下,便知有警。接着又听见一个女子的呵叱声音。连忙回身一看,一个美如天仙的少女,正从身后飞到,一照面便是一道青光飞来,别的却无什么动静。甄兑喊一声:“来得好!”也将一道青光飞起,才得敌住。那女子猛然又是一扬手,便是数十溜尺许长像梭一般的红光飞将过来。

甄艮一见，暗忖：“以前曾听师长说过，各派飞剑中，像梭的只有桂花山福仙潭红花姥姥一人，乃是独门传授。这女子既在峨眉门下，怎会有异派的厉害法宝？”恐乃弟吃亏，一面将剑光飞出助阵，一面从法宝囊内取出师父所传的镇山之宝——用十余对千年虎鲨双目炼成的鱼龙幻光球，一脱手便是二十四点银色光华，宛似一群碗大的流星在空中飞舞。及至与若兰的丙灵梭一接触，倏地变幻了颜色，星光大如笆斗，辉映中天，照得凝碧崖前一片仙景彩霞纷披，瞬息千变，浮光耀金，流芒四射。那丙灵梭是红花姥姥亲自炼成的镇山异宝，虽能将敌人法宝阻住不得上前，但那光华过分强烈，一任若兰练就慧目，兀自被它照射得眼睛生疼，不可逼视。心神稍一疏懈，飞剑光芒便受了敌人压迫。文琪又被那头陀绊住，不能飞剑相助，才知敌人果然厉害。想照先时打的主意，凭自己法宝道力将来人生擒，决不能够。只得微咬银牙，将手一招，身剑相合。因为敌人法宝厉害，还不敢就将丙灵梭收回，仍用它抵挡敌人。一面往绣云涧那边退走，诱敌入阵。甄氏兄弟焉知厉害，见敌人败走，不假思索，径自追了下去。

这时法胜和文琪对敌，剑光已被文琪压得光芒大减，正在危急。甄氏弟兄因他适才情形可恶，又不知道前行不远便进入了埋伏，反而存心让法胜吃点苦头，想先将这少女擒住，再行回身相救。飞行迅速，转眼已入绣云涧口。见前面峭壁拂云，山容如绣，清溪在侧，泉声淙淙。心中正夸好景致，忽然前面金霞一闪，那少女连她所用的丙灵梭和眼前景物，全都没了踪影。用目四顾，到处都是白茫茫的，什么东西也看不见，天低得快要压到顶上。情知不妙，待要回身，哪里都是一般。没有多时，心里一迷，忽一阵头晕神昏，倒于就地。由此甄氏弟兄便陷身两仪微尘阵内，直到乾坤正气妙一真人回山，才将他们放出，这且不提。

且说那神行头陀法胜，在华山派门下，除了早年得到一部道书，学成了穿山行地的异术，飞行迅速，来去无迹外，别的本领俱甚平常，班辈也是最卑。前奉史南溪之命出外约人时，因知自己地遁功夫尚有欠缺，闻得南海双童是此中圣手，满想便中求甄氏弟兄指教。谁知甄氏弟兄近年已深知烈火祖师、史南溪等为人，方在后悔择交不慎。为了以往相助之德，不便推却，此来本属勉强。一见法胜满脸凶光，言行卑鄙，心中已是厌恶。偏偏行近姑婆岭时，路过一个大村镇，法胜因为连日忙着赶路约人，未动酒肉，要下去饱餐一顿。在酒肆中遇见一个驼子和一个俊美少年，法胜见那少年是峨眉门下，仗着甄氏弟兄在座，不问对方深浅，逞强叫阵。被驼子引到山中无人之处，空手接去三人的宝剑法宝，羞辱戏侮，无所不至。末了又将三人陷在烂泥潭里，受了好几天的活罪，才还了飞剑法宝，放三人逃走。甄氏弟兄推原祸首，口里不说，心里却恨法胜到了极点，哪里还肯教他法术。而法胜对于甄氏弟兄，也由嫉生恨。及至与峨眉派对敌，一听甄氏弟兄要偷入凝碧盗取肉芝，看出别有用意，偷偷向史南溪递了个眼色。史南溪也恐甄氏弟兄见宝起意，临时生了异心，明着派他前去相助，暗中实是监防。

法胜到了土里一看，果然甄氏弟兄道术惊人，直穿地底千百丈，直似鱼入江河，游行无阻。自己平时钻山入地，哪有这般神妙。甄氏弟兄又故意拿他取笑，足登处便是数十丈远近。他虽是顺着二人打通之路前进，到底山石沙土，不比天空水里，哪里追赶得上，累得力尽精疲，兀自落后。快达腹地，石土忽然坚硬起来。正在钻寻无路，忽见白影一晃，无心中竟被他发现一处地方，泥沙异常松软。连忙施展本领，往前直钻。那经行之处，约有二尺方圆，恰可容人进入。虽一样有泥沙填没，一经使法穿行，竟是顺溜已极，仿佛原有地底一条斜行往上的现成甬洞。离身二尺以外，又照样坚硬。以致他在前面穿行，甄氏弟兄那般地行神速，都不能越过，反而循着他开的甬道前进。知是巧遇山脉中的气孔，不由喜出望外。因适才地下闻见异香，猜那肉芝生根之处必在附近地面之上。一出土便东张西望，用鼻连嗅，准备一见就下手。走出原地没有多远，忽听身后一声娇叱，刚要回望，倏地侧面崖壁上飞落一个紫衣少女，一照面，便是一道青光飞将过来。知道敌人有了准备，忙将剑光放出迎敌。起初还仗有甄氏兄弟相助，并未着忙。百忙中偷眼往侧面一望，才见另外还有一个少女，剑光法宝甚是厉害，正和甄氏兄弟杀得难解难分。甄氏兄弟两个打一个，并不管自己的闲账。对面紫衣女子的剑光又神化无穷，顷刻工夫，竟将自己那道黄光绞住，任凭运用全副精神，休说取胜，连收回逃遁都不能够。渐渐势弱光消，急得头上青筋直迸，通体汗流。正在心慌着急之际，若兰已经诱敌诈败逃走。

起初文琪见那两个矮子放出来的剑光厉害，自己站在远处，尚觉光彩射目。时候一久，恐若兰有了闪失，正怪她还不退走。相隔又远，恐敌人警觉，不便高声招呼。见来的头陀剑术平常，暗忖："这种蠢物，何须小题大做？"当下便运用玄功，朝着空中剑光一指，立时光华大盛。法胜见势不佳，知道飞剑万难保住，又因甄氏兄弟乘胜追敌，明明有心不来相助。自己被紫衣女子绊住，既不能脱身追上一路，又不便出声求救，势在紧急，当然保命要紧。暗中咬牙痛恨，把心一横，念咒施法，便想择路遁走。气刚一懈，那道黄光被紫衣女子的青光压得光芒锐减，猛然锵的一声，断为两截，恰似带火残枝，当当两响，变为顽铁，坠落地上。法胜心里一惊，慌不迭地刚要回身逃走，正赶上若兰诱敌陷阵飞回，一见头陀被文琪破了飞剑想逃，哪里容得，法宝囊内取出一根丝绦，使用禁法，将手一扬，一道光华飞起，将法胜捆个结实。三个敌人，一个也不曾漏网。大功告成，正遇朱文、寒萼到来，便一同到后洞见了灵云等人，说了经过。

这时在敌人妖阵压罩之下，烈火风雷越来越盛，护洞金霞消逝殆尽，只剩飞雷洞前石奇、赵燕儿存身的上空，有亩许大一团光华，一任雷火攻打，依旧辉耀光明罢了。灵云等人哪敢怠慢，一齐合力防守，静等时机到来。遇到紧急之时，除灵云运用九天元阳尺外，余人各将飞剑放起，准备万一。

似这样在危急震撼之中，又过了两天，神雕突然飞回。灵云因李英琼自救回余英男后，二次前往莽苍山除妖盗玉，多日没有音信，正愁她出了差错，一见佛奴独自飞回，大吃一惊。忙请紫玲持了九天元阳尺暂代防守，退入后洞，问神雕："英琼是否在莽苍有难，需人去救？"神雕点头示意，连声哀鸣。灵云见状大惊，敌强我弱，正愁力量不支，怎能分人去救？稍一迟延，英琼生命堪虞，还有温玉和青索剑再落敌手，那还了得！神雕虽是灵异，言语不通，又不知英琼怎么遇难，对方能力高下。算计无论莽苍方面情势如何，道行稍差一点的同门，纵然去了也是无用。细一寻思，自己主持全局，万难分身。只有紫玲精细稳练，剑术虽非正宗，却有几件得用法宝，道术更高出侪辈之上。此时虽然靠她之处正多，为救英琼，别人实未必能够胜任。见神雕不住哀鸣示意，料知事在紧急，迟则生变，不暇再多计利害，匆匆赶往后洞，同紫玲附耳说了机宜。命紫玲带了两粒灵丹，骑着神雕，暗出前洞，飞往莽苍山相机行事。如见事缓，可先将英琼救回再说。又因紫玲一走，如同去了一条膀臂，归来早晚，难以逆料。虽说洞中擒着了三个妖人，各处俱有埋伏布置，不愁敌人偷入，毕竟还不甚放心。若兰、文琪要代紫玲相助众人御敌，洞中无人。南姑虽无本领，自随众人炼气学道，也颇身轻足健。便命紫玲出洞时，放出南姑姊弟，去帮助芷仙照料英男；芷仙不时巡行各地，如有动静，无须迎敌，可用飞剑传警，以便分人救援。芷仙能力有限，两口宝剑却是仙人遗留神物，临危用人之际，总比没有强些。

紫玲领命去后不久，灵云又接到妙一夫人飞剑传书。大意说：

教祖即行回山，聚会神仙，开辟五府。英琼归来伤愈后，可命轻云随了同去，先取青索剑，后斩妖尸。史、郑诸孽，能力止此，伎俩已穷。除每日三次烈火风雷攻打最烈时，大家多留一点神外，有那九天元阳尺尽可应付，无须全体日夜防守，荒了日常功课。

余外还预示了一些机宜。灵云拜观已毕，传与诸同门，俱都放心大悦，照书行事。

只轻云曾前往黄山，听得餐霞大师说起三英二云之中，惟有自己一人尘缘未尽，将来婚姻应在姓严的身上。行时赐偈，并有英、云遇合的暗示，心中时常想起难过。这次阅读飞剑传书，见有严人英的名字，又说自己前往取剑，全仗姓严的相助，才能成功。想起餐霞大师的前言，不由又羞又急。无奈师命难违，心中又想得那一口青索剑。暗忖："灵云起初未始不是三世尘缘纠缠，全仗毅力解脱。自己只拿定主意，怕他何来？且喜众同门均注重应敌，没能留神到这一节，索性搁置一旁，到日再相机应付。"

第二日，紫玲将英琼救回峨眉休养。身体复原之后，灵云便命轻云照飞剑传书所言行事。英琼便同了轻云三上莽苍，先会见了严人英、庄易、金蝉、笑和尚等人，寻着青索剑，剑斩了妖尸躯壳，倒翻灵玉崖，带了温玉回到峨眉，仍从前洞入内，见灵云等人一个也未在太元洞内。问起芷仙，敌人那面又添了两个万妙仙姑许飞娘约来的妖党，只有早晚、子夜过去，风雷稍懈。灵云因余英男日受灵泉浴体，自腰以下血脉渐渐融和，有了知觉，反倒痛苦起来，抽空同了紫玲回洞看望。

上面新来的两个妖人看出下面轻敌，忽然又用烈火风雷攻打。朱文以为敌人又施故伎，并没放在心上，照旧使用九天元阳尺迎敌。猛一眼看到烈火风雷掩护之中，有一个紫面长须、相貌凶恶的道人，手里持着一面小旗，所指之处，雷火也随着攻打起落。朱文受了寒萼怂恿，一时贪功好胜，没有防到敌人卖弄玄虚，误认妖道手里拿的是妖阵主旗。先还未敢擅离洞口，忽然看到一股猛烈雷火过处，烟光中的妖人飞临切近，被朱文九天元阳尺连指几指，九朵金花、一团紫气飞将过去，雷火也立时消散。那妖道好似被金霞扫着一些，受了重伤，往下一落，重又勉强飞起，往左侧面斜着上升。送上门的一件大功，哪里肯舍，忙与寒萼二人飞起追去，追没多远，妖道便被金花紫气罩住。方在心喜，忽听若兰连声娇叱，回身一看，有两三亩大的一团烈火，后面跟着四五个妖人，疾如云飞，正往洞口卷到。才知中了敌人诱敌之计，虽相隔不远，已是不及救援。若兰便用全神将飞剑法宝放出抵御。那团烈火已然罩向头上,眼看危机顷刻,若兰性命难保。不顾再斩那坠落的妖道,慌不迭地忙使九天元阳尺飞回抵御时,倏地眼前一黑,一片乌云中隐现出两条形如蛟龙的黑影,比电闪还快,同时也在洞口前面落下。以为妖人双管齐下,若兰定难免难。就在朱文、寒萼飞回应援,金花、紫气正往烈火团中飞落之际,那片乌云竟赶在妖人烈火之前,当着若兰前面降落。等到朱文、寒萼飞回,乌云已将妖人烈火托住。接着又是一片紫阴阴的光华从空飞下,现出一个英俊少年。

寒萼首先看出来人是苦孩儿司徒平,不由又惊又喜。知道那片乌云是司徒平用的法宝,恐为九天元阳尺所损,忙喊"师姊留神"时,朱文也认清了敌友,早默诵真言,用手将尺一指,玄天至宝,果然灵异非常,那九朵金花带着一团紫气,竟舍了那片乌云,往那团烈火飞去。敌人来得太猛,先吃那片乌云出其不意地一挡,略一停顿间,正值金花、紫气飞星坠流一般赶到,一个收法不及,两下一经接触,恰似火山爆发,散了一天的红雨,转瞬烟消火灭。那隐在乌云中像两条蛟龙一般的东西,在司徒平的指挥下,更不怠慢,也跟着交头接尾,飞空直上,朝着烈火后面诸妖人卷去,只听"哎呀"一声惨叫过去,凭空掉下两个半截尸身。寒萼、若兰等人方要乘胜追赶,朱文因为刚才稍一离洞,差点闪失,连忙止住。同时敌人方面已将妖阵发动,烈火风雷如疾雨狂涛一般打到。

灵云、紫玲也从洞中回来,见了司徒平,也是心喜惊奇。一面运用仙尺抵挡雷火,一面问起前情。才知那日在玄冰谷崖上雪凹之中将司徒平带走的人,便是巫山灵羊峰九仙洞的大方真人神驼乙休。他是多年不曾出世,正邪各派之外惟一的高人。因为路过青螺,行至雪山顶上,见下面妖雾魔火弥漫,无心中看出司徒平资禀过人,又算出与他有缘,一时心喜,将司徒平带回山去,传了些道法。只有十多天,便留下司徒平,命在洞中炼他传授的法术,然后独自出游。日前回去,又传授了一柄乌龙剪和两道灵符、一封柬帖。说道:"峨眉仙府现为妖人所困,解围后不久,便是天狐脱劫之期,你须在期前回去。见了天狐二女,照柬行事。那里上有妖阵笼罩,非我灵符不能下去。下时如见金花紫气,那便是峨眉门下所持的玄天至宝九天元阳尺,只一现身便可相见。事前还须代我办一点事:岷山白犀潭底,住着我一个多年未见的朋友,你可拿那另一道灵符和一根竹筒,绕道前往潭边,口中呼三声'韩仙子,有人给你带书来了'。说完不可稍停,即将竹筒投往潭内,无论有何动静,不许回望。只将我传的真言急速行使,便借灵符妙用回往峨眉。不过去时甚难。你驾剑到了岷山，便须下落。那潭在山背后，四围峭壁低处又阴森，又幽静，路极险峻难走。你须在山脚一步一拜，拜到潭边。路上必遇见许多艰难困苦，稍一心志不坚，便误我事，你也有性命之忧，不可大意。如将此事办成，我日后必助你如愿成道，以酬此劳。”司徒平前在万妙仙姑门下，见闻本不甚广，惟独这位神驼乙休的大名却听说过。明知他有大本领，却命自己替他办事，必有原因。不过这人性情古怪，丝毫违拗他不得。况又得了他许多好处，更是义不容辞，只得恭恭敬敬地跪谢领命。神驼乙休带笑将司徒平唤起，另给一粒丹药服下，吩咐即时起身。说他自己还与人订了约会，要出山一行。路过峨眉时，也许伸手管一回闲事。说罢自去。

司徒平送走神驼乙休后，便独自往岷山进发。到了山脚，落下剑光，照神驼乙休所指途径，诚心诚意，一步一拜地拜了上去。初起倒还容易。后来山道越走越崎岖，从那时起，直拜了一天一夜，一步也未停歇，还未走出一半的路。若换常人，纵不累死，就是一路饥渴，也受不了。总算司徒平修炼功深，又有灵丹增补体力，虽觉力困神乏，尚能支持。他为人素来忠厚，受人重托，知道前路艰难，并不止此，除虔心跪拜外，尚须留神观察沿路动静。

先一二日并无什么异兆。拜到第三天早上，拜进一个山峡之中，两崖壁立，高有千丈，时有云雾绕崖出没，崖壁上满生碧苔，绿油油莫可攀附。前路只有一条不到尺宽的天然石埂，斜附在离地数百丈的崖腰上。下面是一条无底深涧，洪波浩浩，飞泉击石，激起一片浪花水气，笼罩涧面，变成一片白茫茫的烟雾。耳旁只听涛声震耳，却看不见真正的水流。真个是上薄青旻，下临无地，极险穷幽，猿猱难渡。司徒平拜进那条窄石埂上，情知已达重要关头，前路更不知有无危险，一不小心，功亏一篑。略缓了缓，敛息凝神，将真气全提到上半身，两膝并拢，行道家的最敬礼，五体投地，往前跪拜行走。

那石埂原是斜溜向外，窄的地方只容一膝，力量不能平均，稍一不慎，便要滑坠涧底。一任司徒平有炼气功夫，在连日跪拜，毫不停歇，心神交惫之下，提着气拜走这艰难绝险，蛇都难走的危壁，真比初学御气飞行，还要费劲十倍。幸而那条石埂围附崖腰，虽然高高下下，宽宽窄窄，一些也不平顺，尚无中断之处，否则更是无计可施。

走了半日，行进越深，形势越险，直累得司徒平足软筋麻，神慵骸散，心却丝毫也不懈怠，反倒越发虔敬起来。行至一处，崖回石转，默忆路程，转过崖角，径由一个石洞穿出，便是潭边。功成在即，心中大喜，不由精神一振，拜到崖边，刚立起来，待要折过崖角，重拜下去，还未及注视前面路径，忽然一片轻云劈面飞起。等到拜罢起身，已是一片溟濛，周身裹在云中，伸手不辨五指。危崖掩覆之下，本就昏黑，不比平日，哪有月光照路。又当神疲力尽之际，两眼直冒金星，哪里看得清眼前景物。遵守着神驼乙休之命，既不能放出剑光照路，更不能用遁法飞行，只得提神运气，格外谨慎留神，摸一步拜一步地往前行进。

拜走还没有两三步，猛然闻见奇腥刺鼻。定睛往前面一看，云气滃翳中，一对海碗大的金光，中间各含着一粒酒杯大小，比火还亮的红心，赤芒耀目，像一对极大的怪眼，一闪一闪地，正缓缓往前移来，已离自己不远。司徒平猜那金红光华，必是什么凶狠怪物的双目。这一惊非同小可，忙着便要将飞剑放出，防身抵御。猛一动念："来时神驼乙休曾说，此去山途中，必然遇见许多艰难怪异之事，除了山路难走，余外皆是幻象，只需按定心神，以虔诚毅力应付，决无凶险。何况前面不远便是仙灵窟宅，岂容妖物猖獗？反正是福不是祸，是祸躲不过。事已至此，索性最后一拼，闯将过去，看看到底是否幻景。自己也是劫后余生，天狐深明前因后果，她既说全仗自己脱劫，岂能在此命丧妖物之口？即使遭受凶险，神驼乙休纵未前知，也必不能坐视不管。譬如当初不遇秦氏姊妹，也许早就惨死在许飞娘手下，又当如何？"

想到这里，把心一横，两眼一闭，重又恭恭敬敬，虔诚拜将下去。身才拜倒，妖物虽还没有就扑到身上，那股子奇腥已经越来越近，刺鼻晕脑。虽说信心坚定，毅力沉潜，当这密迩妖邪，转眼便要接触，又在这幽暗奇险的环境中，毕竟还是有些心惊胆怯。料知不消片刻，便可过去，适才主意一个打错，被妖物扑上身来，那时想逃已不可能，不死也必带重伤。又想到此时一个把握不住，万一怪物是假，岂不将连日所受艰难辛苦，都付流水？宁可葬身妖物口内，也不可失言背信，使垂成之功，败于俄顷。索性两眼睁开，看看妖物到底是何形状，死也要死个明白，成败付之命数。

刚把胆子一壮，便听一种类似鸾凤和鸣的异声，由前面远处传来。睁眼一看，前面光华已经缓缓倒退下去，金光强烈，耀眼生花，用尽目力也未看出那东西形状。只依稀辨出一些鳞角，仿佛甚是高大狰狞。金红光华在密云层中射透出来，反映出一层层五光十色的彩晕，随着云儿转动，卷起无量数的大小金红旋圈，渐渐由明而晦，朝前面低处降了下去，半晌才没有踪迹。那云也由密而稀，逐渐可以分辨眼前景物。才看出经行之处，是一个宽有丈许的一条平滑岗脊。两边都有深壑，高崖低覆，密阴交匝，不露一线天光，阴沉沉像一个天刚见曙的神气。往前又拜不了两步，伏地时节，摸着一手湿阴阴的腥涎。细一辨认，岗脊中间，有一条四五尺宽的蜿蜒湿痕，那妖物分明是龙蛇一类。计算距离最近时，相隔至多不过丈许，暗中好不庆幸。妖物既退，云雾又开，惊魂一定，越发气稳神安，把一路上劳乏全都忘却，渐行渐觉岗脊渐渐低了下去。

拜走约有两三里之遥，两面危崖的顶，忽然越过两旁溪涧，往中央凑合拢来。景物也由明而暗，依稀辨出一些大概，仿佛进入了一个幽奇的古洞。前行约有里许，岗脊已尽，迎面危壁挡路，只壁根危石交错处，有一个孔窍，高可容人。知从孔中拜出，下面便是深潭，不由又惊又喜。略一定神，循孔拜入，从石窍拜到潭边，约有一箭之地。虽然不远，上面尽是一根根的石钟乳，下面又是石笋森立，砂石交错，锋利如刃，阻头碍足。常人到此，怕没有穿肉碎骨之险。还算司徒平练就玄功，虽未受伤，也受了许多小痛苦，才行通过。到了窍口，将身拜倒，探身出去，偷眼往上下一望，那潭大抵十亩，四面俱是危崖，团团围裹，逐渐由宽到窄往上收拢，到极顶中间，形成一个四五尺的圆孔。日光从孔中直射潭心，照在其平如镜的潭水上面，被四围暗色一衬，绝似一片暗碧琉璃当中，镶着一块璧玉。四壁奇石挺生，千状百态，就着这潭心一点点天光，那些危壁怪石，黑影里看去，仿佛到了龙宫鬼国，到处都是鱼龙曼衍，魔鬼狰狞，飞舞跳跃，凶厉非凡。初看疑是眼花，略一细看，更觉个个形态生动，磨牙吮血，似待攫人而噬。那孔窍突出壁腰，距离下面已有千百余丈，从顶到底，其高更不必说。满眼都是雄隐幽奇，阴森可怖的景象。知道不是善地，不敢多作流连，忙从身畔法宝囊中取出竹简，捧在头上，默诵传的咒语。刚刚念毕，猛见潭心起了一阵怪风，登时耳旁异声四起，四壁鬼物妖魔、龙蛇异兽之类，一齐活动，似要脱石飞来，声势好不骇人。

司徒平哪里还敢有丝毫怠慢，战兢兢拜罢起身，双手持简，照乙休嘱咐，喊了三声，往潭心中掷了下去。简才脱手，猛觉腰上被一个极坚硬的东西触了一下，其痛无比。不敢回看，就势默运玄功，驾起遁光，径朝潭心上面的圆孔天窗中穿了上去。才一飞起，便听异声大作，越来越盛，怪风狂涛，澎湃呼号，山鸣谷应，石破天惊。及至飞出穴口，上面竟是岷山顶上一个亘古人迹不到的所在。虽是夏日，积雪犹未消融，皑皑一片，白日无光。耳听后面一片风沙如疾雷暴雨一般打到，慌不迭地直飞，逃出岷山地界。后面没了声响，心才稍定，精力已尽，身又受伤，再被空中罡风一吹，觉着背上伤处奇痛入骨。

第一二八回

完使命　得宝返峨眉
斩妖旗　冲烟入敌阵

话说司徒平寻了一个僻静的山谷落下，又寻了一个石洞，取出丹药服了，然后运用玄功，直休养了两天，方渐痊愈。心中惦记仙府被困之事，便往峨眉后山飞来。到了一看，正值史南溪、郑元规等连续失利，旷日无功，又约来了两个妖党：一个是华山派本门的厉害人物赤火神洪发，一个是竹山七子中的金刚爪戚文化。俱因在路上遇见黄山五云步的万妙仙姑许飞娘，说知史南溪等一干妖人潜袭峨眉之事，劝他二人前去参加。洪、戚二人得了信，便赶到峨眉。史、郑等人虽仗烈火风雷，将敌人洞府围困，不但未占便宜，反伤了许多党羽。日前有一女子从外飞至，正想乘大家不备，暗破都天烈火神旗。幸亏香雾真人冯吾赶到，正待将那女子擒住，又被一个同党女子将她救走。后来才知是天狐宝相夫人的二女秦氏姊妹。先来的一个名叫秦寒萼，同了一个姓朱的女子，已经在阵中出入数次，众人俱没奈其何，这一次差点被她坏了中央主旗。目前下面敌人护洞金光虽被烈火风雷炼化，只是敌人手内有九天元阳尺，乃是玄天至宝，烈火风雷一律无功。还有南海双童甄氏兄弟和神行头陀法胜，在初来几日内，曾用地下穿行之法，偷入敌人洞府去盗肉芝，也是一去不归，不知生死下落。正在愁烦，一见洪、戚二人赶到，甚是心喜。

见面之后，说了经过，互商克敌之法。洪发道："诸位道友，怎的这般临阵儿戏行事？敌人首脑一个不在，只几个黄毛幼女，我等便吃了许多大亏，连伤许多道友。再延挨下去，峨眉一干妖道得信回山，更无胜理。依我之见，少时仍用烈火风雷攻打，戚道友长于身外化身，可由他用替身幻化诱敌，只需将那用九天元阳尺的女子引开一旁，再由我与众道友乘隙下去，运用全力，将敌人根本重地毁去，顺便好歹也杀他几个出气，岂不是好？"史、郑等人闻言大喜。

当时照计行事，先由戚文化在上面运用元神，幻化替身前去诱敌。朱文、寒萼果然中了道儿，以为敌人受了重伤，近在咫尺，还不手到擒来。谁知才一离洞，洪发已看出九天元阳尺厉害，戚文化弄假成真，元神已受了重伤，迫不及待，将一团烈火飞起。不想正遇苦孩儿司徒平赶到，见下面妖云弥漫，烈焰飞扬，连忙取出乌龙剪，展动灵符，冲破妖氛直下。一见申若兰正在危急，将手一扬，乌龙剪先飞将上去，挡住敌人妖火。及至朱文返身回救，司徒平见金花紫气照处，烈火全消，更不怠慢，将手一扬，乌龙剪飞将过去，似两条蛟龙，往上一绞，将洪发腰斩两截，跌下地来。

史、郑等人又折羽翼，自是懊丧万分。知道敌人不可轻侮，就此罢手更是不甘。只得仍用老法攻打，静候烈火祖师事毕赶来，再行克敌报仇。灵云这一面，虽有九天元阳尺护住洞口，却也不能擅离，反守为攻。两方暂时仍是相持不下。司徒平与众人见面之后，互谈了一阵经过，协助防守。

就在第二天，英琼、轻云、严人英等从莽苍山斩了妖尸，得了青索、温玉，带了米、刘二矮和袁星的尸体赶回。本打算一到，便用紫郢、青索二剑联合去破敌人中央主旗，因有袁星碍事，仍入前洞，在凝碧崖前落下。先往太元洞见了芷仙，问了连日敌情，放下袁星尸体。径往后洞与众同门相见之后，灵云又取出最后飞剑传书，与三人观看，恰好破敌之期应在明午。既有一日空闲，索性将袁星救转，英男身体复原，再行协力破阵。便将九天元阳尺仍交朱文，与严人英、寒萼、司徒平、若兰、文琪等人一同防守。

余人先往灵泉，扶起英男，由英琼与轻云将她抱往太元洞内，放在石榻之上。英男虽得回生，仍是奄奄一息，近来日受灵泉阳和之气浸润，骨中冰髓逐渐融解，有了知觉。因未全体融化，反觉痛楚，不住皱眉咬牙喊疼。灵云忙命英琼取出温玉。又命轻云寻来芝仙，向它求血。芝仙惨然应允。灵云便取一块玉玦，在芝仙左臂上轻轻割了一下，用玉瓶接了十来滴仙液。再取一粒仙丹，分为两半，与芝仙半服半敷伤处。见这次芝仙已不似以前，一经取血便形神委顿，仍是好好的。知它功行大进，俱都代它心喜。谢慰了几句，仍由轻云送往生根之处将息。

诸事齐备，灵云才对众人道："英男师妹陷身的冰窟，乃天地穷阴凝闭之气所萃，纵有半仙之体，若在黑霜发动时陷入，也难生还，何况凡体。总算她仙根深厚，又在无心中服了灵药仙草，虽然通体冻僵，元气不曾消散，又仗教祖灵丹，才得回生。但是她骨髓业已冻结，下半身便成了坚冰一般。九天元阳尺虽有纯阳奥妙，只能引魂归窍，祛除邪毒；而且阳气太盛，由外照射进去,定然骨髓受伤。此次如不得万年温玉,或者再迟些日,便误事了。”一面说着,早将玉瓶对着英男的嘴灌服下去。然后命紫玲坐上榻去,将英男湿衣解了,扶起靠在紫玲怀中坐定。再命英琼取出温玉,放在英男两足心中间,用两手各握一足,紧紧夹拢。那玉实体只有鹅卵大小,微微带扁。一出现便是紫光艳艳,时泛红霞,满室皆春,照得众人面目眉发时红时紫。英男先服了芝血下去,精神稍振。那块温玉一贴上了足心,立刻觉着千百丝暖气由涌泉穴底钻入,穿过毛孔,直通经络,瞬息到了腿际,又觉一阵辣痒痒的,通体舒泰,骨髓疼痛逐渐减轻。芝血又引着阳和之气,自上而下,两下会合行动。两个时辰过去,精神大振,已不似先前气喘吁吁。早有芷仙将备就的麦粥,掺了灵丹端来。英琼在旁连忙接过,用羹匙一口一口地喂给她吃。先时英男虽早从芷仙等人口中得知英琼冒险相救细情,心中感激,高兴自不必说,日日总想和英琼见面长谈。无奈英琼使命未完,回去不久就走,自己又体弱气虚。这时身略复原,一见众姊妹这般殷勤救护,尤其英琼情义深重,现于颜色,内心感动过甚,不由喜下泪来。英琼又将妙一夫人恩准收录,仙府美景如何佳妙,众同门个个道法高深,情感水乳,胜于骨肉,明日破敌之后便可随了大师姊学习剑法,一一说了。英男听了,自是加倍心喜。

大家治愈了英男,本该去救袁星,因九天元阳尺要守后洞,不能取来应用,只好候破敌之后再说。

米、刘两矮自随英琼拜见灵云等人之后,英琼总觉自己资历学行尚浅,越众收徒,心内不安,便命等在凝碧崖前候命。子夜过去,英男身体逐渐康复,约计不消多的时日便可恢复安健。

灵云见时辰快到,便责成芷仙、南姑照料英男,重新分配众人职务,定准到时由紫玲、英琼、轻云、人英四人绕出前洞,乘敌人烈火风雷攻打正盛之时,用弥尘幡护身,直攻妖阵,用紫郢、青索二剑联合去斩断敌阵中央主旗。那时敌人见有人由外攻入,必然舍了下面,返身接应。自己带了后洞诸同门,用九天元阳尺冲破妖氛,里应外合。

计议已定,英琼想起米、刘二矮出身旁门左道,虽说立誓改邪归正,又有青囊仙子华仙姑说情保他们,灵云、紫玲等人见了也说可以收录,到底其心难测。仙府尽多灵药异宝,自己责任太大,见灵云忘了分配二矮职务,留在洞内,不甚放心,只得据实和灵云说了。灵云笑道:“你平时那般天真,怎么一到自己头上,顾虑就多起来了?你想仙府重地,这两人如非夙因仙缘,休说不能到此,就连青囊仙子也不会从旁多口。上次掌教夫人曾对我说,众同门中，只你将来险难太多，一切均准便宜行事。昨日二人初来，我已看出他们的意志诚恳，悔过之心甚切。虽出身旁门左道，只不过当初误入歧途，比较杨成志生具恶根，还强多了。你莫胆小多疑，阻人迁善之路。昨日匆忙，未及细问，不知他二人有何本领。妖阵中人不比寻常，所以不曾吩咐他们去应攻应守，正要问明了你，给他们一点建功之路呢。”英琼便将二人所能说了。灵云道：“穿地之能，此时尚用不着。可带在你身旁，同去破阵，由他二人相机建功便了。”英琼正要去唤二人前来谢命，灵云又喊住说道：“本门收徒，自师祖长眉真人以来，各位师伯师叔收徒，男女之分，素未错过，你入门不久，独蒙特许，必有深意。既在你的门下，总算一家，每日令其在崖前打坐。无处存身，也不要紧，不久各男同门陆续都要到来，可令他们暂时与于、杨二人同居。等五府开辟，拜见了掌教师尊之后，再作计议便了。”英琼领命，将二矮唤至后洞，向灵云拜谢起立，静候时辰一到，便即分别出去破敌。

灵云这一提到杨成志，寒萼却又多了心。因为杨成志自从觊觎芝仙，误入两仪微尘阵闯了大祸，自知在峨眉门下不能立足，又悔又恨。因自己当初陷身妖窟，是蒙秦氏姊妹援引，痴心妄想，拟求秦氏姊妹讲情。紫玲素有远见，又极谦逊，方后悔当初多此一举，怎肯代他进言。寒萼却是小孩心性，当不住杨成志再三苦求，便冒冒失失答应下来。及至朝灵云一说，灵云道：“此事非同小可。如今芝仙无恙，虽然可以恕其无知，不咎既往，但是仙阵被他发动，教祖遗留的灵丹至宝不知有无伤损，掌教真人回山，大家都担着许多不是，怎能容他在此？破敌之后，便要将他送往青螺。他如有志悔过向上，凌真人也非等闲之辈，一样可以成就。本门教规素严，似他这等狂妄胡为，即使我等拼着受责，代他求下鸿恩，收列门墙，异日有了差错，岂不更是求荣反辱？”

寒萼闻言，当时也觉灵云之言有理，并未放在心上。后来一天一天过去，总觉出灵云等人对紫玲还可，对自己处处都显出有些歧视。再加上几次敌势稍懈，灵云不肯转守为攻，自己不服气，逞能出头，都遭失败，越显没脸。先时还只怨恨灵云一人。末后几天，一次负气冒险，偷出前洞，去破敌人中央主旗，陷身阵内，若非紫玲得信赶救得快，险被妖人掳去。回来时节，被紫玲当众埋怨了一阵。又一次，便是司徒平回山那一天，撺掇朱文离洞擒敌，若兰险些命丧妖人雷火之下，紫玲又着实数说了几句。于是连紫玲也暗怪起来。英琼在众同门中得天独厚，备受掌教真人恩遇，而年纪却是最轻，论到资历和功行，又属不深，再加上众同门的过分爱护。寒萼相形之下，本就不服。这次见她竟从外面擅自收了两个左道旁门回山，灵云不但毫不阻止，反说她秉承师命，一切均可便宜行事。暗想："杨成志虽由妖窟救出，并未多受妖人习染。这新来的米、刘两矮，明明以前是异派中为恶多端的妖人，力穷来归，焉知可靠？分明以人为重，显有厚薄。"越想越气。当时因应敌在即，未说什么，只望着司徒平冷笑了笑，便即走开。

不多一会，天光近午，众人各按分派行事。紫玲首先持了弥尘幡，带了英琼、轻云、人英三人与米、刘二矮，飞出前洞。这时史南溪等妖人因迭有死伤，愤恨已极，虽然多日攻打不生效用，仍想着敌人主脑人物不在洞府之内，只凭一柄九天元阳尺和几个少年男女，只要一有空隙，仍有求胜之道，所以到时仍用猛烈雷火攻打。只有阴素棠旁观者清，料到围困多日，敌人首脑一个不归，事先必有通盘筹算。几次建议：既是烈火祖师一时难到，单用阵法围困，旷日持久，延到敌人那边的主脑回山，纵然烈火祖师赶来，也难济事。不如暂将阵法撤退，诱敌出战，对方没有法术封锁的仙府做防御，九天元阳尺只能抵挡一面，料这一群小孩子有何道行，好歹还可伤他几个，遮遮羞脸。史、郑等人未始不听，几次将阵势撤退，故意露出破绽，好诱敌人冲出。谁知对方早有主意，给他一个不理不睬。间有一两个女子出敌，不是少胜即去，便是败了被人救回。只急得有力无处使。这日史、郑等人在焦躁仇恨之中，决计来一次全体出动，一面用烈火风雷攻打，一面豁出损失一些法宝，大家同时各施本领，一齐施为，给敌人来个以多为胜，措手不及。除阴素棠一人早萌退志，以为此非上策，借口要防敌人由外冲入，约了施龙姑仍在空中防守外，余人都随着史、郑诸人，到时发动。

这里众妖人刚刚分道扬镳，紫玲、英琼、轻云、人英等六人，已用弥尘幡化成一幢彩云飞至。阴素棠与施龙姑隐身空中，正在巡行，见山那边一幢彩云飞起，疾如电逝，转眼快到面前，认得是宝相夫人的弥尘幡，知道敌人又来冲阵。依了施龙姑，便要上前拦阻。阴素棠知此宝神妙无比，敌人如不收宝现身迎敌，有彩云拥护，寻常法宝飞剑攻不进去，敌人却可由内放出法宝飞剑应战，有胜无败。又加慧目看出彩云中隐隐光华闪动，敌人来势颇盛，此番不比上回，来者不善。史、郑等人既非好相识，眼前形势又决难讨好，更加打点了退身步数，不肯去蹚浑水。想看金针圣母情面，将龙姑点醒，走时一路，又觉不好意思。只得巧说敌人攻阵，并非冲出求援，正是自寻死路。我们先无须露面，容他过去，堵他退路，岂不反劳为逸？

话才说完，那幢彩云已到了近旁，一晃投入阵去。龙姑见阴素棠连日神态消极，这时又不肯动手，好生不满。正待开言，猛觉后面一片红光照来，未及回身，便听脑后有人大喝道：“妖孽势穷力竭，劫数已在眼前，你还在此等死么？”说罢，那一片红光已罩到龙姑头上，也未看清来人是谁，只觉一阵头晕神昏，便被来人用法宝摄去。阴素棠先疑又有敌人暗使法宝，闻声注视，红光中现出一个高大道童，手持红袋，朝着自己微一躬身，便将龙姑摄走，转眼没入天边，只依稀剩下云际一丝残红影子，认得来人正是云南藏灵子的得意门人熊血儿。知道史、郑等人定然凶多吉少，心中一动，也想退走。毕竟此时胜负未分，还恐异日相见不好意思，迟疑了一会。及至降到阵前上空，往妖阵一看，一道紫巍巍和一道青莹莹的光华夭矫腾挪，正似两条神龙彩虹一般，在阵中飞跃，所到之处，妖氛尽散。定睛一看，不由大吃一惊。料知众妖人必定瓦解无疑，纵然下去也是有败无胜，极早抽身，是为上策。便不再入阵，径自借遁光回转枣花崖去了。不提。

紫玲等一行六人将要飞到妖阵上空，一眼看见左近不远，有两道遁光游行，竟自没有上前阻拦，猜是敌人意在引敌入阵。因为时辰已至，破阵要紧，既是敌人不来阻拦，乐得省事，早些下手。却不料是阴素棠生了异心，被熊血儿赶来将龙姑摄走，以致日后生出许多事来，这都留为后叙。

且说紫玲等彩云迅速，转瞬便闯入妖阵中去。弥尘幡虽然神妙，毕竟不如九天元阳尺玄天至宝，又值雷火最烈之际，众人在彩云拥护中，兀自觉得有些震撼。知道厉害，不敢大意，便将飞剑纷纷放起，以备万一。这时四围都是一片暗红，罡飙怒号，火焰弥漫，一团团的大雷火直往下面打去，山摇地动，声势委实有些惊人。六人正行之间，忽地对面一个大霹雳，带着十几团栲栳大的烈火，疾如闪电，打将过来。众人有弥尘幡护身，也禁不住晃了几晃。紫玲知是来了敌人，口诵真言，将手一指，六人全从彩云中现出全身。各运慧眼，定睛往前一看，雷火过处，对面飞来一个妖娆道姑，手里拿着一面红旗，上面绘着许多风云符篆，旗角上烈焰飞扬，火星滚滚，只一展动，便是震天价的霹雳烈火飞起打来。这女子正是史南溪的新恋淫女异教邪魔追魂姹女李四姑。因见史、郑等人今日运用全力出战，自己以前和施龙姑在飞雷崖前吃过峨眉派的苦头，自知能力不济；敌人有九天元阳尺，迷人的妖术魔法又无处施展，特意向史南溪讨了这个轻松差使，代他持着都天烈火神旗，从上面往下发动雷火。以为这旗经烈火祖师修炼多年，有无穷妙用，人一遇上，便成齑粉。只有一柄九天元阳尺可以抵御，敌人又须用在下面应战。如无人进阵便罢，一有便是自来送死。

正在得意扬扬，尽量施展雷火威力，为一干妖人助威之际，忽见对面阵门上风雷开处，烟氛滚滚，一幢彩云，从火焰中似冲风破浪一般飞来，认出是那日救走陷阵女子的那幢彩云，知道来人不是弱者。偏偏史、郑等人事前没料到，敌人也会乘此时来破阵，全力贯注下面，阵上面并未派人主持，以为有了那面都天烈火神旗，便不妨事。曾告诉李四姑，万一有人进出，只管用雷火飞打，非到紧急，无须报警。所以李四姑虽知来人厉害，并不着慌。头一次施展烈火风雷，正值紫玲等在彩云中现出身来，并不知是敌人存心露面，还以为风雷收效，将彩云冲散了些，心中甚喜。说时迟，那时快，第二次又将风雷祭起。紫玲知道烈火厉害，还在持重，打定有胜无败的主意，想俟二次风雷过去，再行下手。英琼方听紫玲说了一句："那女子持的不是妖阵中的主旗吗？"早已忍耐不住，就在对面风雷二次又起之际，同时喊一声："周师姊还不动手，等待何时？"二人剑光原已放出，英琼说毕，紫郢剑首先飞起，轻云的青索剑也跟着出去。两条剑光才一离开云幢，便如长虹亘天，神龙出海，一紫一青两道光华，汇成一道异彩，横展开来，似电闪乱窜，迎着烈火风雷闪了两下，立刻雷散烟消。更不用人指挥，就势拨转头，往前驰去，倏地光华大盛，烛地经天。因为去势太疾，淫孽李四姑连看也未看清，只觉眼前紫青色光华一闪，登时连人带手中拿的都天烈火神旗，同时被青紫光华绞住，血肉残焰，有如雨落星飞，一齐了账，"哎呀"之声都未及喊出。众人破了妖阵主旗，见阵中余焰未消，先不下去，各人运用法宝飞剑，随着索、郢青紫两道剑光，驱散妖氛。只见光霞潋滟，所到之处如飘风之扫浮云，立刻消逝。

那史南溪同了长臂神魔郑元规、香雾真人粉孩儿冯吾、阴阳脸子吴凤、百灵女朱凤仙，还有连日新由许飞娘转约来的青身玄女赵青娃、虎爪天王拿败、天游罗汉邢题等一干妖人，先用雷火攻打了一阵，一声招呼，同时下落。对面金花紫气中，一眼看见神行头陀法胜被敌人用法术绑在后洞门首，神态甚是狼狈，史南溪越发愤怒，对郑元规道："这一干狗男女，捉了人去不杀，却吊在洞门，羞辱我们。几次去抢，俱被那妖尺挡住。我等脸上大无光彩，活活要将人气死！道兄玄功奥妙，变化无穷。等我用雷火去对付那妖尺，诸位道友同时施展法力，去和敌人相拼。道兄可在旁乘隙将法胜抢回，以免给我们丢脸。"说时，众妖人早已忍耐不住，纷纷各将剑光法宝祭起。

灵云自紫玲走后，知破阵克敌在即，自是越发谨慎小心。早带了朱文、寒萼、文琪、若兰、司徒平等，在后洞口外静候。先见一阵猛烈雷火打下，仍用九天元阳尺往上一指，金花紫气起处，妖焰尽散，雷火无功。那风雷烈火尽管随散随消，仍是越来越盛。料知敌人伎俩已穷，静候紫玲等前去破了妖阵主旗，里应外合，一丝也不着急，安心谨守，以逸待劳。那雷火攻打了一阵，忽然一阵红云紫雾中，现出十来个奇形怪状的妖人，从烈火后面飞来。为首一人正是史南溪，遍体火焰，一身妖雾，两手一搓一扬，便有震天价大霹雳打将过来。灵云见妖人势盛，只管发挥天尺妙用，也不上前。急得对面妖人枉用许多法宝妖术，全被天尺的金花紫气阻住，不得上前。寒萼、若兰更是淘气，见敌人情态急躁，没处奈何，便指定妖人大骂："无知妖孽，转眼伏诛授首，还敢在此猖狂！"骂声未了，对阵百灵女朱凤仙被二人一骂，忽然想了一个怪主意，对众说道："贱婢如此可恶，我们何不羞辱她一番，借此出出心头恶气。"一句话将众妖孽提醒，一面仍旧攻打，口里也骂将起来。他这骂更是可恶，淫词秽语，骂不绝口。那阴阳脸子吴凤、粉孩儿冯吾、虎爪天王拿败与百灵女朱凤仙，几个异教中的下流妖孽，更是肮脏不堪，骂了几声，索性连上下衣一齐脱去，赤身露体，做出许多恶形丑态，满口污秽言语。

寒萼等人起初因为好容易盼到今日是解围破敌的日子，由内往外，由外往里，反正是自己这几个人，还不是一样。及见灵云持重不出，只守不攻，已是气闷。又见了众妖孽这一阵秽骂丑态，休说众人，连灵云也恼怒起来，觉得这些妖孽万不可任其存留在世，为祸人间。算计紫玲等六人已达妖阵，不知收功与否，还想忍耐片时。旁边恼了朱文，口称："大师姊，今日既是克敌之期，你看妖人如此可恶，我等还不动手，岂容他等长此猖獗，污人耳目？"

灵云未及还言，寒萼早万分忍耐不住，口里随声附和，用手左拉朱文，右拉若兰，三人先后飞出阵去。灵云恐防有失，忙喊："师妹们少等，容我同行，休得分开。"接着将手一指，将那九朵金花及紫气分散开来，原想护着众人迎敌，以防有失。谁知寒萼因为开始辱骂是对阵那个妖女，恨她不过，一出阵，便朝百灵女朱凤仙飞去。若兰、朱文却又认定那粉孩儿冯吾妖形怪状，秽语淫声，同那副不男不女的丑态，罪该万死，不约而同地飞剑过去。她三人事先没和灵云商量，怒气头上，各自行动不打紧，却正合了敌人的心意，巴不得她们能够分开，才好下手，只略引远一点，便即施为。灵云见三人不在一起，虽不定有碍，究非稳妥。同时妖阵上面雷火来势更急，灵云既防雷火，又顾三人，不免心中一慌。暗想："敌人如此势盛人多，若不待英琼、轻云两口飞剑得胜回来接应，恐难取胜。敌人雷火妖法俱在对面施展，必须多加小心，前后留神，稍向前面移动，量不妨事。好在已到破敌时辰，紫玲等人也快由上而下，仍是先护着三人要紧。"喊了两声，见三人盛怒之下仍未回头，只得运用天尺飞上前去。果然身才飞起，对面那个赤身露体、不男不女的妖道，忽然放出一片五色粉雾，眼看若兰、朱文似要晕倒，往下败退。灵云一见不好，连忙飞上前去，金花紫气照处，香消雾散，朱文、若兰神志也立即清爽。

就在这时，忽听司徒平连声大喝。回头一看，就在灵云救人空隙，从空中飞下一只亩许方圆的大毛手，正要去抓那洞壁上倒吊着的头陀。那日擒来法胜，灵云因为这班妖孽永世不会悔悟，本要将他斩首。寒萼再三说，可以留着诱敌。灵云因她连日正犯小性，想日久缓缓感化，暂时不愿多伤她的感情，便允了她。由若兰用法术禁制，吊在洞口，以作激怒敌人之用。众人离洞迎战时节，吴文琪素来度德量力，见灵云不愿妄动，虽然一样仇恨妖人，并未上前。司徒平见三人同时离洞，灵云也往前追去，惟恐隔离过远，防守无人，也未上前。见金花刚随灵云离开洞口不过丈许远近，忽然一只大毛手从空飞下，直取法胜。司徒平急不暇择，一面高声报警，先将飞剑放了出去。谁知剑光绕在大毛手上，敌人竟似没有感觉。同时灵云、朱文、若兰三人一见洞口有警，忙舍敌人飞回时，上面烈火风雷又同时打到，只得仍用九天元阳尺抵御。文琪飞剑也难制敌，那只毛手竟将法胜抢起，就待飞走。司徒平见飞剑要失，一着急，猛想起神驼乙休所赐的乌龙剪，还未及使用。百忙之中，也不顾得别的，忙从法宝囊内将剪取出，才一离手，两条蛟龙般东西，带起一片乌光黑云，疾如电闪，追上前去。那毛手想已知道厉害，不顾再救法胜，将手一松，缩入上空不见。司徒平的剑光还在空中悬绕，那法胜坠在空中，被乌龙剪赶上一绞，立时腰斩坠地。司徒平也不穷追，忙将剑光收起。

当寒萼、朱文、若兰三人分头出战之际，众妖人原想将敌人引得离开洞口远一些，不在九天元阳尺金花的罩护之下，再行下手。不料寒萼怒在心里，出阵太急，与百灵女朱凤仙一照面，飞剑刚放出去，左手一扬，白眉针连续而出，一线细如游丝的光华只闪得两闪，朱凤仙躲避不及，竟将双目打中，败退下去。那针顺血攻心，败退不远，登时坠地身死。虎爪天王拿败一见朱凤仙惨死，心中大怒，与青身玄女赵青娃双双飞剑出战。正待展动法宝，寒萼心辣手快，一面飞剑抵御，白眉针接连发出，拿败虎爪上早中了一针。赵青娃未及施展妖法，被阴阳脸子吴凤看出那针厉害，忙喊："仙姊留神，这是天狐白眉针！"赵青娃闻言大惊，忙取一个飞囊往空一掷，一朵妖云将身护住。这边香雾真人粉孩儿冯吾，贪看来的二女美貌，正要行法擒拿，忽被灵云破了迷人香雾救去。方在悔惜，一眼瞥见寒萼正在大显白眉针威力，丰神美丽，也不亚于适才二女，连忙转身飞来。天游罗汉邢题，也看出便宜，赶来合围。

这里史南溪见灵云带了出战的人返身回去，重施九天元阳尺，护住洞口。长臂神魔郑元规人未救出，反伤了法胜性命。又见寒萼将百灵女朱凤仙用针刺死，连着又伤虎爪天王拿败。俱都怒发千丈，不约而同飞将过来，欲得寒萼而甘心。还未近前，史南溪猛听上面雷火忽然停止，正在惊疑，忽见敌人洞口一干青年女子倏地全数冲杀上来。百忙中往上一看，见有两道青紫光华，似游龙一般满空飞舞，所到之处，烟火齐消。妖阵中心，天光已是照下，知道妖阵已破，主旗定然被毁，这一惊非同小可。同时对面敌人紫光业已飞到。史南溪恼怒到了极处，大喝一声，连同那几个残余妖人，各将法宝飞剑纷纷祭起，分头接住厮杀，准备决一死战。对面齐灵云知敌人妖法厉害，众同门业已分开应战，便持着一柄九天元阳尺飞行空中，往来接应，专破妖法。那虎爪天王拿败的虎爪中了一白眉针，自知不妙，幸而他生就畸形，本来无手，两只虎爪原是用妖法安上去的，恐那针透入手臂，连忙自行断去，重又飞剑上前助战。

香雾真人粉孩儿冯吾，早看出今日形势凶多吉少，无奈为色所迷，只管恋恋不走。先见寒萼势单，想找便宜。及见妖阵一破，众妖人不顾得合围寒萼，分开应敌，他知寒萼白眉针厉害，留下天游罗汉邢题去敌寒萼。劫数当前，邪心犹自未退，仗着自己邪法摄人厉害，遁法迅速，满想在对阵许多美女中觑准一个剑法平常的，乘她措手不及，用妖雾迷了摄走。主意打好，一眼看到敌人虽然个个年幼，本领俱非寻常。只有一个与青身玄女对敌的青衣女子，剑光不似峨眉嫡派，以为好欺。忙用遁光飞将过去，乘那女子全神贯注飞剑之际，便想趁机下手。

那女子正是黑凤凰申若兰，一上阵早看见一干妖人俱在应敌，只有适才用妖雾差点将自己迷倒的那个妖道在空际盘旋，似想相机行使妖法。无奈对面青身玄女赵青娃是个劲敌，急切不能取胜，自己吃过亏，不由加了几分防备。此时猛见他鬼鬼祟祟，正朝自己身后飞来，便知来意不善。一面指挥飞剑应付前面敌人，暗从法宝囊内取出丙灵梭，未容冯吾施展那迷人香雾，倏地回身将手一扬，便是数十溜尺许长像梭一般的红光，直朝冯吾打去。冯吾眼看飞临切近，那女子丝毫也未觉察，刚在心喜，将手一指，一片五色香雾才飞出去，忽见那女子回身将手一扬，数十溜红光陨星一般飞到。心想："这女子倒也狡猾，居然用法宝来暗算自己。"当下一面放出飞剑，想将那红光敌住；一面仍指挥香雾过去迷人。正打着如意算盘，就在那片香雾快要飞向若兰头上,冯吾剑光也与丙灵梭刚刚接触之际,倏地眼前一亮,九朵金花和一团紫气如电驶云飞般直卷过来,光华一照,粉雾全消。冯吾方悔功败垂成,猛见一道紫虹从空飞射,相离数十丈外,已觉寒光耀眼,冷气森森。知道不妙,正待抽身,哪知连人带飞剑已被紫光罩住,性命垂危。忙用脱体分身之法,咬紧牙关,把心一横,将一条左臂平伸出去,紫光扫处,断了下来。同时冯吾也借血光行使妖法遁走。

第一二九回

掣电飞龙　妖氛尽扫
涤污掩秽　仙境长新

话说冯吾逃走后，那口飞剑眼看被紫光一绞，便要毁灭。若兰看出那剑虽是妖人所用，本质不差，毁了未免可惜。恰巧灵云指挥九天元阳尺过来，破了妖人香雾，见青身玄女赵青娃剑光不弱，便将飞剑放出助战。抽空舍了敌人，高叫道："琼妹莫坏这剑，你只将它挡住，待我收了它去。"英琼原是同了紫玲、轻云等，用紫郢、青索两道光华在上面驱扫妖焰，顷刻之间业已将近毕事。氛云散处，一眼看见下面有人暗算若兰，飞剑下来相助，一照面，剑光便将冯吾罩住，只见一道血光一闪，妖人业已断臂遁走。心中正可惜下手晚了一些，还想去破那口飞剑时，听若兰一喊，忙即止住。那剑失了凭依，又有剑光圈住，哪能飞遁，不多一会，便被那数十道红光围住，追得缓缓降下。若兰将手一招，连那丙灵梭一齐收入法宝囊内。

英琼见若兰将剑收去，回头一看，战场上敌我形势已经大变。原来虎爪天王拿败独战女空空吴文琪，被严人英用飞剑追杀，只见银光一闪，登时废命。天游罗汉邢题，剑光甚是灵活，又识得白眉针厉害，寒萼连放飞针，俱被邢题用妖法防身，未能奏效。寒萼一着急，便将宝相夫人金丹放出，一团栲栳大的红光，直朝邢题打去。邢题料难抵敌，想要收剑逃走，正遇司徒平伤了竹山七子中的金刚爪戚文化，飞身过来，一指乌龙剪，一片乌光中现出两条蛟龙，交头剪尾飞来。邢题忙着收剑，慢了一些，将双足齐膝绞断。还算他玄功奥妙，怪叫一声，负痛破空逃走。

这一干妖人死散逃亡之余，只剩下长臂神魔郑元规、阴阳脸子吴凤、青身玄女赵青娃与史南溪四人，还在死命支持。尤其是史、郑二人最为厉害，若论本领，峨眉一班小同门原非敌手。也是妖人该遭劫数，偏遇见英、云会合，紫郢、青索双剑出世，又有那一柄九天元阳尺，纵有妖术邪法也无处施用，才有这场惨败。这且不提。

那阴阳脸子吴凤，原与邢题、赵青娃等人合敌寒萼，一见敌人纷纷出战，正要迎上前去，猛见妖阵被破，从空中先后飞坠下六个人来，一眼看到那最后落下的两个矮子甚是脸熟。不及细看，对阵女神童朱文已经飞到，只得迎着交起手来。两人恰是劲敌，剑光绞在一起，杀了个难解难分。这时妖焰已散，阳光透下，恢复了清明景象。吴凤诡计多端，看见下面飞雷洞口光影里，横卧着那日初来时所见的两个道童，护身金光被多日烈火风雷轰打，已经稀得似一团光雾。情知这两个道童仗着灵符护身，虽中妖法，并未身死。暗想："自己这面死伤多人，敌人一个也不曾受伤，明明形势凶多吉少。现时史、郑二人不退，不便单独遁走，早晚终须败逃。何不暗使法术，分身过去，趁那两童护身金光散去，抽空将他们杀死，可略微解恨。"

想到这里，暗运玄功，将手一招，空中剑光倏地飞回，与身相合，重又朝着朱文飞去。朱文以为敌人身剑合一来拼死活，也将身飞起，与剑相合，迎上前去。谁知吴凤暗使狡猾，早已隐身往下飞坠。刚刚飞近两个道童身旁，正待行法破去那残余金光，施展毒手。脚才沾地，猛被两只怪手将他擒住，心中大惊。还未及行法抵御，倏地迎面飞来一道黑烟，立时一阵头晕，不省人事。那朱文身剑合一，去敌敌人飞剑，几个回旋之后，猛觉敌人飞剑光华未减，忽然失了灵活，仿佛无人驾驭一般。先还恐是敌人诡计，及见敌人飞剑一任自己压迫，恰巧寒萼得胜飞来，看出破绽，忙唤："师姊，敌人业已逃走，现成便宜你还不捡？"一句话将朱文提醒，又有寒萼帮着，果然很容易地将那飞剑收了。

正在这时，恰值英琼飞来，一眼看到朱文获胜，对阵妖人只剩三个，青身玄女赵青娃独敌灵云，连施邪法异宝，都被九天元阳尺破去，智穷力竭，势将逃遁。英琼哪里容得，娇叱一声，紫虹电闪般飞出。赵青娃刚驾遁光飞起，被英琼紫光横扫过来，只一绕，身首异处。

那史南溪与长臂神魔郑元规先战轻云、紫玲，一个有弥尘幡，一个有青索剑，神妙无穷。又有灵云往来策应，妖法雷火全然无效。郑元规一见大怒，忙运玄功，元神幻化大手，从空往轻云头上抓来。轻云飞剑是峨眉至宝，郑元规所用飞剑原不是它敌手。无奈妖人邪法厉害，更番变化。轻云久经大敌，不求有功，先求无过，防卫时候较多。及至斗了一会，见妖人飞剑光芒大减，心中大喜。正盼成功，忽见头上乌烟瘴气中，隐现一只大手抓来，不由吃了一惊。未容收剑防御，正遇严人英斩了拿败，飞身过来助战。见轻云危急，银光疾如电闪，飞将出去，与那大手斗在一起。偏偏这时灵云又回身去救护若兰,身子被赵青娃绊住,急切不能奏功。史、郑二人一见金花紫气飞走,暗忖:“不乘此时下手,更待何时?”双双一打招呼,各将全身妖法本领一齐施为。

长臂神魔郑元规料知自己飞剑不是敌人对手,索性收了回来,只用元神变化应战。郑元规已是劲敌,再加上史南溪双手雷火猛烈,妖法厉害。紫玲、轻云和人英三人见势不佳,只得用弥尘幡护身,勉强应战,以免有失。轻云飞剑虽然仍旧活跃,也难取胜。双方拼命恶斗没有半刻,众妖人一齐伏诛逃散。一干峨眉同门先后包围上来,满天空都是法宝飞剑,光华灿烂。史、郑二人先时急怒攻心,存了有敌无我之念,此时也心慌起来。郑元规首先觉出金花紫气二次飞来,再如恋战,决无幸理,正想逃遁。紫玲在彩云掩护之下应战,一见灵云、英琼先后飞到,忙喊:“周师姊,还不将双剑会合去除敌人?”说罢,便将宝幡收起。轻云闻言,一指青索剑,与英琼紫光合而为一,便朝敌人飞去。双剑合璧,威力大增。郑元规刚要飞走,元神已快被金光罩住,又遇青紫光华横卷过来,百险中陡生急智,倏地将飞剑放将出去。先是一阵黑烟一闪,一道绿光迎着青紫光华互相一绞,绿光便成粉碎,洒了一天的鬼火,纷纷下落。轻云、英琼鼻端只闻着一股子腥风,再找妖人,已经不见。

史南溪此时忽然见机,一见郑元规快被金光罩住,放起飞剑,便知他准备弃剑逃走。遭此惨败,势孤力弱,纵能伤害一二敌人,又何济于事?不如回山等烈火祖师回来,再商报仇之策为是。就趁众人围攻郑元规之际,倏地两手一扬,十数团大雷火朝紫玲、人英等打去。紫玲刚把弥尘幡抵御,史南溪已在雷火光中逃走。灵云知道追赶不上,便同众人去救石、赵二人。

这时妖云尽散,清光大来。仙山风物,依旧清丽;岚光水色,幽绝人间。除了地下妖人的尸身和血迹外,宛然不像是经过了一番魔劫的气象。及至到了飞雷洞前一看,好好一座洞府,已被妖人雷火轰去半边,锦络珠缨,金庭玉柱,多半震成碎段,散落了一地。那石奇、赵燕儿二人护身金光业已消散,躺在洞前,奄奄一息。灵云见飞雷洞受了重劫,非一时半时所能整理。又恐妖人去而复转,须将他二人抬往太元洞内医治,才为稳妥。只是后洞仍须派人轮流防守,便问何人愿任这第一次值班。紫玲方要开言,寒萼先拿眼一看司徒平,抢着说道:“妹子愿任首次值班,但恐道力不济,平哥新回,不比众姊妹已受多日劳累,他又有乙休真人赐乌龙剪,意欲请他相助妹子防守后洞,料可无碍。不知大师姊以为胜任否?”灵云因善后事多,又忙着要救石、赵二人和袁星，知道二人夙缘，寒萼要借此和司徒平叙些阔别，略一思考，便即答应，留下寒萼、司徒平防守后洞。命人英、英琼、轻云三人扶了石、赵二人，大家一齐回转太元洞去，少时再来收拾余烬。司徒平知道寒萼有些拗性，虽觉她此举有些不避形迹，面子上还不敢公然现出。紫玲闻言，却是大大不以为然。又听寒萼当了众人唤司平徒作平哥，形迹太显亲密，一些不顾别人齿冷。虽说众同门都是心地光明，不以为意，也总是不妥。又知二人缘孽牵缠，寒萼心浮性活，万一失检，连自己也是难堪，心中好生难过。本想拦阻，无奈灵云已经随口答应，只得走在后面，回头对寒萼看了几眼。寒萼心里明白紫玲用意，不禁又好气，又好笑，装作不知，把头偏向一边去了。自此两人误会越深，暂且不提。

且说灵云带了众同门回转太元洞，将石、赵二人放在石榻之上。然后取出妙一夫人预赐的金丹，命人英塞入二人口内，再用九天元阳尺驱散邪气。二人本未曾死，不过被妖法雷火困住多日，身子疲惫不堪，经此一番救治，不多时，便行醒转。灵云吩咐尚须慢慢调养，不要下榻。二人只得口中称谢。

灵云救好了二人，再拿着九天元阳尺去救袁星。先给它口里塞了灵丹，诵罢真言，将尺一指，那九朵金花和那一团紫气，便围着袁星滚转起来。不消片刻，袁星怪叫一声，翻身纵起。一见主人同众仙姑一同在侧，知是死里逃生，忙又跳下榻来，跪倒叩谢。灵云道："你这次颇受了些辛苦，快出外歇息去吧，少时还有事要你做呢。"

袁星叩了几个头，刚刚领命走出，英琼忽然想起一事，"嗳"了一声，便往外走。灵云忙问何故？英琼回身道："众人都在，破了妖阵之后，独不见米、刘二人，还有神雕佛奴。原因他们辛苦多日，一则妖法厉害，二则今日也用他们不着，命他们在太元洞前警备，防有妖人偷入，适才回洞，也未看见。佛奴不怕有何灾难，只恐米、刘二人吉凶难保，所以想往后洞去看个仔细。"灵云道："便是我适才也因后洞飞雷崖有好些妖人的尸身血迹，须人打扫，欲待救了袁星，等它出洞，稍微运行血气，复原之后，领了米、刘二人，去往崖上打扫。适才匆匆回来，不是你提起，还以为二人是听你吩咐，在洞外候命呢。"紫玲道："适才战场上，我见有一个两面妖人和朱师妹对敌，那厮忽用玄功分身之法遁走，意在乘隙侵害石、赵二位师兄。曾见米、刘二人突然在飞雷洞前现身，与那妖人交手。只一照面，便即一同隐去。彼时正值匆忙之中，不及赶去救援，也不知他二人胜败如何。"

正说之间，袁星忽从洞外进来跪禀道："米、刘二人说他们追赶妖人，被佛奴追去擒来抓死，尸首已带回飞雷崖，有佛奴看住，现在太元洞外候命。”灵云略一寻思，说道：“反正还有事分配他们二人，命他们无须进洞，我等即时出去。”说罢，便命人英看护石、赵二人，大家一同出洞。米、刘二矮见众人出洞，迎上前来拜见。灵云便问和妖人交战经过。米、刘二人刚要开口，袁星在旁，大声说道：“你二人还是实说的好，那佛奴好不刁钻，我还吃过它不少的苦呢。”二矮把脸一红。英琼早已看出，喝问袁星鬼祟什么？

米、刘二人知难隐瞒，便由刘遇安躬身答道：“弟子等自知道力不济，不是妖人敌手。初入仙山，又急于建立一点功劳，破完妖阵之后，便隐身在旁，等候时机。后来见众仙姑都忙于交战，崖前被困的两位大仙却无人照管。弟子二人知那护身金光将要消散，挡不住厉害妖人，恐防有失，便起了立功之想。隐身守在二位大仙身旁，只说不求有功，但求无过。等没多时，果然有一个妖人看出便宜，化身飞来，刚把二位大仙护身余光破去，便被弟子二人出其不意，用旁门擒拿魔法，合力将他擒住。一看，才知他是当年弟子等的师叔阴阳脸子吴凤。便将他带往僻静之处，原想问他一些虚实，再擒将回来。经不住他再三说好话，弟子等想起师门大义，心中不忍，忘了他一向心辣手狠，不合将擒拿法解了。谁知这厮一旦脱身，便与弟子等翻脸。那擒拿法原是先师未兵解时所传，吴凤以前虽是同门一派，却并未学会。不过那法须预先布置，引人入窍，匆促之间，不能使用。所幸那厮有两样厉害法宝，事前因想脱身，已经送与弟子二人，否则定遭他的毒手无疑。弟子等见他忘恩反噬，就要下手，一面虚与委蛇，反而向他求情，暗中想法抵敌。未及施为出来，已经被他看破。也是那厮该死，因知弟子等有入地之能，竟下绝情，用法术将弟子等困住，苦苦逼迫，先要还他那两样法宝。弟子等情知中了奸计，本就难以脱身，故作投降，乘他不备，打了他一黑霉钉，正中他的左脸。那厮急怒交加，催动妖法，四面都是烈火红蛇包围上来。眼看危险万分，忽从空际飞下一黑一白两只火眼金睛大神雕来。黑的一只正是主人座下仙禽佛奴。白的一只更是厉害，首先冲入火烟之中，两只银爪上放出十来道光华，把那些火蛇一阵乱抓，那雷火竟不能伤它半根毛羽。那吴凤先不见机，只管运用妖法。及至见势不佳，想要逃走，却被佛奴两爪将他前胸后背一齐抓住，再被白雕赶上前来一爪，一道黑烟闪处，被佛奴生生抓死。两只神雕对鸣了几声，白的一只冲霄飞去。佛奴抓了吴凤尸身，回到飞雷崖放下，长鸣示意。秦仙姑也命弟子等进洞请命。弟子等不合擒故又纵，几遭不测，还求主人和众仙姑开恩饶恕。”

英琼心想:“两矮纵敌,只为顾念师门恩义,情有可原。”便听灵云发落。灵云却早听出二人还有些许不实不尽之处,便道:“你二人之事,我已料知。念在暗保石、赵二仙有功,暂时免罚。”说罢,便向紫玲道:“有劳紫妹带他二人和袁星去往飞雷崖,借紫妹法力,汲取隔崖山泉,洗净仙山,监率他三人等将残留妖人尸身碎体,搬往远处消化埋葬如何?”紫玲巴不得借此去相机劝化寒萼,欣然领命,带了三人便走。灵云因掌教真人回山开府在即,微尘阵内还困着南海双童,须往察看,便带了众同门自去。不提。

且说寒萼、司徒平二人等众人走后,便并肩坐在后洞门外石头上面,叙说别后经过。二人原有夙缘,久别重逢,分外显得亲密。司徒平毕竟多经忧患,不比寒萼童心犹在,见寒萼举动言语不稍顾忌,深恐误犯教规,遭受重罚,心中好生不安,却又不敢说出。寒萼早看出他的心意,想起众同门相待情节,显有厚薄,不禁生气,满脸怒容对司徒平道:“我自到此间,原说既是同门一家,自然一体待遇;若论本领,也不见得全比我姊妹强些。偏偏他们大半轻视我。尤其齐大师姊,暂时既算众姊妹中的领袖,本应至公无私,才是正理。但她心有偏见,对大姊尚可,对我处处用着权术,不当人待。如说因我年轻,管得紧些,像大姊一般,有不妥的地方,明和我说也倒罢了,她却故意装呆。既知我能力不济,那次我往微尘阵去,就该明说阵中玄妙,加以阻拦,也省得我身陷阵内,几遭不测,还当众丢脸。随后好几次,都对我用了心机,等我失利回来,明白示意大姊来数说我。还有那次得那七修剑,连不如我的人全有,只不给我一口,明明看我出身异教,不配得那仙家宝物。更有大姊与我骨肉,却处处向着外人。你道气人不气?只说等你回来,诉些心里委屈,谁知你也如此怕事。我也不贪什么金仙正果,仙人好修,这里拘束闲气却受它不惯。迟早总有一天,把我逼回紫玲谷去,有无成就,委之天命。”司徒平知她爱闹小性,众人如果轻视异类,何以独厚紫玲?不过自己新来,不知底细,不便深说,只得用言劝解,说的话未免肤泛,不着边际。寒萼不但没有消气,反倒连他也嗔怪起来。

正说之间,忽见神雕抓着一个妖人尸首,同了米、刘二矮飞到崖前落下,见寒萼、司徒平在那里防守,米、刘二矮便上前参拜。略说经过,稍有不实,神雕便即长鸣。寒萼也懒得问,便命神雕看着尸首,米、刘二矮前往太元洞外候命,自己仍与司徒平说气话。司徒平见她翠黛含颦,满脸娇嗔,想起紫玲谷救自己时,许多深情密意,好生心中不忍,不住地软语低声,温言抚慰。说道:“我司徒平百劫余生,早忖必死,多蒙大姊和你将我救活,慢说牺牲功行,同你回转紫玲谷,就是重堕泥犁,也所心甘。无奈岳母转劫在即,眼巴巴望我三人到时前去救她。峨眉正教,去取门人甚严,侥幸得入门墙,真是几生修到。异日去救岳母,得本派助力,自较容易。就往岳母身上想,也应忍辱负重,何况将来还可得一正果?同门诸师姊都是心地光明,怎会分出厚薄?只恐是见你年轻,故意磨你锐气,心中相待原是一样。纵有什么不对之处,也须等见掌教师尊,自有公道。此时负气一走,不但有理变作无理,岳母千载良机,岂不为我二人所误?"

寒萼冷笑道:"你哪里知道。听大姊素常口气,好像我不知如何淫贱似的。只她一人和你是名义上的夫妻,将来前途无量。似我非和你有那苟且私情不可,慢说正果,还须堕劫。却不想我们这夫妻名头,既有母亲做主,又有前辈仙尊作伐,须不是个私的。神仙中夫妻尽有的是,休说刘桓、葛鲍,就拿眼前的掌教师尊来说,竟连儿女都有三个,虽说已转数劫,到底是他亲生,还不是做着一教宗主?怎的轮到我们就成下流?我早拿定主意,偏不让她料就。可是亲密依旧亲密,本是夫妻,怕什么旁人议论?便是师长,也只问德行修为如何,莫不成还管到儿女之私?我们又不做什么丑事,反正心志坚定,怕她何来?她既如此,我偏赌气,和你回转紫玲谷去,仍照往常修炼功课。等掌教师尊回山开府,再来参拜领训,我同你好好努力前途,多立内外功行。掌教师尊既是仙人,定然怜念,略迹原心,一样传授道法。既省烦恼,还可争气。只要我们脚跟立定,不犯教规,难道说因我得罪了掌教师尊的女儿,便将我二人逐出门墙?那仙人也太不公了。怎能说到因此便误母亲大事,便坏自己功课呢?再过两日看看,如果还和以前一样,我宁受重谴,也是非走不可。"

司徒平见她一派强词夺理,知道一时化解不开,只得勉强顺着她说两句。原想敷衍她息了怒,过了半天,问明紫玲之后,再行劝解。偏巧紫玲领命飞来,一眼看见二人并肩同坐,耳鬓厮磨,神态甚是亲密,知寒萼情魔已深,前途可虑,不禁又怜又恨。因后面米、刘二矮就要跟来,只看了二人一眼。寒萼笑着招呼了一声,仍如无事。司徒平却看出紫玲不满神色,脸涨通红,连忙站起。米、刘、袁星也相次来到,紫玲当了外人,自是不便深说,便和二人说了来意。

正要吩咐行事,见神雕还站在阴阳脸妖人的尸体旁边,一爪还抓住不放,见紫玲到来,连声长鸣。心中奇怪,走过去定睛一看,又问了袁星几句,忙喊寒萼近前说道:"你看这妖人,分明已将元神遁走,如果潜藏在侧,岂不仍可还阳？难怪神雕守着不走。师姊命你二人在此防守，责任何等重大，你们只顾说话，也不看个仔细。休说妖人元神偷来复体，就是被妖党前来盗走，也是异日之患。怎的这般粗心？”寒萼闻言，也低头细看了看，冷笑道：“大姊倒会责备人。你看妖人前脑后背，已被神雕抓穿，肚肠外露。他如有本领还原，岂能容容易易便被神雕抓来？我和平哥已是多日不见，母亲超劫在即，趁无事的时候商量商量，也不算有犯清规咧。如说妖人想弄玄虚，只恐妹子本领虽然不济，也没这般容易。”这一番话，当着米、刘两矮，紫玲听了甚是难过，略一寻思道：“如此说来，不但我，连神雕守在这里也是多事的了。”说罢，便对神雕道：“这具妖尸，由我们三人处理，将他用丹药消化掩埋。你擒敌有功，少时再告诉你主人。如今敌人惨败，难保不来生事，可去天空瞭望，有无余孽来此窥伺？”神雕闻命，睁着一双金睛，对紫玲望了一望，展开双翼，盘空而去。

第一三〇回

临难得奇珍　纳芥藏身　微尘护体
多情成孽累　伤心独活　永誓双栖

紫玲便命二矮与袁星去将崖上所有残尸碎体一齐提来，与吴凤尸身放在一处，再用仙药消化，自己也随在二矮后面指点。寒萼抢白了紫玲一顿，见她无言可答，略觉消气，索性仍唤司徒平到洞口石上坐谈。司徒平见他姊妹拌口，已是不安。又见寒萼唤他，其势不能不依。跟着走没几步，正在心中为难，忽听紫玲在身后大喝道："无知妖孽，竟敢漏网！"接着光华一闪，便是一幢彩云飞起。寒萼、司徒平大吃一惊，连忙回身注视，吴凤的尸身已经复活，从地下卷起一团黑烟正要飞走。幸而紫玲早有防备，存心欲擒先纵，明是随了二矮前走，时刻都在留神动静，未容吴凤飞起，弥尘幡已化彩云飞来，将他罩住。就在这时，那神雕何等通灵，早看出紫玲心计，并未飞远，一见妖人想逃，星流电闪般束翼下击。

起先吴凤因黑白二雕来势厉害，知难逃命，把心一横，舍了躯壳，将元神隐遁。二雕并未看出，原可逃回山去，借体还原。及见原身并未被二雕抓裂，不禁又起希冀：一则借体还原，总不如原有的好；二则法宝囊内还有两样宝物，舍不得丢弃，重又回身窥伺。心想："只要原身一脱雕爪，便可与元神合了遁走。"谁知神雕受了同伴指示，紧紧抓定，竟然不肯离开一步，只由二矮回去请命。吴凤干自心急，知道这东西异常厉害，适才已经吃过苦头；又以为二雕一样神化，若以元神相拼，本无不可，偏偏原身又被它抓住，投鼠须要忌器。法宝飞剑已无用处，万一惊觉，只要被它两爪抓裂，便成粉碎。不敢造次，隐藏在侧，静候时机。认定成固可喜，败亦至多毁了躯壳，元神仍可逃走。不料袁星能通鸟语，一出来便代神雕解说它受了白雕指教，留下妖人躯壳。言还未了，紫玲机警，已明白是诱妖人元神前来伏诛，忙止住袁星。便唤寒萼来问，偏遇寒萼顶嘴，索性将计就计，故意遣走神雕，装作不备。

吴凤恐神雕觉察，元神藏处相隔本远，袁星又只说了一半，没有听清，只听明了秦氏姊妹的大声问答。先听紫玲盘问之言，以为看出破绽，甚是吃惊。及见她二人拌嘴走开，再举目往空中一望，不知神雕隐身彩云以内，一见没有踪影，心中大喜。暗忖："闻得峨眉消骨丹药甚是厉害，莫待她回来措手不及，功败垂成。"匆促之中，又忘了弥尘幡彩云飞动，疾如电掣，以为紫玲纵然到时警觉，相隔有三数十步之遥，也必追赶不上。谁知元神刚与身合，驾遁飞起，彩云已经照临头上。此时吴凤如果仍旧弃了躯壳，未始不可二次逃生。也是他该遭劫数，已回原身，不舍就弃，一时乱了主意，妄想抵敌，连身逃遁，左手雷火刚刚发出，接着又在法宝囊内去取宝物。就在这略一停顿之间，上面神雕飞到，紫玲与袁星、二矮齐放飞剑法宝。寒萼因自己适才任性，看走了眼，万一妖人逃走，少时又受埋怨，又气又急。忙喊："平哥，还不快放你的乌龙剪！"司徒平已将飞剑放出，闻言又将乌龙剪放在空中。吴凤本是打战中逃走主意，及见敌人法宝飞剑纷纷祭起，幸而彩云被自己雷火略微托住，势子一缓，正好逃走。猛地又见头上一片乌云罩到，现出两点金睛，知是神雕飞来。忙把遁光往下一落，一面运用玄功，准备万一难以脱身，仍将元神遁走。不料司徒平的乌龙剪又从下面飞上，迎个正着。那剪原是神驼乙休多年修炼的异宝，专斩修道人的元神，只要不能抵御，被那两条蛟龙般的乌光绞住，便难脱身。吴凤恶贯满盈，不但躯壳被众人飞剑斩成多段，连元神也同时被斩消灭。

紫玲眼看吴凤顶上隐隐飞起一道白烟，被乌龙剪绞散，知获全功，大家收了法宝飞剑相见。寒萼虽然内愧，幸而敌人是死在司徒平手内，还可遮羞。见紫玲没有说话，也就不再开口。紫玲也不去理她，这才正经命二矮、袁星，将全崖妖人尸首残肢收放一起。再命袁星先在远处择好一个僻静所在，掘下深坑等候。二矮便求紫玲将吴凤法宝囊赐他二人。紫玲点头应了，二矮心中大喜，感激非凡。又对紫玲说，他二人能用法术将尸骨残肢运走。紫玲含笑点头。二矮立刻口诵咒语，施展旁门搬运之法，将所有尸体全都移到袁星所择之处，抛入坑内。紫玲取出化骨丹药洒了下去，顷刻之间化成黄水。才命袁星、二矮用土掩埋好了，回转飞雷崖。又从身旁取出四面小旗，分与袁星、二矮，传了咒语，自己也拿着一面，向隔崖一指，那水倏地飞起四五尺粗细的四股飞泉，宛如四条银龙，起自洪涛之中。随着四旗指处，满崖飞舞冲射，不消顷刻，已将崖上妖迹血污，洗荡得干干净净。袁星素来看惯不说。那二矮自命是旁门能手，只为高人点化，志在逃劫避灾，屈身奴仆，虽然心意甚诚，究还不知峨眉门下有多大本领。及至来此没有多日，先见大众飞剑法宝神化无穷，又见紫玲等适才对敌施为，连雕、猿都如此灵异，才自愧弗如，只配供人奔走役使，不配置身雁列，越发是死心塌地，不起异念的了。

紫玲洗罢仙山，时已黄昏，斜阳从远山岭际射到，照在新洗过的林木山石上，越显山光清丽，不染尘氛，心中也觉快意。回望寒萼，仍与司徒平并肩低语，喁喁不休，暗叹了一口气，不忍再看。这时神雕已经飞走，便带了二矮、袁星回洞复命。走时连司徒平也不愿答理，略微招呼，就此走去。

寒萼等紫玲走后，又说道："我同了朱文，拿着九天元阳尺去闯妖阵，败下阵来，又遇云南教祖藏灵子摄去元阳尺，要报杀徒之仇。幸遇神驼乙休相救，还赐了三粒仙丹，一封柬帖，吩咐到日才许开看。他又说你和他有缘，他定助你成功。适才又听你说，他也赐了你一封柬帖，开示日期与我正同，都是应在十日之后。我听大师姊和申若兰师姊说起乙真人来历，真是神通广大，法力无边。此人并有拗性，别人以为不能的，只要得他心许，无论如何艰难的事，都要出力办成，比那怪叫花凌真人的性情还要古怪。先前身材高大，容颜奇伟，背并不驼。因为屡次逆天行事，遭了天劫，假手几个能手，合力行法暗算，移山接岳，将他压了四十九年。幸而他玄功奥妙，只能困住，不能伤他，反被他静中参悟禅功，参透大衍天机，一元妙用。等到七七功行圆满，用五行先天真火炼化封锁，破山出世。当初害他的人，闻信大半害怕，不敢露面。谁知他古怪脾气，反寻到别人门上道谢，说是没有当初这一举，他还不能有此成就，只要下次不再犯到他手内，前仇一概不记。内中有一个，便是凌真人，反和他成了至好朋友。齐师姊说，掌教夫人曾说他还有一个妻子，与他本领不相上下，百十年前不知为何两下分开，没有下落。他素常还爱成人婚姻，他那日又曾提起你我未来的话，且等到时开看柬上的话，定于我们有益。"司徒平也把代神驼乙休拜上岷山之事，详细说明。正谈得高兴，忽见若兰、朱文飞来，说是奉了大师姊之命，代他二人接班防守。寒萼见紫玲才去不久，便有人来接替，又起疑心，不便向外人发作，迟疑气闷了一会。

寒萼正要转身回洞，忽听遥天一声长啸，甚似那只独角神鹫。寒萼连日都在惦记，飞身空中，循着啸声，迎上前去看个明白。只见新月星光之下，彩羽翔飞，金眸电射，从西方穿云御风而来，转眼便到了面前，正是那只独角神鹫，爪上还抓着一封书信，心中大喜。便跨了上去，飞近洞口，唤道："平哥，你去太元洞相候，我骑了它由前洞下去。"说罢，骑了神鹫，径飞前洞，在凝碧崖前降落，见一干同门正在比剑。紫玲早迎上前来，劈头问道："大师姊因今日诸事就绪，你我所学本门心法，尚有两关未透，着朱、申二位去换你前来传授，怎的这时才来？神鹫是怎样回来的？”

寒萼闻言，方知适才自己多疑，气便平了。只得说正待回洞，忽听神鹫空中鸣啸之声，上去接它，故此来迟。因优昙大师那封书信是给灵云的，便递了过去。灵云拆开一看，大意说：

开府盛会在即，正教昌明不远，可喜可贺，到时当领全体门人前来赴会。那日在冰崖上所救神鹫，因当时乌龙剪来势甚急，只得收了。神驼乙真人脾气虽然古怪，人却正直，道力也甚高强，异日当为峨眉之友。不愿开罪于他，事后便将乌龙剪给他送还。中途路遇，果然他心中不忿，斗法三日，不分胜负。幸遇极乐真人空中神游解围，化敌为友。他因乌龙剪以前是自己心爱法宝，竟被外人收去，不屑再用，欲转赠被他救去的司徒平。此剪如能善用，神妙非常，专斩异派妖人元神。如已见赠，须要加功修炼，不可大意。神鹫横骨已经化去，可与神雕佛奴的功行不相上下。知秦氏姊妹还有用它之处，特命它飞归故主。

书末又说不久各同门均要先期回转仙府，敬候开山盛典，命灵云早为准备安置等语。灵云观毕，传示众同门，一齐向空谢了。大家练了一会功课，回转太元洞。

第二日，将所有石室全都汲了灵泉洗净。把正中供朝参石室旁的三十六间石室，分供掌教师尊和前辈师伯叔居住。余下百十间石室，分成男东女西，以备众同门来了，起居和做功课之用。又因同门中道行深浅不一，好多未断火食，便命神雕、神鹫连日出外猎取猛兽。肉由英琼、芷仙、若兰三人腌腊。皮由米、刘二矮持往城市变卖，连同英琼昔日遗留的银两带去，备办米粮和应用物品。山中有的是黄精、首乌、异果、野菜，只需袁星每日出外采取。洞中又有芷仙平日用奇花异果酿成的美酒甚多。不消两三日，一齐备齐。又责成芷仙管领仙厨，米、刘二矮与袁星供她驱遣，南姑姊弟也愿帮忙。大家都兴高采烈，静等佳客降临。

到第七八天上，妙一夫人忽然回山，布置了一番，住了两日，嘱咐灵云一阵，才行走去。先后又来了许多同门，除石、赵二人原是近邻移居不算外，远客计有岷山万松岭朝天观水镜道人的弟子神眼邱林、昆明开元寺哈哈僧元觉禅师的弟子铁沙弥悟修，以及风火道人吴元智弟子七星手施林、灵和居士徐祥鹅、青城山金鞭崖矮叟朱梅弟子长人纪登、小孟尝陶钧等。余者不下百十位，俱已得了师命，有的因事羁身，有的尚在途中，均当在开辟仙府以前赶到。大家聚在一起，新交旧识，真是一天比一天热闹。每日欢聚一阵，不是选胜寻幽，便由灵云、纪登为首，领了众人练习剑法，互相切磋砥砺，功行不觉大进。

这期间只苦了寒萼、司徒平两个。因为紫玲见她一味和司徒平时常厮守在一处，外表上俨然伉俪一般，心中害怕。其实二人名分已定，众同门均已知道；又知寒萼是个小孩心性，有时和若兰、英琼也是如此，不以为怪。事一关心太过，反要出事，乃是常理。紫玲何尝不知他二人心地光明，但是惟恐因情生魔，堕了魔孽，坏了教规，不时背人劝诫。谁知寒萼暗怪紫玲不偏向她，时常给她难堪。这一责难过甚，反而嫌怨日深。司徒平左右为难，无计可施。

偏偏又遇见一个多事的神驼乙休，给二人各留了一封柬帖。到日二人借着防守后洞之便，同时打开一看，除了说明二人姻缘前定而外，并说藏灵子从百蛮山回来，定要到紫玲谷报杀徒之仇。秦氏姊妹本非敌手，就连峨眉诸长老也有碍难之处，不便出面相助。乙休怜二女孝思和司徒平拜山送简之劳，准定到时前往相助一臂。命二人只管前去，必无妨碍。不去倒使乙休失信于藏灵子，反而不妥。此番前去，因祸得福，齐道友必能看他面子，决不见怪等语。二人看了，又惊又喜，忙即向空拜过。本想和紫玲说知，偏巧紫玲因今早不该他们二人值班，却双双向灵云讨命，愿代别人往后洞防守，起了疑心。暗中赶来，见二人在那里当天拜跪，又无甚事，更误会到别的地方，便上前盘问，语言过分切直了些。恼了寒萼，也不准司徒平开口，顶了紫玲几句嘴，明说自己不想成仙，要和司徒平回转紫玲谷去。紫玲也气到极处，没有详察就里，以为二人早晚必定闹出事来，既是甘心自弃，无可救药，莫如由他们自去，省得日后闹出笑话。心里却还原谅司徒平是为寒萼所迫，还想单独劝解。不料寒萼存心怄气，也不容人说，立逼着司徒平随她飞走，不然便要飞剑自刎。司徒平知她性情无法劝转，好在有神驼乙休做主，且等事完之后，劝她姊妹言归于好。当下便与紫玲作别，随之飞去。

紫玲在气头上，竟没有想起宝相夫人转劫之事，因后洞无人，只得代为防守。二人刚走不久，忽然想起救母事大，正值轻云、文琪游玩回来，紫玲匆匆请她二人代为看守，忙即回转太元洞，正遇灵云、英琼、若兰、英男四人在洞外闲谈。紫玲略说经过，问该如何处置。灵云因妙一夫人说她姊妹有难，又知寒萼拗性，她和英琼、若兰二师姊情感甚好，可着她二人前去劝他们回转便了。二人领命去后，紫玲终觉不妥，执意要去。灵云劝她不住，想起优昙大师那封书信曾有神鹫备用之言，便命骑了同去。去时三人先后遇见金蝉、石生、庄易、笑和尚等回山，前已表过，不提。

且说寒萼与司徒平看罢神驼乙休柬帖上预示的机宜，正值紫玲赶来规劝，寒萼料知此番回转紫玲谷凶险不少，又因紫玲连日对自己多有误会之处，心中不快，借此和紫玲翻脸。一则可以出出心中闷气；二则此行既有神驼乙休为助，定然逢凶化吉，乐得独任其难，显显自己本领和毅力。即使师尊怪罪，还可借口乙休力主，事要机密迅速，不得不如此。当下和紫玲说了几句，便立逼司徒平连众同门都不说一句，竟然同驾剑光往黄山紫玲谷飞去。司徒平对于秦氏姊妹，原是一般感激爱重。不过紫玲立志向上，参透情关，欲以毅力坚诚摆脱俗缘，寻求正果。与司徒平名义上虽是夫妻，除了关心望好之外，平时总是冷冷的。寒萼却是天真烂漫，纯然一派童心，觉得司徒平这人心地光明，性情温厚，比乃姊还要可亲可爱。二人本来又有前生夙缘，如磁引针，那情苗竟在不知不觉中滋润生长。紫玲情切骨肉，关心忧危，不得不随时提醒一二。谁知责难过甚，倒起反感，欲离更合。使得司徒平心目中看她姊妹一个春温，一个秋肃，情不自禁便偏向着了一头。所以此次回转紫玲谷，被寒萼娇嗔满面，一派要挟，连想和紫玲说明经过都未能出口，竟被寒萼逼了同行。

二人剑光迅速，没有多时，已离紫玲谷不远。因为神驼乙休预示先机，不敢大意。等到飞近紫玲谷上空，先不下落，按住剑光，定睛往下一看，见崖上面齐霞儿的仙障封锁犹存。除了白云滃翳，岚光幻灭而外，空山寂寂，四无人踪。寒萼暗忖："难道自己赶在头里，那藏灵子还未来到？"想起那两只白兔尚留养谷中，不禁又勾起童心，便与司徒平一同降下。寒萼自初遇司徒平，重访五云步与轻云、文琪相会，因仙障封锁，几乎无法飞转谷中，赴青螺时节，早向紫玲学了解法用法。

落地时节正站在崖前，口诵真言，要将仙障收了回来。忽见一片红霞从身后照来，知道不妙。刚要回身，猛听身后有人喝道："无知贱婢，今日是你授首之期到了！"寒萼、司徒平双双回身一看，面前站定一个面容奇古的矮小道人，认出是天师派教祖藏灵子。那日与朱文拿了九天元阳尺去闯史南溪的妖阵，尝过厉害，虽然有神驼乙休预示，心中也未免有些着慌。寒萼见司徒平不知厉害，露出跃跃欲试神气，这时二人身子已被红云罩住，恐怕失闪，忙使眼色止住。寒萼硬着头皮挺身说道:“云南教祖,休要逞强!你我相争,强存弱亡。贵高足师文恭朋恶比匪,杀害生灵,无恶不作。愚姊妹奉师尊之命,往除八魔,路遇他与俞德上前动手,被愚姊妹用白眉针将他打伤。彼时同党恶人如肯约请能人施救,并非不治。不想这些同恶妖孽乘人之危,将他断体惨死。即此而论,贵高足纵不遇愚姊妹,已有取死之道。教祖不明是非,放着首恶不诛,却与一二弱女子为难,只恐胜之不武,不胜更传为笑谈。愚姊妹如果怕事,自身现在峨眉教下,三仙二老,道流冠冕,难道还任教下门人受邪魔外道摧残?尽可安居凝碧崖,一任教祖找上门来,自有师长做主,何足置念?只为愚姊妹以前也曾学有微末道行,明知秋萤星火,难与日月争光,但一想到本门师长多与教祖有旧,愚姊妹身入师门,行为无状,寸功未立,岂能为些须小事劳动师长清神?又奉乙真人示谕,特地赶回紫玲谷来候令领罪,只作为弟子与教祖私争,不与师门相涉。初拟教祖为一派宗主,道力高深,行为必然光明,定任愚姊妹竭其防卫之力。在愚姊妹只求幸免一死,于愿已足,并无求胜之心。教祖亦可略示宽大,一任愚姊妹有所施为,以教祖法力,也难幸脱死罪。谁知教祖仗能前知,算就小女子与外子今日回山,埋伏在此,乘人不备,未容家姊赶到,稍加防卫,便下毒手。纵然难逃刑诛,未免贻羞天下。”

言还未了,藏灵子怒骂道:“大胆贱婢!死在目前,还敢以巧语花言颠倒是非。孽徒师文恭命丧毒手,罪有应得,我决不加袒护。汝姊妹倚仗天狐遗毒,用此恶针,为祸人世。我寻汝姊妹,乃是除恶务尽,为各派道友除害。前赴峨眉,驼鬼作梗,用言相激,我才暂留汝姊妹多活几日,亲赴百蛮山除去绿袍老妖,才来伸讨。你既说乘你无备,我就姑且网开一面,容你半日,看你有何伎俩,只管使将出来,看你能否逃脱罗网?这半日之内,汝姊若不来,便是规避,我自会前去寻她。”说罢,怒容满面,将袍袖一扬,一道光华闪过,藏灵子踪迹不见。

司徒平方要开口说话,寒萼又使眼色止住,与司徒平飞落谷底。那两只白兔正在树下吃草,见主人归来,欢鸣跳跃上前。寒萼毕竟童心犹在,在此危急存亡之秋,还有闲情将那白兔抱在怀中,一同入内。进谷一看,不由叫得一声:“哎呀!”原来上次前往青螺,紫玲后走,将谷顶明星全数收去,所以里面漆黑一片。来时负气,又忘了问紫玲要回。按照神驼乙休之言,谷中原有一番布置,虽然练就慧眼,到底不便。想了想无法,只得各将剑光放出照路,直奔里面一看,后洞藏宝之处,又被紫玲行时用法术封锁。宝相夫人当年遗留的两件御敌之宝和一幅保山保命的阵图，全都不能取出。这一急非同小可，后悔来时应当与紫玲说明，约了同行，不该负气任性，以致有此差失。如今时机紧迫，又不及回转峨眉求助。正在无计可施，那白兔素通灵性，也仿佛看出主人有大难将至，只管哀鸣不已。寒萼把心一横，暗想："是福不是祸，是祸躲不过，总须和藏灵子一拼。既有神驼乙休答应事急相助，想必不至便遭凶险。好在还有一会，且将两个白兔藏过，以免玉石俱焚。"当下同了司徒平，一人抱了一个，向昔日司徒平养伤室内放下。嘱咐道："我如今大敌当前，吉凶难保，少时便须出去交手。你两个不要出去，免遭毒手。"

寒萼说罢，走出室去，用法术将石室封锁。走将出来对司徒平道："起初只说照乙真人之命，将母亲阵图取出，防过几日便不妨事，所以约你同来。如今御敌之宝被大姊封锁，又不及回山去取，事在紧迫，至多挨过两三个时辰，便要应敌，全凭齐仙姑这个仙障保命了。如果敌人厉害，宝障无功，乙真人早来还好，若是来迟，我两人性命休矣！我死原不足惜，不但连累了你，还误了母亲飞升超劫大事，如何使得？那藏灵子与你无仇无怨，你如回山，必不阻拦，你可趁此时速返峨眉。我凭齐仙姑仙障与母亲先天金丹至宝，与那矮鬼决一死活，存亡委之命数，以免为我误了母亲大事。"司徒平道："寒妹切莫灰心短气。乙真人妙术先知，决无差错，既命我二人到此，必有安排。他柬上原说可约大姊同来，虽你一时负气，疏忽了一步，须知我二人仙缘前定，生死都在一处。昔日在往岷山以前，乙真人曾对我说过，我的重劫大灾业已过去，如今只有一难未完，决无死理。难道你死我还独生？寒妹休要过虑。"寒萼未始不知司徒平在此一样凶多吉少，口里虽强迫他走，心里却正相反，正愿其不去。人在危难之中，最易增进情感，两人这一番携手并肩，心息相通，说的又尽是些恩深义重、荡气回肠的话，在不知不觉中，平添了许多柔情密意。连二人也不知怎的，虽未公然交颈，竟自相倚相偎起来。藏宝之处既被紫玲预先封锁，等到少时交手，更无别的准备。寒萼仍不住在催司徒平快走，固是口与心违。

司徒平天生情种，到这急难关头，分明并命鸳鸯，更是何忍言去。一阵推劝延挨，不觉快到时候。寒萼一想："与其坐以待毙，何不出谷应战，还省得坏了旧时洞府。"见司徒平执意不走，便道："平哥，你既如此多情急难，反正死活我二人都在一起。那矮鬼好不厉害，那日朱师姊拿着九天元阳尺玄天至宝，竟会被他夺去。寻常飞剑法宝全用不得，白白被他损坏。此番上前，但盼齐仙姑仙障有功，我二人还可苟延性命，否则不堪设想。如等他来，倒显我们怯敌怕他，上去吧。”

一边说着，上了谷口，抬头一看，崖顶一角，隐隐见有红霞彩云混作一团，才知紫玲已经赶到，先与藏灵子动手，弥尘幡已被敌人困住。不由起了敌忾同仇之心，把成败利害置之度外。口中念动真言，正待展开仙障护身，驾遁飞起，忽听头上断喝道：“秦家贱婢！既敢出面，有何伎俩只管使来，汝姊即将伏诛。我已设下天罗地网，不怕你逃上天去。”言还未了，一片红霞随着罩将下来。幸亏寒萼防备得快，同时也将仙障展开，迎上前去。那齐霞儿的紫云仙障，原是优昙大师镇山至宝，又经霞儿多年修炼，真个神化无穷。初起时，只似一团轻绡雾縠，彩绢冰纨。及至被红霞往下一压，便放出五色毫光，百丈彩雾，将二人周身护住。二人知难上去，便在谷底搂抱坐定，静候外援。不提。

原来紫玲百忙之中，原因弥尘幡太快，恐赶在二人头里，还得回身来寻，便驾了神鹫赶去，谁知去晚了些。在鹫背上运用慧目往去路上一看，见前面天边云影里，有两三点青光隐现移动，当下催动神鹫往前追赶。偏那青光飞行甚速，越赶越远，只依稀辨出一些影子，追了一会，并未追上。猛觉青光不见，细一留神，才想起不是往紫玲谷去的道路，已经在无意中转了方向。更加英琼、若兰跟在后面，为何不见紫郢剑的紫光？神鹫飞行，不亚于寒萼剑遁，怎会追赶不上？还恐二人中途起了别意，成心避却自己来追。便将弥尘幡取出，连人带鹫，仍往那两三点青光前路追去。不一会，将要追上，相离切近，才看出错认。正待飞回紫玲谷，前面青光中人也转飞现身招呼。紫玲因那青光甚与自己相似，内中一道比较还要强些，猜是前辈中人，不敢怠慢，只得暂停。同时青光敛处，现出一个老道婆同两个少年女子。见面一问讯，正是衡山金姥姥罗紫烟和两个门人吴玫、崔绮。

原来金姥姥因从东海去会三仙，归途又往岷山访友，遇见吴玫、崔绮，说是在武夷采药，发生了一点事情。料知金姥姥要往岷山，赶到一问，知还未到，又往回赶，才在云中相遇。金姥姥带了吴、崔二人折转武夷，行经峨眉不远，见后面远处有峨眉门下御剑飞行，先时并未在意，及至赶到前边，认出那弥尘幡是宝相夫人之物。又见紫玲功候深纯，仙风正气现于眉宇，着实夸奖了几句。再一问起经过，金姥姥笑道：“我在东海听三仙说，此番你回紫玲谷，必遇藏灵子来报前仇。结果有一能人相助，因祸得福，令堂超劫便在事完之后。此次乃汝姊妹一番劫数，令师并不见怪，但去无妨。我此番将事办完，便往峨眉赴那群仙盛会。今既相遇，总算有缘。藏灵子独创异宗，虽是旁门，法力远在汝姊妹二人之上。相遇之时，一切法宝飞剑均难施为，只可紧持弥尘幡护身，以待后援。不去原可避此一劫，无奈藏灵子神光厉害，如不使其分心两顾，专注一处，汝妹寒萼恐难幸免。今将我镇山之宝纳芥环借你，略备万一吧。”说罢，取出一个寸许大小青彩晶莹的圈儿，递与紫玲，传了用法。

紫玲拜谢之后，便辞别金姥姥，直飞紫玲谷。既知就里，越发关心，同怀忧危。不消片时，已经飞到谷顶上空。先运慧目往下一看，见下面白云消散，齐霞儿所传紫云仙障已被人收去，不禁吓了一跳。暗想：“难道这么一会工夫，寒萼、司徒平已遭毒手？否则他二人既知大敌当前，如何进谷之时，不将谷顶封锁？”正在惊疑，忽见下面崖畔红霞一闪，现出一个矮小道人，趺坐当地，两手一搓，便飞起数十丈红霞，正要往谷底罩去。事不关心，关心则乱。紫玲哪知寒萼已得高人指教，存心收了紫云仙障备用。竟以为藏灵子还是初到，刚刚破了仙障，等下毒手。寒萼、司徒平尚在谷中，她没有觉察，惟恐他二人被敌人暗算。心里一着急，便将云幢往下一落，高声说道：“何方道长驾临，怎不叩关入内，却在暗中窥伺，要待主人出迎么？”

那藏灵子自以为胜算在胸，秦氏姊妹难逃掌握。纵有神驼乙休作梗，自己已经斩了绿袍，难道他还有何话说？正好反怪他不令秦氏姊妹全来，违言背信。又因寒萼适才语言尖刻，讥他不敢前往峨眉，激动烦恼，打算除了寒萼，再去峨眉寻找紫玲。两个时辰过去，见寒萼还不出面，料知她并无伎俩，无非延挨时刻待救，心中又好气又好笑。自己是一派宗主，不便乘人不备。正待将炼就先天离合神光照向谷中，打一个招呼与敌人，促她出战。忽见眼前光华一闪，一幢彩云从空飞坠，彩云拥护中，现出一个紫衣少女，亭亭玉立，举止从容。虽然语近讥刺，却是那般和平，不亢不卑，容貌又与寒萼相似，知是乃姊。因她来时，事前自己并未觉察，不免也有些惊异。暗忖：“莫怪狐女猖狂，果然有些道行。既敢同来，多少须有些防备，倒不可过分轻视于她呢。”便怒喝道：“来的是天狐长女秦紫玲么？汝姊妹以天狐余孽，妄用毒针，残害生灵，本教祖代天兴讨。适才来此，遇见汝妹寒萼，巧言规避，是我容她多活几个时辰。只说驼鬼言而无信，汝已逃死远遁。现既敢来，难道也同汝妹一般，想求我容你多活些时么？”

紫玲为人，虽然事前持重，却是外和内刚，一旦遇上事，绝不胆怯。一听寒萼、司徒平未遭毒手，胸中顿时一放。情知藏灵子专心寻上门来，无可避免。仓猝之中，不知寒萼何事耽延，不肯动手。也未想到姊妹见面，再商量应战一层。更错听金姥姥说除了弥尘幡，一切法宝飞剑均难施为的话，忘了宝相夫人遗留的阵图。紫玲闻言，冷笑道："原来道长是云南教祖藏灵子，为了杀徒之恨而来。愚姊妹早已投身峨眉门下，各派仙长大抵知闻。紫玲谷虽是儿时旧居，每日勤于功课，从不轻易回来。若非今日抽空回谷探视，岂不令教祖在此空候，其罪倒更大了。今既相遇，无所逃死，任凭教祖处治吧。"

藏灵子见紫玲态度强硬，言中有刺，不禁大怒，戟指骂道："无知余孽贱婢！我门人师文恭附匪丧身，咎由自取。只是汝姊妹不该用这种狠毒邪针，为祸人世。我今日除恶务尽，断乎宽容不得！任汝姊妹如何巧说激将，也须除了汝等，再寻汝师长算账。"说罢，两手合拢一搓，将那多年辛苦，用先天纯阳真火炼就的离合神光发挥出来，化成数十丈红霞，向紫玲当头罩下。紫玲早有防备，一面展动弥尘幡护住全身，暗中念诵真言，又将金姥姥新赐的纳芥环放起。玄门异宝，果然妙用无穷。那大约寸许的小圈儿，一出手变成青光荧荧一圈亩许寒光，在彩云拥护中，将紫玲全身罩住，一任藏灵子运用神光化炼，竟是毫无觉察。

紫玲暗中留神观察，静等寒萼、司徒平出来，如二人能见机逃走更好，不然，自己便运用玄功飞移前去，连他二人一齐护住，以待救援。谁知敌人厉害，哪能容她打算。待没多一会，忽见藏灵子双手一搓一扬，分出一片红霞，飞向崖下。紫玲喊声："不好！"待要移动，猛觉身外亩许远近，阻力重如泰山，虽然二宝护身，不受伤害，却是上下四方，俱被敌人神光困住，休想挪动分毫。只见崖前红霞下去，倏地又有一片彩雾云霞冲起，稍微迎拒，随又降下。才知齐霞儿的紫云仙障未被敌人收去，想必寒萼、司徒平二人已经知警，并封锁了谷顶，心中略宽。预料灾难未满，一时半时难以脱身，索性盘膝地面，静心宁气，打起坐来。由此紫玲姊妹与司徒平三人分作两起，俱被藏灵子的神光困住。

那藏灵子满怀轻敌之气，初到时，正赶寒萼已将紫云仙障收去，没有在意寒萼持有异宝。后来紫玲飞到，虽然看出彩云护身，也听说过弥尘幡妙用，终以为天狐旁门异类，纵有道行，也非自己对手，何况又非本人。秦女初入峨眉不久，不过得了乃母几件遗留宝物，有何本领？一交手间，怕不成为齑粉？谁知来人胸有成竹，只守不攻。先时云幢耀彩，发生妙用，竟将神光阻隔，不能透进，已出意料。及见彩云影里，飞起一圈光芒，定睛一看，认出是金姥姥的纳芥环。这两件宝物，论起来虽不如九天元阳尺，但是此宝俱有各人心传收用之法；不比元阳尺，用的人如道行稍弱，便可夺取。明知敌人大胆赴约，只守不战，必有强援在后。以自己道力本领，竟不能制服两个无名后辈。正在又恨又怒，恰值寒萼、司徒平出来，又飞起一团彩烟霞雾，抵住神光，保护全身。更认出那是神尼优昙当年镇山之宝紫云仙障，不禁吃了一惊。暗想："此次东海三仙不肯出面，必是为了三次峨眉劫数，不愿多树强敌之故。这个老尼却甚难斗，倘助二女，自己胜算难操。若一失败，只好埋头闭门，连三次峨眉斗剑，想要出头参与，都无颜面了。"越想越恨。又因两次被神驼乙休言语所激，兼有杀徒之恨，便只管运用玄功，发挥神光威力，欲把敌人炼化。几天工夫过去，果然两处敌人的法宝光华逐渐减退，也无后援到来，心中甚喜。

第七天头上，紫玲虽然看出身外彩云减退了些，纳芥环青光依旧晶莹，还不觉得怎样。那寒萼、司徒平二人，仗着齐霞儿的紫云仙障护身，先时只见头上红霞低压，渐渐四面全被包裹，离身两三丈，虽有彩烟霞雾拥护，但是被那红霞逼住，不能移动分毫，仍然不知厉害。因紫玲有弥尘幡护体，紫云仙障又将神光敌住，以为时辰一到，自会脱难，仍和司徒平说笑如常，全不在意。二人感情本来极好，又有前世夙缘和今生名分。寒萼更是兼秉乃母遗性，一往情深。不过一则有乃姊随时警觉，一则司徒平又老成持重，熟知利害，不肯误人误己。所以每到情不自禁之时，二人总是各自敛抑。这种勉强的事，原难持久，何况今生患难之中，形影相依，镇日不离，那情苗不知不觉地容易滋润生长。果如二人预料，仅只略遭困厄，并无危难，还可无事。谁料第三日，护身仙霞竟然逐渐低减，这才着慌起来。初时还互相宽解，说既是一番灾劫，哪能不受丝毫惊恐。乙真人神通广大，事已前知，到了危急之际，必定赶到相救。及至又等候了两天，外援仍是杳无消息，护身仙云却只管稀薄起来；那敌人的红霞神光，还在离身五七尺以外，已是有了感应：渐渐觉着身上不是奇寒若冰，冷浸骨髓；便是其热如火，炙肤欲裂。一任二人运用玄功，驱寒屏热，又将剑光放出护身，俱不生效。这是中间还隔有仙障烟霞，已是如此，万一仙障被破，岂能活命？这才看出厉害，忧急如焚。

第一三一回

舌底翻澜　解纷凭片语
孝思不匮　将母急归心

寒萼、司徒平似这样拼死支持,度日如年,又过了两夜一天。眼看护身仙云被敌人神光炼退,不足二尺,危机顷刻。不定何时,仙云化尽,便要同遭大劫。司徒平为了二女,死也心甘,还强自镇静,眼巴巴盼神驼乙休来到。寒萼自从仙云减退,每到奇寒之时,便与司徒平偎依在一起,紧紧抱定。

此时刚刚一阵热过,寒萼含泪坐在司徒平怀中,仰面看见司徒平咬牙忍受神气,猛然警觉,叫道:"我夫妻绝望了!"司徒平忙问何故。寒萼道:"我们只说乙真人背约不来救援,却忘了他柬中之言。他原说我等该有此番灾劫,正赶上他也有事羁身,约在七日以外才能前来。所以他命我们将母亲炼就的仙阵施展开来,加上齐仙姑这紫云仙障,足可抵御十日以上还有余裕。那时他可赶到,自无妨害。偏我一时任性,想和大姊赌胜,宁愿单身涉险,不向她明说详情,以致仙阵不能取出,仅凭这面仙障,如何能够抵御?如今七日未过,仙障烟霞已快消尽,看神气至多延不过两个时辰。虽然我们还有乌龙剪同一些法宝飞剑,无奈均无用处。此时敌人神光尚未透进身来,已是这样难受,仙障一破,岂非死数?这又不比兵解,可以转劫投生,形神俱要一起消灭。我死不足惜,既害了你,又误了母亲飞升大事。大姊虽有弥尘幡护身,到底不知能否脱身。当初如不逼你同来,也不致同归于尽,真教我悔之无及,好不伤心!"说到这里,将双手环抱司徒平的头颈,竟然哀哀痛哭起来。

司徒平见她柔肠欲断,哀鸣婉转,也自伤心。只得勉抑悲怀,劝慰道:"寒妹休要难受。承你待我恩情,纵使为你粉身碎骨,堕劫沉沦,也是值得。何况一时不死,仍可望救,劫数天定,勉强不得。如我二人该遭惨劫,峨眉教祖何必收入门下,乙真人又何苦出来多此一举?事已至此,悲哭何益?不如打起精神,待仙障破时,死中求活,争个最后存亡,也比束手待毙要强得多。"寒萼道:"平哥哪里知道。我小时听母亲说,各派中有一种离合神光,乃玄门先天一气炼成,能生奇冷酷炎,随心幻象,使人走火入魔,最是狠辣。未经过时,还不甚知,今日身受,才知厉害。仙障一破,必被敌人神光罩定,何能解脱?”说时又值身上奇热刚过,一阵奇冷袭来,仙障愈薄,更觉难禁,二人同时机灵灵打了个冷战。寒萼便将整个身子贴向司徒平怀里去。本是爱侣情鸳,当此危机一发之际,更是你怜我爱,不稍顾忌。依偎虽紧,寒萼还是冷得难受,一面运用本身真气抵抗,两手便从司徒平身后抄过,伸向两胁取暖。

正在冷不可支,猛地想起:“神驼乙休给自己柬帖时,曾附有一个小包,内中是三粒丹药,外面标明日期。那日一同藏入法宝囊内,因未到时,不准拆看,怎就忘却?”想到这里,连忙颤巍巍缩回右手,伸向法宝囊内取出一看,开视日期业已过了两日。打开一看,余外还附有一张纸条,上书“灵丹固体,百魔不侵”。连忙取了一粒塞入司徒平口内,自己也服了一粒。因给紫玲的无法送去,便将剩的一粒藏了。这丹药才一入口,立时便有一股阳和之气,顺津而下,直透全身。奇寒酷热全都不觉,仍和初被困时一般。深悔忙中大意,不曾想起,白受了两三天的大罪。及至一想,霞障破在顷刻,虽然目前暂无寒热之苦,又何济于事?不禁又伤心起来。司徒平见寒萼不住悲泣,只顾抚慰,反倒把自己的忧危一齐忘却。

似这般相抱悲愁,纠结不开,居然又过了一夜。护身仙障眼看不到一尺,司徒平还在温言抚慰。寒萼含泪低头,沉思了一阵,忽地将身仰卧下去,向着司徒平脸泛红霞,星眼微饧,似要张口说话,却又没有说出,那身子更贴紧了一些。二人连日愁颜相对,虽然内心情爱愈深,因为危机密布,并不曾略开欢容。这时司徒平一见寒萼媚目星眸觑着自己,柔情脉脉,尽在欲言不语之间,再加上温香在抱,暖玉相偎,不由情不自禁,俯下头来,向寒萼粉颊上亲了一亲。说道:“寒妹有话说呀!”寒萼闻言,反将双目微合,口里只说得一声:“平哥,我误了你了!”两只藕也似的白玉腕早抬了起来,将司徒平头颈圈住,上半身微凑上去,双双紧紧搂定。这时二人已是鸳鸯交颈,心息相通,融化成了一片,恨不能地老天荒,永无消歇,才称心意。

谁知敌人神光厉害,不多一会,便将二人护身仙障炼化,一道紫色彩光闪处,仙障被破,化成一盘彩丝坠地,十丈红霞,直往二人身上罩来。这离合神光原是玄门厉害法术,专一随心幻象,勾动敌人七情六欲,使其自破真元,走火入魔,消形化魄。何况二人本就在密爱轻怜,神移心荡,不能自持之际,哪里还经得起藏灵子离合神光的魔诱?仙障初破的一转瞬间,司徒平方喊得一声:“不好!”待要挣起,无奈身子被寒萼紧紧抱持。略一迟缓,等到寒萼也同时警觉，那神光已经罩向二人身上。顿觉周身一软，一缕春情，由下而上，顷刻全身血脉偾张，心旌摇摇，不能遏止，似雪狮子向火一般，魂消身融，只顾暂时称心，什么当前的奇危大险，尽都抛到九霄云外。

正在忘形得趣，眼看少时便要精枯髓竭，反火烧元，形神一齐消化。猛见一团紫气，引着九朵金花，飞舞而下。接着便各觉有人在当头击了一掌，一团冷气直透心脾，由上而下，恰似当头泼下万斛寒泉。心里一凉，顿时欲念冰消，心地光明。只是身子悬空，虚飘飘的，四面都是奇黑。这才想起适才仙障破去，定是中了敌人法术暗算，心里一急，还想以死相拼。待将剑光法宝放出，耳旁忽听有人低语道："你两个已经脱险，还不整好衣履，到了地头出去见人！"语音甚熟。

一句话将二人提醒，猛忆前事，好不内愧。暗中摸索，刚将衣衫整好，倏地眼前一亮，落在当地。面前站定一人，正是神驼乙休。知已被救，连忙翻身拜倒，叩谢救命之恩。因知适才好合，已失真元，好不惶急羞愧，现于容色。神驼乙休道："你二人先不要谢，都是我因事耽搁，迟到一天，累你二人丧失真元。若再来迟一步，事前没有我给的灵丹护体，恐怕早已形神一齐消灭。我素来专信人定胜天，偏不信什么缘孽劫数，注定不能避免。这里事完，你夫妻姊妹三人，便须赶往东海，助宝相夫人超劫之后，即返峨眉，参拜开山盛典。等一切就绪，我自会随时寻来，助你夫妻成道，虽不一定霞举飞升，也成散仙一流，你二人只管忧急则甚？"寒萼、司徒平闻言，知道仙人不打诳语，心头才略微放宽了些，重又跪谢一番。并问紫玲有无妨害，吉凶如何？神驼乙休道："这里是黄山始信峰腰，离紫玲谷已有百十里路，你二人目力自难看见。秦紫玲根基较厚，毅力坚定，早已心超尘孽，悟彻凡因。既有乃母弥尘幡，又新借了金姥姥的纳芥环护体，虽然同样被困七日，并未遭受损害。此时已由齐灵云从青螺峪请来怪叫花凌浑相助脱险，用不着我去救她。如果当时你姊妹不闹闲气，你二人何致有此一失？不过这一来也好使各道友看看我到底有无回天之力，倒是一件佳事。如今凌花子正拿九天元阳尺在和矮鬼厮拼，到了两下里都势穷力竭之时，我再带你二人前去解围便了。"

寒萼、司徒平闻言，往四外一看，果然身在黄山始信峰半腰之上。再往紫玲谷那面一看，正当满山云起，一片浑茫。近岭遥山，全被白云遮没，像是竹笋参差排列，微露角尖，时隐时现，看不出一丝朕兆。神驼乙休笑道："你二人想看他们比斗么？"寒萼还未及答言，神驼乙休忽然将口一张，吹出一口罡气，只见碧森森一道二三丈粗细的青芒，比箭还直，射向前面云层之中。

那云便如波浪冲破一般，滚滚翻腾，疾若奔马，往两旁分散开去。转眼之间，便现出一条丈许宽的笔直云衖。寒萼、司徒平朝云孔中望去，仅仅看出相近紫玲谷上空，有一些光影闪动，云空中青旻氤氲，仍是不见什么。正在眺望，又听神驼乙休口中念动真言，左手掐住神诀，一放一收，右手戟指前面，道一声："疾！"便觉眼底一亮，紫玲谷景物如在目前。果然一个形如花子的人，坐在当地，正与藏灵子斗法，金花红霞满天飞舞。紫玲身上围着一圈青莹莹光华，手持弥尘幡，站在花子身后，不见动作。知道神驼乙休用的是缩天透影之法，所以看得这般清楚。定睛一看，藏灵子的离合神光已被金花紫气逼住，好似十分情急，将手朝那花子连连搓放，手一扬处，便有一团红火朝花子打去。那花子也是将手一扬，便有一团金光飞起敌住，一经交触，立时粉碎，洒了一天金星红雨，纷纷下落。只是双方飞剑，却都未见使用。正斗得难解难分之际，忽见一幢彩云，起自花子身后。寒萼见紫玲展动弥尘幡，暗想："难道她还是藏灵子对手？凌真人要她相助不成？"及见云幢飞起，仍在原处，并未移动，正不明是甚作用，耳听司徒平"咦"了一声。再往战场仔细一看，不知何时藏灵子与凌浑虽然身坐当地未动，两方元神已同时离窍飞起，俱与本人形状一般无二，只是要小得多。尤其是藏灵子的元神，更是小若婴童。各持一柄晶光四射的小剑，一个剑尖上射出一道红光，一个剑尖上射出一朵金霞，竟在空中上下搏斗起来。真是霞光潋滟，烛耀云衢，彩气缤纷，目迷五色。

斗有个把时辰，正看不出谁胜谁败，忽见极南方遥天深处，似有一个暗红影子移动。起初疑是战场上人在弄玄虚，又似有些不像。顷刻之间，那红影由暗而显，疾如电飞，到了战场，直往凌浑身坐处头上飞去，眼看就要当头落下。这时凌浑的元神被藏灵子元神绊住，不及回去救援。身后站定的秦紫玲好似看出不妙，正将彩云往前移动，待要救护凌浑的躯壳。忽然又是一片红霞，从凌浑身侧飞起，恰好将那一片暗赤光华敌住。两下才一交接，便双双现出身来：一个是红发披拂的僧人，那一个正是助自己脱难的神驼乙休。忙回身一看，身后神驼乙休已经不知去向。二人还想再看下去，见神驼乙休朝那僧人口说手比了一阵，又朝紫玲说了几句，便见紫玲离开战场，驾了云幢，往自己这面飞来。面前云衖忽见收合，依旧满眼云烟，遮住视线。二人谈没几句，紫玲已经驾了云幢飞到。说道："寒妹、平兄，乙真人相召，快随我去。"说罢，双方都不及详说细底，同驾弥尘幡，不一会飞到紫玲谷崖上。落下一看，神驼乙休、藏灵子、怪叫花凌浑，连那最后来的红发僧人，俱已罢战收兵。除神驼乙休和怪叫花凌浑仍是笑嘻嘻的外，那红发僧人与藏灵子俱都面带不忿之色，似在那里争论什么。

三人一到，神驼乙休吩咐上前，先指着那红发僧人道："这位便是苗疆的红发老祖，与三仙二老俱有交情，异日尔等相见，也有照应。"说完，又命寒萼、司徒平拜见了怪叫花凌浑。然后吩咐向藏灵子赔罪，说道："云南教祖因你姊妹伤了他门人师文恭，路过峨眉寻仇。我因此事甚不公平，曾劝他先除了绿袍老祖再来，彼时我原知他虽是道力高强，但是要除绿袍老妖也非容易。他此去如能成功，算你姊妹二人该遭劫数，自无话说；如不能成功，谅他不会再寻汝姊妹，也算给汝姊妹留了一条活路。我既管人闲事，自不能偏向一面。当时留下柬帖，仍命汝姊妹到日来此待罪。我往天凤山途中，听人说绿袍老妖虽死，乃是被东海三仙、嵩山二老，连同他门下弟子用长眉真人遗传密授的两仪微尘阵所炼化，并非天灵道友之力。我以为天灵道友既未将事办到，必不致对后生小辈失言背信，仍自寻仇。又值有一点闲事不能分身，未到紫玲谷来相候。不料天灵道友虽未诛灭绿袍老妖，倒惯会欺软怕硬，竟自腆颜寻到此地。如非凌道友见事不平，扶救孤寡，你们又有我给的灵丹护住元气，秦紫玲仗有弥尘幡、纳芥环，虽然不致丧生，秦寒萼与司徒平，早在我同凌道友先后赶到以前形消神灭了。

"天灵道友口口声声说，宝相夫人传给秦氏二女的白眉针阴毒险辣，非除去不可。须知道家防身宝物，御敌除魔，哪一样不是以能胜为高？即以普通所用飞剑而言，还不是一件杀敌防身之物，更不说他自家所炼离合神光。若凭真正坎离奥妙，先天阳罡之气致敌于死，也就罢了。如何炼时也采用旁门秘诀，炼成因行归邪，引火入魔之物，以诈制胜，败坏修士一生道行？其阴险狠毒，岂不较白眉针还要更甚？

"我因凌真人已与天灵道友理论是非，不愿学别人以众胜寡，以强压弱，只作旁观。等到二位道友也分了胜负，再行交代几句。偏偏红发道友也记着戴家场比擂，凌真人杀徒之愤，路过此地下来寻仇。虽是无心巧遇，未与天灵道友合谋，终是乘人不备，有欠光明。故此我才出面，给三位道友讲和。红发道友已采纳微意。天灵道友依旧强词夺理，不肯甘休。因此我才想了个主意，请三位道友先莫动手。我们各人都炼有玄功，分身变化，道力都差不多，一时未必能分高下，何苦枉费心力？莫如先将你姊妹之事交代过去。你姊妹与我并无渊源。司徒平为我曾效劳苦，已心许他为记名弟子。他夫妻原是同命鸳鸯，我自不能看他们同受灾劫。有道是：'小人过，罪在家长。'

天灵道友既说毁了绿袍躯壳，不算没有践言，难道不知道家元神胜似躯壳千倍？躯壳毁了，还可借体，令高徒师文恭因何惨死，便是前例。元神一灭，形魂皆消，连转劫都不能够，何能相提并论？此话实讲不过去。

“我也难禁天灵道友心中不服，便将这场仇怨揽到自己身上。恰巧我四人都值四九重劫将到，与其到时设法躲避，莫如约在一起，各凭自身道行抵御，以定高下强弱，就便也解了凌道友与红发道友的纷争。如天灵道友占了胜着，你夫妻三人由他处治；否则一笔勾销。纵使到时幸免灾劫，而本身道力显出不如别人，也不得相逢狭路，再有寻仇之举。三位道友俱是一派宗主，适才已蒙允诺，事当众人，自难再行反悔。不过我又恐届时天灵道友千虑一失，岂不难堪？才特意命你夫妻三人前来，先与天灵道友赔罪，就便交代明白。”

神驼乙休这次挺身出来干涉，红发老祖自知乙休、凌浑如合在一起，自己决难取胜，不愿再树强敌，当时卖了面子。藏灵子却是被神驼乙休一阵冷嘲热骂，连将带激，本是恨上加恨，无奈神驼乙休的话无懈可击。末后索性将秦氏二女冤仇揽在他自己头上，约他同赴道家四百九十年重劫，以定胜负，更觉心惊。情知单取秦氏二女性命，势有不能。当时与乙、凌二人交手，纵然幸免于败，绝无胜理。何况凌浑与红发老祖俱已答应，岂能示弱于人？只好硬着头皮依允。暗忖：“那四九重劫非同小可，悔恨自己不该错了主意。当初青螺峪天书已经唾手可得，偏偏情怜故旧，让给魏青，致被凌浑得去。乙休既敢以应劫挑战，必有可胜之道。凌浑有那天书，也有避免之方。红发老祖不知如何。自己却实无把握。当初对于避劫，原曾熟虑深思，打好主意。如今势成骑虎，一经答应，不特前时准备的一齐徒费心劳，还白累心爱徒弟熊血儿终年忍辱含垢，枉为自己受了许多委屈。现今距离应劫之期，虽说还有三十四年光景，但在修道人看来，弹指即到。明白赴难，当众应付，全凭真实本领和道行深浅，丝毫也取巧不得，不比独自避灾，稍一不慎，纵不致堕劫销神，也须身败名裂。真恨不能将神驼乙休粉身碎骨，才快心意。”

表面虽仍是针锋相对，反唇相讥，内心正自焦虑盘算。忽见神驼乙休命秦氏姊妹与司徒平三人上前向自己赔罪，又说出那一番话来，不由怒火中烧，戟指骂道：“你这驼鬼！专一无事挑衅，不以真实道力取胜，全凭口舌取巧，只图避过当时。现在和你计较，显我惧怕灾劫。好在光阴易过，三数十年转瞬即至，重劫一到，强存弱亡，自可显出各人功行，还怕你和穷鬼与妖狐余孽能逃公道？只不过便宜尔等多活些时。此时巧言如簧，有甚用处？尔等既不愿现在动手,我失陪了。”说罢,袍袖一展,道声:“行再相见。”一片红霞,升空而去。

藏灵子走后,红发老祖也待向乙休告辞。乙休笑阻道:“道友且慢,容我一言。适才拦劝道友与凌道友的清兴,并非贫道好事,有甚偏向。二位道友请想:我等俱是饱历灾劫,经若干年苦修,才到今日地步。即使四九重劫能免,也才成就散仙正果,得来实非容易。我借同赴重劫为名,了却三方公案,实有深意在内,并不愿内中有一人受了伤害,误却本来功行。只为天灵道友枉自修炼多年,还是这等性傲,目中无人,袒护恶徒,到时自不免使他略受艰难,也无仇视之意。这次重劫,我在静中详参默审多年,乃是我等第一难关,过此即成不坏之身,非同小可。曾想了许多抵御主意,自问尚可逃过,毕竟一人之力,究属有限,难保万全。假使我等四人全都化敌为友,到时岂不更可从容应付?只是天灵道友正在怒火头上,视我胜于仇敌,此时更不便向他提醒。道友功行,虽与贫道不同,共谋将来成就,也算殊途同归。昔日戴家场,虽是凌道友手辣一些,令徒姚开江济恶从凶,玷辱师门,也有自取之咎。这等不肖恶徒,护庇他则甚?再为他误却正果,岂非不值?何如容我愚见,与凌道友双方释嫌修好,届时我等同御大劫,究比独力撑天,来得稳妥。不知尊见以为然否?”

红发老祖虽是苗疆异派,人甚方正。自从当年在五云桃花瘴中助了追云叟白谷逸夫妇一臂之力,渐与三仙二老接触,日近高人,气质早已变化;再加多年参悟,越发深明玄悟。平时只隐居苗疆修炼,虽然本领道力高强,从不轻易生事。只为各派劫运在即,俱趁此时收徒传宗,又经门人鼓动,想把异派剑术传到中土,创立一个法统。谁知姚开江野性未化,一出山便遇坏人引诱,比匪朋恶,被怪叫花凌浑伤了他的第二元神,还算见他是初次为恶,手下留情,没有丧命,得逃回山。道基已坏,只如常人一般,须经再劫,始可修为。他原是红发老祖惟一爱徒,纵然所行非是,也觉面子难堪。无奈怪叫花不是好惹的,心想报仇,苦无机会。今日路过黄山,看见怪叫花正和藏灵子争斗,明知未必全胜,只想乘隙下手,用化血神刀毁去他的躯壳,挽回颜面。无端又被神驼乙休挺身出来干涉,当时度德量力,听了劝阻,心中未免愤怒。一面又想到那道家的四九重劫,自己因早听追云叟等人警告,曾有准备,毕竟也无把握。不过乙休性情古怪,更比凌浑难斗,树此大敌,必遭没趣。

红发老祖正在盘算未来,见藏灵子受了乙休讥刺,负气一走,暗想:“藏灵子道力不在凌、乙二人之下,正好与他联合,彼此关助,以免势孤。”只是骤然跟去，当着凌、乙二人，觉得不好意思。略一停顿，便被乙休拦住，说出这番话语。细一寻思，再想起姚开江、洪长豹等的素日行径，果是不对。如果将自己多年辛苦功行，为他们去牺牲，太不值得。立刻恍然大悟，便对神驼乙休道："道友金玉良言，使我茅塞顿开。如凌道友不见怪适才鲁莽，我愿捐弃前嫌，同御四九重劫。"言还未了，怪叫花凌浑早笑嘻嘻地道："你这红发老鬼，溺爱不明，放任恶徒和妖人结党，残杀生灵。当初我在戴家场相遇，若不是看你情面，早已将他置于死地。你不感念我代你清理门户，手下留情，反倒鬼头鬼脑，乘人于危。亏我事前早有防备，又有驼鬼前来拦阻，要换别人，岂不中你化血刀的暗算？驼鬼是我老大哥，有他做主，谁还与你这野人一般见识？实对你说，便是矮鬼，也算是异派中一个好人，我又何尝愿意惹他。只为有一个要紧人再三求我，又恨矮鬼当初在青螺峪夸口，才和他周旋一下，不想倒招他动了真火。并非我和驼鬼夸口，这次四九重劫，乃是道家天灾，最为厉害，如无我和驼鬼在场，你和矮鬼纵然使尽心力，事前准备，也难平安渡过。即使四人合力，还未必到时不受一些伤损。若当仇敌，各凭本领试验，更是危到极处。难为你一点就透。我念在你当年破桃花五云瘴相救舍妹之德，与你交个朋友吧。"三人话一说明，立刻抛嫌修好，共商未来。红发老祖得闻先机，越发心惊，暗幸自己持重，不曾错了主意。重向乙休谢了解围之情，又订了后会之期，才告辞而去。

红发老祖走后，凌浑又问神驼乙休何往。乙休道："我也不想做甚一教宗主。自从新近脱难出世，一班老朋友超劫的超劫，飞升的飞升，剩了不多几人。他们都因劫数在即，各有事做，只我一人闲散逍遥。新近交了两个后辈棋友，常寻他们对弈一局。本来清闲已极，前数月忽然静极思动，遂管了这件闲事。经此一来，藏灵子虽然老脸，也不好意思再寻她们的晦气了。本想这里一完，往当年旧游之地看望一回。昨日来时，遇见一个晚辈道友，说起莽苍山妖尸谷辰的元神近已毁了长眉真人火云链，逃脱出世，正在觅地潜伏，准备大举为恶。一则是峨眉隐患；二则这东西留在世上，不知残害多少生灵。东海三仙与我虽无深交，昔年遭难时曾有相助之德，既知此事，怎能不管？欲待那东西未成气候以前，赶往察看，能下手时，便将他除去，岂不是好？你此时便回山去么？"凌浑道："我原在青螺炼了几口飞剑，传授门人。是齐道友长女灵云，因见昔日我做主引进的四个孩子中有一杨成志，连在峨眉生事，恐异日师父回山碍我情面，不大好处；又因秦女有难，借送还九天元阳尺为名，将杨成志、于建二人与我送去。此女所说的话甚是得体，造就也极深厚，我甚心喜，才允她来此解围。行时曾接齐道友领名的请柬，请我往峨眉赴开府盛典。难道不曾约你？”乙休道：“他既知我出世，必来邀约，只恐寻不着我一定地址，也未可知。”

正说之间，忽见遥空中光华闪闪，裹着一团黑影，星驰飞来，渐近渐大。紫玲等还未及看清，乙休说道：“白眉座下神禽飞来，定是峨眉门人来援秦女。闻此鸟为一姓李的女孩子所得，长眉真人曾有预言，说她是三英之秀。我们慢走，看看是否此女，有无过誉？”言还未了，空中雕鸣连声，英琼、若兰骑雕降下。见了紫玲姊妹，正要说话，紫玲忙令见过乙、凌二位真人。英琼见果然围解，甚是心喜，闻言忙和若兰上前，行了参拜之礼起立。乙休见二女俱是仙根仙骨，神仪内莹，英华外宣，尤以英琼为最。拍手笑道：“果然峨眉后起多秀，人言实非过奖。如此美质，我二人纵未受人之托，也应遇机扶助她们才是。”凌浑点首称善。二女忙又称谢二位真人栽培。

紫玲姊妹、司徒平见乙、凌二人把话说完，重又上前跪谢救命之恩。乙休道：“汝母超劫在即，今再赐汝夫妻三人灵符四道，届时连同汝母分别佩带一道，可作最后防身之用。急速回山，略微准备，前往东海，汝师父等必有安排。”说罢，将符递给他们，便向凌浑微一举手，各道一声“再见”，一片光华闪过，转眼无踪。紫玲忙又领了众人跪送。然后问英琼、若兰：“你二位走在头里，怎会此时才来？”英琼道：“话说起来长呢。我等来迟，二位师姊和司徒师兄，曾受什么伤损没有？”寒萼、司徒平闻言，不禁脸上一红。紫玲道：“大家都非片言可了，回山再说吧。”寒萼忙道：“姊姊且慢。多少要紧话都没顾得说，还有事也没办，就忙着回去？都是我和你怄气，齐仙姑一面紫云仙障，被那矮鬼妖道毁去，还了原质，异日相见，何颜交代？又把我害得……”言还未了，眼圈一红，几乎落下泪来。

紫玲在适才神驼乙休和红发老祖等谈话时，已经得知一些大概。姊妹情长，只有怜悯之心，闻言不忍苛责。正要回话，英琼抢着说道：“来时我遇见齐霞儿师姊，也已尽知这里之事，仙障被毁乃是劫数使然。她因急于回山，无暇来此。嘱我见了二位师姊，说此宝灵光虽失，原质犹在，仍可修炼复原。务须好好代她保存，等峨眉开府相见时还她。并无见怪之意，事非有意，急它则甚？”紫玲也道：“不是我着急回山，你没听乙真人说，母亲超劫在即，回山见过大师姊，便要在期前赶去么？”

寒萼满肚委屈，又不好出口，怏怏说道：“母亲超劫还有好多天，这紫玲谷旧居封锁既去，母亲遗留的阵图、法宝，难道就此丢下，留待外人来得？还有玄真师伯赠的一对白兔,也忍心不要么?”紫玲道:“我先时说走,无非为念母亲心急如焚,恨不能立刻飞往东海。彼此话长,回山见了众同门,又须再说一遍,耽延时间,并非舍此不管。你没等说完做完,就心急起来。母亲所遗的法宝、阵图,原本深藏谷底,外有法术封锁,是她老人家几次三番嘱咐,不许妄动。如今仙障虽破,仍可用母亲所传的天魔晦明遁法封闭一时。那遁法经过母亲当年辛苦勤修,从玄真师伯指示参悟而成,虽不如仙障妙用自然,外教邪魔也不易窥破。而且当我行时早已布置,只需移到谷顶,并不费事。那双白兔自然带往峨眉。还有甚话说呢?我们快准备走吧。”寒萼闻言,又想起紫玲以前未传天魔遁法,以致这次取不出阵图,失了元阴,虽知前缘注定,好不悔恨心酸,口中还自埋怨不休。

紫玲一面命雕、鹫两神禽盘空守望,邀了众人一同下去。眼看寒萼神情凄怨,也甚代她难受,且行且答道:“这事须怨不得我,一切皆禀母命而行,凡事皆有前定,丝毫勉强不得。何况那日你忙着先走,否则你见我行法,我纵不传,也经不起你一磨,岂有不会之理?就以这次而论,乙真人明明柬上写明令三人同来,你偏独行独断。我知你用意:一则好胜任性;二则因大敌当前,胜固可喜,败则独任其难,免我同遭劫运。原有一半好意,却不知我平日虽然不免当众责难,原为峨眉教规严谨,我等仙缘不易,恐你触犯戒条,悔之无及,爱深望切,不觉语言切直了些,并非待你不如外人。几次和你解说,你终执迷不悟,才有今日惨败。还有当初白眉针伤师文恭,乃是我首先发出,敌人认为我姊妹为仇。倘若伤你,怎能容我一人独生,岂非打错了主意?”

寒萼还要再说,紫玲已经到了后洞深处行起法来。那双白兔原本通灵,想是知道就要将它们携往仙府,不住绕着众人脚下欢蹦乱跳。英琼、若兰看着可爱,一人抱起一个,逗弄玩耍。不多一会,紫玲布置完毕,邀众人出谷,飞身上崖,将遁法移向谷顶。口中念诵真言,道一声:“疾!”耳听风雷之声,烟云过处,偌大紫玲谷,竟然不知去向。那谷的原地方,变成一条悬崖底下的浅溪,浊流汩汩,蔓草污秽,一些不值得留恋。英琼见了,连声赞妙。

紫玲心注东海,归心似箭,便请众人聚在一处。英琼、若兰携了白兔,仍跨神雕。紫玲姊妹与司徒平三人,同跨那只独角神鹫。展动弥尘幡,一幢彩云拥护着两只神禽。没有多时,便飞达峨眉,到了凝碧崖前落下。这时仙府内又添了不少位同门。灵云也从青螺回转,见五人无恙回来,甚是心喜,连忙接入太元洞内,与众同门相见。大众都是喜气洋洋,互询前事。只苦了寒萼、司徒平二人,各怀鬼胎,羞急在心里。所幸除紫玲外,休说英琼、若兰不知就里,连灵云和一干同门,俱都似不曾看破。灵云更是连私离洞府一层都未深说,只说是既有乙真人之命,还应对大家说一声,以免悬念,也多派两个同门相助,比较稳妥。寒萼痛定思痛,本已渐渐悔悟以往任性之非,又见灵云大度包容,仍和往日一样,越发内心愧悔,当众向灵云认了不是。灵云又用温言劝慰,听说仙障被破,好生可惜。

第一三二回

灿烂金光　雁山诛鲧怪
霏飞玉雪　微雨赏龙湫

话说灵云听紫玲说罢往事,便道:“紫、寒二妹,无须心急。伯母超劫之事,我在青螺已闻凌真人谈起。因为伯母连年苦修,功行大进,功成之日,灾劫魔障也应时而至。虽然应在期前赶往,尚有数日之隔,并不急在一天半日。回山时节,路遇玉清师太,说邓八姑即日复原,此番前去接她,定在今日可到。这两位同门先进,道妙通玄,对于伯母之事也曾道及,曾说届时愿效绵薄。如今二位师妹与司徒师弟到了东海,正值三仙师长俱在闭洞炼宝,不到时候也见不着,只能在伯母洞前守候。何妨再等半日,见了长辈领教再去,有益无损。”紫玲道:“妹子明知期前赶去为日还早,无非想母心切,想早日相见,预先密筹而已。乙真人行时,原有回山商妥再去之言。既然玉清师太与邓八姑今日将到,自应稍候为是。”灵云又问英琼、若兰,为何去时相左?英琼这才说起经过。

原来英琼同了若兰,当时急于追赶寒萼、司徒平回来,连神雕也顾不得呼唤,竟驾了剑光追去。偏偏迎头遇见金蝉、笑和尚等四人回山,拦住叙谈。紫玲谷,英琼本未去过,若兰也仅仅到过一次黄山。先在途中耽延些时,寒萼、司徒平飞行已远,不见踪迹;再被金蝉耽搁,停顿了一会。又听金蝉说来时路遇两道青光,便照所指方向追了下去。却忘了寒萼是从后洞飞雷崖上飞去,自己出的是前洞,金蝉只在半途中远远瞟见青光一眼,方向略有差误,走错了些。紫玲后出,又误追金姥姥,走向歧路,所以始终不遇。二人只管催动剑光,终未追上。若兰心想:“紫玲谷既在黄山,只需往黄山进发,料无寻不着之理。”却没想黄山方圆多大,紫玲谷深藏壑底,既是初来,谷外又不似始信、天柱等峰可以揣寻,一时半时,怎能找到二人?

到了黄山,正在盘空下视,没有主意。猛觉身子被一种力量往侧牵引。英琼眼快,往下面一看,只见云海苍茫,群峰尽被云遮。只那旁有一座高峰,形体不大,笔也似直。下半截没入云中,一点也看不见;上半截孤立在云海里,像一个大海里的中流砥柱,云涛起伏,随着烟波起落,似要飞去。峰顶上站着一个老尼,手持拂尘,正向二人招手。二人身不由己,飞了过去。落下一看,只见那道姑年在五旬,气宇冲和,举止庄重,一身仙气。料是一位未见过的前辈仙人,不敢怠慢,上前拜见。一问法号,才知那道姑便是黄山的餐霞大师。二人忙又拜倒,行了晚辈之礼。餐霞大师问二人何往,二人说了。

餐霞大师道:“秦氏姊妹该有这回劫数,我已早知。藏灵子是异派能手,你二人决非敌手。好在她们七日难满,自有能人相救。尔等去了,有害无益。当初优昙大师门下弟子齐霞儿,因在雁湖斩蛟,激动雁湖底下红壑中潜伏的神鲧,幸有优昙大师同往,仗佛法将峰顶雁湖封锁,以免洪水伤害生灵。本想当时将恶鲧除去,无奈那东西有数千年道行,除非有长眉真人遗留的紫郢、青索二剑之一,还须大师本人用自己所炼的九口天龙伏魔剑将它围住,连炼一百零八日,才能奏功。想那东西劫运未至,偏值大师因功行圆满在即,未了之事甚多,又须赶往青螺一行,只得命霞儿仗那九口天龙飞剑看守,以防逃出为祸,随后动身往青螺去了。昨日给我来了一封飞柬,说雁湖妖鲧,日内就要带了湖底禹鼎逃遁,齐霞儿独立难支。妖鲧逃时,带起百十丈洪水,所过之处,桑田尽成沧海。虽然妖鲧入海,水即平息,但这一路上,生灵、田产之失,何止百万。大师偏有要事,不能分身前去。且喜莽苍妖孽已诛,凝碧仙府之围已解,众弟子先后齐赴开府盛典,暂时俱在闲中。静中默算,你二人将赴秦氏姊妹之难,此去不但无功,反有妨害。霞儿现正势孤,正好趁此数日空闲,赶往雁荡山峰顶雁湖上面,相助霞儿一臂之力,同建此不世奇功,实为一举两得。并请我今日在此相候。等你二人助霞儿成功回来时,秦氏姊妹之难已解,岂不是好?”

英琼、若兰闻言,因以前听轻云、文琪等说过,当在紫玲谷约秦氏姊妹同往青螺时,灵云的妹子齐霞儿正在黄山向餐霞大师借神针去除恶鲧。后来知道师父优昙大师正在紫玲谷,才改请她师父同去。那妖鲧深藏红壑绝底,潜修数千年,踪迹隐秘,自来无人知晓。霞儿因斩雁湖恶蛟,无意中发现蛟虽斩去,还有异兆,又从湖畔神碑得知就里。不敢轻举妄动,才请了师父同去。此乃一件莫大外功。霞儿自幼便被优昙大师度去,早参上乘妙谛,并未转劫历生,看去虽似年轻女孩,已有多年道行,此次功成,便可圆满正果。若非要助父母参与三次峨眉劫数,功成即可飞升。自己闻名已久,无奈霞儿每日勤修内外功课,除一年一次往东海参谒父母外,连灵云姊弟都不轻易相见，相遇之机甚难。此次峨眉开府，算计她必要来，众姊妹方在欣喜盼望，不想自己竟先能往雁荡相见，同立奇功，真是喜出望外。当下忙称："弟子领命，请示机宜。"

大师又取出一封柬帖和九九炼魔神针，交与二人道："当初霞儿向我借针，我因彼时此针拿去，若不将妖鲧用仙剑分身，并无用处，又恐为禹鼎所毁，未曾应允。此番你二人见着霞儿，那妖鲧通灵变化，不可多言语，将柬帖与她看了，照此行事，自然明了。定要说话，只可用手在地上比画，以防惊觉。到了第五六日头上，便是妖鲧逃遁之时。英琼先不动手，直等那恶鲧身旁放起万丈红光，才用你的紫郢剑，突破优昙大师飞剑光层，斩去妖首。妖首斩后，速将这炼魔神针一齐放出，便有一团五色光华将鲧首围住。妖物元灵，便在那妖首之中，不可大意。剩下半截尸身，连那禹鼎，霞儿、若兰自有制它之法。若兰代霞儿取得禹鼎后，谨持手中，抱在怀中，盘膝坐定，把生死置诸度外，如有怪异，不可理它。三个时辰过去，霞儿已能收用，仍用此鼎将洪水压平，大功便告成了。"

二人连忙拜谢，接过柬帖、神针，正要告辞，忽听神雕在空中鸣叫。大师道："白眉座下神禽，于此行甚有用处，来得甚是凑巧。"说罢，神雕佛奴已盘空飞下，先朝大师点首长鸣示礼。大师笑着摸它顶道："汝主不久成道，你也快完劫成正果了。"那雕又长鸣了几声，才走近英琼身旁。二人当着大师，不便就骑，先行拜辞，驾遁光飞起。回望峰顶，霞光起处，大师不见，才同上雕背，往浙江雁荡山峰顶雁湖飞去。相隔还有十来里路，便见雁湖上空笼罩着一片红色霞雾，远望如苗疆中山岚瘴气一般，不时有几十道金光乱窜。寻常人眼目中望去，好似山顶密云不雨，只见电闪，不闻雷声。二人身临切近一看，半山以上全被浓云封锁，大小龙湫，只剩顶端半截，似两条玉龙倒挂，直往下面云海里钻去。其余景物尽在云层以下，俱都隐没。只有雁湖顶上，霞蔚云蒸，无数金光，似龙蛇一般乱闪。二人先不下去，双双离了雕背，驾起遁光，将手一指，那雕会意，径自飞入青旻去了。

二人见那湖方圆数十顷，俱是水雾霞光笼罩。正待仔细寻找齐霞儿下落，忽然一道红光从脚底下冲起，现出一个数十丈高下的光柱。二人定睛往下一看，只见下面光围中，现出一片岩石，当中坐定一个紫绡少女，一手掐诀，一手往上连招，料是霞儿无疑，连忙一同飞身降下。身才落地，便听轰隆澎湃之声大作，顷刻之间，声息俱无。那少女掐诀一收一放之间，一个大霹雳往光雾中打去，立刻前面光雾全消，现出湖面，才看出存身之处正在湖岸。

那湖实大不过十顷，湖中波浪滚漩，百丈洪流正朝湖底退落，去势甚疾。云雾中隐隐现出一个奇形怪状的东西，转瞬没入湖中。那数十道金光结成的光幕，也随着怪物退却，紧贴水面。此外除了四周围封山霞彩依旧浓密外，全湖景物俱都看得清清楚楚。那少女已停了法，站起身来说道："妹子齐霞儿。二位师姊敢莫是家师约来的么?"二人守着餐霞大师之戒，忙着摇手，在地下写道："妹子李英琼、申若兰，正是奉命来此。师姊乃同门先进，休得这等称呼。"写罢，若兰早把手中柬帖递过，三人同观。

霞儿看了，也在地上写道："这恶鲧真是厉害！愚姊拿了师父炼魔仙剑，仗着剑法道法，炼过它一百零八日，怎奈法力不够，虽然将它困住，并不能损伤它分毫。湖底还有一件至宝，乃夏禹当年治水的十七件宝物之一，名为禹鼎。妖鲧也是为了此鼎，不曾拼命逃出。如今别的不愁，只怕它算出劫数，舍了禹鼎逃走归海，不但关系千百万生灵性命田庐，逃走时节必用那鼎来抵敌家师仙剑，势必鼎、剑两伤，它却乘机逃走。而且这东西灵警非凡，愚姊自到此间，不曾少息，元神稍懈，它必乘机冲出。若非素日略炼苦功，又有家师仙法仙剑，早遭它的毒手了。适才正和愚姊厮拼，二位师妹一到，忽然窜入湖底，想必知道厉害，回壑排气蓄势，以备再来无疑。它不出时，湖中的水有时能被它收得涓滴皆无，只剩一团妖雾笼罩在它存身的无底红壑上面。一出水便带起千百丈洪水。幸而家师早有防备，双方支持了这么多日，否则近山数百里生灵、田庐早已化为乌有了。愚姊只恐功败垂成，求荣反辱，每日提心吊胆，不敢对妖物过分用强，以防它情急作祟。恰值二位师妹到来，真是再妙不过。前听家师说起，李师妹是峨眉后辈中第一流人物。又得了长眉师祖的紫郢仙剑和白眉老禅师坐下神雕，俱是至宝、仙禽，非同小可。申师妹前在福仙潭红花姥姥门下，本已妙道通玄，今归峨眉，必更功行精进。今有二位师妹相助，更有餐霞大师预示仙机，妖物授首之期定不远了。"

二人闻言，也用手写，逊谢道："妹子等末学后进，怎比师姊参修正果，业已多年。此番前来略效微劳，未必便能有益高深，还请师姊预示机宜才好。"霞儿答道："所有机宜，俱在餐霞大师柬中，适才已经同观。妖物既还有五六日才行逃遁，依愚姊之见，仍用前法，只防不攻。如见真个紧急，请申师妹暂助一臂。李师妹的紫郢剑，不到时节不可动手，以防妖物看透机密，毁了禹鼎至宝。就便请二位师妹看清那怪物形状，也可广广见闻。"二人点头称善。

计议已定，把紧要关节俱已商妥，寻常言语不怕妖物听去，仍用口说。三人谈得甚是投机，彼此相见恨晚。英琼、若兰因听霞儿说，那妖物生相奇特,巴不得早开眼界。偏那妖鲧却是一经潜伏,便不再现。

直到三天过去,连霞儿也觉奇怪起来,说道:“往日妖鲧虽有深藏不出之时,那都在我聚精会神,运用玄功,想借仙剑之力一鼓成功的当儿,也从没经过三日之久。若说逃走,那红壑原是天生封锁妖物的石库,当初封锁妖鲧时节,壑底全有法术祭炼,坚逾精钢,下有地网,上有镇妖禹鼎。几千年来,虽被妖物潜心修炼,参透禹鼎玄机,不但不能制它,反被它挟以自用。但据大师说,那面太阴地网,它却无法弄破。除了雁湖,并无第二出路,从下面逃遁,决然不会。这次耽延甚久,必然又在故弄玄虚,否则在打逃走主意。此番不出则已,出来必比以前来势厉害得多。”

正说之间,便听湖底似起了一阵乐声,其音悠扬,令人听了心旷神怡。霞儿说道:“这多日来,并不曾听过这种乐声。”俱甚惊异,不敢怠慢,一同聚精会神,注视湖心变化。不多一会,湖底乐声又起,这番响了一阵,忽起高亢之音。霞儿偶然往上一看,云幕上面,仿佛有大小黑点飞舞,半晌方止。似这样湖底乐声时发时歇,每次不同。有时八音齐奏,箫韶娱耳;有时又变成黄钟大吕之音,夹以龙吟虎啸。如闻钧天广乐,令人神往。如非身临妖窟,几乎以为置身天上,万不信这种从未听过的仙乐,会从妖窟之中发出。正在惊疑,湖底又细吹细打起来,其音靡靡,迥不似先时洪正。过有半个时辰,戛然中断。接着声如裂帛,一声巨响,湖水似开了锅一般,当中鼓起数尺水泡,滚滚翻腾,向四面扩展。一会左侧突起一根四五尺粗、两丈多高的水柱,停留水面;约有半盏茶时,右边照样也突起一根。似这样接连不断,突起有数十余根之多,高矮粗细虽不一样,俱是红生生里外通明,映着剑光彩影,越觉入目生辉,好似数十根透明赤晶宝柱,矗立水上,成为奇观。霞儿见妖物此次出动和往常不同,猜是幻术,只将飞剑光幕罩紧湖上,留神注视,一任那些水柱凌波耀彩,不去理它。那些水柱也是适可而止,最高的几根距湖岸光幕还有数尺,便即停止,不往上升。又耗约一个时辰,哗的一声响过,几十根水柱宛如雪山崩倒,冰川陷落,突地往下一收,耳听万马奔腾般一阵水响,湖水立时迅速退去。只见离岸数十丈处,妖雾弥漫,石红若火,哪有滴水寸流。

霞儿知道妖物快要出现,刚喊得一声:“妖鲧将出,二位师妹留意!”便见湖底妖雾中,隐隐有一团黑影缓缓升起,顷刻离岸不远,现出全身。定睛一看,原来是一个九首蛇身,胁生多翼,约有十丈长的大怪物,并非妖鲧原形。霞儿正疑它卖弄玄虚,刚把飞剑光幕罩将下去,湖底妖云涌处,又是一团黑影飞起,不一会显露原身,乃是一个女首龙身,腹下生着十八条长腿的怪物。

一上来，竟然避开光层，飞向西面。霞儿恐是妖物分身变化，忙运玄功，将手一指，飞剑立刻金光交错，布散开来，将湖口紧紧封闭。就在这时，湖底妖云邪雾滚滚飞腾，陆续飞上来的妖物也不知有多少：有的大可十抱；有的小才数尺；有的三身两首，鸠形虎面；有的九首双身，狮形龙爪；有的形如僵尸，独足怪啸；有的形如鼍蛟，八角歧生。真是奇形怪相，不可方物。幸而那些妖物飞离湖岸数尺，因有飞剑光幕阻隔，俱都自行停住。身旁妖雾，口里毒氛，虽然喷吐不息，并不再往上冲起。

末后湖底中心，忽然起了一声怪响，妖云中火光一亮，飞起一个其大无匹的妖物。才一出现，所有先时飞出来的那些千百种奇形怪状的妖物，全都纷纷避让，退向四边。三人仔细一看，这东西更是生得长大吓人。狼头象鼻，龙睛鹰嘴。獠牙外露，长有丈许，数十余根上下森列。嘴一张动，便喷出十余丈的火焰。一颗头有十丈大小，向上昂起。背上生着又阔又长的双翼，翼的两端平伸开来，约有十四五丈长短。自头以下，越往下越觉粗大。身上乌鳞闪闪，直发亮光，每片大约数尺，不时翕张。由湖面到红壑底，因下有妖云弥漫，看不出多少深浅，但以湖水退涛估算，从上到下，也有七八十丈。那东西挺立湖中，只能看到它大如岗岳的腹部，其凶恶长大，真是无与伦比。

霞儿先时以为最后妖物出来，定有一场恶战。还不知以前那些妖物中，是否有妖鲧潜形变化在内。又因这些奇形怪状的妖物生平从未见过，正恐是湖底恶鲧的同类，并非幻术。倘若本领道行和恶鲧一般，凭她们三人，绝难抵敌。口中虽未明言，心中却是忧惊。还算好，这长大的妖物也和别的妖物一样，升离光幕数尺，便即停止。霞儿仍是不敢丝毫怠慢，全神贯注湖中，把优昙大师九口天龙伏魔剑的妙用尽量施为，光霞笼罩，密如天罗，一丝缝隙都无。一面觑准湖中群妖动静。

双方耗有多时，英琼忽然失惊道："这些妖怪的眼睛，有的虽然大得出奇，怎么却都像呆的？"无意中的一句话，将霞儿提醒，睁慧眼定睛一看，果然湖中妖物的眼睛，虽是闪闪放光，千形百态，却都像嵌就的宝玉明珠，并不流转。暗忖："师父以前曾说，当初禹鼎铸好，包罗万象，雷雨风云，山林沼泽，以及龙蛇彪豸，魑魅魍魉之形，无不毕具。这些妖物虽是生相凶恶，既不似妖法变幻，有形无质；又不似精灵鬼怪，各显神通。不但目光呆滞，而且行动如一，仿佛有人暗中操纵。莫非是禹鼎上所铸山妖海怪之类，受了妖鲧利用，故布疑阵，惑弄人心？"

正在想得出神，湖底音乐又起。响未片刻，忽然一阵妖风，烟雾蒸腾，湖中群妖随着千百种怪啸狂号，纷纷离湖升起。一个个昂头舒爪，飞舞攫拿，往那九口天龙伏魔飞剑的光网扑去。为首那个最为长大的狼首妖物更是厉害，口里喷着妖火，直冲中心。当时霞儿正在沉思，略一分神，差点被它冲动。所幸优昙大师飞剑不比寻常，霞儿深得师传，功候深纯，见势不佳，忙运全神，将一口真气喷将出去。经此一来，九口飞剑平添了许多威力，居然将狼首妖物压了下去。那剑光紧紧追着许多妖物头顶，电闪飙驰一般疾转。只见光层下面，光屑飘洒，犹如银河星流，金雨飘空，纷纷飞射。那妖物仍是拼命往上冲顶，好似不甚觉察。霞儿因往日妖物和自己抵敌，虽然厉害非常，全凭它数千年功行炼就的一粒元珠，并不敢以身试剑。这些妖物却拿头来硬冲，仿佛不识不知。这般神妙的飞剑，竟未诛却一个。越想越像是禹鼎作用无疑。眼看下面金屑飞洒，九口天龙飞剑却没丝毫伤损。深恐长此相持，坏了禹鼎至宝，实为可惜，但又不能收回。

正打不出主意，忽又见下面一阵奇亮，千百个金星从那些妖物顶上飞出，竟然冲过飞剑光层，破空而去。霞儿疑是妖物乘机遁走，正在心惊，湖底乐声又作，换了靡靡之音。一片浓雾飞扬，将那些妖物笼住，一个个倏地拨头往下投去。接着水声乱响，甚是嘈杂，转眼没入洪波，不知去向。忽然在离岸数十丈处，涌出一湖红水，金光罩处，其平若镜。霞儿提心吊胆，静气凝神一听，隐隐仍听见红壑底下的妖鲧喘声，和往日斗败回去一样，才知并未被它逃遁。只不知适才飞起的那千百个金星主何吉凶，仍是有点放心不下。这时先后已经过了四天四夜。

到了第五天的正午，估量妖鲧暂时不会再出作怪，便邀英琼、若兰二人在岩石上坐定，互相参详了一阵，俱猜不透那千百个金星作用。到了这日晚间，湖中并无动静。霞儿仍是只管沉思，忽然失惊地“咦”了一声。英琼、若兰同问何故？霞儿打了个手势，在地上写道：“那金星竟能冲开家师飞剑，厉害可知。而妖物并未乘此时机逃去，更是令人莫解。适才我又细观餐霞大师柬帖，虽未说出金星来历，上面曾有封锁禹鼎的大禹神符，届时必定为妖物所毁，恐其将鼎带走，或用以顽抗，作脱身之计等语，并传我们收鼎之法。照此看来，那金星想是大禹神符妙用了。妖鲧虽能参透玄机，将鼎上形相放出，但要去那神符，却无此法力。所以才想假手我们飞剑，将灵符毁去。如果所料不差，那最长大的狼首双翼妖物，定是禹鼎的纽，灵符关键也必在纽上。据我估算，妖鲧此时运用禹鼎，还难随意施为，尚须加一番功候。今日或者不出，明后两日，正合餐霞大师柬上所指时日，方是重要关头。成败在此一举，我等三人务须慎重行事，不可大意。”当下按照柬上所示机宜，重又详细筹商了一阵。果然那晚平安度过。

直到第二日下午申酉之交，三人正在凝神观察，忽听湖底乐声发动，八音齐奏，声如鸾凤和鸣，铿锵娱耳。知道事在紧急，顷刻便有一场恶斗。霞儿将手一挥，三人同时打了一声招呼，各站预定方位行事。霞儿将手一指，飞剑光层越发紧密。英琼忙向光层以外寻一高崖隐秘之处藏好，准备待机而动。若兰却藏在霞儿身后，静候霞儿收了禹鼎，接来抱定，再由霞儿飞身上前御敌。三人布置就绪，那湖底乐声也越来越盛，紧一阵，缓一阵，时如流莺啭弄，时如虎啸龙吟，只管奏个不休。却不见妖物出现，湖水始终静荡荡的。到了亥时将近，乐声忽止，狂风大作，轰的一声，三根水柱粗约半亩方圆，倏地直冲起来，矗立湖心烟霞之中，距上面光层三尺上下停住，里外通红透明，晶光莹彻，也无别的举动。三人只管定神望着，防备妖鲧遁逃。

一交子初，那根红晶水柱，忽然自动疾转起来，映着四围霞彩，照眼生缬，那水却一丝也不洒出。湖底乐声又作，这次变成金鼓之音，恍如千军万马从上下四方杀来一般，惊天动地，声势骇人。乐声奏到疾处，忽又戛然一声停住。那根水柱倏地粉碎分裂，光影里宛似飘落了一片红雨，霞光映成五彩，奇丽无俦。水落湖底烟雾之中，竟如雪花坠地，不闻有声。只见烟雾中火花飞溅，慢腾腾冲起一个妖物。这东西生得人首狮面，鱼背熊身。三条粗若树干的短腿：两条后腿朝下，人立而行；一条前腿生在胸前。从头到腿，高有三丈。头上乱发纷披，将脸全部遮没。两耳形如盘虬，一边盘着一条小蛇，红信吞吐，如喷火丝。才一上来，便用一只前爪指着霞儿怪叫，啾声格磔，似人言又不似人言。霞儿因和妖鲧对敌多日，听出它口中用意，大喝道：“无知妖孽！谁信你一派胡言？你如仍似以前深藏壑底，原可不伏天诛。你却妄思蠢动，想逃出去，为祸生灵。你现求我准你行云归海，不以滴水伤人，谁能信你？要放你入海不难，你只将禹鼎献出，用你那粒内丹为质。果真入海以后，不伤一人，我便应允；否则，今天我已设下天罗地网，休说逃出为恶，连想似以前在壑底潜伏都不能够。”妖鲧闻言，从蓬若乱茅的红发中，圆睁着饭碗大小的一对碧眼，血盆大口中獠牙乱错，望望头上，又瞪视着霞儿，好似愤怒异常，恨不得把敌人嚼成粉碎。却又知道头上飞剑光层厉害，不敢轻于尝试。

霞儿见妖鲧今日改了往常行径，开口便向自己软求，情知它是故意乞怜，梦想连那禹鼎一起带走，一面对答，暗中分外警惕。那妖鲧见软求无效，又向霞儿怪叫怒吼。霞儿见它又施恐吓故伎,便喝道:“想逃万万不能!如有本领,只管施为。因你适才苦求,你只要身子不出湖面,尚可容你偷生片刻。今日不比往日,如敢挨近我的飞剑,定叫你形神消逝,堕劫沉沦,永世不得超生。”妖鲧见霞儿今日竟是只防不攻,飞剑结成的光幕将全湖罩得异常严密,越知逃遁更难。不由野性大发,怪吼一声,将口一张,一颗碧绿晶莹、朗若明星的珠子,随着一团彩烟飞将出来。初出时小才数寸,转瞬间大如栲栳,流光四射,直朝顶上光层飞去。霞儿见妖鲧放出元珠,便将手往九口天龙伏魔剑一指,那光幕上便放出无量霞光异彩,紧紧往下压定,将那珠裹住。

正在施为,忽然身后若兰低唤:“师姊留神妖物。”霞儿再往前一看,妖鲧已被一团极浓烟雾裹定,看不见身影。顷刻之间,越胀越大,仿佛一座烟山,倏地厉声怪吼。趁上面光层裹住元珠,湖面有了空隙,霞儿运用慧目一看,烟雾中裹着一个大如山岳的怪头,两眼发出丈许方圆两道绿光,张着血盆一般大口,正朝自己面前飞到。霞儿大喝一声:“妖物敢来送死!”左肩摇处,一道金光,一道红光,将自己的两口飞剑发将出去。若兰藏在霞儿身后,恐飞剑不能伤它,暗取丙灵梭,运用玄功诀,先将光华掩去,然后朝妖鲧两眼打去。霞儿先因妖鲧重视那粒元珠胜如生命,决不会弃珠而逃,所以才将九口天龙剑将珠裹定。没料到妖鲧却乘隙变化飞出,不知妖鲧是愤恨到了极处,舍死来拼。恐它乘此时机收珠遁逃,一面将自己两口飞剑放起抵御,一面注视那九口飞剑。稍现危机,便招呼英琼下手,禹鼎不能到手,也说不得了。那妖鲧原见霞儿全神贯注空中飞剑,想乘其不备,变化原形伤人。谁知去势虽急,敌人动作更快。先是两道金红色剑光迎面飞来,知道厉害,正欲回身,猛地眼前又是几道红光一亮,两只眼睛被丙灵梭双双打中,怪叫一声,风卷残云般直往湖中退去。

霞儿、若兰见红光亮处,碧光一闪不见,知道妖鲧双眼受伤,心中大喜。一面忙把各人飞剑、法宝收回。霞儿乘此时机,运用一口真气往空中喷去,想收那粒元珠时,湖底一道白气,早如白虹贯日一般升起,眼看那粒元珠如大星坠流,落了下去。接着湖底乐声大作,千百种怪声也同时呼啸起来。有的声如儿啼,非常凄厉;有的咆哮如雷,震动山谷。湖底骚动到了子正,乐声骤止。便听水啸涛飞,无数根大小水柱朝上飞起,哗哗连声。日前所见各种奇形怪状的妖物,一齐张牙舞爪,飞扑上来。霞儿等知道妖鲧要乘此时逃遁,不敢大意,各自聚精会神,凝视湖面。静等那狼首双翼、似龙非龙的怪物,和妖鲧一出来,便即下手。

就在这些妖物连番往上冲起，都被飞剑光层阻隔之际，又听湖底惊天动地一声悲鸣怪吼，一团烟云中飞起那狼首双翼的妖物。先在光幕之下、湖沿上面盘旋了两周。才一现身，先上来的那些妖物，全都纷纷降落，随在它的身后，满湖面游走，鱼龙曼衍，千姿百态，顿呈奇观。绕了三匝过去，湖底又将细乐奏起。这一次才是妖鲧上来，胸前一只独爪，托定一个大有二尺、似鼎非鼎的东西，金光四射。细乐之声，便从鼎中发出。大小妖物，一闻乐声，齐朝妖鲧身旁拥来，都升到湖面，朝着霞儿怪啸一声，将爪中宝鼎朝飞剑光层打去。鼎一飞起，还未及近前，妖鲧早冲到湖面，朝着霞儿怪啸一声，将爪中宝鼎往空一举。立时鼎上乐声变成金鼓交鸣的杀伐之音，一盘彩云拥护中，朝顶上光层冲去。同时，那狼首双翼、似龙非龙的东西，率了湖中千百奇形怪状的妖物，也齐声怪吼，蜂拥一般从鼎后面追来。

霞儿早有防备，左手掐诀，右手从法宝囊内取出优昙大师预赐的一道灵符，交与身后若兰。口诵真言，连同一口先天五行真气喷出。立时化成一座霞光万道、高约百丈的光幢，将若兰全身罩住。若兰忙将身剑合一，在光霞围绕拥护之下，比电还疾，一转瞬间，未容宝鼎与飞剑光层接触，仗着优昙大师灵符妙用，一伸双手，便将宝鼎接到手中。更不怠慢，连忙回身飞到原来岩石上面，将鼎抱在怀里，盘膝打坐，默用玄功。鼎后面千百大小妖物，也都纷纷赶到，围在光层外面，不住张牙舞爪，怪啸狂吼。若兰仗有光霞护身，也不去理它，只管默念冥思，随机应变。那妖鲧冷不防宝鼎被人收去，又怒又急，连忙幻化原形，随后追来，被霞儿迎面一截，忽然回身隐入湖内。霞儿料知它还要拼死冲出，暂时退逃，必有作用。仗着四外封锁，又有九口天龙伏魔飞剑结成的光幕，也不穷追。回望若兰存身之处，一片乌烟瘴气中，现出霞光万道，怪声大作，怪影飞翔，如同狂潮惊飞，甚是骚乱，料无妨害。一心注视湖底，驾起剑光，凭空下视，静候最后时机，招呼英琼下手，同建奇功。

约有两个时辰，若兰盘坐岩间，见千百妖物全被光层所阻，不能近前，以为妖物伎俩止此。心一放定，精神未免少懈。因这些妖物多是生平罕见，一时好奇，定睛往外一看，那日所见为首妖物奇形，这时才得看清。变化到极大时，从头至尾，约有百十丈长短，身子和一座小山相似，越到下面，越显粗大。股际还生着四条长爪。自股以下，突然收小，露出长约数丈，由粗而细，形如穿山甲的一条扁尾。拼命想往手上宝鼎扑来。其余妖物，也都是能大能小，随时变形，猛恶非凡。正在观看，远远闻得湖底怪啸一阵，鼎上乐声忽止。那些妖物也都比较宁静了些，只是盘绕不退。

忽觉怀中一股奇冷，其寒彻骨，直冷得浑身抖战，两手几乎把握不住。知道不妙，忙运玄功，从丹田吸起一股阳和之气，充沛全身。刚得抵住一些，忽然鼎上生火，其热炙肤，又不敢松手。眼看两手、前胸就要烧焦，想起餐霞大师柬上之言，把心一宁，连生死置之度外，一任它无穷变化。一会热退，又忽寒生。身体并未受伤，愈发觉出那是幻象。双手紧握鼎足，静等收功。猛一眼看到那鼎纽上盘着一条怪物，也是狼首双翼，似龙非龙，狞恶非凡，与光层外面那条为首怪物的形象一般无二。再一细看鼎的全身，其质非金非玉，色如紫霞，光华闪闪。鼎上铸着许多魑魅魍魉，鱼龙蛇鬼，山精水怪之类。外面那些妖物，俱与鼎上所铸形象一丝不差。这才恍然大悟，原来这鼎便是那些妖物的原体和附生之所，无怪乎它们要追围不退。只是这种数千年前大禹遗留的至宝，少时除了妖鲧之后，怎样收法，倒是难题。

正在寻思不决，忽见光幢外面红光千丈，冲霄而上，耳听波涛之声，如同山崩海啸，石破天惊，起自湖底。同时一道紫虹，自天飞射，数十道细长金光闪处，怪声顿止。又待不多一会，忽见光幢外面，大小妖物纷纷乱闪乱窜，离而复合。一道匹练般的金光直射进来，定睛一看，正是霞儿。一照面便喊："妖鲧已斩，快将禹鼎与我，去收妖物，压平湖中洪水。"说罢，不俟答言，一手将若兰手中禹鼎接过；另一手持着一粒五色变幻、光华射目的珠子，塞入鼎盖上盘螭的口内。然后揭起鼎盖一看，忽然大悟，口诵真言，首先收了灵符光芒，与若兰一同现身出来。

妖鲧一死，那些妖物失了指挥，虽然仍是围绕不退，已减却不少威势，好似虚有其表，无甚知觉一般。二人才一现身，纷纷昂头扬爪，往霞儿手上宝鼎扑来。霞儿虽得餐霞大师预示机宜，一见妖物这般多法，形象又是这般凶恶，也不能不预为防备。早把天龙飞剑放起，护住全身，照着连日从妖鲧口中呼啸同适才禹鼎内所见古篆参悟出来的妙用，口诵真言，朝着那为首的妖物大喝一声。那狼首双翼的妖物，飞近鼎纽，忽然身体骤小，转眼细才数寸，直往鼎上飞去，顷刻与身相合，立时鼎上便有一道光华升起。首妖归鼎，其余妖物也都随后纷纷飞到，俱都由大变小，飞至鼎上不见。这时湖底洪流，业已升过湖面十丈以上，虽未继续增高，也不减退。幸有优昙大师预先封锁，没有往山下面横溢泛滥，看上去仿佛周围数里方圆的一块大水晶似的。英琼正用紫郢剑化成一道长约百丈的紫虹，在压那水势，回望二人飞来，心中大喜。霞儿口中念动真言，将鼎一拍，从鼎上铸就千百妖物的口鼻中，飞出千百缕光华，射向水面。初发出时，细如游丝，越长光华越大，那水立刻减低了数尺。霞儿围着那鼎转了一圈，才抱着鼎飞到雁湖上空，由鼎上千光万彩压着那水缓缓降落。约有半个时辰，水已完全归入湖底红壑之中。霞儿随着水势降了下去，岸上的水业已涓滴无存。

一会，霞儿持鼎上来，对英琼、若兰道："全仗二位师妹相助，才得大功告成。目前洪水虽然退入地肺，不会再起，但这红壑之内，还有一面地网，也是禹王至宝。一则未奉师命，二则也不知取用之法。还有这座禹鼎，虽然收了，仅从连日妖鲧啸声悟出鼎内真诀，勉强试用，侥幸成功。一切俱以意会，并不能运用随心。此宝又大有数尺，携带不便。家师现时约在邛崃，意欲前往献宝请示，同时将妖鲧首级带去。二位师妹回山，可代愚姊向众同门问候。开府之日，定随家师前往峨眉参谒。秦家姊妹与藏灵子对敌，那面紫云仙障必被损坏，见面之时，请代致意：仙障灵效虽失，务必代我好好保存，交与秦姊，等开府相见时，取回祭炼，仍可应用。"说罢，收了四围封锁，将手一举，一道金霞破空飞去，转眼不知去向。

二人见霞儿本领竟比灵云还要高出一头，甚是钦羡。这时妖鲧既除，天朗气清，水后山林，宛如新沐。又值晨曦初上，下视大小山岳，高耸围拱。摩云、剪刀诸峰，或如雕翼搏云，或如怪吻刺天，穷极形相。更运慧目遥望富春诸江，如大小银练，萦纡交错；太湖之中，风帆片片，出没烟波，细才如豆。再望西湖，仅似一盘明镜，上面堆些翠白点子。二人迎着天风，凭凌绝顶，指点山川，目穷千里，不觉襟怀大畅。待了一会，兴犹未尽，想起雁荡山水，奇秀甲于吴越。反正无事，现在刚到第七日早上，去紫玲谷还早，何不就便游玩一番？商量之后，同意先去看那大小龙湫，便步行往大龙湫走去。若兰问起除妖之事，才知底细。

原来昨晚天未明前，若兰收了禹鼎回飞，破了它声东击西之计。妖鲧怒啸追来，被霞儿剑光逼入红壑里面，怪吼一片。忽然将内丹炼成的元珠飞出，与九口天龙飞剑相斗。本想将飞剑光层冲高一些，便可乘隙飞出，再收回它的本命元珠，冲破优昙大师的封锁逃走。不想敌人早有防备，霞儿得餐霞大师指示，业已料到此着。又见妖鲧二目中了若兰的丙灵梭，竟能复原如初。知是那粒本命元珠作用，只需将此珠用飞剑紧紧包围，决不愁妖鲧走脱。何况这次不比往日，禹鼎既收，功已成了一半。空中又有英琼在彼防守，打起欲擒先纵主意。一面放起飞剑防身，将全神贯注在那九口天龙伏魔飞剑上面，将手一指，光层倏地升起，变成一道光网，将妖鲧的本命元珠紧紧裹定。对于妖鲧动静，连理也不去理它。妖鲧起初见光层升起，不再密罩湖面，还在心喜，以为得计，连忙驾起云雾，蹿上湖来。身一腾空，便喷出一股白气，去收那珠。谁知飞剑光网，密得没有一丝缝隙，一任它用尽精神气力，那粒栲栳大的光华，在金光包围之中，左冲右突，休想逃出，这才着急起来。刚待回身，窜回湖内，默运玄功，将珠收回，耳听大喝一声："无知妖孽，还不授首！"接着便有一道金光飞来。妖鲧知道情势危急，把心一横，胸前独爪往湖中抓了两抓，就在这湖水响动中，震天价怪吼一声，整个身躯忽然裂散，往下一沉。从躯壳内飞起它数千年苦功修炼的元神，周身发出万道红光，张牙舞爪，直朝飞剑光网猛扑，欲待弃了躯壳，抢了内丹，发动洪水逃走。霞儿见它来势甚疾，正想招呼空中英琼下手，一道紫色长虹已经从天而下，冲入光网之中，似金龙掉首，只一搅间，又是数十道红光飞下。

霞儿知道妖鲧被斩，大功告成，连忙飞身上前，用手掐诀，只一招，先将那粒元珠收去。这时妖鲧身首业已落下，近前一看，虽然小才数尺，竟与原形一般无二。料它功行还差，只是临危脱壳。如炼过有形无质这一关，便难制服了。又见那颗怪头虽被神针钉住，二目仍露凶光，知难将它形神消灭。便收入法宝囊内，仍借神针钉压，回山请示，再行发落。所余下半截尸身，用丹药化去。躯壳已坠入湖底，无关紧要。刚刚料理完竣，那湖水已漫上岸来。回望若兰，正被千百妖物包围，知道禹鼎尚在手内。霞儿自幼就在神尼优昙门下，虽然看去仍如幼童一般，已有多年功行，道妙通玄，最得师父钟爱。连日听出妖鲧啸声有异，潜心体会，顿悟玄机，知那鼎纽上盘着那条狼首双翼的怪物，是全鼎枢纽。从若兰手中接过禹鼎，便用一颗主珠将鼎纽镇住。随手将鼎盖一掀，又看出鼎心内铸就的龙文古篆灵符。试一运用，竟然得心顺手，将千百妖物收回禹鼎，回山复命。不提。

英琼二人且行且谈，不觉已行至大龙湫下。正值连日降雨，瀑布越显浩大，恍如银河倒泻一般，轰隆之声，震动远近。尽头处，水汽蒸起亩许大一团白雾，如轻绡烟云，随风飞扬，映着日光，幻成异彩，煞是奇观。流连了顷刻，若兰还说要往筋竹涧、小龙湫两处观赏一回，忽听头上雕鸣，佛奴盘空而下。英琼笑道："连日防守妖鲧，也不知佛奴飞身空中做些什么？这时飞来，必有缘故。这里岩谷林泉虽然优秀，毕竟还是不如仙山景物。你看小龙湫附近岩石上面似有山民攀援采药，不去也罢。久闻紫玲谷风景更好，今日午后，正是秦家姊妹脱难之期，不如趁早赶去，接了她们同回仙府，就便还可看看谷中景致怎样，岂不是好？"

若兰幼随红花姥姥游过许多仙山灵域，雁荡并未过分在意。只为闻名已久,初次登临;又因英琼热心好事,如早到紫玲谷,遇见紫玲姊妹被困,说不定又要锐身急难,于事无补,徒留异日隐患,多树强敌,故借看山为名,耽延时刻。听英琼一说,举首一看日色,算计赶到黄山已差不多。又见神雕不招而降,当即应允。

一同跨上雕背,刚升高大约二三十丈,便听下面人声呐喊。低头一看,见岩谷树林中,走出许多山民,俱都仰首向天,齐声惊诧。才想起此山多产药材果木,山地肥美,山麓尽是良田美竹,居民甚多。暗幸昨晚侥幸将妖鲧除去,否则洪水发动,休说入海这条路上的千万生灵,就这附近一带田庐、生命损失,也就可观了。正在沉思,神雕双翼扶摇已上青旻,穿云凌风,直往黄山飞去。会见秦氏姊妹后,携了一双白兔,同返凝碧仙府。

第一三三回

运仙传 发火震伏尸
破狡谋 分波擒异獭

且说大家将经过情形一一告知灵云以后，不一会，只见袁星飞奔入洞，报称辟邪村玉清大师同了另一位仙姑驾到。众人知是约了女殃神邓八姑同来，便一齐接了出去，迎入太元洞内。众同门有与邓八姑尚是初见的，便由灵云分别引见。落座之后，玉清大师笑道："恭喜诸位道友，初步功行已有基础。开山盛会一过，便须分别出门，建立外功了。"

说罢，又向英琼、若兰道谢相助霞儿雁荡诛鲧之劳。然后向着灵云、紫玲二人说道："贫道此来，一则奉了家师之命，因开山盛会在即，各派群仙领袖以及先后辈同门道友均要到此参与大典，三仙二老与各位师伯叔俱奉长眉教祖遗敕，有事在身，期前不能赶到，特命贫道来此相助，布置接待。二则此番宝相夫人期前超劫，比较容易躲过，但那天魔来势厉害，不比寻常，虽然秦道友诚孝格天，又有三仙师叔助力，防御周密，到底初次涉险，难知深浅，稍有疏虞，便成大错。贫道前一位先师，也是旁门，遭逢天劫时，八姑师妹彼时随侍在侧，躬预其难，几遭不测，总算得过一番阅历。再则她又有那粒雪魂珠，可御魔火。又恰巧八姑师妹大难已满，法体复原，本该来此赴会。只为在雪山修炼家师所赐的飞剑尚需时日，为此才赶往雪山，助她勉强成功，邀她同来。先陪了秦道友姊妹、司徒道友同往东海，相助宝相夫人脱了天劫，再返仙府候命，岂非一举两得？

"来时听家师说，秦道友此时赶往东海，防备宝相夫人当年许多强敌得了信息，乘机危害，原是正理。不过此时三仙正闭门行法，期前必然不能拜谒，势必仍用以前神游之法，乘风雷少住之时，入洞与宝相夫人相见。迟早母女重逢，此举万万不可。一则宝相夫人正在功候紧急之际，不可使她分神；二则东海有三仙在彼，异派邪魔原不敢前往窥探。无奈三仙奉敕闭洞，行法炼宝，外人知者甚多。当初宝相夫人的仇敌又众，如乘三仙闭洞之际潜往侵害,有玄真师叔先天遁法封闭,本不易被外人找见门户,这一来正好被敌人看破,引鬼入室。诸位道友到了那里,可按平时所知门户外面,故布疑阵。真正紧要入口,由八姑师妹暗中巡视防守。即遇强敌,也不致被他侵入洞内,妨害大事。一切布置防卫,贫道在雪山时已与八姑师妹商量妥当。到时由她相助安排,只需挨到三仙事完出洞,便无害了。诚恐秦道友姊妹念母心切,急于相见,贻误事机,日前曾请齐道友致意,请为暂候,略贡刍荛之见。司徒道友所得神驼乙真人的乌龙剪,大是有用。那弥尘幡、白眉针一类宝物,只可抵御外敌,天魔来时,千万不可使用,以免毁伤至宝。玄真师叔期前必留有预示,贫道尚恐万一事忙疏漏,再三转恳家师默算玄机,带来柬帖一封,到了正日开看,便知分晓。"说完,递过一封柬帖。

紫玲、寒萼闻言,早已感激涕零,与司徒平三人一同过去,跪下称谢不已。玉清大师连忙扶起,连说:"同是一家,义所应为,何须如此?"紫玲道:"愚姊妹幼遭孤零,备历艰辛,每念家母日受风雷之灾,心如刀割。多蒙大师垂怜,预示仙机,又承邓仙姑高义相助,不特愚姊妹刻骨铭心,就是家母也感恩无地了。"玉清大师道:"患难相扶,本是我辈应为之事,何况又是自家人,何必如此客套?但盼马到成功,宝相夫人早日超劫。此时就起程吧。"

当下紫玲、寒萼、司徒平与女殃神邓八姑四人,向众同门告辞出洞,到了凝碧崖前。紫玲因玉清大师说独角神鹫带去无甚用处,便将神鹫留在峨眉。将手向众人一举,展动弥尘幡,一幢彩云拥护四人破空升起。飞行迅速,当日便飞到了东海,过去不远,便是宝相夫人被困的所在。正快降落,忽见钓鳌矶上飞起一道金光,直朝自己迎来。四人看出是同门中人,便收了弥尘幡,迎上前去。紫玲以前常往三仙洞内参拜,认得来人正是玄真子的大弟子诸葛警我。知他在此,必与宝相夫人超劫之事有关,心中大喜。彼此一招呼,各收遁光,一同落下。各自见礼通问之后,诸葛警我道:"伯母苦行圆满,脱难在即,偏偏家师奉了长眉师祖遗敕,闭洞行法,须要到日,始能相助。惟恐期前有以前仇敌得信前来侵害,又知二位师妹正与藏灵子在紫玲谷相持,恐有疏虞,预示应付机宜,命我从今日起昼夜在此守望。正恐力弱难胜,且喜四位道友同来,料无一失的了。伯母所居洞中,此时风雷正盛,去了也难相见。这钓鳌矶高出海面数百丈,与那洞相距只有数十里,最便眺望,如有事变,即可立时前往应援。听家师之言,期前所来的这些外教邪魔,俱无足虑。只有一个,乃是大鹏湾铁笛坳的翼道人耿鲲,道术高强,心肠更是狠毒,又与伯母有杀弟之仇。为人也介乎邪正之间,不比别的邪魔,多半志在乘机剽窃伯母连年辛苦所炼的本命元胎，并无拼死之心。而且此人素来恃强任性，胁生双翼，顷刻千里，精通秘魔大法，行踪飘忽，穷极变化。更擅玄功地遁、穿山过石、深入幽域、游行地肺，真是厉害非常。即使明知家师在此，也要前来，分个胜负，决不甘心退让，何况我等。不过此人心地还算光明，轻易不使鬼蜮伎俩。他如不知这里虚实便罢，如知家师闭洞行法，不能在期前助力，或者反要到时才来也说不定，事难逆料。何况还有别的外教邪魔，均非弱者，自宜小心预防为是。为今之计，我等五人，可由三人在此防守，分出二人在伯母所居洞前四外巡视，以免敌人不从空中飞行，正面出现，却用妖法出奇暗算，这里守望疏漏。现在各位师长俱在本山行法，小一辈同门又都奉命分头赶赴峨眉，等候参与开山大典。这十日左右，当不会有自家人来此。如见外人到来，固不必说。就是遇见沙石林木有了异征变态，也须留神观察，运用剑光报警，不可丝毫大意。”

计议停妥，便由紫玲与邓八姑二人在洞前四外巡视，司徒平、寒萼随着诸葛警我在钓鳌矶上瞭望防守。紫玲便同邓八姑驾起遁光，先往宝相夫人炼形的所在飞去。

当初天狐兵解之后，玄真子因她那时业已改邪归正，结了方外之交。以后又救助诸葛警我脱去三灾。又照极乐真人李静虚的嘱托，便将天狐躯壳用三昧真火焚化埋藏，另寻了一座石洞，将元神引入，使其炼形潜修。外用风雷封锁，以免邪魔侵害。宝相夫人虽然出身异类，原有千年道行。又经极乐真人点化，参透玄机，在洞中昼夜辛苦潜修。不消多年，居然形凝魄聚，炼就婴儿，静中默悟前因后果，决意在洞中甘受风雷磨炼，挨过三次天劫再行出世。一俟外功积修完满，减却以前罪孽，便可成道飞升。似这样每日艰苦潜修，道行大为精进。所炼婴儿，也逐渐长成。又用身外化身之法，调和坎离，炼那本命元丹，以期早日孕育灵胎，躲过天劫，参修正果。这日忽见玄真子走来，说是因奉长眉真人遗敕，得知天狐道行精进，灾劫也随之移前，但是不可幸免。灵胎初孕之时，便是她大难临身之日。当初风雷封洞，一为彼时她元神未固，恐那外魔侵害；二则借此淬炼，减轻未来灾劫。此时本可不用，无如宿孽太重，树敌甚多，惟恐事前发生变故，还得增加风雷之力，以防仇敌乘隙扰乱道心。但是风雷过烈，势必勾动地壳真火。本人又因奉命闭洞行法，期前不能来此相助，全仗风雷阻挡不住能手。已由妙一夫人飞剑传书，示知秦氏二女与司徒平，命他们到时赶来防卫。惟恐勾动真火，以后只顾抵御，误了功行，特地赶来告知，并借了一件宝物与她，以作护身之用，然后别去。宝相夫人闻言,自是感激万分。知道己身成败,在此一举,只要躲过这一关,便可永脱沉沦,翱翔八表。又是惊,又是喜,益发奋力修为。不提。

紫玲同邓八姑等到达的时候,正是地壳真火发动,风雷正盛之际。那洞位置在一座幽崖下面,出入空口甚多,俱被玄真子用法术封闭。洞的中心,深入地底何止百丈。宝相夫人便在其中藏真修炼。八姑和紫玲因有玉清大师预先警告,不敢径至往常入口之处,飞到那崖侧面相距数十丈处,便即落下,停止前进。眼望那崖洞明穴显,山石嶙峋,形势分明,看不出一丝形状。八姑叫紫玲侧耳伏地一听,也只微微听出一些轰隆之声汇成一片,还没有以前神游入洞时的声势浩大,心甚诧异。八姑道:“这定是玄真子师伯恐风雷齐鸣,光焰烛天,更易招引仇敌,特意用法术将风雷遮掩,不到身临切近,难知妙用。我等道力还浅,所以不易觉察出来。”紫玲闻言,知是八姑谦词,便不敢轻易深入,一同在附近周围巡行了两转,细心留神搜查,且喜并无异状。

第二日清晨,寒萼在钓鳌矶顶上正闲得无聊,一眼望见紫玲与八姑二人只管贴地低飞,游行不息。以为八姑素无深交,仗义相助,却累人家这般劳神,于心不安。便飞身下去和紫玲说了,意欲对调,使八姑稍微休息。紫玲也有同样心理,闻言颇以为然。姊妹双双先向八姑道了劳,将心意说出。八姑见二人情意殷殷,满脸不过意神气,初见未久,不便说她二人能力不如自己。只得嘱咐遇敌小心,不可轻易动手,以先报警为是。然后由寒萼接替巡行,自己往矶上飞去。

八姑走后,寒萼随紫玲巡行了一阵,不觉日已偏西,上下两地均无动静。寒萼对紫玲道:“我二人在一起巡行,惟恐还有观察不周之处。不如你我两人分开来,把母亲所居的洞当作中心,相对环绕巡行,你看如何?”紫玲也觉言之有理。分头巡行还没有一转,忽见海天一角,一叠黑云大如片帆,在斜阳里升起,渐渐往海岸这一面移动。云头越来越大,那灰白色的云脚活似一条龙尾下垂,直到海面,不住地左右摆动。海天远处,隐现起一痕白线。海岸边风涛,原本变幻不测。紫玲运用慧目,凝目观察,云中并无妖气,略微放心。一会那云渐渐布散开来,云脚也分成了无数根,恰似当空悬着一张黑幔,下悬着许多长短的灰白穗子。转瞬之间,海上飓风骤起,海水翻腾,狂涛骇浪往倚崖海岸打来,撞在礁石上面,激起百十丈高的银箭。一轮斜日已向云中隐去,天昏地暗,景物凄厉,声如雷轰,震耳骇目。不消多时,海浪已卷上岸来,平地水深数丈。这时方看出海浪涌到崖洞前面,相隔有里许地,仿佛被什么东西阻住,不能越过,浪卷上去,便激撞回来,知是玄真子法力作用。虽然那风云中无甚异状，因为来势猛烈，越发兢兢业业，不敢大意。双双对巡了几转，风势越盛，海水怒啸，天色逐渐黑暗如漆，只听澎湃呼号之声，震天动地。二人有时凌波飞翔，被那小山一般的浪头一打到面前，剑光照处，隐约似有鱼龙鬼怪，随波腾挪，明知幻影，也甚惊心。钓鳌矶上三人，俱都格外留神，戒备万一。这风直到半夜方才停止，渐渐风平浪静，岸上海水全退。云雾尽开，清光大来。半轮明月孤悬空中，碧海青天，一望无际，清波浩淼，潮音如奏鼓吹。景物清旷，波涛壮阔，另是一番境界。

紫玲方庆无事，忽听寒萼在远处娇叱一声，剑光随着飞起，不禁大吃一惊。忙驾遁光飞将过去一看，寒萼已被五个浑身雪白、不着一丝、红眼绿发的怪人围住。原来寒萼自从连遭失利，长了阅历，顿悟以前轻躁之非。在东海这两日，虽无甚变故发生，因为关系乃母忧危，随着紫玲巡行，一丝也不敢懈怠。适才飓风来得太骤，已是有了戒心。等到风平浪息，月光上来，虽然景物幽奇，也无心观赏，只顾随时留心查看。正在飞行之间，忽见前面海滩上，棕林下面似有黑影一闪。忙即飞身入林一看，四面浓荫匝地，月光从叶隙叶缝中透射沙上，闪闪放光。巡行了一周，并无所见，以为是风吹树影，看花了眼。刚刚退身出林，偶一低头，地面海沙似在慢慢往上拱起，先以为是海边蛟鳄产卵，生长出壳。只一注视间，那一块沙竟拱起有三尺来高，倏地又往下一落，与地齐平，仍和方才一般，复了原样，不显一丝高低痕迹。正觉稀奇，忽然相隔四五尺远近，又有一处海沙照样拱起，一会低落下去，又在旁处出现。总当是土生虫豸一类，不愿大惊小怪，也未与众人报警。接连三处起落过去，方要离开，飞向别处，忽听嗞嗞之声，先前所见拱起之处的海沙，忽然自动四外飞散，仿佛地下有什么力量吹动，又匀又快，转眼便现出了一个四尺大小的深穴。一时好奇，想看看到底是个什么东西，不由停下。低头往穴中一看，那穴竟深不可测，以自己的目力，还不能够见底。同时旁的两三处，也和这里一样，海沙四外旋转如飞，无风自散。正在观看，猛见头一个穴口内，一团绿茸茸如乱草一般的东西，缓缓往上升起，俄顷上达地面，先露出一个头来，渐渐现出全身，才看出那东西是一个似人非人的怪物，满头绿毛披拂。一双滴溜溜滚圆的红眼，细小如豆，闪闪放光。鼻子塌陷，和骷髅差不甚多。一张像猴一般凸出的方嘴，唇如血红，往上翘翻，露出满口锐利的钩齿。头小身大，浑身其白如粉，上部肥胖，手足如同鸟爪，又长又细，形态甚是臃肿。寒萼知是妖异，娇叱一声，便将剑光飞出手去。谁知那东西颟顸不灵，却甚厉害。眼看剑光绕身而过，并不曾伤它一丝一毫。同时那旁的两处，也同样冒起两个怪物，也是行动迟缓，不见声息。猛一回顾，身后面不知何时也冒起了两个，恰好团团将寒萼围住。寒萼见运用飞剑不能伤它们，大吃一惊。因恐四面受敌，正想飞出重围，再行应付，紫玲已闻警赶来，各自将飞剑放出。

那五个怪物，俱似有形无质，剑光只管绕着它们浑身上下乱绕乱斩，终如不闻不见。身一出穴，缓缓前移，向二人围拢。紫玲一面应战，一面示警。钓鳌矶上三人，好似不曾看见，并不赶来应援，猜那边一定也出了事故，不禁着慌起来。眼看那五个怪物快要近身，虽未见有甚伎俩，毕竟不知底细，恐有疏失。只得将身飞起，再作计较。谁知那五个怪物也随着飞起，围绕不舍，离二人身前约有五尺光景。五张怪嘴同时一咧，从牙缝里各喷出千百条细如游丝的白气。幸而紫玲早有防备，展动弥尘幡，化成一幢彩云，将身护住。因怪物五面袭来，寒萼只得与紫玲相背而立，分防前后。有一个怪物距离寒萼较近，竟被那白丝沾染了一些，立时觉得浑身颤抖，麻痒钻心，不能支持。幸而紫玲回身将她扶住，见她神色大变，知已中了邪毒，忙将峨眉带来的灵丹取了一粒，塞入她的口内。情知怪物定是外教邪魔一类，自身虽有弥尘幡护住，不知有无余党乘隙侵害宝相夫人，又无驱除之法，更不知钓鳌矶上发生什么变故，寒萼又受了伤，一阵焦急。把心一横，正待借宝幡云幢拥护，飞往洞前查看，忽见下面离洞不远处有一道金光、两道青光同时飞起，看出是诸葛警我、邓八姑、司徒平三人，心中一定，连忙追随上去。原想诸葛警我等三人已看见自己彩云，必然来援，那时再回身协力除那怪物。谁知那三人仍是头也不回，催动遁光，电闪星驰般往前飞走。紫玲不解何意，以为定是怪物厉害，三人自知不敌，率先逃走。别人还可，司徒平怎的也是如同陌路，不来救援？惊疑忙乱中，猛一回顾，那五个怪物想因宝幢飞行太快，知道追赶不上，径舍了紫玲、寒萼，掉头往崖洞前飞去。

紫玲一见不好，也不暇再计成败利钝，刚待回身追赶，眼看五个怪物将要落到地上。忽见前面离地数十丈处，似火花爆发一般，崖前上下四方，俱是金光雷火，也不闻一些声息，齐向那五个怪物围拢，一团白气化成轻烟飞散，转眼雷火怪物全都不见。月明如水，景物通明，依旧静荡荡的。猜那五个怪物定中了玄真子的法术埋伏。正在迟疑之际，忽听后面有人呼唤。回头一看，正是邓八姑与司徒平二人驾了剑光飞来。一见面，八姑首先说道："事变将来，更恐妖人还有余党，二位速往钓鳌矶相助诸葛道友守望。由我与司徒道友代替巡行吧。"

紫玲知八姑之言有因，匆匆不及细问，忙即道谢，和寒萼同往钓鳌矶飞去。幸而寒萼服了灵丹，仅只胸前有些恶心，头略昏眩，尚无大碍。见了诸葛警我一问，才知那五个怪物才一现身，八姑首先看出来历，喊声："不好！"知道紫玲、寒萼有弥尘幡护体，可保无事。便和诸葛警我略一商量，由诸葛警我行法，将阵法暗中发动，引敌深入。然后与八姑、司徒平入阵，去除来的邪魔。因那五个怪物乃是千年腐尸余气，由来人从地下采取穷阴凝闭的毒氛，融合炼成，有形无质，飞剑伤它不得。又见紫玲姊妹驾着云幢，正往崖洞飞行，这时甫将敌人困住，诚恐警觉，被阵外五个怪物逃了回去，故意引开紫玲姊妹。等到敌人知道被陷，想将那五个怪物招来相助逃遁时，才行发动风雷，将敌人与五个怪物一齐化为灰烬。那怪物的来历，还算女殃神邓八姑知道底细，不然不等天灾到来，宝相夫人已无幸了。

原来适才来的妖人，乃是南海金星峡的天漏洞主百欲神魔鄢什，专以采补，修炼邪法。当初原与莽苍山灵玉崖的妖尸谷辰同在天淫教下。自从天淫教主伏了天诛，妖尸谷辰被长眉真人杀死，元神遭了禁锢，所有同门妖孽俱被长眉真人诛除殆尽，只有鄢什一人漏网，逃往南海潜藏。知道长眉真人道成飞升，门下弟子个个道法高深，轻易不敢往中土生事，便在海中采取生物元精修炼。

那天漏洞底，原有五个盘踞魔鬼，时常出海祸害船舶上的客商。这些东西乃是几个被人埋在海边山洞中的死尸，死时气未断尽，所葬之处又地气本旺，再加日受潮汐侵蚀，山谷变成沧海，尸体逐渐深入地底。年深日久，海水减退，山谷重又露出海边。这些东西虽然成了僵尸，无奈骸骨为巨量海沙掩埋，不能脱土出来。又经若干年代，骸骨受不住地下煞风侵蚀，虽然化去，那尸身余气反因穷阴凝闭，与地底阴煞之气融会滋生，互为消长，逐渐凝炼成魔，破土出来，为害生灵。鄢什因爱那洞形势险恶幽僻，在内隐居。无意中与这五个魔鬼遇上。他知这些东西如能收到手下炼成实体，足可纵横世间，为所欲为。便仗妖法，费尽心力，将这五个魔鬼收服，又用心血凝炼，成了他五个化身。炼了多年，可惜缺少真阳，那东西依旧有形无质。寻常飞剑法宝，固是不能克制，到底美中不足，难遂报仇之念。闻得天狐宝相夫人兵解以后，仗三仙相助，二次炼就法身，日内就要功行完满。如能将天狐所炼的那粒元丹得到，用妖法化炼，便可形神俱全。先时深知三仙厉害，还不敢来。后来探知三仙奉了长眉真人遗敕，闭洞行法，自然多日耽搁，不由喜出望外。他也知三仙虽然闭洞，宝相夫人并非弱者，必有防备。

恰好这日海上起了飓风，正可行事。便用地行之法赶来一看，果然有两个女子驾着剑光，低飞巡视。看出剑光是峨眉家数，自己多年惊弓之鸟，恐二女身后有人，还不肯轻易出现。一面暗遣五鬼，迷害二女，自己却往那崖前去搜寻天狐藏真的洞穴。他才露面，便被女殃神邓八姑看出行径，诚恐风雷封锁，他走不进去，被他看破玄机逃遁。知道诸葛警我受了玄真子真传，能发收仙阵妙用，给他放出门户，诱他深入。鄢什贪心太重，忘了厉害，以为三仙不出，纵有法术埋伏，自己有通天彻地之能，那两个防守的女子又被五鬼困住，万无一失。到了崖前，还在一心寻找入洞门户，打算破洞而入，抢了元丹就走。猛觉眼前金花一闪，那崖便不知去向，同时身上火烧也似的疼，却不见一丝火影，才知不妙。不消顷刻，已是支持不住，不敢久延。偏偏上下四方俱有风雷封锁，身又陷入阵中死户，不能脱身。如不招回五鬼，用那地下行尸之法化气逃走，就不能活命。刚使妖法将五鬼招来，诸葛警我早在留神，一见五鬼舍了紫玲姊妹，飞入阵去，知道敌人厉害，一经逃走，便留后患，只得将玄真子预先埋伏在阵内的五火神雷发动了一处，将鄢什与五鬼齐化为灰烟，四散消灭。

话说五火神雷，乃是玄真子闲中无事，当海洋狂风骤雨之际，用玄门妙法，采取空中雷火凝炼而成。一共只收了两葫芦，原备异日门下弟子功行圆满时节，防有外魔侵扰，以作封洞之用。因知宝相夫人魔劫太重，来者多是劲敌，虽有仙阵封锁，仍恐遇见能手不能抵御，便将这两葫芦雷火也一同埋伏在彼，传了诸葛警我用法。并说这神雷乃是五火之精，经用玄门妙法禁闭凝聚，一经引用真火发动，立时爆发，无论多厉害的邪魔，俱要与之同尽。不比别的宝物，能发能收，只能施用一次，须要多加珍惜，不遇极难克制的强敌，不可枉费。诸葛警我久闻鄢什恶名，更听八姑说那五鬼厉害，又见紫玲姊妹飞剑无功，鄢什虽陷阵内，被无形风雷困住，并未身死，还在卖弄邪法，迫不得已，才行施展。

妖人虽死，但是未来的仇敌尚多，五火神雷只能再用一次，不可不多加准备。便与八姑商量，先由八姑与司徒平去将紫玲姊妹换回休息，顺便告知防御之策。这五人当中，诸葛警我是玄真子得意弟子，早得玄门正宗心法，事前奉了师命，胸有成竹。因邓八姑虽然出身异教，不但道术高深，而且博闻多识，不在玉清师太以下。自从雪山走火入魔，在冰雪冷风中苦修多年，得了那粒雪魂珠后，又经优昙大师点化，功行精进。司徒平道行剑术，原不如紫玲姊妹。一来关系着本命生克，是这一次助宝相夫人脱难的主要人物；

二则得了神驼乙休的乌龙剪,差一点的邪魔外道,皆不是他的敌手。所以才和八姑商议,目前各派邪魔无足深虑,只有那翼道人耿鲲是个劲敌,变化通玄,有鬼神不测之机,诚恐一时疏于防范,被他暗地侵入阵内,施下毒法,非同小可。紫玲姊妹不知来人深浅,遇上了无法应付。那人吃软不吃硬,容易受激。请八姑带了司徒平前去,仔细搜查全崖有无异状,相机行事,将紫玲姊妹换回,告知机宜,到时如此如彼。

寒萼平时固是自命不凡,就连紫玲也因得过父母真传,中经苦修,更有弥尘幡、白眉针等至宝在身,又见凝碧诸同门不如己者尚多,对人虽是谦退,一旦遇事,并无多让。起初听说翼道人厉害,虽持谨慎,还不怎样惊心。谁知头一次便遇见强敌,如非玄真子早有布置,加上诸葛警我、邓八姑二人相助,几乎有了闪失,闻言甚是惊惶。这才在钓鳌矶上,随定诸葛警我,凝神定虑,四下瞭望。只见邓八姑与司徒平并不分行,一道白光与一道青光连在一起,疾如电闪星驰,围着那崖流走不息。时而低飞回旋,时而盘空下视,直到次日并无动静。似这样提心吊胆,惊惊惶惶地过了两日,且喜不曾有什么变故。

到了第六日夜间,因为明日正午便是宝相夫人超劫之时,当日由午初起,一交子正,三仙出洞,再过一日,便即成功脱难。八姑见连日并无妖人来犯,大出意料之外。因明午便是正日,越应格外戒备,不敢疏忽离开。便请司徒平去将紫玲替来,商议一同飞巡。八姑悄声对紫玲说道:"前日妖人用千年僵尸余气炼成的五鬼来犯,伏诛以后,据我与诸葛道友推测,事已开端,妖人纵无余党偕来,别的邪魔外道定要赓续而至。尤其是那翼道人耿鲲,更是必来无疑。因此人最长于大小诸天禁制之法,只要被他暗中来此行法布置,不须天魔到临,便能用替形挪移大法,将此崖周围数十里地面化为灰烬。就是玄真子师伯的仙阵风雷,也未必能够禁他侵入。侥幸我以前略明克制,又得了这粒雪魂珠,珠光所照,物无遁形。他如行使妖法,借用别物代替,毁灭此崖,必被看破。仍恐破法时节,敌他别的法宝不过,你与令妹的飞剑也皆非其敌。只司徒道友的乌龙剪,乃乙真人镇山之宝,尚可应用,故邀他同来相助。谁知正日将到,仍无动静。优昙大师与玄真子师伯俱能前知,绝无料错之理。只恐那些妖魔外道到时偕来,我等既防天劫,又要应付强敌,危机甚多。适才想了又想,事已至此,除了竭尽我等智力抵抗重劫外,并无良策。明日午初以前,令堂必然脱劫出洞,天魔也在那时相继到来。在这千钧一发之际,可由司徒道友乘外邪未到之际,紧抱令堂元婴,觅地打坐。你与令妹左右夹护。将出入门户按玄真子师伯仙柬所说，故布疑阵，引开仇敌。翼道人和其他外教邪魔，由我与诸葛道友抵挡。只需挨到三仙出临，便无害了。”

紫玲因为祸事快要临头，道浅魔高，一切形势又与玉清大师预示有了不同，心中忧急如焚。

时光易过，不觉又交子夜。一轮明月高挂中天，海上无风，平波若镜，银光粼粼，极目千里。因近中秋，月光分外皎洁，景物清丽，更胜前夜。虽然距离正时越近，竟看不出有一丝异兆。紫玲一路随着八姑飞行，心中暗自默祝天神，叩求师祖垂佑，倘能使母亲超劫，情愿以身相殉。八姑已经觉察，笑对紫玲道：“你我自雪山相见，便知道友神明湛定，慧根深厚。连日更看出一片孝思，即此至诚，已可上格天心，感召祥和。你看素月流光，海上风平浪静，简直不似有甚祸变到来的样子。但盼这些邪魔外道，到日也不来侵犯，我等专抗天魔，便可省却许多顾虑，不致有害了。”

紫玲正在逊谢之间，忽见海的远处起了一痕白线，往海岸这边涌来，离岸约有半里之遥。白线前边，飞起一团银光，大若盆盂，直升空际，仿佛凭空又添了一轮明月，光华明亮，流芒四泻，照得海上波涛金翻银浮，远近岩石林木清澈如画。八姑知道这光华浮而不凝，不是海中多年蜃蚌之类乘月吐辉，便有妖邪来犯。正唤紫玲仔细，倏地狂飙骤起，那团光华好似飞星陨射，银丸脱手，直往波心里堕去。霎时间阴云蔽月，海涛翻腾，海里怪声乱啸，把个清明世界，变成了一片黑暗。八姑、紫玲一见事变将临，自是戒备越紧。那钓鳌矶上三人看出警兆，因为正时将到，恐有疏虞，未容下边报警，留下诸葛警我一人在矶上操纵仙阵，司徒平与寒萼早双双飞下矶来，协同巡守。

八姑见天气过于阴黑，惟恐各人慧眼不能洞察，刚将雪魂珠取出，忽见一个高如山岳的浪头直往岸上打来。光影里照见浪山中有好几个生相狰狞、似人非人的怪物在内。大家一见妖邪来犯，司徒平首先将乌龙剪飞将出去。眼看那浪山快要近岸，忽然一片红光像一层光墙一般，从岸前飞起，直往那大浪山里卷去，转眼浪头平息。司徒平的乌龙剪也没入红光之中，不知去向。紫玲姊妹的飞剑相随飞到时，红光只在百忙中闪了一闪，与那大浪头一齐消没。八姑最后动手，一见司徒平才一出手，便失了乌龙剪，大吃一惊。司徒平更是痛惜惶骇，不知如何是好，连使收法，竟未回转。

这时海上风云顿散，一轮明月又出，仍和刚才一样，更无别的异状。如说那红光是来相助的，不该将司徒平的乌龙剪收去；要说是敌非友，何以对于别的飞剑没有伤害，反将妖魔驱走？那乌龙剪自从到了司徒平手中，照神驼乙休亲授口诀用法，已是运用随心，收发如意。一出手便被人家收去，来人本领可想而知。

众下正都测不透主何吉凶，忽见近海处海波滚滚，齐往两边分涌，映着月光，翻飞起片片银涛，顷刻之间，便裂成了一个一丈数尺宽的裂缝。邓八姑疑是妖邪将来侵犯，飞身上前，将手一指，雪魂珠飞将出去。刚刚照向分水缝中，猛见银光照处，海底飞起一个道人，两手各夹着一个怪物，吱吱怪叫。定睛一看，又惊又喜，连忙将珠收起，未及招呼众人，那道人已飞上岸来。司徒平首先认出来人正是神驼乙休，不由喜出望外，忙和众人一同拜倒。神驼乙休一上岸，将手臂上夹的两怪物丢了一个在地上，手一指，两道乌光飞出去夹在怪物身上，也不说话。另一手夹着一个人首鼍身、长约七尺的怪物，迈开大步，便往宝相夫人所居的洞前走去。众人也顾不得看清那两个水怪形状，忙即起身，跟在后面。神驼乙休看似步行，众人驾着遁光俱未追上，眨眼便入了阵地。

钓鳌矶上的诸葛警我先见海岸红光，早疑是乙休。这时见他走入阵内，众人又跟在身后，忙将门户移动，准备放开通路时，猛觉阵中风雷已经被人暗中破去，正在大惊。那邓八姑和司徒平、紫玲姊妹四人，追随神驼乙休入阵没有多远，八姑一眼望到前面杉林旁有一座人力堆成的小山，和宝相夫人所居的崖洞形式一般无二。刚暗喊得一声："不好！"神驼乙休已直往那小山奔去，将那人首鼍身的怪物往地下一丢，两手一搓，飞起一团红光，将小山罩住。口中长啸了两声，那怪物胸前忽然伸出一只通红大手，朝海沙连忙扒了几下，扒成一个深坑。回手护着头面，直往沙中钻去，顷刻全身钻入地下。便见那小山逐渐缓缓往上隆起，一会离却地面。仔细一看，那怪物已从沙中钻下去，将小山驮了起来。小山通体不过数尺，怪物驮着，竟好似非常沉重，爬行迂缓，显出十分为难神气。神驼乙休又长啸一声，将手往海一指。怪物被逼无奈，喘气如牛，不时回首望着乙休，仿佛负重不堪，大有乞怜之意。神驼乙休一手指定红光，一手掐诀，喝道："拿你的命，换这么一点劳苦，你还不愿么？"怪物闻言，摇了摇头，嘴里又啸了几声，仍然且行且顾，不消片刻，已经出了阵地。

八姑知道怪物行走虽缓，乙休使了移山缩地之法，再有片刻，一到海面，便可脱险。正在沉思，忽听天际似有极细微的摩空之音，抬头一看，月光底下，有一点白影，正往崖前飞来。快离海岸不远，便有数十道火星，直往众人头上飞星一般打下。众人一见又来敌人,神驼乙休仍若无其事一般,连头也不抬一下。寒萼心急,方喊了一声:“乙真人,敌人法宝来了!”一言甫毕,那数十点火星离头只有两三丈,眼看快要落下。乙休倏地似虎啸龙吟般长啸了一声,左手掐诀,长臂往上一伸,五根莹白如玉的纤长指甲连弹几下,便飞起数十团碗大红光,疾飞上去,迎着火星一撞,便是巨雷似的一声大震,红光火星全都震散纷飞。紧接着一个撞散一个,恰似洒了一天火花红雨。霹雳之声连续不断,震得山鸣谷应,海水惊飞。只吓得那怪物浑身战栗,越发举步维艰。毕竟玄门妙法厉害,双方斗法之际,那人首鼍身的怪物,已将小山驮到海边。神驼乙休左手指甲再向空中弹出红光,与敌争斗。右手往海里一指,海水忽又分裂,那怪物将小山驮了下去。没有半盏茶时,海中波涛汹涌,怪物二次飞上岸来,跑至乙休足前趴跪,低首长啸不已。

乙休正在全神注视海中,等怪物一奔上岸,便握紧右拳,朝着海里一捏一放。便听海底宛如放了百子连珠炮,一阵隆隆大响过去,忽然哗的一声,海水像一座高山,洪波涌起,升高约有百丈,倏地裂散开来。月光照见水中无数大小鱼介的残肢碎体,随着洪涛纷纷坠落。这时月明风静,碧波无垠。只海心一处,波飞海啸,声势骇人,震得众人立身的海岸都摇撼欲裂。乙休连忙将一口罡气吹向海中,举右掌遥遥向前紧按了按,波涛方才渐渐宁息。同时左手指甲上弹出来的红光,也将敌人火星一齐撞散消灭。

焰火散处,一个胁生双翼的怪人飞身而下。众人见来人生得面如冠玉,齿白唇红,眸若点漆,晶光闪烁,长眉插鬓,又黑又浓。背后双翼,高耸两肩,翼梢从两胁下伸向前边,长出约有三尺,估量飞起来有门板大小。身材高大,略与神驼乙休相等。上半身穿着一件白色道家云肩,露出一双比火还红的手臂。下半身穿着一件莲花百叶道裙,赤着一双红脚,前半宛如鸟爪。那人面鼍身的怪物,见他到来,越发吓得全身抖颤,不再叫啸,藏在乙休的身后去了。怪人一照面,便指着乙休骂道:“你这驼鬼!只说你永远压在穷山恶水底下,万劫不得超生。不料又被人放出来,为祸世间。你受人好处,甘心与人为奴,忘了以前说的大话。巴结峨眉派,与天灵道友为难,已经算是寡廉鲜耻的了。玄真子因妖狐有救徒之恩,护庇她情有可原;你与妖狐并不沾亲带故,却要你来捧甚臭腿?又不敢公然和我敌对,却用妖法挟制我的门下;乘我未来,偷偷坏我的移形禁制大法。今日如不说出理来,叫你难逃公道!”

乙休闻言,也不着恼,反笑嘻嘻地答道:“我老驼生平没求过人,人也请我不动。闲来无事,想做什么,就做什么。你这披毛带角的玩意,不通人情,也不细打听,就张嘴胡说。天狐与我虽无瓜葛,她却是我小友诸葛警我的恩人,我记名徒弟司徒平的岳母。爱屋及乌,我怎不该管这场闲事?你既和她有仇,我问问你:天狐自从兵解,这些年来元神隐藏东海岩洞,托庇三仙道友宇下,日受风雷磨炼,你因惧怕三仙道友厉害,不敢前来侵犯。却趁三仙道友奉敕闭洞,不能分身之际,乘人于危;来又不和人家明刀明枪,而是鬼头鬼脑。自己已经不是人类,还专收一些山精海怪,畜生鬼魔,打发它们出来献丑。用邪法暗中污了人家封洞风雷,从海底钻透地层,打算移形禁制,连此岛一齐毁灭。不曾想你那两个孽徒偏不争气,事还未办完,好端端觊觎老蚌明珠,兴风作浪,巧取强夺。我只一举手,便破了你的奸谋。你看你那两个孽徒:一个被我乌龙剪制住,还在挣扎;一个口口声声说你心肠歹毒,事败回去,定难活命,哀求归降。你除了惯于倚强凌弱,欺软怕硬,还有什么面目在此逞能?"

那怪人闻言大怒道:"无知驼鬼,休以口舌巧辩!以前妖狐兵解,藏匿此间,我因彼时除她,虽只是一弹指之劳,一则显我落井下石,乘人于危;二则妖狐所作淫孽太多,就此使她形神消灭,未免便宜了她,特意容她苟延残喘。她以为悔过心诚,又有三仙护庇,从此潜心苦修,便可希冀幸脱天灾,超成正果。我却乘她苦炼多年,志得意满之时,前来报仇除害。也是因山中有事,一时疏忽,晚来了一步,被你这驼鬼偷偷破了我的大法。我门人弟子甚多,这两个畜生背师胡为,被人乘隙而入,咎由自取,既落你手,凭你杀害。那妖狐断不容她再行脱劫,蛊惑世人,祸害无穷。如不将她化魄扬尘,此恨难消!你既甘为妖狐爪牙,有本领只管施为便了。"

紫玲、寒萼、司徒平三人已从那怪人生相看出是那翼道人耿鲲。先时原有些畏惧,后来听他口口声声左妖狐、右妖狐地辱骂不休,不禁怒从心起,尤其是紫玲姊妹更是愤不两立。也是耿鲲自恃太高,轻敌过甚,心目中除对神驼乙休还有一二分顾忌外,对于乙休身侧立的几个不知名的男女,哪里放在眼下,只顾说得高兴。还要往下说时,紫玲姊妹早已孝思激动,气得连命都不要,哪里还顾什么利害轻重。悄悄互相扯了一下,也不说话,各自先将飞剑放出手去。耿鲲一见,微微笑道:"微末伎俩,也敢来此卖弄!"肩上两翅微展,从翅尖上早射出两道赤红如火的光华,将二人飞剑敌住,只一照面,紫玲姊妹便觉敌人光华势盛,压迫不支。司徒平见势不佳,也将飞剑放出应援。乙休笑道:"我不像你们喜欢众打一,既要上前,何不用你的乌龙剪?"司徒平闻言，将手一招，那乌龙剪果从地面妖物身上飞回。这时敌人肩上又飞起一道光华敌住乌龙剪。三人飞剑，眼看不支。耿鲲仍若无其事一般，并指着乙休道："你既不愿现在动手，且等我除了这几个小业障，还你一个榜样，再和你分个强存弱亡。"耿鲲以为自已玄功变化，法力高强，连正眼也不朝三人看一看。正朝着乙休夸口之际，旁边邓八姑、诸葛警我二人知道乙休脾气古怪，未必此时相助。紫玲等剑光相形见绌，恐有疏虞，一声招呼，一个将剑光放出，一个将雪魂珠飞起。耿鲲先见诸葛警我剑光不似寻常之辈，虽然有些惊异，还未放在心上。刚又放出一道剑光，忽见一团银光飞来，寒光荧流，皓月无辉，所有空中几道光华俱觉大减，知是仙家异宝，不由心里一慌。正要行法抵御，谁知紫玲姊妹明知剑光不敌，还有别的计算，一见雪魂珠出手，银光强烈，阵上敌我光华俱都减色，越发合了心意，忙趁敌人疏神之际，暗中默运玄功，将白眉针直朝敌人要害接连打去。

耿鲲识得雪魂珠厉害，忙将双翼一舒，翅尖上发出数十道红光，敌住雪魂珠。接着便想展翼升空，另用玄功变化，伤害众人。就在这一时忙乱之中，忽见有十余条细如游丝的银白光华往身上飞来。因那雪魂珠银光强烈，宛如一轮白日辉照中天，曜隐星匿，双方飞剑光芒尽为所掩。耿鲲虽是修道多年，一双慧目明烛纤微，竟没有看清敌人何时发出白眉针，直到近前，才得警觉。猛想起天狐白眉针厉害非常，自己因为想报当年仇恨，还炼就一样破她的法宝。闻得她所生二女现在峨眉门下，曾用此针伤过好几个异派能手，怎的一时大意，忘了此宝？说时迟，那时快，在这危机紧迫之中，一任耿鲲玄思电转，万分机警，纵有法宝道术，也来不及使用施为。略一迟疑，眼看针光快要到达身上，知道此针能随使用人的心意追逐敌人，除了事前早有防备，一被针光照住，想要完全逃免，断乎不能。只能将身一侧，先避开几处要害，不但不躲，拼着两翼受伤，急忙迎上前去。那十几道银丝打在翼上，登时觉着好些处酸麻。惟恐顺着血流攻心，忙运玄功，暗提真气，将全身穴道一齐封闭。身受暗伤，急需设法将针取出，以免两翼为针所毁。再加神驼乙休这个强敌还未交手，雪魂珠又非寻常法宝，同时司徒平的乌龙剪又如两条神龙交尾而至，其势难以恋战。起初只说乙休难斗，谁知反败在几个无名小辈手里，阴沟里翻船，好不痛恨懊悔！咬牙切齿，长啸一声，借遁光破空而去。八姑连忙唤住众人，各收飞剑法宝，侍立神驼乙休面前，听候吩咐。那初被乙休夹上岸来的一个怪物，乃是鱼首人身，胁生四翼，两脚连而不分，与鱼尾微微相似，却生着两只长爪。它已在司徒平收回乌龙剪时，身首异处了。

神驼乙休见翼道人耿鲲受了重伤,狼狈逃走,不禁哈哈大笑。对众人道:“我自在紫玲谷气走天矮子后,被凌花子硬拖到青螺峪去住了两天,又回去办了一点小事。知道天狐怨家甚多,魔劫太重。她以前虽有过恶,也还有许多善处。自经极乐真人与三仙道友点化,兵解以后,潜心忏悔,改邪归正,仍还脱不了天劫这一关,已堪怜悯。何况寻她晦气的又都是些邪魔外道,除老耿略好些外,余下平日为恶,更比天狐还胜百倍,偏要来此趁火打劫,委实令人不平。再加三仙道友、诸葛小友与我这记名徒弟的情面,我又最爱打抱不平,前日便到了此地,已经迎头将许多邪魔骗走诛戮。

“那耿鲲好不歹毒,他与天狐有仇,却想连此岛一齐毁灭。他因自己是乃母受大鸟之精而生,介于人禽之间,平日不收人类,专一取一些似人非人的东西做徒弟,打算别创一派。偏又疑忌太多,心肠狠毒,恐这些东西学成本领,出来闯祸,丢他的脸,教规定得极严,错一点便遭惨死。可是他的门下,除了本来练就的功行外,得他真传的极少。除非有事派遣,才当时交付法宝,传些法术。他曾从南海眼金阙洞底得了蚩尤氏遗留下来的一部《三盘经》。除本来练就玄功外,所炼法术、法宝,俱是污秽狠毒。虽然他也不多生事,无故不去欺凌异己。每次派出来的徒弟,除临行传授一些应用法术外,必有他的一两样护身法宝和一根鸟羽。外人见了那鸟羽,一则因他难惹,二则所行之事又非极恶大过,多不愿与他结怨。因此成道以来,不曾遇过敌手,目空一世。不想今番却败在你们几个人手上。他与北海陷空老祖颇有交情,必到那里将针取出。但盼他二次赶来,有我与三仙道友在场,办个了结。否则仇怨更深,你们从此多事,防不胜防了。

“他这次派出来的两个徒弟,死的一个是鲛人一类,专在海中吐丝,网杀生灵。自被他收服,仍改不了旧恶。他对别的门徒最严,惟独这东西因有许多用处,道行也最高些,特予优容,时常派遣出外。另一个是人鱼与旱獭交合而生,名为獭人。除四爪外,胸生独手,能钻入海底,穿行地面,比较不甚作恶。耿鲲也是一时疏忽,只知道此地有风雷封锁,三仙道友奉敕闭洞,至多派两个门下相助防守,不在他的心上,又贪图和他新娶妻子乌女儿苏南怡厮守。便派两个怪物徒弟到此布置,由獭人从海底偷偷钻入阵地,再由那鲛人先用雌霓淫精破了风雷。照他所传法术,用海沙筑成一所小岛崖洞,与这里地形无二,外用吐出鲛丝包好。静等天狐快要出洞应劫之时,耿鲲赶来,施展那移形禁制之法,只一举手间,将那小山毁去,所有此岛山林生物,还未等天劫到临,便一齐化为灰烬,沉沦海底。这两个怪物俱甚狡猾,事一办完,仍由原路钻回海底潜藏，一丝行迹不露。你们只注意阵外，哪里观察得出？即使被雪魂珠光华照见，你们还未动手，两个怪物在海底先有惊觉，立时施展禁制之法，此岛仍是毁灭，你们依然不知。

“我知道如不先将此两怪擒获，事甚可危。能在事前将他禁法破去，耿鲲赶来，也无法照那般的狠毒布置了。正想深入海底搜寻，合该我省事。两怪在水中静极思动，恰赶上一个从别处游来的千年老蚌乘月吐辉，吸采太阴精气，被两怪看见，起了贪心，从海面现身赶来，想夺老蚌那粒明珠。被我双双拦住，先夺了鲛人胸藏的禁制之符，从从容容将它夹上岸来。耿鲲原本要到明日辰巳之交才到，偏那鲛人最是刁狡，以为我惧怕耿鲲，竟乘我转身之时，吐火将耿鲲给的鸟羽点燃。那鸟羽原从耿鲲两翼脱卸，这里一烧，那里便得了警兆。还未容我将那小山驱入海中销毁，耿鲲已得信追来。那座小山若被他放出来的火星打中，此岛便会震裂下沉。还算我早有防备，一面用全神护着小山，一面和他抵敌，用缩地法将小山驱入海心深处，还隔断了他的生克妙用，才借他禁符将山毁去。你们但看适才破法时声势，便知厉害。起初本不愿伤他徒弟性命，只想臊臊耿鲲的脸，警戒他以后不要目中无人，使其知难而退。后来见你们动了手，仇怨已深；那鲛人又是恶贯满盈，仗它师父来到，以为我必投鼠忌器，竟敢在乌龙剪夹困下，暗放毒丝出来害人，我才将它杀死。倒是那獭人自一见面，就口口声声哀告，准它归降，永远为我服役，以贷一死。我平素不喜收徒弟，留它看洞，也还不错。”

说时那人首鼍身的怪物早从乙休身后爬到前边，跪在地上。一听乙休答应收它，不住欢跃鸣啸。乙休又道：“我虽收它，留此无用，待我行法将它送回山去。天已快亮，该做御劫准备了。”说罢，在那獭人身上画了一道灵符，口诵真言，将手一指，一团红光飞起。那獭人将头在地连叩数下，长啸一声，化成一溜火星，被红光托住，离地破空而去。

第一三四回

敌众火雷风　以抗天灾　返照空明
凡贪嗔痴爱恶欲　皆集灭道
历诸厄苦难　而御魔劫　勤宣宝相
无眼耳鼻舌身意　还自在观

话说乙休送走獭人，率领众人来到宝相夫人所居岩洞前边，说道："可惜这里风雷已为妖法所破，先时所打主意大半无用。所幸玄真子道友在地下所埋藏的五火神雷因为藏在葫芦以内，又有玄门妙用，未为妖法所毁。此宝颇有用处，但是你们都动它不得，少时由我代为取出，由诸葛警我持在手内备用便了。现在一交午时，天劫便临。也是天狐魔劫太重，优昙大师、玄真子虽然默算玄机，事前慎加防卫，仍不免稍有出入，稍一疏忽，定成大错。还算我在事先赶来，所有来犯的邪魔外道，俱被我驱除殆尽，只剩耿鲲一个，少却你们许多顾虑。只要等到三仙道友出洞，便可将天劫躲过。我不久也有此一关，不能过抗造化之力，以干天忌，天狐一出洞，便须避开。到时可仍参照玄真子道友预示，由我按天地阴阳消长之机，用玄门遁法布下一阵，倒转生门，直通岩洞门户。由司徒平坐镇在死门位上，运用峨眉传授，澄虑息机，心与天会，把一切祸福死生置之度外。我再传你一道保身神符。专等秦氏二女从生门口上将她母亲婴儿护送入阵，便接过来紧抱怀中，急速用本身三昧真火，连带来诸符焚化。你三人天门自开，元神出现，借神符妙用，护住全身。

"午时天劫来到，初至时必是乾天纯阳之火。这火不比平常，非寻常法宝所能抵御。全仗你三人诚心坚忍，甘耐百苦，将本身元神与它拼持。那火专一消灭道家成形婴儿，自然感应而来，对常人反难伤害，此中含有阴阳消长不泄之机。你三人中如有一个禁受不住苦痛，就会全功尽弃。等到这火过后，便是巽地风雷，其力足以销毁万物，击灭众类，已非道家法术所炼者可比，你们所有飞剑、法宝全无用处。届时可由诸葛警我将玄真子道友葫芦中炼藏的五火神雷放将出去，以诸天真火制诸天真火，使其相撞，同归于尽。雷火既消，罡气势减，八姑的雪魂珠乃在此时运用。巽地风雷过去，末一关最是厉害。这东西名为天魔，并无真质，乃修道人第一克星。对左道旁门中人与异类成道者更为狠毒。来不知其所自来，去不知其所自去，象由心生，境随念灭，现诸恐怖，瞬息万变。稍一着相，便生祸灾，备具万恶，而难寻迹。比那前两道关，厉害何止十倍！除了心灵湛明，神与天会，静候三仙道友出洞，用他们所炼无形法宝，仗着无量法力，硬与天争，将它或收或散，才能过此一关外，无别的方法抵御。耿鲲纵然厉害，在这三重天劫到临之时，也不敢轻易涉险。此次再来，不是前期阻挠，便是事后寻仇。他如先来，有我在此；后来时，三仙道友业已出洞。纵还有别的邪魔来犯，也无足虑，你们只管谨慎行事便了。"

秦氏二女和司徒平闻言，早一同拜伏在地。乙休吩咐已毕，便行法布置起来。一面又将阵中机密收用之法，生死两门用途，如何将死户倒转生门，生门变成死户，怎样置之死地以求生，一一详为解说，传与司徒平牢牢谨记。等到行法完毕，业已巳初时分。司徒平忙往阵中死门地位上澄息静念，盘膝坐定，先将玄功运转，以待宝相夫人入阵。诸葛警我仍去钓鳌矶上瞭望。紫玲姊妹分立岩洞左右，先将剑光飞起，一持弥尘幡，一持彩霓链，静待接引。八姑暗持雪魂珠，飞身空中戒备。

到了巳末午初，正喜并无仇敌侵扰，忽见乙休飞向钓鳌矶上，与诸葛警我说了几句话，一片红光闪过，升空而去。乙休一走，宝相夫人就要出来，大劫当前，阵内外夫妻姊妹三人，俱各谨慎从事，越加不敢丝毫松懈。待有半盏茶时，忽听岩洞以上哗的一响，一团紫气拥护着一个尺许高的婴儿，周身俱有白色轻烟围绕，只露出头足在外，仿佛身上蒙了一层轻绡雾縠。离头七八尺高下，悬着碧莹莹一点豆大光华，晶光射目。初时飞行甚缓。一照面，紫玲姊妹早认出是宝相夫人劫后重生的元神和真体，不禁悲喜交集，口中齐声喊得一声："娘！"早一同飞迎上去接住。紫玲一展弥尘幡，化成一幢彩云，拥护着往阵内飞去。司徒平在死门上老远望见，忙照乙休真传，将阵法倒转。一眨眼彩云飞至，因为时机紧迫，大家都顾不得说话。紫玲一到，一面收幡，口中喊道："平哥看仔细，母亲来了！"说罢，便将宝相夫人炼成的婴儿捧送过去。司徒平连忙伸手接住，紧抱怀内。正待调息静虑，运用玄功，忽听怀中婴儿小声说道："司徒贤婿，快快将口张开，容我元神进去，迟便无及了。"声极柔细，三人听得清清楚楚。司徒平刚将口一张，那团碧光倏地从婴儿顶上飞起，往口内投去。当时只觉口里微微一凉，别无感应。百忙中再看怀中婴儿，手足交盘，二目紧闭，如入定一般。时辰已至，情势愈急，紫玲姊妹连忙左右分列，三人一齐盘膝坐定，运起功来。

当婴儿出洞之时，便听见西北天空中隐隐似有破空裂云的怪声，隆隆微响。及至婴儿入阵，司徒平吞了宝相夫人那粒元丹，用本身三昧真火焚了灵符。一切均已就绪，渐渐听得怪声由远而近，由小而大。那钓鳌矶上的诸葛警我与空中巡游的邓八姑俱早听到。先时用尽目力，并看不见远处天空有何痕迹。过了一会，回望阵中死门地位上，已不见三人形体，只见一团紫霞中，隐隐有三团星光光芒闪烁，中间一个光华尤盛。知道三人借灵符妙用，天门已开，元神出现，时光即交正午。诸葛警我还不妨事，八姑究是旁门出身，未免也有些胆怯。天劫将到，耿鲲未来，料无别的外魔来侵，无须再为巡游，便也将身往钓鳌矶上飞去。准备第二次巽地风雷到来，再会合诸葛警我，一用玄真子的五火神雷，一用雪魂珠，上前抵御。八姑刚飞到钓鳌矶上，便听诸葛警我“咦”了一声，回首一看，西北角上天空有一团红影移动。

这时方交正午，烈日当空，晴天一碧。那团红影较火还赤，看上去分外显得清明。初见时只有茶杯大小，一会便如斗大，夹着呼呼隆隆风雷之声，星飞电驶而来，转眼到了阵的上空。光的范围，大约亩许；中心实质不到一丈，通红透明，光彩耀眼。眼看快要落到阵上，离地七八丈高下，忽见阵里冒起无数股彩烟，将那团火光挡住，相持起来。那团火光便仿佛晓日初出扶桑，海波幻影，无数金光跳动，时上时下，在阵地上空往来飞舞，光华出没彩烟之中，幻起千万层云霞丽影，五光十色，甚是美观。火光每起落一次，那彩烟便消灭一层。诸葛警我与邓八姑看出那彩烟虽是乙休阵法妙用，但至多不过延宕一些时间。果然那火光越来越盛，紧紧下逼阵中彩烟，逐渐随着火光照处，化成零丝断纨，在日光底下随风消散。顷刻之间，火光已飞离死门阵地上空不远，忽然光华大盛，阵中残余彩烟全都消散。砰的一声大震，那团火光倏地中心爆散开来，化成千百个碗大火球，陨星坠雨一般，直往阵中三人坐处飞去。到离三人头顶丈许，那三颗青星连那一团紫气，便飞上去将那火光托住。两下里光华强弱不一，此盛彼衰，此衰彼盛，相持有个把时辰，不分高下。八姑以前有过经验，先时甚代三人担心悬念。及见这般光景，知道那乾天真火乃是一团纯阳至刚之气，来势异常猛烈，先被乙休布下仙阵，借用地底纯阴之气抵挡了一阵，已缓减了不少威势。难得阵中三人俱能同心如一，将死生置之度外，坚毅能忍，拼受熏灼，居然将它敌住。只需挨过未正，头一难关便逃脱了。

八姑正在惊叹心服之际，那一丛火光忽然大减，同时那三颗青星除当中一粒光华更强盛外，其余二颗都渐晦暗。方暗道一声："不好！"当中那颗青星忽先往下一落，然后朝上冲起，直往火丛中一团较大的主光撞去。才一碰上，那团主光便似石火星飞，电光雨逝，立刻消散。主光一灭，所有空中千百团成群火光，像将灭的油灯一般，一亮一闪，即时化为乌有。八姑、诸葛警我知那团主光乃是五火之原，因灵感应，疾如电飞，瞬息万里。一见被司徒平的元神撞碎，便知大功将成。不料余火消灭得这么神速，说灭便灭了，无行迹可寻，不由喜出望外。再往阵中一望，阵法已是早被乾天真火破去。三颗青星，有一颗已离开紫气围拥，像人工制成的天灯，悬在空中，浮沉不定，并无主宰。料是受创已深，元神无力归窍。且喜第二关风雷之劫，要交申时才到，还有半个时辰空闲，连忙飞身过去救援。飞临切近，各念归魂咒语，将雪魂珠取出，放出一片银光，罩向那最高一颗青星上面，缓缓压了下去，到离司徒平头顶不远才止。再一细看，紫气围绕中的三人，一个个闭目咬牙，面如金纸，浑身汗湿淋漓，盘膝坐在当地。因四围俱有紫气围绕，恐有妨害，不便近身。

正要商量离开，忽听司徒平怀中的婴儿开目细声说道："二位道友，借此宝珠之力，便可近前。他三人因救难女，已被乾天真火所伤。难女元丹原附在小婿身上，适才因见势万分危急，冒着百险，上去助他一拼，侥幸逃脱此劫，力竭神疲，几乎不能归窍。多蒙道友珠光一照，立时清醒。如今小婿虽然不致有害，两个小女已是不可支持，虽不送命，还有两重劫难难以抵御。望乞二位道友救他们一救，将此宝珠，向他们三人命门前后心滚上一遍，再请诸葛道友将令师预赐的灵丹给他们每人一粒便无害了。"二人闻言，便由八姑持珠，诸葛警我紧随身后，一同上前。果然雪魂珠光华照处，紫气分而复合。到了三人面前，八姑先用手向紫玲身上一摸，竟是火一般烫。将雪魂珠持在手内，在紫玲身上滚转了两周，立时热散，脸色逐渐还原。诸葛警我也将玄真子预给的灵丹，塞了一粒在她口内。然后再按同样方法救寒萼与司徒平。等了一会，直到三人一齐复原，头上元神依旧光明活泼，才行离去，一同往钓鳌矶上飞行。

诸葛警我道："这乾天纯阳真火，只听师长说过，不想有这般厉害！如无道友的雪魂珠，三位道友不死也重伤了。"八姑道："昔年随侍先师，曾经身遇其难。那火所烧之处，不但生物全灭，连那地方的岩谷洞壑，沙石泥土，皆化为灰烬，全都不显一丝焦灼之痕。此时晴日无风，我们又是离地飞行，虽然附近树木也有无故脱落的，看去还不甚显。少时，巽地风雷一到，便看出那火的厉害了。这次若非宝相夫人多年苦炼，道力精深，适才冒险与司徒道友元神合而为一，指引他去撞散原火，主光如在，余火随散随生，消而又长，秦家姊妹中，紫玲尚可支持，寒萼最是可危。她的元神一受重伤，连带其余二人，不但宝相夫人遭劫，此后他姊妹夫妻三人，重则丧失灵性，不能修真；轻则身受火伤，调治当须时日。这次居然脱过，岂非万幸?”诸葛警我虽然在小辈同门中功行比较深造，到底没有八姑经历丰富，见闻广博。他闻言往四外一看，远近林木山石仍然如旧，树叶仍是青葱葱的，并无异状。虽觉她言之稍过，也未再问。

到了矶头上面，因第二关有用着自己之处，先将五雷真火葫芦从身后摘下，持在手内，静候申时风雷一到，便即迎上前去下手。先时乾天纯阳之火来自西北，此时巽地风雷却该来自东南。那钓鳌矶恰好坐西南朝东北，与三人存身的阵地遥遥相对，看得一清二楚。二人便站向东南方，一同注视。

这时离申初不远。神驼乙休阵法已破，除了死门上三人仗着护身紫气，盘膝坐定在那一片平石上面，以及钓鳌矶上八姑、警我二人遥为防守外，藩篱尽撤。诸葛警我方在和八姑笑说:“翼道人耿鲲幸是先来，受了重伤而去，若在此时来犯，岂非大害?”一言未了，忽然狂风骤起，走石飞沙。风头才到，挨着适才天火飞扬之处的一片青葱林木，全都纷纷摧断散裂，仿佛浮沙薄雪堆聚之物，一遇风日，便成摧枯拉朽，自然瘫散一般，声势甚是骇人。诸葛警我疑是风雷将至，忙做准备。八姑先运慧目四外一看，说道:“道友且慢。此风虽也从东南吹来，不特风势并不甚烈，又无雷声，而且远处妖云弥漫。那些林木裂散并非风力，乃是适才乾天之火所毁。一切生物已经全灭，因为先前微风都无，所以尚存一些浮形，遇风即散，并无奇异。现距申时还有刻许，只恐别的异派邪魔乘隙来犯，请道友仍在此矶上防守，以御雷火。贫道此来，未出甚力，且去少效微劳，给来犯邪魔一个厉害。”说罢，便往三人坐处飞去。诸葛警我眼见八姑飞离三人里许之遥，将手一扬，一道青烟过去，司徒平等三人连那紫气青星，全都不见。只剩八姑一人趺坐地上，手足并用，画了几下。知她是用魔教中匿形藏真之法，将三人隐去。

八姑布置刚完，风势愈大，浮云蔽日，烟霞中飞来了许多奇形怪状的鬼怪夜叉，个个狰狞凶恶，口喷黑烟。为首是一个赤面长须、满身黑气围绕的妖道。左手持着一面白麻长幡，长约两丈；右手拿着一柄长剑，剑尖上发出无数三棱火星。到时好似并未看见八姑在彼，领着许多鬼怪夜叉，一窝蜂似的直往宝相夫人以前所居的岩洞中飞去。诸葛警我先见来势凶恶，也甚注意，准备上前相助。一见这般形状，敌我胜负已分。眼看那妖道同那一群鬼怪夜叉烟尘滚滚，刚刚飞入岩洞，便见八姑将手一指，口中长啸两声，那般高大的危岩，倏地像雪山溶化一般塌陷下去，碎石如粉，激起千百丈高，满空飞洒。满空中隐隐听得鬼声啾啾，甚是杂乱。过了一会，才见那妖道带领那一群鬼怪夜叉，从千丈沙尘中冲逃出来，头脸尽是飞沙，神态甚为狼狈。八姑早长啸一声，迎了上去。妖道这才看清敌人，不由大怒，一摆手中长幡，幡上黑烟如带，抛起数十百根，连同那些鬼怪夜叉，一起向八姑包围上去。八姑骂道："不知进退死活的妖道！连这点障眼法儿都看不透。我仅略施小技，便将你这群妖孽差点没有活埋在浮沙底下，怎还配觊觎宝相夫人的元丹？你吃了苦头，可还认得当年的女殃神邓八姑么？"说时，将手一扬，先飞起一道青光，将那些黑烟鬼魅逼住，不得前进。

八姑先时无声无息，坐在地上，生得矮瘦，形如骷髅，又穿着一身黑色道服，远望与一株矮的树桩相似。而妖道又是受了别个妖人利用，初来冒险，志在一到便抢宝相夫人的元丹遁走，所以没有在意。入洞便被八姑使了禁制，一座已被真火烧成石粉的灰山平压下去，怕没有几千百万斤重量，一任妖道妖法厉害，一时也难以逃出。何况周身俱被灰尘掩埋，五官失灵，上面又有那般重的压力压下，无论仙凡，也难承受。还算那妖道本领并非寻常，所带鬼怪夜叉又是有形无质，一见脚下发软，知道越避越险，口诵护身神咒，用尽妖法抗拒，往上硬冲，费了无穷气力，吃了许多苦头，才行逃出。一见八姑高喝，迎面飞来，知是宝相夫人请来帮手。刚在行使妖法抵敌，一听来人自报姓名是女殃神邓八姑，正是昔年的对头冤家，越发又愧又怒，又惊又恨。仇人对面，无可逃避，只得破口大骂道："你这贼泼贱！原是一样出身旁门，却偏与旁门作对。想当初我师父向你提亲，原是好意，你却恋着昆仑钟贼道，执意不肯，以致引起许多仇怨。后来你师父遭了天劫，九剑困方岩，神火炼冷焰，将你与玉罗刹等一干泼贱困住，偏又被你两个逃脱。她认贼作父，早晚难逃公道；你也未嫁成那钟贼道。这些年来，听说你独自逃往雪山潜伏，走火入魔，不死不活地苦受苦挨。不知又被哪个贼党救将出来，与自家人作对。天狐不在，定然被你弄死，捡了便宜。趁早将那元丹献出，免得死无葬身之地！"

言还未了，八姑虽是近多年道心平静，也禁不住他任意诬蔑，勃然大怒道："无知业障！有甚法力？无非仗着你那孽师一灯老鬼的势力，到处为恶，欺压良善。今日犯在我的手里，如和前次一般，放你生还，休要梦想！我且先不杀你,让你先尝尝活埋的滋味,再伏天诛。”说罢,将手一指。妖道忽觉脚下一软,知道不妙,方要腾空飞起,猛见头上灰蒙蒙一片压将下来。待使循法逃避时,已被八姑早在暗中行法困住,地下似有绝大力量吸引,头上又有数千百万斤东西压下,身不由己,连人带那些鬼怪夜叉,全都陷入地内。这次更不比刚才,八姑存心与他为难,用魔教中最狠毒的禁法,暂时也不伤他性命,只教他在地下无量灰沙中左冲右突,上下两难。

八姑将妖道困住,一望日影,已入申初。暗恨妖道言行可恶,把心一狠,收转适才剑光,飞回钓鳌矶上。诸葛警我连赞八姑妙法,顷刻除了妖道。八姑道:“那妖道是已伏天诛的一灯上人门徒。虽然无恶不作,也非弱者,更炼就许多成形魔鬼,遇到危险,可以随便择一替身逃遁。名叫风梧,人称百魔道长。论贫道本领,只能将他赶走,要想除他,却是万难。也是这厮恶贯满盈。他未来前,岩洞附近一片山地,尽被纯阳真火化炼成了朽灰,只是暂时表面还看不出,再被我一用禁法,更难辨认,先使他到洞底吃了一番苦头。因为自己弃邪归正,不由生了与人为善之心。谁知这厮怙恶不悛,才将禁法发动,虽不比耿鲲能够移形禁制,借物毁形,却能借着这现成的浮沙,将他陷入地内。上面又一并将那座毁崖朽灰移来,与他压上。他纵然精通法术,可以脱身,也须挣扎些时。这种恶道留在世上,终究为害。不如趁此极巧机会,将他除去,连手下鬼怪夜叉一网打尽,岂不是好?如今时辰已到,少时巽地风雷便到,等道友发动五火神雷以前,算准时分,将禁法一撤,恰好降下神雷,这群妖道魔鬼不愁不化为灰烟了。”

正说之间,诸葛警我一眼瞥见东南角上有一片黑云,疾如奔马,云影中见有数十道细如游丝的金光,乱闪乱窜,忙喊八姑仔细。一面举着手中葫芦,口诵真言,准备下手。八姑知那风雷来势甚快,耳听云中轰轰发动之声,越来越响。不俟近前,便将手朝下一指,连禁法与阵中三人隐身匿形之法一齐撤去。这时妖道陷身之处,已成一片灰海烟山,尘雾飞扬,直升天半。那妖道在灰尘掩埋中,领了那一群鬼魔冲将上来,恰巧巽地罡风疾雷同时飞到,一过妖道头上,便要朝司徒平等三人打去,轰轰隆隆之声,惊天动地。雷后狂飙,已吹得海水高涌,波涛怒啸,渐渐由远而近。诸葛警我早已准备,用手一指,一道金光将那葫芦托住,直向那团飞云撞去,一面忙将金光招了回来。耳听砰的一声,二雷相遇,成团雷火四散飞射。

那妖道未离土前,还在想寻仇对敌,一眼看到前面三颗青星,贪心又起。未及上前,猛见头上一朵浓云,金蛇乱窜,飞驶而至,大惊失色。方要逃避,业已雷声大震。这一震之威,休说雷火下面的妖道与鬼怪夜叉之类要化为飞烟四散,连诸葛警我与邓八姑,俱觉耳鸣心怖,头昏目眩。那海上许多大小鱼介,被这一震震得身裂体散,成丈成尺成寸的鱼尸,随着海波满空飞舞。若换常人,怕不成为齑粉。迅雷甫过,罡风又来。乙休还说神雷既破,风势必减,已吹得海水横飞,山石崩裂,树折木断,尘霾障目了。

八姑见罡风的翼略扫矶头,矶身便觉摇晃,似要随风吹去。哪敢怠慢,忙将雪魂珠放出手去。然后飞身上空,身与珠合,化成亩许大一团光华,罩在司徒平等三人头上。这万年冰雪凝成的至宝,果然神妙非常,那么大风力竟然不能摇动分毫。风被珠光一阻,越发怒啸施威,而且围着不去,似旋风般团团飞转起来。转来转去,变成数十根风柱,所有附近数十里内的灰沙林木,全被吸起。一根根高约百丈,粗有数亩,直向银光撞来。一撞上只听轰隆一声大震,化作怒啸,悲喧而散。

诸葛警我在矶头上当风而立,耳中只听一片山岳崩颓,澎湃呼号之声,骇目惊神,难以形容。相持约有个把时辰,银光四围的风柱散而复合,越聚越多,根根灰色,飙轮电转。倏地千百根飞柱好似蓄怒发威,同时往那团亩许大小的银光拥撞上去。光小,风柱太多,互相拥挤排荡,反不得前,发出一种极大极难听的悲啸之声,震耳欲聋。风势正苦不前,那团银光忽然胀大约有十倍。那风似有知觉,疾若电飞,齐往中心撞去。谁知银光收得更快,并且比前愈小,大只丈许。这千百根风柱上得太猛,同时挤住不动,几乎合成了一根,只听摩擦之声,轧轧不已。正在这时,银光突又强盛胀大起来,那风被这绝大胀力一震,叭的一声,紧接着嘘嘘连响,所有风柱全都爆裂,化成缕缕轻烟四散。

不一会,便风止云开,清光大来,一轮斜日,遥浮于海际波心,红若朱轮。碧涛茫茫,与天半余霞交相辉映,青丽壮阔,无与伦比。如非见了高崖地陷沙沉,断木乱积,海岸边鱼尸介壳狼藉纵横,几疑置身梦境,哪想到会有适才这种风雷巨变?那空中银光,早随了邓八姑飞上矶来。八姑已是累得力尽精疲,喘息不已了。

这第三次天魔之灾,应在当晚子夜。除了当事的人冥心静虑,神与天合,无法抵御。八姑与诸葛警我二人自是爱莫能助,除了防范别的邪魔而外,惟盼三仙早时开洞出临而已。

且说苦孩儿司徒平与秦紫玲姊妹护着宝相夫人法体元神,抵御乾天真火之灾,身体元神俱被真火侵灼,痛楚非凡,元神受损,几乎不能归窍。多亏女殃神邓八姑的雪魂珠与诸葛警我给服的三仙灵丹，总算躲过这第一关重劫。

元气还未十分康复，又遇邪魔来侵，虽然仗有八姑抵挡，未被妖人侵害。同时巽地风雷又复降临，远远便听见雷霆巨响，震动天地，狂飙怒号，吹山欲倒。那被第一次天火烧过的岩石林木，早已变成了劫灰。风雷还未到达，便受了侵袭，成排古木森林和那附近高山峻岭，全都像浪中雪崩一般，向面前倒塌下来。休说司徒平夫妻三人见了这般骇人声势会惊心悸魄，就连宝相夫人早参玄悟，劫后重生，备历艰苦磨炼，深明造化消长之机的人，也觉天威不测，危机顷刻。一有不慎，不特自己身体元神化为齑粉，连爱婿爱女也难保不受重伤。四人俱在强自镇定，拼死应变之际，诸葛警我首先用玄真子的五火神雷与来的天雷相挡，虽然以暴制暴，使仙家妙用与诸天真阳之火同归于尽，那一震之威，也震得海沸鱼飞，山崩地陷。何况雷声甫息，狂飙又来，势如万马奔腾之中，杂以万千凄厉尖锐的鬼怪悲啸。眼看袭到面前，忽见雷火余烬中飞起一团银光，照得大地通明，与万千风柱相搏相撞，挤轧跳荡。经有半个时辰，竟为银光所破，化成无量数灰黄风丝，四外飞散，那银光也往钓鳌矶上飞去，知是八姑的雪魂珠妙用。这第二关风雷之灾，虽比乾天真火厉害得多，仅只受一番虚惊，平安度过，好不暗中各自庆幸。

三劫已去其二，只需挨过天魔之劫，便算大功告成。因为前两关刚过，最后一关阴柔而险毒异常，心神稍一收摄不住，便被邪侵魔害，越发不敢大意，谨慎静候。这时，崖前一片山地，连受真火风雷重劫，除了司徒平四人存身的所在约周围二三亩方圆，因有紫气罩护，巍然独峙外，其他俱已陷成沙海巨坑，月光之下，又是一番凄惨荒凉境界。

到了戌末亥初，司徒平与紫玲、寒萼姊妹二人，已在潜心运气，静候天魔降临。忽听怀中宝相夫人道："此时距劫数到来还有个把时辰。适才默算天机，知道末一关更是难过，如今虽说三灾已去其二，犹未可以乐观。想是我前生孽重，忏悔无功，虽有诸位仙长助力，未必便能躲免。先因急于抗抵大劫，未得与贤婿夫妻深谈。惟恐遭劫以后，便成永诀，意欲趁此危难中片刻之暇，与贤婿夫妻三人略谈此后如何修为，以免误入歧途，早参正果。如今祸变随时可发，你三人天门已开，元神在外，无须答言。只于警戒之中，略分神思，听我一人说话便了。

"我的前因后果，你夫妻三人早已深悉。大女紫玲，一心向上，竟能超脱情关，力求正果，她的前途无甚差误，我甚放心。贤婿原非峨眉门下上乘之士，将来难免兵解成道，所幸仙缘遇合，得蒙神驼乙真人另眼相看，收为记名弟子。他如躲过末劫，贤婿虽仍在峨眉门下，也可借他绝大法力，免去兵解之危，成为散仙一流。只次女寒萼，秉我遗性，魔劫重重，日前一念贪嗔，失去元阴。虽然与贤婿姻缘前定，无可避免，究还是资禀不良所致。尚幸未曾污及凝碧仙府；又与贤婿已有夫妻名分，曾由玄真子与优昙大师做主，不算触犯教规。三仙道友更因三次峨眉斗剑，群仙大劫，实由万妙仙姑许飞娘一人而起，除这罪魁元恶，须在你姊妹二人身上。对于次女，只要不犯清规大戒，小节细行，未免略予姑容。我如侥幸脱劫，自可于凝碧开山盛典之时，苦求教祖，将你夫妻三人带返紫玲谷，或在仙府内求赐一洞，同在一处修为，有我朝夕告诫，自不患有何颓废。否则，次女连遭拂逆，虽然暂时悔过，无奈恶根未尽，仍恐把握不住，误犯教规，自堕前程。务须以我为鉴，从此艰苦卓绝，一意修为。等开山盛典过去，便须奉敕出外，积修外功，尤不可大意轻忽，招灾惹祸。

“我那白眉针最是狠毒，大犯旁门各派之忌。以前相传，原为我不在旁，一时溺爱，留汝姊妹，以备防身之用。事后时常后悔，既然师长不曾禁止，我也不便收回。冤家宜解不宜结，总以少用为是。前次青螺针伤师文恭，适才又针伤翼道人耿鲲。藏灵子报仇，虽有乙真人揽去；耿鲲之事，尚还难说。这二人俱是异派中极难惹的人，汝姊妹初生犊儿，连树强敌，如无诸位真仙师长垂怜，焉有幸理？

“我如遭劫，次女务要事汝姊若母，一切听她训诫。对于众同门，应知自己本是出身异类，同列雁行，已是非分荣光。虽然略谙旁门道术，此时诸同门入门年浅，造就多半不深，有时自觉稍胜一筹。一经开山之后，教祖量人资禀，传授仙法、剑术、法宝，你们以前所学，便如腐草流萤，难与星月争辉了。再者教祖传授，因人而施，甚至暂时不传，观其后效者。未传以前，固要善自谦抑，一切退让，恭听先进同门嘱咐。既传以后，更不可因原有厚薄，而怀怨望，致遭愆尤。

“须知汝母年来默悟玄机，身在此地，心悬峨眉，往往默算汝姊妹所为。当时心忧如焚，无奈身居罗网，不能奋飞，只有代为提心吊胆而已。如能善体我意，三次峨眉劫后，也未始无超劫成道之望，只看你们能否知道自爱耳。

“我今日所受之灾，以末一灾最为难过。天魔有形无质，而含天地阴阳消长妙用，来不知其所自来，去不知其所自去。休说心放形散，稍一应声，元精便失。但是不比前两次灾劫可以伤人，只于我个人有大害而已，因不能伤害你夫妻三人，我虽遭劫，夫复何恨？这次我的元神不能露面，全仗贤婿夫妻保护。尤以贤婿本命生克，更关紧要。只要贤婿神不着相，二女纵使为魔所诱，也无大害。贤婿务要返神内照，一切委之虚空，无闻无见，无论至痛奇痒，均须强忍，既不可为它诱动，更不可微露声息。我的元神藏在贤婿紫阙以下，由贤婿元灵遮护，元灵不散，天魔不能侵入，更无妨害。此魔无法可退，非挨至三仙出洞，不能驱散。此时吉凶，已非道力所能预测，虽有幸免之机，而险兆尤多，但看天心能否鉴怜而已。”

说罢，三人因为不能答言，只是潜心默会。因为时辰快到，连心中悲急都不敢。只管平息静虑，运气调元，使返光内莹，灵元外吐，以待天魔来降。不提。

钓鳌矶上诸葛警我与邓八姑一眼望见下面紫气围绕三人顶上的三朵青星，当中一朵忽然分而为二，落了一朵下去。一望天星，时辰将到，知道天魔将临，宝相夫人元神业已归窍。御魔虽有力难施，惟恐万一翼道人耿鲲乘此时机赶来报仇侵害，不可不防。二人略一商量，觉得钓鳌矶相隔尚远，倘或事起仓猝，那耿鲲长于玄功变化，不比别的邪魔。仗有雪魂珠护身，决计冒险飞身往三人存身的上空附近，仔细防卫。二人飞到那里有半个时辰过去，已交子时，一无动静。月光如水，碧空万里，更无纤云，未看出有丝毫的警兆。

正在稀奇，忽听四外怪声大作，时如虫鸣，时如鸟语，时如儿啼，时如鬼啸，时如最切近的人在唤自己的名字。其声时远时近，万籁杂呈，低昂不一，入耳异常清脆。不知怎的，以司徒平夫妻三人都是修道多年，久经险难的，听了这种怪声，兀自觉得心旌摇摇，入耳惊悸，几乎脱口应声。幸有玄真子、乙休和宝相夫人等事前再三嘱咐，万一闻声，便知天魔已临，连忙潜心默虑，震摄元神。不提。

三人起初闻声知警，甚为谨慎。一会工夫，怪声忽止，明月当空，毫无行迹。正揣不透是何用意，忽然东北角上顿发巨响，惊天震地，恍如万马千军杀至。一会又如雷鸣风吼，山崩海啸，和那二次巽地风雷来时一样。虽然只有虚声，并无实迹，声势也甚惊人，惊心动魄。眼看万沸千惊袭到面前，忽又停止，那东南角上却起了一阵靡靡之音。起初还是清吹细打，乐韵悠扬。一会百乐竞奏，繁声汇呈，秾艳妖柔，荡人心志。这里淫声热闹，那西南角上同时却起了一片匝地的哀声，先是一阵如丧考妣的悲哭过去，接着万众怒号起来。恍如孤军危城，田横绝岛，眼看大敌当前，强仇压境，矢尽粮空，又不甘降贼事仇，抱着必死之心，在那里痛地呼天，音声悲愤。晌有一会，众声由昂转低，变成一片悲怨之声。时如离人思妇，所思不见，穷途天涯，触景生悲；时如暴君在上，苛吏严刑，怨苦莫诉，婉转哀鸣，皮尽肉枯，呻吟求死。这几种音声虽然激昂悲壮，而疾痛惨怛，各有不同，但俱是一般的凄楚哀号。尤其那万众小民疾苦之声，听了酸心腐脾，令人肠断。

三人初听风雷杀伐、委靡淫乱之声，因是学道多年，心性明定，还能付之无闻。及至一听后来怨苦呼号之声，与繁音淫乐遥遥相应，不由满腔义侠，轸念黎庶，心旌摇摇，不能自制。幸而深知此乃幻景，真事未必如此之甚。这同情之泪一洒，便要神为魔摄，功败垂成。只是那声音听了，兀自令人肌栗心跳，甚是难过。正在强自挨忍，群响顿息。过一会，又和初来时一样，大千世界无量数的万千声息，大自天地风雨雷电之变，小至虫鸣秋雨、鸟噪春晴，一切可惊可喜、可悲可乐、可憎可怒之声，全都杂然并奏。

诸葛警我、邓八姑道行较高，虽也一样听见，因是置身事外，心无恐怖，不虞魔侵，仍自盘空保护，以防魔外之魔乘机潜袭。一听众响回了原声，下面紫气围绕中，三点青星仍悬空际，光辉不减，便知第一番天魔伎俩已穷。果然不消顷刻，群噪尽收，万籁俱寂。方代下面三人庆幸无恙，忽见缤纷花雨自天而下，随着云幢羽葆中簇拥着许多散花天女，自持舞器，翩跹而来，直达三人坐处前面，舞了一阵，忽然不见。接着又是群相杂呈，包罗万象，真使人见了目迷五色，眼花撩乱。元神不比人身，三人看到那至淫极秽之处，紫玲道心坚定，视若无睹；司徒平虽与寒萼结过一段姻缘，乃是患难之中，情不由己，并非出于平时心理，也无所动；惟有寒萼生具乃母遗性，孽根未尽，看到自己与司徒平在紫玲谷为藏灵子所困时的幻影，不禁心旌摇摇起来。这元神略一摇动，浑身便自发烧，眼看那万千幻象中隐现一个大人影子，快要扑进紫气笼绕之中。寒萼知道不好，上了大当，连忙拼死震摄宁静时，大人影子虽然退去，元神业已受了重伤。不提。

一会万幻皆空，鼻端忽闻异味。时如到了芝兰之室，清香袭脑，温馨荡魄；时如入了鲍鱼之肆，腥气扑鼻，恶臭熏人。所有天地间各种美气恶息，次第袭来。最难闻的是一股暖香之中，杂以极难闻的骚膻之味，令人闻了头晕心烦，作恶欲呕。三人只得反神内觉，强自支持。

霎时鼻端去了侵扰，口中异味忽生，酸甜苦辣咸淡涩麻，各种千奇百怪的味道，一一生自口内，无不极情尽致，那一样都能令身受者感觉到百般的难受，一时也说之不尽。

等到口中受完了罪，身上又起了诸般朕兆：或痛、或痒、或酸、或麻。时如春困初回，懒洋洋情思昏昏；时如刮骨裂肤，痛彻心肺。这场魔难，因为是己躬身受，比较以前诸苦更加厉害，千般痛痒酸麻，好容易才得耐过。

忽然情绪如潮，齐涌上来，意马心猿，怎么也按捺不住。以前的，未来的，出乎料想之外的，一切富贵贫贱、快乐苦厄、鬼怪神仙、六欲七情、无量杂想，全都一一袭来。此念甫息，他念又生。越想静，越不能静；越求不动，却偏要动。连紫玲姊妹修道多年，竟不能澄神遏虑，返照空明。眼看姊妹二人一个不如一个。首先寒萼一个失着，心中把握不住，空中元神一失，散了主宰，眼看就要消散。寒萼哪里知道是魔境中幻中之幻，心里刚一着急，恐怕元神飞逝，此念一动，那元神便自动飞回。元神一经飞回，所有妄念立止。等到觉察，想再飞起防卫，却不知自己大道未成，本无神游之能，只是神驼乙休灵符妙法的作用。神散了一散，法术便为魔力所破，要想再行飞起，焉能做到？紫玲虽比寒萼要强得多，无奈天魔厉害，并不限定你要走邪思情欲一关，才致坏道，只你稍一着想，便即侵入。紫玲关心宝相夫人过切，起初千虑百念，俱能随想随灭，未为所动。最后不知怎么一来，念头转到宝相夫人劫数太重，天魔如此厉害，心中一动，魔头便乘虚而入。惟她道行较高，感应也较为严重，也和寒萼一样，猛觉出空中三个元神被魔头一照，全快消灭。以为元神一散，母女夫妻就要同归于尽，竟忘了神驼乙休的行时警告，心中一急，元神倏地归窍。知道不妙，忙运玄功，想再飞出时，谁知平时虽能神游万里之外，往返瞬息，无奈道浅力薄，又遇上这种最厉害的天魔，哪还有招架之功？用尽神通，竟不能飞起三尺高下。

宝相夫人的左右护翼一失，那天魔又是个质定形虚、随相而生之物，有力也无处使。这一来，休说紫玲姊妹吓得胆落魂飞，连空中的诸葛警我与邓八姑一见空中三朵青星倏地少了两朵，天还未亮，不知三仙何时出洞，虽然司徒平头上那朵青星依旧光明，料定道浅魔高，支持稍久，决无幸理，二人也是一般心惊着急，爱莫能助。尤其女殃神邓八姑，发觉自己以前走火入魔，还没有今日天魔厉害，已是不死不活，受尽苦痛。眼看宝相夫人就要遭劫，兔死狐悲，物伤其类，更为难过。暗忖：“自己那粒雪魂珠，乃是天地精英，万年至宝，除魔虽未必行，难道拿去保护下面三人还无功效？”一时激于义愤，正要往下飞落，忽听诸葛警我道一声：“怪事！”定睛一看，觉得奇怪。论道行，司徒平还比不上紫玲姊妹，起初紫玲姊妹元神一落，便料他事败，只在顷刻。谁知就在二人沉思观望这一会工夫，不但那朵青星不往下坠落，反倒光华转盛起来，一毫也不因失了左右两个辅卫而失效用，二人看了好生不解。

原来苦孩儿司徒平幼遭孤露，尝尽磨难，本就没有受过一日生人之乐。及至归到万妙仙姑许飞娘门下，虽然服役劳苦，比起幼时，已觉不啻天渊。后来因自己一心向上，未看出许飞娘私心深意，无心中向餐霞大师求了几次教，动了许飞娘的疑忌。再被三眼红蜺薛蟒从中蛊惑进谗，挑拨是非，平日已备受荼毒。末一次若非紫玲谷二女借弥尘幡相救，几乎被许飞娘毒打惨死。人在万分危难冤苦之中，忽然得着两位美如仙女的红粉知己，既救了他的性命，还受尽温存爱护之恩，深情款款，以身相许，哪能不浃髓沦肌地感激恩施。当日一听，说异日有用他处，已抱定粉身碎骨，赴汤蹈火，在所不辞之念。再一想到峨眉门下所居的洞天仙府，师长前辈尽是有名的正派中飞仙剑侠，同门个个仙根仙骨，自己前途修为无量。又知道此次宝相夫人劫数，有三仙等前辈先师相助，事非真不可为。万一事若不济，便准备以一死去谢二女。因切报恩之心，更有敢死之志。以他平日那样谨饬恭慎的人，竟敢不惜得罪灵云等诸先进同门，异日受师长谴责，甘受寒萼挟制，径往紫玲谷去会藏灵子，以身犯险，也无非是为此。此番到了东海，若论临时敬畏，并不亚于紫玲姊妹。论道行法术，还不如寒萼；比起紫玲，更是相差悬殊。

也是司徒平该要否去泰来，本身既寓有生克之机，又赶上第一次乾天真火来袭，眼看道高一尺，魔高一丈，危机一发，忽被宝相夫人冒险将元神飞出，助长他的真灵，与真火相撞，居然侥幸脱难，再一听宝相夫人所说的一番话，忽生妙悟，暗想："宝相夫人遭劫，自己无颜独生以对二女。现在元神既因乙真人灵符妙用飞出，宝相夫人已和自己同体，那天魔只能伤夫人，而不能伤我，我何不抱定同死同生之心？自己这条命原是捡得来的，当初不遇二女，早已形化神消，焉有今日？要遭劫，索性与夫人同归于尽。既是境由心生，幻随心灭，什么都不去管它，哪怕是死在眼前，有何畏惧？"主意拿定，便运起玄功，一切付之无闻无见无觉。一切眼耳鼻舌的魔头来侵时，一到忍受难禁，便把它认为故常，潜神内照，反诸空虚，那魔头果然由重而轻，由轻而灭。司徒平却并不因此得意，以为来既无觉，去亦无知，本来无物，何必魔去心喜？神心既是这般空明，那天魔自然便不易攻进。中间虽有几次难关，牵引万念，全仗他道心坚定，旋起旋灭。先还知道有己，后来并己亦无，连左右卫星的降落，俱未丝毫动念。不知不觉中，渐渐神与天会，神光湛发，比起先时三星同悬，其抗力还要强大。道与魔，原是此盛彼衰，迭为循环。过不一会，魔去道长，元神光辉益发朗照。所以空中请葛警我与邓八姑见了十分惊异。

这时只苦了紫玲姊妹，自知误了乃母大事，一面跪地呼天，悲号求赦；一面吁恳三仙出洞救难。惊急忧惶中，不禁偷眼一看司徒平，神仪内莹，宝相外宣，二目垂帘，呼吸无闻，不但空中星辉不减，脸上神光也自焕发。那婴儿也是盘膝贴坐在司徒平怀内，若无闻见。虽看出还未遭劫，毕竟不能放心。二女正在呼吁求救之中，猛听四外怪声大作，适才所见怪声幻象，忽然同时发动。紫玲姊妹固是惊惶，那空中的八姑、警我也看出兆头不对。如果所有六贼之魔同时来犯，休说一个司徒平，任是真仙也难抵御。

正在忧急，忽见西南角上玉笏峰前，三仙洞府门首飞起一道千百丈长的金光，直达司徒平夫妻三人坐处，宛如长虹贯天，凭空搭起一座金桥。这时海上刚刚日出，满天尽是霞绮，被这金光一照，奇丽无与伦比。诸葛警我知是三仙开洞，心中大喜。眼看那道金光将司徒平等三人卷起，往回收转。就在这时，东北遥空星群如雨，火烟乱爆，夹着一片风雷之声，疾飞而来。烟光中，翼道人耿鲲展开双翼，疾如电掣般直往金光中三人扑去。八姑喊声："不好！"刚要飞身上前，忽然天魔的一派幻声幻象一齐收歇。从下面三人坐处，飞起一个慈眉善目的清瘦瞿昙，一个仙风道骨的星冠白衣羽士，双双将手往空中一指，也未见发出什么剑光法宝，那翼道人耿鲲兀自在空中上下翻飞，两翼间的火星像暴雨一般纷纷四散坠落，洒了一天的火花。过没半盏茶时，忽然长啸一声，仍往东北方破空飞去。下面三人就在双方斗法之间，随着那道金光到了三仙洞中。

诸葛警我知道大功告成，忙邀八姑跟踪过去，到了洞前落下。一同入内一看，三仙正与司徒平等三人说话，连忙上前拜见。玄真子便命诸葛警我到妙一真人房内，取来妙一夫人日前遗留的一身道衣。然后吩咐紫玲从司徒平怀中抱过婴儿，拿了那身衣服，入室与宝相夫人更换。等到紫玲出来，宝相夫人已成为了一个妙龄道姑了。

原来司徒平刚将六贼次第抗过，忽又同时袭来。眼看危急万分，正赶上三仙奉敕闭洞修炼仙法，功行圆满出来，首由玄真子与苦行头陀用先天太乙妙术驱散天魔。仍恐魔高道低，再由乾坤正气妙一真人用长眉真人天篆玉笈中附赐的一口降魔仙剑，借本身纯阳真气，化成一道金光，接引三人入洞。偏巧耿鲲在北海陷空岛取出了白眉针，修炼复原，赶到报仇，原想乘隙使用毒手，伤害三人性命。正值苦行头陀与玄真子除了天魔，用无影剑将他赶走。司徒平等三人到了洞中，叩见三仙之后，宝相夫人多年苦修，业已炼体归原，婴儿可大可小，三仙早向妙一夫人要了一身仙衣相赠。紫玲姊妹见母亲仍和从前一般模样，只是添了一身仙气，好不悲喜交集。

宝相夫人更衣出来，先向三仙谢了救命之恩。又同二女、司徒平重又跪谢诸葛警我与八姑相救之德。妙一真人便取一封仙札，交与宝相夫人，说道："我三人奉了先师遗敕，闭洞开看玉笈，修炼法宝。笈中附有这封仙札，吩咐你持此札去往峨眉前山解脱庵旧址的旁边，那里有个洞穴，直通金顶，可在里面照札中仙示修炼，直到三次峨眉斗剑，方许出面。事完之后，功行便自圆满，飞升仙阙。积修外功，由你二女代为。千万不可离开，自误功课。苦行道友飞升在即，也为相助行法，略延时日。我不久即往峨眉，准备群仙聚会和开府大典。此番魔劫只司徒平一人无碍，道心坚定，甚是可嘉。你女俱受魔侵，元神亏损，尤以寒萼为甚。须俟回山开府，取了先师太极两仪微尘阵中所藏仙丹，方可复元。你母子多年未见，方得重逢，又要久违，可同到峨眉聚上三二日，再照仙札修为便了。"宝相夫人闻言，忙将仙札跪领过去，默谢长眉真人施恩。这才起身，率了众人向三仙拜辞。玄真子道："诸葛警我在此无事，也随了一同去吧。"

第一三五回

龟策蓍灵　初呈妙算
蛮烟瘴雨　再作长征

话说宝相夫人与诸葛警我、邓八姑、司徒平夫妻等人拜别三仙，出了仙府，各驾遁光法宝，齐往峨眉进发，到了凝碧崖前落下。灵云同了一干小辈同门，已在延颈相候。互相见礼之后，问起宝相夫人脱劫之事，俱都惊喜非常。

自那日司徒平等四人走后，陆续又来了不少两辈同门。洞中之事，已由髯仙李元化代为主持。因为开府在即，来的人一天多似一天，接待一切，俱都派有专司。这都暂且不提。

那宝相夫人原不甚放心寒萼，打算脱劫以后，母女三人同在一起修炼，就便监管。不料又奉长眉真人仙札，只能相聚二三日便须分手，往解脱庵侧岩洞之内修为，知道运数如此。这两日里，默观众小辈同门之中，只有英琼不但根器最厚，前途造就更是难量。又见她和寒萼颇投契，越发心喜。再三叮嘱寒萼，对于英琼，务要极力交欢。自己又当面向灵云、英琼重托，说二小女劫重魔深，缘浅道薄，务望随时照应等语。到了第三日，不能再延，打开仙札拜观，不由又惊又喜。便又嘱咐了紫玲姊妹与司徒平三人几句，才行辞别各老少同门，径往解脱坡岩洞之中潜修去了。

宝相夫人走后，紫玲姊妹自是心酸难过，大家不免又劝勉一番。这日英琼、若兰、紫玲姊妹四人，奉命在飞雷捷径的后洞外面接待仙宾，米、刘二矮与袁星、神雕俱都随在身侧。等了一阵，不见人来。英琼偶然想起教祖不久回山，米、刘二矮跟随自己业经多日，似这般门徒不像门徒，奴仆不像奴仆，虽说奉有师命，可以便宜行事，又有灵云极力主持，到底自己年幼道浅，越众行事，心中老是不安。因此米、刘二人屡向自己告奋勇，求准他二人出山积点外功，或采取一些灵药，俱未敢轻易允准。适才又向自己讨令，说今日起了一个先天神数，算出有一同门在途中遇难，打算前去探听搭救。若兰、寒莩也代二人请托。“何不姑且试他一试,果然灵异,也不枉冒着万千不是,收他二人一场。”想到这里,便命二矮姑且离山,探看可有同门到来。

那米鼍、刘遇安去后不久,英琼等四人正在闲谈,芷仙忽然同了余英男来到后洞。英琼便问二人出洞则甚,英男笑道:“我自身子复原以后,大师姊因我还不会剑术,命我与南姑帮助裘师姊管理仙厨,好两天也没见你的面,心里头怪想的。适才朱师姊到仙厨,来取百花酿给醉师伯饮,我问起你,她说随了三位师姊在此迎接仙宾。后洞口我还没有来过,本想抽空前来看你。一则不认得路,相隔又远;二则恐大师姊们有事呼唤。心里正在盘算,恰好裘师姊把今日应办之事办完了,因所剩鹿脯已然无多,要请你派佛奴去捉几条鹿来熏腊。又值大师姊走来,知我想到后洞看看风景,便请裘师姊带了我同来,与你谈谈。别的也无甚事。”

原来英男劫后重生,大家因她生具仙根,又是三英之一,十分爱重。她的性情又是英爽之中夹以温和,个个投缘,俱都抢着传她剑法口诀。此次款待仙宾,英男入门不久,不能御气飞行,本未派她职事。英男见众同门俱有事做,只自己是个闲人,定要求灵云派她一些职事。灵云只得命她相助芷仙、南姑管理仙厨。因英琼奉有师命,两日未见,甚是想念,抽空请芷仙带来看望。她二人原是生死患难之交,自比别的同门感情更要来得亲切,不见就想,见了又谈说不完。

英琼当时只顾和英男对答,也忘了派神雕前去擒鹿。芷仙也在和寒莩、轻云、若兰三人说话,问紫玲谷所酿的桃叶春,与桂花山福仙潭的千年桂实制成的琥珀春怎样做法。并问若兰,上次带来的千年桂实,剩得还多不多。谈了好一会,才得想起命神雕佛奴出山擒鹿之事,便催英琼快些吩咐。英琼笑道:“只顾闲谈,倒把正经事儿忘了。”说罢,唤了两声,佛奴俱未答应。四外一看,连袁星也跑没了影子。先疑袁星在近处山中采取果实,神雕必在空中飞翔。等了又一会,不见回来,才飞身空中一看,哪有雕、猿的踪迹。知道雕、猿未奉使命,不会走远。下来和芷仙说了,心中正在奇怪,忽听空中雕鸣。抬头一看,雕背上和雕爪上影影绰绰似有几个人影。转眼飞下,快要落地,袁星先从雕爪上纵下地来。

及至神雕落地,才见米、刘二矮也骑在背上,把那两少年扶了下来。然后向英琼说道:“我二人因算出本门有人中途遭难,奉了主人之命,前去接引。快近峨眉后山山麓,便遇见两个小妖道,将这两位困住,已经身受重伤。我二人看出两位剑法是峨眉传授,刚刚救护过来,未想到岩石上面还坐着两个小妖道的师父——越城岭黄石洞的飞叉真人黎半风。当时便动起手来，眼看抵敌不住，正值佛奴、袁星赶来相助，偏巧又遇元敬师太路过，将妖道赶走。所幸妖道因见二位根基甚好，想命他两个徒弟逼二位投入他的门下，初动手时未下毒手，不然早已丧了性命。元敬师太赶走妖道之后，说他二位一个姓周，一个姓商，俱是醉真人新收不久的门徒。因在贵阳接了醉真人派人带去的法谕，吩咐在重阳以前赶到峨眉凝碧仙府赴开山盛会，谒见教祖，传授仙法仙术。一路之上，遭受了许多磨难。大师已经在路上托人救过他二位一次了。大师还说，是二位该当有此一难。本人有事，不能同来，须到重阳的前一日，方能来此赴会。当时给了两粒保命灵丹，吩咐我等骑雕护送回来，请齐仙姑用教祖的灵丹，给他二位治那飞叉之伤等语。"

四人闻言，因芷仙正要回洞，便托她带了米、刘二矮，护送那二少年入洞去见灵云，医伤安顿。英琼又问袁星，才知它和神雕见无事做，便商量骑了神雕，飞往阴素棠所居的枣花崖，盗那大枣。刚刚飞离峨眉山后，便见老少三个妖道，在和米、刘二矮动手。其余也和二矮所说一样。英琼便命神雕前去擒鹿。英男起初在解脱庵住时，因访英琼，原骑过神雕。一时兴起，以为擒鹿不比与别人动手，没有凶险，便要骑了同去。平素英琼爽快，这次竟会持重起来。见袁星在旁无事，便命随往保护。又因英男手无寸铁，便将在莽苍山兔儿崖从死妖人法宝囊内得来的两口小剑，交她带去防身。

英男走后，若兰笑道："余师妹也和琼妹一般，有些小孩脾气。自己剑未学成，不能飞空，连骑着雕飞飞也是好的。只苦了佛奴背上背着一人一猿，爪上还得抓着两个鹿儿，真是晦气。"轻云半晌俱未说话，闻言忽道："若论余师妹，李师妹和她有生死患难之交，情厚自不必说。即我们全体同门，哪个不爱重她的根骨和好性情？不过吉凶祸福生乎动，她平日那么文静静的，今日忽然想起骑雕玩耍，不要闹出点事故吧？刚才我本想说，后来一想，她大难方过，九死一生，遭的劫比谁都重，目前应该否去泰来，脸上又没有晦容，佛奴、袁星虽是异类，也不是好对付的，也就罢了。"四人这里只管说笑。不提。

且说周云从在天蚕岭中了文蛛之毒，巧遇笑和尚和黑孩儿尉迟火相救，并护送回家，才知仇敌妖道、妖妇已被师父醉道人除去。送笑和尚与尉迟火二人走后，便在家中与商风子按照醉道人与笑和尚所传口诀剑法坐功，闭门日夜练习。那商风子原是一块浑金璞玉，又加无有室家人事之累，心性空灵，无论什么，一学便会，竟比云从还要精进。过没多日，云从岳父张老四也伤愈回来，云从家事更多了一人料理。再加妻子生了一子，有了宗嗣后，几次想和商风子往成都去寻醉道人。俱因父母不甚放心，自己也因此一去不定多少时才回，一方面求道心切，一方面孺慕依依，便迁延下来，老是委决不下。

这日正是七月半间，残暑未消，天气尤热。云从与商风子，随了乃父子华、岳父张老四，日里同往黔灵游玩了半天。余兴未阑，还想去到南明河畔看放莲花灯，就便到一个富户人家看做盂兰盛会。下山时节，已是将近黄昏，夕阳业已落山，明月初上，衬着满天绮云，幻成一片彩霞。归巢晚鸦，成阵成群地在头上鸣噪飞过，别有一番清旷之景。四人沿着鸣玉涧溪边且行且谈，人影在地，泉声聒耳，不但三个会武功的人兴高采烈，连云从的父亲子华虽是一个文弱的乡绅，安富尊荣惯了的，都觉乐而忘倦。眼看快到黔灵山麓，忽见路侧林隈尽处一家酒肆门口，系着一匹紫花螺子，浑身是汗，正在那里大嚼草料，喷沫昂首，神骏非常。张老四猛然心中一动，忙请云从父子与商风子先行一步，自己径往那酒肆之中走去。一会同一个红衣女子，牵着那匹紫花骡子出来，追上三人。云从父子一看，那骡子的主人正是上次锐身急难、代云从去求醉道人搭救全家的老处女无情火张三姑姑。各自上前拜谢之后，便请张三姑姑家中一叙。张老四忙代答道："三姑此次正为贤婿之事绕道来此。她还在黔灵山上约好一个人，须去会晤。而且她这般江湖打扮，同行也惊俗人耳目。莫如我们径去家中相候吧。"说罢，张三姑姑含笑点了点头，道声："少时再见。"径跨上了骡子直往黔灵山麓，绕向山后而去。只见微尘滚滚，那骡子一路翻蹄亮掌，转眼不见。商风子直夸骡子。

张老四道："舍妹已到剑侠地步，能够飞行自如。那骡子并非她的，是上次我在途中遭难，前往借居养伤那一家的主人所有，就是那江湖上有名的紫骡神刀杨一斤。这次杨一斤忽然洗手出家，托她将这骡子同一些兵刃暗器带往云南省城，交给他的心爱侄子镇远镖行主人杨芳。舍妹因他救我一场，答应替他办理后事，安排家务并交这些东西。正走到路上，忽遇贤婿的令师醉真人的弟子松、鹤二童，奉了醉真人之命，各处传递仙谕，吩咐门下弟子在重阳前赶往峨眉山凝碧崖仙府，去参加本派教祖乾坤正气妙一真人的开山盛典。因舍妹上次到成都碧筠庵，为代求醉真人除害，有过一面之缘。知道舍妹是府上至戚，他二人又有事往旁处去，便托舍妹略绕些路，将仙谕带来。我认得那紫花骡子是杨一斤的坐骑，以为本人到此，不料与舍妹相遇。她虽是女流，性子最急，我如不进酒店探看，这次相逢又错过了。"老少四人，一路谈笑回家。

到了午夜，老处女无情火张三姑姑从空中飞下，子华、云从夫妇与张老四、商风子等早在院中迎候，一同入内落座。一问黔灵山所会之人，也是一个峨眉门下，因犯了教规，罚在黔灵山后水帘洞内苦修，与张三姑有极厚的交情，那匹紫花骡子，便寄顿在那里。此人也是书中一个重要角色，须到后文方有详传，暂且不提。

且说张三姑姑见了众人，说了来意，便将醉真人的仙谕取出。大意说：

醉道人自从上次诛凶之后，曾亲往云从家，暗中察看了几次，知他向道尚勤，品行端正，甚是心喜，切实奖勉他几句。日前教祖乾坤正气妙一真人奉了长眉真人玉笈仙札，就要回山开辟五府，分配门下弟子修真之所，量才传授道法。此会非比寻常，所有本派几辈同门，除有特别原因外，均须届时前往听训。按云从的道行，本来还弱，只是这种仙缘良机千载难逢，特赐恩准前往参拜。可告知父母，此行虽难免小有阻难，并不妨事，终必因祸得福。并说商风子天赋既佳，性又至孝，可与云从搭伴同行，到了凝碧仙府，自有仙缘遇合等语。

子华夫妻虽因柬上说云从此行还有阻难同因祸得福之言，不甚放心。一则仗着云从的师父是个仙人，既说无碍，必无过分凶险；再者自己全家满门全是醉道人所救，怎能违抗？又经张老四与张三姑姑极力劝说，仙缘难得，良机一失，抱恨终身，务须早日前往，以免错过。子华夫妻盘算再四，只得从了云从之志。张三姑姑交代完了，便作别而去。

云从与商风子起身之日，父子夫妻大家都免不了一些离情别意。众中尤以云从的妻子张玉珍最为难过，暗想：“当初醉真人作伐时，曾说自己日后也有仙缘遇合，迄今并无一丝影子。良人远别，丢下双亲幼子，仰事俯蓄，责任重大，更谈不到别的。”心中好不愁虑。行时再三叮嘱云从，到了峨眉，得遇仙缘，千万给她想个法儿，接引到峨眉门下。但求能如她姑姑一般，学成剑术，心愿已足。云从练到剑术以后，也须时常回家，探望父母，就便传她道法。云从一一应了，然后同了商风子，向父母拜别起身。子华夫妻近来已知云从武功颇好，通常数十人近不了身，带人无用，便重重拜托了商风子。眼看二人走远，才行忍痛回家。不提。

云从、风子一上路，想起不久就遇合仙缘，身居仙府，好不兴高采烈。因为云从自从病后服了仙丹，体力大增；又朝夕按照峨眉剑法苦练，一柄霜镡，已练得精熟非常。商风子也不比小三儿，一则天生异禀神力，通常便可手捉飞禽，脚踏虎豹；再加练了这些日子，心领神会，越发本领出奇。哪里还把什么蛇虫野兽放在心上。二人俱是赶路心切，除了食宿耽搁外，晓夜赶路。因为求快，便专一走山径小道。云从这次出门，有了上回经验，每次俱将路径探明了再走，以为不会再有迷路之虞。却没有料到如从官驿正路入川，直往峨眉，原可无事。这一抄近，便招出许多事来。黔、川两省山岭本多，二人所行又是荒山僻径，往往走上数百里，深林密菁，叠嶂重峦，不见一些人烟，全凭日光分辨去路。出了贵州省界，一路之上虽遇见好几次蛇虎侵袭，都被二人除去，无事可记。刚一入四川省，走入虎爪山乱山之中，忽然降起雨来。二人见雨势甚大，又走了半日，腹中有些饥渴，便择了一处岩洞避雨，就便取出干粮饱餐一顿上路。

那山乃是川、滇、黔三省交界的野茅岭，乱山丛沓险峻，最难行走。二人原来如走黔北，经遵义、桐梓，过綦江，到重庆，再由重庆经巴县、永川、隆昌、富顺、犍为等地，而达峨眉，未免路长费时。特意改走黔西，经大定、毕节，到了川属长宁。翻山越岭，渡过横溪，由石角营再横越大凉山支脉，直赴峨眉。路虽险恶得多，却要少走许多日子，途程也差不多要近二分之一。因为一路平安，又算计前程已过一半，照连日这般走法，不消多日，便可到达。

当日在岩洞中吃完了干粮，又待一会，雨还不止，轰隆之声，震动山谷。原来打算再赶一程，及至出洞一看，那雨竟如银河倒泻一般，大得出奇。只见湿云漫漫，前路冥冥，岩危径险，难以行路。那夹雨山洪，竟如狂潮决口，满山都是玉龙飞舞，银蛇奔窜。成围成抱的山石林木，俱随急流卷走，互相撞击排荡。加上空中电闪霹雳，一阵紧似一阵，一片轰轰隆隆之声，震得人耳鸣目眩，恍如万马千军，金鼓齐鸣，石破天惊，涛鸣海啸。再衬着天上黑云，疾如奔马，偶然眼睛一个看花，便似山岳都被风雨夹以飞去，越觉声势骇人。知道此时万难再走。观一阵雨景，那天越发低暗起来，势要压到头上。远近林木岩壑，都被雾罩烟笼，茫茫一片黑影中，只见千百道白光，上下纵横，乱飞乱窜。渐觉寒气侵人，只得一同回转岩洞以内，席地坐谈。且喜那洞位置甚高，不虑水袭。因嫌雨声喧杂，不便谈话，索性打起不走主意，将行囊往洞内的深处择地铺好，取出蜡烛点燃，准备在洞中过夜。天色昏黑，洞中不辨早晚，二人谈得兴尽，加上连日劳乏，便自沉沉睡去。

第二日云从醒来一看，蜡泪已干，天尚未明，雨声仿佛已经停歇。见风子还在酣眠，也不去叫醒他，重又点起一支蜡烛，意欲坐以待旦。待不一会，忽闻鸟声繁碎，从洞外传将进来。心中奇怪，跑出洞口一看，天色已经大亮，只日头被对面山头挡住，没有上来。这时雨静风清，山色浓如色染。大雨之后，岩峰间添了无数大小飞瀑流泉，奔湍激石，溅玉喷珠，音声琤琮，与枝头鸟语、草际虫鸣汇成一番天然鼓吹。真是目遇耳触，无限佳趣。只是断木折林，坠石淤沙，将去路壅塞，上路为难罢了。

云从见雨住天晴，正好行路，略微观赏了一会，便赶回洞去。风子业已醒转，云从对他说了，匆匆各持水具，汲了点山泉，盥洗饮用，吃饱干粮，继续前进。因为到处都是积水乱流，须得绕道，越过前边那个山脊方能前进。二人分肩行李，一路纵跳飞跃，虽然路滑道险，倒也未放在心上。及至上了山顶一看，不由大失所望。原来山脊那边，是一片盆地，尽头处危峰独峙，经昨晚一阵大雷雨，将那危峰震塌了一角，倒将下来，恰巧将去路堵塞。那一片盆地，也被山洪淹没，成了一个大湖荡。许多大树，只剩树梢露出水面，如水草一般，迎着微风摇曳。平涛百顷，绉起一片縠纹，被朝阳一照，宛若金鳞，衬着碧天云影，浮光悠悠，风景倒也美丽，只是无法飞越。欲待绕向别路，到处都是密莽荒榛，刺荆匝地，高可及人，随着地形高下起伏，一望无际。除非胁生双翼，纵是野兽也难穿过。

云从正在无计可施，还算风子自幼生长苗疆，身轻力大，天生铜筋铁骨，不畏荆棘，便向云从告了奋勇，往前探路。云从因一路上所见毒虫蛇蟒甚多，林菁丛莽之中，正是它的潜伏之地，加上那些不易看得出的浮沙沼泽，更是危险，一不小心，便被陷入，再再嘱咐，小心从事。风子笑道："无妨。"留下云从仍在山脊高处瞭望，施展天赋本能，健步如飞，一路蹿高纵矮，往山脊下跑去，不一会，便到了那片榛莽前面。略一端详日影，便拔出身佩的那柄铁锏和云从行时给他定打的一把缅刀，分荆披棘，钻了进去。云从在山脊上只见那片榛莽头上，一条碧线往前闪动，风子时而纵起身来，又落了下去，一纵便是十来丈远近。那般厉害的刺藤荆棘，竟没将他阻住，好生赞叹佩服不已。

第一三六回

虎爪山　单刀开密莽
鸦林砦　一剑定群苗

话说风子去有半个多时辰，才得回转。云从连忙携了行囊，迎上前去。一问究竟，风子叹口气道："这条路真是难走！适才我在高处看，单这片荆棘，怕有二百里长短。还算好，没有污泥浮沙，地尽是沙，雨水也没有存住。有些蛇虫，也禁不住我的锏打刀劈。只是路太长了，我低着头用锏护着眼面，费了无穷气力，才走上十几里地，你说怎样过法？想是天神保佑，我正寻不见出路着急，忽然一处地势较高，竟有丈许方圆地面未生荆棘。当中却盘了一条大蛇，一见我，就昂首奔来，被我一刀一锏，将蛇头打了个稀烂。那蛇性子很暴，死后还懂得报仇，整个身子像转风车一般，朝我绕来。我怕被它绕住，将身往前纵有七八丈远。落地时节，无意中看见左侧荆棘甚稀，隐见一座低岩洞，比昨晚所住要宽大很多。我不管三七二十一，便往里探去，那洞又深又大又曲折。走完一看，正是我们去路危峰塌倒的后面，你说巧不巧？不过这十几里荆棘，你却走不过去。且等一会，待我用这缅刀给你开出条路来再走吧。"说罢，脱下上衣，赤着身子，一手持锏，一手持缅刀，往荆棘丛中连砍带打而去。云从也将霜镡宝剑拔出，口中喊道："二弟莫忙，你那刀、锏没有我的宝剑厉害。"风子已开出了丈许长、二尺来宽一条路径，闻言回头说道："哥哥你生长富家，不像我是个野人出身，宝剑虽快，招呼荆棘刺伤了你。那刺上还多有毒，不是玩的。由我一人来吧。"

云从因一路上劳累的事都是由风子去做，适才硬往榛莽中探路，险些为蛇所困，哪里过意得去。见风子不肯停手，便将行囊挂在一株古树上，手持宝剑追上前去。二人谁也不肯让谁。一个仗着天赋奇禀，皮糙肉厚，力大无穷，锏起处，荆断木飞，刀过去，榛莽迎刃而折。奋起神力，一路乱砍乱打，所向披靡。一个是手中有仙人所赐奇珍，漫说荆棘榛莽，就是间或遇上些成抱的灌木矮树，也是一挥而断。云从先时也觉艰难，及见仙剑如此锋利，毫无阻隔，再不愿风子左劈右打，多耗气力，再三将他唤住，说道："你这般傻来则甚？岂不是多费气力？莫如你我一左一右，并肩齐上。你我二人，一个用刀，一个用剑，也无须像你那般乱打乱砍。只各用刀剑，朝根上削去，就手挑开，岂不省事？"风子闻言，想了一想，觉得有理，仍恐云从在前，被荆棘伤了皮肉衣服，坚持和云从换了兵刃，他在前面，用剑将荆棘榛莽削断，由云从用刀、锏去挑向两旁。云从强他不过，只得依了。

当下二人三般兵器齐施，手足并用。约有个多时辰，竟然将那十多里的荆榛丛莽打通开来，到了风子所说的岩洞前面。风子这才唤住云从，请他在那岩洞口外等候，自己返回去取那行囊。这次往来容易，纵有一些没砍伐干净之处，也经不起风子健步如飞，纵高跳远，没有半个时辰，便将行囊取到。又寻了些枯木，做成火把，同往洞中穿行出去。那枯柴偏是有油质的木料，被昨夜雨水浸透，点了好一会才点燃，烟子甚浓，闻着异常香烈。二人觉得那柴香很奇怪，急于走出洞去，也未管它，且喜洞中并无阻拦，也没虫兽之类潜伏，不多一会，便到危峰下面。绕过峰去，忽见高岗前横。登岗一望，前面林中炊烟四起，火光熊熊，东一堆西一堆地约有数千余处之多，知是到了山寨。

云从猛想起来时曾向人打听过，说此山数百里荆榛丛莽，只中间有处地方，名叫鸦林砦。有不少生苗、野猓杂居，性极野悍，喜吃生人，浑身多是松香石子细砂遮蔽，不畏刀斧，厉害非常，汉人轻易不敢向此山深入。只有一个姓向的药材商人，因母亲是个生苗，自幼学得苗语，时常结了伴，带一些布帛、盐、茶之类的日用品，和他们交易，换了药材，再往成都、重庆一带贩卖。指引途径的人，曾跟那姓向的走过，并且还通过此山，往峨眉朝过一回顶，所以对路径知道甚详。可惜在云从未到以前，那姓向的已往鸦林砦去了，否则他和生苗的头子饿老鸦黑犵狫甚是交好，只需拿上他一件信物到了那里，不但毫无伤害，还能好好接待，并护送过山等语。云从当时一则急于赶路，二则仗着风子一身本领，自己纵不敢说精通武艺，有那口霜镡剑，足可抵挡一切，既是虔诚向道，哪能畏惧艰险？便谢了那人指引，仔细问明了去路。那人原也说，去时如果不畏蛇虎，到了那危峰下面，从另一条道走，虽是榛莽多些，却可绕开那座鸦林砦。想是合该生事，中途遇上狂风暴雨，将峰震塌一角，山洪暴发，断了去路，终于误打误撞地走到。因那人说除绕走另一条小路外，非由砦前通过不可。幸而来时备了礼物，准备万一遇上，以作买路之用。但愿那姓向的还留砦中未走，事便好办得多。当下和风子一商量，风子根本就没把这些苗、猓放在心上，主张不必答理，随时留点神，给他硬绕过去。云从自是持重，再三告诫说："强龙不斗地头蛇。如得了对方同意，第一可以问明真实的捷径。第二又省得时时提心吊胆。"

风子闻言，便道："并不是我轻看他们。早先我娘在日，也和他们打过交道，苗语也说得来几句。记得我那时打了野兽，换了盐、茶，再和他们去换鹿角、蛇皮，卖给药材客人。深知这些东西又贪又诈，一点信义都没有。打起来，赢了一窝蜂，你抢我夺，个个争先。别看他们号称不怕死，要是一旦败了，便你不顾我，我不顾你，脚不沾尘，各跑各的。这还不说。再一被你擒住，那一种乞怜哀告的脓包神气，真比临死的猪狗还要不如。我看透了他们，越答理他们越得志。那些和他们交易的商人，知道他们的脾气，除了多带那些不值钱的日用东西外，一身并无长物，到了那里，由他们尽情索要个光，再尽情拣那值钱而他们决不稀罕的东西要。一到之后，虽然变了空身，回去仍然满载。这些蠢东西还以为把人家什么都留下了，心满意足，却不知他们自己的宝藏俱已被人骗去。因此他们往来越久，交情越厚。我何尝不知这地方太险，但是既到这里，哪能一怕就了事？我们不比商人，假如我们送他们的礼物，当时固是喜欢，忽又看中我二人手持的兵器，一不给，还不是得打起来？与其这样，不如径直闯过去。他们如招惹我们，给他来一个特别厉害，打死几个，管保把我们看作天神一般，护送出境，也说不定。"

云从总觉这样办法不妥，最不济，先礼后兵，也还不迟，能和平总是和平得好。商量停妥，因风子能通苗语，又再三不让云从上前，便由风子拿了礼物，借寻姓向的为由，顺带拜砦送礼，相机行事。云从跟在身后，惟风子之马首是瞻，虽不放心，一则见风子平时言行虽是粗野，这次一上路却看出是粗中有细，聪明含蓄；二则想强也强不过去，自己又不通苗语，只得由他。这半日工夫，二人俱都费了无穷气力，未免腹中饥渴。先不让苗人看见，择了一个僻静所在，取了些山泉、干粮，饱餐一顿。一人身后背定一个小行囊。风子嫌那把缅刀太轻，不便使，便插在背后。一手持着那铁锏，一手捧定礼物，大踏步直往那片树林走去。云从手按剑把，紧随风子身后，一路留神，往前行走。从峰顶到下面，转折甚大，看去很近，走起来却也有好几里路。那条山路只有二尺多宽露出地面，除了林前一片广场没有草木外，山路两旁和四外都是荆棘蓬蒿，高可过头，二人行在里面，反看不见外面景物。

风子因知生苗惯在蓬蒿丛中埋伏，狙击汉人，转眼就深入虎穴，自己虽然不怕，因为关系着云从，格外留心。走离那片广场约有半箭多地，猛见林中隐现出一座石砦，石砦前还竖着一根大木杆，高与林齐，上面蹲踞着两个头插羽毛的苗人，手中拿着一面红旗，正朝自己这一面指点。回头一看，路侧蓬蒿丛中，相隔数丈之外，隐隐似有不少鸟羽，在日光之下，随着蓬蒿缓缓闪动，正朝自己四面包围上来。知道那木杆定是苗人瞭望之所，踪迹已经被他发现，下了埋伏，只需那木杆上两个苗人将旗一挥，四外苗人便会蜂拥而上。形势严重，险恶已极。反正免不了一场恶斗，惟恐来势太急，荆棘丛中不好用武。一面低声招呼后面云从留意，脚底加紧，往前急行，且喜路快走完。

刚刚走出蓬蒿，忽地眼一花，蓬蒿外面猛蹿出数十个文身刺面、身如黑漆、头插鸟羽、耳佩金环、手持长矛的生苗，一声不响，同时刺到。那些苗人这头一下，并不是要将来人刺死，只是虚张声势，迫人受绑，拿去生吃。偏生风子心急腿快，见快走完蓬蒿，一望前面无人，便挺身纵了出去。却没料到蓬蒿尽处本是一个斜坡，苗人早已蹲伏地上，一见人来，同时起立，端起长矛便刺。风子猝不及防，一见银光刺眼，数十杆长矛刺到，知道躲不及，急中生智，索性露一手叫他们看看。只灵机一动间，猛地大喝一声，右手铁锏护着面门，径直挺身迎了上去。两下都是猛势，只听扑通连声。那数十苗人，被风子出其不意，似巨雷一声大叫，心里一惊。再被这神力一撞，有的撞得虎口生疼，挤在一旁；力小一点的，竟撞跌出去老远。风子身坚逾铁，除衣服上刺穿了数十窟窿外，并未受伤。就在这众群苗纷乱声中，喊得一声："大哥快随我走！"早已一纵多高，出去老远。身才落地，便听一片铿锵咔嚓之声。回头一看，日光之下，飞舞起数十百道亮晶晶的矛影，身后云从早从断矛飞舞中纵身出来。风子一见大喜，连忙迎上前去，背靠背立定，准备厮杀。忽听一声怪叫，由林中走出一个高大苗人，身侧还随着一个汉装打扮的男子，正缓缓向前走来。那些苗人俱都趴伏地上，动也不动。

原来云从在风子身后，自从发现蓬蒿中的埋伏，好不提心吊胆。眼看一前一后，快将蓬蒿走完，猛听风子大喝，便知不好。刚要纵身出去接应，身才沾地，便听脑后风声，知道身后敌人发动。也顾不得再管前面，忙使峨眉剑法，缩颈藏头，举剑过顶，一个黄鹄盘空的招数，刚刚转过身来，不知那些苗人从何飞至，百十杆长矛业已刺到面前，来势疾如飘风。休说以前云从，便是一月以前，云从剑法还未精熟时遇上，也早死在乱矛之下。云从见乱矛刺到，心中总是不愿伤人起衅，猛地举剑迎着一撩，脚底一垫劲，使了个盘龙飞舞的解数，纵起两三丈高。手中霜镡剑恰似长虹入海，青光晶莹，在空中划了个大半圆的圈子。群苗手中长矛,挨着的便迎刃而断,长长短短的矛尖矛头,被激撞上去,飞起了一天矛影。二人这一来,便将那些苗人全都镇住。尤其见风子浑身兵刃不入,更是惊为神奇,哪个还敢再行上前。

正在这时,苗酋饿老鸦黑犵猪也得信赶来。云从见那苗酋身侧有一个汉人随着,便猜是那姓向的。低声告诉风子留神戒备,切莫先自动手,等那汉人走到,再相机行事。那苗酋和那汉人也是且行且说,还未近前,早有两个像头目的苗人低着身子飞跑上前去,趴伏在地,回手指着二人,意似说起刚才迎战之事。那苗酋闻言,便自立定,面现警疑之色,与那汉装男子说了几句,把手一挥。两个苗人便低身退走开去。苗酋依旧站住不动。那汉装男子却独自向二人身前走来。云从一见形势颇有缓和之兆,才略微放了点心。

那汉人约有四十多岁,相貌平正,不似恶人,身材颇为高大。走离二人还有丈许远近,也自立定,先使个眼色,忽然跪伏说道:"在下向义,奉了鸦林砦主黑神之命,迎接大神。并问大神,来此是何用意?"云从方要答言,风子在云从身后扯了一把,抢上前去说道:"我是小神,是这大神的兄弟。因为奉了天神之命,要往峨眉会仙,路过此地。这些苗崽子不该暗中来打我们。本当用我们的神锏神剑将他们一齐打死,因看在来时有人说起你是个好人,黑神又是条好汉子,现在送你们一点东西。只要黑神派人送我二人出境,多备好酒糌粑,便饶他们。"向义跪在地上,原不时偷看二人动作,一闻此言,面上立现喜色。忙在地下趴了一趴,将两手往上一举,这才起身去接风子手中礼物。口里却低声悄语说道:"砦中现有一个妖道,甚是可恶,现在出游未归。二位客人必被黑犵猪请往砦中款待,不去是看他不起,只是去不可久停,谨防妖道万一回来生事。"说罢,接过礼物,也不俟风子答言,径自倒身退去。走到那苗酋面前,也是将两手先举了举,口里大声说了一套苗语。苗酋一见礼物,已是心喜。听向义把话说完,便缓缓走了过来,口里咕噜了几句。

那四外伏藏地上的群苗,猛地震天价一声呐喊,全都举着兵刃,站起身来。云从不知就里,不由吓了一大跳。还算风子自幼常和生熟苗人厮混,知道这是苗人对待上宾的敬礼,忙走上前,将两手举起,向众一挥,算是免礼的表示。同时对面黑犵猪也喝了一声,从虎皮裙下取出一个牛角做的叫子,呜呜吹了两下。四外苗人如潮水一般,俱都躬身分退开去,转眼散了个干净。

向义才引着黑犵猪,走近二人面前,高声说道:"我们黑神道谢大神小神赐的礼物,要请大神小神到砦中款待完了,再送上路。"风子答道:"我们大神本要到黑神砦中看望，不过我们还要到峨眉应仙人之约，不能久呆，坐一会便要去的。”向义向黑神犵猪叽咕了几句，黑犵猪向二人将手一举，便自朝前引路。由向义陪着二人，在后同行。风子、云从成心将脚步走慢，意在和向义道谢两句。却被向义使眼色拦住，低声说道：“生苗多疑，砦中还有小人，二位请少说话。我们都是汉人。”云从、风子闻言，只好感谢在心，不再发言。

一会进了树林，一看林中也有一大片空地，当中堆起一座高才及人的石砦。砦的四围，到处都是些三叉铁架，架下余火还未全熄，不时闻见毛肉烧焦了的臭味与酒香混合。砦门前站着两个生苗卫士，也是文身刺面，腰围兽皮，身材高瘦，相貌丑恶异常，一见人到，便自跪伏下去。快要行近砦前，忽然砦中跑出一个小道士来，与黑犵猪各把手举了一下。猛一眼看见向义陪着两位生客在后，好似十分诧异。向义忙将双方引见道：“这二位和令师徒一样，俱是大神，要往峨眉会仙，被黑神请至砦中款待，并不停留，少时就要走的。”

那小道士看去只有十七八岁，生就一张比粉还白的脸，一脸奸猾，两眼带着媚气，脚底下却是轻捷异常。听向义说头两句，还不作声。及闻二人是往峨眉会仙，猛地把脸一沉，仔细打量了二人两眼，也不容向义给双方引见，倏地回转身，往砦中走去。向义脸上立现吃惊之色。二人方暗怪那小道士无礼，黑犵猪已到砦前，回身引客入内。二人到此也不再作客套，径直走进。

那砦里是个圆形，共有七间石室。当中一间最大，四壁各有一间，室中不透天光，只壁上燃着数十筐松燎，满屋中油烟缭绕，时闻松柏子的爆响，火光熊熊，倒也明亮。室当中是一个石案，案前有一个火池，池旁围着许多土墩，高有二尺，墩旁各有一副火架、钩叉之类。黑犵猪便请二人在两旁土墩落座，自己居中坐定，向义下面相陪。刚才坐定，口中呼啸一声，立刻从石室中走出一个苗婆，便将池中松柴点燃，烧了起来。黑犵猪口里又叫了一声，点火苗婆拜了两拜，倒退开去。紧跟着，四面石室中同时走出二十多个苗女，手中各捧酒浆、糌粑、生肉之类，围跪四人身侧，将手中东西高举过头，头动也不动。黑犵猪先向近身一个苗女捧的木盘内，取了一个装酒的葫芦，喝了一口放下。然后将盘中尺许长的一把切肉小刀拿起，往另一苗女捧的一大方生肉上割了一块，用叉叉好，排在火架上面去烤。架上肉叉本多，不消一会，那尺许见方的肉，便割成了两三大块，都挂上去。黑犵猪将肉都挂上，用左手又拿起酒葫芦，顺次序从头一块肉起，用右手抓下来，一口酒一口肉，张开大口便嚼。他切的肉又厚又大，刚挂上去一会，烤还没有烤熟，顺口直流鲜血，他却吃得津津有味，也不让客，只吃他的。当初切肉时，向义只说了一声道："这是鹿肉，大神小神请用。"云从恐不习惯，一听是鹿肉，才放了心，便跟着向义学，也在苗女手中切片薄的挂起。只风子吃得最香，虽烤得比黑犵狫要熟得多，块的大小也差不多。云从因适才来时已经吃过干粮，吃没两片，便自停了。黑犵狫看着，好生奇怪。向义又朝他说了几句苗语，黑犵狫才笑了笑。

一会，大家相次吃完。那黑犵狫吃完了那三方肉，还补了半斤来重、巴掌大小的两块糌粑，才行住嘴。他站起来将手一挥，地下众苗女同时退去。向义和他对答了几句，便对云从道："我们黑神因适才手下报信，说大神手内有一宝剑，和我们这里的一位尤真人所用的兵器一样，无论什么东西遇上，便成两半。尤真人那剑放起来是一道黄光，还能飞出百里之外杀人。我们黑神已经拜在他的门下。如今尤真人出门未归，只有一位姓何的小真人在此。我们黑神因听说大神的剑是青光，想请大神放一回，开开眼界。"云从闻言，拿眼望着向义，真不知如何是好。风子知道苗人欺软怕硬，他所说那姓尤的妖道必会飞剑，且喜本人不在，不如吓他回去，即刻走路，免生是非。便抢着代云从答道："大神飞剑，不比别人，乃是天下闻名峨眉派醉真人的传授。除了对阵厮杀，放出来便要伤人见血。恐将黑神伤了，不是做客人道理。我们急于上路，请派人送我们走吧。"

向义闻言，正向黑犵狫转说之际，忽听一声断喝，从石室正当中一间小石室飞身纵出一人，骂到："你们这两个小业障！你少祖师爷适才瞧你们行径，便猜是峨眉醉道人门下小妖，正想等你们走时出来查问。不想天网恢恢，自供出来，还敢口出狂言。你如真有本领，此去峨眉，还要甚人引送？分明是初入门的余孽。趁早跪下，束手就擒，等我师父回来发落；不然，少祖师爷便将尔等碎尸万段！"正说之间，那向义想是看出不妙，朝黑犵狫直说苗语，意思好似要他给两下里劝解。黑犵狫倏地狞笑一声，从腰中取出那牛角哨子使力一吹，正要迈步上前，这里风子已和云从走出砦去。

原来风子早看出那小妖道来意不善，其势难免动手。猛想起日前与云从在家练剑法，云从无意中说起，当初醉道人传授剑法时，曾说峨眉正宗剑法，非比寻常，那柄霜镡剑更是一件神物异宝，纵然未练到身剑合一地步，遇见异派中的下三等人物，也可支持一二。听小妖道口气，必会飞剑，如在砦中动手，便难逃遁。现在身入虎穴，敌人深浅不知，不如先纵出砦外，自己代云从先动手。好便罢，不好，也让云从逃走，以免同归于尽。没等小妖道把话说完，便和云从一使眼色，双双纵了出去，接连几纵，便是老远。猛听人声如潮，站定一看，成千成百的苗一人，早已听见黑犵猪的哨子，呐喊奔来。同时后面敌人，也接着追到。那姓何的小妖道口中直喊："莫要放走这两个峨眉小妖!"同了黑犵猪如飞到追到。云从一见这般形势，料难走脱，便要拔剑动手。风子因自己虽然学剑日子较浅，剑法在云从以下，但身轻力大，却胜过云从好几倍。恐有疏失，早一把将云从手中剑夺了过去，自己的一把缅刀拔出换与云从，口中说道："大哥你不懂这里的事，宝剑暂时借我一用。非到万不得已，不可动手。"说罢，不俟云从答言，早已返身迎上前去，口中大喝道："妖道且慢动手，等我交代几句。"

那黑犵猪近来常受妖道师徒挟制，敢怒不敢言，巴不得有人胜过他们。先见两下里起了冲突，正合心意，哪里还肯听向义的劝，给两下分解。原准备云从、风子输了，又好得两个活人祭神；如小妖道被来人所杀，便将来人留住，等他师父归来，一齐除去，岂不痛快？正想吹哨集众，约两下里出砦，明张旗鼓动手，来的两人已经纵身逃出。不由野性发作，心中大怒，一面取出牛角哨子狂吹，赶了出去。

那小妖道名叫何兴，一见黑犵猪取出哨子狂吹，便知敌人逃走不了。一心想捉活的，等他师父回来报功。刚刚追出，不料敌人返身迎来，手中拿着一柄晶光射目的长剑，知是宝物，不由又惊又喜。正要答话动手，后面向义也已追来，情知今日二人万难逃脱，好生焦急，只苦于爱莫能助。一听风子说有话交代，便用苗语对黑犵猪说："二神并非害怕小真人，有几句话，说完了再打。黑神去拦一拦。"黑犵猪一见来人并非逃走，反而拔剑迎了上来，已是转怒为喜。闻言便迈步上前，朝何兴把手一举。向义乘机代说道："黑神请小真人暂缓动手，容他说完再打不迟。"风子便朝向义道："请你转告黑神，我们大神法力无边，用不着他老人家动手，更不用着两打一，凭我一人，便可将他除去。只我话要说明，一则事要公平，谁打死谁全认命。并非怕他，因为我们大神不愿多杀生灵，又急于赶往峨眉会仙。他打死我，大神不替我报仇；我打死他，黑神也不许替他报仇。你问黑神如何？"风子本是事太关心，口不择言，只图云从能够逃生，以为苗人多是呆子，才说出这一番呆话。不知苗人虽蠢，那小妖道岂不懂得他言中之意？且看出敌人怯战。没等向义和黑犵猪转说，便自喝骂道："大胆小业障！还想漏网？"说罢，口中念念有词，将身后背的宝剑一拍，一道黄光飞将出来。

何兴原是那姓尤的妖道一个宠童，初学会用妖法驱动飞剑，并无真实本领。风子虽然不会飞剑，却仗有天赋本能，纵跃如飞。那口霜镡剑又是斩钢切玉，曾经醉道人淬炼的异宝。何兴一口寻常宝剑，虽有妖法驱动，如何能是敌手？也是合该何兴应遭惨死，满心看出来人不会剑术，怀了必胜之想。他只顾慢腾腾行使妖法，却不料风子早已情急，一见敌人嘴动，便知不妙，也不俟向义和黑犵狫还言，不问青红皂白，倏地一个黄鹄穿云，将身蹿起数丈高下，恰巧正遇黄光对面飞来，风子用力举剑一撩，耳中只听锵的一声，黄光分成两截，往两下飞落。百忙中也不知是否破了敌人飞剑，就势一举手中剑，独劈华岳，随身而下，往何兴顶上劈去。何兴猛见敌人飞起多高，身旁宝剑青光耀目，便看出是一口好剑，以为来人虽是武艺高强，必为自己飞剑所斩。正准备一得手，便去捡那宝剑。还在手指空中，念念有词，眼看黄光飞向敌人。只见青光一横，便成两截分落，也没有看清是怎样断的。心里刚惊得一惊，一团黑影已是当头飞到。情知不妙，刚要避开，只觉眼前一亮，青光已经临头，连“哎呀”一声都未喊出，竟被风子一剑，当头劈为两半，血花四溅。

风子落地，按剑而立。正要说话，忽听四外芦笙吹动，鼓声咚咚。向义同了黑犵狫走将过来，说道：“这个姓何的道士，师徒原是三人。自从前数月到了这里，专一勒索金银珠宝，稍一不应，便用飞剑威吓。两下里言语不通，黑神甚是为难，正遇我来，替他做了通事，每日受尽欺凌。最伤心的是不许我们黑神再供奉这里的狼面大神，却要供奉他师徒三人。这里不种五谷，全仗打猎和天生的青稞为食。狼面大神便是管青稞生长的，要是不供，神一生气，不生青稞，全砦苗人，岂不饿死？所以黑神和全砦苗人，都不愿意，几次想和他动手。人还没到他跟前，便吃从身上放出一道黄光，挨着便成两截。他又会吐火吞刀，驱神遣鬼，更是骇人。心里又怕又恨，只是奈何他师徒不得。日前带了他另一个徒弟，说是到川东去约一个朋友同来，要拿这里做根基。行时命黑神预备石头木料，等他们回来，还要建立什么宫观。起初听说大神会使一道青光，只不过想看看，并没打算赢得他过。后来一交手，不料竟是黄光的克星。小神有这样的本领，大神本领必然更大。但求留住几日，等他师父回来，代我们将他除去。这里没什么出产，只有金砂和一些贵重药材，情愿任凭二位要多少，送多少。”

先时云从见妖人放起飞剑，风子飞身迎敌，同仇敌忾，也无暇计及成败利钝，刚刚纵上前去，却不料风子手到成功，妖人一死，心才略放了些。一闻向义之言，才想起小妖道还有师父，想必厉害得多，再加赶路心急，哪里还敢招惹。忙即答言道："我弟兄峨眉会仙事急，实难在此停留。等我弟兄到峨眉，必请仙人来此除害。至于金砂、药材，虽然名贵，我等要它无用。只求黑神派人引送一程，足感盛意。"向义闻言，却着急道："二位休得坚拒。如今他的徒弟死在二位手内，他如回来，岂肯和这里甘休？就是在下也因受他师徒逼迫，强要教会全砦山人汉语，以备他驱遣如意，方准回去。日伴虎狼，来日吉凶难定。二位无此本领，我还正愿二位早脱虎口；既有这样本领，也须念在同是汉人面上，相助一臂才是。"那向义人甚忠直，因通苗语，贪图厚利，常和黑犵狫交易。不想这次遇上妖道师徒，强逼他做通事，不教会苗人汉语，不准离开。如要私逃，连他与黑犵狫一齐处死。一见二人闯了祸就要走，一时情急无奈，连故意把二人当作神人的做作都忘记了，也没和黑犵狫商量，冲口便说了出来。

黑犵狫自被妖人逼学汉语，虽不能全懂，已经知道一些大概。原先没想到妖道回来，问他要徒弟的一节可虑，被向义一席话提醒，不由大着其急，将手向四外连挥，口里不住乱叫。那四外苗人自何兴一死，吹笙打鼓，欢呼跳跃了一阵，已经停息。一见黑神招呼，一齐举起刀矛，渐渐围了上来。风子先见云从话不得体，明知苗人蠢物可以愚弄，姓向的却可左右一切。便朝向义使了个眼色，说道："我们大神去峨眉会仙，万万不能失约。如想动强，将我们留住，适才初来时，你们埋伏下那么多苗人和那小妖道，便是榜样，你想可能留住我们？适才你不说你是汉人么，大神当然是照应你和你们的黑神。不过我们仍是非动身不可。好在妖道是到川东去，还得些日才回，正好我们会完了仙，学了仙法来破妖法，帮你除害。你如不放心，可由你陪我们同去，如迎头遇见妖道，我们顺手将他杀死更好，省得再来；否则事完便随你同回。你看好不好？如怕途中和妖道错过，他到此与黑神为难，可教黑神一套话，说小妖道是峨眉派醉道人派了二个剑仙来杀他师徒三人，因师父不在，只杀了他一个徒弟，行时说还要再来寻他算账。他必以为他的徒弟会剑术，如非仙人，怎能将他杀死？说不定一害怕，就闻风而逃呢，怎会连累你们？"

向义闻言，明知风子给他想出路，此去不会再来。无奈适才已见二人本领，强留决然无效。他话里已有畏难之意，即使留下，万一不是妖道敌手，其祸更大。细一寻思，还是除照风子所说，更无良策。不过自己虽可借此脱身，但是妖道奸狠毒辣，无恶不作；苗人又极愚蠢，自己再一走，无人与他翻话，万一言语不周，妖道疑心黑犵狫害了他的徒弟，哪有命在？既是多年交好，怎忍临难相弃？倒不如听天由命，这两人能赶回更好，不然便添些枝叶和他硬顶。想到这里,便和黑犵狫用苗语对答起来。风子见四外苗人快要缓缓走近,黑犵狫仍无允意,惟恐仍再留难,索性显露一手,镇一镇他们。便低声悄告云从道:“大哥莫动,我给他们一手瞧瞧。”云从方喊得一声:“二弟莫要造次。”风子已大喝一声道:“我看你们谁敢拦我?”说罢,两脚一垫劲,先纵起有十来丈高下。接着施展当年天赋本能,手中舞动那霜镡剑,便往那些苗人群中纵去。一路蹿高纵矮,只见一团青光,在砦前上下翻滚。苗人好些适才吃过苦头,个个见了胆寒,吓得四散奔逃,跌成一片。风子也不伤人,一手舞剑,一手也不闲着,捞着一个苗人,便往空中丢去。不消片刻,已将那片广场绕了一圈。倏地一个飞鹰拿兔,从空中五七丈高处,直往黑犵狫面前落下。

那黑犵狫正和向义争论,不愿派人上路,忽见风子持剑纵起,日光之下,那剑如一道青虹相似,光彩射目,所到之处,苗人像被抛球一般向空抛起,以为小神发怒,已是心惊。正和向义说:“快喊小神停身,不再强留,即时派人引送。”只见一道青光,小神已从空当头飞来,不由“哎呀”了一声,身子矮下半截去。偷眼一看风子,正单手背剑,站在面前,对着向义和黑犵狫道:“你看他们拦得了我么?”随说随手便将黑犵狫搀起,就势暗用力将手一紧。苗人尚力,黑犵狫原是群苗之首,却不想被风子使劲一扣,竟疼得半臂麻木,通身是汗。益发心中畏服,不敢违拗,便朝向义又说了几句。向义先听黑犵狫“哎呀”了一声,黑脸涨成紫色,知道又吃了风子苦头,越答应得迟越没有好。闻言忙即代答道:“二位执意要走,势难挽留。只是黑神与妖道言语不甚通晓,恐有失错,弄巧成拙,在下实不忍见人危难相弃。只是黑神适才说,二位俱是真实本领,不比那妖道的大徒弟,初来时和他斗力输了,却用妖法取胜,使人不服。二位决能胜过妖道师徒,峨眉事完,务请早回,不要食言,不使我们同受荼毒,就感恩不尽了。”

云从见向义竟不肯弃友而去,甚是感动。便抢答道:“实不相瞒,我们并非见危不援,实有苦衷在内。此去路上遇妖道师徒,侥幸将他们除了,便不回转;否则即使自己不来,也必约请能人剑仙,来此除害,誓不相负。”向义见云从说得诚恳,心中大喜,答道:“此去峨眉原有两条捷径。最近的一条,如走得快,至多七八日可到。但是这条路上常有千百成群野兽出没,遇上便难活命,无人敢走。引送的人仅能送至小半途中,只需认准方向日影,决不至于走错。另一条我倒时常来往,约走十多日可到。送的人也可送到犍为一带有村镇的去处,过去便有官道驿路,不难行走。任凭二位挑选。”说罢,细细指明路径走法。云从、风子在无心中又问出一条最近的路，自是喜欢，哪还怕什么野兽。向义道："这条路也只生苗走过。好在两条路都已说明，如二位行不通时，走至野骡岭交界，仍可绕向另一条路，并无妨碍。"说时那领路的两个苗人已由黑犵猪唤到，还挑许多牛肉、糌粑之类，准备路上食用。二人知是向义安排，十分感谢，彼此殷勤，订了后会。风子将剑还了云从，才行分别上路。

向义将小妖道的两截断剑寻来，尸身埋好。那剑只刻着一些符箓，妖法一破，并无什么出奇之处。因为是个凭证，不得不仔细藏好，以待妖道回来追问。不提。

那跟去的两个苗人力猛体健，矫捷非常，登山越岭，步履如飞，又都懂得汉语，因把二人当作神人，甚是恭顺得用。一路上有人引路，不但放了心，不怕迷路，而且轻松得多。只走了一日，便近野骡岭交界，当晚仍歇在山洞以内。

第一三七回

天惊石破　万蹄踏尘
电射星驰　双猱救主

第二天早上起来，风子见两个苗人在用苗语叽咕，先以为他们只是畏难，哪知一入野骡岭，便要告辞回去。后来又见他们脸上带着惊慌神色，问他们什么缘故，都不肯说，越发动了疑心。风子知道苗人习性，便拨出锏来，大喝一声，平地纵起七八丈高下，一锏朝路旁一块丈许高的山石打去，叭的一声，那石被击碎了小半截，碎石纷飞，火星四溅。吓得两个苗人跪在地下，浑身抖战，口中直喊小神饶命。风子喝道："你们只管告诉我，为什么那样惊慌？"那苗人被逼无法，四下偷望了望，才低声说道："昨晚我二人在洞外大树上睡，看见那神了。想是因为那老真人师徒不准我们供他，供着外来的神，想抽空将大神和小神吃了解恨。我二人本想逃了回去，因还没走到野骡岭，怕黑神杀我们；不逃又怕走在路上，连我二人一起吃了去。如今被小神逼着说了，他如吃不了大神小神，我二人回去时是没命的了。死我们不怕，只是被神吃了，是不能投生转世的。好歹想个法儿，救救我二人吧。"说罢，便鬼嗥般哭了起来。

风子知他说的便是所供的狼面神，苗人惯会见神见鬼，又说是什么不常见的野兽虫豸之类，便问："既是你二人亲见，可曾看清是什么形状？"二苗人又做张做智答道："昨晚月光很亮，我们正说明午可以回去，忽见那神背着一个和大神差不多高矮生相的神，比飞还快地跑来，一到，便直进洞去。待了一会，两个神出来，站在地上争论。我们才看清那神是一张人脸，两手极长，并不算高。那另一个神，说话神气也和大神、小神差不多，只上下身都穿着虎皮，脑后从头到背生着一把金毛，直放光，腰间也围了一张虎皮。和另一个争了一阵，末后吼了一声，仍然背了便走。刚一动步，从南山上又来了一个又高又大的神，更是怕人，除脑后生着极长的金毛外，周身俱是黄光，脸有点像猴，眼睛又红又绿，比闪电还亮。一见前面两个神已走，也没进洞，便追了去。走起路来和风一样，转眼追上先前两个，一会便没了影子。刚起步时，有一株大树正碍他路，被他长臂一扫，便成两段。我们先时原要在那树上睡来着，因为枝叶太密，才换了另一株。幸亏不在那树上，要不昨晚就没命了。当时吓得大气也不敢出，悄悄从树上溜下来，寻了一个土窟窿伏了一夜。算计这三个神必跟在我们后面，哪还敢说回去？这一说，神必见怪，只好死活都随大神一路了。"

风子正因前路不熟，苗人事前说明不愿再送，觉着不便。不想这一来，不用劝，反而自愿跟去。与云从对看了一眼，暗自心喜。风子知道苗人蠢而畏鬼，昨晚所见，必是梦境。要不自己不说，云从素来睡觉警觉，稍有响动，便自醒转，昨晚怎么毫不知觉，那东西也没甚侵犯？又想两个苗人怎会同时入梦，所见分厘不差？也许是什么奇兽，凭自己和云从的本领，再加上那口霜镡剑，也没什么可虑之处。乐得借此威吓二苗道："你二人不说，我已知道。昨晚那神进洞，原是被我们大神打跑，因为我们贪睡，没有追赶，没想你们这等害怕。本来到了野骡岭，我们原用不着你们引路，只是那神吃了我们的亏，保不得拿你二人出气，待我与大神说，如念你们可怜，便准你们同往峨眉，再行分手。此去路上，再不许像刚才那样做张做智。晚来露宿，你们在外边，如见动静，不论他是人是怪，只管进来报信，我大神自会除他，保你无事。"二苗因眼见昨晚二神入洞好一会，云从、风子并未受伤，闻言甚是相信，立现喜容，一一应允。云从因二苗所说那东西的形状好似在哪里见过，苦于一时想不起来，只管沉思不已。

风子与二苗把话说完，便请上路，因有二苗报警，毕竟有些戒心，各将宝剑、铁锏持在手内，随时留意，往前赶路。不消多时，走进一座山谷，便入野骡岭。云从望见山形果然险恶，两边危崖壁立，高耸参天。长藤灌木，杂以丹枫，红绿相间，浓荫遮蔽天日。红沙地上，尽是荆榛碍足，径又窄小。这种路，苗人素常走惯。只云从没经历过，仍是风子在前开路。走没多远，便将这条狭谷走完，又横越了一片满生荆莽的小平原，便到野骡岭的山麓底下。这山纵横数百里，林丰草长，弥望皆是。须要越过此山，才能到达峨眉，一行四人便往山上走去。荒山原本没路，危崖削嶂间，尽是些蚕丛鸟道。有时走到极危险处，上有危石覆额，下临万丈深渊，着足之处又窄又滑溜，更有刺荆碍足。走起来须要将背贴壁，手扳壁上长藤，低头蹲身，提着气，镇定心神，用脚找路，两手倒换，缓缓前移。一个不留神，抓在腐木枯藤上面，脚再往下面一滑，便要粉身碎骨，坠落深渊。除风子外，休说云从，连那惯走山路的生苗,都有些心寒胆战。有时又走到了头,无路可通,再从数十百丈高崖上攀藤缒身而下。深草里蛇虫又多,一不小心,便被缠住。好在四人俱有武器,所带包裹又不甚大,还不碍事。这一路翻高纵矮,援藤缒登,费力无穷。且喜这般极危险之处,路均不长。

走有两个时辰,居然走到较为平坦的山原。虽在秋天,因是山中凹地,四面挡风,草木依旧丰盛。那极低湿之处,因为蓄了山水,长时潮润,丛莽分外丰肥。顶上面结着东一堆西一堆的五色云霞,凝聚不散,乃是山岚瘴气,还得绕着它走。两个苗人更如狸猫一样,一路走着,不住东张西望。云从问他们何故?二人说是本山惯出野兽,往往千百成群。行走如飞。人遇上纵不被它们吃了,也被它们冲倒,踏为肉泥。还有昨晚那神更是厉害,所以心中害怕。云从见草木这般茂盛,明明没有兽迹,闻言也没放在心上。四人且谈且行,不觉又穿过了那片盆地,翻越了一处山脊,走入一座丛林里面。山那边野草荆棘,何等丰肥。这森林里外,依然也是石土混和的山地,却是寸草不生。树全是千百年以上古木,松柏最多,高干参天,虬枝欲舞,一片苍色,甚是葱茏。

风子偶然看见两株断树,因为林密,并未倒地,斜压在别的树上,枝叶犹青,好似方折不久,断处俱留有擦伤的痕迹,心中一动,便喊三人来看。二苗见了便惊叫起来,说这树林之中必有水塘,定是什么猛恶野兽来此饮水,嫌树碍路,将它挤断,来的还不在少数。说罢便伏身地面,连闻带看,面带凄惶说:“趁日色正午,野兽出外觅食,不致来此,急速走出林去才好。因为林中松柏气味太盛,闻不出什么异味,但地上已经发现兽迹了。”

风子照他所指,看了又看,果然地上不时发现有不明显的碗大蹄痕。再往前走,越走蹄迹越多,断树也越多,有的业已枯黄。又走了一二里地,果然森林中心有一个大的水塘,深约数尺,清可见底,清泉像万千珍珠,从塘心汩汩涌起,成无数大小水泡,升到水面,聚散不休。塘的三面,俱有两三亩宽的空地。地的尽头,树林像排栅也似的密。只一面倚着一个斜坡,上面虽也满生丛林,却有一条数丈宽的空隙。地下尽是残枝断木,多半腐朽。地面上兽迹零乱,蹄印纵横,其类不一,足以证明苗人所见不差。那斜坡上面,必是野兽的来路。可是那林照直望过去,已到了尽头,广壑横前,碧嶂参天。漫说是人,鸟兽也难飞渡,非从那斜坡绕过去不可。明知这里野兽千百成群,绕行此道,难保不会遇上。少还好办,如果太多,不比苗人杀一可以儆百。一来便往前不顾死活地乱冲,任是多大本领,也难抵挡。但是除此之外,又别无他途。

风子和云从一商量，想起无情火张三姑姑来传醉道人的仙柬时，原说此行本有险难，途中应验了些，既下决心，哪还能顾到艰危？决计从那斜坡上绕行过去。因一路都见瘴气，有水都不敢饮。一行四人，均已渴极，难得有这样清泉。见那两苗人正伏身塘边牛饮，二人便也取出水瓢，畅饮了几口，果然清甜无比。饮罢告诉苗人，说要绕走那个斜坡。二苗一路本多忧疑，闻言更是惊惶，答道："这条路，我二人原是来去过两次，回来时节，差点没被野骡子踹死。当时走的，也是这片树林，却没见这个水塘，想是把路走偏了些，误走到此。照野骡子的路走，定要遇上，被它踏为肉泥。只有仍往回走，找到原路，省得送命。"

风子哪肯舍近求远。事有前定，野兽游行，又无准地，如走回去，焉知不会遇上？便对二苗再三开导，说大神本会神法，遇上也保不妨事。如真不愿行，便听他二人自己回去。二苗闻言，更是害怕，只得半信半疑地应允。风子因路已走错，用不着二苗引导，好在方向不差。二苗怕鬼怕神，此时也决不会逃跑。便和云从将身背行囊解下来交与二苗，自己一手持刀，一手持锏，在前开路。那路上草木已被野兽踏平，走起来本不碍事，不多一会，便将那斜坡走完。想是不到时候，一只野兽也未看见。二苗却越加忧急，说和他们上次行走一样，先时如看不见一个，来时更多。云从、风子也不去理他们，仍是风子在前，二苗在中，云从断后，沿着前面山麓行走。走了一会，忽然林茂草深，兽迹不见，也没有什么动静，二苗方自转忧为喜。

四人俱已走饿，便择了一个空处，取出食粮，饱餐一顿，仍自前行，按照日色方向，顺山麓渐渐往山顶上走，也不知经了多少艰险的路径，才到山巅。四顾云烟苍茫，众山潜形。适才只顾奋力往上走，没有回头看，那云层也不知什么时候起的，来去两面的半山腰俱被遮没。因为山高，山顶上依旧是天风泠泠，一片清明。四人略歇了歇，见那云一团一团，往一处堆积，顷刻成了一座云山。日光照在云层边上，回光幻成五彩，兀自没有退意。山高风烈，不能过夜，再不趁这有限阳光赶下山去，寻觅路径，天一黑更不好办。反正山的上半截未被云遮，且赶一程是一程，到了哪里再说哪里。能从云中穿过更好，不然就在山腰寻觅宿处，也比绝顶当风强些。

商议停妥，便往下走。渐渐走离云层不远，虽还未到，已有一片片一团团的轻云掠身挨顶，缓缓飞过。一望前路，简直是雪也似白，一片迷茫，哪里分得出一些途径。而从上到下，所经行之处，截然与山那面不同。这面是山形斜宽,除了乱草红沙外,休说岩洞,连个像样子的林木都没有。丛草中飞蚁毒蝇,小蛇恶虫,逐处皆是,哪有适当地方可以住人。这时那云雾越来越密,渐渐将人包围。不一会,连上去的路都被云遮住,对面不能见人,始终未看清下面途径形势,怎敢举步,只各暂时停在那里,等云开了再走。

正在惶急,忽听下面云中似有万千的嗒嗒之声,在那里骚动,时发时止。两个苗人侧耳细听了听,猛地狂叫一声,回转身便往山顶上跑去。风子一把未抓住,因在云中,恐与云从相失,不敢去追。却是行囊全在二苗人身上,万一被他们带了逃走,路上拿什么吃?同时下面骚动之声越听越真,二人渐渐闻得兽啸。那两个苗人逃得那般急法,知道下面云层中定有成千成百的兽群。来时由上望下,目光被云隔断,没有看出,忙着赶路,以致误蹈危机。如今身作云中囚,进退两难。虽然人与兽彼此对面不见,不致来袭,不过野兽鼻嗅最灵,万一闻见生人气味,从云雾里冲将过来,岂不更要遭殃?反不如没有这云屏蔽,还可纵逃脱身了。二人虽有一身本领,处在这种极危险的境地,有力也无处使。

就在这忧惶无计之际,云从无意中一抬手,剑上青光照向侧面,猛一眼看见风子的双脚。再将剑举起一照,二人竟能辨清面目。不禁想起昔日误走绝缘岭,失去书童小三儿,黑夜用剑光照路寻找之事。方要告诉风子,自己在前借剑光照路,风子在后拉定衣角,一步一步地回身往上,觅地潜伏。言还未了,风子倏地悄声说道:“大哥留神,下面云快散了。”云从和风子说话时,正觉他的面目不借剑光也依稀可以辨认。闻言往下一看,脚底的云已渐渐往上升完,仅剩像轻绡雾縠般那么薄薄一层和一些小团细缕,随着微风荡漾。云影中再看下面山地,只见一片灰黑,仍是看不很清。抬头一看,离头三二尺全被云遮,那云色雪也似白,仿佛天低得要压到头上。银团白絮,伸手可以摸捉,真是平生未见的奇景。

刚想举剑到云中去照,试试剑光在云中可以照射多远,恰值一阵大风劈面吹来。适才在云雾中立了一会,浑身衣服俱被云气沾湿,再被这剧烈山风一吹,不由机灵灵打了一个冷战。刚道得一声:“好冷!”猛听下面又有兽啸,接着又听风子惊咦一声。这时那脚底浮云已被山风一扫而空,化成万千痕缕吹烟一般,四散飞舞而去。浮翳空处,那下面的一片灰黑,竟似在那里闪动。定睛一看,并非地色,乃是一种成千成万的怪兽聚集在那里,互相挤在一起,极少动转,间或有几个昂颈长嘶。其形似骡非骡,头生三角,通体黑色如漆,乌光油滑。黑压压望不见边,也不知数目有多少,将山下盆地遮没了一大片，这一惊非同小可。这山从上到下，地形斜宽，无险可守。山这面比山那面，从上到下要近得多，立身之处与群怪兽相去也不过二里高下，五七里远近。风子知道，这种野兽生长荒山，跑起来其疾若飞。虽自己与云从俱都身会武功，长于纵跃，无奈听苗人说，杀既杀不完，跑又跑不及，更不能从成千成万野兽头顶飞越而过。除了不惊动它们，让它们自己散去外，别无法想。山形是那般一览无遗，急切间寻不出藏身之所。只得用手一拉云从，伏身地上，眼前先不使它们看见，再想主意。

二人身才一蹲下去，云从头一个听到离身不远的咻咻之声。昔日误走荒山，路遇群虎，有过经验，听出是野兽喘息声。忙和风子回头一看，不知何时，在相隔数丈以外，盘踞着七八只与下面同样的野兽。兽形果然与地名相似，头似骡马，顶生三角，身躯没马长，却比马还粗大。各正瞪着一双虎目，注定二人，看去甚是猛恶。内中有一只最大的，业已站起身来，将头一昂，倏地往下一低。风子自幼生长蛮荒，知道这兽作势，就要扑过，刚喊："大哥留神！"那只最大的早已把头一低，呜的一声怪吼，四条腿往后一撑，平纵起数丈高下，往二人身前直冲过来。当大的怪兽一声吼罢，其余数只也都掉身作势，随着那大的一只同时纵到。云从、风子原不怕这几只，所怕的乃是下面盆地里那一大群。知道这几只大的定是兽群之首，已经被它们发现，吼出声来，下面千百成群的怪兽也必一拥齐上。此时逃走，不但无及，反而勾起野兽追人习性，漫山遍野奔来。再说天近黄昏，道路不熟，也无处可以逃躲。擒贼先擒王，如将这头几只打死，下面那一大群也许惊散。

二人心意不谋而合，便各自紧持兵刃，挺身以待。说时迟，那时快，就在这一动念间，那七八只似骡非骡的怪兽，业已纵临二人头上不远。风子未容它们落地，腿一使劲，手持铁锏，首先纵起空中，直朝那当头最大的迎了上去。这怪兽四脚腾空，将落还未着地，无法回转。被风子当头迎个正着，奋起神威，大喝一声，一铁锏照兽头打去，叭的一声。那怪兽嘴刚张开，连临死怪吼都未吼出，立时脑浆迸裂，脊背朝天，四脚一阵乱舞，身死坠地。风子就借铁锏一击之劲，正往下落，猛听山下面盆地中万兽齐鸣，万蹄踏尘之声，同时暴发出来，声震山岳。心里一惊，一疏神，没有看清地面，脚才点地，正遇另一只怪兽纵到，低头竖起锐角，往胸前冲来。这时两下迎面，俱是猛劲，风子如被撞上，不死必伤。风子一见不好，忽然想起峨眉剑术中弱柳摇风、三眠三起败中取胜的解数。忙举手铁锏，护着前脑面门，两足交叉，脚跟拿劲，往后一仰，仰离地面只有尺许。倏地将交叉的双脚一绞，一个金龙打滚，身子便偏向侧面，避开正面来势。再往上一挺身，起右手锏，朝兽头打去，这一锏正打在兽的左角上面，立时折断。风子更不怠慢，左脚跟着一上步，疾如飘风般一起手中腰刀，拦腰劈下，刀快力猛，迎刃而过，将那怪兽挥为两段。刀过处，那怪兽上半截身子带起一股涌泉般的血水，直飞穿出去丈许远近，才行倒地。风子连诛二兽，暂且不言。

那云从不似风子鲁莽，却杀得比他还多。总是避开来势，拦腰一剑，一连杀了三只。剩下两只，哪禁得起二人的宝剑、铁锏，顷刻之间，七只怪兽全都了账。二人动手时，已听见盆地中那一大群万声吼啸，黑压压一片，像波浪一般拥挤着往上奔来。先以为兽的主脑一死，也许惊散。谁知这类东西非常合群，生长荒山，从未受人侵袭。除了天生生克，一物制一物外，只知遇见敌人一拥齐上。由上到下，原是一个斜平山坡，相隔又近。这一大群怪兽奔跑起来宛如凭空卷起千层黑浪，万蹄扬尘，群吼惊天，声势浩大，眼看就到眼前。这时二人处境，上有密云笼罩，下有万兽包围，进既不可，退亦不能；再加斜阳隐曜，暝色已生，少时薄暮黄昏。那些怪兽全是纵跃如飞，一拥齐来，任是身有三头六臂，也是杀不胜杀。一经被它扑倒，立时成为肉泥。就这危机俄顷之际，虽然明知绝望，不能不作逃生之想。

正在张皇四顾之际，头上云雾又往上升高约有两丈。云从猛一眼看到云雾升处，离身数丈远近的山坡上面，露出二三株参天古树，大都数围，上半截树梢仍隐在云雾之中，只有下半截树干露出。急不暇择，口里大声招呼风子，脚底下一连几纵，便到了树的上面。风子因为那万千野兽漫天盖地奔来，相隔仅有半里之遥，知道逃已无及，二人说话声音又为万啸所乱，也没听清云从说的什么，一见云从纵到树上，便也跟着纵去。

第一三八回

惊兽阵　绝涧渡孤藤
采山粮　深林逢恶道

二人身才立定，猛想起那怪兽一纵跃就好几丈高下，这树虽高，有何用处？刚想另觅逃藏之处，那为首的一小群，约有百十来个，已经奔到那七个死兽面前，相去咫尺，下去必无幸理。四面观望，俱无出路。只得各持兵刃，仗着树身枝干掩护，与它来一个杀一个，拼到哪里是哪里。正定睛往下看时，那兽群为首的百十个奔到死兽面前，忽然不往前进，纷纷围着那死兽转了起来。前面的不进，后面的却仍是往前奔逐，互相挤撞。只望见前后数里方圆一片灰黑，在掀天灰尘影里起落波动，比初见时仿佛要多出好几倍，哪里估得出多少数量。渐渐后面的一大群，将与前面那一群挨挤上时，才看出小群当中，有两个竟比适才杀死的那几个最大的还要大出一倍，围着死兽转了两圈，猛地狂吼了两声。这两个大的，想是那万千兽群的主脑，它这一吼，所有怪兽全都惊天价吼啸起来。这次乃是物伤其类，志在寻仇的同情怒吼，不比适才乍见生人的寻常啸声。再加上空谷回音一震，直似万千迅雷同时暴发，石破天惊，山崩海啸，只震得二人双耳都聋。吼声过处，那两个大兽倏地鹤立鸡群般将头昂起，朝二人存身的大树上面看了一看。猛又怒吼一声，两腿一扬，便要纵将过来。紧随大的身后那百十个，也都跟着将头昂起，作出前纵的势子，眼看就要一同扑来。

这时二人处境之险，真是间不容发。那些怪兽如是一个一个零零落落扑来，还可手起剑刺刀斫，来一个杀一个。虽然来数太多，后面望不见前面，只知拼命向前，不会杀一惩百，使其知难而退，到底比较容易应付。这一二百个同时往树上纵扑，后面成千累万也必相次发动。休道那一株大树，再有几十株，也必被它们冲倒。覆木之下，焉有完人？在这万分危急之中，云从猛一眼看到离身两丈以外，并排立着两株大树，枝丫相接，仅只数尺。就在那千百怪兽将纵未纵之际，用手一拉风子，先自将足在树干上一垫劲，单手钩着对面树枝，趁那悠荡之势，一翻身便到了邻树上面，隐身密叶之中。风子也将刀、锏并在一手，随着纵到。刚得站稳，便见下面百十条黑影带起一阵风声，飕飕飕比箭还急，直朝适才存身的树上扑去。接着便听喀嚓连声，一株参天古树，登时干断枝折，上半截树身直从半空中里倒将下来。群兽咆哮践踏之声，响成一片。看神气，那些怪兽全听那为首大兽号令，好似又吃了数目太多的亏，互相挤撞咆哮。云从、风子纵逃到别的树上，并未被它们瞧见，只顾在那断树枝叶里吼啸践踏。只听枝叶纷断与兽蹄之声，乱成一片。顷刻之间，残枝寸折，碎叶如粉，一大株古树竟被它们踏成个扁平堆子。二人方幸未为所见，假使人在下面，焉有生理？忽听那大的一个不住在残枝碎叶中低头闻嗅，似在寻觅仇人踪迹。二人隐身密叶丛中，眼看群兽绕树游行，吓得哪敢出声。

偏那树梢有许多枝干年久枯朽，恰巧被风子踹在上面，虽有要断的声音，已为兽啸所隐。等到风子觉着脚底一软，连忙移向别处时，脚底一根三尺多长的枯干已被踏折，落了下去。无巧不巧，正打在树底下一个怪兽的头上。那兽一惊，立时怪吼一声，扬起头来，随着上面枝颤叶动处，把二人看了个逼真，接着连声怪吼。下面群兽一齐回身，昂头往上注视。二人除存身之处外，更无别的地方可以藏躲。下面更是黑压压一大片，全被群兽挤满，连立足之处都没有。刚暗道一声："我命休矣！"又听下面群兽一齐悲鸣，声音与适才所闻不同。方以为就要作势扑来，除死方休，忽见这处群兽背上有两道金线，比电还疾，转瞬便到面前。所经之处，群兽大乱，恍如黑浪翻滚。那两道金线飞到面前，就在群兽背上，往二人存身的大树上飞到。耳中又听一声惨叫，好些团黑影凭空从树干近处坠落下去，百忙中也没看清一只。各持兵刃，正准备着困兽之斗，去敌那两条黄影时，猛听有人呼唤少老爷之声。虽然下面群兽喧嚣，没有听真，云从已觉出那人声音非常耳熟。风子眼尖胆大，早看清来的两条黄影是两个似人非人的怪物。有一条背上背着一个身围虎皮的赤身少年，与昨晚二人所说一样，两手乱摆，口中直喊少老爷。同时下面为首百十个怪兽又纷纷往树上纵来。在这绝危奇险中，来势又异常迅速，哪还分得出敌友？

风子只听到耳边一阵扑嗒之声，眼前一花，那背人的怪物长臂分处，近身枝干全如摧枯拉朽，纷纷断落，喊声："不好！"正要一锏当头打去，不料怪物两只脚爪业已抓紧树身，两条手臂又长又快，只一伸手，将风子的铁锏接住。风子觉着力猛非常，身站树杈用不得力，百忙中左手抓树，右手用尽平生之力往回便夺。两下里方一较劲，那怪兽背上少年一面学着怪兽啸声，一面直喊："少老爷！是自己人！"这时下面群兽奔腾悲啸之声，已震得山摇地动，哪还听得出人的说话。

云从手持宝剑，见群兽未退，怪物又来，原也准备冒死一拼。及见两条黄影刚一飞近树前，看出身形，内中一条忽然翻身退下；另一条背上背着一人，仿佛面熟，仍是如飞扑来。正要仗剑上前，与风子合力迎敌，猛一眼看到兽背上那人口里乱叫，双手乱摆。定睛一看，正是以前误走绝缘岭，在荒山黑夜之中走失的自幼贴身书童小三儿，不由又惊又喜。连喊风子住手，俱未听见。只得越过枝去，在风子耳边大声疾呼道："这怪物背上背的是自己人，想必没有恶意。"风子刚把话听出一些，劲略一松，对面怪物好似有了知觉，竟然舒爪将剑拨开，长啸一声，往树上纵去。云从见那怪物回身时节，背上却是苍色，长着一缕极长金发。猛想起先前误走荒山，走失小三儿，第二日所遇那苍背金发，行走疾如飘风，似猿非猿之物。既和小三儿一起，当然是友非敌。适才这两条黄影初飞来时，曾见兽群大乱，飞到树前，正值为首百十个怪兽纵起，被内中一个长臂挥处，纷纷坠落，能救自己与风子出险也未可知。

这时小三儿已从怪物背上纵到树枝上，与云从相见。主仆都有一肚子话想说，无奈兽啸喧天，一句也听不出。急得小三儿用手往下连指。云从、风子同往下面看时，因为这两个怪物从兽群后面飞来，为首的怪兽尚无知觉，正待纵起寻仇，被内中一个赶到，一阵乱抓，连死了好几个。这才知道来了克星，吓得那已纵起的四肢无力，跌了下去。未纵起的，刚一看见，便自齐声悲叫，拼命逃窜。偏偏群兽太多，路被自己阻塞，急切间哪里逃走得了。只见数十丈灰尘影里，万头攒动，互相践踏挤撞，乱作一堆。前面兽群不知道逃，后面的又被怪物吓得往群中乱钻。这些兽群越拥挤，那两个苍背金发的怪物好似越着急。猛地将身同时纵起，就在万千兽群头顶上往来奔驰。长臂一起，便一爪抓起一个，掷出数十丈远去。所到之处，团团黑影，满空飞舞，恍如千顷黑浪中闪出两条金线。那些怪兽原极合群，只管悲鸣跳跃，兀自不会寻路逃遁。

那两个苍背金发的怪物在兽群中飞跃了一阵，忽又聚在一处，略一交头接耳。内中一个便往最前面奔去，转眼只剩了一点黄星闪动，半晌没有回转。另一个却飞了回来，纵到树杈上，朝小三儿连声高叫，长臂爪乱挥乱比。小三儿便用手示意，拉了云从、风子一把，先往树下纵去。被那怪物一把抱定,放在地上,一同举臂,向上连招。云从、风子见那些怪兽见了它,个个胆落魂惊,知无差错。万千兽群仍还未退,除了依它,更无善策。便一同纵下,由小三儿同那怪物在前引路,往山上面便走。

这时云雾已开,斜阳犹存余照。下面虽是尘沙弥漫,吼啸震天;山上面却是山容如绣,凝紫萦青,秀草蒙茸,因风摇曳,甚是庄严幽丽。那怪物走了一截,又将小三儿抱起,神态亲密非常。不时回首观望,见二人走得不慢,嘻着一张血也似红的阔口,好似欢喜。走有二里多路,云从、风子偶一回首,往下一望,后面兽群仍在挤撞悲鸣,豕突狼窜,只最前面金星跳动处,兽群似有前移模样。正在观看,忽听小三儿大声呼唤,连忙跟了过去。那引路的怪物已走入一个巨石缝中。那石缝高可过人,宽有数尺,外有丛莽遮蔽,不到近前不易发现。二人随了进去一看,里面甚是坎坷幽暗,幸有剑光照路,还可辨认。曲折行了有三丈多远,忽见天光。出去一看,两面俱是悬崖,相隔约有四五丈。两崖高下相差也有数丈,下临绝壑。除此无路可通,不知怪物引到此地是何用意。刚开口想问,小三儿已拉了怪物,含泪过来,跪在地上。云从连忙唤起,又命给风子见了常礼,然后细谈经过。

小三儿指着那怪物道:“这是小的妻子,虽是异类,已经通灵,能知人语。它母亲更是在仙人门下,本领高强。那些野兽原是野生的驴马与熊交合而生,日久年深,越来越多,人遇上便难活命。往往过起来两三天过不完。这块盆地从无人迹,本是这些野兽的巢穴。既有引路的苗人,不知怎会到此?昨晚小的夫妻原想与少老爷相见,朝家中带个口信。因为它母亲的主人从卦象上看出,说它母女这两日内不能与生人相见,所以昨日跟在身后,只晚间等到少老爷睡时,来望了望。少老爷想是抄这野骡岭近路往四川去。这条路虽是险些,原也有贪利药材商人走过。应该从那树林中,不走那小坡,往南绕走,斜穿过去,照样有一个与这里大同小异的山脊,较这里远些,蛇虫也多,却比较平安。那两个苗人不在,小的寻了一路也没见他们回去,想必已被野兽踏死。这事都是小的不好。昨晚见罢少老爷,本还想当时随在身后护送,便不会受此一场惊恐。偏因小的妻子正该今日服用换形丹药,被小的遗忘家内。又因主人有两个苗人引路,不会遇上兽群,只得回去。今日服药之后,小的总不放心,便同它母女两个跟踪寻找,虽寻了几条路,俱未遇上。以为错走回路,又往回赶,连两个苗人俱无踪影。还是小的岳母断定是误入兽穴,将小的提醒。它母女双眼俱能看出 二十里的人物动作,一到便见兽群往树上纵扑。这东西铁蹄之内,暗藏极短的钩爪,非常锋利。大的纵起来，可纵到十丈来高。它母女见树已被扑倒一株，在那里践踏，便恐少老爷受害。不想未曾受伤，真是万幸。现在山下面的路全被野兽遮断，这石缝内又住不得人，除了由小的妻子背着跳往对崖，便须等到小的岳母将兽群轰开，才能觅地安睡了。”

言还未了，那怪物又朝小三儿连比带叫。小三儿又对云从说道：“小的妻子说，它母亲的主人虽说这两日内不能见生人，照说的时候算起，这时恰好过去。日前它母亲奉命采药，曾见前途还有毒虫，恐少老爷又去遇上，情愿相随护送，到了地头，再行分手。”云从闻言，心中大喜。

风子自出生以来，除笑和尚外，从无人敌过自己的神力，适才铁锏差点被它夺去，甚是心惊。这时细看它生得面貌狰狞，通体黄毛，苍背金发，形状与二苗人所说完全不差。小三儿又生得那般文秀，两个却是夫妻，本已好笑。暗想：“这东西两臂比身子还长，似猴子又不似猴子，也不知是个什么兽类?”心中好奇，便低声叫云从去问小三儿。谁知怪物耳聪已极，忽然对着小三儿，指着风子连叫几声。

云从因小三儿说它能通人语，恐它不快，正暗怪风子莽撞，用目示意，小三儿已经说道：“小的妻子说，商老爷意思，想问小的妻子出身，叫小的代它答话。它名叫长臂金猱，乃是专食百兽脑髓的神兽。它母亲生下它时，有一天捉了数十只虎豹，正要裂脑而食，忽遇它主人守缺大师走来，嫌它残忍，当时要用飞剑将它斩首。它母亲修炼多年，已有灵性，伏地哀鸣，再三苦求。大师念它修炼不易，食兽乃是秉着上天以恶制恶的天性，便将它收在门下，采药守洞。小的妻子因同类极少，没有配偶。正值小的那日随少老爷到成都去，误入深山，半夜口渴生病。老爷去寻水时，忽然来了一只野狗，将小的扑倒要吃。彼时小的已经吓死过去，猛觉身子似被什么东西夹走在天上飞行一般。天亮之后，才得醒转，身在洞内，病已渐好，旁边正立着它母女两个。先是吓得要死；后来见它拿果子来喂，并无恶意，又疑它是山神。便跪下向它苦求，请它指引出山，与少老爷相见。它母女竟通人言，互相商量了一阵，小的岳母便拿着小的一件外衣，一提篮果子，跑出洞去。第三天病好，便成了夫妇。日子一多，又由它母女领去见了守缺大师，才知小的被野狗扑倒时，被它救回洞去，又向大师求了灵丹，才得活命。

“那提篮本是小的妻子以前在山中拾的，因恐少老爷山行缺粮，装了果子送去。又因少老爷有一口仙人宝剑，人兽不通，恐起误会，不敢现身。只得先用小的血衣故意给少老爷看见，每日暗随身后，往提篮内添装果子，直护送到绝缘岭尽头,才行回转。

"大师又说,他的剑术只为防身炼魔之用,所参乃是上乘佛法。小的根基不深,不配做他徒弟,仅仅传了一点轻身炼气之法,以备居山不为寒暑所侵,游行轻便。后来小的岳母又苦求了几次,大师说小的另有机缘,时犹未到,总是不肯收留。

"此山原与昔日少老爷迷路的荒山相通,它母女便在这野骡岭的北山顶山洞中居住。小的在此日久,便能知它母女语言,只不大说得出,倒也惯了,只时时想着少老爷。昨早小的妻子说,从山顶上远望,有汉人经过。先并没想到少老爷会打此经过,本想托人捎个平安口信。偏偏我岳母回来说,前晚它主人说,这两日如见生人,虽不致送命,它母女必有凶险,恐小的夫妻不知误犯。回洞送信,路遇四人,竟有少老爷在内。小的执意要见一面,它母女把大师的话奉如天神,一定不允。小的无法,只得商量暗中先在远处见上两面,过了两天的期限,再行相见说话,于是便远远随在少老爷身后。走到晚间,少老爷入洞安睡,小的忽然执意要入洞一看,只不说话。小的妻子强不过我,只得背了小的入内,见少老爷已经睡着,又欢喜,又伤心,几乎哭了出来,当时没有唤醒。因小的妻子今日要服大师赐的换形丹药,只得回去。出洞时,岳母赶来,还说小的不听大师言语,早晚必要出事。经小的夫妻再三分说,没有和少老爷对面谈话,才息了怒。今日恐小的又蹈前辙,寸步不离。直到午后好一会,算计时限将满,才准跟踪前来。偏又找了好几条路,都找不着,几乎误了大事。如今它母女守了大师的教训,已不吃血肉,终年采异果为食,也不妄杀生灵。不然今天那些野兽不知要死多少呢。"

云从、风子闻言,因那长臂金猱能通人语,便一齐向它称谢。那金猱竟似懂得客套,做出逊谢神气。

这一席话罢,天已黄昏月上。三人一兽在岩石上坐定,望见对崖藤蔓阴阴,月光照在上面都成碧色,颇有野趣。久等老猱不来,因山高气冷,正与小三儿商量宿处,忽然一阵山风吹来,顿觉衣薄身寒,有些难耐。猛想起行囊食物俱在苗人身上,适才说到两个苗人,因急于想听小三儿涉险经过,未顾得谈,便和小三儿说了。小三儿闻言,忙叫他妻子长臂金猱快去找寻。言还未了,他妻子倏地起身,往来时石缝外面纵去。风子恐伤那二苗性命,忙着跑出,在它身后直喊:"这事不怪他们,只将行囊取来,莫要弄死他们。"月光之下,一条金影疾如星飞,已往山顶上穿去,晃眼不知去向。

再往山下面一看,只见万头攒动,烟尘弥漫,吼啸之声仍自未减。估量野兽太多,退完还得些时,便回身与云从说了。小三儿道:“少老爷不愁没有宿处,少时小的妻子回来,如野兽仍未退尽,可由它和小的岳母将少老爷与商老爷背起,由兽背上行走,回到小的山洞中住上一夜,明早再由它母女背着护送出山便了。”风子插口道:“我看你走起路来也是它背,它母子既背了我们,你岂不是落了空?”小三儿道:“小的不过比它母女走得慢些,急于想见少老爷,才叫它背的,并非不能行走。不过从兽背上过,可由它抱一个背一个也就是了。”

风子闻言,哈哈大笑说:“我大哥常和我提你,说你聪明忠心,可惜在荒山之内,连尸骨都找不到,只给你留了一个衣坟。谁想你不但没死,反娶了个好婆娘,一身本领,连你出门,不论走多远多险的路,都用不着发愁,这有多好!不过我弟兄都是快出家的人,论甚主仆?你只管小的小的,听起来连我弟兄都变俗了,干脆我们一齐弟兄相称多好。”小三儿闻言,哪里敢应,口中逊谢不已。云从因听惯了的,先不觉得,一闻风子之言,也说:“改了为是,何况又有救命之恩。就是太老爷知道,也决不会见怪的。”小三儿总是不敢。后来风子发急,云从也一再劝说,才免去许多卑下之称。

三人正在争论,长臂金猱母女忽然同时到来,手中提着二人的包裹。一问可曾伤害两个苗人?小三儿问了他妻子几句,代答说:两个苗人想是由云雾中冒险往上,打算越过山脊奔逃。那背行囊的一个失足坠落在山那边石笋上面,穿胸而死。另一个不知怎的,被一条潜伏的山蛇缠住,正在挣命,被小三儿妻子赶到,将蛇弄死,救了下来,已经毒发身死,只把行囊寻了回来。云从、风子想起这种生苗专一劫杀汉人生吃,乘危逃走,咎由自取。且喜那行囊并未开动过,不知怎的,会被两个苗人结在一起,偏又是失足附崖的苗人带在身上,未被毒蛇所缠,总算幸事。

小三儿又说:他妻子寻见二苗与行囊后,回来遇见它母亲,说今日是个季节,那些野兽俱聚集在山下盆地中向阳配对,越发恋群。又遵它主人之戒,不敢多杀,费了好些手脚,才逼它们上路,如今已陆续往东面一片森林之中退去。群兽太多,如等退完,至少还得两个时辰。恐云从等得心焦饥渴,特地赶回,问云从打算怎样?如想乘夜前进,便须照小三儿所说之法,由它母女背抱着,从兽背上行去。如想暂时住下,对崖现有一虎豹巢穴,甚是宽大,它母女一到,虎豹自会逃走。在那里暂宿一宵,明早兽群必定退完,再行上路。云从因为今日饱受惊恐劳乏,再要飞越十来里路长的兽背,虽说它母女背着不畏侵袭,到底不妥。又因小三儿异域重逢,此次又不能随着跟去,很想畅谈一番。好在忙也不在这半夜工夫，明日上路后，中途仍须歇息，不如今晚无忧无虑睡个好觉，明日打点精神前进为妙。风子原以云从为主，略一商量，便采用了第二条办法。

不过两崖相隔既阔，上下相差又复悬殊，风子总觉凭自己本领，还让一个大母猴子背着纵过去，不好意思；单独纵跳过去，又无把握。早就盘算好了主意，一见小三儿要命他妻子来背人，便对他道："你且叫它慢背，先纵过去一回，我看看，我也学一学样，能照样过去更好，不能再另想法。它到底是个女的，背你不要紧，背我们太不雅相。"小三儿妻子闻言，望了风子一眼，咧开大嘴笑了一笑。跑向崖边，两条长臂一挥，两腿一并，脑后金发全都竖起，身子一蹲一拱之际，便飞也似的往对崖纵了过去。风子见它起在空中，两条长臂连掌平伸，似往下按了几按，仿佛鸟的双翼一般，心中一动。暗中提劲用力，照峨眉轻身运气之法，照样学按了两下，果然身子可以拔起，不由恍然大悟。

正想冒险试试，忽听小三儿的妻子在对崖长啸一声，它母亲也已飞过，一同在对崖摸索了一阵，才一同飞回，身后还各带一长串东西。云从、风子一看，乃是两盘长有二十余丈的多年藤蔓，被它伸直带了过来。由小三儿的妻子两爪各执一头，对小三儿叫了两声。它母亲便伏身藤上，前后爪一齐分开，将藤抓住。小三儿便请云从骑在它身上，渡了过去。云从不似风子好胜，再加两崖此低彼高，形势险峻，下临不测之渊，看去都觉眼眩，哪敢存纵过之想。起初以为由它母女背着飞渡，及见这等情况，暗想："这东西心思灵敏，真不愧有神兽之称。"当下也不用客套，朝金猱母女各打一躬，道声："得罪！"便跨了上去。那金猱一路手足并用，转眼工夫，便已援藤而过。

风子早已折了几根竹竿，用带子扎成十字，从包内抽出两件旧衣，将它撑好，一手拿定一个，蓄势待发。那金猱方从对崖回转，风子大喝一声，奋神力两脚一垫，两手一分，便往对崖纵去。风子本能纵往对崖，只因形势太险，先时有些目眩心怯。及至一纵起身，手上有了兜风的东西，容容易易地纵了过去。云从不知他来这么一手，见他将身纵起，方代他捏紧一把冷汗，风子已经纵到。这一来，休说云从、小三儿见了心惊，连那长臂金猱母女也觉诧异。当风子纵起时，那老金猱还恐有失，仍从藤上援了过来，准备风子失足还可援救。及见风子无恙，才过去将小三儿渡将过来。它女儿也随着纵过。

那老金猱早已走向前面，翻过崖那边去，不一会，便听虎啸之声。大家跟将过去一看，只见日光之下，早有大小六七只猛虎翻山逃避。走入虎穴。

点起烛火一看，还有两只刚生不久的乳虎，见了长臂金猱母女，吓得乱叫乱蹦。小三儿的妻子已在此时跑了出洞。云从、风子便各将干粮肉脯类取出来吃。小三儿久离烟火，吃着很香。那金猱已不动荤。等了一会，小三儿的妻子不见回来，老金猱渐渐露出有些烦躁神气。云从便问小三儿的妻子何往？小三儿答道："它因此时无事，想去采些山果相赠，不想去了个把时辰还未见来。"正在问答之间，老金猱突然立起，朝着小三儿吼了几声，便往洞外跑去。

云从料是寻它女儿，一问小三儿，果然不差。小三儿并说：他岳母已能通灵，因为此次他妻子一去好多时，想起它主人之言，恐在途中遇见歹人出事，行时甚是忧急等语。风子闻言，便答道："它母女帮了我们这般大忙，如遇歹人，我们岂能袖手不管？反正我们吃饱了无事，没它母女回来，也不能上路，何不我们也跟踪寻去，助它一臂之力？"云从方要说两下里脚程相差甚巨，老金猱去已好一会，何从寻觅？小三儿已喜答道："小的也正为它母女着急，如得二位老爷同去相助，再好不过。"云从明知那金猱何等神力本领，它如不胜来人，自己更不是敌手。但事已至此，义不容辞，不能不前往一拼，但盼无事才好。

这时小三儿因老金猱也去有半个时辰未回，越更惶急，立即引了云从、风子出洞，便往外走，口里说道："小的妻子就在崖那边半里多地一片枣林里面，那里结着一林好人参枣。这枣长有两三寸，又甜又脆又香，旁处从来没有。它原想采些来与二位老爷尝个稀罕，不知怎的，连它母亲都一去不来。定是应了它主人之话，遇见凶险了。"一路说明，脚底下飞也似朝前奔去。云从、风子才知小三儿脚程甚快，并非行走均需它妻子背带。风子因他又在满口老爷小的，正想劝说，行经一片广坪前面，猛见小三儿凝神往前静听了听，忽然面色惨变。对二人道："我妻子和岳母定已遭人毒手，不是受了重伤，不能行动，便是被人擒住。我先到前面一看，二位老爷随后为我接应吧。"说罢，撒开大步，拼命一般，朝那前面广坪上树林之中跑去。

风子一把没拉住，刚喊得一句："忙什么，一块走！"猛听两声兽啸，正是金猱母女的声音。风子连忙住声，悄对云从道："看这神气，来人本领一定不小。我等前去，须要智取，千万不可力敌。我常跑荒山，善于观察形势。大哥先不要上前，等我探完虚实回话，再去救援，以免有失。"云从知他又是锐身急难，哪里肯听，便答道："凡事皆由命定，我们如是该死，也等不到现在，还是一同去吧。"风子无法，只得拔出铁锏、腰刀，云从也将霜镡剑拔出，一同往前跑去。

越行近树林，那金猱母女的悲啸之声越听得真。二人循声跟踪，入林一看，林深叶茂，黑沉沉的，小三儿已跑得不知去向，时闻枣香扑鼻。偶然看见从密叶缝中筛下来的一些碎光杂影，随风零乱。除了树木，别的什么也没有。入林约有二里多路，忽然眼前一亮，林中心突现出一大片石坪。二人因为金猱母女啸声越近，更是留心，眼观四面。一听啸声就在前面不远所在发出，早停了步，轻脚轻手往前移进。距离石坪将近，风子首先隐身一株大树后面，往前一望，那石坪上面摆定一座石香炉，里面冒起二三寸宽一条条的黑烟，直飞高空，聚而不散，一会又落将下来，还入炉内。炉后面坐定一个鬼头鬼脑的小道士，手执拂尘，闭目合睛，仿佛入定。再往他前面一看，离那小道士两丈多远，有七根石柱，粗均尺许。金猱母女正抱定挨近前侧面树林的末一根石柱，在那里一递一声悲鸣，周身围绕着几条黑色带子，恰与炉烟相似。二人知被小道士妖法所困，正想不出救它之法。再朝那小道士一看，猛见小三儿端定一块三尺方圆的大石，从小道士身后轻手轻脚掩来，似要往小道士头上打去。眼看已离小道士坐处只有二尺，两手举起那块石头就要落下，好似被什么东西拦了一拦，立时叭嗒一声，石落人倒。小道士仍如无觉，连头也不曾回。吓得小三儿连忙爬起，逃入林去。这时那金猱母女悲鸣越急。一会工夫，又见小三儿绕过前侧面树林出来，走向金猱母女被困之处，口里喊得一声："要死死在一处吧！"便往他妻子身上扑去。那石柱之上便冒起一股黑烟，将小三儿也一齐绕住。

风子一见这般情景，便悄悄对云从道："我们大家都死无益，大哥不可上前，待我借你这口宝剑试试。"说罢，不俟云从答言，放下腰刀，夺过那口霜镡剑往前便跑。云从方以为风子必遭毒手，谁想风子竟有心计，跑近那石柱面前不远，竟然立定，用手中剑朝那黑烟撩去。青光闪处，那黑烟居然挨着便断，一截一截地往空中飞散开去。风子一举成功，心中大喜，举剑一阵乱砍乱撩，转眼之间，金猱母女与小三儿全部脱身，行动自如。风子更不怠慢，手举剑、锏便往炉后奔去，拿剑先试了试，见无阻拦，大喝一声，右手剑刺，左手锏打，同时动作。那小妖人奉命炼法入定，只以为有他师父妖法护庇，少时即可大功告成，一切付之不闻不见。不料遇上一口不畏邪侵的霜镡剑，被风子无心用上，一剑先刺了个透明窟窿，再一锏打了个脑浆迸裂，死于非命。

云从自从上次在天蚕岭中毒回家，与笑和尚、尉迟火二人盘桓了些日，已经长了不少见识。一见那小道士人虽死去，尸身未倒，炉中黑烟蓬蓬勃勃冒个不住,知是妖人邪法,必有余党,决不止那小道士一人。正忙催快走,那金猱母女早已纵向高处眺望,忽然口中长啸,飞跑下来。小的一个,一把先将小三儿抱起;那老金猱径自奔到云从、风子面前,伸开长臂,一边夹了一个,拨头便往前面树林之中蹿去。急得风子一路连声怪叫,直喊:“我自己会走,快放下来!”那老金猱母女也不作理会,行动如飞,顷刻之间,便走出去有三数十里。行经一座崖洞,钻了进去,才将云从、风子放下,对小三儿连叫了几十声。

小三儿便走将过来说道:“商爷休得见怪。我妻子原因那里的枣最是好吃,别处没有,不想正在林中采取,忽遇见那小妖道的师父走来,被他行使妖法,放起几股黑烟,将它困在石柱上面。那妖道师徒原是老少三人。那看守丹炉的一个,始终没有言语行动。老妖道将我妻子擒住以后,对另一小妖道说:他在那里祭炼法术,已到火候,只为捉来的七个童男忽然跑脱了一个,不能收功。本想用那看守丹炉的小妖道,又觉于心不忍。正在为难,不曾想天助成功,居然在无心中擒到这样灵兽,虽然是个母的,正好改炼那玄阴六阳之宝,还可免伤他师弟性命。说时,好似十分欢喜,并说要去取那六个童男前来,连我妻子一齐采用生魂,命那小妖道帮助看守。说罢,驾起一道黑烟往空中飞去。老妖道走不一会,小妖道忽然跑进左侧树林以内,拉了一个十二三岁的小孩出来。先抱头哭诉了几句,然后将那小孩抱起,朝那打坐的小妖道也低声说了几句。我妻子见老妖道一走,正在拼命挣扎,没有听清。忽见平地起了一阵金光,那小妖道竟抱着那小孩腾空而去。

“又过了一会,我岳母赶来,它因随侍过守缺大师,一到便看出是妖人邪法,不敢去惹那打坐的小妖道。悄悄掩过去,想将那石柱拔断,冒着大险,带我妻子连石柱一起抱走,去求它主人解救。以为口里念着大师的护身神咒,小妖道又在入定,至多人救不成,再另设法求救,自己想不致被陷。不料妖法厉害,石柱上黑烟竟是活的,人一沾上便跑不脱。手才挨近石柱,便被黑烟束住,用尽平生之力,休想挣脱。

“末后我又赶到,被我岳母看见,再三叫我不要近前。我想回去求守缺大师解救,相隔太远,没有我妻子背着走,必然无及。以为那妖法是小妖道主持,寻了一块石头,想暗中将他砸死。刚一近他身前,便似有极大力量将我阻住,撞了回来。这场祸事,皆由我不听大师之言所致,觉得太对不住它母女,一时情急,想去死在一起。刚刚跑到它母女身旁,正遇商爷赶来。这口仙剑真是宝贝,那般厉害的妖法,竟是一挥便断,连小妖道也死在这口剑上。

“当少老爷催大家快走时,我岳母和妻子因那老妖道去了好一会,恐他赶来,特意往高处瞭望。果见月光下有一团黑烟,从后飞来,相隔只有十多里路。知道细说还得经过我一番唇舌,怕来不及,只得从权,母女二人夹了我们三人便逃。它母女说,幸而那团黑烟想是携着那六个男童,飞得不快,不然被他听见商爷喊声追来,也许遭了毒手了。如今往四川和往我们山洞的路,俱都经过那妖道盘踞的地方,天明能动身不能,还不敢定呢。”

言还未了,风子一听那妖道还擒有六个幼童,不禁又恨又怒,便对云从说,要用那口宝剑去将妖道杀死,将六个童男救来。云从闻言惊道:“此事固是义举,无如我们虽有一口仙剑,却不会法术。那小妖道因为入定被杀,乃是适逢其会。休将此事看得易了,还是慎重些好。”风子愤愤道:“我们现在既打算学剑仙,岂能见死不救?我们如果该死,好几次都死过了。你没听张三姑姑说,凶险虽有,不会送命吗?这等伤天害理的事儿,我们不知道,无法;既然知道,岂能不管?焉知那厮不是恶贯满盈,也和他徒弟一样,冷不防下手,一剑就送了终呢?”云从闻言,也觉事虽奇险,那妖道行为万恶滔天,明知卵石不敌,也无不管之理。便答应风子,要一同去。风子却又推说剑只一口,云从没他力大身轻,去也无用,执意不肯。

二人正在争论,那老金猱又向小三儿哇哇叫了几声。小三儿便对二人道:“我岳母说,它也恨极那个妖道。并说妖法虽是厉害,如用那口仙剑照杀他徒弟一样,乘他没防备时猛然刺他一剑,只要刺上,便可成功。不过事终太险,人多反而误事。还是由我岳母随了商爷同去,藏身近处,先由它悄悄探好虚实,再用手势比给商爷前去动手。据小的妻子所见,那妖道行法之时,也是闭目合睛,仿佛无闻无见,只有口动。如遇见他在打坐,那就更好了。”云从见争论无效,只得再三嘱咐风子:“老金猱虽是异类,却在高人门下,久已通灵。它如不叫你下手,千万谨慎,不可冒失行事。”风子一一应了。

老金猱便过来要背他。风子将剑匣要过佩上,仍是坚持自走。老金猱只得指了指方向,两脚往上一起,踏树穿枝,翻山越涧,电闪星掣般往前飞去,转眼没有踪迹。风子原知它母女跑得快,因天性不喜人相助,以为三数十里的程途,片刻可以赶到,何用背抱?却没料到快到这般出奇。等到前面那条金线跑没了影子,才想起适才被它夹起逃走,出林时节曾转了个弯。如今它不在此,路径不熟,要是走错,岂不误事?况且有它背,还可早到。斩妖人方是大事,何必拘此小节?虽然有些后悔,以为金猱在前面探完了虚实,必要回头，只管脚下加劲，还不着急。谁知估量着走有三十余里，还未进入林内，知道走错，又恐金猱在前遭了妖人毒手，好不焦急。在眼面前一面是个谷口，一面是个斜坡，当中一面却有一座小孤峰阻住去路，心中拿不定走哪条路好。只得纵上峰去，往四外一看，来路并无像刚才那么大的树林，只去路谷口里面一大片黑沉沉的，月光如昼，远望分明，不见边际。才知自己性急多疑，并未走过头。心中一喜，忙着跑下峰来，往谷中奔去。

刚入谷口，便听谷口里岩石后有人问答之声，一个似是童音。风子知道这般荒山空谷，哪里来的人语？虽是胆大，也恐与妖道不期而遇。连忙轻收脚步，紧按剑柄，伏身石后。贴耳一听，只听一个小孩带着哭音说道："自从哥哥走后没两年，听说张家表哥与表姊在城外辟邪村玉清观拜了一位师太为师，第二年一同出门云游，就没回来。听姑母说，那师太是有名的剑仙，同峨眉派剑仙都有交情。表姊临快出游时，还常替哥哥可惜，你那般好道，也不知这两年遇见高人没有？如在成都的话，岂不眼前就有一条明路？母亲不似张家姑母那般想得开，自己又不会武，老担心你。那日我去武侯祠代母亲许愿求签，便被这妖道捉来，不曾想哥哥却会做了他的徒弟。幸亏我机灵，看你一使眼色，没敢和你说话，不然，岂不连你也给害了？如今母亲还病在床上，再见我忽然失踪，岂不活活急死？你会放金光在天上飞，还不快些同我驾云回去，只管在这里耽搁则甚？"

另一少年答道："毛弟，你哪知道。我自和张二表姊赌气离家，原打算不遇见剑仙学成本领，决不回家。谁知今年春天在终南山脚下遇见这个妖道，看上了我，强迫着收为徒弟，说我可以承受他的衣钵，苦倒未曾受到。我见他法术不正，时常奸淫妇女，伤生害命，想逃又不敢。上两月来到此山，择了适才那片树林中的空地炼法。炼成以后，便去山里寻他一个同道，创立一个邪教。他炼这妖法须用七个童男，先已捉来六个藏在山那边洞里，用法术禁住。最后才将你捉来，定在三日之内取你生魂，重炼那玄阴六阳迷神灵剑。我一见你是我毛弟，又惊又苦，几乎落下泪来。知他心比狼还狠，求情不但无用，弄不好连我也送了命。亏你聪明，不曾被他看破。但是你被法术禁住，无法解脱。他到林中去行法时，居然这一次未命我去，虽然抽空说了几句话，还是无法救你，急得我在洞外朝天碰地大哭。正伤心到了极处，忽然遇见一个矮老头的恩人，传了我三道符和救你之法。那第一道符，不但能救你脱难，还可隐身。第二道符，一念矮恩人传的真言，便有金光护体，随意飞行。第三道符，发起来是一个大霹雳。恩公原命我将你救到这里，等候一个人，那人也是被妖道追赶到此。我趁他一个冷不防，将那神雷发出手去，虽说不定能除他否，但决可使他受伤逃走。那时再同了你，将那同难的六个小孩，用那第二道灵符带到成都。再由我家拿出钱来，送他六人各自回转家乡，与他们的骨肉团聚。”

正说到这里，风子忽然觉得脑后风生，回头一看，正是那老金猱探道回来。风子便问妖道现在何处？那老金猱用手势朝风子比了一比。风子看出妖道也和小妖道一样，在那炉前打坐，原想赶去。猛想起那石后说话之人，颇似和自己一条道路。连忙探头一看，已经不知去向。风子便将宝剑拔出，藏在身后，迈步要走。那老金猱忽然又用手比了一比，意思是要与风子同行。风子本不认路，便由它在前引导。此时相去只有二三里远近，转眼便快到达。那老金猱忽然抢上前去，望了一望，飞身回来朝着风子直摆手，大有阻止再往前进之意。风子虽料知有了变故，哪肯就此罢手，也回了一个手势，表示自己主意已定，非上前不可。老金猱还紧拦时，风子便将手中的剑吓它，老金猱无法，只得退过一旁。

风子也不去管它，轻脚轻手，悄悄走到那片空地。由林后探头出去一看，那妖道生得相貌异常凶恶，穿着一件赤红八卦衣，一手持一口宝剑，一手拿着一叠符箓。虽是闭目合睛站在炉前，口中却是念念有词，不时用剑指着前面划，并不似那小妖道坐着不动，不由起了戒心。再往他前面一看，刚才绑金猱母女的石柱上面，正立着适才被自己杀死的那个小妖道的无头尸首。余外六根石柱上，却绑着六个童男，俱都是眉清目秀，齿白唇红，周身也有黑烟围绕。只见那妖道口中念了一阵，又从怀内取出一口小剑，连符掷向那黑烟的炉内，立时黑烟不见，冒起七股淡黄光华。妖道先朝那已死小妖道念了几句咒语，用剑一指，便见剑尖上多了一颗鲜红的人心。正要往炉中丢去，忽然低头想了一想，猛地大喝一声，将剑朝前一指，剑尖上那颗血滴鲜红的人心忽然不见，立时便有一道黑烟飞向林内。风子知道踪迹已被妖道看破，以为适才救金猱母女时，那绕身黑烟曾被自己用霜镡剑破去，所以并不着慌。见黑烟飞到，便持剑往上一撩，剑上青光过处，黑烟随剑消散。风子哪知厉害，得了理不让人，大喝一声，纵出林外。正待举手中剑向妖道刺去，妖道已将剑光飞起。

原来那妖道先时擒了金猱母女，喜出望外。当他回转巢穴，将那六个童男摄来，准备剖腹摘心，收去生魂，炼那最狠毒的妖法。及至返回林中一看，适才擒来的两个金猱与大徒弟俱已不知去向，绑金猱石柱上面的黑煞丝也被人破去，丹炉后面打坐的小妖道已经死于非命。先疑有敌派能人到此，破了妖法，又惊又恨，本想收了丹炉，摄了六个童男逃往别处。又一寻思："近日大徒弟形迹屡与往常相异，自从摄取最末一个童男回山，更看他脸上时带愁容，第三天那童男便失了踪，遍寻无着。当时虽然有些觉察，因为相随已久，不曾在意。又因急于将法术炼成，好往姑婆岭去相会一个同党，共图大事，偏偏童男便逃走了一个。那小徒弟入门未久，本想将他代用，到底师徒一场，有些不忍。自己方在踌躇，无心中擒着那两个长臂金猱，才息了杀徒之念，祭起黑煞丝，将二金猱困在石柱之上。如今二金猱虽然被人破了妖法放走，但是大徒弟失踪，二徒弟又被人杀死，怎的来人未将丹炉中炼的法宝取去？那炉内与余下六根石柱上的黑煞丝依然存在？"不由动了疑念。

偶一回身，看见身侧树林中遗下一个小孩的风帽，取在手中一看，正是那失踪童男所戴之物。猛想起初擒到手时，曾见那童男的相貌和自己大徒弟相似，恍如同胞兄弟一般，彼时心中曾微微动了一动。第三日便没了影。照眼前情形看来，分明是大徒弟起了叛意，先放走了失踪的童男，又乘自己不在，解了黑煞丝，放走金猱，又恐他师弟泄露，行时将他害死。越想越觉有理，不由暴跳如雷，连忙身飞空中仔细瞭望，并没一丝别的迹兆，更以为所料不差。本想跟踪追擒，又因那徒弟虽然学会了两样妖法，仅可寻常防身，不能高飞远走。那失踪童男想是他兄弟，故此放了逃遁，走必不远，定然还在近处岩洞间藏伏，终久难逃罗网。自己急于将法炼成，原想用那小徒弟凑数，他今被人害死，正好趁有妖法禁制，生魂未散之际，行法祭炼。再说两个徒弟一死一逃，剩下这六个童男，带着行走既是不便，放在洞内还需人看守，刚巧丹炉中所炼法宝已经到了火候，索性就此时机取了这七个生魂，炼好妖法，再去寻捉叛徒泄愤。

主意一定，便将小妖道解了禁法，将他尸身与六个童男仍用黑煞丝分别绑在七根石柱之上。先到炉前打坐，默诵一阵咒语，起身行法。刚将那小妖道的一颗心用妖法剖腹取出，持往炉中掷去，猛见月光之下，树林影里似有一道青光闪了一闪。那妖道虽非异派中有数人物，却也不是寻常之辈，新近又从一个有名同党那里学会了几样妖法，炼会了黑煞丝，总算久经大敌。风子只不过急于想往前看个仔细，一不小心，手中的剑在身后闪了一闪，便被他看出动静。那妖道原是心辣手狠，刚一发现有人，忙使妖法将小妖道那颗心掷还，就势一声大喝，便将黑煞丝放起，朝风子飞去。他那黑煞丝炼法，虽与妖尸谷辰同一家数，一则妖道功候比妖尸谷辰相差悬远，二则又非地窍穷阴凝闭毒雾之气炼成,哪里经得起仙家炼魔之宝,所以一挥便成断烟寸缕,随风飞散。妖道见黑煞丝出去无功,便猜来人不弱。跟着见敌人纵身出来,举剑刺到,妖道才看出敌人仅有一口好的宝剑,并不能脱手飞出,运转自如。心中一定,哪还容得风子近前,袍袖一扬,便有一道黄光飞出手去。风子还以为那黄光也和黑煞丝一样,忙举剑去撩时,刚一接触,便觉沉重非常,才知敌人是口飞剑,不由大吃一惊。所幸生有天赋,身手灵敏,一见剑头被黄光一压,力量不小,忙按峨眉真传,将以实御虚的解数施展开来。当下一个空中,一个地下,一青一黄,两道光华往来冲击个不休,一时之间,竟是难分高下。

妖道先以为剑光飞出手去,敌人非死必伤。及见来人竟然凭着一口手中宝剑,与自己剑光斗在一起,那青光还自不弱,虽不能像自己剑光一般随意运用,却仗来人的身手矫捷,剑法高妙,一样的蹿高纵矮,疾如闪电。就这一会工夫,已看出来人不是凡品。再加上垂涎那口宝剑,打算人剑两得,一手指挥空中黄光与来人争斗,暗地却在施展妖法。风子原是粗中有细,知道宝剑既不能破去黄光,敌人能随意运用飞剑,自己却得费足力气纵跃抵御,微一疏忽,挨上黄光,便有性命之忧,工夫长了,定然气力不济,吃亏无疑,早有打退身的主意。无奈敌人的黄光追逼甚紧,休说逃走,连躲闪都不能够。正在着急,猛觉黄光来势略缓了些。百忙中偷眼一看,妖道一手指天,嘴皮乱动。刚料敌人要弄玄虚,忽然闻见一股奇腥,黑烟缭绕,劈面飞来,立时两眼一花,两太阳穴直冒金星。喊声:“不好!”用尽平生之力,大喝一声,拔步便起,一个白虹贯日的招数,连人带剑舞成一个大半圆圈,直往林中纵去。

也是风子命不该绝。一则妖道本领平常,飞剑力量不足;二则又在行使妖法之际,分了些神。风子这一纵起时,正赶上那道黄光一绕未绕上。妖道知道风子那口宝剑厉害,恐防伤了自己的飞剑,每遇风子迎敌得猛烈时,总是撤了回去,二次再来。这次刚刚撤退了些,恰巧将黑煞丝放起,原以为风子飞剑被黄光绊住,注意空中,势难兼顾,只一缠上便倒。万没料到风子会这一手峨眉剑法中的救命绝招,黄光又撤得恰是时候,被风子剑光过处,黑烟依旧四散。等到黄光再飞上前去取敌人首级时,恰值风子破了黑煞丝,连人带剑纵起,迎个正着。风子仿佛听见两剑相遇,锵地响了一下,身子已蹿入林内,飞步便逃。

那妖道见黑烟快要飞到敌人面前,敌人刚从空中下落,还未着地,同时自己的飞剑又二次飞将出去,两下夹攻,这种情势,原属万难躲闪的。不料敌人脚刚沾地,恍如蜻蜓点水一般,倏又纵起,剑光撩过,黑烟随着敌人手上青光四散飞扬。心里一惊,气刚一懈,猛地又见青黄两道光华都是疾如闪电般飞起,刚一接触,便觉自己元气震了一下。知道不妙,想往回收,已是不及,那黄光竟被青光一击,落下几点黄星;像一条飞起的黄蛇被人用重东西拦腰打了一下,蜿蜒着往横里激荡开去。知道飞剑受伤,好不痛惜。再望敌人,业已往林中蹿去,越发暴怒如雷。一手指定空中飞剑,再回手一招,炉中黑烟像刚生火的烟筒一般,蓬蓬勃勃,卷起百十条黑带,随定妖道身后,直往林中追去。

这时风子已如惊弓之鸟,脚一沾地,连望也未往回望,一纵十数丈,往前便逃。逃没多远,便听脑后风声呼呼,妖道追来,一任风子脚底多快,终久不如妖道遁光飞行迅速。快要逃到谷口,猛一转念:“我今日如何这般胆怯?敌不过人家就死罢了,怎的引鬼入室,连累大哥?”这一转念,脚步便慢了些,转瞬间,妖道竟离身后不远。风子见反正逃不了,把心一横,索性连身后那根铁锏也拔出来,正待回身迎敌,妖道的黄光黑烟已是同时飞到。风子安心拼死,不问青红皂白,一手持锏助势,一手拿着霜镡剑施展峨眉剑法,舞了个风雨不透。这次妖道早就打好主意:见风子回身迎敌,知他宝剑是口仙剑,故不上前,由他将剑乱飞乱舞;只把黄光黑烟同时放起,将风子围住。静候风子力尽神散,然后乘虚而入,取他性命。

不到半盏茶时,风子看出敌人用意,暗中咬牙切齿。心想:“照此下去,早晚力竭而死。如今解数使开,除了得胜,便是遇救;不然休说再想逃走,手势略缓,便吃大亏。”眼看那道黄光只在近身乱闪乱窜,似落不落,似前不前;黄光外头顶上的黑烟却是越聚越浓,似要笼罩下来。连身舞起,用剑去撩,那烟却又上升,妖道嘴皮还在乱动。他原是剑、锏同舞,使力量均匀,以免单臂使剑费劲。一见妖道又不知要闹什么玄虚,越想越恨。右手仍是舞剑,猛地借着一个盘花盖顶的解数,抽空一扬手锏,朝对面妖道打去。

妖道一时疏忽,以为鱼已入网,静等力竭之时,或擒或杀,定心在那里口诵咒语,目视空中黄光、黑烟,指挥运用,万没料到敌人会有此着。猛听面前金刃劈风之声,回眸一看,一条黑影迎面飞来。料知不妙,连忙纵开时,铁锏业已飞到,正打在左肩头上面。风子原是天生神力,又在怒极之时,使力更猛,这一锏竟将妖道左臂打折,倒在地下,几乎痛晕过去。他这里受了重伤倒地,元气一散,黄光、黑煞丝俱都无人主持。被风子无意中连人带剑舞起,连撩几下,竟然散的散,撞退的撞退。

风子如乘此时逃走，未始不可以走脱。偏偏他得理不让人，一见敌人中伤倒地，妖法困不住自己，立时转忧为喜，好胜之心大炽。就势纵起，待要手起剑落，将妖道杀死，再去救那六个童男。那妖道骨断筋折，虽然痛彻心肺，仍还有一身的邪法。正在挣扎起身，猛见风子纵到面前，举剑要刺，迫不及待把口中钢牙一错，使出他本门中临危救急最狠毒的邪法，咬破舌尖，一口鲜血喷将出来，立时便是栲栳大一团红火往风子脸上胸前飞去。风子见妖道忽然立起，并未晕倒，刚起戒心，便见一团烈火飞来。两下里势子俱疾，收不住脚，无法躲闪。刚喊一声："不好！"猛地眼前金光一亮，紧接着震天价一个大霹雳打将下来。惊慌忙乱中，眼前金蛇乱窜，火花四溅，头上似被重东西打了一下，一阵头晕目眩，倒于就地。

待了一会，醒转一看，剑仍紧握手内，老金猱正站在自己面前，用那两条长爪在胸前抚摸呢。这时月落参横，远近树林都成了一堆堆的暗影，正东方天际却微微现出一痕淡青色，天已经有了明意。再找妖道，已不知去向。风子不知就里，正和老金猱比手势问答，忽听破空之声，从前面那片树林中冲起一道金光，光影里似笼罩着一群小孩，往入川那条路上斜飞而过，转眼没入星云之中，不见踪影。风子虽不知妖道存亡，但是自己震晕在地，既未被妖道伤害，那六七个小孩又有金光笼护飞起，想必妖道不死必伤，只不知那救走小孩的是谁。连问金猱，俱都摇头。

风子做事向来做彻，暗想："妖道如果被雷震伤，也和自己一样晕倒在地，必然逃走不远。倘或寻见，就此将他杀死，岂不替人间除了一害？"当下便和老金猱一比手势，老金猱又摇了摇头。风子也不去理它，径往前面林中一路寻找过去。走没几步，先将那柄铁锏寻着，插在身后。直寻到妖道行法所在，见石丹炉内烟已散尽，七根石柱全都倒断，哪有一个人影。风子见那石丹炉尚还完好，恐妖道未死，日后重来，又借它来害人，便手起剑落，一路乱斫。斫得兴起，又将身后铁锏拔出，一阵剑斫锏打，石火星飞，顷刻之间，都成了碎石才罢。仰头一望，满空霞绮，曙光璀灿，天已大明。回望老金猱，正蹲在一株枣树上面，捧着一把枣子，咧开大嘴，望着他笑呢。

风子刚道得一声："你这老母猴，笑些什么？"忽见碎石堆侧有一物闪闪放光。近前一看，乃是一面三寸大小的八角铜镜，阴面朝天，密层层刻着许多龙蛇鬼魅鸟兽虫鱼之类，当中心还有一个纽，形式甚是古雅。同时老金猱也从树上飞身下来，伸臂想取，偏巧两手握枣，略缓了一缓手，刚换出来，被风子先拾在手内。翻转身一看那镜的阳面，猛觉一道寒光直射脸上，不由机灵灵打了个冷战,知是一面宝镜。还疑有别的宝物,再细一找寻,又在死道童打坐之处寻着一个破镜囊。别的一无所有。恐云从惦念,便将镜子连镜囊揣入怀内,往回路走。那老金猱虽没和风子要那面铜镜看,满脸都是歆羡可惜之容。

事情已完,回程迅速。老金猱脚下更快,早跑向前面老远,一会没了影子。风子走离昨晚所居岩洞不远,云从与小三儿夫妻已得老金猱报信,迎了上来。原来昨晚自他走后,许久不归,云从主仆俱甚忧急。小三儿的妻子却说它母亲十分灵敏,此番前去,不比适才救女情急,致遭妖道毒手。守缺大师之言,既已应验,当无妨害。它既未回来,想是在相机下手救人,必未被妖道所害。云从仍是将信将疑,宝剑不在手中,去也无用。天明以后,正决计冒险前往一探,恰值老金猱先回,说它因拦劝风子不成,只好独自避开,以免同归于尽。后来风子和妖道动手,它在远处暗中窥探。见风子危险之中,忽然撒出飞锏,将妖道打倒,跟着上前,想取妖道性命。正替他心喜,猛见红光一闪,凭空打了一个大雷。那妖道就在雷火飞到之际,化成一溜黑烟,惨叫一声,破空逃走。同时侧面山石背后,又飞起一道金光,投向妖道行法之所。先恐妖道还有同党,不敢近前。待了一会,不见动静,才走过去。刚将风子救转,先前那道金光二次飞回,还带了几个小孩冲空而去。才知那金光是妖道的对头,六个小孩已经遇救。风子还想到林内看个下落,它也顺便去采那林中的枣。正笑风子把一个一无用处的石丹炉只管乱砍乱扒,白费心力,却被风子将地下一面宝镜拾去,想是小三儿无此福分等语。

云从听小三儿把话翻完,也顾不得吃枣,连忙一同迎出洞来,彼此见面,叙谈经过。云从要过那面铜镜一看,果然朴质古雅,寒光闪闪,冷气逼人。又见柄纽上刻有古钟鼎文,正在辨认。风子一眼望到地下,忽然惊“咦”了一声。小三儿和金猱母女也都围拢过来,一同蹲身注视地上。云从便问何故。风子忙答道:“大哥手先莫动,你看这地底下的东西。”云从低头一看,那镜光竟能照透地面很深,手越举得高,所照的地方也越大。镜光所照之处,不论山石沙土,一样毫无阻隔。那深藏土中的虫豸,一层层的,好似清水里的游鱼一般,在地底往来穿行。再往有树之处一照,树根竟和悬空一般,千须万缕,一一分明。大家俱觉宝镜神奇,喜出望外。风子更是喜欢,重又接过去,东照照,西照照,爱不忍释。直到云从催金猱母女去探兽群走完没有,才行罢手。将宝镜仍交给云从拿着,自已到洞中将行囊搬出,大家进了食物,收拾捆好,准备上路。云从把玩了好一会,始终没认出那镜纽上的几个古篆。

因小三儿当时不能跟去,心里难过。便将宝镜交与风子藏在怀中,等到峨眉见了师父,再问来历用处。

主仆二人坐在山石上面,殷勤叙别。待有半个时辰,金猱母女才行回转。又特意折了些树枝树叶,编了一个兜篮,采了满满一兜枣,请云从、风子带到路上吃。说前途野兽业已差不多过尽,请即上路。云从、风子便向它母女谢了相助之德,仍由昨晚那座峭壁照样飞越过去,从山石孔中穿出。果然山下面的兽群业已过完,晨光如沐,景物清和。当下三人二兽,同往前途进发,有金猱母女护送,既不患迷路,更不畏毒蛇猛兽侵袭。走到中午时分,便将那山走完。前面不远,便要转入有人烟的所在,金猱母女不便再往前送。云从、风子便取出食粮,大家重新饱餐了一顿,与小三儿各道珍重,彼此订了后会,才行分手。

云从走出了老远,不时回望,小三儿夫妻母女三个,还在山顶眺望挥手。心想:"小三儿从小一同长大,屡共患难,虽为主仆,情若友昆,自不必说。那金猱母女,本是兽类,也如此情深义重。此次到了峨眉,拜见仙师,异日成道以后,不知能将他们度去不能?"心中只顾沉思,忽见风子又取出那面宝镜摆弄,且走且照,时现惊喜之容。云从也是年轻好奇,便要过来也照了一会,所见大半仍与来时所见差不多,并无什么特别出奇之物。走到黄昏时分,望见前面有了人家。云从因连日均未睡好,尤其昨晚更是一夜无眠,便命风子收了宝镜,前去投宿。那家原是一个苗民,汉语说得甚好,相待颇为殷勤。

第二日一早,二人问明路径,辞谢起身,仍抄山僻捷径行走,午后便经筠连,越过横溪。这一日穿过屏山,距离峨眉越近。二人一意贪快,仗着体健身轻,不走由犍为往峨眉的驿路官道,却想由石角营横跨大凉山支脉,抄峨边、马边、乌龙坝、天王校场、回头铺、黄桷树等地,渡大渡河,直奔峨眉后山。这一路不时经过些山墟小镇,中间很有些难走的地方,登攀绕越,备历险阻。到了乌龙坝,前面便是大渡河不远。场坝上朝乡民一打听,才知这条路比走驿路还要远得多。二人求速反慢,白多走了两日。幸而已快到达。匆匆在村镇上添买了点食粮。渡过河去一望,那一座名闻天下的灵山胜域,业已呈现眼前,不日便可到达,朝拜仙师,学习道法,好不心喜!

当晚到了山脚,先觅一人家住宿,斋戒沐浴。第二日天未明,便起身往山里走去。入山越深,越觉雄奇伟大,气势磅礴。云从、风子原照无情火张三姑姑所说路径,走的是峨眉后山,尽都是些崇山峭壁,峻岭深壑。耳边时闻虎啸猿啼之声,丛草没胫,森林若幕,景物异常幽静。漫说平时少见人踪,连个樵径都没有。路虽险巇难行,因为志愿将达,明早绕过姑婆岭山脚,至多再走一日,便可到达凝碧仙府的后面。再加上时当深秋,到处都是枫林古松,丹碧相间,灿若云锦,泉声山色,逢迎不尽。只觉心旷神怡,喜气洋洋,哪里还想得到疲倦两字。

风子因那面宝镜可以照透重泉,下烛地底,走一会便取出来照照,希冀能发现地底蕴藏的宝物奇景。先一二日,因云从想起笑和尚、尉迟火二人常说,越是深山幽谷,岩壑古洞,越有异人异类潜踪,告诫风子不可到处炫露,以防引起外人觊觎。风子童心未退,虽然忍耐不住,毕竟还存一点机心。及至一入峨眉,以为仙府咫尺,纵有异人,想必也是一家。何况连日行来,一些异兆都未见,便不放在心上。据连日观察,那镜照在石地上面,似乎还不甚深,碧沉沉地极少看见石中什么东西。越是照到泥沙地上,不但深,而且分外清晰,地底下无论潜伏的是什么虫豸蛇蟒,无不层次分明,纤毫毕现。遇到这种有土地方,风子从不放过。云从同是少年好奇,也加上地底奇景太多,渐渐随着贪看起来。

二人且行且照,一路翻山越涧,攀藤附葛,走到黄昏将近,不觉行抵峨眉后山侧面的姑婆岭山麓下面。本来还想再赶一程,忽然一阵大风,飞沙扬尘,夹着一些雨点劈面吹来。风子一眼瞥见衔山斜阳已经隐曜潜光,满山头云气滃漭,天上灰蒙蒙,越更阴晦起来,知要下雨。便和云从商量,因初入仙府拜见师长,容止须要整洁一些,恐被雨湿了衣履,再说山路崎岖,雨中昏黑,也不好行走,便忙着寻找歇脚之地。走不几步,雨虽未降,风势竟越来越大,一两丈大小成团的云,疾如奔马般只管在空中乱飞乱卷。正愁雨就要落下,寻不着存身之所,云从忽又腹痛起来,见路侧有一丛矮树,便走进去方便。看见树丛深草里横卧着一块五六尺高、三丈多宽的大石,一面紧靠山岩。无心中探头往石后一看,空隙相间处仅有尺许,那岩口高下与石相等,深才尺许。岩顶突出向上,岩脚似有数尺方圆那么一团黑影,望去黑沉沉的。顺手拾起一个石块往那黑影掷去,仿佛那黑影是个小洞穴,耳听石块穿过落地之声。以为纵然是个洞穴,那么低小,也难住人。解完了手,便站起身来,刚走出树丛外面,弹丸大的雨点已是满空飞下。想起适才所见那岩虽然低浅,却正背着雨势,可以暂避。匆匆拉了风子,携了行囊,往大石后面跑去。且喜回身得快,身上还未十分淋湿。那雨又是斜射而下,地形也斜,雨势虽大,连面前那块大石都未淋湿。

二人立定以后,耳听风雨交加,树声如同涛鸣浪吼,估量暂时不会停止,今晚无处住宿，正在愁烦。风子又取出那面宝镜往岩缝中乱照，碧光闪闪，黑暗中分外光明。云从记得这里还有一个洞穴，随着镜光照处，见满壁尽是些苔藓布满，并无什么洞穴。只石缝中生着一大盘古藤，从地面直盘向岩壁之上，枝叶甚是繁茂。风子正用镜往藤上照，忽然失声道："这里不是一个洞么?"说罢，将藤掀起半边，果然岩壁间有一个三四尺大小的洞。那盘古藤恰好将它封闭严密，不揭起，再也看不出来。风子正要将那盘藤蔓折断入内，云从连忙拦阻道："这盘老藤将洞口封得这样严密，除了蛇虫而外，平时决无兽类出入。要是里面能住人的话，留下它，我们睡起来也多一层保护。好好的多年生物，弄断它则甚?"风子闻言，便一手持镜，一手持锏，挑开半边藤蔓，侧身低头而入。起初以为那洞穴太低，即使勉强可以住人，也直不起腰来。及至到了洞中一照，里面竟有一两丈宽广，最低处也有丈许高下，足可容人。虽然磊砢不平，却甚洁净，并无虫蛇潜伏行迹。忙请云从入内，重新仔细看过。在穴口壁角间择好了一处较平的石地，将行囊摊开，又在石壁背风处点起一支蜡烛。

抱膝坐谈了一阵，云从觉着口渴，取水罐一摇，却是空的。风子便要出外取去。云从道："外面天黑雨大，忍耐一时吧。"风子答道："我自己也有些口渴。反正穿的是件破旧衣服，明日到仙府时，莫非还把这肮脏的衣履都带进去?"说罢，便将水罐拿起，一手持镜，掀起藤蔓，走了出去。一会，接了有多半罐雨水进来，口中直喊好大雨，浑身业已湿透。云从道："叫你不要去，你偏要去，这是何苦? 快把衣服换了吧。"风子道："这雨真大。我因它是偏着下，树叶上的雨又怕不干净，特意择了一个空地，将罐放好，由它自接。我却站在靠崖没雨处去，并未在雨中等候，就会淋得这样湿。"

风子说时，正取衣服要换，猛从藤蔓缝里望见外面两道黄光一闪，仿佛与那日在鸦林砦与小妖道何兴对敌时所见相似，猛地心中一动。忙朝云从一摇手，纵过去将靠壁点的那支蜡烛吹灭，拔出身后铁锏，伏身穴口，探听外面动静。云从知道有警，也忙将剑出鞘，紧持手内，轻悄悄掩到穴口，从藤缝中往外一看，只见两三道黄光在洞口大石前面不远盘旋飞舞。因有那块大石挡住，时隐时现，估不出实在数目，算计来人决不止一两个，看神气是在搜寻自己。情知风子适才出外接雨，显露了点行迹，被人发觉追来。想起那日鸦林砦剑斩何兴，事出侥幸。今晚敌人不止一个，又在黑夜风雨之中，事更危险。喜得敌人尚未发现藤后藏身的洞穴，几次黄光照向藤上，俱是一晃而过。深恐风子冒昧行事，再三附耳低嘱，不俟敌人寻到面前，千万不可动手。

但盼他寻找不着,自动退去才好。待了好一会,那黄光还是不退,只管围着石前那片矮树丛中飞转,起落不定。约有个把时辰过去,忽然同时落到那块大石上面。

这时风雨已逐渐停歇,黄光敛处,现出两老一少三个道士,俱都面朝外坐,只能看见背影。中坐的一个道:“我明明看见宝物放光,与雷电争辉,决不是同道中用的飞剑,怎么会看不准它隐去的地方,寻了这许多时候,不见一丝踪影?我想宝物年久通灵,既然显露行迹,必将离土出世。这里靠近敌人巢穴,常有敌人在空中来往,不可轻易放过,致被敌人得去。你师徒两个可在这石上守候,留神四外动静。那东西出现,必在黎明前后。我回洞去,做完了功课,再带了你两个师侄来此,大家合力寻找,好歹寻见了才罢。等宝物到手,法术炼成,交代了许仙姑,再随你师徒同往鸦林砦,去谋根本大计。”说罢,化道青黄光华,破空飞去。

二人在藤后洞穴中,一听那道士说起鸦林砦,猛想起:“来时经过鸦林砦剑斩何兴时,曾听向义说起,那小妖道原是师徒三人。小妖道师父姓尢,在前些日带了他一个徒弟云游未归,不想却在此处相遇。只是先说话走去的一个妖道不知是谁?听妖道说话神气,分明是风子拿着宝镜在雷雨中照路,被他发现跟来,错当作地下蕴藏的宝物,不寻到手,绝不甘休。虽然人的踪迹未被发现,但是被这两个妖道堵在洞内,怎生出去?此时天还未明,或者不致被他寻着。天一明后,先去妖道带了同党前来,那时敌人势力越盛,更难抵敌。自己既然能够发现这洞,迟早必被敌人搜着,如何是好?”

方在焦急无计,又听洞外妖道师徒在那里问答。从谈话中听出那妖道竟是峨眉派仇人,平素奸淫残暴,无恶不作。因为受了正派中的疾视,存身不住,路过鸦林砦,见地势荒僻,苗人愚蠢,便用妖法将苗酋黑犵狫镇住,打算役使他们,在砦中建立寺庙,以作巢穴。先立下根基,一面摄取童男童女淫乐,暗中祭炼妖法,以备将来寻峨眉门下报仇。这次出来召集党羽,遇见一个本门姓黎的妖道,受了一个姓许的道姑之托,在姑婆岭后,正对凝碧崖飞雷峰顶炼一种邪法,约他前去相助。来此多日,再有六七天,妖法便可炼成。晚间山顶眺望,忽见山下大雷雨中有一道碧光,与雷电争辉,连连闪动,宝气直冲霄汉,知是一件异宝。连忙赶来寻了好一会,也未寻见,恐为峨眉门下路过捡了便宜。意欲天明将左近一带全行发掘。如再寻不见,便要命同党在当地轮流搜寻,非得到不走等语。

风子一听,暗想:“这般耗下去,早晚必被妖道寻见。与其束手待毙,何如趁妖道同党没有齐集时，和他一拼，得手便逃，还有生路。以前在鸦林砦斩那小妖道时，全仗手快。这次添了一人，更须出其不意，方能成功。”主意想好，因与妖道相隔甚近，恐被察觉，便悄悄拉了云从一下，轻轻移往洞的深处，附耳低声一说。云从先时胆小持重，再三嘱咐风子留心谨慎。及至一听妖道师徒之言，知道生路已绝；再一听风子主意，虽不稳妥，除此别无法想，只得应允。风子原恐云从不肯行险，一听痛快答应，立时勇气大增。便将那面铁锏斜插身后，试了一试，觉得顺手。又和云从叮嘱了几句，将宝镜藏在洞壁角里，走向洞口听了听，妖道师徒还在计议鸦林砦建庙之事。便隔着藤蔓唤道：“洞外二位仙人，可容小人出见么？”

妖道师徒正谈得起劲，忽听岩壁之内有人说话唤他们，不禁吃了一惊。立时纵下石去，回身喝问道：“你是人是怪？从速说了实话，免得真人动手！”风子答道：“小人姓商，是贵州人，自幼爱武。因在家乡被一个恶人所逼，逃了出来。听人说起山里神仙甚多，想求仙人收为徒弟，学了仙法，回家报仇。一连在山中寻了多少日，也未遇见。前两天路经此地，看见这林内冲起一道八角形光华，照得满山绿亮亮的。先以为是妖怪，不敢近前。后来猜是宝贝，近前一找，却又不见。在这里已经隐藏了好几天，虽看出宝贝埋藏的地方，只是无法弄到它。几次等它自己出来，也没捉住。适才睡了一觉，醒来听见仙人在外面说话，小人自知没福，不配得那宝贝，只求仙人收我做个徒弟，我便将宝贝藏处说出。仙人你看好么？”

那妖道正是向义所说的尤太真，原是越城岭黄石洞飞叉真人黎半风的师弟。闻言贪心大炽，便命风子出去相见。风子趁势将藤折断，掀过一旁，出洞便向妖道跪倒行礼。妖道命他起来一看，生相虽然英武，却不似学过道法剑术之人，适才那一番话，已信了一多半。再一细看风子，骨格奇伟，禀赋甚厚，越更心喜。便命指出藏宝所在。风子立时改口称了仙师，重又行了拜师之礼。又朝小妖道见了礼。起身指着妖道坐的那块大石说道：“弟子守了好两天，才看出宝贝逃去时，总是在这石头底下一晃不见。偏这石头太重，一个人弄它不动。”妖道这时利令智昏，见风子满脸憨厚的神气，完全信以为真。先指着那小妖道道：“这是你师兄甄庆。你二人站过一旁，待我行法将石移去，看看宝物在地下不曾？”说罢，便站在前，闭目合睛，口中念念有词，将手一指，那重有数万斤的一块大石，竟自动移出数丈以外。

风子原意以为诓那妖道师徒与自己一同去推那石，自己再出其不意，照预定暗号，拔锏将小的一个打死。同时云从也从洞口伏处蹿将出来，给那妖道一剑。不想妖道妖法厉害,不用人力,竟将那大石移开。深悔妖道闭目行法之时,没有下手,错过机会,正在心惊着忙。也是妖道运数将终。移去大石以后,不见宝物痕迹,以为深藏地底,又命风子指出宝物隐迹的所在。风子随便指了一处。妖道因这种异宝必藏在地下深处,如不先行法封锁周围,仍要被它遁走。便命那小妖道和风子站在身前,注视风子指的地方;自己背向山岩,盘膝坐定,二次闭目合睛,口中念念有词,一手指定地面,不一会,便有数十道手指粗细的黑烟直往地下钻去。

风子一见小妖道也在手指口动,暗忖:"还不下手,等待何时?"心一动念,暗把全身力量运在右臂,将脚轻轻一移,便到了小妖道的身后。一声干咳,右手刚把身后铁锏拔出,朝小妖道头顶打去。对面妖道忽然怪眼一睁,见风子举锏照小妖道头上打去,才知风子不怀好意。大喝一声:"好业障!"手一指,一道黄光便飞出手去。那小妖道正在行法,猛听一声干咳,脑后生风,知道有人暗算。刚要纵起,被妖道猛地一声喝骂,以为自己有什么错处,微一疏神,略缓了缓,风子的铁锏业已打到,手快力猛,只一下,便打了个脑浆迸裂,死于非命。这时风子已看见妖道察觉,黄光迎面飞来,知道不妙。惊慌忙乱中,顺手抓起小妖道跌而未倒的尸身,向妖道打去,就势脚下一垫劲,纵出去有七八丈高远,准备迎敌。忽见对面黄光影里,飞起一团东西,落在地上,骨碌碌往山坡下面滚去,定睛一看,妖道尸身业已栽倒。云从也跟着纵了出来,举剑直向那道黄光撩去。妖道一死,飞剑失了驾驭,独自在空中旋转,被云从纵身一撩,当当两声,坠落地上。拾起一看,上面刻有符箓,与鸦林砦所杀小妖道何兴所用相似,只是晶光耀目,剑却要强得多多。再一搜妖道身畔,在腰间寻着剑匣,还有一个兜囊。仓猝中也顾不得细看内中所藏何物,便将剑和兜囊交给风子带好。匆匆入洞,取了行囊宝镜,便要连夜避开险地。

风子忙拦道:"妖道师徒虽死,还有昨晚走那妖道,更比这两个厉害。他们能用妖法飞行,我们纵走得快些,要被他追来,仍是跑不脱。莫如趁天明还早,将妖道尸身藏过,故意做出妖道瞒心昧己,吞没宝贝逃走的神气,以免他跟踪来追,岂不是好?"云从见风子近来一天比一天聪明,简直不似初见时憨呆光景,连声称赞。当下便将妖道师徒的首级和尸身抬起,扔到来时路过的深涧之中。用剑将那有血迹所在的泥土山石全都掘碎混合,又在那原放大石之处掘了一个三四尺深的坑。

一切做得差不多,看天上星色,知离天明已不甚久,才藏好宝镜,背起行囊,忙着往前进发。且喜去路与妖道来路相背,无须绕道,只盼不被他发觉追上,便不妨事。走了有个把时辰,天色渐明。二人又赶走了一程,没见后面有什么动静,才略微放了点心。因连惊带累了大半夜,又疾走了不少的山路,觉着有些力乏饥渴。再加雨后泥泞,衣服湿污,天明一看,还各溅了不少血迹。便择了个僻静地方,先将衣履全换了新的,旧衣履丢掉。然后各人进了些饮食,吃完,打算略微歇息再走。于是便说起刚才斗妖人的经过。

原来风子在洞穴时和云从商定,只听风子在外咳嗽一声,云从便从洞中蹿出下手。彼时妖道正在闭目行法,一听咳声有异,睁眼一看,见风子持锏正要打他徒弟,不禁勃然大怒,大喝一声,也不顾地下宝物,径直放出飞剑,要取风子首级。谁知忙中有错,他大喝一声,反被他徒弟误会了意,吃风子打死。妖道急怒攻心,全神注在前面仇人,却不料后面还伏一个劲敌。云从从后洞内一个长蛇出洞,冲将出来,原想一剑从妖道后心刺去。因见妖道黄光业已朝风子飞去,同时又见小妖道从风子身旁飞起,没看清是风子打出来的尸体,以为风子没有得手,心一惊,手便慢了些。蹿出时走步太急,身子已纵离妖道身后不远,忙将手中剑改了个推云逐雾的招式,横着一剑,反手腕朝妖道头上挥去。仙传宝剑何等锋利,妖道刚觉脑后风生,青光一闪,未及回头,已经身首异处。云从一剑得手,就势一翻左肩,朝右侧一个鹞子翻身,纵向前面,剑光过处,将妖道一颗首级挑起十余丈高下,才行坠落地上。彼时般般都是凑巧,否则妖道事前稍有警觉,或是二人下手略慢,一个也休想活命。事后谈起,云从还自心惊,互道侥幸。因见风子要取妖道身上得来的兜囊,看看内中何物,云从忙拦道:“此时虽然敌人未曾发觉追来,未到仙府以前,总以小心为是。如不是你昨晚拿宝镜照路,哪会有这大乱子?快休取出,以免生事。”风子只得停手。

因为仙府将要到达,有许多不要紧之物,便将两个行囊重新收拾,把日后要用衣服另打了一个包裹,余者虽仍带着,准备快到时丢去。妖道那个兜囊,原塞在行囊以内,收拾时两人都是心忙,被风子无意中掖在腰间,当时俱未觉察,便即上路。默记张三姑姑所说赴仙府后洞的途径里数,算计当天日落以前,如无阻隔,便可到达仙府。

入山越深,景物越发幽静灵奇,越上越险。二人见天色晴朗,白云如带,时绕山腰,左近群山万壑,随时在云中隐现。加上仙灵咫尺,多日辛苦之余,眼看完成宿愿,越前进,越兴高采烈。一路无事,渐渐忘了忧危。谁知乐极生悲,祸患就在前面相俟,二人一些也不自知。经行之路是一条山梁,须要横越过去。还未走到山梁上面，行经一片森林之内，正要穿林上去，忽听头顶上隐隐有破空之声。二人抬头从树隙里往上一看，日光下似见两点淡黄星光飞过，一会又飞了回来，来回往复，循环不已，就围着那山梁一带飞绕，也不下落。二人此时见了这般异状，如果隐身密林中不出，或者不被敌人发觉。偏偏心里虽觉有些惊奇，脚底下仍忙着前赶，并不停歇。及至走出那片树林，前行没有几步，云从、风子猛地同时想起昨晚所遇之事，这才疑心到那是仇敌追来，在空中寻觅自己踪迹。连忙择地藏身时，空中两道黄光忽然并在一处，闪了两闪，在左侧面来路飞落下去，转眼不见，暗幸所料不中。待有半盏茶时，见无动静，益发放心，便仍往前行走。刚一越过山梁，下坡之际，忽听身后天空中又有破空之声。回头一望，那光越盛，又添了一道青黄色的，照二人所行方向，疾如电掣流星而来，偏偏山梁这一面尽是斜坡石地，除石缝中疏落落生着一些矮松杂草外，急切间竟寻不着藏身之所。云从因为隐身无地，来人从高望下，容易观察，既逃不了来人目光，不如故作从容，相机应付。自己一慌张，岂不反露马脚？便低声嘱咐风子装作不知，照常赶路。风子原本没有云从害怕，闻言答道："是福不是祸，是祸躲不过。左右已给他看见，怕他怎的？"

正说之间，已有两道黄光追出二人前面丈许远近落下，现出两个道童打扮的少年。内中一个较为年长的，一落地便迎头拦上来问道："你二人往何方去？是做什么的？"言还未了，后面那一个已插口大喝道："师兄，你还问什么？这小黑鬼身畔带的不是尤师叔的法宝囊么？还不捉了他去见师父？"风子先时一见两道童拦路问话，已料来意不善，早伸手暗握昨晚所得那口宝剑的柄，准备先用话去支吾，略有不对，仍是给他来个先下手为强。一听身带兜囊被后面道童看出是昨晚妖道之物，知道行藏败露，除了一拼，无可避免。不等后面道童把话说完，暗朝云从递了一个眼色，也不出声，倏地左肩一摆，甩下身背行囊，就势左手先拔身背铁锏，一个箭步纵上前去，照准头一个道童当头就是一锏。这回对敌的事，不比先前两次，均出敌人之意，那道童能力又远在鸦林砦所遇小妖道何兴之上，哪里能打得上。那道童见风子一锏打到，口里骂得一声："业障！"脚一点，往上纵起，右手掐诀，口里念咒，伸出左手正要往腰间宝剑拍去，飞将起来伤人。却不料风子早打好双料主意，左手锏打出去，右手仍还紧握身后斜插着的剑柄。见敌人身法甚快，躲过迎头那一锏，忙将右手一用力，顺着身后宝剑出匣之势，身往左一侧，一反腕，使了一个分花拂柳的招数，剑尖从左侧下面向上撩起。跟着再变了个猿公献果的招数,就着敌人往侧纵避之势,连肩削去。那道童万没料到敌人右手上还持有一柄剑,身手又是那般快法,喊声:“不好!”连忙缩肩收臂,往后平倒,打算避过剑锋,再放飞剑出来。只觉右手尖一凉,右手已被风子的剑撩着一点,割落了两个半指头,顿时便疼痛起来。风子还待赶上前去动手,忽见黄光一闪,后面那个道童已将飞剑放出,快到头上,不敢怠慢,忙将峨眉剑法施展出来。一个空中,一个地下,争斗不休。所幸敌人剑术不高,还未炼到身剑合一地步,偏巧风子昨晚又得了那口好剑,若单是那柄铁锏,命早完了。当下风子单和第一个道童交手,两下动作俱都疾如飘风。

云从见风子使眼色,知要发动,刚将剑拔出,风子已和来人交手。及至头一个道童受伤退下,后一个道童恨得咬牙切齿,脚一站定,便将飞剑放起助战。正遇云从飞身赶到,迎个正着。两上两下,一个对一个,厮杀起来。这两个道童出身旁门,入门不久,虽然剑术不高,却学会了一身妖术邪法。因恨风子切骨,一见敌人不会飞剑,仅各人一道剑光,已将敌人连人带剑绊住,正好施为,用法术取胜。想是二人命不该绝,两个道童刚互道得一声:“这两个业障可恶已极!我们用法宝、法术将他们捉住,碎尸万段,给师叔师弟们报仇!”云从一听,心中方在着忙,忽听侧面山坡上有一人说道:“徒儿们,不可如此。这两个业障颇有几分资质,如肯乖乖投降,拜在为师门下,相随回转仙门修道,我便不咎既往。否则你们可凭真实本领,将他们心服口服地擒住,带回洞去,从重发落,与你们师叔报仇。”这几句话一说,两个道童便知师父起了爱才之意,暗示生擒,不准伤害。虽然怀恨不愿,怎敢违拗,只得指着二人怒骂道:“我们要杀你二业障,不费吹灰之力。偏我师父黎真人见你二人有点资质,如肯投降,拜真人为师,便饶你二人不死,否则仍要将你二人碎尸万段。快快回话,以免自误!”

云从、风子与空中两道黄光斗得正酣,一听有人发话,是那两道童的师父。百忙中偷眼往山坡上面一看,一块山石上还坐着一个黄衣草履的道人,头戴九梁道冠,斜插着好几柄小叉。怪不得适才明明看见空中三道黄光,怎的只有两人落下。那道人在匆忙中看去,仿佛面相异常丑恶,说话口音正与昨晚先走那一个妖道相同。两个徒弟已经那样厉害,妖道本领不问可知。自己是仙人门下,怎肯屈身于左道妖邪?云从又想起张三姑姑所传仙示,虽然有险,并无大碍。在紧急之时,定和野骡岭被万千群兽围困,忽然来了救星一样。既然妖道起了爱才之意,不准徒弟用邪法暗地伤人,正可多支持一刻,以待救星。故闻言并不答话,只是一味苦斗。

那风子自从这次随云从同赴峨眉，逐处都能以运用机智化险为夷，偏在这时动了呆气，闻言竟自一面动手，口中大骂道："你两个小太爷，俱是凝碧崖太元洞峨眉派仙长醉真人的门下，岂能做你妖道邪魔的徒弟？你们会妖法，小太爷还会仙法呢！你师徒三个快快放小太爷走路便罢，不然，少时我师父师伯叔们仙人多着呢，看你小太爷老不回去，驾云寻来，将你们老少三个妖道捉回山去，那才要千刀万剐，给天下人除害呢。"

风子一面说着狂话，一面又在那里暗打主意。他初动手时，原是剑、锏并用。及至敌人剑光飞出，知道铁锏挨上去便断，人手中所持的剑和空中飞剑相争，即使峨眉心法也觉费力，稍一疏忽，便有性命之忧。急切间应敌还来不及，哪里匀得出工夫再用铁锏？拿在手上不但无用，反倒多了一些累赘；就此扔落地上，又恐为敌人得去可惜。正没个主意。暗想："自己一方只有二人，敌人却是三个，最厉害的一个还未动手。擒贼须要擒王，何不照顾了他？"主意打好，正值手中剑与黄光绞了两下，照先前本该风子朝侧纵开，以备缓一缓气，敌人也指挥着黄光随着追去，再行动手。这次风子却拼冒奇险，不但不往侧后避纵，反而出其不意，就在两下里一格一绞之间，倏地将剑一抽，埋头剑下，护住头顶，用尽全身之力，脚下一垫劲，朝前面山坡妖道坐处平纵出去有十来丈远近，真是其疾如射。脚方落地，后面道童也指挥着黄光追来。风子先不下手，一回身，先迎着敌人飞剑，又一招架格绞，二次又往回路纵去。就这一往复，业已觑好准头，乘那间不容发的一点空隙，猛地偏头回身，撒手飞锏朝妖道头上打去。这一绝招使得也真太险，落地纵回之时，不比第一次乘人不防，又一撒手飞锏，未免略微迟延。先听锵锒一声响过，也不知打中妖道没有。身才落地，还未站稳，便听耳根有金刃劈风之声，黄光从脑后照来，敌人飞剑距离头颈仅只数寸。风子喊声："不好！"忙举剑尖舞起一个剑花，就地一滚，准备使一个乳猫戏蝶的解数避过。耳旁猛又听一声大喝："徒儿们！"那道童见敌人倒地，心中大喜，正要指挥剑光下落，忽听师父喝唤，还以为师父不准伤害敌人，剑光略停。风子已举剑斜护面门，脚跟着地，一个鲤鱼打挺，斜纵出去，躲过奇险。

原来那妖道先听风子怒骂，已是着恼。又听风子说起师父是醉道人，猛想起只顾收服两个好徒弟，忘了这里离峨眉巢穴不远，倘如首脑人物寻来，人被救去无妨，万一被敌人看破机密，岂不前功尽弃，白费连日心血？偏又爱惜这两人资质实在不差，纵不肯降顺门下，生擒回去，做异日报仇炼宝时主要生魂也是妙事。方在委决不定，不想风子竟会从奇危绝险中撒手一锏打来。妖道纵不是旁门高手,也非平常之辈,这一锏何能打中。妖道见两个敌人竟能在步下与飞剑相持了好一会,身手矫捷,疾胜猿猱,一路纵奔跳跃,两个徒弟一点也未占着便宜,尤以风子更为灵活。刚赞得一声:“峨眉剑法真是不凡,连两个初入门的小辈已是如此。”忽见敌人纵起时猛一偏头,手扬处打起一样东西。妖道暗骂:“好业障!死到临头,还敢暗箭伤人。”将身一侧,便已让过。风子力量本大,那锏又沉,用的更是十二成的足劲,锏虽未打中妖道,却打中妖道身后一根二尺粗细、七尺来高、上丰下锐的石笋上面。只听咔嚓一声,火星飞溅,那根石笋齐腰折断,倒将下来,正落在妖道的背上。妖道原是两手交叉,箕踞而坐。锏飞来时,知是一件寻常兵刃暗器,懒得用手去接,一时大意,随便将身一侧。却不料身后还有这根石笋,碎石火星先飞溅了一头,接着那大石笋倒下来把妖道后心打了一个正准。若换常人,怕不筋断骨折,满口喷血而死。就饶妖道一身本领法术,也因轻敌太甚,疏于防护,虽未受着重伤,也打得脊梁发烧,心里怦怦乱跳。这一来,将妖道满腔怒火勾动,忙怒喝道:“徒儿们!快下手将这两个业障擒回山去祭炼法宝,只暂时休伤他们的性命。”活该风子命不该绝,妖道偏在此时一喊徒儿,那道童以为不许下手伤他,略一迟延,风子已从飞剑底下逃了活命。不提。

那妖道师徒三人来历,且在此抽空一叙。

那妖道乃是越城岭黄石洞飞叉真人黎半风,前文业已表过。出身旁门,早年作恶无算。近数十年因受一个能人警戒,本已杜门不出。不料徒弟惹祸,新近在罗浮吃了武当派中人的大亏,又将他袒护的爱徒杀死。知道势孤力薄,本领又不如人,本想投奔北海陷空老祖那里,借他炼了法宝报仇。偏巧在福建武夷山顶,路遇万妙仙姑许飞娘,说起三次峨眉斗剑之事,内中有两个阴人与她为难。意欲寻一个多年不露面,不为峨眉派中人注目的人,潜往峨眉后山,祭炼一种邪法,以备事先将那两个阴人引来除去。意欲烦他前往,就便约他归入五台一派。黎半风一问那两个阴人,正是天狐宝相夫人的二女秦紫玲姊妹,所行的法又是先破去二女元阴。既可借此结纳许飞娘和许多异派中的能手,又可满足色欲,还能得一件旁门异宝。当时揽了下来,接过许飞娘的宝幡、灵符,传了炼法,便悄悄带了两个徒弟,往峨眉后山姑婆岭飞娘所指之处进发。好在深知峨眉派素来与人为善,不咎既往,只要自己不露出为仇痕迹和在外胡为,炼法之处又深藏地底,有符封锁,除非先知底细,决难为人发现。即使遇见峨眉派中人,也可和他明说自己因爱峨眉灵秀,隐居修炼,也不致受人干涉。

师徒三人到了地头，便每日天明，照传授之法施为起来。到底做贼胆虚，知道自己两个新收的门徒本领不济，不能胜瞭望之责，事虽隐密，还恐有敌人中的高手寻来为难。想寻一个同党，以便自己行法时在山顶瞭望，一遇有警，一个暗号，立时可将法收起，敌人寻来也不怕，岂非万全？叵耐自己多年不曾出世，所有当年同恶，因受各正派逼迫伤害，大都或死或逃，不通音讯，急切间寻不着人。起初又忘了请飞娘代约，只好仍命两个徒弟勉为其难，小心行事。

这日忽然静极思动，到峨眉城内寻一酒家小饮，冤家路狭，下山一露面，便遇见矮叟朱梅、醉道人和元敬大师三个。心里一慌，刚暗道一声："晦气！败了兴致。"本想回山，又知这三人灵警无比，恐启人疑，故意装作不见，仍在城中买醉，吃了一顿堵心酒。回山时节，忽然遇见多年不见的一个小师弟，便是那姓尤的妖道。说起也因避迹多年，静极思动，无心中在鸦林砦苗民群里发现一个好所在，地甚隐僻，还可以役使苗人建造宫观，以为立足之地。苗疆僻远，足可尽情快乐。已约好一个姓门的同党，在野骡岭炼迷魂丹，丹成便即前往赴约。此次带了一个心爱徒弟到成都去寻工匠，路遇许飞娘，说起炼法之事，约他前来相助等语。黎半风闻言，正合心意。先还留神矮叟等人，数日不见有甚动静，好在添了助手，可以闻警即行防备，也就略微放心。

云从、风子避雨那一晚，山腰以上原本满天星月，两个妖道各带爱徒在山头对酌，装那闲散逍遥神气。忽见风子手持的宝镜光华，上烛重霄，看出不是曾经修道人祭炼过之物。以为宝物出土，连忙追踪一寻，并未寻着。黎半风忙着炼法，又不舍那宝物，防为外人得去。贪心一萌，以为只此一晚无人瞭望，哪有这巧就出事？便留下妖道师徒搜寻，自己回山炼法。天明事完，赶来一看，昨晚所坐大石已经移开，岩壁间现一洞穴，妖道师徒踪迹不见。看出那大石是本门妖法所移，起初也为风子所布疑阵所惑，疑心妖道师徒吞没异宝逃走，勃然大怒，骂不绝口。偏他两个徒弟一名晁敏，一名柏直，均甚机智。晁敏说："尤师叔虽是多年不见，他人单势孤，正想这里事完，约师父同去创立基业。又说了他许多机密和鸦林砦根本之地，如若吞宝逃走，岂不怕我师徒寻去？"妖道先还不信，以为要是真是件奇珍异宝，岂还不舍一个将要创业的地方？后来柏直忽然拾着一个法宝囊，里面装的丹药和一些炼而未成的法宝，认出是小妖道之物，上面还染有血迹。再把地上掘动过的地方一察看，竟无处不有血迹。先还当是遇见峨眉方面敌人，后来跟着泥中脚印，又在附近山涧中寻着妖道师徒尸身首级一看，一个虽似飞剑所伤，而小妖道头破脑裂，分明是寻常人用的兵器。妖道师徒怎会死在平常人手内，好生不解。因尸首未用丹药化去，已知不是峨眉门下所为。

黎半风素来心硬，见妖道已死，所炼妖法已快完功，当地邻近敌人巢穴，不愿再去生事，也就罢了。偏两个小妖道因既断定那伤处是平常兵器所伤，必是山中潜伏的盗贼乘其无备下手暗害，否则何必还要移尸灭迹？而且地下现有凡人脚印，是个明证。不代报仇，说不过去，执意要去搜查。妖道到底心还惦着宝物，也未拦阻。只嘱咐不要飞离太远，以防遇见敌人，只可在附近寻找。如有可疑之人，急速先与自己送信，拿稳下手。嘱罢，便自先回。

两个小妖道以为常人决不会走远，又值雨后，一路脚印鲜明，更易查访，一心以为必在近处潜伏。却没料到风子、云从走路本快，又是心急奔逃，早跑出老远。那雨又只下了半边山，有的地方并没点雨。两个小妖道寻了好一会，忽然不见脚印。两人一商量，便驾剑光飞身空中，盘旋下观。寻没多时，便发现云从、风子二人踪迹，回去向黎半风报信。

第一三九回

入穴仗灵猿　火灭烟消奇宝现
惊风起铁羽　天鸣地叱雪山崩

黎半风因姑婆岭后山麓云林冈一带已离凝碧崖不远，知道峨眉不久开辟五府，常有敌派高人经过，本不敢前往生事，偏又舍不得昨晚所见的宝物。便嘱咐两个徒弟，去时不可造次，务要见机行事，问明了那人的来踪去迹，昨晚是否杀人，再行下手。自己在后，暗中接应，暂不露面，以防遇见峨眉敌人时，好措词答话。谁知晁、柏二人俱是少年喜事，报仇心切。对面商风子更是急性。晁敏还没问明敌人来历，柏直在后面一眼看到风子兜囊，才出声一喊，两个便跟着动起手来。黎半风原是隐身在侧，相隔甚近，首先发觉风子身旁暗藏有宝。再一细看二人资禀，竟胜过自己徒弟好几倍。默察来踪去迹，料知是峨眉门下新收弟子，既爱其宝，又爱其人，满想两得。肯甘心归顺自己门下，固然是好；不然生擒回去，日后也有好大用处。所以始终未下毒手，欺着敌人不会飞剑，由晁、柏二人去将他制服。不料峨眉剑法竟是神奇非常，两下争斗了一阵，并无胜负。同时晁敏的飞剑比着云从手中那口霜镡剑还有相形见绌之势。恐耽延下去，被峨眉派中能人走来，遇上不便。正想行使妖法，忽被风子撒手就是一飞锏。因为轻敌太甚，猝不及防，锏虽没有打中，却被身后断石碎块连压带激溅，脊背头面连挨了好几下，怎不怒发如雷。口中念念有词，将手往前一指，头上便飞起九道黄光，光中裹着九根飞叉，直往云从、风子头上飞去。

云从、风子用步法迎敌空中飞剑，本已吃力，哪里还经得起这么多的飞叉，没有两个照面，已受了好几处伤。所幸妖道心还未死，打算逼着二人投降，未下绝情，才得暂延残喘。二人被空中飞叉、飞剑围绕，耳听妖道师徒齐声喊着："肯降便活！"正在死命支持，危急万分，忽见眼前又是两道青黄光华一亮，闪出两个道装矮子。以为敌人又加添了帮手，刚自惊惶，猛听双方喝骂之声，又一眼瞥见空中黄光分开大半，与来人青黄光华斗在一起，才知是友非敌。正暗想那光华之色不对，猛觉眼前一黑，伤处疼痛，便即晕倒在地。

那来人是米、刘二矮，因从卦象上看出本门有人在中途遇难，便向英琼讨命，前去接应。一到便认出云从、风子的峨眉剑法，被飞叉真人黎半风困住，连忙上前救应。交手不多一会，云从、风子已经受伤倒地。那黎半风初见二矮飞来，以为同党。及见他们一到，竟相助敌人，同敌自己飞叉，不禁勃然大怒，手指处又发出两套飞叉，同时便要施展妖法取胜。那米、刘二人自知不是妖道敌手，见云从、风子倒地，本想上前抢了，借遁光地行逃回山去，偏偏敌人飞叉如骤雨一般打来，应付尚且不暇，怎能救人？眼看黎半风招呼两个小妖道，要将云从、风子擒走，忽听空中一声雕鸣，接着便见两道光华一齐飞来。定睛一看，来者正是神雕，雕背上坐着袁星。一到便直入黄光丛里，长臂起处，那两柄长剑的光华便如神龙离海，青虹贯日一般，上下翻飞，疾如闪电。黎半风一见这厉害的雕、猿，知道寻常妖法决难取胜，便从身上取出一面小幡，方要招展，忽然身侧有人喝道："大胆妖孽，敢在此间放肆！"言还未了，从斜刺里一道金光比电闪还疾，直往黎半风手上那面妖幡飞去。黎半风闻声注视，早看出来人是谁，吓了个魂飞胆落，连忙回身逃走，只怕不及。金光过处，黑烟飞扬，黎半风手上妖幡折为两段。还算妖道见机得快，没有受伤。二矮、袁星见来人是个中年女尼，知是本门前辈，上前拜见，一问法号，正是元敬大师。

原来黎半风受了万妙仙姑许飞娘的蛊惑，师徒三人来到姑婆岭后山行法，准备异日三次峨眉斗剑，暗害秦紫玲姊妹。自以为多年不曾出世，又和峨眉派无甚仇怨，布置下手均极严密，人不知，鬼不觉，事完自去，等到两下里对敌时节，再来发动。不曾想妙一真人早已防到敌人的各种阴谋，预先派了醉道人和元敬大师巡视全山，探察一切。黎半风到的第一日，便被醉道人在暗中看出他的形迹诡秘，当时本要下手除害，元敬大师却主张从缓。一则黎半风洗手多年，新恶未著；二则敌人一计不成，定生二计。不如欲取姑与，听他施为，暗中将他的虚实探明，预先想下防御之策，到时再将妖法破去，以挫敌人锐气。当下议定，每值黎半风行法之际，便由元敬大师用玄门隐遁，另由别的地方穿入地底，察探细情。几天过去，知道敌人是借了鸠盘婆的摄心铃和一道魔符，炼那因意人窍小乘魔法。虽然厉害，只要在事前知道底细，凝碧仙府仍有克制之宝，不足为害，越更放心。

这日路遇矮叟朱梅，特意在黎半风面前现身示警，黎半风仍是无所觉察。云从、风子无心中显露宝镜，计杀妖道师徒，醉道人和元敬大师俱已看在眼里。后来黎半风师徒追去，本要上前救援，猛想起妖道空巢而出，正好趁此时机暗入地底，先将那摄心铃破去，减去异日妖法许多阻力。那摄心铃也是魔教中一件至宝，破时又要保存原来形式，不使敌人看出形迹，甚是费手。元敬大师和醉道人到了黎半风行法的地方，各运玄功，将飞剑炼到细如游丝，穿入铃孔，将铃中一粒晶丸磨去，换了元敬大师小半截发簪，施了法术，使它照样发声。算计那铃轻易不会振动，不到动手时节，不致被敌人看破，才赶出来，去救云从、风子。元敬大师刚一露面，便将黎半风吓退。那两个道童见势不佳，也各用妖法遁走。雕、猿、二矮还要追赶，被元敬拦住。给云从、风子服了点丹药，吩咐送回仙府，仍会合醉道人前去行事。不提。

那黎半风逃回山去，不多一会，两个道童也一同逃了回来，一问敌人，并未随后追赶。先疑踪迹败露，存身不得，好生后悔。想要离去姑婆岭，又因所炼妖法只有两夜便要功行圆满，又觉可惜。想了想，敌人既未追来，想是逃走得快，藏身之处又在地底，所以未被发觉。还是冒一点险，多加小心，将法炼成之后，再行离去为是。师徒三人便在地底潜伏了三日两夜，刚将一套魔法炼完，便相率出了地底。仍由两个道童瞭望，悄悄用邪法将行法之处封闭，离开峨眉，去寻许飞娘复命。那摄心铃、因意入窍魔法，三次峨眉斗剑时自有交代。

神雕、袁星和米、刘二矮护送云从、风子到了飞雷崖，见了英琼。正值芷仙要英琼命神雕去擒捉野味，回来腌腊，余英男忽然定要跟去。英琼因英男大难已过，平时擒捉野味的地方相离峨眉不远，料必无事，便命袁星保了同去。米、刘二矮将云从、风子送入凝碧仙府，走至太元洞前，正遇齐灵云陪了玉清大师一同走出，米、刘二矮说了经过。玉清大师略看伤势，说是无妨，少时服了丹药，当日便可痊愈。吩咐灵云送入洞内纪、陶二位道长房中，请纪道长调治。米、刘二矮正要托起云从、风子，玉清大师忽然唤住问道："你二人从后洞来时，可曾看见余仙姑么？"米鼍便将英男骑着佛奴，带了袁星前去擒捉野兽之事说了。玉清大师便命二矮速将云从、风子送入洞府，回来候命。二矮闻言自去。

玉清大师笑对灵云道："昨晚我略露口风，英男便警觉。她知无此剑，也难与三英二云并列了，只生性太急了些。"灵云便问何故？玉清大师道："英男师妹因开山盛典在即，门下弟子只她一人道浅力薄，连口好剑都无。虽有英琼妹子送她的一口，偏又本质不佳。昨晚因听我说起法宝囊内藏有几口从异派手中得来的好飞剑，意欲在开府时，分送给几个新进的同门，她便示意求我挑一口好的相赠。我笑对她说：‘你是本门之秀，三英之一，怎便看上异派之物？你的宝剑自有，每日闲着，只不去找，却要这个则甚？’她便请我给她指点一条明路。我来此无事，也为她无剑可惜。仙府珍品虽多，都远比不上紫郢、青索。曾代她算过，知道她应得一口好剑，虽仍非紫郢、青索之比，却也相差不甚远。经她一磨，我又给她占了一卦，卦象竟是甚奇，大概一出门便可到手，剑也是在那里等着她的。那藏剑的人与她颇有渊源，得时也颇费一些周折，并且此行只宜独行，却又要假手一个异类。我因她得剑时，既不能约了众姊妹同去，而得剑以后，又有仇敌从旁劫取，以她能力，万非敌手，当时再三劝她不要心急，容我今日和你把开府一切应办之事布置定了，然后想好主意，由她一人先去取剑，算准她得到手后，再派人前去与她接应。她却这般性急，恨不能今日便到了手。因我说了一句借助异类，便骑了佛奴，带了袁星同往。剑是一定可得，只是难免遇见大敌。虽说她大难已过，不致凶险，总是不可不防。那阻碍英男的敌人，正是米、刘二人以前同党，命他二个急速跟去，便无碍了。”正说之间，米、刘二矮已经事毕复命。玉清大师示了方略，米、刘二人领命自去。不提。

且说英男的心事，已在玉清大师口内说出。她从小就饱经忧患，自被英琼救回凝碧仙府，借灵泉、温玉、仙丹之力，复体还原之后，见英琼已是一步登天，自不必说，其余诸同门个个英姿仙骨，都一个赛似一个，自愧弗如，满腹俱是歆羡钦服之心。虽然时常虚心请益，从来只在本分内用功，并没丝毫过分的要求。再加上人既绝顶聪明，性情又复温和异常，对谁也是一样亲热，分不出一点深浅。因此除英琼共过患难，是她至交外，所有仙府同门，个个都成了她的莫逆。只为开府在即，听灵云说，到日教祖回山，不论同门新旧，本领高低，俱要当众将自己艺业施展出来，给师长评定。英男虽是柔顺服低，人总是向上的。因见仙府同门俱有师父仙剑，自己仅有英琼送的一口得自异教的飞剑，本质既是下品，而且那剑经过邪法祭炼，仅能作为平时练习之用。如改用本门心传，下苦功夫将它炼好，似太不值，炼又须时，也来不及。听说玉清大师收了几口飞剑，虽然得自异派手内，剑的本质却要好些。因见玉清大师平时对她甚好，估量去要，不会不肯。及至被玉清大师一点破，恍然大悟。暗想：“英琼得那口紫郢剑费了多少事，吃了多少辛苦，干莫神物，岂能随便到手？久闻玉清大师占验如神，何不前去试它一试？”便问明了大师剑的方向，想背人先和英琼商量一下。到了后洞一看，同门好几个在彼，不便将英琼唤开说私话，只好暂时秘而不宣，省得徒劳，不好意思。正赶上神雕奉命擒捉野兽,去的方向恰好正对,便借骑雕飞行闲游为名,带了袁星同去。

在雕背上飞行了一阵,乘虚御风,凭凌下界,觉得眼界一宽,甚是高兴。暗忖:“玉清大师虽从卦象上看出神物方向,却未说准藏在哪里。茫茫大地,宛如海底捞针,何处可以寻找?”不由把来时高兴打消了一半。知道雕、猿俱是灵通之物,玉清大师又有借助异类之言,想了想,无从下手,只得对雕、猿道:“我余英男昨日受玉清大师指点,说我该得一口仙剑,就应在前途和二位仙禽仙兽身上。我肉眼凡胎,实难找寻,千万看在你主人分上,帮我一帮,把它得到,真是感恩不尽!”说时,袁星原在英男身后扶持,闻言刚要答话,那神雕已经回首,向着英男长鸣一声,倏地双翼微束,如飞星陨泻一般,直往下面山谷之中投去。英男望见下面崖转峰回,陂陀起伏,积雪未消,一片皑白,日光照上去都成灰色,只是一片荒寒人迹不到的绝景,以为神雕发现什么野兽。及至落地一看,神雕放下英男,便将双翼展开,往对面高峰上飞掠过去。

英男见那山尽是冰雪布满,一片阴霾,寒风袭人,乃完全荒寒未辟境界,休说野兽,连飞鸟也看不见一个,不知神雕是何用意。方在猜疑,忽然一阵大风吹起,先是一阵轻微爆音,接着便是惊天动地一声大震。定睛一看,对面那座雪峰竟凭空倒将下来,直往侧面冰谷之中坠去。那峰高有百丈,一旦坠塌,立时积雪纷飞,冰团雹块,弥漫天空,宛如数十百条大小银龙从天倒挂,四围都是雾縠冰纨包拥一般。那大如房屋的碎冰块纷纷坠落,在雪山深谷之中震荡磨击,势若雷轰,余音隆隆,震耳欲聋。就在这时,耳际似闻神雕鸣声。仰面一看,神雕飞翔越高。袁星站在身后两丈远近,用长臂向着空中连挥。再看神雕,只剩一个小黑点,只管时隐时现,盘旋不下。英男尚以为神雕是将自己放落,好去擒捉野味。知道袁星能通人语,正想再说那刚才寻剑之话,连喊数声,叵耐雪声如雷,兀自不止。走将过去一看,只见袁星面向对崖,定睛注视着下面的奔雪,连眼都不瞬一下。刚走近前,忽见袁星将手连摆,指了指天上,又指了指下面的山谷,又叫英男将身隐伏在近侧一个雪包后面。英男猛地心中一动,刚将身伏倒,便见谷中雪雾中冲起一道五色光华,直往空中飞去。转眼追离神雕那点小黑影不远,忽然往上一升,一同没入云中不见。

袁星连忙站起,喊声:“余仙姑,快随我走!”说罢,拉了英男一把,首先往谷中蹿了下去。英男闻言,灵机一动,连忙飞身跟了下去。英男禀赋既佳,轻身功夫又好,身体更是在冰雪寒霜中经过淬炼,脱劫以后,又多服灵药仙丹,日近高人,端的奇冷不侵,身轻如燕。不一会,一路履冰踏雪,到了下面,见袁星在前,径往雪尘飞舞中钻了进去。赶到跟前,竟是三座冰雪包裹的洞穴,里面火光熊熊,甚是光亮。入内一看,洞内宽大非凡,当中燃着一堆火,看不出所烧何物。到处都是晶屏玉柱,宝幔珠缨,流辉四射,光彩鉴人。英男万没想到寒荒冰雪中,会有这般奇境灵域,好生惊奇。

原来那洞本是雪山谷中一座短矮孤峰,峰底有个天生古洞。因洞外峰顶终年积雪包裹,亘古不断,再加谷势低凹,那峰砥柱中流,山顶奔雪碎冰到此便被截住,越积越高大,渐将峰的本形失去,上半截全是凝雪坚冰。雪山冰川,少受震动便会崩裂,哪经得起适才神雕双翼特意用力一扇,自然上半截冰雪凝聚处便整个崩裂下来。

英男见洞中不但景物灵奇,而且石桌冰案,丹炉药灶,色色俱全,料知必有仙灵盘踞。袁星既将自已引到此间,必与那口宝剑有关。方在定睛察看,忽见袁星拔出双剑,朝室当中那团大火一挥,立时眼前一暗,火焰全灭。猛听袁星又高叫道:“宝物到手,仙姑快些出去,省得对头回来闯见不便。”英男闻言,又惊又喜,连忙纵身跳出。袁星业已越向前面,往崖上跑去,两手抱定一个大有五尺、形如棺材的一块石头。英男跟着袁星一路飞跑,蹿高纵矮,从寒冰积雪中连越过了几处冰崖雪坡,直到一个形如岩洞的冰雪凹中钻了进去。袁星才将手中那块石头放下,说道:“仙姑的剑想必藏在石中,只没法取。待我去将佛奴唤回,带回山去,再想法吧。”说罢,便自走出。

英男往那石头一看,石质似晶非晶,似玉非玉,光润如沐。正中刻着“玄天异宝,留待余来;神物三秀,南明自开”十六个凸出的篆书。细玩词意,心中狂喜,知道是前辈仙人留给自已的。“南明自开”,想必要用火炼。用手一捧,竟是沉重非凡,何止千斤。暗忖:“自已不会飞行。袁星抱着它跑了一路,已累得浑身是汗。除了神雕此时回来,带了回去,求众前辈师伯叔与众同门行法打开,更无法想。适才那道五色光华,必是藏石之人,本领定然不小,万一回洞发觉追来,怎生抵敌?神雕怎的去了这一会还不见回来?”想到这里,探头往外一看,天空灰云中,那一道五色光华已高得望上去细如游丝,正和一个黑点飞行驰逐,出没无定,双方斗有好一会,忽听一声雕鸣,黑点首先没入云空,那道五色光华也相继不知去向。袁星却从侧面跑来,近前说道:“佛奴已将对头引到远处,少时便要飞来,带了我们逃回峨眉。那对头也颇灵敏,恐她发现,请仙姑到崖后面等去。”说罢,进洞将那大石夹起,引了英男,直奔崖后。到了一看,相离那座崩塌的雪峰已有三十余里,中间还隔着许多崇岗峻岭，甚是隐秘。仍择了一个幽僻之所，先将那大石放下，静等神雕一到便走。

英男仰望天空，只是一片昏茫，估量神雕不会就回。便问袁星：自己寻取仙剑之事，除玉清大师外，并无别人知晓。适才在雕背上想起得之不易，虽求雕、猿相助，也只为玉清大师事前指示，有借重异类之言，一时情急，说将出来。怎的今日之事这般凑巧，仿佛一切俱有人安排一般？是否玉清大师先有分派，事情才这样顺手？

袁星答道："袁星事前也不知道。还是今日佛奴从姑婆岭接应米、刘二人回来的前两个时辰对我说，那日破史南溪都天烈火妖阵时，它在空中巡视，正遇它师兄白眉老禅师座下仙禽白雕飞来，说它近来随着我主人的父亲，在龙藏山波罗境，参一微宗佛法。日前奉到白眉老禅师法旨，说佛奴近来功行俱都精进，不久便和它一样，断食换毛，静等主人大功告成，即可一同飞升。只是还有一因三劫未完，命它随时仔细。

"那一因便是仙姑昔日在凝碧仙府的前洞，与我主人结了姊妹之后，常常来往。偏巧神雕每隔些时，要往老禅师处听经，以致撇下主人一个，被赤城子摄往莽苍山去。仙姑去寻找主人，又被阴素棠逼走。主人得剑，仙姑本身有劫，事有前定。但是佛奴若非听经之后起了贪心，与白雕偷往北溟岛绛云宫盗取九叶紫灵芝，耽误些时，仙姑遇见阴素棠的前一日恰好赶回。那就必定骑了它，同往莽苍去将主人寻回，异日纵有灾劫，也不致在莽苍山阴被玄冰黑霜冻死。虽说仙姑经此重劫，免却许多魔难，但佛门最重因果，佛奴造一因便须还果。

"也是仙姑运气，白眉禅师知道达摩老祖渡江以前所炼的一口南明离火剑，藏在大雪山边境一座雪峰底下，有琼石匣封，不遇有缘人，不能得去。偏在二十年前，被一个异派中的女子知道，为了此剑，不惜离群脱世，独自暗入雪峰腹内，辟了一座洞府，寻到那藏剑的琼石匣。一见那匣上的字与她的名字暗合，越发心喜，以为得了此剑，便可寻求佛门降魔真谛。心虽存得不坏，可惜错解了词意，那剑也并非她应得之物。以致她在雪峰腹内枉费心机，借她本来所炼三昧真火，凝成一团，将这石匣包围，每日子午二时，连炼了二十三年，石匣依然未动。白眉老禅师因此剑早注定是仙姑所有，特命佛奴相助成功，了此一场因果。又因凝碧崖五府开辟在即，大受异派嫉恨，教祖未回以前，仙府左近常有妖人潜伏窥伺：一则觊觎仙府许多灵药异宝，打算相机夺取；二则探听机密。来人俱佩有绛云宫神女婴的隐身灵符，不和人动手，除了三仙二老几位尊仙,简直不易看破行藏。连佛奴一双金睛神眼都看不出,几次闻见生人邪气,扑上前去,便是一个空,因此不敢大意。今日仙姑一上骑,便直往这里飞来,先用双翼将雪峰扇塌,引出那异派女子,再由袁星陪了仙姑前去盗剑。那女子一经追远,必然想起洞中宝剑,赶将回来。佛奴等她不追,再从侧面绕回。去了有这一会,想必也该回来了。”

正说之间,忽见远处坡下面隐现一个小黑点,由小而大,往前移动,转眼到了面前,正是神雕佛奴贴地低飞而来。英男、袁星见大功垂成,正在高兴,准备起程回山,忽听头上一声断喝,一道五色光华从云空里电一般射将下来,跟着落下一个又瘦又干、黑面矮身的道装女子。同时袁星也将双剑拔出,待要上前去,却被神雕一声长鸣止住。那女子一现身本要动手,一见雕、猿是英男带来,知道厉害,把来时锐气已挫了一半,便指着英男问道:“我与道友素昧平生,为何盗取我的宝物?”英男知道来人不弱,先颇惊疑,及见来人先礼后兵,神态懦怯,顿生机智,便答道:“我名余英男,乃峨眉山凝碧崖乾坤正气妙一真人门下弟子。此宝应为我所有,怎说盗取?”

那女子一听英男是峨眉门下,又见英男从容神气,摸不出深浅,更加吃惊。暗忖:“来人虽非善与,但是自己好容易辛苦多年,到手宝物,岂甘让人夺去?”不由两道修长浓眉一竖,厉声答道:“我名米明娘。这装宝物石匣外面的偈语,明明写着‘南明自开’,暗藏我的名字;又经我几次费尽辛苦寻到,用三昧真火炼了多年,眼看就要到手。怎说是你之物?我虽出身异教,业已退隐多年,自问与你峨眉无仇无怨。我看道友仙风道骨,功行必非寻常。峨眉教下,异宝众多,也不在乎此一剑。如念我得之不易,将石匣还我,情愿与道友结一教外之交。我虽不才,眼力却是不弱,善于鉴别地底藏珍,异日必有以报。道友如是执意不肯,我受了这多年的辛苦艰难,决难就此罢手。漫说胜负难分,即使让道友得了去,此剑内外均有灵符神泥封锁,你也取它不出。何苦为此伤了和气?”

英男听她言刚而婉,知她适才尝过神雕厉害,有点情虚,仗有雕、猿在侧,越发胆壮。答道:“你只说那剑在你手中多年,便是你的。你可知道那剑的来历和石匣外面偈语的寓意么?我告诉你,此剑名为南明离火剑。南明乃是剑名,并非你叫明娘,此剑便应在你的身上。乃是达摩老祖渡江以前炼魔之宝,藏在这雪峰底下,已历多世,被你仗着目力寻见。果是你物,何致你深闭峰腹炼了二十三年,仍未到手?听你说话,虽然出身异派,既知闭户潜修,不像是个为恶的人。如依我劝,由我将此剑携回山去,不伤和气,以后倒真可以作一个教外朋友；否则漫说我，你不是对手，便是这一雕一猿，一个是峨眉仙府灵猿，一个是白眉老禅师座下神禽，量你也不是对手。”

那米明娘原是米鼍的妹子，当年异教中有名的黑手仙长米和的女儿。只因生时天色无故夜明，所以取名叫作明娘。兄妹二人，俱都一般矮小。尤其明娘，更是生就一副怪相奇姿，周身漆黑，面若猿猴，火眼长臂，一道一字黑眉又细又长，像发箍一般，紧束额际，真是又丑又奇。左道旁门原不禁色欲，偏明娘人虽丑陋，心却光明。自知男子以色为重，自己容貌不能得人怜爱，如以法术摄取美男取乐，岂非淫贱？起初立志独身不嫁，专心学道。后来见父兄行事日非，看不下眼去，几次强谏。有一次触怒黑手真人米和，几乎用法术将她禁死。就在那一年，米和因恶贯满盈，伏了天诛。明娘痛哭了一场，见乃父虽死，乃兄米鼍仍然怙恶不悛，越想越害怕。她母亲原是民女，被米和摄去成为夫妇，早已死去。好在原无牵挂，便着实哭劝了米鼍好几回，终因不纳忠言，两下反目分手。明娘由此避开异派一干妖邪，独自择了名山洞府，隐居修道。自知所炼的道法，若说防身延年还可，于此中寻求正果，终究难免天劫。正教中又多半是父兄仇敌，而且也无门可入。在山中静养了些年，便独自一人出游。仗着天生的一双慧目，到处搜求宝物，到手以后，再用法术祭炼应用。年复一年，着实被她寻见许多稀世奇珍。她既与人无争，又不为恶，见了昔日同党，又都老远避去。虽然形单影只，好似闲云出岫，倒也来去由心。

这一年无心中游到雪山底下，也是赶上雪崩峰倒，一眼望见千丈雪尘影里暗藏宝气。用法术驱散冰雪，跟踪一寻，竟在地底寻到那个石匣。一看匣外偈语暗藏自己名字，并由宝气中看出匣中宝物是口宝剑，心中大喜。知道自己势单力薄，那石匣内外有灵符神泥封锁，不能容易取出。这般异宝，难免不被能人看破，前来夺取。见那雪山终年都是冰雪封锁，景物凄厉，亘古人迹罕到，正合自己用处。还恐有能人路过发现，特意寻了那座雪峰。先本想用法术开通一个容身之处，无巧不巧，所开之处，正有一个现成洞府。那时高兴，真是难以形容。因自己出身左道旁门，还未炼到辟食地步，每隔些日月，仍须出外采办食物。便用法术将现成冰雪做了门户，以备出入。地势既极幽僻，又有天然冰雪做隐蔽，纵有人打此经过，也看不出。由此便在雪峰洞腹内，每日子午二时，用三昧真火烧炼那石匣。日里又用她自己频年积炼的明阳真火包围石匣，昼夜不息地焚烧。直炼了二十三年，还是没有炼开石匣。起初存着戒心，时刻都在提防。因石匣太大，不便携带，每值出门，虽然少去即回，也都加紧戒备。年数一多，见没人来惊扰，不觉渐渐疏了一点防范。

这日刚刚在峰腹内做完了功课，忽然天崩地裂地一阵大响，地底回音比英男在外面所闻还要厉害。她见峰壁未动，知道不是地震，是洞外雪峰崩坠。出洞觉着风势有异，抬头一望，见风雪中有一只大黑雕，金睛铁喙，钢羽翻起，端的是千年以上神物。知道雪峰崩坠，是被大雕双翼扇塌。猛一动念，暗忖："自己孤身一人，无论多好洞府，只一出外，连看守的人都没有。又不敢滥收徒弟，以防学了左道为恶，给自己造罪。难得遇见这么神骏的一个异类，如果用法力将它收下，不但可以当作坐骑，而且有事出门时，也可用它看守洞府。"主意想好，便即飞身上去。谁知那雕厉害非常，用了许多法术、法宝和飞剑，竟不能伤它分毫。不但善于趋避，捷如星飞电驶，而且狡狯非凡，竟好似存心和自己开玩笑似的。追逐了一阵，打算知难而退，却又飞近身来引逗，追去却又凌云远飏，无奈它何。恨得明娘咬牙切齿，决计非擒到手不可。后来越追越远，经了好些时候，才想起一时疏忽出洞，见雕以为手到擒来，竟然飞身而上，洞府忘了封锁，万一有能手经过，看破宝物，如何是好？心里一惊觉，便舍了雕不追，忙着飞了回来。

刚一进洞，一见火光熄灭，石匣不知去向，知道中了敌人诱敌之计。当时急怒攻心，追了出来，飞身高空，运用慧目四外一看，正见神雕飞行方向。忙用遁法迎上前去，恰是两下同时赶到。只见一个少女，旁边立着一个大猩猿。才一照面，便看出袁星宝剑不比寻常。暗想："此女虽然年幼，手下雕、猿已是如此，本领可想。"不敢造次，强忍了怒气，上前答话，打算以情理感动。末后一听说南明剑和英男与一雕一猿的来历，虽知不妙，毕竟神物难舍。略一盘算："此宝费了如许心血，岂容她唾手而得？自己虽在旁门，炼了许多狠毒邪法，从未使过。那女子身旁猩猿的剑已非寻常，若凭飞剑，决难取胜。除了暗下毒手，是无法退敌的。"

第一四〇回

灵山圣域　巧拜仙师
紫海穷边　同寻真水

明娘想到这里，把心一横，手掐暗诀，默诵真言，倏地将手四外一指，又将手朝着英男一扬。立时愁云漠漠，阴风四起，一片啾啾鬼声同时袭来，惨雾狂风中，现出其红如火的七根红丝，直朝英男头上飞去。同时地下又轰轰作响，大有崩裂之势。袁星原是站在英男身侧，一见敌人神态不对，方疑有变，刚将双剑拔出，忽然神雕一声长啸，一双钢爪舒处，抓起石匣往空便飞。袁星听出是向它报警，便将双剑一举，舞起一团虹影，杀上前去。明娘一见神雕抓起石匣飞走，知道追赶不上，越发红眼，把牙一错，两手一扬，又飞起数十缕黑烟，飞向英男。

英男起初以为明娘被她用话镇住，方在得意，不想敌人骤施毒计，大吃一惊。还算袁星动手得快，没有受伤。自知宝剑不行，施展出来，不但无用，反使敌人看轻。再一看对面敌人那七根红丝，带起一团乌烟瘴气，宛如赤电纷飞，红蛇乱窜。袁星两道剑光虽是不弱，终不如敌人变化神奇，渐渐有些手忙脚乱。同时存身的一片冰原雪阜，受了狂风吹撼，已有好些地方崩裂。神雕又复抱石飞去，无术脱身。

英男方在忧急惊惶之际，忽见对面烟雾之中又是两道青黄光华一闪。刚疑敌人又使妖法，猛听袁星和对方女子同时高唤。定睛一看，来人正是米、刘二矮，心才略放。未及听清双方言语，倏地又是一道匹练般的金光，疾如电掣，自空飞下，立时红丝寸断，烟雾齐消，那金光早将明娘和米、刘二矮罩住。休说明娘吓得魂飞胆落，就是米、刘二矮也自惊慌失措。还算袁星比较在峨眉日久，一看来势，早看出是本门中人。见米、刘二矮情势危急，眼看玉石俱焚，同归于尽，忽然急中生智，一挥双剑，两道长虹般的光华飞上前去，将来人金光敌住，米、刘二矮才得趁势避开。连明娘也得保了性命，情知万分不是来人对手，心里一酸，正想借了遁光逃跑，猛觉金霞射目，来人金霞业已布散开来，成了一片光网，想要逃跑，焉得能够？再看对面敌人，业已收了宝剑，在和来的一个绛衣女孩说话。自己哥哥米鼍和他老同党刘遇安，却和那猩猿一起，躬身侍立在盗剑女子身侧，随着问答，不由起了一线生机。逃生路绝，反倒定了心神，站在那里静候敌人发落，只不知乃兄米鼍怎会和敌人做了一起？

待有一会，忽见米鼍和来的女子说了几句，便走来说道："适才取剑的，乃是峨眉门下三英之一的余仙姑英男。后来的是神尼优昙大师门下齐仙姑霞儿，路过此间，见你行使恶毒妖法害人，本要斩你首级。多蒙仙府神猿袁道友，因恐我和刘道友受了误伤，一时情急，用仙剑将齐仙姑剑光挡住，才得保全性命。如今我已在李仙姑英琼门下，适才我向齐仙姑哀求，余仙姑也给你讲情，才答应宽恕了你。只是齐仙姑还要告诫你几句，吩咐你上前答话。"明娘闻言，猛地灵机一动，暗忖："兄长和刘遇安以前为恶多端，一旦回头，便能投身正教。自己这多年来从未为恶，何不趁此时机上前表明心迹，倘承收录，岂非幸事？"想到这里，便朝米鼍点了点头，半忧半喜地走向齐霞儿跟前，躬身施礼，先谢了不杀之恩，然后跪将下去。

霞儿原因凝碧仙府开辟在即，近年忙着积修外功，许久未和灵云等一干骨肉同门相见。自和英琼、若兰在雁湖除了恶鲧，得了禹鼎之后，便即回山复命。神尼优昙大师见她功行精进，又费了多日艰危，除此未来大害，着实夸奖了几句。霞儿便要拜别大师，先往凝碧仙府与众同门叙阔，等候开山重典。大师道："此番开府，不比往昔，除本派外，别派来人也甚多，到时难免有事，须得事前做一准备。有好些位长老道友迟迟未往，也是为此。你且在山中再留一二日，帮我料理完了，再去不晚。"霞儿只得又在山中耽延了两日。临行之时，大师又对霞儿道："我本佛门中人，只为峨眉三劫，迟我数十年飞升。且喜如今你师姊妹三人，道法俱都精进，以后便可自立门户，省我许多烦扰。素因、玉清两个徒儿，已奉我命，准其选择那有根基的人收为弟子，在汉阳、成都两处各立分观，各收门徒，度世济人。只你一人，因自幼随我，相离时少，尚未收徒。从今日起，准你便宜行事，得随缘收徒。等峨眉开府以后，便去两浙一带，寻一半村半郭之间，再立下一座分观。从此由你三人代我完那十万善缘，我便可安心在洞府潜真，不问外事，静候完那峨眉三劫了。"

霞儿谦谢了几句，便即领命，往峨眉进发。刚一行近大雪山边际，便见英琼坐下神雕佛奴抱着一个石匣，凌风破云，往峨眉那一方飞去。低头往下一看，相隔数十里远近的雪山深谷之间，有一团浓雾弥漫，黑烟中有七道红丝和两道光华互斗，看出是异教中最狠毒淫恶的缠蛇七绝钩。但不知明娘此着有因，以为行法之人定是一个极恶淫凶之辈。那两道光华又是峨眉家数，断定有自家人被仇敌困住。抱定除恶之心，所以一降身，便下绝情。不料米、刘两矮也正在此时赶到，多亏袁星见米、刘二矮同在危急，百忙中用剑光一迎，才得保全。它那双剑本非霞儿剑光的对手，幸而霞儿一见袁星和所用剑光，已猜是英琼所收神猿，看出情势有异，才将手指化成一片光网，将敌人罩住，待问明了因由发落。

袁星已首先收了双剑，招呼米、刘二矮上前拜见霞儿，与英男相见，互通姓名。问完经过，霞儿因明娘所用妖法太毒，本来不肯宽容。经米、刘二矮再三苦求，力说明娘比他二人回头还早，虽然多年不见，一向只闻独身修行，从无过恶。妖法乃是昔日乃父所炼之宝，从未见她用过，定是被迫出此，不是立意害人。英男也把明娘适才初见面所说一一告知。霞儿还不甚信。及至把明娘唤到面前一看，虽然形容丑陋，竟是骨相清奇，满脸俱是正气，比米、刘二矮还要来得纯正。暗自点了点头，略微告诫了几句，正待详问根柢。

这时明娘虽已算是降服，那地底轰轰之声，仍是响个不休，地面龟坼，左近的冰山雪壁，相次在那里倒塌，轰隆巨响，接连不断。大家心俱注在霞儿与明娘对答，谁也不曾料到危机顷刻。英男、袁星恃有霞儿在侧，凡百无忧。只二矮虽是出身左道旁门，到底见闻甚多，听了心中惊异。就连霞儿随着优昙大师多年，先时也错以为明娘妖法未收，没有在意。方要问明娘既愿降服，怎还弄这些左道玄虚则甚？言还未曾出口，正值身侧不远一片雪崖崩裂，冰飞雪舞，声震天地。众人立身之处，立时裂散开来。猛地觉出有异，方在观察因由，忽然一片红霞比电闪还疾，自天直下，落地现出一个老年道姑、两个少女。霞儿认出是衡山金姥姥罗紫烟，同了两个门人吴玫、崔绮。正待上前施礼问讯，猛听金姥姥喝道："地劫将至，魔怪即刻出世，霞儿你一人不怕，难道就不替他们设想吗？还不快些随我去！"一句话将霞儿提醒，方要施为，金姥姥已是将手中诀一扬，袍袖展处，喊一声："起！"一片红霞遁光将众人托起，比电还疾，直往峨眉方面飞去。众人起身时节，从雷驰飙逝中回首一望，只见下面冰雪万丈，排天如潮，千缕绿烟，匝地飞起。雪尘烟光中，现出一个装束奇特的道士，和一个形如僵尸、赤身白骨的怪物，驾起妖光，从斜侧面往东南方向飞去，遁光迅速，瞬息百里，转眼不见。还听到冰雪崩坠，地裂山崩之声。

不多一会，众人已在凝碧后洞飞雷崖前降落。英琼等在崖前迎候。因神雕抱了石匣先回，英男、袁星并未同来，一问神雕，英男有无危难？神雕却又摇头。正在忧疑不解，一见英男无恙而归，还同了金姥姥、齐霞儿等人同来，方才转忧为喜，便即分人迎了进去。金姥姥师徒三人，匆促间连明娘一齐救出了险地，误当成了俱是霞儿一起。英男因霞儿在场，不便说话，也未作声。米、刘二人更巴不得明娘也归到峨眉门下，见众人未拦，自是高兴。霞儿已经恕了明娘，虽原无收罗之心，见金姥姥连她带来，以为金姥姥并不是路过，是事前受了嘱托赶来援救，金姥姥既连明娘带回，必有用意。也是明娘该有仙缘遇合，本人又是福至心灵，当着这些成名剑仙，竟然会阴错阳差，赖着混入了凝碧仙府。

众人走出飞雷捷径，玉清大师已和灵云在太元洞前迎候，接入洞中，见了长幼两辈同门道友，各按尊卑叙礼。明娘早已拿定主意，也跟着众人跪拜。行完了礼起来，髯仙等长一辈的剑仙，便邀了金姥姥居中落座。有那未曾见过的同门，正在互询姓名。明娘倏地越众上前，跪伏地下，口称："各位仙师垂怜，收录弟子吧。"金姥姥才猛地察觉过来，仔细朝明娘看了一眼，哈哈笑道："你这妮子真是精灵，连我和众道友俱都被你瞒过，混了进来，岂非笑话！也是你向道心诚，才有这一次仙缘巧遇。既是我忙中疏忽，将你误带到此，索性成全你到底。你且起来，等我与众道友说明了经过，看哪位道友与你有缘，再行拜师之礼便了。"明娘大喜，连忙叩谢仙师成全之恩，起身侍立在小一辈同门的身侧，恭听训示。霞儿闻言，方知来时误会了意，暗自好笑。

金姥姥便对众人说道："我原因吴玫、崔绮两个徒儿在仙霞岭有难，前往救援，归途接着仙府请柬。我因她二人仰慕仙府胜境已非一日，久欲观光，不得其便。又因我不久便要摆脱世缘，而门下弟子功行多未成就。前者顽石大师在我洞中养病，曾托她代向掌教道友致意，已蒙允异日加以收录。本打算带了她们同来，偏又有两个俱奉命在外积修外功。她二人又是心急，屡次向我陈说。我想迟早终须来此，左右无事，便带了她二人先由衡山动身。行至中途，遇见一个旁门道友，说起他有一个师弟，以前虽然身在旁门，业已一同改邪归正。近来忽受人愚，前往青螺峪盗取凌道友的天书，被凌道友门下弟子擒住。因凌道友云游未归，尚未发落。知我与凌道友的夫人白发龙女崔五姑有患难之交，赶往衡山，托我前去说情，正好中途相遇。我受了他托，便到青螺峪。恰巧凌道友夫妻也同时回山，只一说，便将那人放了。

“别时说起妖尸谷辰又在那里兴风作浪，只为那厮劫运未到，无人制他。还有那大雪山八反峰底下的七指神魔，也快出世等语。我闻言心中一动，便想顺道绕往大雪山，去看看那妖魔的动静。刚一到，便看出那厮正用极恶毒的妖法攻穿地窍。同时又见有正教中的剑光飞跃，先以为奉命来此除妖，及至落下去一看，才知所料不对。因为地窍已快被妖魔攻穿，霞儿不怕，别人和袁星怎能禁受？事在危急，见他们几人俱在聚谈，神气好似一路。知道近年异教中有识之士，改邪归正投身峨眉门下的人甚多，不暇问明，便将他们一同用遁光托起，救出险地。到了凝碧后洞，又为迎候的几位师侄匆匆迎接进来，大家均是一时误会。此女福至心灵，便乘机混入了仙府。适才我细看她气宇根骨，以前虽然出身异教，不但一脸正气，与别的异派不同，而且神仪内莹，仙光外宣，心灵湛定，基禀特异，非多年潜修静养，又有宿根，不能至此。适才我还见有两个矮的，比她便差得多。我如非出世在即，也愿收入门下。此女我决可保她将来成就，不知诸位以为然否？”

说时，长幼两辈同门俱都定睛朝着明娘注视，果觉她形容虽然丑陋，神光足满，比起米、刘二矮强得多，俱都暗自点头。髯仙李元化道：“罗道友论断不差。掌教师兄虽然未来，我等也未始不可擅专。只是本门收徒，除李英琼因奉遗命特许，尚系暂时便宜行事外，均不似异派中混杂。此时女同门尚无人到，可暂时准她随众小辈同门班次，等开府时人到齐后再议如何？”说罢，金姥姥与玉清师太方要答言，明娘忽又走出，朝上跪禀道：“李仙姑门下米鼍，乃是弟子兄长，班次不容混乱。弟子适才一时愚昧，不服余仙姑之劝，恰值齐仙姑飞来，一到便将弟子制服。又闻兄长之言，才得猛省，决计改邪归正。明知齐仙姑乃优昙尊师高徒，掌教真人之女，道行高超，未必收我这等孽徒。但是弟子得到此间，全仗齐仙姑当头棒喝，才能转祸为福，总算有缘。望乞列位仙尊做主，转请齐仙姑不弃菲恶，收弟子为徒，情愿不惜艰危，为本门服役，勤求正果。若有差池，永堕沉沦。如令拜在别位前辈尊长门下，一则兄妹同事两辈，班次不符；二则弟子自知薄质，也所不敢。”金姥姥闻言，首先抚掌称善道：“此女聪慧，谦而有礼，霞儿得此高足，可喜可贺！”

霞儿正与灵云叙阔，闻言方自谦逊。玉清大师道：“师妹现方奉命行道，正需用人。适才见此女不凡，已经有意，方要向各位仙长陈说，不想此女竟能出于自愿。此系前缘注定，何须谦谢，不辜负此女向上之心么？”髯仙李元化、金姥姥罗紫烟，俱都应声称善。霞儿也因奉了师命，又见明娘根基甚厚，又有各尊长同门相劝，只得躬身说道：“弟子今日原是路过雪山，见此女使用邪教中最恶毒的妖法害人，本想下去除害。多亏袁星因恐误伤米、刘二人，用它双剑将弟子天龙伏魔剑接住，看出情形有异，才停了手，连此女也一同保住。直到后来，英男师妹与她说情，她兄长又再三苦求，唤她近前告诫，方看出不是惯于为恶之人。先只打算警戒几句，放她自去。不想金姥姥驾临，将她误带到此，又蒙众仙尊加以鸿恩，使其归入本派门下，固是此女仙缘凑巧。但是弟子道行微末，虽然奉了师命，以后复回本派，代师尊创设分院，行道济众，收徒尚系初次，似宜禀过师尊和父母，以昭慎重。今遵二位叔叔之命，暂时收她为一记名弟子，留待师尊、父母回山，再行拜师请训，传授本门心法如何？”髯仙李元化道：“此言甚是有理。掌教师兄回山，自有我等代你陈说便了。”

明娘原知齐霞儿自幼就得神尼优昙嫡传，道法高深，看去年轻，本领已不在一班峨眉前辈以下，初见便尝了滋味，心悦诚服。又知三次峨眉劫后，峨眉前一辈剑仙多半不是应劫转化，便是劫后道成飞升，此时拜师，相随已无多日。转不如小一辈的几位剑仙，正是方兴未艾，可以相随深造，寻求正果。一听髯仙和金姥姥为她做主，知道霞儿不会坚辞，早起身跪在霞儿面前叩头，恭听训示。及听霞儿说起，奉命收徒尚系初次，佛家道家俱重长门弟子，益发心喜欲狂。与霞儿行完了拜师之礼，玉清师太便走过去，先给霞儿道了贺。然后代霞儿领了明娘，向两辈同门尊长依次引见行礼。因还有奉有职司不曾列坐的尊长未见，又亲自领了出去，向后洞诸人和仙厨中的芷仙、南姑等相见。玉清师太领了明娘去后，长幼两辈同门又纷纷向霞儿道贺，霞儿自是逊谢不遑。

众人二次落座，英男才敬陈离山寻剑之事。髯仙道：“此事自你走后，曾听玉清道友说起。适才佛奴已将石匣带回，现在灵云室内。此剑名为南明离火剑，乃达摩老祖渡江以前炼魔之宝。不但妙用无穷，还专破一切邪魔异宝，与紫郢、青索、七修诸剑各有专长，难分轩轾。我虽闻名，还未见过。今入你手，须要善自宝用。只是此剑系达摩老祖取西方真金，采南方离火之精融炼而成，中含先后天互生互克之至妙。闻得炼剑时，融会金火，由有质炼至无质，由无质复又炼至有质者，达十九次，不知费了多少精神修为，非同小可。后来达摩老祖渡江，参透佛门上乘妙谛，默证虚无，天人相会，身即菩提，诸部天龙，无相无着，本欲将它化去。末座弟子归一大师觉着当年苦功可惜，再三请求，给佛门留一相外异宝，以待有缘拿去诛邪降魔。达魔笑道：‘你参上乘，偏留些儿渣滓。你无魔邪，有甚魔邪？说谁有缘，你便有缘。此剑是我昔日化身，今便赐你。只恐你异日无此广大法力，解脱它不得。'说罢，举手摩顶，剑即飞出，直入归一大师命门。后来达摩老祖飞升，归一大师虽仗此剑诛除不少妖魔，不知怎的，总是不能及身解化。最后才在苗疆红瘴岭，群魔荟萃之区，也学乃师面壁，受尽群魔烦扰，摘发捋身，水火风雷，备诸苦恼，心不为动。虽有降魔之法，并不施展，以大智力，大强忍，大勇气，以无邪胜有邪者十九年。直到功行圆满，忽然大放光明，邪魔自消。这口南明离火剑方脱了本体，成为外物，但仍是不能使它还空化去。决计将它舍给道家，用一丸神泥，将剑封固，外用灵符禁制，留下偈语，将剑藏在雪峰腹内，以待有缘，然后圆寂。那石匣并非玉石，便是那一丸神泥所化。要想取出此剑，却是难事，恐怕非掌教师兄回来不可了。"

金姥姥道："我也闻人说过，剑外神泥有五行生克之妙，只有紫云宫的天一真水方能点化。若用火炼，反倒越炼越坚，毫无用处。不过五行反应，西方真金未始不能克制。玉清道友见闻广博，且等她来，看看有无妙法。"正说之间，玉清大师已领了明娘见罢诸同门进来。霞儿重又起来道了劳。玉清大师笑谢了几句，便命明娘重向上拜了诸尊长，侍立在霞儿身侧。金姥姥又提说刚才之事。玉清大师望着英男笑道："余师妹原因开府盛会无有合用宝剑，相形见绌，始往雪山盗取此剑。如等掌教师尊回山再行取出，岂非美中不足？紫云宫乃地阙仙宫，非有穿山裂石之能，不能前往。南海双童尚未收服；前辈仙师限于分际，不便前往；门下弟子无人胜此重任。我想五行回生，神泥后天虽是土质，先天仍是木质，真金克木。本派现有不少剑仙，何妨试它一试？"

髯仙闻言，便命人去将英琼、轻云等换回。又命灵云去将石匣取出，置在室中。当下由髯仙李元化与金姥姥罗紫烟、玉清师太三人为首，向着石匣坐定。再选出灵云、轻云、英琼、人英、霞儿、金蝉，各有著名仙剑的六人，分布石前，相隔约有两丈开外，按九宫位向坐定。髯仙一声号令，各人便一同将剑放起。围着中藏南明离火剑的石匣，电闪星驰般旋转起来。这九人十口飞剑，俱是仙府奇珍，才一出手，便见满室光霞璀璨，彩芒腾辉，真是奇丽无俦。休说初入门的米明娘见了惊心，连见惯的及门诸弟子，也同钦仙剑妙用，歆羡不置。

剑光正在飞跃，猛听一声断喝："快些住手！"一道光虹直从洞外射进室来，落地现出一个背葫芦的道人。众人因醉道人原是奉命巡游，突然飞来，知道有故，连忙停手，一同上前参见。醉道人先往石旁一看，见无损伤，连说幸事。髯仙问是何故？醉道人道:“适才前山巡行,忽见金虹飞过,知是掌教师兄飞剑传书。截住一看,说苦行道友因为门下弟子耽延,今日方始圆寂。飞升时间,曾运玄功内照,知道三英仙剑各已圆满。最后余英男所得一口南明离火剑,应在今日。此剑系达摩老祖故物,归一禅师雪山藏珍,剑之神妙,自不必说。那封剑的一丸神泥,乃是佛家异宝,如得天一真水化合,重新祭炼,异日三次峨眉斗剑,尚有大用,毁之可惜。现此剑已被英男带了雕、猿由雪山取回,诸道友无法取出,必用本门许多仙剑会合磨削,将这一丸神泥的妙用毁去。为此飞剑传书,前来阻止。并说此剑在开山以前必须取出,除了天一真水和凌道友的九天元阳尺同时运用,更无别法取出。现命齐灵云、齐霞儿二弟子再往青螺峪,去见凌道友,二借九天元阳尺。并请凌道友夫妻开会前早一日到此,那时掌教师兄也必来到,尚有要事相商。惟有天一真水,乃紫云宫中之物,该宫深藏海底地窍之中,常人不得擅入。宫主三人在宫中享那世外奇福,已逾百年,极少与外人来往。异教中还有几个交游,正教中人除嵩山二老有些渊源外,素乏往还。前往盗取既欠光明,贻人口实,善取又恐不从。只有石生之母,现在宫中执事,又有一面两界牌,可以通天彻地。只要入内找着乃母,便可托她代求。又恐对方有了异教中人先入之见,不知成全此事彼此有益,特命我等代掌教师兄写下一封书柬,再给石生择一同伴,将书柬带去。先见她三人中值年的一个,明言向她借那天一真水,微露五十年后,助她抵御地劫之意。她如应允,更好;否则便由石生以见母为名,求见乃母,再行相机行事等语。我刚一到,便见二位道友领了他们在此施为,恐怕宝物有失,方在后悔中途接书观看,略迟了些分晷,不料竟无伤损。异日峨眉之劫,敌人毒沙无所施其技了。事要保密,此去不可露出取水何用。我尚须在外巡游,请髯兄分派他们吧。”说罢,辞别众人,飞身而去。

髯仙因离开府盛典为日无多,九天元阳尺也是人到即可借来,并不费事。先命齐灵云、齐霞儿二人带了一封书柬,前往青螺峪,就便请怪叫花凌浑与白发龙女崔五姑,领了众门人早日到来,赴那开府盛典。石生去时,便借用紫玲的弥尘幡,以求来去迅速。灵云、霞儿辞别去后,才与金姥姥罗紫烟商量石生的助手。因为关系重大,派去的人本领既要高强,应付还得十分机警,才可胜任。众弟子中,只笑和尚前往最妙,偏又在东海面壁潜修,不在身侧。正在商议之间,玉清大师一眼看见石生在和金蝉低语,以手示意,不禁点了点头。

原来石生天真烂漫,因自己得入正教,全仗金蝉接引,彼此性情又极相投，所以分外交好，形影不离，无论练剑修课，起居行止，俱在一起。起初听说紫云宫天一真水可以化解神泥，不知怎的，心中一动，本想自告奋勇前去盗取。只为金蝉自从经了几次事变，已不似已往轻率。再加近日来了许多尊长同门，不比往日只是些同门同辈相聚。又加常受灵云告诫，不敢再为大意。并且转诫石生，说本门尊卑之分与规矩素严，言行务须格外留意。石生久闭石中，得见天日，已觉幸事。一旦住在这样灵伟奇秀的仙府中，益发喜出望外。自己尚未正式拜师，尤怕误犯了规矩，逐出门墙，常把金蝉的话记在心里。是以心中虽想，不敢请求。及至醉道人飞来，说掌教师尊飞剑传书，指明命他前去，以为殊恩异数，不由惊喜交集。对于同伴，心中早想约了金蝉同去，只是不敢公然陈说，低声悄告金蝉，叫他自己上前请命。金蝉本愿同去，却被朱文看出二人低语时心意。朱文因以前听餐霞大师说过那紫云宫的厉害，道行稍差一点的前辈剑仙都非对手。除非像石生这样奉了师命，料知无妨外，如髯仙、金姥姥不曾亲派，最好还以不轻涉险为是，便朝金蝉摇头示意。金蝉虽然不愿，因素来敬爱朱文，不好意思违拗，欲言又止。

这三人正在各打主意，互相示意，忽听玉清大师对髯仙、金姥姥道："同门师姊妹虽然尽有道行高超、法宝神奇之人，无奈此去不为斗力。第一，去的人须能不动声色，直入地窍；第二，须要心灵嘴巧，随机应变。若论人选，自以金蝉师弟最为相宜。一则他三世苦修，备历灾劫，是本门中仙福最厚之人，此去即或对方不愿，也不致有甚凶险。二则紫云三友素喜幼童，见他二人这般年幼禀赋与胆智本领，先自心喜，不起恶意。为备万一之计，仍将朱文师妹的天遁镜带去备用；另请金姥姥将玉瓶借给石生，盛那天一真水。等他二人去后，再命一位同门带了隐形符，骑了神雕，赶往接应。无事便罢，如二人到了，不能明求，须要暗取时，紫云三友必出地窍追来，可由后去的人相机行事。一面接水隐形先回，一面驾弥尘幡遁走，只一遁出百里之外，便无虑了。"

髯仙答道："我原想到金蝉前往相宜，只愁他道力稍弱。所幸他灾劫已满，掌教师兄必然还有布置。接应的人多固不便，少亦难胜，可由轻云同了英琼二人前往便了。"

计议已定，金姥姥便从法宝囊内取出一个约有拇指粗细、长有三寸的黄玉瓶，连朱文的天遁镜，紫玲的弥尘幡，一同交与金蝉、石生二人。由石生带了玉瓶，金蝉接过幡、镜，向诸尊长同门告辞，起身出洞，一展弥尘幡，化作一幢彩云，拥着二人破空而去。二人走后，髯仙嘱咐了轻云几句，命她带了英琼，骑雕随后跟去。不提。

第一四一回

心存故国　浮海弃槎
祸种明珠　奸人窃位

且说那紫云宫三个首脑，原是孪生姊妹三人，乃元初一个遗民之女。其父名唤方良，自宋亡以后，便隐居天台山中。此时人尚年轻，只为仇人陷害，官家查拿甚紧，带了妻室，逃到广东沿海一带，买了一只打渔船，随着许多别的渔船入海采参。他夫妻都会一些武功，身体强健，知识更比一般渔人要高出好多倍，遇事每多向他求教，渐渐众心归附，无形中成了众渔人的头脑。他见渔船众多，渔人都是些身强力壮的小伙子，便想利用他们成一点事业，省得受那官府的恶气。先同众人订了规矩，等到一切顺手，全都听他调度，才和众人说道："我们冒涉风涛，出生入死，费尽许多血汗，只为混这一口苦饭。除了各人一只小船，谁也没甚田产家业。拿我们近几年所去过的所在说，海里头有的是乐土，何苦在这里受那些贪官污吏的恶气？何不大家联成一气，择一个风和日朗的天气，各人带了家口和动用的东西，以及米粮蔬菜的种子，渡到海中无人居住的岛屿中去男耕女织，各立基业，做一个化外之人，一不受官气，二不缴渔税，快快活活过那舒服日子，岂不是好？"

一席话把众人说动，各自听了他的吩咐，暗中准备。日子一到，一同漂洋渡海，走了好几十天，也未遇见风浪，安安稳稳到达他理想中的乐土。那地方虽是一个荒岛，却是物产众多，四时如春，嘉木奇草，珍禽异兽，遍地都是。众人到了以后，便各按职司，齐心努力，开发起来。伐木为房，煮海水为盐，男耕女织，各尽其事。好在有的是地利与天时，只要你有力气就行。不消数年，居然殷富，大家都有饭吃有衣穿，你有的我也有，纵有财货也无用处。有方良作首领，订得规矩又公平，虽因人少，不能地尽其利，却能人尽其力。做事和娱乐有一定的时期，互为劝励，谁也不许偷懒，谁也无故不愿偷懒。收成设有公仓，计口授粮，量人给物，一切俱是公的。闲时便由方良授以书字，或携酒肉分班渔猎。因此人无争心，只有乐趣。犯了过错，也由方良当众公平处断。大家日子过得极其安乐。方良给那岛取了个名字,叫作安乐岛。

光阴易过,不觉在岛中一住十年。年时一久,人也添多,未免老少程度不齐,方良又择了两个聪明帮手相助。这日无事,独自闲步海滨,站在一片高可参天的椰林底下,迎着海面吹来的和风,望见碧海无涯,金波粼粼。海滩上波涛澎湃,打到礁石上面,激起千寻浪花,飞舞而下,映着斜日,金光闪耀,真是雄伟壮阔,奇丽无比。看了一会海景,暗想:"如今渔民经这十年生聚教训,如说在这里做了一个海外之王,不返故乡还可;假如说心存故国,想要匡复,仅这岛中数百死士,还是梦想。"又想起自己年华老大,雄心莫遂,来日苦短,膝下犹虚,不禁百感交集,出起神来。正在望洋兴叹,忽听身后椰林中一片喧哗,步履奔腾,欢呼而来。回头一看,原来是众渔民家的小孩放了学,前往海边来玩。各人都是赤着上下身,只穿了一条本岛出产的麻布短裤。这些儿童来海边玩耍,方良原已看惯。因为正想心事,自己只一现身,那些儿童都要上前招呼见礼,懒得麻烦,便将身往椰林中一退,寻了一块石头坐下,似出神,非出神,呆呆望着前面林外海滩中群儿,在浅浪中欢呼跳跃,倒也有趣。

待了一会,海潮忽然减退。忽见这群儿童齐往无水处奔去,似在搜寻什么东西,你抢我夺,乱作一堆,方良当时也没作理会。见海风平和,晴天万里,上下一碧,不由勾起酒兴,想回家去约了老伴,带些酒食,到海边来赏落日。方良的家在林外不远,慢慢踱了出来。走没几步,便被几个小孩看见,一齐呼唤:"方爹在那儿!"大家都奔了过来见礼。方良见群儿手上各拿着几片蚌壳,蚌肉业已挖去,大小不一,色彩甚是鲜明,便问:"要这东西做甚?"就中有一个年长的孩子便越众上前答道:"这几日蛤蚌也不知哪里来的,多得出奇。海滩上只要潮一退,遍地都是,拾也拾不完。我们见它们好看,将肉挖了,带回家去玩耍,各人已经积了不少了。"方良闻言,见他手上也拿着一只大的,蚌的壳虽已被他掰开,肉还未抠去,鲜血淋淋,尚在颤动,不禁起了恻隐之心。当下止了回家之想,将众儿童唤在一起说道:"众子侄们既在读书,应知上天有好生之德。海中诸物,如这蚌蛤等类,除了它天生的一副坚甲,用以自卫外,不会害人。我们何苦去伤害它的性命?这东西离水即死,从今以后,不可再去伤它。当你们下学之后,我在离海岸两三丈外,设下数十根浮标,下面用木盘托住,一头系在海滩木桩上面,标顶上有一绳圈。我教你们学文学武之外,教给你们打暗器之法。蚌过大的,由你们送它入海;

只你们手能拿得起，打得出的，以年岁力气大小为远近，照打飞镖暗器之法，往浮标上绳圈中打去。过些日子，手法练准，再由我变了法来考你们。谁打得最远最准的，有奖。既比这个玩得有趣，又不伤生，还可学习本领，岂不是好?”方良在这安乐岛上，仿佛众中之王，这些儿童自然是惟命是从，何况玩法又新鲜。由此每当潮退之际，总是方良率领这群孩子前往海滩，以蚌为戏。那些小蚌，便用扫帚扫入海中。日子一多，也不知救了多少生命。

转眼二三年。方妻梁氏，原是多年不育。有一天，随了方良往海滨看群儿戏浪击蚌，甚是快乐，不由触动心事，正在伤感。忽见十几个年长一点的孩子，欢天喜地捧着一个大蚌壳，跑到方良夫妻跟前，齐声喊道：“老爹老娘，快看这大蚌壳。”那大蚌壳，厚有数寸，大有丈许，五色俱全，绚丽夺目，甚是稀奇。蚌壳微微张合，时露彩光。夫妻二人看了一阵，正要命群儿送入海中，忽听身后说道：“这老蚌腹内必有宝珠，何不将它剖开，取出一看?”

方良回首一望，正是自己一个得力助手俞利。原是一个渔民之子，父母双亡，自幼随在众渔民船上打混，随方良浮海时，年才十二三岁。方良因见他天资聪明，生相奇伟，无事时，便教他读书习武。俞利人甚聪明，无论是文是武，一学便会。加上人又机警沉着，胆识均优。岛中事烦，一切均系草创，无形中便成了方良惟一的大帮手。只是他的主见，却与方良的不同。他常劝方良说：“凡事平均，暂时人少，又都同过患难，情如兄弟，虽不太好，也不会起甚争端。但是年代一久，人口添多，人的智力禀赋各有高下，万难一样。智力多的人，一般的事，别人费十成心力，他只费一成。如果枉有本领，享受仍和众人一样，决不甘愿，成心偷懒。人情喜逸恶劳，智力低的人，见他如此，势必相继学他榜样，可是做出来的事又不如他。结果必使能者不尽其能，自甘暴弃；不能者无人率领，学为懒放。大家墨守成规，有退无进，只图目前饭饱衣温，一遇意外，大家束手。古人一城一旅，可致中兴。既然众心归服，何不订下规章，自立为王，做一海外天子？先将岛中已有良田美业，按人品多寡分配，作为各人私产。余者生地，收为公有。明修赏罚，督众分耕。挑选奇才异能子弟，授以职司。人民以智能的高下，定他所得厚薄。一面派人回国，招来游民，树立大计，该有多好。如还照现在公业公仓规矩，计口授食，计用授物，愚者固得其所，智能之士有何意趣？无怀、葛天之民，只是不识不知，野人世界。如果人无争竞向上之心，从盘古到现在，依然还是茹毛饮血，哪会想到衣冠文物之盛？一有争竞向上之心，便须以智力而分高下。均富均贫之道，由乱反治草创之时固可，时日一多，万行不通。趁老爹现在德隆望重，及身而为，时机再好不过。”

方良闻言，想了想，也觉其言未为无理。只是事体太大，一个办不得法，立时把安乐变为忧患。自己已是烈士暮年，精力不够。渔民多系愚鲁，子弟中经自己苦心教练，虽不乏优秀之子，毕竟年纪幼小的居多，血气未定，不堪一用。当下没有赞同。后来又经俞利连说几次，方良不耐烦地答道：“要办，你异日自己去办。一则我老头子已无此精力；二则好容易受了千辛万苦，才有目前这点安乐，身后之事谁能逆料？反正我在一天，我便愿人家随我快活一天。这样彼此无拘无束，有吃有穿有玩，岂不比做皇帝还强得多？”俞利见话不投机，从此也不再向方良提起，只是一味认真做事，方良该办的事，无不抢在头里代为布置教导，尤其是尊老惜幼。与一班少年同辈，更是情投意合。休说方良见他替自己分心，又赞又爱，连全岛老少，无不钦佩，除了方良，就以他言为重。

这日原也同了几个少年朋友，办完了应办之事，来海旁闲游，看见方良夫妻，正要各自上前行礼，未及张口，忽然看见这大蚌，不禁心中一动。一听方良要命群儿送入海去，连忙出声拦阻。一面与方良夫妻见礼，直说那蚌腹之中，藏有夜明珠，丢了可惜。方良回首回答道：“我教这群孩子用蚌壳代暗器的原意，无非为了爱惜生灵。休说这大老蚌定是百年以上之物，好容易长到这么大，杀了有伤天和；而且此端一开，以后海滩上只要一有大的出现，大家便免不了剖腹取珠。大蚌不常有，一个得了，众人看了眼红，势必不论大小，只稍形状长得稀奇，便去剖取。先则多杀生命，继则肇起争端，弄出不祥之事。别人如此，我尚拦阻，此风岂可自我而开？我等丰衣足食，终年安乐，一起贪念，便萌祸机。你如今已是身为头领，此事万万不可。”

这一席话，说得俞利哑口无言。梁氏人甚机警，见俞利满脸通红，两眼暗含凶光。知道近年来方良从不轻易说他，全岛的人平日对他也极其恭敬，一旦当着多人数说，恐扫了他的颜面，不好意思。便对方良道：“这蚌也大得出奇，说不定蚌腹内果有宝珠，也未可知。我们纵不伤它，揭开壳来看看，开开眼界，有何不可？”方良仍恐伤了那蚌，原本不肯，猛觉梁氏用脚点了他一下，忽然醒悟，仰头笑对俞利道：“其实稀世奇珍，原也难得，看看无妨，只是不可伤它。我如仍和你一样年纪，休说为了别人，恐怕是自己就非得到手不可了。”俞利闻言，左右望了两个同伴一眼，见他们并未在意，面色才略转了转，答道：“老爹的话原是。利儿并无贪心，只想这蚌腹内，十九藏有稀世奇珍，天赐予老爹的宝物，弃之可惜罢了。既是老爹不要，所说乃是正理。弄将开来,看看有无,开开眼界,仍送入海便了。”

说罢,便取了一把渔叉,走向蚌侧。方良方喊:“仔细!看伤了它。”俞利叉尖已经插入蚌壳合口之内。方良以为那蚌轻重必定受伤,方自后悔,不该答应,猛听俞利“哎呀”一声,一道白光闪过,双手丢叉,跌倒在地。原来俞利叉刚插入蚌口,忽从蚌口中射出一股水箭,疾如电掣,冷气森森,竟将俞利打倒。俞利同来的两个同伴,一名蓝佬盖,一名刘银,都是少年好奇,原也持叉准备相助下手。一见俞利吃了老蚌的亏,心中气愤,双双将叉同往蚌口之内插进。叉尖才插进去,只见蚌身似乎微微动了一动,又是数十百股水箭喷出,将二人一齐打倒。前后三柄叉,同被蚌口咬住。二人也和俞利一般晕倒地下,不省人事。

方良夫妻大惊,连忙喝住众人不可动手。一言甫毕,蚌口内三股渔叉同时落地。方良知是神物。一看三人,只是闭住了气,业渐苏醒。忙命人将俞、蓝、刘三人先抬了回去。恐又误伤别人,便对梁氏道:“此物如非通灵,适才群儿戏弄,以及我夫妻看了好一会,怎无异状,单伤俞利等三人?我等既不贪宝,留它终是祸患。别人送它入海,恐有不妥,还是我二人亲自下手,送了它,再回去料理那三人吧。”梁氏点了点头,和方良一同抄向蚌的两侧,一边一个抬起,觉着分两甚轻,迥非适才群儿抬动神气,越发惊异。行近海滨,方良说道:“白龙鱼服,良贾深藏。以后宜自敛抑,勿再随潮而来,致蹈危机,须知别人却不似我呢!”说罢,双双将蚌举起,往海中抛去。

那蚌才一落水,便疾如流星,悠然游去,眨眼工夫,已游出十丈远近。梁氏笑道:“也不知究竟蚌腹内有宝珠没有?却几乎伤了三人。”说罢,方要转身,忽见那蚌倏地旋转身朝着海边,两片大壳才一张开,便见一道长虹般的银光,直冲霄汉,立时海下大放光明,射得满天云层和无限碧浪都成五彩,斜日红霞俱都减色,蔚为奇观,绚丽无俦。方良夫妻方在惊奇,蚌口三张三合之间,蚌口中那道银光忽从天际直落下来,射向梁氏身上。这时正是夏暑,斜阳海岸,犹有余热。梁氏被那金光一照,立觉遍体清凉,周身轻快。强光耀目中,仿佛看见蚌腹内有一妙龄女子,朝着自己礼拜。转眼工夫,又见疾云奔骤,海风大作,波涛壁立如山,翻飞激荡。那道银光忽从天际直坠波心,不知去向。

方良知要变天,连忙领了群儿赶将回去,还未回到村中,暴雨已是倾盆降下,约有个把时辰,方才停歇。且喜俞、蓝、刘三人俱都相次醒转,周身仍是寒战不止,调治数日,方才痊愈。蓝、刘二人素来尊敬方良,并未怎样不愿意。俞利因吃了老蚌的大亏，方良竟不代他报仇，仍然送入海去，又闻蚌腹珠光，许多异状，好不悔恨痛惜。那梁氏早年习武，受了内伤，原有血经之症。自从被蚌腹珠光一照，夙病全去，不久便有身孕。

俞利为人，本有野心。起先还以为自己比方良年轻得多，熬也熬得过他去；再加方良是众人恩主，也不敢轻易背叛谋逆。及至有了放蚌的事，因羞成愤，由怨望而起了叛心。方良却一丝也不知道，转因年华老大，壮志难酬，妻室又有了身孕，不由恬退思静起来。好在岛事已有几个年少能手管理，乐得退下来，过些晚年的舒服岁月。每日只在碧海青天，风清月白之中啸遨，颐养天和，渐渐把手边的事都付托俞利和几个少年能手去办。这一来更称了俞利的心愿，表面上做得自是格外恭谨勤慎，骨子里却在结纳党羽，暗自图谋以前所说的大计。利用手下同党少年，先去游说各人的父母，说是群龙无首，以后岛务无法改善。口头仍拿方良作题目，加以拥戴。等方良坚决推辞，好轮到他自己。这一套说词，编得甚是周到有理。

众人本来爱戴方良，见他近两年不大问事，心中着急。又加上人丁添多，年轻的人出生不久便享安乐，不知以前创业艰苦；又不比一班老人因共过患难，彼此同心，相亲相让；再加上俞利暗中操纵，争论时起，有两次竟为细事闹出人命仇杀。人情偏爱怙过，被杀的家族不肯自己人白死，杀人者又无先例制裁。虽经方良出来集众公断，一命抵一命，却因此仇恨愈深，怨言四起，迥非从前和平安乐气象。虽然身外之物，死后不能带去，人心总愿物为己有。譬如一件宝物，存放公共场所，爱的人尽可每日前往玩赏，岂非同自有一样？却偏要巧取豪夺，用尽心机，到手才休，甚而以身相殉，极少放得开的。众人衣食自公，没有高下，先尚觉着省心，日久便觉无味。这一来都觉俞利所说有理，既然故土不归，以后人口日繁，势须有一君主，订下法令，俾众遵守。除目前公分固有产业外，以后悉凭智力，以为所获多寡，以有争谋进取福利，以法令约束赏罚。

筹议既妥，众心同一，便公推俞利等几个少年首要，率领全岛老幼，去向方良请求。俞利却又推说以前受过方良坚拒，改推旁人为首。方良先因梁氏有了身孕，夫妻均甚心喜。谁知梁氏肚子只管大得出奇，却是密云不雨，连过三年，不曾生养，脉象又是极平安的喜脉。心中不解，相对愁烦。这日早起，正要出门，忽听门外人声喧哗。开门一看，全岛的人已将居屋围住，老幼男女，已跪成一片。只几个为首少年，躬身走来。方良何等心灵，一见俞利躲跪在众人身后，加上连日风闻，十成已是猜了个八九。当下忙喊：“诸位兄弟姊妹子侄辈请起，有话只管从长计较。”言还未了，那几个为首少年已上前说明来意。方良非众人起立，不肯答话；众人又非方良答话，才肯起来。

僵持了有好一会，方良只得笑了笑，命那几个少年且退，将俞利唤至面前，当众说道：“我蒙众人抬爱，岂敢坚辞。只因愚夫妇年老多病，精力就衰，草创国家，此事何等重大，自维薄质，实难胜任。若待不从，诸位兄弟姊妹子侄必然不答应。我想此事发源俞利，他为人饶有雄才大略，足称开国君主。我现在举他暂做本岛之主，我仍从旁赞助，一则共成大业，又免我老年人多受辛苦，岂非两全其美？”一言甫毕，俞利一班少年同党早欢呼起来。众老人本为俞利所惑，无甚主见，各自面面相觑，说不出所以然来。俞利还自故作谦逊。方良笑道：“既是众心归附于你，也容不得你谦逊。一切法令规章，想已拟妥，何不取来当众宣读？”俞利虽然得意忘形，毕竟不无内愧，忸怩说道：“事属草创，何曾准备一切？只有昔日相劝老爹为全岛之主，曾草拟了一点方略，不过是仅供刍荛，如何能用？此后虽承全岛叔伯兄弟姊妹们抬举，诸事还须得老爹教训呢。”方良道：“我目前已无远志，自问能力才智均不如你，但求温饱悠闲，大家安乐，于愿足矣！你心愿已达，可趁热锅炒熟饭，急速前去赶办吧。”俞利听方良当众说才智能力俱不如他，倒也心喜。及至听到末后两句，不禁脸上一红。当时因为方良再三说自己早晨刚起，不耐烦嚣，事既议定，催大家随了俞利速去筹办，便自散去。

众人退后，梁氏对方良道：“自从那年放那老蚌，我便看出这厮貌似忠诚，内怀奸诈。你看他今日行径，本岛从此多事了。”方良道：“也是我近年恬退，一时疏忽，才有此事。凡事无主不行，他只不该预存私心，帝制自为罢了。其实也未可厚非，不能说他不对。不过这一代孑遗之民，经我带了他们全家老幼，涉险风涛，出死入生，惨淡经营，方有今日。他如能好好做去，谋大家安乐，我定助他成功。此时暂作袖手，看他行为如何。如一味逞性胡为，我仍有死生他的力量。只要同享安乐，谁做岛主，俱是一样，管他则甚？”不想俞利早料到方良不会以他为然，网罗密布，方良夫妻的话，竟被他室外预伏的走狗听去。像方良夫妻所说，尽是善善恶恶之言，并没有与他为难的意思，若换稍有天良的人听了，应如何自勉自励，力谋善政，将全岛治理得比前人还好，才是远大有为之主。偏生俞利狼子野心，闻言倒反心怀不忿，认方良是他眼中之钉，此人不去，终究不能为所欲为，只是一时无法下手罢了。

他原饶有机智，先时所订治岛之策，无不力求暂时人民方便，所用的却尽是一些平时网罗的党羽。岛民既将公产分为己有，个个欢喜。只是人心终究不死,俞利升任岛主的第一日,一干长老便在集议中,请求全岛的人应该生生世世感念方良,本人在世不说,他夫妻年老无子,现在梁氏有孕,如有子孙,应永久加以优遇。俞利明知梁氏久孕不育,必然难产,为买人心,就位第一道谕旨,首先除分给方良优厚的田业外,并订岛律,此后方氏子孙可以凭其能力,随意开辟全岛的公家土地。这种空头人情,果然人心大悦。方良几番推谢不允,只得量田而耕,自给自足。全岛长老听了,都亲率子弟去为服役。方良无法,只好任之。

俞利见民心如此,越发嫉恨,心里还以为方良年老,虽然讨厌,耗到他死,便可任性而为。谁知上天不从人愿,梁氏怀孕到了三年零六个月上,正值俞利登位的下半年,竟然一胎生下三女。梁氏年老难产,虽然不久便自死去,偏那三个女孩因为全岛人民大半归附方良,怀孕既久,生时又有祥光之瑞,一下地都口齿齐全,可以不乳而食,因此博得全岛欢腾,都说是仙女临凡,将来必为全岛之福。俞利闻言,又有碍他子孙万世之业的打算,大是不安。想起自己生有二子,如能将三女娶了过来,不但方良不足为患,越发固了自己的地位和人民的信仰。谁知派人去和方良求亲,竟遭方良婉言拒绝。这一来,更是添了俞利的忌恨,昼夜图谋,必欲去之为快。

他知道方良悼亡情深,近来又厌烦嚣,移居僻地,每月朔望,必亲赴梁氏墓地祭奠。便想了一条毒计:利用岛民迷信鬼神心理,使心腹散布流言,说方良所生实是仙女。乃妻梁氏业已成仙,每当风清月白之夜,常在她墓前现形。并说方良闭门不出,乃是受了他妻子度化,所以每月朔望都去参拜,现在静中修道,迟早也要仙去。这一番话,甚合岛民心理,一传十,十传百,不消几日,便传遍了全岛。方良自爱妻一死,心痛老伴,怜惜爱女,老怀甚是无聊。情知俞利羽翼爪牙已丰,自己也没此精神去制他,索性退将下来,决计杜门却扫,抚养遗孤,以终天年。他这般聪明人,竟未料到祸变之来,就在指顾之间。那俞利见流言中人已深,这才派了几个有本事的得力心腹,乘方良往方氏墓上祭扫之时,埋伏在侧,等方良祭毕回家之时,一个冷不防,刀剑齐下,将他刺死。连地上沾血的土铲起,一同放入预置的大麻袋之中。再派了几名同党将方氏三个女婴也去抱来,另用一个麻袋装好。缒上几块大石,抛入海里。给方家屋中留下一封辞别岛民的书信,假装为方良业已带了三女仙去的语气。自己却故作不知。过有三五日,装作请方良商议国事,特意请了两位老年陪着,同往方家,一同看了桌上的书信,故意悲哭了一阵。又命人到处寻找,胡乱了好几天才罢。

方良新居，原在那岛的极远僻处，因为好静，不愿和人交往。众人尊敬他，除代耕织外，无事也不敢前往求见。家中所用两名自动前往的下人，本是俞利暗派的羽党，自然更要添加附会之言。加上种种风传，都以为他父女真个仙去。有的便倡议给他夫妻父女立庙奉祀。这种用死人买人心的事，俞利自是乐得成全。不消多日，居然建了一座庙宇。庙成之日，众民人请岛主前去上香。俞利猛想起唇齿相亲，还有被咬之时，那共事的九个同党不除，也难免不将此事泄露出去。故意派了那行使密谋的九个同党一点神庙中的职司，又故意预先嘱咐他们做出些奉事不虔的神气。那九个同党俱是愚人，只知惟命是从，也不知岛主是何用意，依言做了。众岛民看在眼中，自是不快。到了晚间，俞利赐了九人一桌酒宴，半夜无人之际，亲去将九人灌醉，一一刺死，放起一把火，连尸体全都烧化，以为灭口之计。岛民因有日间之事，火起时在深夜，无人亲见。俞利又说，夜间曾梦神人点化，说九人日间不敬，侮慢神人，故将他们烧死示儆。岛民益发深信不疑。方良死后，俞利便渐渐作威作福起来，这且不提。

且说方良的尸身与三个女婴，被俞利手下几个同党装在麻袋以内，缒上大石，抛入海内。那三个女婴，方良在日，按落胎先后，论长幼取了初凤、二凤、三凤三个名字，俱都聪明非常。落海不久，正在袋中挣扎，忽然一阵急浪漩来，眼前一亮，连灌了几口海水，便自不省人事。及至醒来，睁开小眼一看，四壁通明，霞光潋滟，耀眼生花，面前站定一个十二三岁的少女，给了三女许多从未见过的食物。三女虽然年纪才止二岁，因为生具异禀仙根，已有一点知识，知道父亲业已被害，哪里肯进饮食，不由悲泣起来。那少女将三女一同抱在怀内，温言劝慰道："你父亲已被仇人害死。此地紫云宫，乃是我近年潜修之所。你姊妹三人可在此随我修炼，待等长大，传了道法，再去为你父亲报仇。此时啼哭，有何用处？"三女闻言，便止住了悲泣，从此便由那少女抚养教导。

光阴易过，一晃便在宫中住了十年。渐渐知道紫云宫深居海底地窍之中，与世隔绝。救她们的人便是当年方良所放的那个老蚌，少女乃是老蚌的元胎。因为那蚌精已有数千年道行，那日该遭地劫，存心乘了潮水逃到海滩之上，被俞利看出蚌中藏珠。如非方良力救，送入海内，几乎坏了道行。这日在海底闲游，看见落下两个麻袋，珠光照处，看出是方良的尸身和三个女婴。老蚌因受方良大恩，时思报答，曾在海面上看见方良领了三女，在海滩边上游玩，故此认得。忙张大口，将两个麻袋一齐衔回海底。元胎幻化人形,打开一看,方良血流过多,又受海水浸泡,业已无术回生,只得将他尸首埋在宫内。救转三女,抚养到十二岁。

老蚌功行圆满,不久飞升,便对三女说道:“我不久便要和你姊妹三人永别。此时你姊妹三人如说出没洪波,经我这十年传授,未始不可与海中鳞介争那一日之短长。如求长生不老,虽然生俱仙根,终难不谋而得。这座紫云宫,原是我那年被海中孽龟追急,一时无奈,打算掘通地窍藏躲,不料无心发现这个洞天福地。只可惜我福薄道浅,为求上乘功果,尚须转劫一世,不能在此久居。近年常见后宫金庭中心玉柱时生五彩祥光。这宫中仙景,并非天然,以前必有金仙在此修炼,玉柱之中,难免不藏有奇珍异宝。只是我用尽智谋,无法取出。我去之后,你们无人保护,须得好好潜修,少出门户。轮流守护后宫金庭中那根玉柱,机缘来时,也许能将至宝得在手内。我的躯壳蜕化在后宫玉池之中,也须为我好好守护,以待他年归来。要报父仇,一不可心急,二不可妄杀。待等两年之后,将我所传的那一点防身法术练成之后再去,以防闪失。”

三女因老蚌抚育恩深,无殊慈母,闻言自是悲伤不舍。老蚌凄然道:“我本不愿离别,只是介类禀赋太差,我好容易炼到今日地步,如不经过此一关,休说飞升紫极,游翔云表,连海岸之上都不能游行自在。连日静中参悟,深觉你们前程无量。报了父仇之后,便有奇遇。我超劫重来,还许是你姊妹三人的弟子。但愿所料不差,重逢之期,定然不远。”说罢,又领了三女去到宫后面金庭玉柱之间,仔细看过。又再三嘱咐了一阵,才领到玉池旁边,说道:“我的母体现在池中心深处玉台之上,后日午刻,便要和你们姊妹三人分手。此时且让你们看看我的原来形体。”随说,将手往池中一招,立时池中珠飞玉涌,像开了花一般,一点银光闪过,浮起一个两三丈大小的蚌壳,才到水面,壳便大开,正当中盘膝坐定一个妙龄少女,与老蚌日常幻形一模一样。蚌口边缘,尽是些龙眼大小的明珠,银光耀目,不计其数。回头再找老蚌,已经不知去向。一会工夫,蚌壳沉了下去。老蚌依然幻成蚌壳中的少女,在身后现身,说道:“那便是我原来形体。我走之后,你们如思念太甚,仅可下到水底观看。只是壳中有许多明珠,俱能辟水照夜,千万不可妄动。我此去如果不堕魔劫,异日重逢,便可取来相赠。此时若动,彼此无益。”三女毕竟年幼,闻言只有悲痛,口中应允。

那紫云宫虽然广大华丽,因为三女从小受老蚌教养,不让去的地方不能去,平日只在一两个地方泅泳盘桓。这次离别在即,老蚌指点完了金庭玉柱和蜕骨之所，又带她们遍游全宫，才知那宫深有百里，上下共分六十三层，到处都是珠宫贝阙，金殿瑶阶，琼林玉树，异草奇葩，不但景物奇丽，一切都似经过人工布置。休说三女看了惊奇，连老蚌自己也猜不透那宫的来历，以前是哪位仙人住过。游了一两天，才行游遍。老蚌也到了解化之期，便领了三女同往玉池旁分手。

行前又对三女言道："宫外入口里许，有一紫玉牌坊，上有'紫云宫'三字，连同宫中景致，一切用物，我算计必有仙人在此住过，被我无意闯入。你姊妹三人如无仙缘，决难在此生长成人。可惜我除了修炼多年，炼成元胎，略解一点防身之术外，无甚本领，并不能传授尔等仙法。倘若宫中主人万一回来，千万不可违拗，以主人自居，须要苦苦婉求收录，就此遇上仙缘，也说不定。宫中近来时见宝气蒸腾，蕴藏的异宝奇珍定不在少。除了守护金庭中那根玉柱外，别处也要随时留意，以防宝物到时遁走。好在你们十年中不曾动过火食，宫中异果，宫外海藻，俱可充饥，如无大事，无须出游。我的能力有限，封闭不严，谨防你们年幼识浅，无心中出入，被外人看破，露了形迹，担当不了。报仇之事，切不可急，须俟你们照我吐纳功夫，练足一十二年，方可随意在海中来往。大仇一报，急速回宫。如你们仙缘早遇，道法修成，可在闽、浙沿海渔民疍户之中寻找踪迹，将我度到此间。我因元胎生得美秀，屡遇海中妖孽抢夺，几陷不测。此去投生为人，除双目与常人有异外，相貌必然与现在相似，仍不愿变丑，不难一望而知。如宫中至宝久不出现，你们不遇仙缘，只要我的元灵不昧，至迟三四十年，我必投了仙师，学成道法，回宫看望你们，就便传授。只需谨慎潜修，终有相逢之日。"

一面谈说，又将三女抱在怀中，亲热了一阵。算计时辰已到，便别了三女，投入池底。三女自是心中悲苦，正要跟踪入水观看，前日所见大蚌，又浮了上来，只是蚌壳紧闭。三女方喊得一声："恩娘！"只见蚌壳微露一道缝，一道银光细如游丝，从蚌口中飞将出来，慢腾腾往外飞翔。三女知道那便是老蚌之神，连忙追出哀呼时，那银光也好似有些不舍，忽又飞回，围着三女绕了几转。倏地声如裂帛，响了一下，疾如电闪星驰，往宫外飞去。三女哪里追赶得上，回看玉池，蚌壳业已沉入水底。下水看了看，停在石台上面，如生了根一般，纹丝不动。急得痛哭了好些日子才罢。

由此三女便照老蚌所传的炼气调元之法，在紫云宫中修炼。虽说无甚法力，一则那宫深闭地底，外人不能擅入；二则三女生来好静，又谨守老蚌之诫，一步也不外出。宫中百物皆有，无殊另一天地，倒也安闲无事。只是金庭中玉柱下所藏的宝物,始终没有出现。

三女牢记父仇,算计时日将到。因方良被害时,年纪幼小;自来宫中,十余年不曾到过人世;平日老蚌虽提起方良放生之事,并没断定害死方良的主谋之人是否俞利。所幸只要擒到一个,不难问出根由。但是安乐岛上面,从未去过,三女也不知自己能力究竟大小,知道岛上人多,恐怕不是对手。商量了一阵,决计暗中前往行事,心目中还记得当时行凶的几个仇人模样。到了动身那日,先往方良埋骨处与老蚌遗蜕藏放之所,各自痛哭祝告了一场。各人持了一只海虾的前爪,当作兵刃,照老蚌传授,离了紫云宫,钻出地窍,穿浪冲波,直往海中泅去。

第一四二回

极穷途　三凤初涉险
凌弱质　二龙首伏辜

且说三女水行无阻，转眼到了安乐岛海洋，藏在礁石底下，探头往上一看，海滩上面正在乌烟瘴气，乱做一堆。原来方良死后，这十二年的工夫，一班老成之人死病残疾，零落殆尽。俞利去了眼中之钉，益发一意孤行，恣情纵欲，无恶不作。所有岛中少具姿色的妇女，俱都纳充下陈。又在海边造了一所迎凉殿，供夏日淫乐消夏之用。后来索性招亡纳叛，勾结许多海盗，进犯沿海诸省，声势浩大。地方官几次追剿，都因海天辽阔，洪波无际，俞利党羽慓悍迅捷，出没无踪，没奈他何。日子一多，渐渐传到元主耳内，哪里容得，便下密旨，派了大将，准备大举征伐。俞利仍是每日恒舞酣歌，醉生梦死，一点也没放在心上。

三女报仇之日，正是俞利生辰。当时夏秋之交，天气甚热。俞利带了许多妃嫔姬妾和手下一干党羽，在迎凉殿上置酒高会，强逼着中原掳来的许多美女赤身舞蹈，以为笑乐。三女在紫云宫内赤身惯了，本来不甚在意。一旦看见岛上人民俱都衣冠整齐，那些被逼脱衣的女子不肯赤体，宛转娇啼神气，互看了看自己，俱是一丝不挂，不由起了羞恶之心，恨不能也弄件衣服穿穿才好。正在凝神遐想，暗中察辨仇人面貌，无奈人数太多，那殿在海边高坡之上，相隔又远，虽然看出了几个，不敢离水冒昧上去。

待了一会，忽见数人押了一个绝色少女，由坡那边转了过来，直奔殿上。为首一人，正是当年自己家中所用的奸仆。方良被害后，便是他和一名同党，亲手将三女放入麻袋，抛下海去。仇人相见，分外眼红。三凤比较心急，当时便想蹿上海岸动手。初凤、二凤恐众寡不敌，忙将三凤拉住。再看那少女，两手虽然被绑，仍是一味强挣乱骂，已是力竭声嘶，花容散乱。怎奈众寡不敌，眼看快被众人拥到殿阶底下。俞利哈哈大笑，迎了下来，还未走到那少女面前，不知怎的一来，那少女忽然挣断绑绳，一个燕子飞云式，从殿阶上纵起一丈多高，一路横冲竖撞，飞也似直往海边跑来。这时海岸上人声如潮，齐喊："不要让她跑了！"沿海滩上人数虽多，怎奈那少女情急拼命，存了必死之志，再加本来又会武功，纵有拦阻去路的，都禁不起她一阵乱抓乱推，不一会工夫，便被她逃离海边不远。后面追的人也已快临切近，为首一个，正是三女适才认出的那个仇人，一面紧紧追赶，口中还喊道："海潮将起，招呼将大王的美女淹死，你们还不快预备船去！"且赶且喊，相隔少女仅只两三丈远近。忽然看见地下横着一条套索，顺手捞起，紧跑几步，扬手一抡，放将出去。那少女眼看逃到海边，正要一头蹿了下去，寻个自尽。不料后面套索飞来，当头罩下，拦腰圈住，拉扯之间，一个立足不稳，便自绊倒。为首追赶的人，见鱼已入网，好不心喜。心想："海边礁石粗砺，不要伤了她的嫩皮细肉，使岛主减兴。"便停了拖拽，趁着少女在地上挣扎，站立不起之际，往前便扑，准备好生生擒回去献功。

那少女倒地所在，离海不过数尺光景，正是三女潜身的一块礁石上面。为首那人刚刚跑到少女面前，只听海边呼的一声水响，因为一心擒人，先时并未在意。正要用手中余索去捆住少女的双手，猛见一条白影，箭也似的从礁石下面蹿了上来，还未及看清是什么东西，左腿上早着了一下，疼痛入骨，几乎翻身栽倒。刚喊得一声："有贼！"回手去取身背的刀时，下面又是两条白影飞到，猛觉腰间一阵奇痛，身子业已被人夹起，跳下水去。

这为首的人，便是蓝佬盖的兄弟蓝二龙。当时俞利害死方良，将所有同谋的人全都设计除去灭口。只有蓝二龙因为乃兄是俞利膀臂，功劳最大，害死同党的计策又是他兄长所献，俞利深知他弟兄二人不致背叛，不但饶了他，还格外加以重用。蓝二龙仗着俞利宠信，无恶不作，气焰逼人。这次众人见少女被他用索套住，知他脾气乖张，不愿别人分功，便都停了脚步，免他嫉视。忽见他刚要动手将女子擒回，从海边礁石底下像白塔一般冲起人鱼似的三个少女，各自手执一根奇形长钳，赤身露体，寸丝不挂。为首一个，才一到，手起处，便将二龙刺得几乎跌倒。连手都未容还，后面两个少女也是疾如电飞赶到，一个拦腰将他夹起，另一个从地上扯去倒地女子身上绳索，也是一把抱起，同时蹿入海内。这一干人看得清清楚楚，因为相隔不远，只见那三个赤身女子身材俱都不高，又那般上下神速，疑心是海中妖怪，只管齐声呐喊："蓝将军被海怪擒去了，赶快救呀！"但大半不敢上前。

俞利在殿阶上一见大怒，忙喝："你们都是废物，还不下水去追！"安乐岛上生长的人，全都习于游泳。有那素来胆大的，迫于俞利威势，仗着人多势众,也都随众入水。岛人纵是水性精通,哪能赶得上初凤姊妹三人,自幼生长海底,天赋异禀,又经老蚌十年教练,一下水,早逃出老远。等到俞利手下岛人到了海中,洪波浩森,一片茫茫,只见鱼虾来往,哪里还有三女踪迹可寻。白白在海中胡乱泅泳了一阵,一无所得。只得上来复命,说人被妖怪擒去,休说擒捉,连影子都看不见丝毫。俞利好好一个生辰,原准备乘着早秋晴和,海岸风物清丽,在别殿上大事淫乐。不想祸生眉睫,无端失去一名得力党羽和一个心爱美人,好不扫兴。只得迁怒于当时在侧的几十个侍卫,怪他们未将美女拦住,以致闯出这般乱子。一面又命人准备弓箭标枪,等妖怪再来时,杀死消恨。当日虽闹了个不欢而散,他并未料到自己恶贯满盈,一两日内便要伏诛惨死,仍是满心打算,设下埋伏,擒妖报仇。不提。

三女当中,三凤最是性急不过。起初看见仇人,已恨不得冲上岸去,生食其肉。初凤、二凤因见岸上人多,各持器械,身材又比自己高大,不敢造次,再三劝阻三凤。想在傍晚时分,择一僻处上岸,跟定仇人身后,等他走了单,再行下手。正在商议之间,偏巧蓝二龙押着的那个少女解脱绑索,往海岸逃走,看看身临海岸。蓝二龙当年受了俞利秘命,假献殷勤,为方良服役,三女都被他抱过一年多。一晃十年,音容并未怎变,认得逼真。又加那被迫少女花容无主,情急觅死神气。三凤首先忍耐不住,身子往上一起,便冲上海岸,狠狠地给了仇人一虾爪。初凤、二凤恐妹子有失,也同时纵上,一个擒了蓝二龙,一个就地上抱起那少女,跳入海内,穿浪冲波,瞬息百里。二凤在前,因所抱少女不识水性,几口海水便淹了个半死。蓝二龙生长岛国,精通水性,怎奈脖颈被初凤连肩夹住,动转不得,也灌了一个足饱,失去知觉。回宫路远,恐怕淹死,无法拷问。便招呼一声,浮上海面,将所擒的人高举过顶,顺海岸往无人之处游去。

一会到了一个丛林密布的海滩旁边,一同跳上岸去。先将少女头朝下,控了一阵,吐出许多海水,救醒转来。那蓝二龙也已回生,一眼看见面前站定三个赤身少女,各人手持一根长虾爪般长叉,指着自己,看去甚是眼熟,不禁失声道:“你们不是初凤姊妹?”一言甫毕,猛地想起前事,立即住口。心中一动,暗道不好。适才吃过苦头,身带兵刃,不知何时失去,自知不敌。恰好坐处碎石甚多,当时急于逃生,随手抓起一块碗大卵石,劈面朝左侧站立的初凤脸上打去。就势出其不意,翻身站起,一个纵步,便往森林之内跑去。跑出还没有半里多路,忽听一阵怪风,起自林内,耳听林中树叶纷飞,呼呼作响。猛地抬头一看,从林中蹿出一条龙头虎面、蛇身四翼的怪物,昂着头,高有丈许，大可合抱，长短没有看清。虎口张开，白牙如霜，红舌吞吐，正从前面林中泥沼中蜿蜒而来。蓝二龙一见，吓了个亡魂皆冒。欲待择路逃避，忽然脑后风生，知道不妙，忙一偏头，肩头上早中了一石块。同时腰腹上一阵奇痛，又中了两叉。立时骨断筋折，再也支持不住，倒于就地。接着身子被人夹起，跑出老远才行放下，也没听见身后怪物追来。落地一看，三女和少女俱都站在面前，怒目相视。身受重伤，落在敌人手内，万无活理，便将双目紧闭，任凭处治，一言不发。

过没一会，便听三女互相说话，但多听不大懂。内中听得懂的，只有“爹爹”“岛上”“二龙”等话，愈知道三个赤身少女定是方良之女无疑。正在寻思，腿上奇痛刺骨，又着了一叉。睁眼一看，三女正怒目指着自己，似在问话。二龙知道说了实话必死，但盼三女落水时年幼，认不出自己，还有活命之望，便一味拿话支吾。三女越朝着他问，二龙越摇头，装作不解，表示自己不是。恼得三女不住用那虾爪朝他身上乱叉，虽然疼得满地打滚，仍然一味不说。原来三女少时虽然生具灵性，一二岁时便通人言，毕竟落水时年纪太幼。到了紫云宫内，与老蚌一住就是十余年。姊妹间彼此说话，俱是天籁，另有一种音节。时日一久，连小时所会的言语，俱都变易，除几句当年常用之言外，余者尽是舌音意造。三女见二龙所说，依稀解得；自己所说，二龙却是不解，问不出所以然来。好生愤急，三只海虾长爪，只管向二龙手脚上刺去，暴跳不已。

似这样闹了一阵，还是那被救的少女心灵，这一会工夫，已看出三女是人非怪，对自己全无恶意。虽然言语不通，料知与擒自己的仇人必有一种因果。又看出二龙神态诡诈，必有隐情。便逡巡上前相劝道：“三位恩姊所问之事，这厮必不肯说。且请少歇，从旁看住他，以防他又逃走。由小妹代替拷问，或者能问个水落石出，也未可知。”三女原是聪明绝顶，闻言虽不全解，已懂得言中之意。便由初风将手中虾爪递给那个少女，姊妹三人，从三面将二龙围定，由那少女前去拷问。少女持叉在手，便指着二龙喝问道：“你这贼子！到了今日，已是恶贯满盈。我虽不知这三位恩姊跟你有何仇恨，就拿我说，举家大小，全丧在你们这一干贼子之手，临了还要用强逼我嫁与俞贼。我情急投海，你还不容，苦苦追赶。若非遇见三位恩姊，岂不二次又入罗网？我和你仇恨比海还深，今日就算三位恩姊放了你，我宁一死，也不能容你活命。适才听你初见三位恩姊时说话神气，分明以前熟识。她问你话，也许你真是不懂。但是以前经过之事，必然深知。莫如你说将出来，虽然仍是不能饶你一死，却少受许多零罪碎剐。”

说时，三女原是不着寸丝，站在二龙身侧，又都生得秾纤合度，骨肉停匀，真是貌比花娇，身同玉润。再加胸乳椒发，腰同柳细，自腹以下，柔发疏秀，隐现丹痕一线，粉弯雪股，宛如粉滴脂凝。衬上些未干的水珠儿，越显得似琼葩着露，琪草含烟，天仙化人，备诸美妙。三女素常赤身惯了，纵当生人，也不觉意。可笑蓝二龙死在眼前，犹有荡心邪念。三女一停手，便睁着一双贼眼，不住在三女身上打转，身上痛楚立时全忘，连对方问话，全没听清说的都是什么。三女见他贼眼灼灼，只疑他又在伺隙想逃，只管加紧防备，并没有觉出别的。那少女见他问话不答，又看出种种不堪神气，不禁怒火上升，喝道：“狗贼，死到临头，还敢放肆！”说罢，拿起手中虾爪，便朝二龙双目刺去。二龙正涉遐想，猛听一声娇叱，对面一虾爪刺来，连忙将头一偏，已是不及，双目瞎了一只，立时痛彻心肺，晕死过去。

少女便对三女说道：“这贼忒已可恶，这般问他，想必不招。莫如将他吊在树上，慢慢给他受点罪，多会招了，再行处死。以为如何？”三女闻言，点了点头。急切间找不到绳索，便去寻了一根刺藤，削去旁枝，从二龙腿缝中穿过，再用一根将他捆好，吊在一株大椰树上面。这时蓝二龙业已悠悠醒转，被那些带刺的藤穿皮刺肉，倒吊在那里，上衣已被人剥去。少女捡了半截刺藤，不时朝那伤皮不着肉的所在打去，起落之间，满是血丝带起。一任二龙素来强悍，也是禁受不住。除了原受的伤处作痛外，周身都是芒刺，钻肉锥骨。那痛还好受，最难过的是那些刺里含有毒质，一会工夫发作起来，立时伤处浮肿。奇痛之中，杂以奇痒，似有万虫钻吮骨髓，无计抓挠。二龙这时方知刑罚厉害，虽是活色生春，佳丽当前，也顾不得再赏鉴。先是破口大骂，只求速死。继则哀声干号，啼笑皆非，不住悲声，求一了断，真是苦楚万分，求死不得，眼里都快迸出火来。那少女见他先时怒骂，反倒停手不打，只一味来回抽那穿肉刺藤。口里笑着说：“昨晚我被擒时，再三哀求你留我清白，抛下海去，或者给我一刀。你却执意不肯，要将我做今日送俞贼的寿礼，供他作践。谁知天网恢恢，转瞬间反主为客。你现在想死，岂能如愿？你只说出三位恩姊所问的事，我便给你一个痛快；否则，你就甘心忍受吧。”

二龙已是急汗如膏，周身奇痛酸痒，不知如何是好。他起初并非忠于俞利，不肯泄露机密，只为心还想活，又为奇艳所眩，三女所说，俱未听清。及至刺瞎一目，晕死转醒，知道生望已绝，只求速死，一味乱骂。直到受了无量苦痛，才将对方言语听明。他哪里还熬忍得住，慌不择地说道：“女神仙，女祖宗！我说，我说，什么我都说。你只先放了我，说完，早给我一个痛快。”少女不慌不忙地答道：“放你下来，哪有这样便宜？多会把话说完，想死不难。我只问你，你既认得我三位恩姊，她们各叫什么名字？为何要擒你到此？快说！”二龙只求速死，哪还顾得别的，便将俞利昔日阴谋，三女来历，一一说出。那少女本不知道就里，因话探话，追根盘问，一会工夫，问了个清清楚楚。三女原通人言，只不能说，闻言已知大意。得知老父被害经过，自是悲愤填膺。连少女听见俞利这般阴狠残毒，也同仇敌忾，气得星眸欲裂。等到二龙把话说完，三女正要将他裂体分尸，二龙已毒气攻心，声嘶力竭。少女方说：“这厮万恶，三位恩姊不可便宜了他，且等将贼人擒来，再行处死。”

一言甫毕，忽听椰林深处一片奔腾践踏，树折木断之声，转眼间狂风大作，走石飞沙，来势甚是急骤。三女深居海底，初历尘世，一切俱未见过，哪知轻重。那少女名叫邵冬秀，自幼随父保镖，久走江湖，一见风头，便知有猛兽毒虫之类来袭。因见适才追赶二龙所遇那双首四翼的虎面怪物，被三凤用虾爪一击便即退去，疑心三女会什么法术，虽知来的东西凶恶，并不十分害怕。一面喊：“恩姊留神，有野东西来了！”一面奔近三女跟前，将手中虾爪还了初凤，准备退步。蓝二龙昏迷中已听出啸声，是安乐岛极北方的一种恶兽长脚野狮，性极残忍，纵跃如飞。自知残息苟延，决难免死，不但不害怕，反盼狮群到来，将三女吃了，代他报仇泄愤。就在这各人转念之际，那狮群已从椰林内咆哮奔腾而出。为首一个，高有七尺，从头至尾长约一丈，一冲而出，首先发现椰树上吊着的二龙，在那里随风摆荡，吼一声，纵扑上去，只一下，便连人带刺藤扯断下来。那二龙刚惨叫得一声，那狮的钢爪已陷入肉内，疼得晕了过去。同时后面群狮也已赶到，在前面的几个也跟着抢扑上来，一阵乱抓乱吼乱嚼，此抢彼夺，顷刻之间，嚼吃精光，仅剩了一摊人血和一些残肢碎骨。

三女看得呆了，反倒忘了逃走。冬秀见三女神态十分镇静，越以为伏狮有术，胆气一壮。她却不知狮的习性，原是人如静静站在那里，极少首先发动；等你稍一动身，必定飞扑上来。适才二龙如非是吊在树上随风摇摆，也不致遽膏残吻。所以山中猎人遇上狮子，多是诈死，等它走开，再行逃走。否则除非将狮打死，决难逃命。那狮群约有百十来个，一个蓝二龙，怎够支配，好些通没有到嘴。眼望前面还立着四个女子，一个个竖起长尾，钻前蹿后，就在相隔四女立处两丈远近的椰林内外来回打转，也不上前。三女先时原是童心未退，一时看出了神。后来又因那狮吃了活人以后，并未上前相扑，一个个长发披拂，体态威猛雄壮，只在面前打转，甚是好看，越发觉得有趣，忘了危机，反倒姊妹三人议论起来。

说时迟，那时快，就在这不大会工夫，冬秀见狮群越转越快，虽见三女随便谈笑，好似不在心上，毕竟有些心怯；又以为三女见群狮爪裂二龙，代报了仇，不愿伤它，便悄声说道："仇人已死了一个，还有贼人俞利尚在岛中，大仇未报。我虽知三位恩姊大名，还没知道住居何处，多少话俱要商量请教。这里狮子太多，说话不便，何不同到府上一谈呢？"三凤闻言，想起二龙和那些杀父仇人虽死，主谋尚在，忙喊道："姊姊，我们老看这些东西则甚？快寻仇人去吧。"说罢，首先起步。

那狮子当四人开口说话之际，本已越转越急，跃跃欲扑。一见有人动转，哪里容得，纷纷狂吼一声，一起朝四女头上扑来。冬秀在三女身后，虽有三女壮胆，这般声势，也已心惊，飞也似拨头便跑。逃出没有几步，猛听异声起自前面。抬头一看，正是适才追赶二龙，森林内所遇的那个虎面龙头、蛇身四翼的怪物，正从对面蜿蜒而来，不由吓得魂飞胆落，想要逃走。无奈自从昨日船中遭难，已是一日夜未进饮食；加上全家被害，身子就要被仇人污辱，吁天无灵，欲死无计，直直悲哭一整夜；晨间拼命挣脱绑绳，赴海求死，已是力尽神疲，又在水中淹死过去一阵。适才林间拷问二龙，随着三女奔波，无非绝处逢生，大仇得报，心豪气壮，精神顿振。及至二龙死于群狮爪牙之下，一时勇气也就随之俱消，饥疲亦随之俱来，哪还当得住这般大惊恐。立时觉得足软筋麻，艰于步履。刚走没有几步，便被石头绊倒，不能起立。

奇险中还未忘了三女忧危，自忖不膏狮吻，亦难免不为怪物所伤，反倒定神。往侧面一望，只见林中一片骚扰，剩下几十条狮的后影，往前面林中退去，转眼全部没入林内不见。再看初凤，手中持的一只虾爪已经折断，正和二凤双双扶了三凤朝自己身旁走来。三凤臂血淋漓，神态痛楚，好似受了重伤一般。心中诧异，三女用甚法儿，狮群退得这么快？方在沉思，猛一眼又见那龙头虎面怪物，不知何时径自避开四女行歇之处，怪首高昂，口里发出异声，从别处绕向狮群逃走的椰林之内而去。这才恍然大悟，那怪物并不伤人，却是狮的克星。见三凤受了伤，本想迎上前去慰问，只是精力两疲，再也支持不住。只得问道："三位恩姊受伤了么？"说时，三女业已走近身来，一看三凤面白如纸，右臂鲜血直流，臂已折断，只皮肉还连着，不由又惊又痛。冬秀见初凤、二凤对于妹子受伤虽然面带忧苦，却无甚主意，便就着初凤一同站起身来，说道："这位恩姊右臂已断，须先将她血止住才好。快请一位恩姊去将仇人留下的破衣通取过来，先将伤处包扎好，再行设法调治。”初凤经冬秀一阵口说手比，便跑过去，将狮爪下残留的破衣拾了些来。冬秀惊魂乍定，气已略缓，觉着稍好。激于义气，不顾饥疲，接了初凤手中破衣，将比较血少干净一些的撕成许多长条，一面又将自己上衣脱下，撕去一只衫袖，将三凤断臂包上，外用布条扎好。这才在椰树下面席地坐下，谈话问答。

初凤见她疲乏神气，以手势问答，方知已是二日一夜未进饮食。本想同她先行回宫，进些饭食，略微歇息，再寻俞利报仇。又因适才她在海中差点没有被水淹死，说话又不全通，正要打发二凤回宫，取些海藻、果子来与她吃。冬秀忽然一眼望见离身不远有大半个椰壳，因饿得头昏眼花，语言无力，便请二凤给取过来一看，椰心已被风日吹干，尘蒙甚厚。实在饿得难受，便用手将外面一层撕去，将附壳处抓下，放在口内一尝，虽然坚硬，却是入口甘芳。一面咀嚼，暗想："此时夏秋之交，这里从无人踪，除了果熟自落外，便是雀鸟啄食。椰林这么多，树顶上难免还有存留，只是树身太高，无法上去。"便和三女说了。三女见她吞食残椰，除三凤流血过多，仍坐地下歇息外，初凤、二凤闻言，便自起身，同往椰林中跑去。搜寻了一阵，居然在椰林深处寻着了十多个大椰子。虽然过时，汁水不多，但更甜香无比。冬秀固是尽量吃了个饱，三女也跟着尝了些。冬秀吃完，剩有六个。

初凤对二凤道："恩母行时，原命我们谨慎出入，报完仇便即回宫，不可耽延，常在宫中出入。加上冬秀妹妹水里不惯，如留在这里，报完仇回去，她又没有吃的；海藻虽可采来她吃，也不知惯不惯。适才寻遍椰林，才只这十几个椰子，若给她一人吃，大约可食两天，足可将事办完，再打回宫主意。如今三妹受了伤，报仇的事由我和你同去，留她二人在此便了。"三凤性傲，闻言自是不肯。冬秀见她姊妹三人争论，声音轻急，虽不能全懂，也猜了一半。知她三人为了自己碍难，便道："妹子虎口余生，能保清白之躯，已是万幸。此时赴汤蹈火，在所不辞。不过这里狮群太多，适才大恩姊曾说，才一照面，便将手中虾爪折断。三恩姊虽然仗着二恩姊手快，将伤她的一只大狮抓起甩开，仍是断了一条左臂。如今狮群虽被怪物赶走，难保不去而复来。妹子能力有限，三恩姊身又带伤，现在这样，大是不妥。我们四人既同患难，死活应在一起。妹子虽无大用，一则常见生人，二则昨晚被困，一意求死，颇留神贼窟路径。他新丧羽翼，必防我们再去。我们无兵器，如由原路前往，难免不受暗算。闻说此海陆地甚少，此地想必能与贼窟相通。不如我们由陆路绕过去，给他一个出其不意，将俞利杀了，与伯父报仇，比较稳妥得多。"

三女闻言,俱都点头称善。二凤便下海去捞了许多海藻、海丝上来,姊妹三人分着吃了。那海藻附生在深海底的岩石之间,其形如带,近根一段白腻如纸,入口又脆。冬秀见三女吃得甚香,也折了一段来吃,入口甘滑,另有一股清辛之味,甚是可口,不觉又吃了两片。三女因彼此身世可怜,冬秀更是零丁无依,几次表示愿相随同回紫云宫潜修,不作还乡之想。只为宫中没有尘世间之食物,深海中水的压力又太大,怕她下去时节禁受不住,着实为难。今见她能食海藻,吃的可以不愁,只需能将她带回宫去,便可永远同聚,甚是可喜。

大家吃完歇息一阵,冬秀见时已过午,商量上路。见虾爪只剩一根,虽然尖锐,却是质脆易折。便请三女折了几根树干,去了枝叶,当作兵器,以防再遇兽侵袭。算计适才来的方向,穿越林莽,向俞利所居处走去。陆行反没有水行来得迅速,经行之路,又是安乐岛北面近海处的荒地,荆榛未开,狮虎蛇蟒到处都是。四女经过了许多险阻艰难,还仗着冬秀灵敏,善于趋避,不与狮蟒之类直接相搏。走有两个时辰,才望见前面隐隐有了人烟,以为快要到达。不料刚穿越了一片极难走的森林险径,忽然沼泽前横,地下浮泥松软,人踏上去,便即陷入泥里,不能自拔。二凤在前,几乎陷身在内。前路难通,一直绕到海边,依然不能飞渡。最后仍由初凤、二凤举着冬秀,由海边踏浪泅了过去。绕有好几里路,才得登岸。

冬秀一眼看到前面崖脚下孤立着一所石屋,背山面海,小溪旁横,颇据形胜。忙请三女藏过一边,悄声说道:“这里既有房屋,想必离贼窟不远。招呼给贼党看见有了防备,我们人少,难保不吃他亏。且待小妹前去探个明白,再作计较。如果室中人少,我一比手势,恩姊们急速奔来接应,只需擒住一人,便可问出贼窟路径了。”三女依言,隐身礁石之后。冬秀一路蛇行鹭伏,刚快走近石室,看出石墙破损,室顶坍落,不似有人居住神气。正想近前观看,忽见后面三女奔来,竟不及与冬秀说话,飞也似往室中纵去。冬秀连忙跟了进去一看,室中木榻尘封,一应陈设俱全,只是无一人迹。再看三女已经伏身木榻之上,痛哭起来。忙问何故?才知三女初上岸时,便觉那地形非常眼熟。及至冬秀往石屋奔去,猛想起那石屋正是儿时随乃父方良避地隐居卧游之所。触景伤怀,不禁悲从中来。没等冬秀打手势,便已奔往室中去。

冬秀问出前因,见三女悲泣不已,忙劝慰道:“此时报仇事大,悲哭何益?这里虽是恩姊们旧居,毕竟彼时年纪太小,事隔十多年,人地已生。万一有贼党就在附近,露了行迹,岂非不妙?先前我见恩姊们俱是赤身无衣,去到人前,总觉不便。只是急切间无处可得,本想到了贼窟,先弄几身衣服穿了,再行下手。看这室内,好似老伯被害之后,并无什么人来过,衣履或者尚有存留。何妨止住悲怀,先寻点衣履穿了。附近如无贼党,正好借这石室作一退身隐藏之所;如有贼党,也可另打主意。"

三女闻言,渐渐止住悲泣,分别寻找衣履。那石室共是四间,自方良被害后,只俞利假装查看,来过一次。一则地势实在隐僻;二则岛民为俞利所惑,以为方良父女仙去,谁也不敢前来动他遗物。俞利自是只会作假,布置神庙,哪会留心到此,一任其年久坍塌。房舍虽坏,东西尚都存在。四女寻了一阵,除寻出方母梁氏遗留的许多衣物外,还寻出那些方良在世时所用的兵刃暗器。便将树干丢了不用,由冬秀草草教给用法。这时天已黄昏,海滨月上。冬秀见室中旧存粮肉虽已腐朽,炉灶用具依然完好无缺。各方观察,都可看出附近不见得有甚人居。适才所见炊烟尚在远处,只是还不大放心,便请三女暂在室中躲避,由她前去探看贼窟动静。

冬秀出室,先走到小山顶上一看,远处海滩一带屋舍林立,炊烟四起,人物看不甚真。有时顺风吹来一阵乐歌之声,甚是热闹,路径也依稀辨出了个大概。计算俞利虽遭了拂意之事,仍在纵饮作乐,庆贺生辰。因为相隔不远,便回来对三女说道:"这里我已仔细看过,大概周围数里并无人家。如为稳当计,有这般现成隐身之所,正好拿这里作退身之步。等到明早,探明了路径,再行下手。不然便是乘今晚俞贼寿辰,贼党大醉,夜深睡熟,疏于防范之际,去将俞贼劫了来。不过三位恩姊俱都长于水行,去时第一要看清何处近海,以防形势不佳时节,好急速往水里逃走,千万不可轻敌冒险。大仇一报,即便归去才是。"

三女都是报仇心切,恨不能立时下手,便用了第二条主意。商量停妥,因为时间还早,冬秀见室中灯火油蜡俱全,先将窗户用一些破布塞好,找到火石将灯点起,并烧些热水来吃。无心中又发现一大瓶刀伤药,瓶外注着用法。冬秀正为三凤断臂发愁,打开瓶塞一看,竟是扑鼻清香,知道药性未退,心中大喜。连带取了盛水器具,在屋外小溪中取了清泉进来。又寻了新布,请三凤将断臂处所包的布解下。狮爪有毒,又将一只臂膀断去,受海中盐水一浸,一任三凤天生异质,也是禁受不住。再加血污将布凝结,揭时更是费事,疼痛非凡。恼得三凤性起,恨不得将那只断臂连肩斩去,免得零碎苦痛。还算冬秀再三温言劝慰,先用清水将伤处湿了,轻轻揭下绑的破布。重取清水棉花将伤处洗净吸干,将药敷上,外用净布包好。那药原是方良在日秘方配制,神效非常。一经上好,包扎停当,便觉清凉入骨,适才痛苦若失。药力原有生肌续断之功,只可惜用得迟了,先时匆匆包扎,没将骨断处对准,又耽误了这么多时候,不能接续还原。后来伤处虽痊,终究成了残疾,直到三女成道,方能运转自如。这一来倒便宜了冬秀,只为给三凤治伤这点恩情,三凤感激非常,成了生死之交,以致引出许多奇遇,修成散仙。此是后话不提。

冬秀和初凤、二凤见三凤上药之后,立时止痛,自是大家欢喜。二凤又要往海中去取海藻,准备半夜的粮食。冬秀忍不住说道:“恩姊水中见物如同白昼,我想海中必有鱼虾之类,何妨挑那小的捉些来,由妹子就这现成炉灶煮熟了吃?一则三位恩姊没食过人间熟物;二则鱼汤最能活血,于三恩姊伤处有益。”二凤闻言,点了点头,往外走去。不多一会,两臂夹了十几条一二尺长的鲜鱼进来。冬秀一看,竟有十分之九不认识。便挑那似乎见过的取了三条,寻了刀,去往溪边洗剥干净,拿回室内,寻些旧存的盐料,做一锅煮了。一会煮熟,三女初食人间烟火之物,虽然佐料不全,也觉味美异常。三凤更是爱吃无比,连鱼汤全都喝尽。三女又各吃了些海藻才罢。冬秀见三女如此爱吃熟东西,暗想:“贼窟中食物必定齐全,少时前往,得便偷取些来,也好让恩人吃了喜欢。”她只一心打算博取三女欢心,却不想烟火之物与修道之人不宜。后来三女竟因口腹之欲,不能驻颜,几乎误了道基,便是为此。

大家吃完之后,彼此坐下互谈。冬秀又教她的恩人语言。三女本是绝顶聪明,一学便会,虽只不长时间,已经学了不少,彼此说话,大半能懂,无须再加手势了。挨到星光已交午夜,算计乘夜出发,走到贼窟也只丑寅之交,夜深人静,正可下手。大家结束停当,定好步骤,由冬秀指挥全局,径往贼窟而去。这时岛地已经俞利开辟多半,除适才四人经过的那一片沮洳沼泽,浮泥松陷,是个天然鸿沟,无法通行外,余下道路都是四通八达,至多不过有些小山蹊径,走起来并不费事。再加月明如水,海风生凉,比起来时行路,无殊天渊之别。四女离了方良旧居,走不上七八里路,便有人家田亩。虽然时在深夜,人俱入睡,冬秀终因人少势孤,深入仇敌重地,不敢大意,几次低声嘱咐三女潜踪前进。快要到达,忽然走入歧路,等到发觉,已经错走下去有三四里地。只得回头,照日里所探方向前进。

冬秀因昨日被擒,无心中经过俞利所居的宫殿,默记了一些道路。后来从看守的岛妇口中得知俞利寝宫有好几处,有时因为天热,便宿在近海滨的别殿上，但不知准在何处。原打算先擒到一个岛民，问明虚实下手。无奈经过的那些人家俱是十来户聚居，房舍相连，门宇又低，恐怕打草惊蛇，不敢轻举妄动。正在寻思，能遇见一个落单人家才好。忽见前面山脚下相连之处，有一片广场，丰碑林立。靠山一面，孤立着一所庙宇，庙侧两面俱是椰林。由高望下，正殿上还有一盏大灯，静沉沉的，梵音无声。看神气，好似人俱睡熟。冬秀见庙墙不高，左近极大一片地方，四无居人。暗想："前行不远，想已快近俞贼巢穴。人家越多，越难下手，何不翻墙入庙，捉住庙中僧道拷问？"便低声和三女说了。行近庙墙，正要一同纵身进庙，月光之下，猛见小山口外奔来一个人影。方想等他入庙时节，纵上去捉个现成。四人刚打算走近庙门旁埋伏等候，谁知那人并不进庙，奔到庙左侧椰林前面，只一闪，便即不见。四女起先并未见林内有人家，这时定睛往林中一看，密荫深处，竟还有一所矮屋，另一面却是空无所有。四外观察清楚，知道庙中人众，便绕路往那矮屋掩去。

那矮屋共是三间，屋外还晾着一副渔网，像是岛中渔民所居。四人刚行近石窗下面，便听屋内有人说话。冬秀忙和三女打个手势，伏身窗外一听，只听一个年老的说道："当初方老爹没有成仙，你我大家公吃公用公快活，日子过得多好。偏偏这个狗崽要举什么岛王，闹得如今苦到这般田地。稍有点气力的人，便要日里随他到海上做强盗，夜晚给他轮班守夜。好了，落个苦日子；不好，便是个死。方老爹心肠真狠，自己抛下我们去成仙，还把三个仙女带去。我们苦到这样，大家天天求他显些灵，给狗崽一个报应，仍照从前一样，那有多好。"年轻的一个道："阿爸不用埋怨了，如今大家都上了他的当，势力业已长成，有甚法子想？除了他手下的几个狗党，全岛的人谁又不恨呢？也是活该，昨晚抢了海船上一个美女，蓝二龙那狗崽原准备给他今日上寿的，不曾想那女子有烈性，上殿时节，挣脱绑绳就往海边跑。眼看追上，忽然从海边冲起三个妖怪，将那美女和蓝二龙一齐都捉了去。有些人说，那三个妖怪，长得和方老娘一般无二，说不定便是方爹看不过眼去，派了那三个仙女来给我们除害。如果这话不差，狗崽就该背时了。"

第一四三回

报大仇　群凶授首
恋红尘　一女私心

冬秀一听室中父子口气，对于俞利已是痛恨入骨。知道方良恩德仍在人心，正可利用这个机会，使三女现身出去，对室中人说出实话。顺手便罢，不顺手时，室中也只父子二人，不难以力挟制。便不往下听去，悄悄拉了三女一把，同往僻静之处，商量停妥。因三女说话，常人不易全懂，便令三女伏身门外，听暗号再闯进去。自己走到矮屋门前，轻轻用手弹了两下，便听室中年轻的一个答话道："老三下值了么？我阿爸今日打得好肥鱼，来这里喝一杯吧。"说罢，呀的一声，室门开放。冬秀便从门影里闯了进去。入内一看，室中点着一盏油灯，沿桌边坐着一个老者，桌上陈着大盘冷鱼，正在举杯待饮。

那年轻的岛民，也跟着追了进来，见是一个女子，已甚惊异。定睛一看，认出是日里逃走的美女，便喝问道："你不是早晨被海怪捉去的美人么？岛王为你气了一天。你是怎生从海怪手里逃出，到此则甚？快说明白。如若回心转意，不愿寻死，我便领你去见岛王，少不得有你好处，我也沾一点光。"说时，眼望那门，意思是防备来人逃遁。

冬秀喝道："你口里胡说些什么？我日里因不肯失身匪人，蹈海求死。眼看被蓝二龙这狗贼追上，谁想方老爹所生三位仙女，因全岛人民公愤俞利这个狗贼无恶不作，日常求告，奉了你们方老爹之命，前来代你们除害。行至海边，正遇我在遭难，才将我救去。如今蓝二龙已伏仙诛。三位仙女因从小成仙，离岛日久，恐来时岛民不知，受了俞贼胁迫，与她们抗拒；又不知俞贼今晚住处，误伤好人，特地命我前来打探俞贼今晚宿处。方才我们行经窗外，知你父子深明大义，心念故主，故此叩门询问，哪有什么海怪？"

这一席话，正与日间传说吻合，老岛民已经深信不疑，闻言停杯起立，便要答话。年轻的一个因处积威暴虐之下，还有一些顾虑，忙抢先答道："你说的话，我们未始不信。只是岛王近年手下招了许多能人，如你没有三位公主帮忙，想到他宫中行刺，凭你一个年轻女子，定遭毒手。那时问起根由，定然连累我们父子。除去俞狗崽本来是全岛的公意，只是他防备得严，无人敢去下手。你如使我父子见上三位公主一面，休说指路，叫我父子死都去。”

冬秀闻言道：“足见你们还有人心。”一面便朝门外低唤道：“三位仙姊，请进吧。”说罢，便听叩门之声。岛民忙将门一开，将三凤姊妹放了进来。老岛民原见过三女小孩时模样，又有两次先入之言，一见便即断定不差。首先奔了过去，跪了下去，叩头不已，口里直喊：“公主救救我们！”那年轻的一个见老的认出，也慌不迭地随着跪倒。冬秀笑道：“你们无须如此，起来讲话。天已不早，我们还办正事呢。”岛民父子这才恭敬起立，让三女榻上坐定。老者重又跪禀道：“我名蓝老铁，他是我儿子蓝佬石，俱受过方老爹仙爷大恩。三位公主如有用我父子之处，万死不辞！”初凤便照预定，朝冬秀指了指。冬秀答道：“三位公主别无用你父子之处，只要即刻告知我们俞利的住处。如胆大时，便领了我们前去。也无须你父子相助动手，自有除他之法。”

岛民父子闻言，心中大喜。老的一个忙跪答道：“那俞利狗崽，自从方老爹成了仙后，无人再能制他，勾了手下一干党羽，胡作非为。先还只役使岛民给他建造宫殿，选那长得好的岛中姊妹去做他的什么妃子，强派众人给他纳粮。后来越闹越不像话，竟违了方老爹在时所定不与中国胡儿相通的规章，擅自逼人造了海船，飘洋前往闽、粤等地，采办金珠、歌妓和好吃好玩的东西，拿全岛人民的血汗，供他糟践享乐。意还不足，近年又招纳了一干海盗，专在海上劫掠商船，害死的人不知多少。大家都皆恨到极处，没奈他何。谁稍有一点抗拒，不是无缘无故不知下落，便被他逼着同去做海盗。到了洋里，将人抛下水去喂鱼；回来只说遇见官兵战死，还假装慈悲，发下些抚恤的钱。他也知全岛人民十有八九恨他入骨，除挑选心腹做护卫，以防不测外，又将所居宫殿建造得十分高固。我儿子便因小的年老性直，受不得他手下爪牙的气，假意对他忠心，费了不少做作，才补了一名近身的护卫。因为他对方老爹全是一番假恭敬，神庙中并无僧道，人民再一求说，才派了小的三人在庙外林中居住。明着每日管理庙中灯油香火，暗中却要为他打听人民求告时的言语有无怨望。小的因为不肯作孽，连月没有给他告密，听说还要换人呢。适才听小的儿子说，他今晚正和一个姓牛的妖妇住在海滨别殿上。如要下手，最好再候一会，赶天快明以前去。”

那岛民的儿子便接续道：“那妖妇原有丈夫。岛上自这两个狗男女来，方才坏得不可收拾。那男妖道叫秦礼,惯会邪法,呼风唤雨,遣将驱神。出海打劫的船,便是此人率领。连蓝二龙那般得势,只能做个副手。女妖道更是又淫贱,又狠毒,岛中少男长女也不知被她糟掉多少。听说新近在海中三门岛得了一部天书,要和俞贼、妖道一同修炼。今早三位公主抢去蓝二龙,救走这位大姑时,正赶妖道海上有事未回,妖妇又去什么仙山采那血灵芝来与俞贼上寿,俱都不在岛上。妖道回来,听说尚有几日。妖妇已在午后回转,得知海边出了海怪,可笑她哪知三位公主的仙法,还说是什么鱼精,在海边闹神闹鬼地行了好半天法,说是已经布下天罗地网,不论什么妖怪,都要送死。如今三位公主不是好好上来?可见她也没有真实本领,不过哄哄俞利这狗贼罢了。这妖道夫妇原与狗崽不分彼此,同在一处淫乐。狗崽原配的妻子也因不甘被妖道污辱,寻了自尽。此时前去,正是他们淫乐高会之际。平日就护卫森严,何况今日又是狗崽的生日。照例每晚淫乐到天快明以前,服了妖道的药入睡。那时他几十个亲近的护卫跟着累了一天,纵不全睡,也都疲乏已极。除了两个率领上值的死党外,余下便是与小人一般的外侍卫,虽未必全叛狗崽,只要经小人一说明三位公主奉了方老爹之命前来除害,也决不会反抗的。"

冬秀抢答道:"三位公主的意思是不愿惊动众人耳目。既然俞贼在天明前就寝,那你就算准时刻,领了我们前去,说明俞贼睡处的方向路径,我们自会行事。事前不可妄告一人,等到除了俞贼之后,我们已走,宣示与否,任凭于你便了。"岛民父子又跪求方老爹以后降福大家,时常显灵,最好能留一位公主在岛上主持,使大家重过安乐日子。冬秀招呼他父子起立,用话诳道:"这事我们不敢擅自做主,须等除了俞贼复命之后,才能禀明方老爹定夺呢。"

正说之间,蓝佬石猛想起三位公主进屋这些时,连茶水也未孝敬一杯。父子二人忙将桌上残肴撤去,重新摆上杯箸,说道:"小的只顾禀话,也忘了整备酒食。如今离天明还有一会,家中没甚可敬。昨日打得鲜鱼,做了鱼冻,还有些烧肉和隔年陈酒,待小的父子整理出来,与公主、大姑权当接风。吃完就该是时候了,便起身。"冬秀因想三女尝点人间之物,也不客套,便代三女允了。

岛民父子益发大喜,老少同奔隔室,先端了两大盘鱼冻和烧肉及一葫芦酒出来,请四女饮用。另外泡了两大碗冷饭,又去开了一个大西瓜,用木盘盛好捧上。东西不多,已是将一个小方桌堆满。还在东寻西找,恨不能把家中所有全拿出来献上，才称心意。三女见其意甚诚，甚是感动。冬秀便叫他父子一处同吃，再三不敢，也就罢了。三女原惟冬秀之言是从，不懂客套，再加初食人间有调和的东西，比起适才盐水白煮鲜鱼又强得多，三凤更是连夸味美不置。不一会，先将酒饭鱼肉吃尽，又将西瓜吃了，吃得甚是高兴。蓝佬石因家中剩饭不多，煮又不及，每人只吃得半碗，甚是歉然，再三说三位公主和大姑以后如想吃人间之物，只管前来，千万赏光，不要客气。初凤、二凤还不怎样，三凤口馋，当时未说，却记在心里。

冬秀命蓝佬石出去看星光，归报已离天明不远。重又问了一回路径形势，便由岛民父子在前引路，往海滨别殿的后墙外进发。出了小山口不远，绕着坡道，弯弯曲曲，走有五六里路，折向海边，便是俞利避暑的别殿。相去还有半里，望见那别殿建置在海滨山坡上面，周围大有百亩，四面都是花园，只当中一丛高大宫室，巍然独峙，除朝海一面的凉殿突出宫外，四围都有宫墙围起。宫墙里靠墙一面，点着许多鲸油明灯，大如栲栳，用两三丈长的木杆挂着，每隔几步便有一个，灯罩上绘满花彩，远望高低错落，灿如锦星。围着宫墙外面，到处都竖立着大有数丈的木伞，伞下面都有人在那里坐卧。那所宫殿却是黑沉沉蹲踞在月光灯影之下，通没一丝光影透出，好似殿中人俱已睡熟神气，却不时听得一种细吹细唱的乐歌之声，随风吹送。

冬秀与三女随了蓝氏父子正行之间，眼看离那宫墙后身只有十丈远近，忽见蓝老铁把手向后连摆，停了下来。冬秀便照预定暗号，忙拉三女躲向一边，俯伏在地。这时蓝佬石已快步奔向前去，一会回头招手。蓝老铁引了四女重新前进。原来众人因正路上防卫太多，改从山坡上爬行下来。谁知这隐僻处的防卫也不在少，沿途尽是一些小木伞低藏凹处。每伞下面俱有四人，拿着兵器在那里防守。所幸岛民良懦，素来无警，除内宫一些死党为讨好俞利，故示忠诚，有许多做作外，宫外这些防守的人，日子一长，见无甚事，大多是奉行故事。一过午夜，有的倚背假眠，有的席地而卧，俱已沉沉睡去。

蓝氏父子犹恐惊醒防守的人不便，仗着佬石有腰牌口号，总是由他在前探路，看出无警，再回首招呼众人过去。不多一会，一同走到墙后，先择了一处隐僻树林藏好，重商下手之策。蓝佬石悄声说道："我在宫中当护卫只有半年多，先只说各路口上俱都有人防守，却未料到这种隐僻难走的宫墙后面也设有埋伏。且喜人都睡熟，没被他们看见。现在宫殿里面奏细乐，这些狗男女定然还多没睡熟。小的看还是稍等一等，等他们睡了，再同进去下手，要省事得多。"冬秀知他胆怯，悄问殿上怎无亮光？蓝佬石道："狗崽又贪凉爽,又怕风寒,除日里会人时是在殿上外,夜间淫乐却在地底下一层。殿上所有隔扇,都有布幔遮蔽,以防外人窥探。地室里却是灯光如昼,外边哪里看得见?小的因为日前虽补上了他的近身护卫,每晚只在上层宫殿随班上值,地室却未去过。日前听得人说,下通地室共是三条道路,除正殿宝座后面台阶是条正路外,只知有一条直通海口。那里还备得有船,另有铁闸开闭出入,不知什么用处,地方在三位公主日里上来的礁石的后面暗礁上面。近来狗崽因海水日涨,说那洞已经无甚用处,正和蓝二龙密计,另开一条道路呢。但另外一条,不知在什么所在。通海这条,须要绕向前面,一则绕走不便,二则有那铁闸关闭,也无法进入。我们只能从正殿进去。殿上共有狗崽手下二十四名护卫,殿外更不知有多少。他每晚临与妖妇同睡以前,必令许多赤身美女奏这细乐,直到他二人睡熟方才退去。如照往日,此时早已睡熟,今日想是因狗崽生日,妖妇又不知给他什么烂药吃,这般精神。"

正说之间,乐声忽止,东方已依稀有了明意。冬秀见再不下手,少时天明人起,更费手脚,便对蓝氏父子道:"你二人身家性命都在岛上,事情如有失手,岂不连累了你们?好在我们虚实尽得,无须你们指引。天已不早,我等自会越墙行事,你二人不必跟去了。"蓝氏父子坚持不肯。本想再待一会进去,因见冬秀和三女心切,又看出有点疑他胆怯,便不再说。探头往墙内看了看,并无动静,回身一打手势,一同越墙入内。宫中防守之人虽多,一则蓝氏父子也是岛中有名的好身手;二则俞利寿辰,人们累了一天,都以为不会有甚事故,放心假寐的居多;更因蓝氏父子熟悉内情,善于趋避,不多一会,便到殿上。

蓝佬石知道殿门此时紧闭,推不进去。一路鹭伏鹤行,挨着殿上隔扇轻推,偏巧殿上留值的几位侍卫因为天气太热,嫌闭在殿中气闷,背了人偷偷虚开了一扇漏风,后来忘了关上。蓝佬石正愁无法入内,无心中推到这一扇,见是虚掩,心中大喜。知道里面还隔有一层布幔,先探头进去,隐在幔下,偷眼往前一看,见殿中灯烛尚未全灭,除通俞利行乐的地室入口处,有两人在那里带着倦意持戟倚壁防守外,余下一二十个护卫俱都抱着兵刃蜷卧在地,有的尚似在聚头低语。知道这般进去,只被一二人发现,便将全数惊醒。

正想不出好主意,猛觉身后有人拉了一下衣袖。回头一看,见是冬秀等四人。刚要悄问何故,又见冬秀朝外连指。转身回头一看,前殿侧木伞下面的人,不知何时俱都起身,往殿阶上奔走。刚暗道得一声:"不好!"忽见那些外侍卫走近殿阶,便即止步,坐了下来,纷纷交头接耳,似在议论什么。知道踪迹未被看破,心中略定。猛地又听殿中当当两声。再一回首,冬秀和三女俱都不在。忙探头二次往中殿一看,殿上睡熟的人仍然未醒,只那把守地室门户的两个持戟武士业已双双跌倒,冬秀和三女正相率往地穴中走去。再一看自己的父亲,已经不知去向。暗想:“老父年迈,痛恨俞贼入骨,今晚本不愿他同来冒险。一则仗着仙女壮胆;二则知道老人家脾气,不敢拦他高兴,一时疏忽,带了同来。适才回首时节,只见仙女她们四人。如非在自己未见时随了三位公主入内,便是遭了毒手。”

想到这里,情急关心,便也撩开围幔,往殿中纵去。却没料到隔扇底下,正睡着两个内殿护卫,佬石下地时,恰好一只脚踹在一人的腿上,立时惊醒,叫唤起来。佬石方要动手将那人打倒,不想那人一嚷,所有殿中已睡和半睡的二十多个护卫大半惊觉。所幸俞利平日虽无恶不作,岛中却从没出过一回事,故众人平顺日子过得惯了,俱都不以为意,反问那人乱些什么?佬石看见人多,不敢下手,猛地心生一计,便哄那首先警觉的二人道:“我因贪立一些功劳,适才下值,没有回家,径往海边,守候日里抢去岛主美人的海怪动静。等了一夜,适才竟看见她在海岸近处探身出游。我想入宫与岛王送信,因殿门推不开,才越窗而入。不想误踹在你的脚上,将诸位惊醒。让我到地殿中去报信吧。”

其实这班俞利的内殿侍卫,共是四十八人,轮班上值,昼夜不定。因俱认为是精通武艺的心腹,当值时,只要凑足二十四人之数,除另外四个头子外,余下并不限定谁是谁替,私下尽可通融。佬石如不说出由外入内,众人睡梦昏昏之际,大家都是昼夜常见熟人,殿上灯火明亮,最先惊醒的二人已认明是自己人。那两名把守地穴的执戟武士,因为四女入殿时,初凤姊妹三人在前,身手异常敏捷,一到穴口,便一人一个将他弄死,倒卧在宝座后面,有屏风挡住,人一时看不见,或者不致引人疑虑。候到他们二次就睡,再入地穴接应四女,业已成功归去,也不会发生异日一段美中不足之事。自以为想法甚妙,却不料反因此露了马脚。

先听话的二人倒未怎样在意,偏偏旁边不远的地上,还惊醒了一个头目,这人便是俞利的死党。先见是蓝佬石误踹人脚,将人吵醒,也未在意。及听他说了那一番话,猛想起今夜当值时,他曾说老父有病,不能当值,告退回去,怎的又往海边去守候海怪?再说牛仙姑曾再三嘱咐,那里环海一带设了天罗地网,不准人近前,近前便难脱身,他怎能前去?越想疑窦越多。见他说完，便要往宝座后地穴那一面跑，忙喝道："佬石过来，我问你话。大家也都过来。"说罢，暗将左侧睡的两人踢了一脚。佬石回身一看，是俞利的死党起身相唤，知他难惹多诈，未免有点情虚。又见众人大半注视自己，齐往那人身侧走近。知道不去，其势不行，只得强作镇静，走了过去。方想仍用那一套假言敷衍，身才近前，那头目便喝道："你们急速分出一半人来，将没醒的唤起，连岛王地宫和各窗户口一齐把住，我要盘问这厮。"

蓝佬石心知不妙，正待解说，那头目已冷笑道："我把你这该死的狗崽！你凭什么敢私往岛王地宫回事？岛王虽补你做近身侍卫，你有入宫的号牌么？"佬石以为他见自己越级巴结差使，有了醋意，心才略定。便强辩打脱身主意道："我因无心中看见海怪出现，一时喜极忘形，忘了规矩。请你不要见怪，现在由你去报信领赏何如？我回家去就是了。"说罢，便想往适才进来的隔扇下面奔去。还没有走出几步，身后左右诸人早得了那头目暗示，一拥齐上。

佬石回头见众人追来，正要加紧逃出殿左去，忽见一人从屏风后奔出，高叫道："快莫放他逃走，把守地宫口的两位武士被人害死了，殿里恐怕还有别的刺客，快快鸣钟报警呀！"说时，左右前后的人全都惊起，向佬石包围迎截上来。佬石知道踪迹败露，除了盼望三女成功，出来解围，更无活路。又惦记着老父不知去向。立时把心一横，一不做，二不休。来时因腰间只带了二尺多长的一把短刀，殿上诸侍卫各持长枪大刀，知难抵敌。就在这一转瞬间，一眼瞥见殿角大钟架前面用来撞钟的八尺来长杵形的一根镔铁钟锤，正有两名护卫想要奔近前去打钟。这钟一鸣，立时殿外各处的岛兵便会全部闻声齐集，势更不得了。猛地灵机一动，并不思索，脚底下一垫劲，便往钟架前飞纵过去。

这殿本为数亩地面宽广，那钟架立在殿的西角，两面靠着石墙，并无出路。一则佬石身轻力健，本领在众护卫中也算数一数二；二则都只防他逃走，万没想到他存下拼死之心，会往钟架前纵来。偏偏事有凑巧，那钟锤悬挂在钟架前不远的一根梁上。佬石情急力猛，纵得老高，刚纵到钟锤跟前，用刀使足平生之力，往那系锤的两根索上砍去。足还没有落地，那准备奔过来打钟的两名护卫已经赶到，见佬石在头上飞起，以为有了便宜。当先的一个举起手中枪往上便刺，当时只顾刺人，没防备到钟锤近钟的一头被佬石用刀砍断，掉了下来，势疾锤沉，正打在那人的前心上面，当的一声，立时口吐鲜血，直往后倒跌开去。另一个护卫使的也是长枪，正站在死的一个身后，原本跟着想举枪上刺，被先一个的尸体往怀中一撞，恰巧枪正端起，想让不及，扑哧一声，扎了个对穿而过。后来这人一见误伤了同伴，未免吃了一惊。再加枪尖陷入死人骨缝以内，不易拔出，略一迟顿。佬石眼明手快，业已飘然落地，早认出这两人俱是俞利手下的贴身死党，平时鱼肉同类，无恶不作，便乘他惊慌失措之际，迎面一刀砍去。也是这人恶贯满盈，正用力一拔枪，枪未拔出，一见佬石刀到，竟会忘了撒手丢枪，先行让过，反举左手往上抵挡。等到刀临臂上，转念明白，已是不及。热天俱穿的是单衣，如何能挡得住利刃，被佬石一刀正砍在手腕上面，连筋砍断，仅剩下一些残皮和下半截衣袖连住，没有整个落掉，这才撒手丢枪。想逃时，佬石更不怠慢，底下一腿，就势一横刀背，朝这人腹间扎去，扑哧吧嗒连声，两具死尸连这人手中兵刃，全都掉落地上。

佬石复一纵身，又是一刀，将另一头系钟锤的索一齐砍落。便将钟锤持在手中，虽觉稍微重些，也还将就使用。这原是转眼间事，未容佬石迈步上前，适才那个头目也率了众人赶到。佬石估量单手持锤太重，便趁那头目冷不防，将手中那把短刀迎面飞去。岛中诸人自幼就从方良学习暗器，个个能发能避，偏偏又吃了人多的亏。那头目带了众人一窝蜂上来，原以为可将佬石堵在殿角，便于擒拿。不防一刀飞来，头目在前，一见刀到，忙将头一低，虽然让了过去，后面的人却未看见，内中一个死党又被那刀斜砍在脸上，翻身栽倒。这时殿上一片喊杀之声。佬石也抡开那柄杵形钟锤，似疯狂了一般，指东打西，指南打北。众人平时虽然俱会武艺，无奈多半是俞利近身死党，不做海上生涯。一则没有经过正仗；二则一经入选之后，大都养尊处优，作威作福，武功多半荒废，哪经得起。佬石平日既受老父之诫，朝夕苦练，又在情急拼命之际，锤沉力猛，纵然众寡悬殊，殿门已闭，不易冲出，也不能持久，可是众护卫已带伤有好几个。

那头目原因断定刺客只佬石一人，此时便入宫报警，或邀人集众，既没有面子，又不好捏词报功。及见佬石似凶神附体一般，众人越斗越畏怯不前，连自己也几乎挨了一下重的，而钟锤已失，无法集众。正在怒骂督饬众人上前之际，猛听殿门外有多人连声撞击，暗骂自己："外面现在有许多帮手，怎的这般糊涂？"便任众人和佬石相持，自己纵上前去，将殿门钢闩一拔。立时铁杠落地，一声鼓噪，殿外面二百多名岛兵似已知有警，各持器械齐拥进来。佬石一见敌人势盛，三女还未出穴，吉凶不定。心中一慌，招式便乱，看看有些支持不住。忽见敌人方面一阵大乱，有人高喊自己名字，好似父亲老铁的声音。抽空偷眼一看，果然不差，老铁手执双刀，正率来的岛兵，在追杀殿上原来的护卫呢。这一来，立时精神大振，喜出望外。转眼间，岛兵拥到面前，帮着自己与敌人争斗起来。

那头目开门时节，本想回身率了外来援兵杀上前去，仗着声势，由自己手内将佬石擒到，挽救面子。一听身后大乱，一回头便看出众心离叛，大吃一惊。知道乱子不小，不敢恋战，径自溜入地穴。先将通俞利寝宫的道路开了机关，把一座钢墙封闭，以防变兵侵入。再由另一通道走向宫墙外面主营之中，唤醒主将报警。一面命人传信岛中各死党前来平乱。他哪知俞利恶贯满盈，转眼伏诛遭报，还以为自己机智神奇，运筹若定，一些也不惊醒俞利，就可将大乱削平。少时升殿，报了奇功，怕不平步登天，立时便补了蓝二龙的缺。岛中规矩：那护卫头目虽只二三等的小将，因是俞利最亲信的死党，紧急之时，可以便宜行事。等他二次由地道回殿，那些岛将一听别殿有警，一面全岛传警，一面各自带了现有兵将杀入宫来，人数也不下数百。

蓝老铁父子正率领了平日与老辈结纳的二百余名把守宫垣的一干兵将，将殿上侍卫擒杀殆尽，忽然在外露营的几名岛将又带了岛兵杀入。双方正待交手，蓝老铁便率众冲至殿阶，高叫道："诸位子侄们，还不快把三位公主显灵之事说出？我们杀的是狗崽和他手下的几十个贼党，尽伤自己人则甚？"一言甫毕，众人本俱同居一岛，无不相熟，非亲即友。蓝氏父子这一面的人，便各自唤了对面自己亲近人的名字高叫道："日里捉去蓝二龙的不是海怪，乃是方老爹所生的三位仙女。因见俞利狗崽同他手下这群贼党无法无天，害得我们大家吃苦受罪，却便宜他几十个狗崽快活，方老爹特命三位公主下凡来救我们。先将二龙捉去审问明白，杀了除害。又命三位公主今晨到来，说与蓝老铁叔叔，命他父子引路，现在已到地宫，去捉俞狗崽和妖妇去了，少时便要出来。你们还不快把你们的贼官捉了，叫三位公主少时升殿发落么？"这一番话一说，人人果然停步不前，互相交头接耳起来。

那后面统兵诸死党，一见这般光景，不禁大怒，喝道："这老狗崽反叛胡喷！这方老爹父女成仙业已十多年，哪有下凡的道理？你们单听他的妖言惑众，再不上前动手，少时惊动岛王，请牛仙姑施展仙法，还不将这群狗崽捉住，千刀万剐！那时大家都是死罪。"喊了几声，见众人仍是逗留不进，恼得一个为首死党性起，近身的，被他接连用刀砍翻了好几个。一面口中喝道："他说仙女显灵，你们亲眼看见么？再不随我杀上前去，我们几个人便先将你们这些不听号令的人杀死，看你们值也不值？"

众人虽然心思方良，久已想叛俞利。一则外营人多，事先未经老铁说好；二则日里虽有种种传说附会，到底还没有人亲眼目睹蓝二龙被海里蹿上来的三个赤身美女捉去。此时听对面叛兵呐喊了一阵，细看三位仙女总是不见出来，后面俞利死党却又逼得太紧，送命就在目前。积威之下，此时谁也没想到对这几个统兵死党倒戈相向。心里一顾虑，都打了暂时还是上前动手，等到亲眼看见了三位公主，再作计较的主意。当下便吼了一声，冲上前去。这工夫一耽搁，四外俞利的死党俱都得了传报，纷纷带了岛兵前来应援。老铁父子先看几句话就乱了敌人军心，甚是高兴。及至停了一会，众人受了几个主将威逼，就要杀上前来。知道众人为势所迫，并无斗志，只要杀了那儿个为首主将，立时瓦解，先还不甚着慌。不曾想四外岛兵杀声动地，也如潮水一般涌到。明知此时三女一现身，便即无事，偏偏三女和冬秀一个不见。后来眼看敌人与先来的会合，相次杀到阶前，连自己这一面的岛兵也在那里交头接耳，面带忧疑。这才着起急来。势已至此，只得身先士卒，硬着头皮迎上前去。双方正待接触，老铁毕竟老谋深算，猛地心生急智，大骂蓝佬石道："小畜生！只管呆在这里则甚？还不快到地宫内去将三位公主请了出来，把抗命的人杀他一个不留！"这几句话一出口，前面众人又显出欲前又却的神气。那几个俞利手下死党，见前面的人又在观望，后面援兵被前面人阻住不得上前，不由暴跳如雷，各举兵刃，一边喝骂众人，一边便越众抢上前去，准备厮杀。

老铁知道缓兵之计决难持久，这几个为首敌人个个俱是岛中能手，如等他们杀到面前，稍一抵敌不住，众心便即溃散。正在焦急，忽见最前面敌人纷扰处，一个身材高大的首将手持一柄三环链子烈焰叉，飞步从人丛里抢到阶前，大喝一声："胆大狗崽，竟敢反叛岛王！"言还未了，哗啦一声，手中链子一抖，早一叉朝阶上老铁当胸打到。老铁知道这人是俞利手下数一数二的心腹勇将，名唤郎飞，武艺精通，力猛如虎，所使一柄三环链子叉又长又重，单凭手中兵刃，休说抵敌，连近身都不得能够。连忙将身往后一纵，退避回去。郎飞就势往阶上纵来。老铁这一面的岛兵，起初敌人声势虽大，还不怎样畏惧；一见他也得信赶来，知道此人性如烈火，残忍凶暴，哪里还敢迎敌，吓得纷纷往殿上倒退。前面岛兵虽一再被老铁拿话唬住，一则始终没有三女出来，渐渐由信生疑；二则后面几个主将连杀带打，催逼得紧。一见郎飞一到，只一照面，便将变兵吓退，立刻换了一番心理，齐声呐喊，也跟着杀上前去。

这面老铁刚将敌人的叉避过，猛听对阵中喊杀声起。自己这面不俟与敌人交手,已露出溃败形势,知道自己若再稍微怯战,立时瓦解。当下把心一横,大喝一声:"方老爹有灵有应,快显神通呀!"一面喊,脚一点地,用足平生之力,连人带枪纵起空中,直朝殿阶中腰的郎飞分心刺去。也是真巧。那殿阶由上到下,高有一丈七八。郎飞素来得理不让人,身刚奔到阶前,头一叉抖出手,见老铁不敢迎敌,紧跟着就势一变招式,由飞龙探爪化成长虹吸水,仗着力猛叉沉,向殿上岛兵横扫过去。岛兵又都吓得纷纷倒退,不由起了轻敌之心,哪把这二三百个变兵放在心上。满打算凭自己一人,就可斩尽杀绝,少时去向俞利请功。当下一纵身,就上有丈许多高,脚未立定,三次叉又出手。因为出手太疾,殿上岛兵不及避让,早有两个被他扫倒。那叉尖横扫在第二人身上,势子未免略缓了缓。内中有一个岛兵人极愚蠢,武艺虽然平常,却有一把子好气力。原与那打倒的两个同伙并排站在一处,郎飞叉到,一害怕,想往后退,没想到身后人多拥挤,退不下去。略一延缓之间,郎飞的叉头业已扫到面前。猛地急中生智,就势往横里一纵,顺手抄住叉头,死命拉住不放,再也不肯撒手。身后两个岛兵也看出便宜,抢上前来相助。郎飞叉柄原有护手套在手腕上面,见叉头被人拉住,用力往怀里一抖,三个岛兵纷纷跌倒在地。郎飞原是一勇之夫,心神一分,没有贯注全局。冷不防老铁在他叉头刚要被岛兵接去时,凭空飞起,没有容他二次用力回拽,一杆精铁铸就的长枪,业已由上而下刺到胸前。郎飞一手被叉的护手套住,抽不开来,叉在人手,脱身不得。猛见老铁的枪刺到胸前,心里一慌,不由自主,举右手叉柄便想隔架。不曾想对面三个岛兵俱都死命紧持叉头,和他对扯,吃他一抖跌趴地上,并未松手。他这里用叉柄去挡老铁的枪尖,被那持叉头的三个岛兵死命用力往怀里一扯,郎飞匆忙慌乱中,顾此失彼。就在敌人枪尖寒光耀眼之际,觉着手上猛地一动,身子便不由自主地朝前一扑。口里刚喊得一声:"不好!"老铁一柄尺许长的枪尖业已到了胸前。两个都是急劲,无法躲闪,等到郎飞想用左手去拦抢敌人枪头时,已是不及,扑哧一声,枪尖透胸而入。双方全是迎撞之势,力猛势疾,老铁枪尖竟是透穿郎飞背脊,连枪身都随尖没入尺许。郎飞哪里经受得住,负痛一着急,暴雷也似大喝一声,一只左手便朝枪杆上打去。老铁情急拼命,无心刺中敌人要害,脚落阶沿。刚得站稳,正要将枪拔出,吃郎飞这一掌力量何止千斤,枪杆立时打折。老铁虎口都被震开,再也把握不住,连忙撒手将枪丢去。知郎飞力猛如虎,手脚厉害,恐他还有绝招,连忙纵过一旁时,耳听郎飞狂吼一声,已被上面三个岛兵拉倒,斜躺在阶沿上面,带着胸前半段长枪,死于非命。

下面为首几个脓包主将先见郎飞得胜，一面打骂手下，早已越众向前，各率一些心腹岛兵蜂拥而至。刚赶上了台阶，郎飞已经身死倒地，各自心里一惊，脚下虽然停住，还在催促别人上前。当时便是一阵大乱。老铁见郎飞身死，心中大喜。殿上那些岛兵见敌人中最厉害的已被老铁刺死，不由军心大振，退后的也都折转身来，朝前喊杀。老铁仍因寡不敌众，一面约住众人，对方如不杀上殿来，不可动手，仍照先前一样，齐声呐喊说："三位公主已到，正在地宫擒住俞利这狗崽和妖妇审问。如念方老爹在时的恩德和现在成仙后的法力，可急速投降，以免同受诛戮，玉石俱焚！"下面几个为首主将见郎飞身死，虽然心中胆寒，声势少挫，及见老铁并未追杀下来，势子一缓，毕竟还欺敌人势孤力薄，不住口地喝骂，催众上前。这几人手下也各有一些有本领的死党，这时也都相继赶到阶前，彼此略一观望，一声呐喊，便往殿阶上杀来。老铁业已另外取了一件兵刃，挺身立在阶前，约束进退。见这番敌人势众，来的又都是岛中精锐，知道无可避免，只得严阵以待，眼看接触。

老铁方在惊慌，忽听身后一阵大乱，似有人喊道："大家闪开，公主来了！"刚一回身，便见数十条明光耀眼的东西从头上越过，朝下面敌人打去，敌人方面挨着的，便纷纷受伤倒地。定睛一看，身后岛兵纷纷往两边闪退，佬石胁下夹着适才去与俞利同党报信的几个护卫头目，已捆得像馄饨一般，独自当先在前领路，身后紧跟着冬秀和三凤姊妹。不由大喜，朝下高声大喝道："三位公主已经出来，你们还不快些丢了手中兵器，跪下投降，要等死么？"言还未了，佬石、冬秀已引了三女来到殿阶前面。老铁这才看清初凤一手还夹着俞利，业已半死；二凤手上却提着那妖妇的首级。知道大功告成，越发喜出望外。见三女还待往殿阶下面走去，恐怕多伤无辜，忙朝佬石使了个眼色，再向三女跪禀道："狗崽已诛，除了几十个他的狗党外，余者俱是为他势力所迫，只要他们悔悟投降，请三位公主饶恕他们吧！"说罢，就初凤手中接过俞利，又命佬石也向二凤手里要过妖妇的首级，一同举起。正要朝下宣示德威，猛见敌人丛中一阵嘈杂喧哗，乱作一团。

原来三女在地宫中杀了妖妇，捉了俞利，看见宫中许多兵器件件精奇，寒光耀眼，不由爱不忍释，各人夹了一抱准备带回海底玩弄。及至佬石擒了头目，入宫报警，出来接应老铁时，三凤单手夹着十来件长枪刀矛之类，与冬秀二人紧随佬石身后。一出殿门，便见下面敌人喊杀连天，声势浩大。三凤一着急，首先放下所夹兵刃，取了两杆长枪朝下掷去，便有两个敌人应声而倒。初凤、二凤也跟着学样。这一来，殿下面的岛兵连死带伤，便倒了一大片。先声夺人,本已有些胆寒,又听老铁在那里高声呼喊三位公主出来了。为首几个主将先还以为老铁又使故智,只管督促手下往上冲锋,没有在意。谁知老铁喊声未了,转眼工夫,三女果然出现,俞利和妖妇一个就擒,一个授首。蠢的几个还在晕头转向,高声喊杀;稍微聪明一点的,早已脚底明白,回身便想往人丛里逃走。

这些岛兵,平日心目中早深印下方良的影子;有那见过三女幼年时相貌的,将耳闻目睹,凑和在一起;又听了老铁父子的先后宣示,存下先入之见:深信是仙女临凡,自不消说。就是那些没见过的幼年岛兵,因为日里三女擒走蓝二龙,抢去美女,种种传说,又加三女出现时的威势,早已人心不摇自动。再加上有好些人家感戴方家恩德和平日所闻方良仙去的奇迹,处于俞利和他一干爪牙淫威挟持之下的岛民,一旦见三女真个现身,俞利、妖妇被擒伏诛,立刻转变过来。早不等上面吩咐,先已不约而同地高喊道:“三位公主真个奉了方老爹之命,来捉岛王,搭救我们。怪罪的只是几个为首的狗党,与我们无干,还不跪下求恩么?”这几个一领头,余人也都相继随声附和,纷纷丢了兵刃,跪倒乞恩,叩头不止。那几个先开步逃走的主将,在人丛里走没几步,早吃一些眼明手快,贪功取巧的岛民一拥齐上,分别按倒,擒至阶前献上。同时那不知死活,还在喊杀的几个死党,也吃身旁的岛兵打倒。除了一些其恶未彰,自知或能幸免,转变得快,先行跪降的外,凡是想逃走的,一个也不曾漏网。

冬秀见事已大定,当时因海底波涛险恶,三女仅止生具异禀神力,善于水居,并非什么神仙之类,未免存了一点自顾的私心。略一寻思,便向三女道:“三位恩姊如今大仇已报,照来时所说,原应归去才对。只是元恶虽去,余孽尚未伏辜。岛中人民俱是老伯的旧日袍泽,听老铁父子所说,虽然为俞贼淫威挟制,一心仍是怀念故主。所以三位恩姊一出,立即倒戈归顺。此时一走,岛中群龙无首,必定纷乱。倘又为俞贼奸党所挟,岂非又入水火,违了老伯在时爱护人民厚意?三位恩姊能在此更好,否则亦请暂为岛民之主,先将俞贼与他手下党羽宣示罪状,明正典刑,等到选出公正岛王,再行归去,也还不迟。”

初凤一心记着老蚌别时之言:报仇之后,便即回宫,红尘不可久居,自误仙缘。方在摇头不允,三凤初经繁华,见了尘世上许多饮食服用,无不新奇,首先就活了心。二凤也在踌躇不决。姊妹三人只管争论不休,难决去留。冬秀乘机朝老铁父子使了个眼色。老铁父子正想挽留三女,正合心意,先高声说了一遍,便率领众人跪下,哭求起来。这时全岛人民俱都得了三个公主降凡信息，个个喜出望外，扶老携幼，全数齐集宫墙内外。听老铁父子在殿上说了挽留三女做岛主的话，连殿阶下许多投降的岛兵都一齐跪倒，哭喊之声，震动天地。三女原本绝顶聪明，这一日夜工夫，对于人事语言，已经明白大半。见殿前左右同宫墙内外的人民全都跪满，号哭挽留，有的竟以死相挟，如不应允，便全数蹈海寻死，不由也有些感动。初凤先还不允，架不住二凤、三凤、冬秀三人再三劝说，知道此时不便强违众意，暗想："俞利被擒尚未伏辜，母墓未扫，反正得把这些事办完再走，何不暂时假意应允？等俞利正法，祭完母墓，再逼着我两个妹子偷偷回转海底，岂非两全？"当下便朝冬秀连说带比，表示暂留之意。冬秀大喜，对众人大声说道："公主已有允意，尔等暂止悲号，听我代为宣示。"一经传布三女有了允意，立时宫殿内外欢声雷动。

冬秀又命众岛民起立，推举几十个长老和岛兵，拿了岛中平素所用的刑具上殿来，帮同审判俞利。不一会，由全岛人民中选了二十余个年高有德的长老，先上殿阶，去见三女。冬秀知道这些人俱与方良同时共过患难，未来前，早悄声嘱咐三女，见时以礼相待。三女知旨，等这些老人上来，便盈盈拜了下去。老人们自是谦谢不遑。冬秀又吩咐将俞利平素所用的宝座抬至阶前，请三女居中坐定。另给这些长老也看了座位。一面命佬石去准备香案和方良夫妻的灵位。众岛民认为三女已是仙人，还这般知礼敬老，益发心喜爱戴，感激涕零。一会，老铁将执刑服役的武士选好，拿了刑具上阶，分侍两旁。老石也将香案、灵位设好。冬秀请三女上香叩祝，全岛人民自是相随跪叩不迭。冬秀为使岛民亲眼目睹三女手刃大仇，行礼之后，便命人在海岸边竖立一长一短两个高竿，将香案、灵位抬去放在高竿下面。人多手快，真是令出风行，立时办妥。这才命老铁父子先将妖妇首级挂在短的一根高竿上示众。然后再率两名岛兵押过俞利。

那俞利在地穴中业已身受重伤，先只认作逃走的美女勾了党羽前来报仇，乘他熟睡不备，杀了妖妇，将他擒住。一心还在痴想，以为全岛爪牙密布，能手众多，只要当时不被敌人刺死，一出地穴，便不愁没人搭救。及至被三女夹着出了地穴，渐渐听出三女来头甚大，是仙人降凡，已觉不妙。后来便听出敌人正是方良之女，全岛人民业已倒戈相向，手下党羽大半被擒，知道决无活理。暗骂自己当年那些党羽误事，没有将三女也和方良一样杀死之后，再行抛入海内，以致留下祸根。正在悔恨，胡思乱想，一听冬秀传话，吩咐带他，已是胆寒。再一眼看到所取来的刑具，俱是自己平时用来处治异己的非刑，狠毒异常。知道漫说求生绝望，连想求个速死也未必能够，越发吓了个胆落魂飞。惊急中,想起敌人性暴,适才地穴中被擒时,略微挣拒,便吃她一刀,几乎连肩砍落。事已至此,只好还是用言语激怒敌人,求个速死,以免多受荼毒。主意打定,刚一张口想骂,谁知冬秀恨他入骨,已防到这一着,手里解下一把枪缨在旁相候,等他骂还没有两句,早纵到他的身旁,将那一把枪缨整个往他嘴里填塞进去。俞利口张不开,瞪着两只怪眼,一句也喊不出,只有任人宰割。

那冬秀更是毒辣,且先不收拾俞利。又命老铁父子将台阶下一干余党押了上来,共是二十七个。冬秀先问明老铁这些人的恶行罪状,分别首从,挑出了六个为恶最甚的人,朝着下面全岛人民宣布了罪状,众无异词。再把二十一名从恶定了监禁,暂行押在牢内,听候次日发落。然后把这六个首恶押跪在俞利身旁,指着在地宫中取来的那一堆刑具,问道:"我随我父母自幼生长江湖,后来长大才洗手,为人保镖。虽然闯荡江湖已有多年,像这般奇怪的刑具,也还有好些个我没有见过。你们既是俞贼手下爪牙,想必知道用处。如今三位公主命我代她们审判,也不杀你们,只先将你六人试一试你们平时用的新鲜玩意,一人一件,熬得过,我便放你们。死活各凭天命,如何?"这六人到了此时,平日威风早已化为乌有,知道倔强更难活命。偏偏冬秀挑出来的那六样刑具,俱是当时俞利与手下死党处治异己,费尽心思想出来的非刑。虽不见得件件要命,无不狠恶非常,任是铁打铜铸,也难禁受。这种零碎地受宰割,还不如速死痛快。一听报应临头,昔日施之于人者,今日便要轮到自己身受,怎不魂惊胆落。六人中有两个脓包的,早已哀声求饶。稍微刚强一点的几个,也是不住哀求,赐一速死。冬秀笑骂道:"我已问明蓝二龙,三位公主的几个仇人,枉为俞贼害人,临了还是被俞贼杀了灭口。只剩下他一人,已为三位公主昨日擒往海底仙府之内正法。你们这伙余孽,虽然作恶多端,并非三位公主的仇人,我只是代全岛人民除害。少时试完了刑,便用一条小船将你们送往海内,死活看你们各人的造化。只可惜害我全家的那一些余党,尚在海上打劫未归。少不得事完之后,我仍要请三位公主大显神通,将他们一网打尽。你们想想,平时害过多少人?作过多少恶?不要你们狗命,还不便宜?前昨两日我落在你们手中,也曾苦求过,你们理么?"说罢,便命老铁父子率了岛兵,将那六件刑具拿起,每人一件,试用起来。那刑法原分刺、痒、酸、麻、痛、胀六种,一经试用,由不得他们不啼笑杂呈,神号鬼哭,如那待死的猪羊一般,发出一片极难听的哀声。不消半个时辰,那六人禁受不住,全都晕死过去。冬秀便命抬过一旁,由他们自醒。

第一四四回

莽莽红尘　重复乐土
茫茫碧海　再踏洪波

冬秀处治了六贼，这才分别轻重，一件一件地选出刑具来，与俞利挨次试用。那俞利平时以新刑施诸异己，引为乐事，今日见了这般惨状，心情自与往日不同，触目心惊。正在揣测仇敌要用哪一件来对付自己，猛听二次将他押过，不由吓了个魂飞天外。冬秀先替三女数骂了一顿，然后指着他道："这一次该轮到你了。"说罢，便下位去，命老铁父子相助，自己亲自动手，由轻而重，把六件非刑全给俞利试遍。每晕死一回，便用凉水喷醒过来。略容他缓一缓气，再行动手。只制得俞利哭一会，笑一会，疼、痒、酸、麻、胀全都躬亲尝试，死去还魂了四五次，才行试完，已是奄奄一息。

三女不知冬秀心意是一面拿仇人泄愤出气，一面想借此留住三女，使她深受众人爱戴，好在岛中常住。见日色偏西，天已不早，昨晚吃了烟火食后，兀自觉出腹中有些饥饿，便催冬秀急速将俞利处死。冬秀看出三女心意，自己忙了大半日也觉有些腹饥。便悄声告诉老铁，吩咐别殿执事，准备上等酒食。然后回身走向三女身侧，悄声说道："小妹岂不知三位恩姊急于回转仙府，无奈十多年杀父之仇与全岛人民的公愤，不能就此便宜了他。二则岛上人民尽都是当初老伯在日带来，方登乐土，便遇恶贼为虐，心念故主之恩，沦肌浃髓。此时如走，必然逼出许多人命，老伯在天之灵也是不安。适才我将俞贼的嘴堵住，一则防他和蓝二龙那狗贼一般求死恶骂；二则还是防他说出老伯归天，是他阴谋害死。好在全岛的人都当老伯仙去，当时下手的奸党，除俞贼外全数伏辜，决无泄露。正可借此时机，选一贤明岛主，使众人重享安乐，以符老伯在日之志。三位恩姊纵不乐居红尘，也应体念老伯遗志，权留些日，等岛主举出，再行回转仙府。岛上人民不论尊卑，因为有了这场事，俱以为有仙人在暗中福善祸恶，谁也不敢为非作歹。把这一岛造成永久的世外桃源，岂不是老伯积下了无量功德？"

言还未了，三凤抢答道：“我们还得到母亲墓上行祭，今天反正是回去不成。只不过我们想到海中弄点东西吃，要你先把俞贼杀了，打发众人走去，才好下去罢了。”冬秀笑道：“杀俞贼须三位恩姊下手，那极容易。若说遣散众人，这些岛民心思不用问，定是怕三位恩姊暗中回转仙府。就令他们散开，也必有许多人昼夜防守挽留。只有等过些日子，众人看出三位恩姊俱都没有走的意思，才好想法回去。如今要他们相信，全数走开，哪有这般容易？至于吃的，三位恩姊也应该略微享受人间之味，我已令人办去了。”初凤因二凤、三凤俱有留岛之意，闻言虽然不愿，一心只记准老蚌别时之言，不过知道冬秀也是一番好意，并且当日回宫已是不及。打算明日祭墓之后，再暗劝两个妹子一次，如若不听，决计独自先回，以防万一宫中宝物出现，失了良机。主意打定，当时也不说破。冬秀见初凤并无话说，自己私愿十有九可望如意，暗自心喜不置。

这时俞利几经非刑处治，死而复苏，嘴又被人堵住，遍体都是鳞伤。已疼得肌肉乱颤，透不过气来。冬秀亲到俞利身前仔细看了看，见他气息仅属，奄奄待毙，知已离死不远。便对俞利道：“若非三位公主再三催促将你正法，我还想给你多受点罪，方消我杀父之仇。虽然便宜你速死，只是你一人须抵不了多少命债。待我先斫你几刀，再请三位公主行刑。我和你的仇恨不消说了。这是三位公主的事儿，你也知道。如今这般治你，不冤枉吧？”俞利闻言，已听出冬秀心存异念，想利用方良仙去之说，来治理全岛人民。并且看出三女虽因报杀父之仇，要他的命，并不像冬秀这般狠毒，也无据岛为王之心，想给她揭穿，偏又张不开口。只急得瞪着一双眼睛望着仇人，红得似要冒出火来。

冬秀知他怒极，笑骂道：“你这狗贼！还不服吗？待我给你将嘴里塞的东西掏了出来，让你换口气如何？”俞利不知是计，还在打主意：“反正免不了惨死，只要能张口，便给她喊破，至不济，也恶骂她几句。”谁想冬秀更毒，一面说，早放下手中刀，从一件刑具上摘下一只钩子。俞利被绑倒在地，也没看见。等到冬秀扯去口中枪缨，正张口伸舌，想吐去满口碎麻再骂时，冬秀左手扯枪缨，一见他吐了口气，舌头方伸出，早就势右手一勾，将他舌头钩住，往外用力一扯。顺手抄起地下的刀，齐嘴唇一割，俞利的半截舌头便已割断，顺口角鲜血直流。疼得只在喉咙里哼了两声，连声音都未能急喊出来，手足微一挣扎，又已晕死。冬秀亲自接过老铁手中冷水喷了两口，方得二次回生。一见冬秀含笑站在面前，低头望着自己，满脸俱是喜容，自是恨逾切骨。怎奈身落人手，别无计较，便暗中拼死般提起气力，含着满口鲜血，朝冬秀脸上喷去。

俞利虽是垂死之人，平时内外武功俱有很深根底；何况又是情急拼命，作困兽之斗，不顾伤处疼痛，将周身所剩一点余力，运足气功，用在这一口血上。冬秀武功本来平常，在那得意忘形之际，以为仇人还不是一任自己随意宰割，万没防到他会有此绝招。见俞利死而还魂，因见殿阶旁诸长老见俞利受刑惨状，先时还不怎样，末后一次，有几个竟将眼看向别处，大有不忍之意。不便再多加荼毒，满想再给他两下，便去请三女下位动手。猛见俞利口张处，眼前红光一闪，料知不妙，想避已是不及，竟喷了个满脸开花，立时觉着脸上似无数钉刺肉一般奇痛非常。幸而眼闭得快，稍慢一些，怕不打瞎才怪。吃了大亏，不由毒火中烧，也无心注意旁观的人如何，扯起衣角，略一抹拭面上血痕，蹿上前去，避开正面，用刀朝俞利口中一阵乱搅乱撬，却不往下扎去。转眼工夫，将俞利一张嘴割了个乱七八糟，连上下唇带门牙全部弄碎。又给他腿背上不致命的所在找补了几刀。俞利又是死去还魂了两三次。冬秀也觉力乏，才住了手，回身请三女。

当时冬秀尽忙着收拾俞利，并暗中打算如何利用时机去做岛中女王，虽然脸上疼痛未消，并没在意。反是三女因冬秀聪明巴结，善体人意，身世又极可怜，惺惺相惜，对她已无殊骨肉。起初见冬秀用刀在俞利头、脸、腿、臂上连割带削，流了一地的鲜血，殿侧列坐的诸长老都目视旁处，后来竟自以袖障面，二凤、三凤还不怎样，初凤却觉冬秀报仇稍过。及见冬秀一回身，满脸俱是血痕，先已听冬秀后退时“哎呀”连声，知道受伤不轻。二凤、三凤同仇敌忾，自不消说，连初凤也大怒起来，当下同时立起，走向俞利身侧。冬秀道：“这狠贼万死不足以蔽其辜！小妹杀父之仇，已略报一二。三位恩姊不可便宜了他。反正他也活不了两个时辰，给他一顿乱刀砍死，再将他一颗狠心取出来敬神吧。”三女闻言，果然取了三把快刀，一齐下手。俞利十年为恶，一旦遭报。当冬秀住手时，已是十成死了九成，仅止知觉未断，哪还禁得起这一顿板刀面，几下便已断气。冬秀恨犹未消，帮着三女一连乱砍。三女力猛手沉，不一会，砍成一堆血肉。才将首级割下，从烂肠破肚之中，用刀尖将一颗心挑了出来。命老铁将首级持去挂在长竿之上示众，贼心用来祭灵。余下贼党，等候明日扫墓之后，再行发落。

分派已毕，佬石已命宫中厨房将酒食备好，设在偏殿之中。冬秀传命众人散去。众人哪里肯散，有那在宫墙外挤不进来的人民，因隔得太远，没有看清公主的容貌，还想请求到殿阶下面瞻仰。冬秀几经命老铁父子向众申说，天已不早，公主以后既然久留，终会相见，大家可以回去，各安生理，此时正在进膳，无须如此亟亟。众人方才散了大半。那些岛兵，便由老铁父子率领,各自归队。除恶行素著者外,余人概行豁免。

初凤姊妹虽然入世不深,见冬秀处理井井有条,也都佩服,赞不绝口。初凤在席间笑对冬秀道:“我姊妹三人因受恩母遗命,不回海底,难免误却仙缘;况且岛上之事,一概不知,也难治理。我看姊姊是个干才,何妨便代我们做了岛中之主?一则省得姊姊水中上下不便,二则也符岛人之望,岂非一举两得?”冬秀笑答道:“漫说我本无此德能,昨日俘虏,今做岛主,难以服众。纵然三位恩姊错爱,如今贼首妖妇虽死,还有妖道和一些余党未归。适才在地宫中擒俞贼时,妖妇已经惊醒,如非二恩姊下手得快,出其不意,将她刺杀,那满宫中的无情毒火,转眼烧到面前,如何抵挡?后来虽知她只是个障眼法儿,但妖道是她丈夫,想必比她厉害。三位恩姊如不在此,留下妹子一人,孤掌难鸣,到时岂不也和俞利一般,任人宰割?况且全岛人民思念故主,一念忠诚,三位恩姊一去,就说他们不真个相率投海,难道又任他等在妖道回来后堕入水火之中么?”初凤闻言,沉思了一会,便问二凤、三凤两人怎样?二女俱都附和冬秀的主张,三凤更是坚决。初凤好生忧急。

少时用完酒宴,冬秀因地宫血迹污秽,便命老铁父子将宫中许多妇女全数放出,本岛有家的还家,无家的等到明日另行择配。只留下四名服侍的宫女。另率人将宫中几具贼党尸首抬出掩埋,打扫干净听用。

当晚便请三女离了别殿,宿在王宫之内。出殿时节,岛民闻信,齐集别殿宫墙外面,夹道欢呼。一路上香花礼拜,灯烛辉煌,自有一番欢乐气象。及至到了王宫起居别殿之中,又更华丽非常。真是堂上一呼,阶下百诺,起居饮食,无不精美。人情大抵喜新厌旧。海底紫云宫虽是仙宫,一则三女在那里生息多年,过惯了,不以为奇;二则彼时仙书未得,还有许多灵域奥区未曾开辟;三则人间繁富,尚系初来,三女不能辟谷,海底仙药犹未发现,每日只吃异果海藻,衣服更谈不到,一旦尝了人间滋味,又穿了极美观的衣服,未免觉得人间也是一样有趣。除初凤质厚心坚外,余人俱有乐不思蜀之想。初凤一再重提前事,二凤、三凤虽不曾公然反抗,均主暂留。初凤见劝说不听,便对二女道:“你们既愿在这里,明日祭墓之后,我只好独自回去。紫云宫中异宝不现,决不再来。冬秀姊姊不能涉水相随,下去须吃许多苦头。你二人须记取恩母之言,红尘不是久恋之乡,务要早回,以免惹些烦恼,自误仙根。”二女不假思索,满口应允。冬秀劝了一阵,见初凤执意不从,只好由她。因二凤、三凤愿留,已是喜出望外,便不深劝。

第一四五回

重返珠宫　一女无心居乐土
言探弱水　仙源怅望阻归程

四女在宫中宿了一宵，次日一早起身，宫墙外面已是万头攒动，人山人海。冬秀安心显示岛上风光，早命老铁父子准备旧日俞利所用仪仗，前呼后拥，往方母墓地而去。因为方母葬处地势偏僻，俞利本没把此事放在心上，岛民又只知往方良夫妇庙中敬献，方良死后，无人修理，墓地上丛草怒生，蓬蒿没膝。三女自免不了哭奠一场。冬秀知三女对于世俗之事不甚通晓，仍然代三人传令，吩咐如何修葺。祭墓之后，又往昨晚所去的庙中祭奠方良。三女想起父亲死时惨状，不由放声悲哭起来。冬秀恐岛民看出破绽，再三劝慰才罢。祭毕出来，初凤当时便要告别。冬秀道："大恩姊当众回宫，恐为岛民所阻。不如晚间无人，悄悄动身的好。"初凤道："你们只不想随我回去便了，如想走时，何人拦阻得住？你可对他们说，我姊妹三人已选你为岛主，留下二妹三妹暂时相助。我宫中无人照料，急需回转。他们如相拦，我自有道理。"

冬秀沉思了一会，知她去志已决，无法挽留，只得在庙前山坡上，略改了几句意思，向众晓谕道："三位公主原奉方老爹之命，来为你们除害，事完便要回去，是我们再三挽留。如今大公主急需回转海底仙府向方老爹复命，留下二、三两位公主与我为全岛之主。命我代向全岛人民告辞，异日如有机缘，仍要前来看望。"岛民因昨日三女已允暂留岛上不归，先以为初凤复命之后，仍要回来，还不怎样。及至听到末两句，听出初凤一时不会再来，不免骚动起来，交头接耳，纷纷议论。没等冬秀把话说完，便已一唱百和，齐声哭喊："请大公主也留岛中为王，不要回去。"冬秀见众喧哗哭留，正在大声开导，忽见初凤和二凤、三凤说了几句，走向自己身前，刚刚道得几句："姊姊好自珍重，除了妖道余党之后，须代我催二妹三妹急速回去，便不枉你我交好一场。"说罢，脚一顿处，凭空纵起一二十丈，朝下面众人头上飞越而过。接连在人丛中几个起落,便已奔到海边。冬秀连忙同了二凤、三凤赶到时,初凤已经纵身入海,脚踏洪波,向着岸上岛民含笑举了举手,便已没入波心不见。

岛民见大公主已去,挽留不及,一面朝海跪送;又恐二、三两位公主也步大公主的后尘,纷纷朝着二凤、三凤跪倒,哭求不止。冬秀知岛众不放心,忙拉了二凤、三凤回转。岛众见二、三公主真个不走,才改啼为笑,欢呼起来。二凤、三凤当日同了冬秀回宫,无话。

第二日,冬秀命老铁用几只小舟,将俞利手下数十个党羽放入舟内,各给数日粮食,逐出岛外,任他们漂流浮海,死生各凭天命。一面问了岛中旧日规章,重新改定,去恶从善,使岛民得以安居乐业。因知妖道邪法厉害,如等他回来,胜负难测。仗着二凤、三凤精通水性,想好一条计策:派佬石选了几十名精干武士,驾了岛中兵船,请二凤、三凤随了前去,暗藏舱中。由投降的俞利心腹大官中再选一可靠之人,充作头目,假说俞利寿日,酒后误食毒果,眼见危急;妖妇因岛中出了妖怪,不能分身,接他急速回去,有要事商议。等他到派去的船上,由二凤、三凤下手,将他刺死。再传俞利之命,说从妖妇口中探出妖道谋为不轨,只杀他一人,命妖道船中所有余党全数回岛,听候使命。等这些余党回到岛中,再行分别首从发落,以便一网打尽。佬石领命,便同了二凤、三凤,自去不提。

事也真巧,冬秀如晚一天派人,事便不济。那妖道原本定在俞利生日那天赶回庆祝,偏巧在洋里遇上一阵极大的飓风,连刮了三日。妖道本领原本平常,本人虽能御风而行,却不能连那两只大船也带了走。仅仗着一点妖法,将船保住,躲入一个岛湾里面,避了三天。等到海里风势略定,俞利、妖妇业已就戮了。因为俞利寿日已过,这次出门从洋船上打劫了不少玩好珍奇之物,另外还有两个美女,满心高兴。打算把那两个女子真阴采去,先自己拔个头筹,再回岛送与俞利享受。归途中,只管同了盗船中两个为首之人尽情作乐,一丝也不着忙。

这一面二凤、三凤随了佬石,到了船上,见茫茫大海,无边无岸,走了半日,还看不见个船影子。一赌气跳入海中,先想赶往前面探看。无心中推着船底走了一段,觉出并不费甚大劲。前行了一阵,仍不见盗船影踪。姊妹二人嫌船行太慢,便回身推舟而行。这同去的人,原是俞利旧部,虽说为二凤姊妹的恩威所服,毕竟同是在岛中生息长大,盗船中人大半亲故。有几个胆大情长一点的,因知出海行劫的这一伙余党大半是首恶;妖道平时作威作福,不把人放在眼里,死活自不去管他们。余人这次要回岛去,决无幸理,未免动了临难相顾之心,各自打算到时与各人的亲故暗透一个消息,好让他们打主意逃生。及见二凤、三凤下水以后,船便快一阵,慢一阵,末后竟似弩箭脱弦一般,冲风破浪,往前飞驶,顷刻之间,驶出老远。这只兵船,俞利新制成不久,能容二三百人,又长又大,比起妖道乘往洋里行劫之船还大两倍。众人见二凤、三凤下水便没上来,不知她姊妹二人幼食老蚌精液,生就神力,在底下推舟而行,以为是使甚仙法。妖道平时呼风行船,还没她们快。个个惊奇不置,不由有些胆怯起来。

又行了一阵,佬石在舵楼上用镜筒渐渐望着远方船影。恐二凤姊妹还要前进,迎上盗船,出水时被妖道看破,动手费事,船行疾如奔马,反无法命人打招呼。正在为难,恰巧二凤姊妹推得有些力乏,哗的一声带起一股白浪,自动蹿上船来。佬石便说前面已见船影出没,恐是盗船,请二凤姊妹藏入舱底。二凤姊妹眼力极强,闻言定睛往前面一看,果然相隔里许开外,洪波中有一只船,随着浪头的高下隐现,船桅上竖着一杆三角带穗的旗,正与岛中的旗相似。佬石知是那盗船无疑,一面请二凤姊妹藏好,一面忙做准备。两下相隔半里,便照旧规,放起两声相遇的火花信号。

妖道正在船上淫乐,闻报前面有本岛的船驶来,知道岛中两只大兵船业已随着自己出海,新船要等自己回岛之后才行定日试新,怎便驶出海来?便猜岛中必有事故,忙命水手对准来船迎上前去。佬石因新降之人不甚放心,再四重申前令,告诫众人:两位公主现在舟中,稍有二心,定杀不宥。等到船临切近,除那头目外,暗禁众人不可到对船上去。自己却装作侍从,紧随那头目身侧,以防万一泄了机密。众人中纵有二心,一则害怕二位公主,二则佬石精干,防备甚紧,暂时俱是无计可施。佬石监视着那头目,说俞利误服毒果,昏迷不醒,岛中无人主持,偏巧岛岸边又闹海怪。现奉牛仙姑之命,用新制好的兵船,前来接他一人回去,搭救岛主。至于那只盗船,最好仍命他在海中打劫,无须驶回。妖道对于俞利原未安着什么好心,几次想将俞利害死,自立为王。只是妖妇嫌妖道貌丑,贪着俞利,说此时害死俞利,恐岛民不服,时机未至,再三拦阻。妖道有些惧内,便耽搁下来。此时一听俞利中毒,不但没有起疑,反以为是妖妇弄的手脚,接他回去篡位。因盗船上多半是俞利手下死党,恐同回误事,故此止住他们,不消几句话,便已哄信。

依了妖道本心,当时恨不得驾起妖风赶回。一则那头目说仙姑有话,新船务要带回;一则也舍不得那只大船,恐人看破失去。反正那里离岛已不甚远，见原乘两船中俞利的党羽已在窃窃私语，知已动疑，满心高兴，也不去理他们，竟然随了头目、佬石纵过新船。海上浪大，两船相并，本甚费事，妖道过船，这边船钩一松，便已分开。妖道想起还有那抢来的两名美女，二次纵将过去，一手一个，夹纵过来。盗船上人见他什么都是倚势独吞，又闻俞利中毒之言可疑，个个都是敢怒而不敢言。妖道也是运数该终，过船之后，越想越得意，不等人相劝，便命将酒宴排好，命那头目作陪，两个美女行酒，左拥右抱，快活起来。

他这里淫乐方酣，舱中二凤姊妹早等得又烦又闷。三凤更是心急，不等招呼，拿了一柄快刀，便自走出。二凤恐有闪失，连忙跟出。妖道醉眼模糊，方在得趣，忽见侧面隔舱内闪出一个绝美女子，一些也没在意，回身指着那头目笑道："你来时在海上得了彩头，却不先对我说，此时才放她走出。"一面说着，放开怀抱中女子，便打算起身搂抱三凤。说时迟，那时快，三凤早纵到席前，举刀当头就砍。妖道眼前一亮，寒风劈面而至，方知不好，膝盖一抬，整个席面飞起，朝三凤打去。口里刚说的"大胆"两字，正准备行使妖法，没防到二凤乘妖道回头与那头目说话之际，早从三凤身后蹿到妖道身后，手起快刀，一声娇叱，朝妖道头颈挥去。妖道防前不顾后，往后一退，正迎在刀上。猛觉项间一凉，恰似冰霜过颈，连"嗳呀"都未喊出，一颗头颅便已滴溜溜离腔飞起，直撞天花板上，吧嗒的一声，骨碌一滚，落在船板上。颈腔里的鲜血，也顺着妖道尸身倒处，泉涌般喷了出来。

妖道一死，佬石便命将船头掉回，去追两只盗船时，偏巧两只盗船正疑妖道夫妇闹鬼，并未疑到旁处，俱打算暗自跟在大船后面，回岛看个详细，并未远走。反是见大船回头来追，以为恼了妖道，有些害怕。可又不敢公然违抗，见了大船上旗令，勉强停住。因妖道素日手段凶辣，未免怀着鬼胎。及至船临切近，听说妖道伏诛，大称心意，一些也没费事，便随了大船回转。那些与盗船上有亲故关系的几个，因为佬石监察甚严，谁也不敢暗中递个消息，见他们俱都中了道儿，只叫不迭得苦。

那里离岛原只大半日路程，当时正当顺风大起，无须二女下水推行，照样走得甚快。事已大定，佬石早请二女换了湿衣，在中舱坐定，监督两只盗船在前行走。盗船中人虽然远远望见后船中舱坐着二女，因洋里不比江河，二船虽同时开行，前后相隔也有半里远近，观望不清，俱以为大船来时，在洋里得的彩头，没有在意。船行到了黄昏时分，便抵岛上。冬秀早将人埋伏停当，船一拢岸，等人上齐，一声号令，全都拿下。当时将二女接回宫去。将盗船上劫来的两名美女交给执事女官，问明来历择配。一干余党押在牢内。当日无话。

第二日，冬秀同了二凤、三凤升殿，召集岛中父老，询明了这些余党的罪恶。有好几个本应处死，因第一次处治那些首恶，也曾网开一面，特意选定两种刑罚，由他们自认一种。第一种是和处治上次余党一般，收去各人兵刃，酌给一些食粮，载入小舟，任其漂洋浮海，自回中土，各寻生路。第二种是刖去双足，仍任他在岛中生活，只另划出一个地方，与他们居住。非经三年五载之后，确实看出有悔过自新的诚念，不能随意行动。这伙人平时家业俱在岛中，抛舍不开，再加海中风狂浪大，鲨鲸之类又多，仅凭一叶小舟，要想平安回转中土，简直是万一之想，自然异口同声甘受那刖足之刑，不愿离去。冬秀原是想袭那岛王之位，知道全岛并无外人，大抵非亲即故，想以仁德收服人心，又恐这伙人狼子野心，久而生变。明知他们知道孤舟浮海，九死一生，料到他们愿留不愿走，才想了这两种办法。一经请求，便即答应，吩咐老铁父子监督行刑。

这时俞利党羽已算是一网打尽，岛众归心。二凤、三凤只知享福玩耍，一切事儿俱由冬秀处理，由此冬秀隐然成了岛中之王。她因岛民崇拜方氏父女之心牢不可破，自知根基不厚，除一意整理岛政外，对于二凤、三凤刻意交欢，用尽方法使其贪恋红尘，不愿归去。日子一多，二凤、三凤渐渐变了气质，大有乐不思蜀之概。自古从善政之后，为善政难；从稗政之后，为善政易。岛民受俞利十多年的荼毒，稍微苏息，已万分感激。何况冬秀也真有些手腕，恩威并用，面面皆到。加以有二凤、三凤的关系，愈发怀德畏威，连冬秀也奉如神明了。

冬秀和二凤、三凤在安乐岛上一住三年，真可称得起政通人和，百废俱兴。她以一个弱女子，随了老亲远涉洋海，无端遇盗，遭逢惨变，全家被杀，自身还成了俎上之肉，眼看就受匪人的摧残蹂躏。彼时之心，但能求得一死，保全清白，已是万幸。救星天降，不但重庆更生，手戮大仇，还做了岛中之主，真是做梦也不会想到。满想留住二凤姊妹，仗她德威，励精图治，把全岛整理成一个世外乐园，自身永久的基业。偏偏聚散无常，事有前定。那二凤、三凤先时初涉人世，对于一切服饰玩好贪恋颇深。年时一久，渐渐习惯自然，不以为奇。第三年上，不由想起家来。

冬秀本因二凤姊妹虽然应允留岛，却是无论如何诱导劝进，不肯即那王位。对于岛事，更是从不过问。又知她姊妹三人情感甚好，年时久了，难免不起思归之念,心里发愁。后来更从三凤口中打听出她姊妹二人不问岛事,乃是初凤行时再三叮嘱。并说她姊妹三人既救冬秀一场,她又是凡人,不能深投海底,索性好人做到底,由二凤、三凤留在岛中,助她些时。等过了三年五载,二凤、三凤纵不思归,初凤也要出海来接。现在三凤自己去留之计尚未打定,二凤已提议过好几次了。冬秀一听,越发忧急起来。人心本是活动,二凤姊妹彼时尚未成道,又很年轻,性情偏浮。起初相留,固是连胞姊相劝都不肯听;此时想去,又岂是冬秀所能留住?一任冬秀每日跪在二女面前哭求,也是无用,最终只允再留一月。

冬秀明知自从初凤走后,从未来过。当时二凤、三凤要暂留岛中,尚且坚持不许,此时二女回去,岂能准其再来?平时听二女说,紫云宫里只没有人世间的服食玩好,若论宫中景致,岛上风光岂能比其万一?再加宫中所生的瑶草奇葩,仙果异卉,哪一样也是人间所无。二女这三年中对于人世间的一切享受已厌,万难望她们去而复返,正在日夜愁烦。这日升殿治事,猛想:“初凤三年没有信息,莫非宫中金庭玉柱间的瑰宝已经被她发现,有了仙缘遇合?不然她纵不念自己,两个同胞姊妹,怎么不来看望一次?起初只为海底波涛险恶,压力太大,自己不精水性,不能出没洪波。这三年来,日从二凤姊妹练习,最深时,已能深入海底数十丈,何不随了二凤姊妹同去?拼着吃一个大苦头,有她二人将护,料不致送命。倘若冒着奇险下去,能如愿以偿,得在地阙仙宫修炼,岂不比做小小岛国之主还强百倍?”

冬秀暗自打主意既定,立时转忧为喜。下殿之后,便往二女宫中奔去。到了一看,二女正在抱头痛哭呢。冬秀大吃一惊,忙问何故?二凤还未答话,三凤首先埋怨冬秀道:“都是你,定要强留我们在岛上,平日生怕我们走,什么地方都不让去。如今害得我们姊妹两个全部回不去了。”二凤道:“这都是我们当时执意不听大姊之劝早些回去,才有这种结果,这时埋怨她,有何用处?”说罢,便朝冬秀将今日前往海中探路之事说出。

原来二凤早有思归之念,直到三凤也厌倦红尘,提议回宫去时,二凤因冬秀始终恭顺诚谨,彼此心意又复相投,情感已无殊骨肉;又知此次回宫,初凤定然不准再来,此行纵然不算永别,毕竟会短离长,见冬秀终日泣求,情辞诚恳,不忍过拂其意。心想:“三年都已留住,何在这短短一月?”便答应下来。

这日冬秀与二女谈了一阵离情别绪,前去理事。二凤猛想起,自从来到岛上,这三年工夫,冬秀老怕自己动了归心,休说紫云宫这条归途没有重践,除带了冬秀在海边浅水中练习水性，有时取些海藻换换口味外，连海底深处都未去过。当时因想反正来去自如，姊妹情好，何必使她担心多虑？况且浅水中的海藻一样能吃，也就罢了。昨日无心中想取些肥大的海藻来吃，赶巧红海岸处所产都不甚好，多下去有数十丈，虽说比往日采海藻的地方要深得多，如比那紫云宫深藏海底，相去何止数十百倍。当时海藻虽然取到，兀自觉着水的压力很大，上下都很费劲。事后思量，莫非因这三年来多吃烟火，变了体儿？地阙仙府归路已断，越想越害怕，不由急出了一身冷汗。便和三凤说："久未往海底里去，如今归期将届，程途辽远。今日趁冬秀不在宫中，何不前往海底试一试看？"三凤闻言，也说昨日潜水，感觉被水力压得气都不易透转等语。二凤闻言，益发忧急。

姊妹两个偷偷出宫，往海岸走去。到了无人之处，索性连上下衣一齐去尽，还了本来面目，以为这样，也许好些。谁知下海以后，只比平时多潜入了有数十丈，颇觉力促心跳，再往深处，竟是一步难似一步。用尽力气，勉强再潜入了十来丈，手足全身都为水力所迫，丝毫不受使唤。照这样，休说紫云宫深藏海心极深之处，上下万寻，无法归去，就连普通海底也难到达。幼时生长游息在贝阙珠宫，不知其可贵；一旦人天迴隔，归路已断，仙缘犹在，颇似可望而不可即，怎不悲愤急悔齐上心来。拼命潜泳了一阵，委实无法下去。万般无奈，只得回上岸来，狼狼狈狈回转岛宫，抱头痛哭。

恰值冬秀赶来，本想冒着奇险与二女同去，闻言不禁惊喜交集。猛地心中一动，眼含痛泪，跪在二女面前，先把当日来意说了。然后连哭带诉道："妹子罪该万死，只为当初见岛中人民初离水火，没有主子，难免又被恶人迫害，动了恻隐之心，再三留住二位恩姊。只说岛中人民能够永享安乐，那时再行回宫也还不迟。不想竟害得二位恩姊无家可归，如今已是悔之无及。妹子受三位恩姊大恩，杀身难报。落到这般地步，心里头如万把刀穿一般，活在世上有何意味？不如死了，倒还干净。"说罢，拔出腰间佩剑，便要自刎。三凤一见，连忙劈手一掌，将冬秀手中剑打落，说道："你当初原也是一番好意。二姊说得好，此事也不怨你一人。我只恨大姊，不是不知道我姊妹不能久居风尘，不论金庭玉柱中所藏宝物得到手中没有，也该来接我们一回才是。那时我们入世未深，来去定能自如。哪怕我们不听她话，仍咬定牙关不回去，今日也不怨她，总算她把姊妹之情尽到，何致闹到这般地步？她怎么一去就杳无音信，连一点手足之情都没有？我想凡事皆由命定。我姊妹三个，虽说恩母是个仙人，从小生长仙府，直到如今，也仅只气力大些，能在海底游行罢了,并无别的出奇之处。命中如该成仙,早就成了,何待今日?既是命里不该成仙,索性就在这岛上过一辈子,一切随心任意,还受全岛人民尊敬,也总比常人胜强百倍。大姊如果成了仙,念在骨肉之义,早晚必然仍要前来接引,否则便听天由命。我姊妹二人,永留此岛,和你一同做那岛主。譬如我父亲没被俞利所害,我们二人自幼生长在岛上,不遇恩母,又当如何?”

冬秀见苦肉计居然得逞,脸上虽装出悲容,却暗自心喜,正想措词答话。二凤先时只管低头沉吟,等三凤话一说完,便即答道:“三妹不怪人,便尽说气话,当得甚用?你又没见着大姊,怎知她的心意?大姊为人表面虽说沉静,却最疼爱我们,断不会忘了骨肉之情。况且我二人不归,恩母转劫重来,也不好交代。焉知不是当初见我二人执迷不返,特意给我们一些警戒?依我看,金庭玉柱中宝物如未发现,她不等今日,必然早来相接同归了。三年不来,仙缘定已有了遇合。不是在宫中修炼,便是等我们有了悔意,迷途知返,再行前来接引,以免异日又落尘网。我们仍还要打回去主意,才是正理。”三凤道:“这般等,等到几时?反正我们暂时仍做我们的岛主。她来接引,更好;不来接引,也于事无碍。我们已不似从前,一入水便能直落海底,哪里都可游行自如,有什么好主意可打?”

二凤道:“话不是如此说。来时路程,我还依稀记得。我们此时知悔,大姊也是一样深隔海底,未必知道。依我之见,最好乘了岛中兵船。我们三人装作航游为名,将岛事托与老成望重之人,一同前往紫云宫海面之上。以免一路上都在水上游行,泅乏了力,又无有歇脚之所。等到了时,我和你便先下去,能拼死命用力直达海底宫门更好;否则,老在那所在游泳。大姊往日常在宫外采取海藻,只要被她一看见,我们只是吃不住水中压力过大,别的仍和以前一样,只需大姊上来两次,背了我们将水分开,即可回转宫去。假如她的宝物已得仙法炼就,那更无须为难,说不定连冬秀也一齐带了,同回海底。大家在仙府中同享仙福,岂不是好?”三凤闻言,不住称善。当下便催冬秀速去准备,预定第二日一早便即起程。

论年岁,冬秀原比二女年长,先时互以姊姊相称。只因受恩深厚,又因二女受岛民崇拜关系,冬秀执意要当妹子,所以年长的倒做了妹妹。闲话表开。

冬秀当时闻言,情知未必于事有济,但是不敢违拗。立刻集众升殿,说二位公主要往海中另觅桃源,开辟疆土。此去须时多日,命老铁父子监国,代行王事。一切分派停当。

第二日天一明,便即同了二凤姊妹上船,往紫云宫海面进发。岛民因冬秀私下常说大公主曾在暗中降过,说已禀明方老爹派二、三两位公主监佐岛政,再加亲见二凤姊妹屡次出入洪波,俱是到时必转,日久深信不会再走。况且此次又与冬秀乘船同出,除集众鼓乐欢送外,一些也没多疑。

二凤以为当初由宫中起身,在海中行路,不消两个时辰便达岛上,行舟至多不过一日。谁知船行甚慢,遇得还是顺风,走了一日,才望见当初手戮蓝二龙的荒岛。三凤好生气闷,又要下船推行。二凤拦道:“我们来此,一半仍是无可奈何,拿这个解解心烦,打那不可必的主意。遇好玩的所在,便上去玩玩。多的日月已过,也不忙在这一日两天。我们原因多食烟火,才致失去本能。正好乘这船行的几天工夫,练习不动烟火,专吃生的海藻,蓄势养神,也许到时气力能够长些。此时心忙则甚?”说时,又想起那荒岛侧礁石下面的海藻又肥又嫩,和宫门外所产差不甚多。反正天色将晚,索性将船拢岸,上去采些好海藻,吃它一顿饱的,月儿上来再走,也还不迟。当下便命人将船往荒岛边上行去。一会船拢了岸,二凤姊妹命船上人等各自饮食,在船上等候。同了冬秀往荒岛上去,绕到岛侧港湾之内。二凤姊妹便将衣服脱下,交与冬秀,双双跳入水内,游向前海,去采海藻。

冬秀一人坐在湾侧礁石上面,望着海水出神。暗忖:“二凤姊妹归意已决,虽然她二人本能已失,无法回转海底,但是还有一个初凤是她们同胞骨肉,岂能就此置之度外?早晚总是免不了一走。目前岛政修明,臣民对于自己也甚爱戴,二女走不走俱是一样。无奈自己受了人家深恩大德,再加朝夕相处,于今三年,情好已和自家骨肉差不多。自己一个孤身弱女,飘零海外,平时有二女同在一处,还不显寂寞;一旦永别,纵然岛国为王,有何意味?再说二女以前留岛俱非本心,全系受了自己鼓动。起初数月还可说是岛民无主,体上天好生之德,使其去忧患而享安乐,就是为了自己打算,也还问心无愧。后来岛事大定,不论自己为王或另选贤能,均可无事。彼时如放二女走去,二女本质受害还浅,也许能回转海底仙府。不该又用权术,拿许多服食玩好去引三凤留恋。假使真个因此误了二女仙缘,岂非恩将仇报?”想到这里,不由又愧又悔,呆呆地望着水面出神。

正打不出主意,忽听椰林内隐隐有群狮啸声。猛想起昔年与三女在此宰割蓝二龙,受群狮包围冲袭,险些丧了性命。三凤那么大力气还被狮爪断去一臂。后来多亏一虎面龙身的怪兽将狮群赶走。虽在方良旧居石屋中寻了刀创药，将三凤断臂医好，终因当时流血过多，筋骨受损，至今没有复原。现在二凤姊妹下去了好一会，天都快黑，怎还不见上来？仗着自己已经学会水性，如果群狮袭来，便跳下水去，也不致遽膏狮吻，心中虽然胆怯，还不怎样害怕。又待了一会，狮吼渐渐沉寂，有时听见一两声，仿佛似在远处，便也不作理会。远望海心一轮明月，业已涌出波心。只来路半天空里悬着一片乌云，大约亩许，映着月光，云边上幻成许多层彩片，云心仍是黑的。除这一片乌云外，余者海碧天晴，上下清光，无涯无际。四外静荡荡的，只听海浪拍岸之声，汇为繁响。觉得比起避难那一年晚上所见的景色，虽然一样的清旷幽静，心境却没这般闲适。屈指一算时间，三年前的今天晚上，正好被难遇救，真是再巧也没有。

第一四六回

虎啸龙翔　冲波戏浪
山崩海沸　熔石流沙

冬秀正在对着月光回首前尘，心中感慨。猛听海水响动，月光下照见前面港湾转侧处，海水忽然裂了个丈许宽的巨缝，浪向两旁分开。当中一股黑影高出水面约有丈许，直向离身不远的海岸边冲来，哗哗连声大响，海波分处，那股黑影业已冲上岸来。等到全身毕现，方看出那东西长有十丈，形状似龙非龙，与那年所见虎面龙身之物相似，但要长大些。只是没有看清，晃眼工夫，蹿入椰林之内。

方在吃惊，浪花涌处，又蹿起两条白影，持刀定睛一看，正是二凤姊妹。一见面，便同声齐问："冬秀见着那东西么？"冬秀见二女同来，心中大喜，便将适才所见说了。二凤姊妹闻言，更不答话，急匆匆各持兵刃往林内追去。冬秀也随后追赶，追了半里多路，人兽都没有追上。恐有狮群在暗中潜袭，独个儿有些害怕，只得仍回水边等候。

过了半个时辰，二凤姊妹方才回转。三凤急得直跺脚道："都怪我不好。我们已合力将它擒住，偏生我这只手臂前年为狮所伤，使不上劲。就在二姊伸手取海藻的工夫，被它挣脱逃走。又不该顾拾这把劳什子刀，没有追上。这东西先前不知怕人，好捉。如今吃了苦头，想必见人就躲，一上岸就跑得没了影子。知道哪年哪月才擒得到呢？"说时甚是惶急。冬秀不明二女要生擒那东西则甚，正要询问，又听二凤道："三妹总是性急。这东西既以海藻为粮，这岛不大，一面有污泥阻路，只要肯费功夫，总擒得到。好在我们无心中已发现它的短处，有了制它之法。此时空愁有甚用处？"说罢，便将采来的几片海藻大家分吃，三人坐在石上，边吃边说海中遇怪之事。

原来二凤姊妹到了水底，游向前年取海藻之处一看，哪里还有。暗想："前年这地方海藻甚多，并且这东西生长极繁，就算被海底鱼类吞食，像这方圆约有十里的一大片，也不会被它们吃尽。"算计不是事隔三年记忆不真，看错了地方，便是前面还有。想着想着，不觉游出老远。间或遇上一些，也都不甚肥嫩，还不如安乐岛海滨所产，不值一取，便丢了不采。又往前走有数里，忽见前面翠带飘动，游鱼往来上下，如同穿梭一般。心中高兴，便将腰中所佩的刀拔在手内，准备上前割取。二女天生异禀，幼服老蚌灵液，两目在水中视物如同白日之下，观察甚是敏锐。刚往前穿行没有几十步，忽见海藻丛中直打水漩，漩起两三丈大小的圆圈。四外和上下的水，依旧静沉沉地停着。漩圈以内，却是空的。二凤因这种海底空漩，平生从未见过，先疑是那里有甚海眼。但漩圈上的水却又不往下压，好似有什么无形无质的东西将海水凭空托住，心中奇怪。那一片地方的海藻又是格外长大肥多，目光被藻带阻住，看不甚清。翠影披拂中，仿佛里面伏着一个带角有鳞的东西，却没见它行动。二凤比三凤来得机警，猜是海中蛟龙、海怪之类，不敢轻易涉险。正想拉着三凤同走，不去生事，偏巧三凤看上当中两片极肥嫩的海藻，头往前一低，两手一分，早平着身子，冒冒失失地往漩圈之内冲了进去。

水中只能以手示意，不能说话。二凤一个未拉住，见三凤已经冲进，恐防有失，连忙跟踪而入。眼看三凤在前，一手提刀正往那当中的两片肥大海藻上砍去。就在这一晃眼的工夫，忽从三凤身旁海藻丛中蹿起一条龙形怪物，也没伤人，径往侧面穿去，连头带尾，长有十丈开外，形体甚是长大得骇人。二凤姊妹常在海中游行，怪鱼如虎鲨鲸、鳄象之类的厉害东西也常遇着，似这样似龙非龙的东西却是罕见。先时不敢轻易招惹。后见那东西经行之处，水漩也在跟着移动，离那东西的头部四外十来丈左近，水竟自然避开。等到缓缓游向侧面海藻丛中，才想起似在哪里见过。细一寻思，正与前年在荒岛上赶走狮群，给姊妹三人解围的虎面龙身怪兽相似。如不亏它，那些恶狮何止百数，姊妹三人岂不膏了狮吻？当时因为忙着寻报父仇，也没再寻那怪兽的下落。后来连问岛人，俱说从未见过，日久也就不再提起。不想这东西还有分水之能。因这怪物以前曾给自己解过围，又未见它有伤人之意，不由把恐惧之心减了一半。再往它伏处一看，四外海水依然空漩着。姊妹二人同时想起这东西既有分水之能，看上去又颇驯善，倘能将它制伏，驾驭着回转紫云宫，岂非一桩妙事？

当时因为求归海底心切，也不暇计及危险。互相一打手势，仗着那东西行得缓慢，自己天赋本能未曾丧尽，水底游行比鱼还快，决计跟踪过去，试探行事。谁知行近漩圈之内，那东西本似在翘首闭目假寐，偶一睁眼，见有人来，又复警觉避向别处。一连多次，俱是如此。二女见它游得较快，有时遇见片肥大的海藻,便顺嘴咬去嚼吃。虽说避人,并不见有甚恶意,不由胆子越来越大。追逐了好些时候,渐渐越追越近。末一次,三凤见那东西爱吃海藻,又觉察它转折时姿态,只需避开它后面,不致被长尾扫着,便无妨碍。即使惹翻了它,也有法躲。便和二凤打了个手势,仍由二凤从侧面去惊它,决计冲入空圈之内试试。

自己找了几片肥大海藻,绕出它的前面,猛地迎头堵去。右手紧握剑柄戒备,左手便准备那两片大海藻向怪物嘴上递去。这时三凤因为身临切近,身在空处,脚已踏实在海沙上面,看清那怪物后半身仍在水内,只头部前半身周围没水。三凤身子离水,便不能和在水中一般自在起落。那怪物却又生得高大,昂起头来,离地足有两三丈高下。三凤见两下相差太甚,虽说怪物不伤人,面对面地看了那般狞恶凶猛的形态,未免也有些胆怯,再加身子不在水中,不敢过于大意。就这迟疑之间,那怪物已低头张开大嘴来咬。三凤一害怕,忙把身子往后一退。不料一脚正踏在海底淤泥里面,将一条玉脚陷进半截,急切间拔不出来。那怪物已经张开血盆大口,缓缓游了过来。三凤无法,正持刀准备抵敌,觉着左手一动,怪物的头忽然停住,不往下落。定睛一看,漂来那两片海藻比手中刀要长出好几倍。三凤因是情急用力,无心中左手也举了起来。那怪物本不伤人,只是奔了三凤手中的海藻而来,恰好迎个正着。那怪物竟和养驯了的家畜一般,就在三凤手里嚼吃。吃到一半,三凤将手一松,被它衔了就转身。同时二凤也从侧面冲入空圈以内。三凤忙叫道:“二姊留神!这里尽是极粘腻淤泥,我已被陷在此。这东西很驯善,你快将它轰开,放水进来,我好脱身。”

原来海底那一摊并非淤泥,乃是鲸鱼的粪,日久年深,沉积海底,又粘又腻。三凤正踏在上面,所以急切间无法脱身。二凤一听三凤之言,忙绕到怪物身后,举手中刀背朝怪物腰间打去。怪物正吃三凤手中海藻,猛然身痛一回头,便朝二凤拱去,来势甚疾。二凤恐它野性发作,身子又站在无水之处,逃遁不速。见怪物血口张开,朝自己冲来,不及躲闪,一着急,顺势横着刀背朝怪物面部打去,正打在怪物鼻尖上面。二凤才悔下手匆忙,没用刀斫,用了刀背,这一下怎能将怪物斫伤?势必益发将它触怒,更难抵敌。想到这里,猛地灵机一动,顺着刀背在怪物鼻间一按之间,就势腾身一纵,跨上怪物颈间,骑了上去。说也奇怪,那样长大,生相凶恶的东西,吃二凤一刀背打在鼻上,竟然将头一低,乖乖地全身俯伏下来。二凤先不知这一刀背正打在怪物的痒处,见它如此驯善,心中正在奇怪。百忙中举目朝前一望,三凤仍在淤泥中挣扎不出。心想将怪物轰开,好使三凤脱身。好在自己骑上怪物颈间,不怕它反咬。又举刀背往怪物颈侧拍去,原想将它赶走。谁知怪物因鼻间受了一刀,竟然伏身地上,动也不动。二凤连连喝拍,过有一会,怪物才自行起去,往侧面海藻丛中游去,好似不知身上还骑着人一般,照旧吃它的海藻。怪物一离开,海水依然涌至。

三凤一得了水,拼命用力一挣,便将两腿拔出。见二凤已骑在怪物身上,将它制伏,这一喜真是非同小可,连忙奔了过去。二凤知那怪物水陆两栖,适才赤身下海,没有带着绳索,想把怪物赶到海岸上去。见那怪物一任自己用刀背在身上乱拍乱打,它只顾低头吃那海藻,不作理会;全不似头一下,一打下去便贴伏不动。正在无计可施,猛地一使劲,刀背斜了一些,也不知斫在怪物什么地方,那怪物一护痛,登时野性发作,便在水里乱转乱旋起来。这时正值三凤赶到,怪物又将头一昂一低,便要作势往三凤身上撞去。二凤猛地想起刚才,身子骑在怪物颈间,本够不着怪物的头面,怪物这次将头一昂,正好够着。便将身往前一伏,举起手中刀背,朝怪物头面部连打。偏巧头一下就打中怪物痒处,立时全身瘫软,卧伏下来。

二凤这才看出那怪物的鼻子是它短处。等怪物停了一会,就抬手照样又给它一下,果然依旧贴伏。心中大喜,连喊:“三凤,你莫上来,只用你手中兵器按着它的鼻子,它便不动。”三凤闻言,便用刀背去按紧怪物的鼻子。怪物睁着一双怪眼望着三凤,一些也不动,似有乞怜之容。三凤因它以前有救命之恩,心中老大不忍,手刚松了一会,怪物便将头昂起。刀背一按,重又跪倒。二凤说道:“你只随我到岸上,将你练习熟了,送我姊妹到紫云宫去,我们决不伤你。”说罢,因怪物喜吃海藻,便命三凤:“按紧这怪物的鼻尖,不要移动。我去给它取点海藻来。”一面说,跳下身,奔往海藻丛中,挑那又肥又大的海藻,割了好些游回。正要骑将上去,三凤见怪物鼻尖为刀背所压,酸得眼泪长流,不由又动怜惜之心,便叫二凤给它些海藻吃,自己并将手松开。这次因为按的时间稍长,待了好一会,怪物才将头昂起,缓缓伸将过来。二凤姊妹见它比先前益发驯善,不由疏了防范。二凤将手中刀夹胁下,两手分持海藻,一片一片地递去喂它。怪物先就二凤左手中零星的海藻慢慢嚼吃了两片,猛地张开血盆大口,竟往二凤右手中那一束多的咬去。二凤不及躲闪,被它全数咬住。以为它贪吃多的,本就是喂给它的,也没怎样在意。怪物咬住整束海藻一甩,便脱了二凤的手,大口一张一张,落了满地。

二凤哪知它的用意,一面低头去拾,口中还骂道:“我把你这贪多嚼不烂的畜生，没的糟践好东西！”一言未了，谁知那怪物竟使下心计，趁二凤去拾海藻，三凤看它吃得出神之际，猛一伸头，张开大口，直扑三凤。三凤见势不佳，忙横刀背去按它鼻子时，已是不及，被怪物将头一偏，嘴张处，恰好将三凤的刀咬住。人力哪里敌得住神兽，吃怪物咬着只一甩，便已脱手飞去。接着扭转身，分水逃走。三凤方喊：“二姊快来！”怪物已逃出老远。回身时节，差点没被长尾扫上。三凤忙就地下将刀拾起，同了二凤，紧紧追赶。二女水行虽比怪物迅速，无奈怪物这次有了机心，边走边摆动那条长尾，水浪排荡如山，不能近前。加上头昂水外，即使追上，人也够不着它的鼻子。绕来绕去，追逐到了二女下水之处，一不小心，吃怪物转身时节一尾扫到。幸亏二女在水中比鱼还要灵活，忙将身往下一沉，紧贴海底，没被打中。等到再浮上来，怪物已逃到岸上。连忙追上岸去，已经蹿入椰林深处，没有追上。

三女在海岸边上，算计怎样才能将那怪物擒住。因这东西身躯庞大，下手不易，商量了一阵，终无善法。最后由二凤回转大船，携了绳索、用具、酒菜之类，准备就在海边露宿，不将怪物擒住不休。去时二凤一问船上人等，得知适才与怪物在海中争斗，除浪大一些，并无别的动静。二凤暗喜，便命大家不许上岸，只在船上候命，便即回转。二凤、三凤除饮一点酒外，已决计不再进食烟火之物。冬秀多吃海藻不惯，便做了饭菜，一人独吃。二凤姊妹不时前往椰林之内窥探，盼那怪物出现，不觉到了半夜。这时海岸上月白风清，美景如画，上下天光，一碧无际。椰树高达二三十丈，碧盖亭亭，影为月光照射地上，随着微风交舞。再加上狮吼虎啸之声，时远时近，越觉添了许多野趣。三女面向海岸，且谈且饮，言笑方酣。冬秀一眼望见适才所见来路上那片乌云，忽然越散越大，变成一个长条，像乌龙一般，一头直垂海面，又密又厚。映着云旁边的月光，幻成无数五色云层，不时更见千万条金光红线，在密云中电闪一般乱窜，美观已极。海滨的云变幻无常，本多奇观，尤以飓风将起以前为最。像今晚这般奇景，却是自来安乐岛三年之中从未见过，不禁看出了神。三凤见她停杯不饮，面向着天凝望，笑问道：“一年四季好月色多着呢。我们商量事，你却这般呆望则甚？”冬秀指道：“你看这云映着月光，却成了乌金色，有多好看！”

一言未毕，便听呼呼风起，海潮如啸，似有千军万马远远杀来。岸上椰林飞舞摆荡，起伏如潮。晃眼之间，月光忽然隐蔽，立时大地乌黑，伸手不辨五指。猛觉脚底地皮有些摇晃。二凤姊妹和冬秀俱都年轻，阅历甚少，从没见过什么大阵仗。方在惊疑慌张之际，猛地又听惊天动地一声大震，脚底地皮连连晃动。冬秀首先跌倒。二凤闻声,方将她勉强扶起,尚未站定,一股海浪已像山一般劈面打来。三女支持不住,同又跌倒。勉强挣扎起来,高一脚低一脚地往后退去。那一片轰隆爆炸之音,已是连响不绝,震耳欲聋。三女退还没有几步,适才坐谈之处,忽然平地崩裂,椰树纷纷倒断,满空飞舞。电闪照处,时见野兽虫蛇之影,在断林内纷纷乱窜。这时雷雨交作,加上山崩地裂之声,更听不见野兽的吼啸,只见许多目光或蓝或红,一双双,一群群,在远近出没飞逝罢了。海岸上断木石块被风卷着,起落飞舞,打在头上,立时便要脑浆迸裂。还算是二凤妹妹天生着一双神眼,看得甚真,善于趋避,没有被它打中。除身上被惊砂碎石打了不少外,尚未受着大伤。

惊慌逃窜了一会,二凤猛想起这般地震狂风,岸上饱受惊骇,为何不到水底趋避,就便保全三条生命?想到这里,连喊数声,俱为风号地裂之声所乱,三凤、冬秀对面无闻。二凤一着急,只得一手一个,拉了便往前蹿。这一来,三凤、冬秀也都恍然大悟,一同赶到海边,冒着浪头跳下海去。游出港湾,到了前海,探头出去四下一找,哪里还有大船影子。三人在水的深处,虽然水力大出几倍,还不怎样难支。身一露出海面,那如山如岳的海浪,便都一个跟一个当头打到,人力怎生禁受?最苦的还是冬秀,头刚出海,见大船不知去向,再回头一看,一股绝大火焰像火塔一般直冲霄汉。算计海中只有安乐岛一片陆地,这场地震,定是火山爆发,全岛纵不陆沉,岛上生命财产怕不成为灰烬?自己费尽心血,末了仍是一场空。苦海茫茫,置身无地,心中好不酸痛。正自难过流泪,就这定睛注视的工夫,一片百十丈高的海浪忽又当头飞来。若非二凤姊妹知她水性体力相差太远,随时护持,就这一浪头,已经送了性命。二凤眼快,见浪头打来,忙抱着她往下一沉,侥幸避过。同时二凤也看出安乐岛火山崩炸神气,便将冬秀交给三凤,比了比手势,叫她们休要妄动,打算游往回路,看个动静。

二凤前行不及十里,海水渐热,越往前越热得厉害。探头出去一看,远远望去,哪里还有岛影,纯然一个火峰,上烛重霄。海面上如开了锅的水一般,不时有许多尸首飘过。那爆炸之声加大风之声、海啸之声,纷然交响,闹得正欢。除火光沸浪外,什么也观察不清。渐觉身子浸在热水中,烫得连气都透不出来。不敢再事逗留,只得往回游走,直沉到了海底。身子虽觉凉些,那海底的沙泥也不似素常平静,如浆糊一般浑浊。直到游回原处,才觉好些。

三女聚到一处,先时倒不怎样。只冬秀一人不能在水底久延时刻,过一阵，便须由二凤姊妹扶持到海面上换一换气。冬秀浮沉洪波，眼望岛国，火焰冲霄，惊涛山立。耳边风鸣浪吼，奔腾澎湃，轰轰交汇成了巨响。宛如天塌地陷，震得头昏目眩，六神无主。伤心到了极处，反而欲哭无泪，只呆呆地随着二凤姊妹扶持上下，一点思虑都无。

过了半个时辰，岛上火山忽然冲起一股绿烟，升到空际，似花炮一般，幻成无量数碧莹莹的火星，爆散开来。接着便听风浪中起了海啸，声音越发洪厉。这时二凤姊妹刚扶着冬秀泅升海面，换了口气，往下降落。降离海底还有里许深浅，见那素来平静的深水中泥浆涌起，如开了锅的浑汤一般，卷起无边黑花，逆行翻滚。方觉有异，水又忽然烫了起来。二凤猜是海底受了火山震荡所及，致使海水滚烫，倘如被热浪困住，怕不活活烫死。水里又讲不得话，暗恨眼看岛国地震崩裂，如何不早打主意，还在左近逗留？灵机一动，忙打手势与三凤，一人一边夹了冬秀，便往与火山相背之路急行逃走。果然那水越来越热，海水奇咸，夹以奇臭，只可屏息疾行，哪能随便呼吸。逃出去还没有百里，休说冬秀支持不住，早已晕死过去，就连二凤姊妹自幼生息海底，视洪涛为坦途的异质，在这变出非常，惊急骇窜之中，与无边热浪拼命搏斗，夺路求生，经了这一大段的途程，也是累得筋疲力竭，危殆万分。

好容易又勉强挣扎了百多里路，看见前面沉沉一碧，周围海水由热转凉，渐渐逃出了热浪地狱。才赶紧泅升海面，想找一着陆之处，援救冬秀回生，就便歇息，缓一口气。谁知距离火山虽绕出有二三百里，只是海啸山鸣之声比较小些，海水受了震波冲击，一样风狂浪大。上下茫茫，海天相接，恶浪汹涌，更无边际，哪有陆地影子。二凤姊妹情切友谊，虽然累得难支，仍然不舍死友。总想纵不能将冬秀救转还阳，也须给她择一好好地方埋骨，不能由她尸骨在海里漂流，葬身鱼介腹内。姊妹二人都是同一心理，虽然受尽辛苦，谁都不肯撒手。所幸脱了热浪层中，无须奋力逃生。上面水浪虽大，深水中倒还平静，不甚费力。二女在水中一面游行，一面不时升出海面探看前途有无岛屿。又将冬秀衣服撕了一块，塞在她的口内。每出海面一次，便给她吐一次水。先时见冬秀虽然断气，胸际犹有余温。随后胸际逐渐冰凉，手足僵硬，两拳紧握，指甲深掐掌心，面色由白转成灰绿，腹中灌了许多海水也鼓胀起来，知道回生之望已绝，好不伤心流泪。

水中游了好一会，始终不见陆地影子。只好改变念头，打算在海底暗礁之中择一洞穴，将她埋藏在内，万一异日能回转紫云宫，再作计较。二女在海面上商量停当，便直往海底潜去，寻找冬秀埋骨之所。谁知自从海啸起了热浪逃出之后,因水底泥沙翻起,俱在海水中心行走,始终没有见底。越往前,海水越深,二女通未觉得。及至往下沉有数里深浅,渐觉压力甚大,潜不下去,后退既不能,前进又水势越深。为难了一会,猛想起这里水势这般深法,莫非已到了紫云宫的上面?正在沉思,忽见前面有许多白影闪动。定睛一看,乃是一群虎鲨,大的长有数丈,小的也有丈许,正由对面游来。这种鲨鱼性最残忍凶暴,无论人、鱼,遇上皆无幸理。海里头的鱼介遇见它,都没有命。专门弱肉强食,饥饿起来,便是它的同类,也是一样相残。海中航行的舟船,走近出产鲨鱼地带,人不敢在海沿行走,一不小心,便会被它吞吃了去。二女以前也时常遇到,知道它的厉害,故此偶然出行,带着海虾前爪,以备遇上厉害鱼介之用。一则天生神力,遇上可以抵御;即或遇上成群恶鱼,仗着游行迅速,也可逃避。偏巧这时二女力已用尽,困乏到了极处;再加了岛居三年,多食烟火,本来异质丧耗太多,迥非昔比,手上还添了个累赘,哪禁得起遇上这么多又这么凶恶的东西,不禁惊慌失色。

就这转眼工夫,那鲨群何止百十条,业已扬鳍鼓翅,喷沫如云,巨口张开,锐牙森列,飞也似冲将过来,离身只有十丈远近了。二女见势不佳,连忙转身便逃。就口之食,鲨鱼如何肯舍,也在后面紧紧追赶。二女本就力乏难支,泅行不速,加上手夹冬秀碍手,不消顷刻,业已首尾相衔,最近的一尾大虎鲨相去二女身后仅止二三尺光景。在这危机一发之际,三凤心想:“事在紧迫,除了将冬秀尸体丢将出去为饵,姊妹两个再往斜刺里拼命逃走,或者还有一线之望外,别无生理。”想到这里,更不寻思,左手朝二凤一打手势,右手一松,径自两手分波,身子一屈伸之际,用足平生力量,直往左侧水底斜蹿下去。二凤姊妹本是一人一边夹着冬秀尸体,并肩相联而行,二凤正在忘命而逃,见三凤把手一扬,左侧冬秀身体便往下面一沉。再看三凤也自往斜下面逃走,二凤知道她是打算弃了冬秀尸体逃生。暗忖:“冬秀与自己共过患难,情逾骨肉,漫说临难相弃,于心不忍,而且这些虎鲨非常凶狠,除了像昔年相遇,用虾爪将它二目刺瞎外,无论遇上人、鱼,向来不得不止。与其将冬秀弃去,仍免不了葬身鱼腹,何如大家死活都在一起?”二凤想头甚好,却不料三凤一去,冬秀尸体失了平衡,更觉泅行起来迟缓费事。

说时迟,那时快,就在二凤寻思一瞬之间,后面那尾大虎鲨业已越追越近,前唇长刺须有一次已挨着二凤的脚。二凤觉得脚底微痛,百忙中偶一回顾,身后虎鲨唇上刺须高翘,阔口开张,露出上下两排又尖锐又长的白牙,正向自己咬来。同时身子受了鱼口吸力,也已有些后退。稍迟丝毫,便要被它吞噬了去。手中兵刃早已失去,更是无法抵御,不由吓得亡魂皆冒。手中拉着的冬秀受了鲨鱼口里呼吸冲动,又往侧面沉去,拉行更觉费劲。奇危绝险中,猛地灵机一动,情知再回头转身逃走已是无及,忙就冬秀尸体下沉之势,一个金鲤拨浪姿势,往下一蹿。那虎鲨追了好一会,俱是平行,眼看美食就可到口,鼓鳍扬翼,疾如穿梭般蹿近二凤身前,刚张口想咬,却不料二凤急中生智,竟然整个翻滚,恰巧将鱼头让过。

二凤原是死中求活,也不知自己究竟脱险了没有,斜肩单手拉着冬秀尸身往下一冲,两腿一拳,用尽平生之力,双足踹水,往上登去。这一下正登在鱼项上面,二凤觉得脚底踹处坚硬如铁,以为身离鱼身已近,暗道一声:"不妙!"情急逃命,也无暇再作寻思,两手一分水,不由将手中冬秀也脱了手。两脚越发用力,拼命往下一冲,疾如电闪,往海心深处逃去。鲨鱼来势太猛,身子又非常长大,虽游行迅速,转侧究竟不便,等到折身追寻,二凤逃走已远。

后面许多凶恶同类,见前面美食快到为首大鱼口中,个个情急。大鱼再一翻身,海面上浪花激荡,高涌如山,水心也如云起雾腾,声势浩大。后面群鱼在波涛汹涌中,没有看清美食已经逃走,以为落在大鱼口中,俱都愤怒,本有夺食之心,蜂拥一般赶到。内中另有两条长大不相上下的,恰被为首这条大的突然回头,一鱼尾打中,彼此情急,各怀愤恨。后两条不肯甘伏,朝为首那条张口便咬,无心中又将后面几条撞动,彼此围拥上来,撞在一起。此冲彼突,口尾并用,咬打不休,反倒舍了美食不追,竟然同类相残起来。

这些恶鱼个个牙齿犀利,胜如刀剑。无论鱼大鱼小,咬上便连鳞带肉去掉一大块。这一场恶战,由海面直打到海心,由海心又打到海面。只见血浪山飞,银鳞光闪,附近里许周围海水都变成了红色。这些恶鱼拼命争噬,强伤弱亡,不死不休,这且不去管它。

第一四七回

光腾玉柱　贝阙获奇珍
彩焕金章　神奴依女主

且说二凤死里逃生,一蹿便逃出里许。想起逃时情急,撒手冬秀尸体,必已葬在恶鱼口内。三凤在先只想往海心逃走,也不知她的生死存亡。心里一痛,不禁回头往上一看,只见上面波涛翻滚中,有无数条白影闪动,看出是群鲨夺食恶斗,越猜冬秀没有幸免之理,只不知三凤怎样。正在难受,寻择方向逃走,猛地又见头上十多丈高下处有一人影,飘飘下沉。定睛一看,正是冬秀尸体,后面并无恶鱼追下。不禁悲喜交集,忙即回身上去,接了下来。冬秀尸体既然无恙,上面鱼群所夺,更是三凤尸体无疑。越想越伤心,心中愤怒。欲待拼命回身与三凤报仇,一则手无寸铁,二则上面恶鱼太多,就是平常遇见,除逃避外,也是束手无策。事已至此,徒自送死无益,只得一手拖了冬秀尸体,寻觅方向逃遁。

行没多远,又见一条人影,从斜刺穿梭一般飞泅过去,远远望去,正是三凤,喜出望外。正待上前去,再往三凤身后一看,后面还跟着一条两丈长短的虎鲨,正在追逐不舍,两下里相隔也仅止十丈远近。这条虎鲨比起适才所遇那些大的虽小得多,若在平时,只需有一根海虾前爪在手当兵刃,立时可以将它除去。无奈此时姊妹二人精力用尽,彼此都成了惊弓之鸟,哪里还敢存敌对的心思。

三凤先时原是舍了冬秀尸体,一个斜翻,往水底穿去。当时为首那条大鱼已近二凤,喷起浪花水雾,将后面群鲨目光遮住,三凤逃得又快,本没被这些恶鱼看见。偏巧三凤心机太巧,满想二凤也和她一样无情,不顾死友,冬秀尸体势必引起群鱼争夺,便可乘空脱身。所以往下逃的时节,立意和冬秀尸体背道而驰。却没料到忙中有错,惊慌昏乱中,只顾斜行往下,方向却是横面,并未往前冲去。下没多深,后面鱼群便已追到,互相残杀起来。这些东西专一以强凌弱,斗了多时,较小一点的不死即逃。内中有条小的所在位置较低,因斗势猛烈,一害怕,便往下面蹿去。本想转头往回路逃走,一眼望见前面三凤人影,不由馋吻大动。又无别的同类与它争夺,不比适才鱼多食少,现成美食,如何肯舍,铁鳍一扬,便往前面追来。幸而三凤发觉还早,一看后面有鱼追逐,这才想起逃时忘了方向,连忙加紧逃遁。几次快要追上,都仗转折灵巧避开。一路上下翻折,逃来逃去,忽见二凤带了冬秀尸体在脚前横侧面往前游行。不等近前,忙打手势。二凤也在此时发现了她,姊妹二人不敢会合,互相一打手势,一个左偏,一个右偏,分头往前逃走。后面恶鱼见前面又添出两人,贪念大炽,益发加紧往前追赶。逃了一阵,二凤姊妹精力早已用尽。尤其二凤手上拉着一个冬秀尸体,更是累赘迟缓。追来追去,三凤反倒抄出前面。那恶鱼追赶三凤不上,一见侧面二凤相隔较近,人还多着一个,便舍了三凤,略一拨转,朝二凤身后追来。

二凤这时已累得心跳头晕,眼里金星直冒。猛一回望,见恶鱼已是越追越近。心想:"平游逃走,必被恶鱼追上。只有拼命往下潜去,只要到底寻着有礁石的地方,便可藏躲。如今已逃出了老远,不知下面深浅如何?"明知水越深,压力越大,未必潜得下去。但是事已万分危险,人到危难中,总存万一之想。因此,拼命鼓起勇气,将两手插入冬秀肋下,以防前胸阻力;用手一分浪,头一低,两脚蹬水,亡命一般直往海底钻去。二凤原是一时情急,万般无奈,反正冬秀回生无望,乐得借她尸体护胸,去抵住前胸阻力,即使她受点伤,也比一同葬身恶鱼腹内强些。先以为下去一定甚难,不料下没十来丈,忽见下面的水直打漩涡,旋转不休。此时因恶鱼正由上往下追赶甚急,也未暇想起别的,仍是头朝下,脚朝上,往下穿去。因这里已逃出了紫云宫左近深海范围,水的压力阻力并不甚大,却是漩子漩得又大又急,身子一落漩中,竟不由自主,跟着漩子旋转起来。二凤猜定下面必是海眼,只要漩进去,休想出来。先还拼命挣扎,甚是焦急。转念一想:"葬在海眼之中,总比死在恶鱼腹内强些。何况精力交敝,纵想逃出漩涡,也是万万办不到。"立时把心一横,索性翻转身,抱住冬秀尸体,两脚平伸,先缓过一口气,死心塌地由着水力旋转,不再挣扎,准备与冬秀同归于尽。眼花撩乱中,猛见离身十多丈的高处,那条恶鱼也撞入漩涡,跟着旋转起来,想是知道厉害,不住翻腾转侧,似想逃出又不能够的神气。

二凤被水旋得神魂颠倒,呼吸困难,死生业已置之度外。看了几眼,越看上面鱼影越真。自知无论是海眼,是恶鱼,终究不免一死,便也不去理它。又被旋下十数丈,越往下,漩子越大。正以为相隔海眼不远,猛地心中一动,身外忽然一松,昏惘中恍惚已离水面,身子被人抱住似的。接着一阵天旋地转,便已晕死过去。醒来一看,身已落地,卧在海底礁石之上。存身之处,并没有水,周围海水如晶墙一般,上面水云如盖,旋转不已。一眼看见面前不远,站定地震前所见的虎面龙身怪兽,静静地站在当地,张着大嘴,正吃几片海藻,鼻子里还穿着一条带子。因为适才在漩涡中动念,便是想起此物,一见便知所料不差。猛又想起落下时节,两手还抱着冬秀未放,怎的手中空空?那恶鱼也不知何往。本想挣扎起身,只是饱受惊恐,劳乏太甚,周身骨节作痛,身子如瘫了一般,再也挪动不得。

这时二凤已猜出适才上面漩涡是怪兽分水作用。恶鱼虎鲨不见,必已逃出漩涡。知道怪兽不会伤人,但盼它不要离开,只要如那日一般,骑上它的颈项,休说不畏水中恶鱼侵袭,说不定还可借它之力,回转紫云宫去。想到这里,精神一振,又打算勉强站起。身子刚一转动,便觉骨痛如折,不由"哎呀"了一声,重又跌倒。耳边忽听一声:"二妹醒了!"听去耳音甚熟。接着从礁石下面蹿上一条人影,侧目一看,来的女子竟是初凤。穿着一身冰绡雾縠衣服,背后斜插双剑,依然是三年前女童模样。只是容光焕发,仪态万方,项前还挂着一颗茶杯大小的明珠,彩辉潋滟,照眼生花。

二凤心中大喜,正要开言,初凤已到了面前,说道:"我因跟踪灵兽到此,刚将它制伏之后,忽见前面海水中人泅影子,随见水漩乱转,你头一个抱了冬秀妹妹尸体落下。我刚接着,那恶鱼也落了下来,被我一剑杀死。因不见三妹同来,又有恶鱼追赶,便将你和冬秀妹子尸体匆匆分开,口里各塞了一粒丹药。飞身上去寻找,不想她也失去知觉,误入漩涡里面,正往下落。我将她接了下来,与冬秀妹子尸体放在一起。连给她二人服了好几粒仙府灵丹,虽然胸前俱有了温意,如今尚未完全醒转。正要再给你些灵丹服,不料你已缓醒过来。此丹是我在紫云宫金庭玉柱底下,昼夜不离开一步,守了一年零三个月才得到手。照仙箓上所载,凡人服了,专能起死回生,脱胎换骨。你和三妹只是惊劳过甚,尚无妨碍。冬秀妹子不但人已气绝,还灌满了一肚海水,精血业已凝聚,灵丹纵有妙用,暂时恐难生效。所幸灵兽现已被我制伏,只等将三妹救醒还阳之后,我们三人带了她的尸首,回转紫云宫去,见了金须奴再作计较吧。"说罢,便将二凤扶起。

二凤一听金庭玉柱的宝物已经出现,初凤既能独擒灵兽,本领可知,不由喜出望外,身上疼痛便好了许多。急于回宫之后再行细说,当时也不暇多问。由初凤扶抱着纵下礁石一看,果然适才追逐自己的那一条虎鲨身首异处，横卧在礁石海沙之内，牙齿开张，森列如剑，通体长有二丈开外，形态甚是凶恶。若非遇见初凤，怕不成了它口中之物。想起前事，犹觉胆寒。绕过礁石侧面，有一洞穴甚是宽广，冬秀尸体便横在洞口外面。三凤已经借了灵丹之力醒转，正待挣扎起身，一眼看见两个姊姊走来，好不悲喜交集，一纵身，便扑上前来，抱着初凤放声大哭。

初凤道："都是你们当初不听我劝，才有今日。我如晚来一步，焉有你三人命在？如今宫中异宝、灵药全都发现。又在无心中收了一个金须奴，他不但精通道法，更善于辨别天书秘箓。因感我救命之恩，情愿终身相随。仗他相助，地阙金章，我已解了一半。因等你们三年不归，甚是悬念。又因金须奴避他仇家，须等数日后方能出面。我便留他守宫，独自从水底赶往安乐岛探望你们下落。出宫不远，见海水发热，正觉奇怪。后来看出安乐岛那一面海啸山崩，先疑心你们三人遭了劫数。后来一想，金章仙箓上曾有"三凤同参"的偈语，你二人又能出没洪波，视大海如坦途，事变一起，难道不会由水里逃走？冬秀妹妹纵然难保，你二人决不会死，才略放了一点心。算计你二人必在海底潜行，找了好一会，也未找到，忽然遇见那头灵兽。仙箓偈语中也曾有它，并曾注有降伏之法。这兽名为龙鲛，专能分水，力大无穷。我便照仙箓预示，将它擒住，居然驯善无比。不多一会，便见你二人先后降落，业已惊劳过度，晕死过去。话说起来甚长，我们先回宫去，再作长谈吧。"

说罢，便走过去抱起冬秀尸体。姊妹三人高高兴兴往怪兽龙鲛身前走去。初凤将系龙鲛的一根丝绦从礁石角上解下，将手一抖，那龙鲛竟善知人意，乖乖趴伏下来。初凤抱着冬秀尸体，先纵上去，骑在龙鲛项间。然后将二凤、三凤也拉上去骑好，重又一抖手中丝绦。那龙鲛便站起身来，昂首一声长啸，放开龙爪，便往前面奔去。所到之处，头前半步的海水便似晶墙一般，壁立分开，四围水云乱转，人坐在上面，和腾云相似。晃眼工夫，便是老远。不消多时，已离紫云宫不远。二凤、三凤一看，三年不归，宫上面已换了一番境界：海藻格外繁茂，翠带飘拂，沉沉一碧。希珍鱼介，往来如织。宫门却深藏在一个海眼底下，就是神仙到此，也难发现。渐渐行近，初凤将冬秀尸体交给三凤抱住，自己跳下骑来，手拉丝绦，便往当中深漩之内纵去。那灵兽龙鲛想已识得，也跟在主人身后，把头一低，钻了下去，水便分开。下有四五十丈，路越宽广。又进十余丈，便到了避水牌坊面前。再走进十余丈，便达宫门。初凤一拍金环，两扇通明如镜的水晶宫门便自开放。一个大头矮身，满头金发下披及地，面黑如漆，身穿黑衣的怪人，迎将出来，跪伏在地。

初凤命他领了灵兽前去安置。自己从兽背上接过冬秀,姊妹三人一同回到宫里。二凤、三凤连经灾难,自忖身为异物,不想珠宫贝阙依然旧地重来,再加所服灵丹妙用,周身痛苦若失,俱都欣喜欲狂。三凤连声喊:“大姊快引我们去看看金庭玉柱。”初凤道:“你也是此地主人,既然回来,何必忙在一时?我们且先谈别后之事,等金须奴回来,想法救了冬秀妹子,再去不迟。”说罢,便将回宫苦守,怎样发现仙箓、奇珠之事,一一说出。

原来初凤自从在安乐岛苦劝两个妹子不听,只得独个儿回转紫云宫来。同胞骨肉,自幼患难相依了十多年,一旦离群索居,形影相吊,踽踽凉凉,心中自是难受。但是一想起老蚌临终遗命和前途关系的重大,便也不敢怠慢。每日照旧在后宫金庭玉柱间守视,除了有时出宫取些海藻外,一步也不离开。眼看玉柱上五色光霞越来越盛,只不见宝物出现,直守了一年零三个月,仍无影响。一面惦记着柱中异宝,一面又盼望两个妹子回来。这日想到伤心处,跑到老蚌藏蜕的池底,抱着遗体,一经悲号,老蚌立时现形,容态如生,与在宫时一般无二,只是不能言笑。

初凤痛哭了一场,回时本想采些宫中产的异果来吃。刚一走近金庭,忽见庭内彩雾蒸腾,一片光霞,灿如云锦,照耀全庭,与往日形状有异,不禁心中一动。跑将进去一看,当中一根最大的玉柱上光焰潋滟,不时有万千火星,似正月里的花炮一般喷起。猜是宝物快要出世,连忙将身跪倒,叩头默祝不已。跪有几个时辰过去,柱间雷声殷殷,响了一阵,光霞忽然敛尽,连往日所见都无。正在惊疑之间,猛地一声爆音过处,十九根玉柱上同时冒起千万点繁星,金芒如雨,洒落全庭。接着,当中玉柱上又射出一片彩霞。定睛一看,十九根大可合抱的玉柱,俱都齐中心裂开一个孔洞,长短方圆,各个不同。每孔中俱藏有一物,大小与孔相等。只当中一个孔洞特长,里面分着三层:上层是两口宝剑;中层是一个透明的水晶匣子;下层是一个珊瑚根雕成的葫芦,不知中藏何物。再看其余十八根玉柱内所藏之物,有十根内俱是大大小小的兵器,除有三样是自己在安乐岛见过的宝剑、弓、刀外,余者形式奇古,通不知名。另外八根玉柱孔内,四根藏着乐器,两根藏着两个玉匣子,一根藏着一葫芦丹药,一根藏着三粒晶球。

这些宝物都是精光闪耀,幻彩腾辉。知道宝物业已出现,惊喜欲狂。恐玉柱开而复合,重又隐去,匆促间也不暇一一细看,急忙先取了出来,运往前面。宝物太多,连运几次,方得运完,且喜无甚变故。先拔出宝剑一看,一出匣,便是一道长约丈许的光华。尤以当中大柱所藏两口,剑光如虹,一青一白，格外显得珍奇。便取来佩在身旁，将其余两口收起。再看别的宝物，哪一件也是光华灿烂，令人爱不忍释，只是多半不知名称用处。算计中柱所藏，必是个中翘楚。那珊瑚葫芦，小的一个虽也是珊瑚所制，却是质地透明，有盖可以开启，看出藏的是丹药。惟独中柱这一个，虽一样是珊瑚根所制，却是其红如火，通体浑成，没有一丝孔隙。拿在耳边一摇，又有水声，不知怎样开法。那透明晶匣里面，盛着两册书，金签玉笈，朱文古篆，是一细长方整的水晶，看得见里面，拿不出来。书面上的字，更认不得一个。那两个玉匣长约三尺，宽有尺许，也是无法打开。想起老蚌遗命，异宝出现，不久自有仙缘遇合，且等到时再作计较。紫云宫深藏海底，不怕人偷。除几件便于携带的，取来藏在身上外，余者俱当陈列一般，妥放在自己室内。

宝物到手，越盼两个妹子回来。欲待亲自去寻，又恐宫中宝物无人照看，又不能全带了出去。虽说地势隐秘，终是不妥。盘算了多日，都未成行。每日守着这许多宝物，不是一一把玩，便是拔出宝剑来乱舞一阵。这日舞完了剑，见那盛书的晶匣光彩腾耀，比起往日大不相同。看着奇怪，又舍不得用剑将晶匣斫破。想了想，没有主意，便往老蚌藏骨之处默祝了一番。这回是无心中绕向后园，走过方良墓地，采了点宫中的奇花异草供上。一个人坐在墓前出神，想起幼年目睹老父被害情形，假使此日父母仍然健在，同住在这种洞天福地，仙书异宝又到了手，全家一同参修，岂非完美？如今两个妹子久出不归，枉得了许多宝物不知用处。仙缘遇合，更不知应在何日？越想心里越烦，不知不觉中，竟在墓前软草地上沉沉睡去。睡梦中似见方良走来唤道："大女，门外有人等你。你再不出去将他救了进来，大势去矣！"初凤见了老父，悲喜交集，往前一扑，被方良一掌打跌在地。醒来却是一梦。心想："老父死去多年，平日那等想念，俱无梦兆，适才的梦来得古怪。连日贪玩宝物，也未往宫外去采海藻，何不出去看看？如果梦有灵验，遇上仙缘，岂非大妙？"想到这里，便往宫外跑。

初凤自从安乐岛回来之后，平时在宫中已不赤身露体。仅有时出来采海藻，一则嫌湿衣穿在身上累赘；二则从安乐岛回来时忘了多带几件衣服，恐被水浸泡坏了，没有换的。好在海底不怕遇见生人，为珍惜那身衣服，总是将它脱了，方始由海眼里泅了上去。这次因为得了梦兆，走得太忙，走过宫门外避水牌坊，方才想起要脱衣服时，身子已穿进水中。反正浑身湿透，又恐外面真个有人相候，便不再脱，连衣泅升上去。钻出海眼一看，海底白沙如雪，翠带摇曳，静影参差，亭亭一碧，只有惯见的海底怪鱼珍介之类，在海藻中盘旋往来，哪里有甚人影？正好笑梦难作准，白忙了一阵，反将这一身绝无仅有的衣履打湿。随手拔出身后宝剑，打算挑那肥大的海藻采些回宫享受。剑才出匣，便见一道长虹也似的光华随手而起，光到处，海藻纷纷断落。只吓得水中鱼介纷纷惊逃，略挨着一点，便即身裂血流，死在海底。

初凤先时在宫中舞剑，只觉光霞闪耀，虹飞电掣，异常美观，却不想这剑锋利到这般地步，生物遇上，立地身死。不愿误伤无辜鱼介，见剑上一绕之间，海藻已经断落不少，正想将剑还匣，到海藻丛中拾取，猛觉头上的水往下一压。抬头一看，一件形如坛瓮的黑东西，已经当头打下，离顶只有尺许。忙将身往侧一偏，无心中举起右手的剑往上一撩，剑光闪处，恰好将那坛瓮齐颈斩断，落在地上。低头一看，坛口内忽然冒出一溜红光，光敛处，现出一个金发金须，大头短项，凹目阔口，矮短短浑身漆黑的怪人，跪在初凤前面，不住叩头，眼光望着上面，浑身抖战，好似十分害怕神气。初凤有了梦中先人之言，只有心喜，并没把他当怪物看待。因水中不便说话，给怪人打了个手势，往海眼中钻了下去。怪人一见有地可藏，立时脸上转惊为喜，回身拾了那来时存身的破坛，连同碎瓦一齐拿了，随了初凤便走。过了避水牌坊，又回身伏地，听了一听，才行走向初凤身前，翻身跪倒，重又叩头不止。初凤这时方想起他生相奇怪，行踪诡秘，有了戒心。先不带他入宫，一手按剑，喝问道："你到底是人是怪？从实招来，免我动手！"

怪人先时见了初凤手持那口宝剑掣电飞虹，又在海底游行，感激之中，本来含有几分惧意。一闻此言，抬头仔细向初凤望了一望，然后说道："恩人休怕。我乃南明礁金须奴，得天地乾明离火之气而生。一出世来，便遭大难。幸我天生异禀，长于趋避，修炼已历数百余年，迭经异人传授，能测阴阳万类之妙。只因生来的火质，无处求那天一真水，融会坎离，不免多伤生物，为造物所忌。日前闲游海岸，遇一道人，斗法三日，被他用法坛禁制，打算将我葬入海眼之中，由法坛中所储巽地罡煞之气，将我形骸消化。不想遇见恩人，剑斩法坛，破了禁制，得脱活命。情愿归顺恩人门下，做一奴仆，永世无二。不知恩人意下如何？"初凤不知如何答对，正在筹思，那怪人又道："我虽火性，生来好斗，却有良心。何况恩人于我有救命之恩，而且此时我大难未完，还须恩人始终庇护，方可解免。如不见信，愿将我所炼一粒元丹奉上，存在恩人手内。如有二心，只需将此元丹用这剑毁去，我便成了凡质，不能修为了。"说罢，将口一张，吐出一粒形如卵黄的金丸，递与初凤。

初凤接过手中，见那金丸又轻又软，仿佛一捏便碎似的。见他语态真诚,不似有甚诡诈。又因适才梦兆先入之见,便问道:“我姊妹三人在这紫云宫中修炼,本须一人守门服役。你既感我救命之恩,甘为我用,也无须以你元丹为质。只是那道人有如此本领,倘如寻来,怎见得我便能抵敌过他,求我护庇?”那怪人道:“小奴初见恩人在这海底修炼,也以为是地阙真仙。适才冒昧观察,方知恩人虽然生具异质仙根,并未成道,原难庇护小奴。不过小奴一双火眼,善能识宝。不但宫中宝气霞光已经外露,就是恩人随身所带,连这两口宝剑,哪一样不是异宝奇珍?实不瞒恩人说,以小奴此时本领,休说甘与恩人为奴,便是普通海岛散仙也非我主。只缘当年小奴恩师介道人羽化时节留下遗言,应在这两日内超劫离世,得遇真主,由此自有成道之望。先见海岸所遇道人异样,以为是他,不想几乎遭了毒手。恩人收留,虽说助小奴成道,便是恩人也得益不少。既承恩人见信,将元丹归还,越令小奴感恩不尽。此后小奴也不敢求在宫中居住,只求在这宫外避水牌坊之内栖息,听候使命,但求不驱逐出去。那道人的坛一破,必然警觉,用水遁入海寻找,但不知海眼下面还有这样地阙仙府,以为小奴已经遁往别处,免为所擒,于愿足矣。”

初凤道:“他既当你遁走,你还怕寻来则甚?”怪人答道:“小奴先不知他便是那有名狠心的铁伞真人。此人脾气最怪,人如惹恼了他,当时虽然逃走,他必发誓追寻三年五载。如不过期,遇上必无幸理。一则这里深藏海底,便是小奴如非恩人引路,当时也未看出,可以隐身;二则恩人有许多异宝,就是寻来,也可和他对敌,所以非求恩人庇护不可。”

初凤因听他说善能识宝,正合己用,只是心中不无顾虑。一听他自请不在宫中居住,更合心意,当时便答应了他。等过些日子,察透他的心迹,再将宝物一件一件取出,命他辨别用法。

过有月余工夫,道人始终不曾寻上门来。那金须奴处处都显出忠心勤谨可靠。初凤先问他可会剑法?金须奴答称:“所会只是旁门,并非正宗。”初凤要他传授。金须奴早已看出初凤形迹,因知她仙根仙福太厚,又因前师遗偈,自己成道非靠她不可,恐她疑忌,也不说破,一味装作不知,只是尽心指点。初凤自是一学便会。渐渐将各样宝物与他看了,也仅有一半知道名称用法,初凤俱都记在心里。最后初凤取出当中玉柱所藏的水晶宝匣。金须奴断定那是一部仙箓,非用他本身纯阳乾明离火化炼四十九日,不能取出。除此之外,任何宝物皆不能破。初凤因许久无法开取,闻言不信,试用手中宝剑,由轻而重,连斫了几十下,剑光过处,只斫得匣上霞焰飞扬,休想损伤分毫，只得将匣交他去炼。

金须奴领命，便抱了晶匣，坐在避水牌坊下面，打起坐来。一会胸前火发，与匣上彩光融成一片，烧将起来。初凤连日出看，俱无动静。直到四十九天上，金须奴胸前火光大盛，匣上彩光顿减，忽听一阵龙吟虎啸之声起自匣内，琤的一声，两道匹练般的彩光冲霄而起。金须奴也跟着狂啸一声，纵身便捉，一道彩光已是化虹飞走，另一道被金须奴抓住，落下地来，晃眼不见。初凤赶过去一看，乃是上下两函薄薄的两本书册。金须奴微一翻阅，欢喜得直蹦。随又连声可惜道："这是《地阙金章》，可惜头一函《紫府秘笈》被它化虹飞走。想是我主仆命中只该成地仙。"初凤忙问究竟。金须奴道："这仙篆共分两部，第一部已经飞走。幸亏小奴手快，将这第二部《地阙金章》抓住。此书一得，不但我主仆地仙有分，宫中异宝的名称用法以及三位主人穿的仙衣云裳，俱在宫中何处存放，一一注明。便是小奴数百年来朝夕盼望，求之不得的天一真水，也在其内。岂非天赐仙缘么？"

初凤闻言，自然越发心喜。这些日来业已看出金须奴心地忠诚，委实无他，便也不再避忌。问明了仙篆上所指示的各种法宝名称及用法之后，径领他同入宫内，前去辨别。

原来这紫云宫乃千年前一位叫作地母的散仙旧居，不但珠宫贝阙，仙景无边，所藏的奇珍异宝更不知有多少。自从地母成道，超升紫极，便将各样奇珍、灵药、天书、宝剑封藏在金庭玉匣之中，留待有缘，不想却便宜了初凤姊妹。金庭当中，头一根玉柱的珊瑚葫芦内所盛，便是峨眉派诸仙打算用来炼化神泥的天一真水。

初凤同金须奴先认明了各样宝物，首先照仙篆所注藏衣之处，将旁柱所藏的两玉匣用仙篆所载符咒，如法施为。打开一看，果然是大小二十六件云裳霞裾，件件细如蝉翼，光彩射目，雾縠冰纨，天衣无缝。不由心花怒放，忙唤金须奴避开，脱去旧衣，穿将起来。穿完，金须奴走进，跪请道："小奴修炼多年，对于天书奥妙，除第三乘真诀须主人到时自行参悟外，余者大半俱能辨解，不消十年，便可一一炼成。至于各种异宝，仙篆上也载有符咒用法，短时间内亦可学会。只可惜上乘剑术不曾载在仙篆之内，暂时只能仍照小奴所传旁门真诀修炼，是一憾事。小奴托主人福庇，对于成道有了指望，一切俱愿效指点微劳。但求第十七年上，将那珊瑚葫芦中的天一真水赐予小奴一半，就感恩不尽了。"

初凤此时，对于金须奴已是信赖到了极点，当时便行答应。便问他："既须此水，何不此时就将葫芦打开取去？”金须奴道：“谈何容易。此水乃纯阴之精，休说头一部天书业已飞去，没有解法，葫芦弄它不开；即使能开，此时小奴灾劫尚未完全避过，又加主人道力尚浅，无人相助，取出来也无用处。既承主人恩赐，到时切莫吝惜，就是戴天大德了。”初凤道：“我虽得了如许奇珍至宝，如不仗你相助，岂能有此仙缘？纵然分你几件，也所心愿。岂有分你一点仙水助你成道，到时会吝惜之理？如非你那日再三自屈为奴，依我意思，还要当你师友一般看待的呢。”金须奴愁然道：“主人恩意隆厚，足使小奴刻骨铭心。只是小奴命浅福薄，不比主人仙根深厚。有此遇合，已出非分，怎敢妄居雁行？实不瞒主人说，似主人这般心地纯厚，小奴原不虞中途有什么变故。只是先师昔日偈语，无不应验，将来宫中尚有别位仙人，只恐数年之后，俱知此水珍贵，万一少赐些许，小奴便功亏一篑。事先陈明，也是为此。”初凤抢答道：“无论何人到来，此宫总是我姊妹三人为主。你有此大功，就是我恩母回来，我也能代你陈说，怎会到时反悔？”金须奴闻言，重又跪谢了一番。

从此初凤便由金须奴讲解那部《地阙金章》，传授剑法。初凤早就打算将两个妹子接回宫来，一同修炼。因金须奴说：“二位公主早晚俱能重返仙乡。一则她二位该有此一番尘劫，时尚未至；二则这部天篆说不定何时化去，我们赶紧修炼尚恐不及。万一因此误了千载良机，岂非可惜？”初凤把金须奴奉若神明，自是言听计从。却不料金须奴既因前师遗偈，知道三凤是他命中魔障，不把天篆炼完，决不敢接回三凤，以免作梗。更因初凤是自己恩主，那天篆不久必要化去，意欲使初凤修炼完成，再接二凤姊妹，好使她的本领高出侪辈。将来二凤回宫，再由初凤传授，也可使她们对初凤多一番崇敬之心，省得又如在安乐岛时诸事不大听命。他对初凤虽极忠诚，此举却是含有私心，初凤哪里知道？无奈人算不如天算，金须奴枉自用了一番心机，后来毕竟还是败在三凤手里。可见事有前定，不由人谋。这且不言。

初凤和金须奴主仆二人，在紫云宫中先后炼了年余光景，一部天篆只炼会了三分之一。二凤姊妹仍是不归，屡问金须奴，总说时尚未至。初凤先还肯听，后来会了不少道法之后，心想：“安乐岛相隔并不甚远，当日恩母行时，曾命我姊妹三人报仇之后，急速一同回转，此后不要擅出。虽然她二人不听母言，沉迷尘海，一别三年，岛中难保不有仇敌余孽没有除尽，万一出点什么不幸的事，岂非终身大憾？天篆既由仙人遗赐自己，想必仙缘业已注定。如果仙缘浅薄，自己即使守在这里，一样也要化去，看它不住。难道去接她们，这一会就出变故?”于是行意渐决。金须奴先是婉劝,后来竟用言语隐示要挟,不让初凤前去,双方正相持不下。

这日金须奴领命出宫采取海藻,刚出漩涡,忽觉海底隐隐震动,正由安乐岛那一面传来。知道紫云宫附近,除近处一座荒岛外,数千百里陆地火山,只有安乐岛这一处。猜定是那里火山崩陷,发生地震海啸。算计二凤姊妹一样能海底游行,山崩以后,无处存身,不去接也要回来。只得长叹一声,取了海藻回转宫去。紫云宫贝阙仙府,深藏地底,初凤在宫中并未觉察外面地震。吃完海藻,待了一会,又提起去接二凤姊妹之事,以为金须奴又要像已往一样力争。谁知金须奴并未和往日一般拦阻,只请主人速去速归。